Mannen die vrouwen haten

Van dezelfde auteur

De vrouw die met vuur speelde
Gerechtigheid

Wilt u op de hoogte worden gehouden van de literaire thrillers en romans van uitgeverij Signatuur? Meldt u zich dan aan voor de literaire nieuwsbrief via onze website www.uitgeverijsignatuur.nl.

STIEG LARSSON

MANNEN DIE VROUWEN HATEN

Vertaald door
Tineke Jorissen-Wedzinga

2008
uitgeverij Signatuur / Utrecht

© 2005 Stieg Larsson / Norstedts, Sweden
First published by Norstedts Förlag, Stockholm, 2005
Published by agreement with Pan Agency
Oorspronkelijke titel: Män som hatar kvinnor
Vertaald uit het Zweeds door: Tineke Jorissen-Wedzinga
© 2008 uitgeverij Signatuur, Utrecht en Tineke Jorissen-Wedzinga
Alle rechten voorbehouden.

Omslagontwerp: Wil Immink Design
Omslagfoto: © Johan Bergmark
Typografie: Pre Press Media Groep, Zeist
Druk- en bindwerk: Koninklijke Wöhrman, Zutphen

ISBN 978 90 5672 405 4
NUR 305

De statistieken op p. 11, 127, 267 en 429 zijn afkomstig uit Eva Lundgren, Gun Heimer, Jenny Westerstrand en Anne-Marie Kalliokoski, *Slagen dam – Mäns våld mot kvinnor i jämställda Sverige, en omfångsundersökning (De geslagen vrouw; Geweld tegen vrouwen door mannen in het geëmancipeerde Zweden. Een onderzoek naar de omvang van geweld)*. Slachtofferhulp in Umeå en de Universiteit van Uppsala, 2001.

Eerste druk, oktober 2008
Drieëntwintigste druk, mei 2011

PROLOOG
VRIJDAG 1 NOVEMBER

Het was een jaarlijks terugkerende gebeurtenis geworden. De ontvanger van de bloem werd nu tweeëntachtig. Wanneer de bloem was gearriveerd, maakte hij het pakket open en verwijderde hij het cadeaupapier. Daarna pakte hij de telefoon en toetste hij het nummer in van een voormalige commissaris van de recherche, die na zijn pensioen aan het Siljanmeer was gaan wonen. De twee mannen waren niet alleen even oud, ze waren ook op dezelfde dag geboren, wat in dit verband beschouwd mocht worden als een soort ironie. De commissaris, die wist dat het gesprek na de postbezorging van elf uur 's ochtends zou komen, dronk koffie terwijl hij zat te wachten.

Dit jaar ging de telefoon al om halfelf. Hij nam op en zei hallo zonder zijn naam te noemen.

'Hij is er.'

'Wat is het dit jaar?'

'Ik weet niet wat voor bloem het is. Dat moet ik nog uitzoeken. Hij is wit.'

'Geen brief, vermoed ik?'

'Nee. Niets anders dan een bloem. Eenzelfde soort lijst als vorig jaar. Zo'n goedkoop geval dat je zelf in elkaar zet.'

'Poststempel?'

'Stockholm.'

'Handschrift?'

'Zoals altijd, in blokletters. Rechte, duidelijke letters.'

Daarmee was het onderwerp uitgeput en was het aan beide kanten van de lijn even stil. De gepensioneerde commissaris leunde weer achterover aan de keukentafel en lurkte aan zijn pijp. Hij wist dat er niet langer van hem verwacht werd dat hij een verlossende of messcherpe, intelligente vraag zou stellen die nieuw licht op de zaak zou kunnen werpen. Die tijd was al jaren voorbij en het gesprek tussen de twee heren op leeftijd had bijna het karakter van een ritueel rond een mysterie, waar verder niemand anders op de wereld belang bij had om dat op te lossen.

De Latijnse naam luidde *Leptospermum (Myrtaceae) rubinette*. Het was een weinig imposant gewas met kleine, heideachtige blaadjes en een 2 centimeter grote witte bloem met vijf kroonbladeren. De plant was ongeveer 12 centimeter hoog.

De plant kwam oorspronkelijk uit de *bush* en de bergachtige streken van Australië, waar hij kon voorkomen in grote graspollen. In Australië werd hij *Desert Snow* genoemd. Later zou een expert van een botanische tuin in Uppsala constateren dat het een ongebruikelijke plant was, die zelden in Zweden gekweekt werd. In haar bevindingen schreef de botanica dat de plant familie was van de *Leptospermum petersonii*, en dat die vaak werd verward met zijn aanzienlijk bekendere neef de *Leptospermum scoparium*, die in Nieuw-Zeeland in overvloed groeide. Het verschil, volgens de expert, bestond daarin dat de *Rubinette* een paar microscopisch kleine roze stipjes in de punt van de kroonbladeren had, wat de bloemen een zwak roze nuance gaf.

De *Rubinette* was over het geheel genomen een verbluffend pretentieloze plant. Hij had geen commerciële waarde. Hij had geen bekende medische eigenschappen en hij kon geen hallucinaties opwekken. Hij was niet eetbaar, kon niet worden gebruikt als kruid en was van geen enkel nut bij de fabricage van plantaardige kleurstoffen. Hij had echter een zekere betekenis voor de oerbewoners van Australië, de aboriginals, die traditioneel het gebied en de flora rond Ayers Rock als heilig beschouwden. Het enige doel in het leven van de plant leek om die reden dan ook te zijn: het behagen van de omgeving met zijn onberekenbare schoonheid.

In haar uitspraak constateerde de botanica uit Uppsala dat als de *Desert Snow* al nauwelijks voorkwam in Australië, hij helemaal zeldzaam was in Scandinavië. Ze had zelf nooit een exemplaar gezien, maar uit overleg met collega's wist ze dat er pogingen waren gedaan om de plant te introduceren in een tuin in Göteborg en dat het mogelijk was dat hij op verschillende plaatsen door particuliere plantenliefhebbers en amateur-botanici met eigen plantenkasjes werd gekweekt. De oorzaak dat hij lastig te kweken was in Zweden was dat hij een mild en droog klimaat nodig had en tijdens de winter binnen moest staan. Hij was ongeschikt voor kalkrijke grond en moest van onderaf worden bewaterd, rechtstreeks naar de wortel. Hij vereiste kortom groene vingers.

Vanwege het feit dat het in Zweden een zeldzame plant was, zou het theoretisch gezien makkelijker moeten zijn om de oorsprong van dit betreffende exemplaar te achterhalen, maar in de praktijk was dat een onmogelijke opgave. Er bestond geen register om in te zoeken, er waren geen licenties om te screenen. Er was niemand die wist hoeveel particuliere kwekers überhaupt hadden geprobeerd een dergelijke plant te telen – het kon variëren van één persoon tot honderden bloemenliefhebbers die de beschikking hadden over zaden of planten. Die konden privé gekocht zijn of per postorder bij een of andere tuinder of botanische tuin ergens in Europa. Ze konden zelfs zijn meegenomen van een reis naar Australië. Het identificeren van deze kwekers uit de miljoenen Zweden die een kleine plantenkas bezaten of een bloempot op de vensterbank hadden staan, was met andere woorden een hopeloze taak.

Het was er slechts één uit de reeks met mysterie omgeven bloemen die altijd op 1 november in een gewatteerde envelop aankwam. De soort varieerde elk jaar, maar het waren mooie en vaak relatief zeldzame bloemen. Zoals altijd was de bloem geperst, zorgvuldig op aquarelpapier bevestigd en in een eenvoudige lijst van 29 bij 16 centimeter achter glas geplaatst.

Het mysterie van de bloemen had nooit grote bekendheid gekregen in de media of bij het publiek, en was alleen binnen een beperkte kring bekend. Drie decennia geleden was het jaarlijkse arriveren van de bloem voorwerp geweest van analyse – bij het gerechtelijk laboratorium, onder vingerafdrukexperts en grafologen, onder rechercheurs en bij een groep familieleden en vrienden van de ontvanger. Nu kende het drama nog slechts drie acteurs: de jarige ontvanger, de gepensioneerde politieman en uiteraard de onbekende goede gever. Omdat zeker de eerste twee zich op een dusdanig respectabele leeftijd bevonden dat het hoog tijd werd om zich voor te bereiden op het onvermijdelijke, zou de kring van geïnteresseerden bovendien spoedig kleiner worden.

De gepensioneerde politieman was een gelouterde veteraan. Hij zou nooit zijn eerste optreden vergeten, dat bestond uit het oppakken van een gewelddadige en stomdronken seinwachter voordat hij nog meer ellende zou veroorzaken voor zichzelf of iemand anders. Gedurende zijn carrière had hij stropers, plegers van huiselijk geweld, oplichters, autodieven en alcomobilisten opgebracht. Hij had inbrekers, berovers, helers, verkrachters en ten minste één min of meer geesteszieke bommenmaker ontmoet. Hij was betrokken bij negen onderzoeken naar moord of doodslag. Vijf hiervan waren van het soort geweest waarbij de dader zelf de politie had gebeld en vol berouw had bekend dat hij zijn vrouw of broer of een ander naast familielid had vermoord. Drie onderzoeken vergden het nodige speurwerk; twee waren na een paar dagen opgelost en eentje na twee jaar met behulp van de rijksrecherche.

Het negende geval was politioneel opgelost, dat wil zeggen, de onderzoekers wisten wie de moordenaar was, maar het bewijs was zo zwak dat de officier van justitie had besloten om de zaak te laten rusten. De zaak was tot verontwaardiging van de commissaris uiteindelijk verjaard. Maar over het geheel genomen kon hij terugkijken op een imponerende carrière en zou hij tevreden moeten zijn met wat hij had bereikt.

Hij was allesbehalve tevreden.

Voor de commissaris was 'Het geval met de geperste bloemen' een resterende doorn – de enige niet-opgeloste, frustrerende zaak waar hij verreweg de meeste tijd aan had besteed.

De situatie was dubbel bespottelijk omdat hij na letterlijk duizenden uren piekeren, zowel binnen als buiten werktijd, niet eens met zekerheid kon zeggen of er wel sprake was van een misdaad.

Beide mannen wisten dat de persoon die de bloem had ingelijst handschoenen had gedragen en dat er geen vingerafdrukken zouden zijn; niet op de lijst en niet op het glas. Ze wisten ook dat het onmogelijk zou zijn om de afzender op te sporen. Ze wisten dat de lijst in fotozaken en papierwinkels over de hele wereld verkocht werd. Er was gewoon niets te onderzoeken. En het poststempel had gevarieerd; meestal kwam het uit Stockholm, maar drie keer kwam het uit Londen, twee keer uit Parijs, twee keer uit Kopenhagen, één keer uit Madrid, één keer uit Bonn en één keer, zeer raadselachtig, uit Pensacola, VS. Terwijl alle overige steden bekende hoofdsteden waren, was Pensacola zo onbekend geweest dat de commissaris de stad in een atlas had moeten opzoeken.

Toen ze hadden opgehangen, zat de net tweeëntachtig geworden jarige een hele tijd stil naar de mooie, maar betekenisloze Australische bloem te kijken, waar hij de naam nog niet van wist. Vervolgens keek hij naar de wand boven zijn bureau. Daar hingen drieënveertig ingelijste geperste bloemen achter glas in vier rijen van tien en een onafgesloten rij met vier lijsten. In de bovenste rij ontbrak een lijst. Plaats nummer negen was leeg. De *Desert Snow* zou nummer vierenveertig worden.

Voor het eerst echter gebeurde er iets wat het patroon van voorgaande jaren doorbrak. Opeens, zonder enige waarschuwing vooraf begon hij te huilen. Hij was zelf verbaasd over deze plotselinge uitbarsting van gevoelens na bijna veertig jaar.

DEEL 1
INCITATIE
20 december tot 3 januari

Achttien procent van de vrouwen in Zweden
is weleens bedreigd door een man.

1
VRIJDAG 20 DECEMBER

De rechtszaak was overduidelijk voorbij en alles wat gezegd had kunnen worden, was al gezegd. Dat hij veroordeeld zou worden, daar had hij geen seconde aan getwijfeld. Het schriftelijke vonnis was vrijdagmorgen om tien uur bekendgemaakt, nu restte alleen nog een slotsamenvatting van de verslaggevers die in de gang voor het gerechtsgebouw stonden te wachten.

Mikael Blomkvist zag ze staan en treuzelde even. Hij wilde het vonnis dat net over hem was uitgesproken niet ter discussie stellen, maar de vragen waren onvermijdelijk en hij wist – als geen ander – dat ze gesteld en beantwoord moesten worden. Zo voelt het om een misdadiger te zijn, dacht hij. Aan de verkeerde kant van de microfoon. Hij rekte zich opgelaten uit en probeerde een glimlach tevoorschijn te toveren. De journalisten glimlachten terug en knikten hem vriendelijk, haast gegeneerd, toe.

'Eens even kijken ... *Aftonbladet, Expressen*, TT, TV4 en ... waar bent u van? ... Mooi, *Dagens Industri*. Ik moet een bekende Zweed zijn geworden,' constateerde Mikael Blomkvist.

'Geef ons iets om te citeren, Kalle Blomkvist,' zei de verslaggever van de ene avondkrant.

Mikael Blomkvist, zijn volledige naam luidde Carl Mikael Blomkvist, moest zichzelf zoals altijd dwingen om zijn ogen niet ten hemel te slaan wanneer hij zijn bijnaam hoorde. Ooit, twintig jaar geleden, toen hij drieëntwintig jaar oud was en net aan zijn eerste vakantiebaan als journalist begonnen was, had Mikael Blomkvist bij toeval een liga van bankrovers ontmaskerd die in twee jaar tijd vijf opmerkelijke kraken hadden gepleegd. Dat het telkens dezelfde liga was, daarover bestond geen twijfel; hun specialiteit was kleine dorpen binnen te rijden en met militaire precisie een of twee banken per keer te beroven. Ze hadden latex maskers van Walt Disney-figuren gedragen en werden met een niet geheel onbegrijpelijke politielogica tot 'de Donald Duck-liga' gedoopt. De kranten bestempelden hen echter als 'de Berenliga,' wat iets serieuzer klonk, aangezien ze bij twee gevallen meedogenloos en schijnbaar zonder zich om het wel en wee van de mensen te bekommeren waarschuwingsschoten hadden gelost en passanten of nieuwsgierigen hadden bedreigd.

De zesde kraak was midden in de zomer bij een bank in Östergötland. Een verslaggever van de lokale radio bevond zich toevallig in de bank toen de beroving plaatsvond en reageerde volgens het boekje. Zo gauw de overvallers de bank hadden verlaten liep hij naar een telefooncel en belde hij het bericht door voor directe uitzending.

Mikael Blomkvist bracht een paar dagen met een vrouwelijke kennis door in het zomerhuisje van haar ouders in de buurt van Katrineholm. Zelfs toen de politie ernaar vroeg kon hij niet precies zeggen waarom hij het verband had gelegd, maar op het moment dat hij het nieuws hoorde moest hij denken aan een groep van vier jongens in een zomerhuisje een paar honderd meter verderop. Hij had ze een paar dagen eerder gezien toen ze buiten op het erf aan het badmintonnen waren geweest en hij hun met zijn vriendin voorbij was gewandeld op weg naar een kiosk voor een ijsje.

Alles wat hij had gezien, waren vier blonde en goed getrainde jonge jongens in korte broek en met ontbloot bovenlijf. Het waren duidelijk bodybuilders en er was iets met de badmintonnende jongemannen geweest waardoor hij een keer extra gekeken had – wellicht doordat de wedstrijd plaatsvond in de brandende zon met iets wat hij ervoer als gewelddadig gefocuste energie. Het zag er niet uit als een simpel tijdverdrijf, dat was waardoor ze Mikael waren opgevallen.

Er was geen rationele aanleiding om ze ervan te verdenken bankrovers te zijn, maar toch had hij een wandelingetje gemaakt en was hij op een heuveltje gaan zitten vanwaar hij uitzicht had over het huisje, en waar hij kon constateren dat er op dat moment niemand aanwezig was. Het duurde ongeveer veertig minuten voor de jongens terugkwamen en een Volvo op het erf parkeerden. Het stel leek haast te hebben en ze sleepten ieder een sporttas mee naar binnen, wat op zich niets anders hoefde te betekenen dan dat ze ergens waren wezen zwemmen. Maar een van hen keerde terug naar de auto en haalde daar een voorwerp uit dat hij snel afdekte met een trainingsjack, en zelfs vanaf zijn relatief afgelegen observatiepost kon Mikael constateren dat dat een oude AK4 was, een automatische karabijn, van hetzelfde soort als waarmee hijzelf onlangs een jaar getrouwd was geweest tijdens zijn militaire dienst. Hij belde daarop de politie en vertelde over zijn waarnemingen. Dat vormde de opmaat voor een drie etmalen durende, en intensief door die media bewaakte belegering van het zomerhuisje, met Mikael op de eerste rang en met een aanzienlijk verhoogd honorarium van die ene avondkrant. De politie richtte haar hoofdkwartier in in een caravan op het terrein van het zomerhuisje waar Mikael logeerde.

De val van de Berenliga gaf Mikael precies de sterrenstatus die hij als jonge journalist in de branche nodig had. De keerzijde van de medaille was dat die andere avondkrant het niet kon laten te openen met de kop KALLE BLOMKVIST HEEFT ZAAK OPGELOST. De schertsende tekst was geschreven door een oudere columniste en bevatte een dozijn verwijzingen naar Astrid Lindgrens kinderboeken over superdetective Blomkwist. Tot overmaat van ramp had de krant het geheel geïllustreerd met een korrelige foto waarop Mikael met halfopen mond en met zijn wijsvinger in de lucht een geüniformeerde politieman instructies leek te geven. In feite had hij hem de weg gewezen naar de plee achter het huisje.

Het maakte niet uit dat Mikael Blomkvist nooit van zijn leven zijn andere voornaam Carl had gebruikt en nog nooit een tekst had ondertekend met de naam Carl Blomkvist. Vanaf dat moment was hij tot zijn wanhoop bij zijn collegajournalisten bekend als 'Kalle Blomkvist,' een bijnaam die werd uitgesproken op honende, plagerige toon. Niet onvriendelijk maar ook nooit echt vriendelijk. Met alle respect voor Astrid Lindgren, hij was dol op haar boeken, maar hij haatte die bijnaam. Het kostte hem vele jaren en veel zwaardere journalistieke verdiensten voordat dat epitheton begon te verbleken, en nog steeds werd hij onaangenaam getroffen als die naam in zijn nabijheid werd gebruikt.

Dus glimlachte hij vreedzaam en keek hij de verslaggever van de avondkrant aan.

'Ach, verzin maar wat. Jij fantaseert er toch altijd op los.'

De toon was niet onvriendelijk. Ze kenden elkaar allemaal min of meer en Mikaels grootste critici schitterden door afwezigheid. Hij had vroeger met een van hen samengewerkt en op een feest een paar jaar terug was hij er bijna in geslaagd een andere te versieren, 'Zij van TV4'.

'Je hebt er binnen behoorlijk van langs gekregen,' constateerde *Dagens Industri*, die blijkbaar een jonge vervanger had gestuurd.

'Tja,' erkende Mikael. Iets anders kon hij moeilijk zeggen.

'Hoe voelt dat?'

Ondanks de ernst van de situatie konden Mikael én de oudere journalisten het niet laten om te glimlachen over deze vervolg-vraag. Mikael wisselde een blik met TV4. *Hoe voelt dat?* De vraag waarvan Serieuze Journalisten altijd beweren dat dat de enige vraag is die die Belachelijke Sportverslaggevers ooit aan de Sport-man-Buiten-Adem aan de andere kant van de finish weten te stellen. Maar toen werd hij weer serieus.

'Ik kan natuurlijk alleen maar zeggen dat het me spijt dat de rechtbank niet tot een andere conclusie is gekomen,' antwoordde hij wat formeel.

'Drie maanden gevangenisstraf en 150.000 kronen schadever-goeding. Dat hakt erin,' zei 'Zij van TV4'.

'Dat overleef ik wel.'

'Ga je Wennerström je verontschuldigingen aanbieden? Hem de hand schudden?'

'Nee, dat kan ik me haast niet voorstellen. Mijn opvatting over de zakenmoraal van de heer Wennerström is niet noemenswaardig veranderd.'

'Dus u beweert nog steeds dat hij een schurk is?' vroeg *Dagens Industri* snel.

Er ging een stukje met een potentieel vernietigende kop schuil achter die vraag en Mikael zou over de bananenschil hebben kun-nen uitglijden als de journalist het gevaar niet aangewakkerd had door de microfoon wat al te ijverig naar voren te steken. Hij dacht een paar seconden over het antwoord na.

De rechtbank had zojuist vastgesteld dat Mikael Blomkvist

financieel expert Hans-Erik Wennerström in diskrediet had gebracht. Hij was veroordeeld voor smaad. Het proces was afgerond en hij was niet van plan om in beroep te gaan. Maar wat zou er gebeuren als hij zijn beweringen onvoorzichtig zou herhalen, terwijl hij nog op de trappen van de rechtbank stond? Mikael besloot dat hij het antwoord niet wilde weten.

'Ik vond dat ik goede redenen had om de gegevens die ik had te publiceren. De rechtbank was een andere mening toegedaan en ik moet natuurlijk accepteren dat het juridische proces zijn loop heeft gehad. Nu gaan we op de redactie het vonnis zorgvuldig bespreken voordat we een beslissing nemen over wat we gaan doen. Meer dan dit valt er niet aan toe te voegen.'

'Je was vergeten dat je als journalist je beweringen altijd moet kunnen staven,' zei 'Zij van TV4' met een scherpe klank in haar stem. Die bewering kon moeilijk worden ontkend. Ze waren goede vrienden geweest. Haar gezicht was neutraal, maar Mikael meende teleurstelling en afstandelijkheid in haar ogen te kunnen zien.

Mikael Blomkvist bleef nog een paar pijnlijke minuten staan om vragen te beantwoorden. De vraag die onuitgesproken in de lucht hing, maar die geen reporter durfde te stellen, misschien omdat hij zo gênant onbegrijpelijk was, was hoe Mikael een tekst had kunnen schrijven die niets substantieels bevatte. De aanwezige verslaggevers, de vervanger van *Dagens Industri* uitgezonderd, waren allemaal veteranen met een brede ervaring. Voor hen lag het antwoord op die vraag achter de grens van het begrijpelijke.

TV4 posteerde hem voor de deur van het raadhuis en stelde de vragen afzonderlijk voor de camera. Ze was vriendelijker dan hij verdiende en er bleven voldoende citaten over opdat alle reporters tevreden zouden zijn. De story zou resulteren in grote koppen, dat was onvermijdelijk, maar hij dwong zichzelf te bedenken dat dit niet de grootste mediagebeurtenis van het jaar was. De journalisten hadden gekregen wat ze wilden hebben en trokken zich terug op hun betreffende redacties.

Hij was van plan geweest te gaan lopen, maar het was een winderige decemberdag en hij had het al koud gekregen van het interview. Toen hij eenzaam op de trap van het raadhuis stond, keek hij op en zag hij William Borg uit zijn auto stappen, waarin hij gedurende het interview gezeten had. Ze keken elkaar aan, toen glimlachte William Borg.

'Het was het waard om hierheen te komen, alleen al om jou met dat papier in handen te zien.'

Mikael gaf geen antwoord. William Borg en Mikael Blomkvist kenden elkaar al vijftien jaar. Ze hadden een keer als plaatsvervangend financieel verslaggever bij een ochtendkrant samengewerkt. Misschien kwam het doordat het niet boterde tussen hen, maar er was daar een levenslange vijandschap ontstaan. Borg was in Mikaels ogen een slechte reporter geweest en een bekrompen, wraakzuchtig mens die zijn omgeving kwelde met belegen grappen en zich denigrerend uitsprak over oudere, meer ervaren journalisten. Hij leek in het bijzonder een hekel te hebben aan oudere vrouwelijke verslaggevers. Ze hadden een eerste ruzie gehad die gevolgd was door wat verder gezeur, totdat de tegenstelling persoonlijk was geworden.

Door de jaren heen waren Mikael en William Borg elkaar met regelmatige tussenpozen tegengekomen, maar eind jaren negentig waren ze pas écht vijanden geworden. Mikael had een boek geschreven over financiële journalistiek en had uitvoerig geciteerd uit een grote hoeveelheid minder snuggere artikelen van Borgs hand. In Mikaels versie leek Borg een gewichtigdoenerig iemand te zijn die de meeste gegevens verkeerd had begrepen en lovende artikelen had geschreven over internetbedrijven die al bijna over de kop gingen. Borg had Mikaels analyse niet op prijs gesteld en tijdens een toevallige ontmoeting in een café op Södermalm was het bijna tot een handgemeen gekomen. Borg had op hetzelfde moment de journalistiek verlaten en werkte nu tegen een aanzienlijk hoger salaris als voorlichter bij een bedrijf dat tot overmaat van ramp deel uitmaakte van de belangensfeer van industrieel Hans-Erik Wennerström.

Ze keken elkaar langdurig aan voordat Mikael zich omdraaide en wegliep. Typisch iets voor Borg om naar het raadhuis te rijden, alleen maar om hem te gaan staan uitlachen.

Toen hij wegliep kwam net bus 40 eraan en hij sprong erin, voornamelijk om daar weg te komen. Hij stapte uit bij het Fridhemsplan en stond besluiteloos bij de halte, nog steeds met het vonnis in zijn hand. Uiteindelijk besloot hij om over te steken naar Café

Anna naast de ingang van de parkeergarage van het hoofdbureau van politie.

Minder dan een halve minuut nadat hij een koffie verkeerd en een broodje had besteld, begon het radionieuws van twaalf uur. Het onderwerp over hem kwam als derde, na een zelfmoordaan- slag in Jeruzalem en het nieuws dat de regering een commissie had benoemd die onderzoek ging doen naar een nieuwe, vermeende kartelvorming binnen de bouwnijverheid.

'De journalist Mikael Blomkvist van het tijdschrift *Millennium* is vrijdagochtend veroordeeld tot drie maanden gevangenis- straf wegens openlijke smaad van industrieel Hans-Erik Wen- nerström. In een opmerkelijk artikel eerder dit jaar over de zogenaamde Minos-affaire beweerde Blomkvist dat Wen- nerström overheidsgeld, bedoeld voor industriële investeringen in Polen, had gebruikt voor wapentransacties. Mikael Blom- kvist werd tevens veroordeeld tot het betalen van een schade- vergoeding van 150.000 kronen. In een commentaar zegt Wennerströms advocaat Bertil Camnermarker dat zijn cliënt content is met het vonnis. "Het is een buitengewoon ernstige vorm van kwaadsprekerij," aldus Camnermarker.'

Het vonnis besloeg zesentwintig kantjes. Het was een uiteenzetting van de argumenten op grond waarvan Mikael schuldig was bevon- den aan vijftien gevallen van vuige smaad jegens zakenman Hans- Erik Wennerström. Mikael constateerde dat elk van de punten waarvoor hij was aangeklaagd 10.000 kronen kostte plus zes dagen gevangenisstraf. Exclusief de proceskosten en zijn eigen advocaat- kosten. Hij durfde er niet eens over na te denken op welk bedrag de nota zou blijven steken, maar hij constateerde tevens dat het ook erger had kunnen zijn; de rechtbank had hem op zeven pun- ten vrijgesproken.

In hetzelfde tempo als waarmee hij de formuleringen in het von- nis las, kreeg hij een steeds grotere klomp, een steeds onbehaaglij- ker gevoel in zijn maagstreek. Dat verbaasde hem. Toen het proces begon, had hij al geweten dat hij veroordeeld zou worden tenzij er een wonder zou gebeuren. Op dat moment had daar geen twijfel over bestaan en had hij zich met die gedachte verzoend. Hij had de twee gerechtsdagen vrij onbekommerd uitgezeten en hij had ook elf dagen, zonder iets bijzonders te voelen, gewacht tot de rechtbank tot een vonnis zou komen en de tekst zou formuleren die hij nu in zijn hand hield. Pas nu, nu het proces voorbij was, ging er een gevoel van onbehagen door hem heen.

Toen hij een hap nam, leek het brood in zijn mond op te zwellen. Hij had moeite met slikken en schoof het broodje opzij.

Het was de eerste keer dat Mikael Blomkvist was veroordeeld voor een strafbaar feit – het was überhaupt de eerste keer dat hij verdacht werd of ergens voor was aangeklaagd. Verhoudingsgewijs was het vonnis een bagatel. Hij had geen zware misdaad begaan. Het ging immers niet om een gewapende roofoverval, moord of verkrachting. Financieel gezien was het vonnis echter voelbaar. *Millennium* was niet het vlaggenschip van de mediawereld, met onbeperkte financiële middelen, het tijdschrift leefde van de marges, maar het vonnis was ook weer geen catastrofe. Het probleem was dat Mikael een van de mede-eigenaren van *Millennium* was terwijl hij, hoe idioot ook, tevens scribent en de verantwoordelijk uitgever van het blad was. De schadevergoeding, 150.000 kronen, wilde Mikael uit eigen zak betalen, wat zijn spaargeld grotendeels zou wegvagen. Het tijdschrift zou de proceskosten betalen. Met verstandige spaarzaamheid moest het lukken.

Hij bedacht dat hij zijn appartement misschien zou moeten verkopen, wat hem aan het hart zou gaan. Aan het eind van de onbezorgde jaren tachtig, in een periode waarin hij een vaste baan had gehad en een relatief goed inkomen, was hij gaan uitkijken naar permanente woonruimte. Hij had talloze appartementen bekeken en de meeste afgewezen voordat hij was gestruikeld over een zolderverdieping van 65 vierkante meter precies aan het begin van de Bellmansgatan. De vorige eigenaar was begonnen deze in te richten tot een bewoonbare woning maar had plotseling een baan gekregen bij een of ander internetbedrijf in het buitenland en Mikael had het renovatieobject voordelig kunnen overnemen.

Mikael had de tekeningen van de binnenhuisarchitect terzijde gelegd en had het werk zelf afgemaakt. Hij besteedde geld aan de badkamer en de keuken, en liet de rest zitten. In plaats van een parketvloer te leggen en binnenmuren op te trekken voor het geplande tweekamerappartement, schuurde hij de bestaande houten vloer op, smeerde hij de grove muren vol latex en dekte hij de erg-ste onvolkomenheden af met een paar aquarellen van Emanuel Bernstone. Het resultaat was een volstrekt open appartement, met een slaapgedeelte achter een boekenkast en een eet- en zithoek naast een kleine keuken annex bar. Het appartement had twee ramen in dakkapellen en een raam aan de voorkant met uitzicht over het water van Riddarfjärden en de daken van Gamla Stan, de oude binnenstad. Hij kon net een glimpje water bij Slussen zien en keek uit op het stadhuis. Op dit moment zou hij zich zo'n apparte-ment niet kunnen veroorloven, maar hij wilde het graag behouden.

Toch was het feit dat hij misschien riskeerde zijn flat kwijt te raken niets vergeleken met de fikse dreun die hij beroepsmatig had gehad. Reparatie van de schadelijke invloeden daarvan zou meer tijd in beslag nemen. Als die überhaupt gerepareerd konden wor-den.

Het was een kwestie van vertrouwen. In de nabije toekomst zou-den veel redacteuren aarzelen een verhaal te publiceren dat van zijn hand afkomstig was. Hij had nog steeds voldoende vrienden in de branche die het zouden accepteren dat hij ten prooi was geval-len aan pech en toeval, maar hij had geen geld meer voor misstap-pen, zelfs geen kleine.

Wat echter het meest pijn deed was de vernedering.

Hij had alle troeven in handen gehad, maar hij had toch verloren van een halve gangster in Armani-kostuum. Een smeerlap die er schofterige beurspraktijken op na hield. Een yup met een bekende advocaat, die grijnzend het proces doorgekomen was.

Hoe had het verdomme zo mis kunnen gaan?

De Wennerström-affaire was zo veelbelovend begonnen in de kuip van een gele Mälar-30 op de zaterdag van het midzomerweekend anderhalf jaar geleden. Het was allemaal toeval geweest en dat was voortgekomen uit het feit dat een voormalige collegajournalist, tegenwoordig informatiebobo bij de provincie, zijn nieuwe vrien-din had willen imponeren en onbezonnen een Scampi had ge-huurd om een paar dagen ongepland maar romantisch langs de scherenkust te gaan zeilen. De vriendin, net verhuisd uit Hallsta-hammar om in Stockholm te gaan studeren, had zich na enige weerstand laten overhalen, met het voorbehoud dat haar zus en de vriend van haar zus ook mee mochten. Niemand van het trio uit Hallstahammar had ooit eerder in een zeilboot gezeten. Het probleem was alleen dat de informatiebobo wel enthousiast was, maar ook geen zeilervaring had. Drie dagen voor vertrek had hij wanhopig naar Mikael gebeld en hem overgehaald mee te gaan als vijfde bemanningslid en navigatiedeskundige.

Mikael had de boot eerst afgehouden, maar was overstag gegaan door de belofte van een paar dagen ontspanning aan de scherenkust met, zoals dat heette, lekker eten en aangenaam gezelschap. Van deze voorspiegelingen was echter niets terechtgekomen en de zeiltocht had zich ontwikkeld tot een veel grotere catastrofe dan hij zich had kunnen voorstellen. Ze hadden de mooie, waar weinig spannende route gevaren van Bullandö omhoog door Furusundsleden. Ze voeren 5 meter per seconde, toch was de nieuwe vriendin van de informatiebobo onmiddellijk zeeziek geworden. Haar zus had ruzie gekregen met haar vriend, en geen van hen toonde ook maar enige bereidheid iets over zeilen te leren. Het was al spoedig duidelijk geworden dat Mikael degene was die de boot zou moeten besturen, terwijl de anderen met welwillende maar voornamelijk zinloze adviezen kwamen. Na de eerste overnachting in een baai op Ängsö was hij in staat geweest om aan te leggen in Furusund en de bus naar huis te nemen. Alleen het wanhopige gesmeek van de informatiebobo had hem aan boord gehouden.

De volgende dag om twaalf uur, vroeg genoeg zodat er nog lege plaatsen zouden zijn, hadden ze aangelegd bij de gastensteiger van de jachthaven van Arholma. Ze hadden iets te eten gemaakt en net geluncht toen Mikael een gele kunststof M-30 in het oog kreeg die alleen op het grootzeil de baai binnengleed. De boot maakte een kalme bocht terwijl de schipper uitkeek naar een plaatsje aan de steiger. Mikael keek om zich heen en constateerde dat de ruimte tussen hun Scampi en een H-Boot aan stuurboord vermoedelijk het enige gat was, en dat dat precies groot genoeg zou zijn voor die smalle M-30. Hij ging op het achterschip staan en wees; de schipper van de M-30 stak zijn hand op als dank en gierde naar de steiger. Een zeiler alleen die geen zin had om de motor aan te zetten, dacht Mikael. Hij hoorde het ratelen van de ankerketting en een paar seconden later ging het grootzeil omlaag, terwijl de schipper zich als een druk baasje heen en weer bewoog om het roer recht te houden en tegelijkertijd het voorschip vast te gaan leggen met een touw.

Mikael klom op de reling en stak een hand uit om aan te geven dat hij het touw aan kon pakken. De nieuwkomer maakte een laatste koerswijziging en gleed perfect tot aan het achterschip van de Scampi, haast zonder vaart. Pas op het moment dat de nieuwkomer het touw naar Mikael gooide, herkenden ze elkaar en lachten ze elkaar hartelijk toe.

'Hé, Robban,' zei Mikael. 'Waarom gebruik je de motor niet, dan schraap je niet alle verf van de boten in de haven.'

'Hé, Micke. Ik vond al dat je iets bekends had. Ik zou mijn motor graag gebruiken als ik hem maar aan de praat kreeg. Het kreng heeft het twee dagen geleden bij Rödlöga begeven.'

Ze schudden elkaar over de reling de hand.

Een eeuwigheid geleden, op de middelbare school van Kungsholmen in de jaren zeventig, waren Mikael Blomkvist en Robert Lindberg vrienden geweest, heel goede vrienden zelfs. Zoals zo vaak met oude schoolvrienden was de vriendschap na het eindexamen geëindigd. Ze waren ieder hun eigen weg gegaan en hadden elkaar de laatste twintig jaar misschien zes keer gezien. Nu ze elkaar onverwacht op de steiger van Arholma ontmoetten, hadden ze elkaar minstens zeven, acht jaar niet gezien. Ze namen elkaar nieuwsgierig op. Robert was bruinverbrand, met samengeklit haar en een baard van twee weken oud.

Mikael voelde zich plotseling in een beter humeur. Toen de informatiebobo en zijn onnozele gezelschap aan wal waren gegaan om bij het winkeltje aan de andere kant van het eiland om de meiboom te gaan dansen, was hij met haring en snaps in de zitkuip van de M-30 met zijn oude schoolkameraad blijven kletsen.

Later op de avond, nadat ze de strijd tegen de beruchte Arholmamug hadden opgegeven, waren ze in de roef gaan zitten, en na een aanzienlijk aantal glaasjes was het gesprek veranderd in een vriendschappelijk gehakketak over moraal en ethiek in de zakenwereld. Beiden hadden ze een carrière verkozen die zich op de een of andere manier richtte op 's rijks financiën. Robert Lindberg was na de middelbare school naar de HEAO gegaan en was in het bankwezen terechtgekomen. Mikael Blomkvist was op de School voor de Journalistiek beland en had een groot deel van zijn werkzame leven besteed aan het onthullen van twijfelachtige zaakjes binnen juist dat bankwezen en de zakenwereld. Het gesprek ging op een gegeven moment over het moreel juiste van bepaalde arbeidsovereenkomsten met een gouden handdruk, een vertrekpremie bij gedwongen ontslag, die in de jaren negentig in werking waren getreden. Na een van de meest opzienbarende zakenmannen met zo'n vertrekpremie dapper te hebben verdedigd had Lindberg zijn glas neergezet en had hij tegen zijn wil geconstateerd dat er ondanks alles meerdere corrupte smeerlappen in de zakenwereld rondliepen. Hij had Mikael plotseling serieus aangekeken.

'Jij bent onderzoeksjournalist en schrijft over financiële misstanden, waarom schrijf je niets over Hans-Erik Wennerström?'

'Ik wist niet dat er over hem iets te schrijven viel.'

'Je moet graven, graven, verdomme. Hoeveel weet je over het SIB-programma?'

'Tja, dat was een soort ontwikkelingsprogramma in de jaren negentig om de industrie in de voormalige Oostbloklanden te helpen op eigen benen te staan. Het werd een paar jaar geleden beëindigd. Ik heb daar nooit iets over geschreven.'

'SIB stond voor Stichting voor Industriële Bijstand, een project dat door de regering werd ondersteund en dat werd geleid door vertegenwoordigers van een tiental grote Zweedse bedrijven. De SIB kreeg overheidsgaranties voor een reeks projecten die werden vastgesteld in overeenstemming met de regeringen in Polen en de Baltische Staten. LO, de vakcentrale, deed aan de zijlijn mee, als garantie dat ook de arbeidersbeweging in het oosten gesterkt zou worden door het Zweedse model. Formeel gezien was het een ontwikkelingsproject dat was gebaseerd op het principe van hulp voor zelfhulp, en dat de regimes in het oosten een mogelijkheid moest geven om hun economische situatie te saneren. In de praktijk kwam het er echter op neer dat Zweedse ondernemingen overheidssubsidies opstreken door zich als mede-eigenaar van bedrijven in het voormalige Oostblok te vestigen. Die verdomde christelijke minister was een warm aanhanger van de SIB. Het ging om het oprichten van een papierfabriek in Krakau, het renoveren van een metaalindustriecomplex in Riga, een cementfabriek in Tallinn, enzovoort. Het geld werd verdeeld door het bestuur van de SIB, dat bestond uit een stel zwaargewichten uit het bank- en industriewezen.'

'Belastinggeld dus?'

'Ongeveer vijftig procent was overheidssubsidie, de rest werd door de banken en de industrie ter beschikking gesteld. Maar er was nauwelijks sprake van ideële activiteiten. De banken en de bedrijven rekenden erop dat ze er een aardig zakcentje aan konden verdienen. Anders hadden ze zich er echt niet druk om gemaakt.'

'Om hoeveel geld ging het?'

'Wacht even, luister. De SIB had vooral betrekking op degelijke Zweedse bedrijven die graag de markt in het Oostblok op wilden. Het waren gerenommeerde bedrijven, zoals ABB en Skanska. Geen speculanten, met andere woorden.'

'Wou jij beweren dat Skanska zich niet bezighoudt met speculaties? Werd hun directeur niet de laan uit gestuurd omdat hij een van zijn jongens had laten speculeren met een half miljard kronen? En hoe zit het met hun hysterische huizentransacties in Londen en Oslo?'

'Natuurlijk, je hebt bij elk bedrijf ter wereld idioten, maar je begrijpt wel wat ik bedoel. Het zijn bedrijven die in elk geval iets produceren. De ruggengraat van de Zweedse industrie en zo.'

'Hoe komt Wennerström in beeld?'

'Wennerström is de joker in dit verband. Het is een vent die uit het niets verschijnt, die geen achtergrond in de zware industrie heeft en die hier, in dit verband, eigenlijk niets te zoeken heeft. Maar hij heeft een kolossaal vermogen bijeengesprokkeld op de beurs en geïnvesteerd in stabiele ondernemingen. Hij is zeg maar via de achterdeur binnengekomen.'

Mikael vulde zijn glas met brandewijn van Reimersholm, leunde achterover in de roef en dacht na over wat hij over Wennerström wist. Dat was eigenlijk niet zo veel. Ergens in Norrland geboren, waar hij in de jaren zeventig een beleggingsmaatschappij had opgericht. Hij had aardig geboerd en was naar Stockholm verhuisd, waar hij in de onbezorgde jaren tachtig pijlsnel carrière had gemaakt. Hij richtte de Wennerström-groep op, die werd omgedoopt in Wennerstroem Group toen er kantoren kwamen in Londen en New York en het bedrijf genoemd ging worden in dezelfde artikelen als Beijer. Hij handelde in aandelen en opties en snelle transacties, en maakte zijn opmars in de roddelpers als een van de talrijke nouveau riche-miljonairs met een penthouse aan Strandvägen, een magnifiek zomerhuis op Värmdö en een 23 meter lange motorkruiser die hij van een voormalige tennisster had gekocht die in financiële problemen was geraakt. Een kommaneuker, jazeker, maar de jaren tachtig waren de jaren van de kommaneukers en de onroerendgoedspeculanten, en Wennerström had zich niet meer onderscheiden dan iemand anders. Integendeel, hij was een soort onbekende gebleven tussen De Grote Jongens. Hij had niet de bombastische manieren van Stenbeck en gooide niet zijn hele leven op tafel in de pers, zoals Barnevik. Hij wees panden af en deed daarentegen massale investeringen in het voormalige Oostblok. Toen in de jaren negentig de lucht uit de ballon was, en de ene directeur na de andere gebruik moest maken van zijn ontslagregeling-met-riante-vertrekpremie, had het bedrijf van Wennerström zich opvallend goed gered. Zelfs geen spoortje van een schandaal. *A Swedish success story*, zo had de *Financial Times* het zelfs samengevat.

'Dat was in 1992. Wennerström nam opeens contact op met de SIB en liet weten dat hij geld nodig had. Hij presenteerde een plan dat blijkbaar verankerd lag bij lokale belanghebbenden in Polen, en dat neerkwam op het oprichten van een industrie voor het fabriceren van verpakkingen voor de levensmiddelenindustrie.'

'Een bedrijf voor conservenblikken.'

'Niet helemaal, maar zoiets. Ik heb er geen idee van wie hij kende bij de SIB, maar hij kon zonder meer met 60 miljoen kronen naar buiten wandelen.'

'Het begint spannend te worden. Laat me raden: dat was de laatste keer dat er iets van het geld vernomen is.'

'Fout,' zei Robert Lindberg. Hij glimlachte alleswetend toen hij zich verkwikte met een paar druppels brandewijn.

'Wat er toen gebeurde, is een stukje klassieke financiële verantwoording. Wennerström richtte inderdaad een emballagebedrijf op in Polen, om precies te zijn in Lodz. Het bedrijf heette Minos. De SIB kreeg in 1993 enkele enthousiaste rapporten, daarna werd het stil. In 1994 ging Minos plotseling failliet.'

Robert Lindberg zette zijn lege borrelglaasje met een klap neer om aan te geven hoe het bedrijf in elkaar was gestort.

'Het probleem met de SIB was dat er geen echte routine bestond voor de manier waarop projecten verantwoord moesten worden. Je herinnert je de tijdgeest nog wel. Iedereen was zo optimistisch toen de Berlijnse muur viel. De democratie zou worden ingevoerd, de dreiging van een kernwapenoorlog was voorbij en de bolsjewieken zouden in één nacht echte kapitalisten worden. De regering wilde de democratie in het oosten verankeren. Iedere kapitalist wilde meeliften met de trein en meehelpen om het nieuwe Europa op te bouwen.'

'Ik wist niet dat kapitalisten zo genegen waren om zich te wijden aan liefdadigheid.'

'Neem maar van me aan dat dat de natte droom van iedere kapitalist was. Rusland en de Oostblokstaten zijn misschien wel de grootste markt die er op de wereld nog over is, na China. De industrie had er geen problemen mee om de regering te helpen, voornamelijk omdat de bedrijven slechts opdraaiden voor een fractie van de kosten. In totaal slokte de SIB ruim 30 miljard aan belastingkronen op. Het geld zou terugkomen in de vorm van toekomstige winsten. Formeel was de SIB het initiatief van de regering, maar de invloed van de industrie was zo groot dat het bestuur van de SIB in de praktijk zelfstandig opereerde.'

'Ik begrijp het. Zit hier ook nog een story in?'

'Even geduld. Toen de projecten van start gingen, waren er geen problemen met de financiering. Zweden was nog niet getroffen door de renteshock. De regering was content omdat zij met de SIB kon wijzen op grote Zweedse investeringen ten behoeve van de democratie in het oosten.'

'Dit vond dus plaats tijdens de niet-socialistische regering.'

'Je moet de politiek hier niet bij betrekken. Het gaat over geld en dan maakt het niet uit of de sociaal-democraten of de conservatieven de ministers aanwijzen. Dus, volle vaart vooruit, toen kwamen de valutaproblemen en daarna begon een stel van die gestoorde nieuwe democraten, je herinnert je die partij Nieuwe Democratie toch nog wel, erover te zeuren dat het niet duidelijk was waar de SIB mee bezig was. Een van die figuren had de SIB verwisseld met de SIDA, de Swedish International Development Authority, die zich bezighoudt met internationale ontwikkeling, en meende dat het om een of ander verdomd *do-gooder*-ontwikkelingsproject in de stijl van Tanzania ging. In het voorjaar van 1994 werd een onderzoek ingesteld dat de SIB zou doorlichten. Op dat moment waren er bedenkingen over diverse projecten, maar een van de eerste die gescreend werd, was Minos.'

'En Wennerström kon niet verantwoorden waar het geld voor gebruikt was.'

'Integendeel. Wennerström hield een geweldige presentatie, waaruit bleek dat er ruim 54 miljoen kronen in Minos was geïnvesteerd, maar dat gebleken was dat er te grote structurele problemen in het achtergebleven Polen waren om een moderne emballage-industrie te doen functioneren, en dat hun emballage-industrie in de praktijk weggeconcurreerd was door een gelijksoortig Duits project. De Duitsers waren bezig het hele Oostblok op te kopen.'

'Je zei dat hij 60 miljoen kronen had gekregen.'

'Precies. Het SIB-geld werkte als rentevrije lening. De gedachte was uiteraard dat de bedrijven een gedeelte van het geld in de loop van een aantal jaren terug zouden betalen. Maar Minos was failliet gegaan en het project was mislukt. Maar dat was iets waar Wennerström niet op bekritiseerd kon worden. De overheidsgaranties traden in werking en Wennerström werd schadeloosgesteld. Hij hoefde het geld dat verloren was gegaan toen Minos over de kop ging niet terug te betalen en hij kon ook aantonen dat hij eenzelfde som eigen geld verloren had.'

'Eens even kijken of ik het goed begrijp. De regering stelde belastinggeld ter beschikking en voorzag in diplomaten die deuren openden. De industrie kreeg het geld en gebruikte dat om te investeren in joint ventures, waar ze vervolgens een solide winst op behaalden. Met andere woorden, zoals het meestal gaat. Sommigen winnen en anderen betalen de rekeningen, en wij weten wie welke rol speelt.'

'Je bent een cynicus. Die leningen zouden terugbetaald worden aan de staat.'

'Je zei dat er geen rente over betaald hoefde te worden. Dat betekent dus dat de belastingbetalers er helemaal niets van terugzagen hoewel zij die poen ter beschikking hadden gesteld. Wennerström kreeg 60 miljoen, waarvan 54 werd geïnvesteerd. Wat is er met die overige 6 miljoen gebeurd?'

'Op het moment dat duidelijk werd dat de SIB-projecten ge-screend zouden gaan worden, stuurde Wennerström een cheque van 6 miljoen naar de SIB als terugbetaling van het verschil. Daar-mee was de zaak juridisch gezien uit de wereld.'

Robert Lindberg zweeg en keek Mikael verwachtingsvol aan.

'Het klinkt alsof Wennerström met wat geld van de SIB heeft geknoeid, maar vergeleken met dat halve miljard dat bij Skanska is verdwenen of dat verhaal over die vertrekpremie van ruim een miljard kronen van die directeur van ABB, dat was iets waardoor de mensen echt geschokt waren, dan valt hier volgens mij niet zoveel over te schrijven,' had Mikael geconstateerd. 'De lezers van vandaag hebben genoeg van al die teksten over incompetente figuren die hun slag slaan, ook al gaat het om belastinggeld. Valt er meer uit die story te halen?'

'Het wordt alleen maar beter.'

'Hoe weet je dat allemaal over Wennerströms zaken in Polen?'

'In de jaren negentig werkte ik bij de Handelsbank. Raad eens wie de onderzoeken uitvoerde voor de vertegenwoordiger van de bank bij de SIB?'

'Aha. Ik wil meer horen.'

'Goed, een samenvatting. De SIB ontving een verklaring van Wennerström. Er werden papieren ondertekend. Het resterende geld werd terugbetaald. Juist dat met die 6 miljoen die werd terug-gestort, was slim. Als iemand met een zak geld voor de deur staat die hij je wil geven, dan ga je ervan uit dat hij niets te verbergen heeft.'

'To the point.'

'Maar beste Blomkvist, dit ís to the point. De SIB was tevreden met Wennerströms verantwoording. Het was een investering die mislukt was, maar er was geen commentaar op de manier waarop de zaken gerund waren. We hebben facturen, transfers en alle papieren bekeken. Alles was keurig netjes in orde. Ik geloofde het. Mijn chef geloofde het. De SIB geloofde het en de regering had er niets aan toe te voegen.'

'Waar zit het addertje?'

'Nu begint de zaak gevoelig te worden,' zei Lindberg en hij zag er opeens verbluffend nuchter uit. 'Omdat jij journalist bent, is dit off the record.'

'Schei uit. Je kunt hier niet zaken aan mij gaan zitten vertellen en dan achteraf zeggen dat ik er niets mee mag doen.'

'Natuurlijk kan ik dat wel. Wat ik tot nu toe heb verteld, is volstrekt openbaar. Je kunt die rekening en verantwoording zo opzoeken. Over de rest van de story, wat ik niet heb verteld, mag je best schrijven, maar je moet mij behandelen als een anonieme bron.'

'Aha, maar volgens de gangbare terminologie betekent "off the record" dat ik iets in vertrouwen te weten ben gekomen maar er niet over mag schrijven.'

'Ik heb schijt aan die terminologie. Je mag schrijven wat je wilt, maar ik ben je anonieme bron. Afgesproken?'

'Uiteraard,' antwoordde Mikael.

Achteraf had hij natuurlijk ingezien dat zijn antwoord een vergissing was.

'Mooi. Die geschiedenis over Minos speelde dus zo'n tien jaar geleden, net nadat de muur was gevallen en toen de bolsjewieken fatsoenlijke kapitalisten begonnen te worden. Ik was een van de personen die zich bezighielden met het onderzoek naar Wennerström en ik vond dat er een luchtje aan die zaak zat.'

'Waarom heb je tijdens dat onderzoek niets gezegd?'

'Ik heb erover gesproken met mijn chef. Maar het punt was dat er niets concreets was. Alle papieren waren in orde. Het enige wat ik kon doen was mijn handtekening onder dat verantwoordingsverslag zetten. Maar elke keer dat ik sindsdien Wennerströms naam in de pers tegenkom, moet ik aan Minos denken.'

'Aha.'

'Feit is dat mijn bank een paar jaar later, medio jaren negentig, wat zaken met Wennerström deed. Vrij grote zaken. Maar die gingen niet zo goed.'

'Hij belazerde de boel?'

'Nee, zo erg was het niet. We verdienden er allebei aan. Het was meer dat ... Ik weet niet precies hoe ik het moet uitleggen. Bovendien zit ik nu over mijn eigen werkgever te praten en dat wil ik niet. Maar wat me opviel, die blijvende en algehele indruk zoals dat zo mooi heet, was niet positief. Wennerström wordt in de media afgeschilderd als een geweldig financieel orakel. Daar leeft hij van.

'Dat is zijn vertrouwenskapitaal.'

'Ik begrijp wat je bedoelt.'

'Mijn indruk was dat die vent gewoon een bluffer was. Hij was helemaal geen economische bolleboos. Integendeel, op bepaalde punten vond ik hem zeer oppervlakkig. Hij had een paar van die gelikte *young warriors* als adviseurs, maar persoonlijk vond ik hem een ontzettende klootzak.'

'Oké.'

'Een paar jaar terug moest ik naar Polen voor iets heel anders. Ons gezelschap dineerde met een paar investeerders in Lodz en ik bleek aan dezelfde tafel te zitten als de burgemeester. We spraken erover hoe moeilijk het was de Poolse economie van de grond te krijgen en zo, en op een gegeven moment noemde ik het Minos-project. De burgemeester keek eerst volstrekt niet-begrijpend, alsof hij nog nooit van Minos had gehoord, maar hij herinnerde zich vervolgens dat dat een of ander bespottelijk projectje was geweest, dat nooit wat geworden was. Hij deed het af met een lach en zei, ik citeer hem woordelijk, "als dat alles was wat Zweedse investeerders wisten te bereiken, Zweden wel gauw over de kop zou gaan". Heb je het door?'

'Die uitspraak duidt erop dat de burgemeester van Lodz een getalenteerd iemand is, maar ga door.'

'Die zin bleef maar door mijn hoofd spoken. De volgende dag had ik 's morgens een afspraak maar was ik de rest van de dag vrij. Uit pure balorigheid ben ik naar die opgedoekte fabriek van Minos in een klein dorpje vlak buiten Lodz gegaan, met een kroeg in een schuur en een plee op het erf. De grote Minos-fabriek was een bouwvallig krot. Een oud magazijn van golfplaat, dat het Rode Leger in de jaren vijftig had opgetrokken. Ik kwam een bewaker op het terrein tegen die een beetje Duits sprak en ik kwam te weten dat een van zijn neven bij Minos had gewerkt. Die neef woonde vlakbij en we zijn naar zijn huis gegaan. De bewaker trad op als tolk. Wil je weten wat hij zei?'

'Ik kan haast niet wachten.'

'Minos was opgericht in het najaar van 1992. Er waren op zijn hoogst vijftien werknemers, de meesten daarvan waren oude vrouwtjes. Het salaris bedroeg ruim 150 kronen per week. In het begin waren er geen machines, dus die medewerkers konden eerst dat krot gaan uitmesten. Begin oktober kwamen er drie karton-neermachines die in Portugal waren ingekocht. Ze waren oud en versleten en hopeloos ouderwets. De schrootwaarde kan niet méér geweest zijn dan een paar duizend kronen. De machines werkten, maar gingen om de haverklap stuk. Reserveonderdelen waren er natuurlijk niet, dus de productie bij Minos stond voortdurend stil. Vaak werd de machine provisorisch door een van de medewerkers gerepareerd.'

'Het begint nu echt op een story te lijken,' moest Mikael toege-ven. 'Wat maakten ze eigenlijk bij Minos?'

'In 1992 en de eerste helft van 1993 maakten ze gewoon karton-papier voor vaatwasmiddel en eierdozen en dergelijke. Daarna produceerden ze papieren zakken. Maar de fabriek had voortdu-rend gebrek aan grondstoffen en er was niet echt sprake van een grote productie.'

'Dat klinkt niet als een superinvestering.'

'Ik heb het uitgerekend. De totale huurlasten bedroegen 15.000 kronen voor twee jaar. Die salarissen kunnen maximaal 150.000 kronen hebben bedragen, en dan ben ik royaal. Inkoop van machi-nes en transporten, een stationcar die de eierdozen afleverde bij de klanten ... zeg 250.000. Voeg daar administratiekosten aan toe voor vergunningen, en wat heen-en-weergereis; er was blijkbaar maar één persoon uit Zweden die het dorp een paar keer heeft bezocht. Tja, zeg dat de hele operatie onder het miljoen bleef. Op een dag in de zomer van 1993 kwam de voorman naar de fabriek en zei dat deze gesloten was, en kort daarop kwam een Hongaarse vrachtwa-gen het machinepark halen. Exit Minos.'

Tijdens de rechtszaak had Mikael vaak teruggedacht aan die mid-zomeravond. De toon van het gesprek was over het algemeen onvolwassen en vriendschappelijk-ruziënd geweest, net als tijdens hun schooltijd. Als tieners hadden ze de lasten die je op die leeftijd moet dragen gedeeld. Als volwassenen waren ze eigenlijk vreemde-lingen, in wezen zeer verschillende mensen. Gedurende de avond had Mikael zitten bedenken dat hij zich niet echt kon herinneren waardoor ze op de middelbare school zulke goede vrienden waren geweest. Hij herinnerde zich Robert als een stille, gereserveerde jongen, ontzettend verlegen ten aanzien van meisjes. Als volwassene was hij een succesvolle ... tja, carrièrejager in het bankwezen. Mikael twijfelde er geen moment aan dat zijn vriend denkbeelden had die volstrekt anders waren dan de meeste van zijn opvattingen.

Mikael dronk maar zelden te veel, maar de toevallige ontmoeting had een mislukte zeiltocht omgezet in een aangename avond, waarbij het niveau in de brandewijnfles in een rustig tempo de bodem had bereikt. Juist vanwege de toon van het gesprek had hij Roberts verhaal over Wennerström eerst niet serieus genomen, maar uiteindelijk was toch zijn journalistieke instinct tot leven gewekt. Plotseling was hij aandachtig naar Roberts verhaal gaan luisteren en was hij met kritische vragen gekomen.

'Wacht even,' verzocht Mikael. 'Wennerström is een belangrijke naam onder beursspeculanten. Als ik het niet mis heb, is hij miljardair ...'

'Het geschatte vermogen van de Wennerstroem Group bedraagt zo'n tweehonderd miljard. Je wilt vragen waarom een miljardair zich überhaupt druk zou maken om het verduisteren van een zakcentje van zo'n lullige 50 miljoen.'

'Nou ja, misschien eerder waarom hij alles zou riskeren door een duidelijke vorm van oplichterij.'

'Ik weet niet of je kunt zeggen dat die oplichterij zo duidelijk is; een unaniem SIB-bestuur, bankmensen, de regering en de accountants van het parlement hebben Wennerströms verantwoording goedgekeurd.'

'Het gaat in elk geval om een habbekrats.'

'Inderdaad. Maar ga eens na: de Wennerstroem Group is een beleggingsmaatschappij die zich bezighoudt met alles waarbij je een slag kunt slaan: waardepapieren, opties, valuta ... *you name it.* Wennerström heeft in 1992 contact opgenomen met de SIB, net toen de zaken zo slecht gingen. Herinner je je het najaar van 1992 nog?'

'Jazeker. Ik had een variabele hypotheek op mijn flat toen in oktober het officiële rentepercentage naar vijfhonderd procent ging. Ik heb een jaar lang negentien procent rente betaald.'

'Mmm, dat waren nog eens tijden,' glimlachte Robert. 'Zelf ben ik er dat jaar verdomde veel bij ingeschoten. En Hans-Erik Wennerström worstelde, net als alle andere spelers op de markt, met hetzelfde probleem. De onderneming had miljarden in allerlei soorten waardepapieren zitten, maar verbluffend weinig contanten. Opeens konden ze geen nieuwe fantasiebedragen meer lenen. In zo'n situatie is het gebruikelijk dat je wat onroerend goed van de hand doet en je wonden likt na het verlies ... maar in 1992 wilde opeens niemand meer onroerend goed kopen.'

'*Cashflow problem.*'

'Exact. En Wennerström was niet de enige met zulke problemen. Iedere zakenman ...'

'Dat moet je zo niet zeggen, zakenman. Noem ze zoals je wilt, maar ze "zakenman" noemen, is het beledigen van een serieuze beroepscategorie.'

'... beursspeculanten dan, hadden *cashflow problems* ... Je moet het als volgt zien: Wennerström kreeg 60 miljoen kronen. Hij heeft 6 miljoen terugbetaald, maar pas na drie jaar. De kosten voor Minos kunnen niet meer hebben bedragen dan een miljoen. Alleen al de rente van 60 miljoen in drie jaar is een heleboel geld. Afhankelijk van hoe hij het geld heeft geïnvesteerd, kan hij het SIB-geld hebben verdubbeld of vertienvoudigd. En dan hebben we het niet meer over kattenpis. Proost trouwens.'

2
VRIJDAG 20 DECEMBER

Dragan Armanskij was zesenvijftig jaar oud en geboren in Kroatië. Zijn vader was een Armeense Jood uit Wit-Rusland. Zijn moeder was een Bosnische moslima van Griekse origine. Zij was verantwoordelijk geweest voor zijn culturele opvoeding en daardoor maakte hij op volwassen leeftijd deel uit van de grote, heterogene groep die door de media wordt gedefinieerd als moslims. De Zweedse Migratiedienst had hem vreemd genoeg te boek staan als Serviër. Uit zijn paspoort bleek dat hij Zweeds staatsburger was en de pasfoto toonde een vierkant gezicht met een forse kaakpartij, een zware baardgroei en grijze slapen. Hij werd vaak 'de Arabier' genoemd, hoewel hij niets Arabisch in zijn bloed had. Hij was daarentegen een genetisch kruispunt van de soort die rasbiologische gekken met grote waarschijnlijkheid zouden beschrijven als ondergeschikt menselijk brandhout.

Zijn uiterlijk deed vaag denken aan de stereotiepe rol van die van lokale maffiabaas in de een of andere Amerikaanse gangsterfilm. In werkelijkheid was hij geen drugssmokkelaar en al evenmin een onderwereldfiguur die op bevel criminele opdrachten uitvoerde voor de maffia. Hij was een getalenteerde bedrijfseconoom die begin jaren zeventig als financieel assistent bij het beveiligingsbedrijf Milton Security was gaan werken, en die daar drie decennia later was opgeklommen tot algemeen directeur en chef operations.

De interesse voor het beveiligingsbedrijf was in de loop der tijd gegroeid en was omgezet in fascinatie. Het was een soort strategiespel; het identificeren van vijandbeelden, tegenstrategieën ontwikkelen en de industriespionnen, afpersers en dieven voortdurend een stap voor blijven. Het was begonnen toen hij ontdekte hoe een klant op slimme wijze was opgelicht door middel van creatief boekhouden. Hij kon bewijzen wie er uit een groep van twaalf personen achter zat, en dertig jaar later kon hij zich nog steeds herinneren hoe verbaasd hij was geweest toen hij had ingezien dat die hele verduistering had kunnen plaatsvinden doordat het bedrijf in kwestie een paar gaatjes in de veiligheidsroutines niet had afgedicht. Zelf werd hij van kommaneuker medespeler bij de ontwikkeling van het bedrijf, en expert op het gebied van oplichterij. Na vijf jaar was hij in het managementteam terechtgekomen en na nog eens tien jaar werd hij, niet zonder weerstand, algemeen directeur. Nu was de weerstand allang verstomd. Tijdens zijn jaren bij de onderneming had hij Milton Security tot een van de meest competente en meest geraadpleegde beveiligingsbedrijven van Zweden gemaakt.

Milton Security had 380 fulltime medewerkers en nog eens ruim 300 betrouwbare freelancers, die naar behoefte werden ingehuurd. Het was een klein bedrijf vergeleken met Falck of de Zweedse Bewakingsdienst. Toen Armanskij net in dienst was heette het bedrijf nog Johan Fredrik Miltons Algemene Bewakings NV en had het een klantenkring die bestond uit winkelcentra die winkelcontroleurs en gespierde bewakers nodig hadden. Onder zijn leiding was het bedrijf van naam veranderd in het meer internationaal gangbare Milton Security, en had het zich gespecialiseerd in de nieuwste technieken. Het personeelsbestand was vervangen, afgedankte nachtwachten, uniformfetisjisten en bijverdienende middelbare scholieren waren vervangen door mensen met een professionele bekwaamheid. Armanskij nam oudere ex-politiemensen aan als operationele chefs, politicologen met inzicht in internationaal terrorisme, persoonsbeveiliging en bedrijfsspionage, en vooral teletechnici en data-experts. Het bedrijf verhuisde van Solna naar een nieuw pand op stand in de buurt van Slussen, in het centrum van Stockholm.

Begin jaren negentig was Milton Security toegerust om een volstrekt nieuw soort zekerheid te bieden aan een exclusieve groep klanten, voornamelijk middelgrote bedrijven met een extreem hoge omzet en welgestelde privépersonen – nouveaux riches als rocksterren, beursspeculanten en directeuren van internetbedrijven. Een groot deel van de activiteiten was gericht op het bieden van persoonsbeveiliging in de vorm van lijfwachten en veiligheidsoplossingen voor Zweedse bedrijven in het buitenland, met name in het Midden-Oosten. Dat onderdeel van de activiteiten was op dit moment goed voor zeventig procent van de omzet van het bedrijf. In Armanskij's tijd was de omzet gestegen van ruim 40 miljoen naar 2 miljard kronen per jaar. Het verkopen van veiligheid was een extreem lucratieve branche.

De activiteiten waren onderverdeeld in drie hoofdgebieden: *veiligheidsconsultaties*, die bestonden uit het identificeren van alle mogelijke of ingebeelde gevaren; *tegenmaatregelen*, die gewoonlijk bestonden uit het installeren van kostbare bewakingscamera's, inbraak- of brandalarm, elektronische sloten en computerapparatuur; en ten slotte *persoonsbeveiliging* van particulieren of bedrijven die enige vorm van bestaande of ingebeelde dreiging ervoeren. De laatstgenoemde markt was in tien jaar meer dan verveertigvoudigd en de laatste jaren was er een nieuwe groep klanten ontstaan in de vorm van enigszins welgestelde vrouwen die bescherming zochten tegen voormalige vriendjes of echtgenoten, of tegen onbekende stalkers die hen op tv hadden gezien en zich gefixeerd hadden op hun nauwe truitjes of de kleur van hun lippenstift. Milton Security was bovendien samenwerkingspartner van soortgelijke gerenommeerde bedrijven in andere Europese landen en de VS, en droeg zorg voor de veiligheid van diverse internationale gasten die op bezoek waren in Zweden; bijvoorbeeld een bekende Amerikaanse actrice die gedurende twee maanden bij filmopnames in Trollhättan was en wier agent van mening was dat haar status zodanig was dat ze lijfwachten nodig had als ze haar zeldzame wandelingetjes rond het hotel ging maken.

Een vierde, aanzienlijk kleiner gebied waar zich slechts een paar medewerkers mee bezighielden, bestond uit wat 'PO's' werden genoemd, oftewel persoonsonderzoeken.

Armanskij was niet erg blij met dat onderdeel van de activiteiten. Het was qua budget minder lucratief en bovendien een lastig onderwerp dat hogere eisen stelde aan het oordeel en de vaardigheden van de medewerkers dan aan hun kennis van teletechniek of de installatie van discrete bewakingsapparatuur. Persoonsonderzoeken waren acceptabel als het ging om eenvoudige kredietgege-

vens, achtergrondcontroles voor een aanstelling of om verdenkingen te onderzoeken dat een medewerker bedrijfsinformatie lekte of
zich bezighield met criminele activiteiten. In dat geval waren de
PO's onderdeel van de operationele activiteiten.

Maar zijn zakelijke klanten kwamen veel te vaak met privépro-
blemen aanzetten die vaak een onwelkom gezeur tot gevolg hadden. *Ik wil weten wat dat voor schooier is met wie mijn dochter
omgaat ... Volgens mij is mijn vrouw me ontrouw ... Mijn zoon is een
beste knul, maar hij is in slecht gezelschap verzeild geraakt ... Ik word
blootgesteld aan afpersing ...* Armanskij zei meestal meteen nee. Als
de dochter volwassen was, had ze het recht om om te gaan met
welke schooier dan ook en ontrouw was iets wat echtelieden zelf
maar moesten uitzoeken. In dergelijke verzoeken zaten vaak valkuilen die potentieel konden leiden tot schandalen en die juridische problemen voor Milton Security konden veroorzaken.
Dragan Armanskij hield deze opdrachten daarom goed in de
gaten, hoewel ze het bedrijf alleen maar wat zakgeld opleverden.

Het onderwerp van die ochtend was helaas zo'n persoonsonderzoek en Dragan Armanskij trok zijn pantalon een stukje op zodat
deze netjes in de plooi bleef, voordat hij achteroverleunde in zijn
comfortabele kantoorstoel. Hij keek argwanend naar zijn tweeën-
dertig jaar jongere medewerkster Lisbeth Salander en constateerde
voor de duizendste keer dat er weinig mensen waren die zo misplaatst konden zijn bij een prestigieus beveiligingsbedrijf als zij.
Zijn argwaan was verstandig én irrationeel tegelijk. In Armanskij's
ogen was Lisbeth Salander zonder twijfel de meest vakbekwame
onderzoeker die hij in al zijn jaren in de branche was tegengekomen. In de vier jaar dat ze nu voor hem werkte, had ze geen enkele opdracht verprutst of ook maar één middelmatig rapport
afgeleverd.

Integendeel, haar producten vormden een klasse apart. Armanskij was ervan overtuigd dat Lisbeth Salander een unieke gave bezat.
Iedereen kon kredietinformatie opvragen of een controle verrichten bij de dienst die beslagleggingen uitvoert, maar Salander had
fantasie en kwam altijd met iets heel anders terug dan het ver-
wachte. Hoe ze dat voor elkaar kreeg, had hij nooit begrepen en af
en toe leek haar vermogen om informatie te verkrijgen pure magie.

Ze was extreem goed vertrouwd met bureaucratische archieven en wist de meest obscure mensen op te sporen. Ze had vooral het vermogen om in de huid te kruipen van de persoon die ze onderzocht. Was er wat shit op te graven dan zoomde ze in als een geprogrammeerde kruisraket.

Van die gave maakte ze altijd gebruik.

Haar rapporten konden een vernietigende catastrofe vormen voor degene die in haar web verstrikt raakte. Het zweet brak Armanskij weer uit als hij dacht aan die keer dat hij haar de opdracht had gegeven een routinecontrole te doen naar een onderzoeker in de geneesmiddelenindustrie in verband met een bedrijfsaankoop. Die klus moest in een week geklaard zijn, maar duurde veel langer. Na vier weken zwijgen en negeren van diverse aansporingen kwam ze terug met een rapport dat uitwees dat de persoon in kwestie pedofiel was en bij ten minste twee gelegenheden betaalde seks had gehad met een dertienjarige kindprostituee in Tallinn, en dat er bepaalde aanwijzingen waren dat hij een ongezonde interesse had voor de dochter van zijn toenmalige vriendin.

Salander had eigenschappen die Armanskij af en toe tot wanhoop dreven. Toen ze had ontdekt dat de man pedofiel was, had ze niet de telefoon gepakt en Armanskij gealarmeerd en was ze evenmin zijn kantoor binnengerend om een gesprek aan te vragen. Integendeel, zonder ook maar met één woord aan te geven dat het rapport springstof zou bevatten van haast nucleaire proporties, had ze het op een avond op zijn bureau gelegd, net toen Armanskij het licht uit wilde doen om naar huis te gaan. Hij had het rapport meegenomen en het pas laat op de avond opengeslagen, toen hij samen met zijn vrouw in de woonkamer van zijn vrijstaande huis op het eiland Lidingö zat. Ze keken tv en hadden net een fles wijn geopend.

Het rapport was zoals altijd haast wetenschappelijk nauwkeurig met voetnoten, citaten en exacte bronverwijzingen. De eerste pagina's beschreven de achtergrond van het object, zijn opleiding, carrière en financiële situatie. Pas op pagina 24, onder een tussenkop, had Salander de bom losgelaten over de uitstapjes naar Tallinn, op dezelfde zakelijke toon als waarop ze meedeelde dat hij in een vrijstaand huis in Sollentuna woonde en in een donkerblauwe Volvo reed. Om haar beweringen kracht bij te zetten verwees ze naar documentatie in een omvangrijke bijlage, waarbij foto's zaten van het dertienjarige meisje in gezelschap van het object. De foto was gemaakt in de gang van een hotel in Tallinn en hij had zijn hand onder haar truitje. Op de een of andere manier was Lisbeth Salander er bovendien in geslaagd het meisje in kwestie op te sporen en had ze haar weten te bewegen gedetailleerd verslag te doen, wat ze op een bandje had opgenomen.

Het rapport had precies de chaos teweeggebracht die Armanskij wilde vermijden. Eerst had hij een paar tabletten moeten nemen die zijn arts hem had voorgeschreven tegen een opkomende maagzweer. Daarna had hij de opdrachtgever opgebeld voor een somber bliksemgesprek. Uiteindelijk had hij, ondanks de spontane tegenzin van de opdrachtgever, zich verplicht gevoeld het materiaal onmiddellijk aan de politie over te dragen. Dat laatste hield in dat Milton Security het risico liep betrokken te raken bij een wirwar van beschuldigingen en tegenbeschuldigingen. Wanneer de documentatie geen stand hield of de man werd vrijgesproken, zou het bedrijf een potentieel risico lopen te worden aangeklaagd wegens smaad. Het was één doffe ellende.

Wat hem het meest stoorde was echter niet Lisbeth Salanders opmerkelijke gebrek aan emoties. Het was meer een kwestie van imago. Het imago van Milton was conservatieve stabiliteit. Salander was in dat opzicht net zo geloofwaardig als een graafmachine op een botenbeurs.

Armanskij had er moeite mee zich te verzoenen met het feit dat zijn steronderzoeker een bleek en anorectisch mager meisje was met stekeltjeshaar en een piercing door haar neus en haar wenkbrauw. Ze had een 2 centimeter lange tatoeage van een wesp op haar hals, een getatoeëerde slinger rond de biceps van haar linkerarm en een tweede rond haar enkel. De keren dat ze een topje aan had gehad, had Armanskij ook kunnen constateren dat ze een grotere tatoeage op haar schouderblad had, die een draak voorstelde. Ze was van nature roodharig maar had haar haar ravenzwart geverfd. Ze zag eruit alsof ze net wakker was geworden na een wekenlange orgie met een stel hardrockers.

Ze had, daarvan was Armanskij overtuigd, geen eetstoornis, ze leek juist alle mogelijke junkfood te consumeren. Ze was gewoon mager geboren, met dunne beenderen waardoor ze er meisjesachtig uitzag; ze was tenger, had kleine handen, smalle polsen en borsten die onder haar kleren amper te onderscheiden waren. Ze was vierentwintig jaar, maar zag eruit als veertien.

Ze had een brede mond, een kleine neus en hoge jukbeenderen die haar een oosters tintje gaven. Haar bewegingen waren snel en spinachtig, en als ze met een computer werkte vlogen haar vingers haast manisch over de toetsen. Haar lichaam zou onmogelijk geschikt zijn voor een carrière in de modellenbranche, maar met de juiste make-up kon een close-up van haar op elk willekeurig reclamebord worden geplaatst. Ondanks haar make-up – soms had ze zelfs weerzinwekkende zwarte lippenstift op – de tatoeages en de gepiercete neus en wenkbrauw was ze ... hm ... aantrekkelijk. Op een volstrekt onbegrijpelijke manier.

Dat Lisbeth Salander überhaupt voor Dragan Armanskij werkte, was op zich al verbluffend. Ze was niet het soort vrouw met wie Armanskij gewoonlijk in contact kwam, en al helemaal niet het soort vrouw dat hij een baan zou aanbieden.

Ze had een baantje als een soort manusje-van-alles op kantoor gekregen toen Holger Palmgren, een half gepensioneerde advocaat die de privéaangeleden voor de oude J.F. Milton behartigde, hem had getipt dat Lisbeth Salander 'een slimme meid was met een wat stroeve houding'. Palmgren had Armanskij verzocht haar een kans te geven, wat Armanskij met tegenzin had toegezegd. Palmgren was een man van het soort dat alleen een nee accepteert als aanmoediging om zijn pogingen te verdubbelen, dus het was eenvoudiger om meteen ja te zeggen. Armanskij wist dat Palmgren zich bezighield met probleemjongeren en ander sociaal geneuzel, maar dat hij ondanks alles een goed beoordelingsvermogen had.

Hij had al spijt gehad op het moment dat hij Lisbeth Salander voor het eerst ontmoette.

Ze werd niet alleen gezien als problematisch, ze was in zijn ogen synoniem aan dat begrip. Ze had de basisschool niet afgemaakt, had nooit een voet op een middelbare school gezet en miste elke vorm van hogere opleiding.

De eerste maanden had ze fulltime gewerkt, nu ja, bijna fulltime, ze was in elk geval af en toe op haar werk verschenen. Ze had koffiegezet, de post gehaald en het kopieerapparaat onderhouden. Het probleem was dat ze geen snars om normale kantoortijden of werkroutines gaf.

Ze had echter een groot talent de andere medewerkers van het bedrijf te irriteren. Ze werd bekend als 'het meisje met de twee hersencellen'; een om te ademen en een om rechtop te staan. Ze sprak nooit over zichzelf. Medewerkers die met haar probeerden te praten, kregen zelden respons en gaven het al gauw op. Pogingen om haar voor de gek te houden vielen nooit in goede aarde. Óf ze bekeek de grappenmaker met grote, uitdrukkingsloze ogen óf ze reageerde duidelijk geïrriteerd.

Bovendien ontstond het gerucht dat haar humeur plotseling drastisch om kon slaan als ze het idee had dat iemand haar voor de gek hield, wat op zich vrij vaak voorkwam op de werkplek. Haar houding gaf geen aanleiding tot vertrouwen of vriendschap en ze werd al snel gezien als een vreemd verschijnsel dat als een straatkat door de gangen van Milton liep. Ze werd als volkomen hopeloos beschouwd.

Na een maand van voortdurend gezeur had Armanskij haar op zijn kantoor ontboden met de bedoeling haar te ontslaan. Ze had passief zitten luisteren naar zijn uiteenzetting van haar tekortkomingen, zonder tegenwerpingen te maken of zonder zelfs maar een wenkbrauw op te trekken. Pas toen hij uitgepraat was over het feit dat ze niet 'de juiste attitude' had en net wilde gaan zeggen dat het een goed idee was als ze ging uitkijken naar een ander bedrijf dat 'haar vaardigheden beter kon benutten,' had ze hem midden in een zin onderbroken. Voor het eerst had ze meer gezegd dan een paar losse woordjes.

'Zeg, als je een conciërge wilt hebben, kun je die bij het arbeidsbureau zo vinden. Ik kan alles te weten komen over wie dan ook en als je mijn vaardigheden niet beter kunt benutten dan voor het sorteren van post ben je een idioot.'

Armanskij kon zich nog goed herinneren hoe hij daar volkomen sprakeloos van verbazing en woede had gezeten toen ze gewoon door was gegaan.

'Je hebt een vent in dienst die drie weken heeft besteed aan het schrijven van een volstrekt waardeloos rapport over die yuppie die ze als bestuursvoorzitter willen rekruteren voor dat internetbedrijf. Ik heb dat kutrapport gisteravond voor hem gekopieerd en ik zie dat het voor je ligt op je bureau.'

Armanskij had een blik op het rapport geworpen en zeer tegen zijn gewoonte in met stemverheffing gesproken.

'Je mag geen vertrouwelijke rapporten lezen.'

'Vermoedelijk niet, maar de veiligheidsroutines bij dit bedrijf hebben bepaalde tekortkomingen. Volgens jouw richtlijnen moet hij het zelf kopiëren, maar hij duwde me het rapport gisteravond in de hand toen hij naar de kroeg vertrok. En trouwens, een paar weken geleden zag ik zijn vorige rapport in de kantine liggen.'

'Wat zeg je nou?' had Armanskij geschokt uitgeroepen.

'Rustig maar. Ik heb het in zijn kluis gelegd.'

'Heeft hij je de combinatie van zijn kast met privédocumenten gegeven?' had Armanskij gevraagd, terwijl hij naar adem hapte.

'Nee, niet direct. Hij heeft hem genoteerd op een briefje onder zijn bureaulegger samen met het password van zijn computer. Maar het punt is dat die privédetective van jou een waardeloos persoonsonderzoek heeft gedaan. Hij heeft niet gezien dat die vent enorme speelschulden heeft en cocaïne snuift als een stofzuiger en dat zijn vriendin bovendien bescherming bij een blijf-van-mijn-lijfhuis heeft gezocht nadat hij haar in elkaar had geramd.'

Toen had ze gezwegen. Armanskij had een paar minuten zonder iets te zeggen door het betreffende rapport zitten bladeren. Het was competent uitgevoerd, geschreven in een begrijpelijk proza en zat vol bronverwijzingen en uitspraken van vrienden en bekenden van het object in kwestie. Ten slotte had hij haar aangekeken en twee woorden gezegd: 'Bewijs maar.'

'Hoeveel tijd krijg ik?'

'Drie dagen. Als je je beweringen vrijdagmiddag niet kunt staven kun je vertrekken.'

Drie dagen later had ze zonder een woord te zeggen een rapport afgegeven dat met even uitvoerige bronvermeldingen de op het eerste gezicht aardige jonge yuppie had veranderd in een onbetrouwbare klootzak. Armanskij had haar rapport dat weekend diverse malen gelezen en een deel van de maandag besteed aan het halfhartig dubbelchecken van enkele van haar beweringen. Al voordat hij begon met die controle wist hij dat haar informatie correct zou blijken.

Armanskij was onthutst en kwaad op zichzelf dat hij haar blijkbaar verkeerd had beoordeeld. Hij had haar gezien als onnozel, misschien zelfs wat achterlijk. Hij had niet verwacht dat een meisje dat zoveel gespijbeld had op de basisschool dat ze niet eens een eindrapport had, een verslag zou schrijven dat niet alleen taalkundig correct was, maar bovendien waarnemingen en informatie bevatte waarvan hij gewoon niet begreep hoe ze daar aangekomen was.

Hij was ervan overtuigd dat niemand anders bij Milton Security in staat zou zijn een uittreksel uit een vertrouwelijk journaal van een arts bij de vrouwenopvang te pakken te krijgen. Toen hij haar vroeg hoe ze dat had klaargespeeld, kreeg hij een ontwijkend antwoord. Ze was niet van plan haar bronnen prijs te geven, beweerde ze. Langzaamaan werd het Armanskij duidelijk dat Lisbeth Salander überhaupt niet van plan was om haar werkwijze te bespreken, niet met hem en niet met iemand anders. Dat verontrustte hem, maar toch niet voldoende om de verleiding te kunnen weerstaan haar te testen.

Hij dacht er een paar dagen over na.

Hij moest denken aan Holger Palmgrens woorden toen Palmgren haar op hem had afgestuurd. *Alle mensen moeten een kans krijgen.* Hij dacht na over zijn eigen islamitische opvoeding, waarin hij had geleerd dat het zijn plicht aan God was om de uitgestotenen bij te staan. Hij geloofde weliswaar niet in God en had al sinds zijn tienertijd geen moskee meer bezocht, maar hij ervoer Lisbeth Salander als iemand die behoefte had aan ondubbelzinnige hulp en ondersteuning. En de laatste decennia had hij niet veel gedaan op dat gebied.

In plaats van haar te ontslaan had hij Lisbeth Salander binnengeroepen voor een persoonlijk gesprek, waarbij hij had geprobeerd erachter te komen hoe dat lastige meisje eigenlijk in elkaar zat. Hij werd gesterkt in zijn overtuiging dat Lisbeth Salander aan een of andere ernstige stoornis leed, maar hij ontdekte ook dat achter haar mokkende verschijning een intelligent mens schuilging. Hij ervoer haar als broos en storend, maar begon haar ook, tot zijn eigen verbazing, aardig te vinden.

In de maanden die daarop volgden nam Armanskij Lisbeth Salander onder zijn hoede. Als hij heel eerlijk moest zijn tegen zichzelf beschouwde hij haar als een sociaal hobbyproject. Hij gaf haar eenvoudige researchopdrachten en probeerde haar tips te geven hoe ze te werk moest gaan. Ze luisterde geduldig, vertrok vervolgens en voerde de opdracht geheel naar eigen inzicht uit. Hij vroeg de IT-manager van Milton om haar een basiscursus computerkennis te geven; Salander zat een hele middag zoet in de schoolbanken voordat de IT-manager enigszins ontstemd rapporteerde dat ze nu al een betere basiskennis over computers leek te hebben dan de meeste andere medewerkers bij het bedrijf.

Armanskij werd zich er al gauw van bewust dat Lisbeth Salander ondanks de functioneringsgesprekken, aanbiedingen voor interne opleidingen en andere lokkertjes niet van plan was zich aan te passen aan de normale kantoorroutines van Milton. Dat stelde hem voor een lastig dilemma.

Ze bleef een bron van irritatie voor de andere medewerkers van het bedrijf. Armanskij was zich ervan bewust dat hij niet geaccepteerd zou hebben dat een andere medewerker kwam en ging zoals het hem of haar uitkwam, en dat hij in normale gevallen spoedig een ultimatum zou hebben gesteld met eisen voor veranderingen. Hij vermoedde ook dat als hij Lisbeth Salander voor een ultimatum zou stellen of zou dreigen met ontslag, ze haar schouders op zou halen. Hij moest dus óf van haar af zien te komen óf accepteren dat ze niet functioneerde zoals normale mensen.

Een nog groter probleem voor Armanskij was dat hij geen hoogte kreeg van zijn eigen gevoelens voor de jonge vrouw. Ze was als hinderlijke jeuk, afstotend maar tegelijkertijd ook aanlokkelijk. Het was geen seksuele aantrekkingskracht, zo zag Armanskij het tenminste niet. De vrouwen naar wie hij gewoonlijk keek, waren blond en welgevormd, met volle lippen die zijn fantasie wekten. Bovendien was hij al twintig jaar getrouwd met een Finse vrouw die Ritva heette en die ook op middelbare leeftijd meer dan voldoende voldeed aan al deze eisen. Hij was haar nog nooit ontrouw geweest, nou ja, er was misschien weleens iets gebeurd wat zijn vrouw verkeerd had kunnen opvatten als ze ervan geweten had, maar hun huwelijk was gelukkig en hij had twee dochters van Salanders leeftijd. Hoe dan ook, hij was niet geïnteresseerd in meisjes met platte borsten die op afstand ook konden worden aangezien voor spichtige jongens. Dat was niets voor hem.

Toch was hij zichzelf gaan betrappen op ongepaste dagdromen over Lisbeth Salander en hij moest bekennen dat haar nabijheid hem wel iets deed. Maar de aantrekkingskracht bestond er volgens Armanskij uit dat Salander een vreemd wezen voor hem was. Hij kon net zo goed verliefd zijn geworden op een schilderij van een Griekse sprookjesnimf. Salander vertegenwoordigde een onwerkelijk leven, dat hem fascineerde maar dat hij niet kon delen, wat ze hem overigens ook in geen geval zou toestaan.

Op een dag had Armanskij op een terras op Stortorget in de oude binnenstad gezeten toen Lisbeth Salander langs was geslenterd en aan een tafeltje aan de andere kant van het terras had plaatsgenomen. Ze was in gezelschap van drie meisjes en een jongen, die allemaal op haast identieke wijze gekleed waren. Armanskij had haar nieuwsgierig bekeken. Ze leek net zo gereserveerd te zijn als op haar werk, maar ze had bijna gelachen om iets wat een meisje met purperkleurig haar had verteld.

Armanskij vroeg zich af hoe Salander zou reageren als hij op een dag op het werk verscheen met groen haar, een versleten spijkerbroek en een volgeklad leren jack met klinknagels. Zou ze hem accepteren als een gelijke? Misschien, ze leek alles om zich heen te accepteren met een houding van *not my business*. Maar het meest waarschijnlijke was dat ze hem gewoon grijnzend zou hebben aangekeken.

Ze had met haar rug naar hem toe gezeten en zich niet één keer omgedraaid. Ze was zich er dus ogenschijnlijk niet van bewust dat hij daar zat. Hij voelde zich opvallend gestoord door haar aanwezigheid en toen hij na een tijdje was opgestaan om ongezien weg te glippen had ze plotseling haar hoofd omgedraaid en hem recht aangekeken, net alsof ze zich er de hele tijd bewust van was geweest dat hij daar had gezeten en ze hem op haar radar had opgemerkt. Ze had hem zo verrast dat het aanvoelde als een aanval en hij had gedaan alsof hij haar niet had gezien en had het terras met rasse schreden verlaten. Ze had hem niet gegroet, maar hem met haar ogen gevolgd, en pas toen hij de hoek om was, had haar blik niet meer op zijn rug gebrand.

Ze lachte zelden of nooit, al meende Armanskij in de loop van de tijd toch een zekere versoepelde houding van haar kant waar te nemen. Ze had een op zijn zachtst gezegd droge humor, die af en toe leidde tot een smalend, ironisch lachje.

Soms voelde Armanskij zich zo geprovoceerd door haar gebrek aan emotionele respons dat hij haar door elkaar wilde schudden en achter haar façade wilde kruipen om haar vriendschap of ten minste haar respect te winnen.

Eén keer, ze werkte toen negen maanden voor hem, had hij geprobeerd deze gevoelens met haar te bespreken. Dat was tijdens het kerstfeest van Milton Security geweest op een avond in december en hij was voor de verandering aangeschoten. Er had niets onoorbaars plaatsgevonden, hij had alleen maar geprobeerd te vertellen dat hij haar gewoon graag mocht. Maar hij had met name willen verklaren dat hij een soort beschermersinstinct voelde en dat als ze ergens hulp bij nodig had, ze zich met vertrouwen tot hem kon richten. Hij had zelfs geprobeerd haar te omhelzen. In alle vriendschappelijkheid, uiteraard.

Ze had zich losgemaakt uit zijn lompe omarming en had het feest verlaten. Daarna was ze niet op het werk verschenen en had ze haar mobiele telefoon ook niet opgenomen. Dragan Armanskij had haar afwezigheid ervaren als een marteling – bijna als een persoonlijke bestraffing. Hij had niemand om zijn gevoelens mee te delen, en voor het eerst had hij met ontzette scherpzinnigheid ingezien welke verwoestende macht Lisbeth Salander over hem had gekregen.

Drie weken later, toen Armanskij op een avond in januari nog laat zat over te werken om de jaarrekening te controleren, was Salander teruggekeerd. Ze was onopgemerkt als een geest zijn kamer binnengekomen en hij was zich er plotseling bewust van geworden dat ze hem in het donker, verderop in de kamer, stond aan te kijken. Hij had geen idee hoe lang ze daar al stond.

'Wil je koffie?' had ze gevraagd. Ze had de deur dichtgetrokken en hem een beker van het espressoapparaat in de kantine aangereikt. Hij had hem zwijgend aangenomen en had zowel opluchting als angst gevoeld toen ze de deur met haar voet had dichtgetrokken, in de bezoekersstoel was gaan zitten en hem recht in zijn ogen had gekeken. Daarna had ze de verboden vraag gesteld op een manier die niet afgedaan kon worden als grapje, maar die ook niet uit de weg gegaan kon worden.

'Dragan, geil je op mij?'

Armanskij had als verlamd gezeten terwijl hij wanhopig had zitten bedenken wat hij moest antwoorden. Zijn eerste impuls was om alles verongelijkt te ontkennen. Toen had hij haar blik gezien en ingezien dat ze voor het eerst een persoonlijke vraag had gesteld. Die was serieus bedoeld en als hij zou proberen om er gekscherend op te reageren zou ze dat opvatten als een persoonlijke belediging. Ze wilde met hem praten en hij vroeg zich af hoe lang ze moed had verzameld om die vraag te stellen. Hij had langzaam zijn pen neergelegd en was achterovergeleund in zijn stoel. Uiteindelijk had hij zich ontspannen.

'Waarom denk je dat?' vroeg hij.

'De manier waarop je naar me kijkt, en de manier waarop je niet naar me kijkt. En de keren dat je je hand naar me uit wilde steken en me wilde aanraken, maar je bedacht.'

Hij glimlachte plotseling naar haar.

'Ik heb het gevoel dat je mijn hand zou afbijten als ik je ook maar met één vinger zou aanraken.'

Ze glimlachte niet. Ze wachtte.

'Lisbeth, ik ben je chef en ook al zou ik me tot je aangetrokken voelen dan zou ik daar nooit wat mee doen.'

Ze wachtte nog steeds.

'Tussen ons gezegd ... Ja, er zijn momenten geweest dat ik me tot je aangetrokken heb gevoeld. Ik kan het niet uitleggen, maar het is zo. Om een reden die ik zelf niet begrijp, geef ik veel om je. Maar ik geil niet op je.'

'Mooi. Want dat moet ook niet.'

Armanskij was plotseling in lachen uitgebarsten. Salander had voor het eerst iets persoonlijks tegen hem gezegd, ook al was dat het meest negatieve bericht dat een man kon krijgen. Hij probeerde de juiste woorden te vinden.

'Lisbeth, ik begrijp dat je niet geïnteresseerd bent in een man van vijftig plus.'

'Ik ben niet geïnteresseerd in een man van vijftig plus die mijn chéf is.' Ze had haar hand opgeheven. 'Wacht, laat me uitpraten. Je bent soms een beetje onnozel en op een irritante manier bureaucratisch, maar je bent ook een aantrekkelijke man ... Dat voel ik ook best ... Maar je bent mijn chef en ik heb je vrouw ontmoet en ik wil mijn baan niet kwijt en het stomste wat ik zou kunnen doen, zou zijn het met jou aan te leggen.'

Armanskij zweeg, hij durfde nauwelijks adem te halen.

'Ik ben me ervan bewust wat je voor me gedaan hebt en ik ben niet ondankbaar. Ik stel het op prijs dat je ruimhartiger bleek te zijn dan je vooroordelen en dat je me hier een kans hebt gegeven. Maar ik wil je niet als mijn minnaar en je bent ook mijn vader niet.'

Ze zweeg. Na een tijdje zuchtte Armanskij hulpeloos. 'Wat wil je eigenlijk van me?'

'Ik wil weer voor je komen werken. Als je dat goedvindt.'

Hij had geknikt en haar daarna zo eerlijk geantwoord als hij maar kon. 'Ik wil heel graag dat je voor me werkt. Maar ik wil ook dat je een vorm van vriendschap en vertrouwen voor me voelt.'

Ze knikte.

'Je bent niet iemand die aanmoedigt tot vriendschap,' had hij plotseling opgeworpen. Haar gezicht betrok enigszins, maar hij ging onverbiddelijk door. 'Ik heb begrepen dat je niet wilt dat iemand zich met jouw leven bemoeit en ik zal proberen dat niet te doen. Maar is het goed als ik je aardig blijf vinden?'

Salander had een hele tijd nagedacht. Toen had ze hem geantwoord door op te staan, om het bureau heen te lopen en hem te omhelzen. Hij was totaal overrompeld. Pas toen ze hem losliet, pakte hij haar hand.

'Kunnen we vrienden zijn?' vroeg hij.

Ze knikte één keer.

Dat was de enige keer dat ze hem enige genegenheid had getoond, en de enige keer dat ze hem überhaupt had aangeraakt. Een ogenblik dat Armanskij zich met warmte herinnerde.

Na vier jaar had ze nog steeds nauwelijks iets over haar privéleven of haar achtergrond aan Armanskij blootgegeven. Hij had een keer zijn eigen vaardigheden op het gebied van PO's op haar toegepast. Hij had ook een lang gesprek gehad met advocaat Holger Palmgren, die overigens niet verbaasd was geweest hem te zien, en wat hij uiteindelijk te weten was gekomen, droeg niet bij aan het vergroten van zijn vertrouwen in haar. Hij had de zaak nooit met haar besproken of ook maar laten doorschemeren dat hij in haar privéleven had zitten snuffelen. In plaats daarvan verborg hij zijn ongerustheid en vergrootte zijn waakzaamheid.

Voordat die merkwaardige avond voorbij was, hadden Salander en Armanskij een overeenkomst gesloten. In de toekomst zou ze researchopdrachten voor hem uitvoeren op freelancebasis. Ze kreeg een klein, vast maandsalaris, of ze nu opdrachten uitvoerde of niet; haar daadwerkelijke inkomsten bestonden erin dat ze Armanskij per opdracht een declaratie kon sturen. Ze mocht naar eigen inzicht werken, daar stond tegenover dat ze zich verplichtte om nooit iets te doen wat hem in verlegenheid of Milton Security in opspraak kon brengen.

Voor Armanskij was het een praktische oplossing die gunstig was voor hem, voor het bedrijf en voor Salander. Hij reduceerde de hinderlijke PO-afdeling tot één vaste kracht, een oudere medewerker die degelijke routineklussen deed en de kredietwaardigheidsonderzoeken uitvoerde. Alle lastige, twijfelachtige opdrachten liet hij over aan Salander en – incidenteel – aan een paar andere freelancers die, als het echt mis zou gaan, in de praktijk zelfstandige ondernemers, buitenstaanders waren waar Milton Security geen eigenlijke verantwoording voor droeg. Omdat hij haar vaak in de arm nam, verdiende ze een aardig salaris. Dat had aanzienlijk hoger kunnen zijn, maar ze werkte alleen als ze zin had en ze was van mening dat als dat Armanskij niet beviel, hij haar maar moest ontslaan.

Armanskij accepteerde haar zoals ze was, maar ze mocht haar klanten niet ontmoeten. Uitzonderingen op die regel waren zeldzaam en de zaak van vandaag was er helaas zo een.

Lisbeth Salander was voor de gelegenheid gekleed in een zwart T-shirt met een afbeelding van ET met snijtanden en de tekst I AM ALSO AN ALIEN. Ze had een zwarte rok aan waarvan de zoom kapot was, een versleten kort, zwartleren jackje, een riem met klinknagels, stevige Dr. Martens en gestreepte groenrode kniekousen. Ze droeg make-up in een kleurenscala dat aangaf dat ze mogelijk kleurenblind was. Ze zag er met andere woorden ongewoon netjes uit.

Armanskij zuchtte en verplaatste zijn blik naar de derde persoon in de kamer, de conservatief geklede gast met de dikke brillenglazen. Advocaat Dirch Frode was achtenzestig jaar oud en had erop gestaan de medewerker die het rapport had samengesteld persoonlijk te ontmoeten om vragen te kunnen stellen. Armanskij had geprobeerd de ontmoeting met smoesjes tegen te houden; Salander was verkouden, op reis of bedolven onder ander werk. Frode had lichtzinnig opgemerkt dat dat niet uitmaakte, het had geen haast en hij kon best een paar dagen wachten. Armanskij had in zichzelf gevloekt, maar uiteindelijk was er geen andere uitweg geweest dan ze samen te brengen, en nu zat advocaat Frode duidelijk gefascineerd naar Lisbeth Salander te turen. Salander keek terug met een gezicht dat niet bepaald warme gevoelens uitstraalde.

Armanskij zuchtte nogmaals en keek naar de map die ze op zijn bureau had neergelegd met de titel CARL MIKAEL BLOMKVIST. De naam werd gevolgd door een persoonsnummer, dat in keurige blokletters op de omslag stond. Hij sprak de naam hardop uit. Advocaat Frode werd uit zijn betovering gewekt en richtte zijn blik op Armanskij.

'Wat kunt u vertellen over Mikael Blomkvist?' vroeg hij.

'Dit is juffrouw Salander, die het rapport heeft geschreven.' Armanskij aarzelde even en vervolgde daarna met een glimlach die vertrouwelijk moest lijken maar die eerder hulpeloos verontschuldigend was: 'Laat u niet misleiden door haar jeugdige leeftijd. Ze is onze allerbeste onderzoeker.'

'Daar ben ik van overtuigd,' antwoordde Frode op een droge toon die het tegenovergestelde suggereerde. 'Vertel tot welke conclusie ze is gekomen.'

Het was duidelijk dat advocaat Frode geen idee had hoe hij zich tegenover Lisbeth Salander moest gedragen en daarom zijn toevlucht zocht tot een bekender territorium, door de vraag te stellen aan Armanskij. Net alsof ze zich niet in de kamer had bevonden. Salander nam de gelegenheid te baat en blies een grote bel van haar kauwgom. Voor Armanskij antwoord had kunnen geven, richtte ze zich tot haar chef, alsof Frode niet bestond.

'Kun je de klant vragen of hij een lange of een korte versie wil?'

Advocaat Frode zag onmiddellijk in dat hij een fout had begaan.

Er ontstond een pijnlijke stilte voordat hij zich uiteindelijk tot Lisbeth Salander richtte en de schade probeerde te herstellen door een vriendelijke, vaderlijke toon aan te slaan.

'Ik zou het op prijs stellen als u mij een mondelinge samenvatting zou kunnen geven van uw conclusies.'

Salander keek als een boosaardig Nubisch roofdier dat zich afvroeg hoe Dirch Frode zou smaken als lunchhapje. Haar blik was zo verrassend hatelijk dat er koude rillingen over Frodes rug liepen. Maar haar gezicht verzachtte even snel. Frode vroeg zich af of hij zich de blik van zojuist had ingebeeld. Toen ze uiteindelijk begon te praten, klonk ze als een ambtenaar.

'Laat ik om te beginnen zeggen dat dit niet bepaald een gecompliceerde opdracht was, afgezien van het feit dat de opdrachtomschrijving op zich vrij vaag was. U wilde alles over hem weten "wat er te achterhalen viel", maar u had niet aangegeven of u op zoek was naar iets specifieks. Daarom is het een soort staalkaart van zijn leven geworden. Het rapport bedraagt 193 pagina's, maar ruim 120 daarvan zijn kopieën van artikelen die hij geschreven heeft of krantenknipsels waarin hij zelf voorkomt. Blomkvist is een publieke persoon met weinig geheimen die niet veel te verbergen heeft.'

'Maar hij heeft dus wel geheimen?' vroeg Frode.

'Alle mensen hebben geheimen,' antwoordde ze neutraal. 'Het is alleen zaak om uit te vinden welke dat zijn.'

'Laat maar horen.'

'Mikael Blomkvist is geboren op 18 januari 1960 en is nu dus tweeënveertig. Hij is geboren in Borlänge maar heeft daar nooit gewoond. Zijn ouders, Kurt en Anita Blomkvist, begonnen rond hun vijfendertigste aan een gezin en beiden zijn inmiddels overleden. Zijn vader is machine-installateur en moest regelmatig verhuizen. Zijn moeder is voor zover ik heb kunnen achterhalen nooit iets anders geweest dan huisvrouw. Het gezin verhuisde naar Stockholm toen Mikael naar school moest. Hij heeft een drie jaar jongere zus die Annika heet en advocate is. Hij heeft ook nog een paar ooms van moederskant en een paar neven. Krijgen we nog koffie?'

Die laatste repliek was gericht tot Armanskij, die zich haastte de thermoskan die hij voor de vergadering besteld had, open te draaien. Hij gebaarde Salander om door te gaan.

'In 1966 verhuisde het gezin dus naar Stockholm. Ze woonden op Lilla Essingen. Blomkvist ging eerst naar school in Bromma en daarna naar de middelbare school in de wijk Kungsholmen. Hij had een uitstekende eindlijst, gemiddeld een 9,5; kopieën zitten in de map. Tijdens zijn middelbareschooltijd hield hij zich bezig met muziek. Hij was bassist in een rockband die 'Bootstrap' heette en die ook nog een single heeft uitgebracht. Deze was in de zomer van 1979 veel op de radio te horen. Na zijn middelbare school werkte hij als controleur bij de metro, spaarde hij geld en vertrok hij naar het buitenland. Hij is een jaar weg geweest en lijkt vooral te hebben rondgezworven in Azië ... India, Thailand en een tijdje downunder: in Australië. Hij begon met zijn opleiding journalistiek in Stockholm toen hij eenentwintig was, maar onderbrak zijn studie na het eerste jaar om zijn dienstplicht te vervullen als jager in Kiruna. Dat was een of andere macho-eenheid en hij zwaaide af met goede cijfers. Na zijn dienstplicht maakte hij zijn opleiding tot journalist af en sindsdien is hij aan het werk. Hoe gedetailleerd wilt u dat ik ben?'

'Vertel de dingen die u wezenlijk acht.'

'Goed. Hij schijnt een beetje een bolleboos te zijn. Tot op heden is hij een succesvolle journalist. In de jaren tachtig had hij veel invalbaantjes, eerst bij de regionale pers en later in Stockholm. Daar is een lijst van. Zijn doorbraak kwam met dat verhaal over de Berenliga, die roversbende die hij ontmaskerde.'

'Kalle Blomkvist.'

'Hij haat die bijnaam, en dat is te begrijpen. Ik zou iemand ook zijn tand door zijn lip slaan als hij of zij mij op de voorpagina Pippi Langkous zou noemen.'

Ze wierp een donkere blik op Armanskij, die slikte. Hij had meer dan eens aan Lisbeth Salander gedacht als Pippi Langkous en was zielsgelukkig dat hij daar nooit grapjes over had gemaakt. Hij maakte een ronddraaiende beweging met zijn wijsvinger dat ze verder moest gaan.

'Een bron heeft gezegd dat hij tot die tijd misdaadverslaggever wilde worden, en hij is ook als zodanig ingevallen bij een avondkrant, maar waar hij bekend om is geworden, is zijn werk als politiek journalist en financieel verslaggever. Hij werkt voornamelijk als freelancer en heeft maar één vaste baan gehad, bij een avondkrant eind jaren tachtig. Hij nam ontslag in 1990 toen hij betrokken was bij de oprichting van het maandblad *Millennium*. Dat blad begon als een echte outsider en miste een sterke uitgeverij die het onder zijn hoede kon nemen. Maar de oplage is gegroeid en ligt momenteel op 21.000 exemplaren. De redactie zit aan de Götgatan, slechts een paar blokken hiervandaan.'

'Een links magazine?'

'Dat ligt eraan hoe je het begrip "links" definieert. *Millennium* wordt over het algemeen beschouwd als maatschappijkritisch, maar ik schat dat de anarchisten het een burgerlijk kutblad vinden in de stijl van *Arena* of *Ordfront*, terwijl de studentenbond van de conservatieven vermoedelijk meent dat de redactie uit bolsjewieken bestaat. Er is niets wat erop wijst dat Blomkvist ooit politiek actief is geweest, zelfs niet tijdens de linkse golf toen hij op de middelbare school zat. Toen hij op de School voor de Journalistiek zat, woonde hij samen met een meisje dat actief was bij de Syndicalisten en dat nu een linkse partij vertegenwoordigt in het parlement. Dat linkse stempel lijkt vooral tot uitdrukking te komen in het feit dat hij als financieel verslaggever zich gespecialiseerd heeft in onthullende reportages over corruptie en louche zaakjes in het bedrijfsleven. Hij heeft een paar vernietigende portretten van directeuren en politici gemaakt, vermoedelijk welverdiend, die een aantal gedwongen ontslagen en juridische processen tot gevolg hebben gehad. De bekendste zaak was de Arboga-affaire, die erin resulteerde dat een niet-socialistische politicus moest aftreden en een voormalig gemeentelijke accountant een jaar gevangenisstraf kreeg wegens verduistering. Het hekelen van misdrijven kan toch moeilijk worden gezien als uitdrukking voor linkse sympathieën.'

'Ik begrijp wat u bedoelt. Wat is er verder?'

'Hij heeft twee boeken geschreven. Een boek over de Arboga-affaire en eentje over financiële journalistiek getiteld *De tempelridders*, dat drie jaar geleden is verschenen. Ik heb het boek niet gelezen, maar naar de recensies te oordelen lijkt het controversieel te zijn. Het deed nogal wat stof opwaaien in de media.'

'Geld?' vroeg Frode.

'Hij is niet rijk, maar hij hoeft geen honger te lijden. Zijn aangiftebiljet is bijgevoegd. Hij heeft ruim 250.000 kronen op de bank, gedeeltelijk belegd in een pensioenfonds, gedeeltelijk in een spaarfonds. Hij heeft een rekening van ongeveer 100.000 kronen die hij gebruikt voor lopende uitgaven, reizen en dergelijke. Hij bezit een appartement dat is afbetaald, 65 vierkante meter aan de Bellmansgatan, en hij heeft geen leningen, hypotheken of andere schulden.'

Salander hield een vinger in de lucht.

'Hij heeft nóg een bezitting, een pandje in Sandhamn. Dat is een soort schuur van 30 vierkante meter die is ingericht als zomerhuisje en die aan het water ligt, precies in het aantrekkelijkste deel van het dorp. Blijkbaar door een oom van vaderskant aangekocht in de jaren veertig, toen dat nog mogelijk was voor een gewone sterveling, en Blomkvist heeft het huisje uiteindelijk geërfd. Ze hebben het als volgt verdeeld: zijn zus kreeg het appartement van hun ouders op Lilla Essingen en Mikael Blomkvist dat huisje. Ik weet niet hoeveel het vandaag de dag waard kan zijn, vast een paar miljoen kronen, maar ik geloof niet dat hij het wil verkopen en hij is trouwens vrij vaak in Sandhamn.'

'Inkomen?'

'Hij is dus mede-eigenaar van *Millennium*, maar hij krijgt elke maand slechts iets meer dan 12.000 kronen aan salaris. De rest komt binnen via freelanceklusjes, het eindtotaal kan variëren. Drie jaar geleden had hij een topjaar, hij werd toen door allerlei media gevraagd en sprokkelde 450.000 kronen bij elkaar. Vorig jaar haalde hij slechts 120.000 binnen aan freelance-inkomsten.'

'Hij moet 150.000 aan schadevergoeding betalen en bovendien de advocaatkosten en dergelijke,' constateerde Frode. 'Laten we schatten dat het eindtotaal vrij hoog wordt, en bovendien derft hij inkomsten als hij zijn gevangenisstraf moet uitzitten.'

'Dat betekent dat hij er behoorlijk bekaaid van afkomt,' constateerde Salander.

'Is hij eerlijk?' vroeg Dirch Frode.

'Dat is zogezegd zijn vertrouwenskapitaal. Hij heeft het imago van een zelfverzekerde bewaker van de moraal tegenover de zakenwereld en hij wordt vrij vaak gevraagd om verschillende zaken op tv te becommentariëren.'

'Er zal wel niet veel over zijn van dat kapitaal na dat vonnis van vandaag,' zei Dirch Frode bedachtzaam.

'Ik wil niet beweren dat ik precies weet welke eisen er aan een journalist worden gesteld, maar na deze klappen zal het wel even duren voordat "Superdetective Blomkwist" de Grote Prijs voor de Journalistiek krijgt. Hij heeft zich behoorlijk belachelijk gemaakt,' constateerde Salander nuchter. 'Als ik een persoonlijke beschouwing mag geven ...'

Armanskij sperde zijn ogen wijd open. In de jaren dat Lisbeth Salander voor hem werkte had ze nog nooit een persoonlijke beschouwing gegeven in een persoonsonderzoek. Voor haar waren alleen de kale feiten van belang.

'Het behoorde niet tot mijn taak om de Wennerström-affaire inhoudelijk te bekijken, maar ik heb het proces gevolgd en ik moet zeggen dat ik nogal verbaasd was. De hele zaak voelt verkeerd aan en het is ... *out of character* voor Mikael Blomkvist om iets te publiceren wat zo ontzettend fout overkomt.'

Salander krabde aan haar hals. Frode keek geduldig. Armanskij vroeg zich af of hij het mis had of dat Salander écht niet precies wist hoe ze verder moest gaan. De Salander die hij kende was nóóit onzeker, aarzelde nooit. Uiteindelijk leek ze haar standpunt te hebben bepaald.

'Volstrekt off the record dus ... Ik heb me niet grondig verdiept in de Wennerström-affaire, maar ik geloof dat Kalle Blomkvist ... pardon, Mikael Blomkvist, belazerd is. Ik heb het idee dat die story over iets heel anders gaat dan wat blijkt uit het vonnis.'

Nu was het Dirch Frodes beurt om plotseling rechtop te gaan zitten in de bezoekersstoel. De advocaat keek Salander onderzoekend aan en Armanskij merkte voor het eerst op dat de opdrachtgever een meer dan beleefde interesse vertoonde sinds zij haar uiteenzetting was begonnen. Hij maakte een mentale notitie dat de Wennerström-affaire blijkbaar van belang was voor Frode. *Correctie*, dacht Armanskij direct, *Frode was niet geïnteresseerd in de Wennerström-affaire – pas toen Salander aangaf dat Blomkvist belazerd was reageerde Frode.*

'Hoe bedoelt u dat eigenlijk?' vroeg Frode geïnteresseerd.

'Het is speculatie van mijn kant, maar ik ben ervan overtuigd dat iemand hem erin heeft geluisd.'

'En waarom denkt u dat?'

'Uit Blomkvists achtergrond blijkt dat hij een zeer voorzichtige reporter is. Alle controversiële onthullingen waar hij eerder mee gekomen is, waren goed gedocumenteerd. Ik was als toehoorder bij een van de rechtszittingen. Hij kwam niet met tegenargumenten en leek het gewoon te hebben opgegeven. Dat rijmt slecht met zijn karakter. Als we de rechtbank moeten geloven heeft hij een verhaal over Wennerström bij elkaar gefantaseerd en dat zonder een spoortje aan bewijs, als een soort journalistieke zelfmoordaanslag, gepubliceerd ... Zo is Blomkvist gewoon niet.'

'Wat is er volgens u dan gebeurd?'

'Ik kan alleen maar gissen. Blomkvist geloofde in zijn story, maar tijdens de hele procedure is er iets gebeurd en bleek de informatie vals te zijn. Dat betekent op zijn beurt dat zijn bron iemand was die hij vertrouwde of dat iemand hem bewust van foutieve informatie heeft voorzien, wat onwaarschijnlijk ingewikkeld overkomt. Het alternatief is dat hij is blootgesteld aan dusdanig ernstige bedreigingen dat hij de handdoek in de ring heeft gegooid en liever te boek komt te staan als een incompetente idioot dan de strijd aan te gaan. Maar dat zijn speculaties, zoals gezegd.'

Toen Salander verder wilde gaan met haar uiteenzetting, stak Dirch Frode zijn hand op. Hij zweeg even en trommelde nadenkend met zijn vingers op de armleuning voordat hij zich aarzelend weer tot haar richtte.

'Als we u in de arm zouden nemen om de waarheid in de Wennerström-affaire boven water te krijgen ... hoe groot is dan de kans dat u iets vindt?'

'Daar kan ik geen antwoord op geven. Misschien valt er niets te vinden.'

'Maar zou u een poging willen doen?'

Ze haalde haar schouders op. 'Dat is niet aan mij. Ik werk voor Dragan Armanskij en hij beslist welke werkzaamheden hij mij wil laten uitvoeren. En dan ligt het er ook aan welk soort informatie u wilt hebben.'

'Laat ik het zo zeggen ... Ik ga ervan uit dat dit gesprek vertrouwelijk is?' Armanskij knikte. 'Ik weet niks van deze affaire, maar ik weet dat Wennerström in een andere context frauduleus is geweest. De Wennerström-affaire heeft in hoge mate het leven van Mikael Blomkvist beïnvloed en ik zou graag willen weten of er een kern van waarheid in uw speculaties zit.'

Het gesprek had een onverwachte wending genomen en Armanskij was onmiddellijk alert. Wat Dirch Frode vroeg van Milton Security was in een al afgesloten rechtszaak te wroeten waarin mogelijk een vorm van bedreiging aan het adres van Mikael Blomkvist was voorgekomen, en waarbij Milton mogelijk het risico liep om in botsing te komen met Wennerströms imperium van advocaten. Armanskij was absoluut niet geamuseerd bij de gedachte Lisbeth Salander in dat verband als een ongeleid projectiel los te laten.

Het had niet alleen te maken met de zorg voor het bedrijf. Salander had duidelijk aangegeven dat ze Armanskij niet als een soort ongeruste stiefvader wilde hebben en na hun overeenkomst had hij er wel voor uitgekeken om zich als zodanig te gedragen, maar diep vanbinnen zou hij altijd bezorgd om haar zijn. Soms betrapte hij zich erop dat hij Salander vergeleek met zijn eigen dochters. Hij beschouwde zichzelf als een goede vader die zich niet onnodig met het privéleven van zijn dochters bemoeide, maar hij wist dat hij nooit zou accepteren dat zijn dochters zich als Lisbeth Salander zouden gedragen of haar leven zouden leiden.

Diep in zijn Kroatische, of mogelijk Bosnische of Armeense hart, had hij zich nooit kunnen onttrekken aan de overtuiging dat Salanders leven zou eindigen in een catastrofe. In zijn ogen was zij het perfecte slachtoffer voor iemand die haar kwaad wilde doen en hij huiverde bij de gedachte dat hij gewekt zou worden met het nieuws dat iemand haar wat had aangedaan.

'Een dergelijk onderzoek kan kostbaar worden,' zei Armanskij voorzichtig om af te schrikken en zo te peilen hoe serieus Frodes verzoek was.

'We zouden een limiet moeten stellen,' antwoordde Frode nuchter. 'Ik vraag niet het onmogelijke, maar het is duidelijk dat uw medewerkster, zoals u al verzekerde, competent is.'

'Salander?' vroeg Armanskij met opgetrokken wenkbrauwen.

'Ik heb geen andere klussen.'

'Oké. Maar ik wil dat er duidelijke afspraken komen over de omschrijving van deze job. Laat de rest van je rapport maar horen.'

'Er is niet zoveel meer dan een aantal details uit zijn privéleven. In 1986 is hij getrouwd met een vrouw die Monica Abrahamsson heet en hetzelfde jaar kregen ze een dochter die Pernilla heet, en die de achternaam van haar moeder draagt. Ze is nu zestien jaar. Het huwelijk hield niet lang stand, ze zijn in 1991 gescheiden. Abrahamsson is hertrouwd, maar Blomkvist en zij zijn blijkbaar nog steeds bevriend. De dochter woont bij haar moeder en ziet Blomkvist niet zo vaak.'

Frode vroeg om nog een kopje koffie uit de thermoskan en richtte zich opnieuw tot Salander.

'In uw inleiding zei u dat alle mensen geheimen hebben. Hebt u geheimen gevonden?'

'Ik bedoelde dat alle mensen dingen hebben die ze als privé beschouwen en die ze niet direct aan de grote klok hangen. Blomkvist komt blijkbaar bij verschillende vrouwen over de vloer. Hij heeft diverse liefdesverhoudingen gehad en ontzettend veel onenightstands. Kortom: hij heeft een rijk seksleven. Er is echter één persoon die al jaren telkens in zijn leven terugkeert en dat is een vrij ongebruikelijke relatie.'

'Op welke manier?'

'Hij heeft een seksuele relatie met Erika Berger, hoofdredacteur van *Millennium*; een meisje uit de betere kringen, Zweedse moeder, Belgische vader die in Zweden woont. Berger en Blomkvist kennen elkaar al sinds de School voor de Journalistiek en hebben sindsdien een soort van verhouding.'

'Dat is misschien niet zo ongebruikelijk,' constateerde Frode.

'Nee, misschien niet. Maar Erika Berger is wel getrouwd met de kunstenaar Greger Beckman, die halve beroemdheid die een heleboel vreselijke dingen heeft gemaakt in openbare ruimtes.'

'Ze pleegt, met andere woorden, overspel?'

'Nee, Beckman weet van hun relatie af. Het is een ménage à trois, die blijkbaar door alle betrokken partijen wordt geaccepteerd. Soms slaapt ze bij Blomkvist en soms bij haar man. Ik weet niet precies hoe het werkt, maar het droeg er blijkbaar wel toe bij dat Blomkvists huwelijk met Abrahamsson strandde.'

3
VRIJDAG 20 DECEMBER – ZATERDAG 21 DECEMBER

Erika Berger trok haar wenkbrauwen op toen een duidelijk door en door koude Mikael Blomkvist laat in de middag op de redactie verscheen. De redactie van *Millennium* lag halverwege de Götgatan, een verdieping boven de kantoren van Greenpeace. De huur was eigenlijk wat te hoog voor het blad, maar Erika, Mikael en Christer waren het erover eens dat ze daar wilden blijven zitten.

Ze wierp een schuine blik op de klok. Het was tien over vijf en het was al een hele tijd donker buiten. Ze had hem rond lunchtijd terug verwacht.

'Sorry,' groette hij, voordat ze wat kon zeggen. 'Ik zat met dat vonnis en ik had geen zin om te praten. Ik heb een lange wandeling gemaakt en nagedacht.'

'Ik hoorde het vonnis op de radio. "Zij van TV4" belde me en ze wilde mijn commentaar horen.'

'Wat heb je gezegd?'

'Ongeveer wat we hadden afgesproken, dat we het vonnis eerst goed zullen lezen voordat we iets zeggen. Ik heb dus niets gezegd. Maar ik blijf bij mijn standpunt, volgens mij is dit de verkeerde strategie. We komen als zwak over en verliezen steun bij de media. We kunnen aannemen dat ze er vanavond op tv aandacht aan besteden.'

Blomkvist knikte en keek bedenkelijk.

'Hoe gaat het met je?'

Mikael Blomkvist haalde zijn schouders op en ging in zijn favoriete fauteuil zitten die bij het raam in Erika's kamer stond. Haar werkkamer was spaarzaam gemeubileerd, met een bureau, functionele boekenkasten en goedkope kantoormeubels. Alle meubels kwamen van IKEA behalve de twee comfortabele en extravagante fauteuils en een bijzettafeltje – 'een restant van mijn opvoeding,' zei ze altijd schertsend. Ze zat meestal te lezen in een van de fauteuils, met haar benen opgetrokken, als ze niet aan haar bureau wilde zitten. Mikael keek omlaag naar de Götgatan, waar de mensen gejaagd in het donker langsliepen. De laatste dagen om kerstcadeaus te scoren.

'Ik neem aan dat het overgaat,' zei hij. 'Maar op dit moment voelt het alsof ik een fiks pak slaag heb gehad.'

'Ja, dat kun je wel zeggen. Dat geldt voor ons allemaal. Janne Dahlman is vandaag vroeg naar huis gegaan.'

'Ik neem aan dat hij niet blij was met het vonnis.'

'Hij is niet een van de meest positieve personen.'

Mikael schudde zijn hoofd. Janne Dahlman werkte nu negen maanden als redactiesecretaris bij *Millennium*. Hij was in dienst getreden toen de Wennerström-affaire net was begonnen en was op een redactie in crisis beland. Mikael probeerde zich te herinneren wat de beweegredenen van Erika en hem waren geweest om hem aan te nemen. Hij was capabel en had als invalkracht bij het persbureau, de avondbladen en het journaal gewerkt. Maar hij was duidelijk niet opgewassen tegen problemen. In het afgelopen jaar had Mikael vaak in stilte spijt gehad dat ze Dahlman, die een enerverend vermogen had om alles zo negatief mogelijk te zien, hadden aangenomen.

'Heb je nog iets gehoord van Christer?' vroeg Mikael zonder zijn blik van de straat af te wenden.

Christer Malm was artdirector en hoofd beeldredactie bij *Millennium* en samen met Erika en Mikael mede-eigenaar van het magazine, maar hij was op dit moment op reis in het buitenland met zijn vriend.

'Hij heeft gebeld. Je krijgt de groeten van hem.'

'Hij moet maar verantwoordelijk uitgever worden.'

'Schei uit, Micke, als verantwoordelijk uitgever moet je er gewoon rekening mee houden dat je weleens klappen krijgt. Dat staat in je functieomschrijving.'

'Ja, dat is waar. Maar ik ben wel degene die de tekst heeft geschreven die in het blad is gepubliceerd waarvan ik ook verantwoordelijk uitgever ben. Dan komt alles in een ander daglicht te staan. Dan is het een zaak van slecht inzicht.'

Erika Berger voelde de ongerustheid die de hele dag al op de loer had gelegen nu in alle hevigheid opkomen. De laatste weken voor de rechtszaak had Mikael Blomkvist rondgewandeld in een donkere wolk, maar ze had hem niet zo somber en ontmoedigd meegemaakt als hij nu leek te zijn, op het moment van de nederlaag. Ze liep om het bureau heen, ging op zijn schoot zitten en legde haar armen om zijn nek.

'Mikael, luister. Jij en ik weten precies hoe het is gegaan. Ik ben net zo verantwoordelijk als jij. We moeten de storm doorstaan.'

'Er is geen storm om te doorstaan. Het vonnis betekent dat ik een nekschot heb gekregen. Ik kan niet aanblijven als verantwoordelijk uitgever bij *Millennium*. Het gaat om de geloofwaardigheid van het blad. Om het beperken van de schade. Dat begrijp jij net zo goed als ik.'

'Als je denkt dat ik jou alleen voor de schuld laat opdraaien heb je de afgelopen jaren geen steek over mij geleerd.'

'Ik weet precies hoe je in elkaar steekt, Ricky. Je bent onbevangen loyaal tegenover je medewerkers. Als jij zou mogen kiezen ga je het gevecht aan met Wennerströms advocaten tot ook jouw geloofwaardigheid verdwenen is. We moeten slimmer zijn.'

'En jij denkt dat het een slim plan is om weg te gaan bij *Millennium* en het te laten overkomen alsof ik je de laan uit heb gestuurd?'

'We hebben het daar al honderden keren over gehad. Wil *Millennium* overleven, dan hangt dat nu van jou af. Christer is een prima vent, hij is een lieverd die alles weet over foto's en lay-outs, maar die geen snars verstand heeft van een gevecht met miljardairs. Dat is niets voor hem. Ik zal een tijdje weg moeten bij *Millennium*; als uitgever, als journalist en als bestuurslid; jij neemt mijn aandeel over. Wennerström weet dat ik weet wat hij heeft gedaan en ik ben ervan overtuigd dat zolang ik in de buurt van *Millennium* blijf, hij zal proberen het blad om zeep te helpen. Dat kunnen we ons niet veroorloven.'

'Maar waarom treden we niet naar buiten met wat er is gebeurd ... Dan is het buigen of barsten!'

'Omdat we geen reet kunnen bewijzen en omdat ik nu niet

geloofwaardig ben. Wennerström heeft deze ronde gewonnen. Het is voorbij. Je moet je erbij neerleggen.'

'Oké, bij dezen ben je ontslagen. Wat ga je nu doen?'

'Ik heb een pauze nodig, zo simpel is dat. Ik voel me volledig opgebrand, ik loop tegen de muur op, zoals dat tegenwoordig zo mooi heet. Ik ga me een tijdje aan mezelf wijden. En daarna zien we wel verder.'

Erika sloeg haar armen om Mikael heen en trok zijn hoofd naar haar borst. Ze omhelsde hem stevig. Zo zaten ze een paar minuten zonder wat te zeggen.

'Wil je vanavond gezelschap hebben?' vroeg ze.

Mikael Blomkvist knikte.

'Mooi. Ik heb Greger al gebeld en gezegd dat ik vannacht bij jou blijf slapen.'

De enige lichtbron in de kamer was de straatverlichting die in de nis van het raam reflecteerde. Toen Erika tegen tweeën in de nacht in slaap was gevallen, lag Mikael haar profiel in het halfdonker te bestuderen. Het dekbed lag tot aan haar middel en hij keek naar haar borsten, die langzaam op- en neergingen. Hij was ontspannen en het bange gevoel in zijn middenrif was weggeëbd. Dat effect had Erika op hem. Dat had ze altijd gehad. En hij wist dat hij precies hetzelfde effect op haar had.

Twintig jaar, dacht hij. Zo lang hadden Erika en hij al een relatie. Wat hem betrof konden ze nóg wel twintig jaar seks met elkaar hebben. Minstens. Ze hadden nooit serieus geprobeerd hun relatie te verbergen, ook niet toen deze had geleid tot zeer lastige situaties als het hun relaties met anderen betrof. Hij wist dat er over hen werd gepraat in de kennissenkring en dat mensen zich afvroegen wat voor verhouding ze eigenlijk hadden; zowel Erika als hij gaf raadselachtige antwoorden en negeerde de opmerkingen.

Ze hadden elkaar ontmoet op een feest bij gemeenschappelijke kennissen. Erika en hij zaten allebei in het tweede jaar van de School voor de Journalistiek en hadden allebei een vaste relatie. Die avond waren ze elkaar meer dan toelaatbaar gaan uitdagen. Het geflirt was misschien begonnen als grap, hij wist het niet zeker, maar voordat ze afscheid namen, hadden ze telefoonnummers uitgewisseld. Ze wisten allebei dat ze met elkaar in bed zouden belanden en binnen een week werd dat plan achter de ruggen van hun toenmalige partners om verwezenlijkt.

Mikael was er zeker van dat er geen liefde in het spel was, althans geen liefde van het traditionele soort, dat leidt tot een gemeenschappelijke woning, een hypotheek, een kerstboom en kinderen. In de jaren tachtig, toen ze geen andere relaties hadden om rekening mee te houden, hadden ze het er een paar keer over gehad om te gaan samenwonen. Hij had dat wel gewild. Maar Erika had zich altijd op het laatste moment teruggetrokken. Ze zei dat dat niet zou werken en dat ze hun relatie niet op het spel moesten zetten door ook verliefd op elkaar te worden.

Ze waren het erover eens dat hun verhouding een kwestie was van seks, of wellicht seksuele gekte, en Mikael had zich vaak afgevraagd of het mogelijk was om een vrouw méér te begeren dan hij Erika begeerde. Ze pasten gewoon goed bij elkaar. Ze hadden een relatie die net zo verslavend was als heroïne.

Soms zagen ze elkaar zo vaak dat het leek alsof ze een stel waren, soms zaten er weken of maanden tussen. Maar net zoals alcoholisten na een cleane periode weer naar de drankwinkel trekken, keerden zij altijd weer naar elkaar terug voor méér.

Dat werkte natuurlijk niet. Zo'n relatie was gemaakt om leed te veroorzaken. Erika en hij hadden meedogenloos gedane beloften verbroken en relaties achter zich gelaten, zijn eigen huwelijk was gestrand, omdat hij niet bij Erika uit de buurt kon blijven. Hij had tegen zijn echtgenote Monica nooit gelogen over zijn verhouding met Erika, maar Monica had gedacht dat het wel over zou gaan toen ze gingen trouwen en hun dochter geboren werd, en Erika bijna op hetzelfde moment in het huwelijk was getreden met Greger Beckman. Dat had hij ook gedacht, en de eerste jaren van zijn huwelijk had hij Erika alleen maar beroepsmatig gezien. Daarna waren ze met *Millennium* begonnen en in de loop van een paar weken waren alle goede voornemens verdwenen en hadden ze op een avond laat een heftige vrijpartij gehad op haar bureau. Daarna was een pijnlijke periode gevolgd, waarin Mikael bij zijn gezin wilde blijven en zijn dochter wilde zien opgroeien, maar waarin hij hulpeloos naar Erika toe werd getrokken, alsof hij geen controle had over zijn eigen handelingen. Wat hij natuurlijk wel had gekund als hij het had gewild. En zoals Lisbeth Salander had vermoed, had Monica er door zijn voortdurende ontrouw uiteindelijk een punt achter gezet.

Vreemd genoeg leek Greger Beckman hun verhouding volkomen te accepteren. Erika was altijd open geweest over haar relatie met Mikael en ze had het onmiddellijk verteld toen ze die weer hervat hadden. Misschien was er een kunstenaarsziel nodig om dat aan te kunnen, een mens die zo in beslag genomen werd door zijn eigen creatieve vermogen, of mogelijk alleen zo bezig was met zichzelf, dat hij niet reageerde als zijn vrouw bij een andere man sliep. Een vrouw die zelfs haar vakantie opsplitste, zodat ze een of twee weken met haar minnaar kon doorbrengen in zijn zomerhuisje in Sandhamn. Mikael mocht Greger niet erg en hij had Erika's liefde voor hem nooit begrepen. Maar hij was blij dat Greger accepteerde dat ze van twee mannen tegelijk kon houden.

Bovendien verdacht hij Greger ervan dat hij de verhouding van zijn vrouw met Mikael als een extra stimulans voor zijn eigen huwelijk zag. Maar daar hadden ze nooit over gesproken.

Mikael kon niet slapen en tegen vieren gaf hij het op. Hij ging in de keuken zitten en las nogmaals het vonnis van begin tot eind door. Nu hij het definitieve oordeel in zijn hand had, voelde hij dat de ontmoeting in de jachthaven van Arholma haast iets voorbestemds had gehad. Hij had nooit begrepen of Robert Lindberg die oplichterij van Wennerström alleen maar had onthuld om daar op die boot een mooi verhaal op te hangen of dat hij echt had gewild dat het openbaar zou worden.

Spontaan vermoedde Mikael het eerste alternatief, maar het kon net zo goed zijn dat Robert om hoogstpersoonlijke of zakelijke redenen Wennerström schade wilde berokkenen en de gelegenheid te baat had genomen toen hij een tamme journalist aan boord had. Robert was nuchter genoeg geweest om op het beslissende moment Mikael indringend aan te kijken en hem die magische woorden te laten uitspreken waardoor Robert van spraakwaterval veranderde in anonieme bron. Daarmee maakte het voor Robert niet uit wát hij vertelde; Mikael zou zijn identiteit als informant nooit kunnen onthullen.

Maar één ding was Mikael wel duidelijk. Als de ontmoeting in Arholma door een samenzweerder was gearrangeerd met als doel

Mikaels aandacht te trekken, dan had Robert dat niet beter kunnen doen. Maar de ontmoeting in Arholma was toeval geweest.

Robert was zich niet bewust van de reikwijdte van Mikaels verachting voor mensen als Hans-Erik Wennerström. Na jaren studie op dat gebied was Mikael ervan overtuigd dat er geen enkele bankdirecteur of bekende captain of industry was die niet tegelijkertijd een smeerlap was.

Mikael had nooit horen spreken over Lisbeth Salander en was gelukkig onwetend van haar rapportage eerder die dag, maar als hij ernaar zou hebben geluisterd, zou hij instemmend hebben geknikt toen ze vaststelde dat zijn uitgesproken afschuw voor kommaneukers niets te maken had met enig politiek links radicalisme. Mikael was niet ongeïnteresseerd in politiek, maar hij bekeek politieke ismen met het grootste wantrouwen. Bij de enige parlementsverkiezingen waarbij hij had gestemd, in 1982, had hij met weinig overtuiging op de sociaal-democraten gestemd, gewoon omdat niets in zijn ogen erger kon zijn dan nóg drie jaar met Gösta Rohman als minister van Financiën en Thorbjörn Fälldin, of eventueel Ola Ullsten, als premier. Als gevolg daarvan had hij zonder veel enthousiasme gestemd op Olof Palme en had hij daarbij de moord op de minister-president, de Bofors-affaire en de Ebbe Carlsson-affaire op de koop toe gekregen.

Mikaels verachting voor financieel verslaggevers was, naar zijn mening, een kwestie van zoiets eenvoudigs als moraal. De vergelijking was in zijn ogen simpel. Een bankdirecteur die honderd miljoen verduistert in ondoordachte speculaties mag zijn baan niet behouden. Een captain of industry die zich bezighoudt met lege vennootschappen moet achter de tralies. Een huisjesmelker die jongelui dwingt zwart geld te betalen voor een eenkamerflatje met alleen een wc moet aan de schandpaal worden genageld en bespot.

Mikael Blomkvist was van mening dat het de taak van de financieel verslaggevers was om de financiële boys, die rentecrisissen creëerden en in de wirwar van waanzinnige internetbedrijven speculeerden met het kapitaal van kleine spaarders, te screenen en bekend te maken. Hij vond dat de journalistieke opdracht eigenlijk was om de captains of industry met dezelfde onbarmhartige ijver te screenen als waarmee politiek verslaggevers de kleinste misstappen van ministers en parlementsleden op de voet volgen. Het zou nooit bij een politiek verslaggever opkomen om een partijleider op een voetstuk te plaatsen en Mikael kon absoluut niet begrijpen waarom zoveel financieel verslaggevers die middelmatige financiële snotneuzen bij de belangrijkste landelijke media behandelden alsof het rocksterren waren.

Deze enigszins eigenzinnige houding had hem in de wereld van de financieel verslaggevers telkens weer in een luidruchtig conflict gebracht met collega's, waarbij William Borg in elk geval een onverzoenlijke vijand was geworden. Mikael had zijn nek uitgestoken en had zijn collega's bekritiseerd omdat die hun opdracht verzaakten en naar de pijpen van de financiële boys dansten. Zijn rol als maatschappijcriticus had Mikael dan wel status gegeven en van hem een *pain in the ass* in praatprogramma's op tv gemaakt – hij werd uitgenodigd om commentaar te geven als er weer een of andere directeur was betrapt met een vertrekpremie in de miljard kronen-klasse – maar het had hem ook een trouwe schare bittere vijanden opgeleverd.

Mikael had geen moeite zich voor te stellen dat die avond op bepaalde redacties de champagnekurken hadden geknald.

Erika had dezelfde houding als hij ten aanzien van de rol van journalisten en samen hadden ze zich op de School voor de Journalistiek al vermaakt met fantasieën over een blad met dat profiel.

Erika was de beste chef die Mikael zich kon voorstellen. Ze was een organisator die met warmte en vertrouwen met medewerkers kon omgaan, maar die ook niet bang was voor de confrontatie en zeer hardhandig kon zijn als dat nodig was. Ze had vooral een uitstekend fingerspitzengefühl als het ging om beslissingen met betrekking tot de inhoud van een volgend nummer. Zij en Mikael verschilden vaak van mening en konden goed ruziën, maar ze hadden ook een rotsvast vertrouwen in elkaar en samen waren ze een onverslaanbaar team geweest. Hij deed het grove werk en kwam met verhalen, zij verpakte ze en bracht ze op de markt.

Millennium was hun gemeenschappelijke creatie maar zou nooit zijn gerealiseerd zonder haar vermogen om de financiering rond te krijgen. Het was een combinatie van de zoon van een arbeider en het meisje uit de betere kringen. Erika had oud geld; ze kwam uit een rijke familie. Ze had zelf de basis gefinancierd en had haar vader en bekenden overgehaald om aanzienlijke bedragen in het project te stoppen.

Mikael had zich vaak afgevraagd waarom Erika in *Millennium* had geïnvesteerd. Ze was mede-eigenaar, was zelfs grootaandeelhouder en hoofdredacteur van haar eigen blad, wat haar prestige gaf en een publicitaire vrijheid die ze ergens anders nauwelijks zou hebben gekregen. In tegenstelling tot Mikael had ze zich na de School voor de Journalistiek gericht op tv. Ze was stoer, zag er onbeschaamd goed uit op de buis en kon zich staande houden in de concurrentie. Bovendien had ze goede contacten binnen de bureaucratie. Als ze door was gegaan zou ze ongetwijfeld een aanzienlijk beter betaalde managersbaan bij een van de tv-kanalen hebben gekregen. Maar ze was er bewust mee gestopt en had zich gericht op *Millennium*, een risicovol project dat begonnen was in een krappe, uitgewoonde kelderruimte in Midsommarkransen, maar dat zo goed liep dat het een paar jaar later, in de jaren negentig, kon verhuizen naar een ruimer en gezelliger pand aan Götgatsbacken in de wijk Södermalm.

Erika had ook Christer Malm overgehaald om mede-eigenaar van het blad te worden; een bekende, exhibitionistische nicht die regelmatig met zijn vriend als centerfold in de bladen poseerde en die frequent figureerde op de showbizzpagina's. De belangstelling van de media was ontstaan toen hij was gaan samenwonen met Arnold Magnusson, Arn genaamd, een acteur die bij de koninklijke schouwburg was begonnen maar die pas echt was doorgebroken toen hij zichzelf had gespeeld in een docusoap. Christer en Arn waren daarna een feuilleton in de media geworden.

Op zesendertigjarige leeftijd was Christer Malm een gewilde beroepsfotograaf en vormgever, die *Millennium* voorzag van een moderne en aantrekkelijke grafische vormgeving. Hij had zijn eigen bedrijf. Zijn kantoor lag op dezelfde verdieping als de redactie van *Millennium* en hij verzorgde de vormgeving van het blad parttime gedurende een week in de maand.

Daarnaast bestond *Millennium* uit twee fulltimemedewerkers, een permanente stagiair of stagiaire en drie parttimers. Het was zo'n tijdschrift waarbij de eindjes altijd aan elkaar moesten worden geknoopt, maar dat prestige had, waardoor de medewerkers het heerlijk vonden om er te werken.

Millennium was geen lucratieve business maar het blad kwam uit de kosten en de oplage en de advertentie-inkomsten waren voortdurend toegenomen. Tot nu toe had het blad een profiel van een brutale en betrouwbare spreker van de waarheid.

Die situatie zou nu hoogstwaarschijnlijk veranderen. Mikael las het korte persbericht door dat Erika en hij eerder die avond hadden opgesteld en dat snel was opgepikt door het Zweedse persbureau en dat al op de website van *Aftonbladet* stond.

VEROORDEELDE VERSLAGGEVER VERLAAT MILLENNIUM

Stockholm (TT). De journalist Mikael Blomkvist verlaat zijn post als verantwoordelijk uitgever van het tijdschrift *Millennium*, deelt hoofdredacteur en grootaandeelhouder Erika Berger mede.

'Mikael Blomkvist verlaat *Millennium* op eigen verzoek. Hij heeft het even helemaal gehad na de hectiek van de laatste tijd en heeft een time-out nodig,' zegt Erika Berger, die zelf de rol van verantwoordelijk uitgever overneemt.

Mikael Blomkvist was in 1990 een van de oprichters van het tijdschrift *Millennium*. Erika Berger meent dat de zogenaamde Wennerström-affaire de toekomst van het tijdschrift niet zal beïnvloeden.

'Het blad zal volgende maand gewoon verschijnen,' aldus Erika Berger. 'Mikael Blomkvist is van groot belang geweest voor de ontwikkeling van het tijdschrift, maar nu slaan we de bladzijde om.'

Erika zegt dat ze de Wennerström-affaire beschouwt als het resultaat van een serie ongelukkige omstandigheden. Ze betreurt het ongerief waaraan Hans-Erik Wennerström is blootgesteld. Mikael Blomkvist was niet bereikbaar voor commentaar.

'Ik vind het vreselijk,' had Erika gezegd toen het persbericht was verzonden. 'De meesten zullen de conclusie trekken dat jij een incompetente idioot bent en ik een ijskoude bitch die de gelegenheid te baat neemt om jou een nekschot te geven.'

'Als je denkt aan alle geruchten die er al over ons in omloop zijn, heeft onze vriendenkring nu in elk geval weer iets om over te praten,' had Mikael gezegd in een poging leuk te zijn. Maar ze was beslist niet geamuseerd.

'Ik heb geen alternatief plan, maar ik heb het idee dat we een misstap begaan.'

'Het is de enige oplossing,' had Mikael ertegen ingebracht. 'Als het blad instort is al ons werk voor niets geweest. Je weet dat we nu al grote inkomsten zijn misgelopen. Hoe is het trouwens met dat computerbedrijf gegaan?'

Ze had gezucht. 'Tja, ze hebben vanochtend laten weten dat ze niet in het januarinummer willen adverteren.'

'En Wennerström heeft een aanmerkelijk belang in dat bedrijf. Dat kan geen toeval zijn.'

'Nee, maar we kunnen nieuwe adverteerders aantrekken. Wennerström is dan wel een financieel despoot, maar hij bezit niet alles in de wereld en wij hebben ook onze contacten.'

Mikael had zijn arm om Erika heen geslagen en haar naar zich toe getrokken.

'Op een dag zullen we Hans-Erik Wennerström zó aan de schandpaal nagelen dat Wall Street ervan staat te schudden. Maar nu nog niet. *Millennium* moet uit de aandacht. We kunnen niet riskeren dat het vertrouwen in het blad volledig op de klippen loopt.'

'Dat weet ik allemaal wel, maar ik kom over als een bitch en als we doen alsof er een schisma tussen ons is ontstaan, blijf jij in die afschuwelijke situatie zitten.'

'Ricky, zolang jij en ik op elkaar vertrouwen, hebben we een kans. We moeten op ons gevoel spelen en nu is het tijd voor retraite.'

Ze had met tegenzin erkend dat er een duistere logica in zijn conclusies zat.

4
MAANDAG 23 DECEMBER – DONDERDAG 26 DECEMBER

Erika was het weekend bij Mikael Blomkvist gebleven. Ze waren eigenlijk alleen uit bed gekomen voor toiletbezoek en om eten klaar te maken, maar ze hadden niet alleen met elkaar gevreeën; ze hadden ook urenlang met elkaar liggen praten over de toekomst, consequenties, mogelijkheden en hadden voors en tegens tegen elkaar afgewogen. Op maandagmorgen, 23 december, had Erika hem gedag gekust – *until the next time* – en was ze afgereisd naar haar man.

Mikael bracht de maandag door met allereerst af te wassen en zijn flat op te ruimen. Daarna wandelde hij naar de redactie om zijn werkkamer uit te mesten. Hij was geen seconde van plan om te breken met het blad, maar hij had Erika er uiteindelijk van kunnen overtuigen dat het belangrijk was om Mikael Blomkvist een tijdje te scheiden van het tijdschrift *Millennium*. Voorlopig was hij van plan om vanuit zijn appartement aan de Bellmansgatan te werken.

Hij was alleen op de redactie. Het was kerstvakantie en de medewerkers waren uitgevlogen. Hij was bezig papieren uit te zoeken en boeken in een verhuisdoos te stoppen toen de telefoon ging.

'Ik ben op zoek naar Mikael Blomkvist,' vroeg een hoopvolle maar onbekende stem aan de andere kant van de lijn.

'Dat ben ik.'

'Sorry dat ik stoor zo vlak voor de feestdagen. Mijn naam is Dirch Frode.' Mikael noteerde automatisch de naam en de tijd. 'Ik ben advocaat en vertegenwoordig een cliënt die bijzonder graag een gesprek met u zou willen hebben.'

'Tja, vraag uw cliënt mij te bellen.'

'Ik bedoel dat hij u graag persoonlijk wil ontmoeten.'

'Goed, maak een afspraak en stuur hem naar kantoor. Maar haast u in dat geval; ik ben bezig mijn bureau leeg te maken.'

'Mijn cliënt zou erg graag willen dat u hém bezocht. Hij woont in Hedestad, dat is maar drie uur met de trein.'

Mikael stopte met het sorteren van papieren. De media hebben het vermogen om de meest waanzinnige mensen te mobiliseren die dan opbellen met absurde tips. Elke krantenredactie ter wereld krijgt gesprekken van ufologen, grafologen, scientologen, paranoïde figuren en mensen met zogenaamde complottheorieën.

Mikael was eens aanwezig geweest bij een lezing van de auteur Karl Alvar Nilsson in het gebouw van de AVA, de Algemene Vorming van Arbeiders. Het was zoveel jaar na de moord op premier Olof Palme. De lezing had een serieus karakter en onder het publiek bevonden zich vakbondsman en politicus Lennart Bodström en andere oude vrienden van Palme. Maar er waren ook verbluffend veel privédetectives aanwezig geweest. Een daarvan was een vrouw van in de veertig die tijdens het verplichte vragenrondje de microfoon had gegrepen en daarna zachter was gaan praten tot een nauwelijks hoorbare fluistering. Dat voorspelde een interessante ontwikkeling en niemand was erg verbaasd toen de vrouw zei: 'Ik weet wie Olof Palme heeft vermoord.' Vanaf het podium werd enigszins ironisch voorgesteld dat als de vrouw deze hoogst dramatische informatie bezat, het wel interessant zou zijn als ze de Palme-onderzoekers deelgenoot maakte van haar kennis. Ze had snel geantwoord met een nauwelijks hoorbaar: 'Dat kan ik niet, het is te gevaarlijk!'

Mikael vroeg zich af of Dirch Frode er ook een was in de reeks van bezielde waarheidzeggers die van plan waren de geheime psychiatrische kliniek van de Säkerhetspolisen, de Zweedse veiligheidsdienst, te ontmaskeren, waar experimenten met hersencontrole werden uitgevoerd.

'Ik leg geen huisbezoeken af,' antwoordde hij kort.

'In dat geval hoop ik dat ik u kan overhalen een uitzondering te maken. Mijn cliënt is boven de tachtig en het is voor hem erg vermoeiend om naar Stockholm af te reizen. Wanneer u erop staat kunnen we vast wel wat regelen, maar eerlijk gezegd zou het de voorkeur hebben als u zo vriendelijk zou willen zijn ...'

'Wie is uw cliënt?'

'Een persoon wiens naam u vermoedelijk weleens hebt gehoord door uw werk. Henrik Vanger.'

Mikael leunde verbaasd achterover. Henrik Vanger – ja, daar had hij inderdaad van gehoord. De captain of industry en voormalig directeur van het Vanger-concern, dat ooit synoniem was geweest aan zagerijen, bos, mijnen, staal, de metaalindustrie, textiel, fabricage en export. Henrik Vanger was een van de écht grote jongens van zijn tijd geweest, met de naam een rechtschapen, ouderwetse patriarch te zijn die zich niet direct uit het veld liet slaan. Hij behoorde tot de grondleggers van het Zweedse bedrijfsleven, een van de oude garde, samen met figuren als Matts Carlgren van MoDo en Hans Werthén van het oude Electrolux. De ruggengraat van de industrie, van de Zweedse verzorgingsstaat, enzovoort.

Maar het Vanger-concern, nog steeds een familiebedrijf, was de laatste vijfentwintig jaar geplaagd door rationalisaties van de organisatorische structuur, beurscrisissen, rentecrisissen, concurrentie uit Azië, teruglopende export en ander ongerief dat bij elkaar genomen de naam Vanger geen goed had gedaan. De onderneming werd tegenwoordig geleid door Martin Vanger, wiens naam Mikael associeerde met een mollig mannetje met een dikke haardos die af en toe even snel op tv verscheen, maar die hij niet erg goed kende. Henrik Vanger was al zeker twintig jaar uit beeld en Mikael had niet eens geweten dat hij nog leefde.

'Waarom wil Henrik Vanger mij ontmoeten?' was de logische vervolgvraag.

'Het spijt me. Ik ben al jaren Henrik Vangers advocaat, maar hij moet zelf vertellen wat hij wil. Daarentegen kan ik zoveel zeggen dat Henrik Vanger een eventuele betrekking met u wil bespreken.'

'Betrekking? Ik ben absoluut niet van plan om voor het Vanger-concern te gaan werken. Zoekt u een persvoorlichter?'

'Niet dat soort werkzaamheden. Ik weet niet hoe ik het verder moet zeggen, maar Henrik Vanger zou u bijzonder graag willen consulteren in een privéaangelegenheid.'

'U bent meer dan toelaatbaar dubbelzinnig.'

'Het spijt me enorm. Maar kan ik u op de een of andere manier overhalen om een bezoek af te leggen in Hedestad? Wij betalen uiteraard de reis en een redelijk honorarium.'

'U belt wat ongelegen. Ik heb veel te doen ... en ik neem aan dat u de krantenkoppen van de laatste dagen over mij hebt gezien.'

'De Wennerström-affaire?' Dirch Frode grinnikte plotseling aan de andere kant van de lijn. 'Ja, dat had een zekere amusementswaarde. Maar om u de waarheid te zeggen kwam het juist door de aandacht rond de rechtszaak dat Henrik Vangers oog op u viel.'

'O, ja? En wanneer zou Henrik Vanger bezoek van mij willen hebben?' vroeg Mikael.

'Zo gauw mogelijk. Morgen is het de dag voor kerst en neem ik aan dat u vrij wilt zijn. Wat zegt u van tweede kerstdag? Of tussen kerst en oud en nieuw?'

'Er is dus haast bij. Het spijt me, maar als ik niet meer informatie krijg over wat de bedoeling is van het bezoek dan ...'

'Meneer Blomkvist, ik verzeker u dat de uitnodiging volstrekt serieus is. Henrik Vanger wil uitsluitend ú consulteren en niemand anders. Hij wil u een freelanceopdracht aanbieden wanneer u daarin geïnteresseerd bent. Ik ben alleen maar een boodschapper. Waar het om gaat moet hij zelf uitleggen.'

'Dit is een van de meest vreemde gesprekken die ik sinds lange tijd heb gehad. Ik wil erover nadenken. Hoe kan ik u bereiken?'

Toen Mikael had opgehangen bleef hij zitten en keek hij naar de troep op het bureau. Hij begreep absoluut niet waarom Henrik Vanger hem zou willen ontmoeten. Mikael had eigenlijk niet erg veel behoefte om naar Hedestad af te reizen, maar advocaat Frode had hem nieuwsgierig gemaakt.

Hij zette zijn computer aan, ging naar www.google.com en zocht op 'Vanger-concern'. Hij kreeg honderden zoekresultaten. Het Vanger-concern was gestagneerd in zijn ontwikkeling maar kwam zo goed als dagelijks voor in de media. Hij sloeg een twaalftal artikelen op die het bedrijf analyseerden en zocht daarna achtereenvolgens op 'Dirch Frode,' 'Henrik Vanger' en 'Martin Vanger'.

Martin Vanger kwam vaak voor in de hoedanigheid van president van het Vanger-concern. Advocaat Dirch Frode bleef op de achtergrond, hij was bestuurslid van de golfclub van Hedestad en werd genoemd in verband met de Rotary. Henrik Vanger kwam op één uitzondering na uitsluitend voor in verband met teksten over de achtergrond van het Vanger-concern. De plaatselijke krant,

Hedestads-Kuriren, had echter aandacht besteed aan de tachtigste verjaardag van de voormalige industriemagnaat twee jaar daarvoor, en de reporter had een kort portret gemaakt. Mikael printte een paar teksten die enige substantie leken te bevatten en had al spoedig een map van vijftig pagina's. Daarna ruimde hij zijn bureau verder op, pakte de verhuisdozen in en ging naar huis. Hij wist niet zeker wanneer en óf hij terug zou keren.

Lisbeth Salander bracht 24 december door in het verpleeghuis van Äppelvik in Upplands-Väsby. Ze had kerstcadeaus gekocht bestaande uit een eau de toilette van Dior en een Engelse plumpudding van Åhléns. Ze dronk koffie en keek naar de zesenveertigjarige vrouw die met lompe vingers de knoop uit het cadeaulint probeerde te peuteren. Salander had iets teders in haar blik, maar ze bleef zich erover verbazen dat deze vreemde vrouw tegenover haar haar moeder was. Hoe ze het ook probeerde, ze zag geen enkele overeenkomst, niet qua uiterlijk en niet qua persoonlijkheid.

Haar moeder gaf haar pogingen uiteindelijk op en keek hulpeloos naar het pakket. Dit was niet een van haar beste dagen. Lisbeth Salander schoof de schaar die de hele tijd zichtbaar op tafel had gelegen naar haar toe en haar moeder lichtte opeens op, alsof ze wakker werd.

'Je vindt me vast dom.'

'Nee, moeder. U bent niet dom. Maar het leven is onrechtvaardig.'

'Heb je je zus nog gezien?'

'Dat is al een tijd geleden.'

'Ze komt hier nooit.'

'Ik weet het, moeder. Ze komt ook nooit bij mij.'

'Heb je werk?'

'Ja, moeder. Ik red me uitstekend.'

'Waar woon je ergens? Ik weet niet eens waar je woont.'

'Ik woon in uw oude appartement aan de Lundagatan. Ik woon daar al jaren. Ik mocht het contract overnemen.'

'Van de zomer kan ik je misschien komen opzoeken.'

'Natuurlijk. Van de zomer.'

Haar moeder kreeg het kerstcadeau uiteindelijk open en rook

verheugd aan het luchtje. 'Bedankt, Camilla,' zei de moeder.

'Lisbeth. Ik ben Lisbeth. Camilla is mijn zus.'

Haar moeder keek gegeneerd. Lisbeth Salander stelde voor dat ze naar de conversatieruimte zouden gaan.

Mikael Blomkvist bracht het uur waarop de hele Zweedse bevolking op de dag voor kerst naar Disney-filmpjes kijkt, door met zijn dochter Pernilla, bij zijn ex Monica en haar nieuwe man in hun vrijstaande huis in Sollentuna. Hij had kerstcadeautjes voor Pernilla gekocht; na de zaak met Monica te hebben besproken, hadden ze afgesproken hun dochter een iPod te geven, een mp3-speler niet noemenswaardig groter dan een lucifersdoosje, maar waar Pernilla's hele cd-verzameling op paste. Die vrij omvangrijk was. Het was een tamelijk duur cadeau geworden.

Vader en dochter brachten een uur in elkaars gezelschap door in haar kamer op de bovenverdieping. Mikael en Pernilla's moeder waren gescheiden toen ze pas vijf jaar oud was en ze had een nieuwe vader gekregen toen ze zeven was. Het was niet zo dat Mikael het contact gemeden had; Pernilla had hem één keer in de maand ontmoet en had wekenlange vakanties met hem doorgebracht in het huisje in Sandhamn. Het was ook niet zo dat Monica het contact probeerde tegen te houden of dat Pernilla het niet naar haar zin had in het gezelschap van haar vader. Integendeel, de tijd die ze samen doorbrachten konden ze het vrijwel altijd goed met elkaar vinden. Maar Mikael had zijn dochter voornamelijk zelf laten beslissen in welke mate ze contact met hem wilde, vooral toen Monica hertrouwd was. Er was een periode van een paar jaar geweest, aan het begin van haar tienertijd, dat het contact haast helemaal was gestagneerd. Pas de laatste twee jaar wilde ze hem vaker zien.

Zijn dochter had de rechtszaak gevolgd in de vaste overtuiging dat het was zoals Mikael beweerde; dat hij onschuldig was maar dat hij het niet kon bewijzen.

Ze vertelde over een eventueel vriendje op de middelbare school en verraste hem met de onthulling dat ze lid was geworden van een plaatselijke kerk en zich als gelovig beschouwde. Mikael onthield zich van commentaar.

Hij werd uitgenodigd om te blijven eten, maar bedankte; hij had al met zijn zus afgesproken om de avond bij haar en haar gezin door te brengen in hun villa in het yuppiereservaat bij Stäket.

Die ochtend had hij ook een uitnodiging ontvangen om kerst te vieren bij Erika en haar man in Saltsjöbaden. Hij had bedankt, in de overtuiging dat er een grens moest zijn voor Greger Beckmans welwillende instelling ten aanzien van driehoeksdrama's en dat hij niet wenste te onderzoeken waar die grens liep. Erika had gezegd dat haar man juist degene was geweest die het had voorgesteld en ze had hem geplaagd dat hij niet mee wilde doen aan een triootje. Mikael had gelachen, Erika wist dat hij honderd procent heteroseksueel was en dat die uitnodiging niet serieus bedoeld was, maar de beslissing om kerstavond niet door te brengen in een gezellig samenzijn met de echtgenoot van zijn minnares stond voor hem onwrikbaar vast.

Dientengevolge klopte hij dus aan bij zijn zus Annika Giannini, geboren Blomkvist, waar haar Italiaanse man, twee kinderen en een peloton van haar mans familie net bezig waren de kerstham aan te snijden. Tijdens het eten gaf hij antwoord op vragen over de rechtszaak en kreeg hij diverse goedbedoelde maar volledig zinloze adviezen.

De enige die het vonnis niet becommentarieerde was Mikaels zus, maar zij was dan ook de enige advocate in het gezelschap. Annika was moeiteloos door haar rechtenstudie heen gekomen en had een paar jaar gewerkt als griffier en plaatsvervangend officier van justitie voordat ze samen met een paar vrienden een eigen advocatenkantoor had geopend dat was gevestigd in de wijk Kungsholmen. Ze had zich gespecialiseerd in familierecht en zonder dat Mikael het eigenlijk doorhad, was zijn kleine zusje opeens verschenen in kranten en paneldebatten op tv, als bekende feministe en vrouwenrechtenadvocate. Ze vertegenwoordigde vaak vrouwen die werden bedreigd of vervolgd door echtgenoten en voormalige vriendjes.

Toen Mikael haar hielp bij het serveren van de koffie legde ze haar hand op zijn arm en vroeg ze hoe het met hem ging. Hij vertelde dat hij zich als een zak oud vuil voelde.

'Neem de volgende keer een echte advocaat,' zei ze.

'In dit geval had het weinig geholpen wie mijn advocaat was geweest.'

'Wat is er eigenlijk gebeurd?'

'Daar hebben we het een andere keer over, zusje.'

Ze sloeg haar armen even om hem heen en gaf hem een kus op zijn wang voordat ze met de kerstcake en de koffiekopjes naar binnen gingen.

Tegen zevenen 's avonds verontschuldigde Mikael zich en vroeg hij of hij de telefoon in de keuken even mocht gebruiken. Hij belde Dirch Frode en hoorde een geroezemoes van stemmen op de achtergrond.

'Vrolijk kerstfeest,' groette Frode. 'Hebt u een beslissing genomen?'

'Ik heb niets te doen en u hebt mijn nieuwsgierigheid gewekt. Ik kom tweede kerstdag langs als dat schikt.'

'Uitstekend, uitstekend. Als u wist hoe blij ik ben met dit bericht. Pardon, ik heb kinderen en kleinkinderen op bezoek en hoor haast niet wat u zegt. Mag ik u morgen bellen, zodat we een tijd kunnen afspreken?'

Nog voor de avond voorbij was had Mikael Blomkvist al spijt van zijn beslissing, maar het was te ingewikkeld om af te bellen, en dus zat hij op de ochtend van tweede kerstdag in de trein naar het noorden. Mikael had een rijbewijs, maar had nooit een auto gekocht.

Frode had gelijk gehad dat het geen lange reis was. Hij passeerde Uppsala en daarna begon de dunbevolkte parelketting van kleine industriestadjes langs de Norrlandse kust. Hedestad was een van de kleinere en lag op een afstand van iets meer dan een uur rijden ten noorden van Gävle.

In de nacht van eerste op tweede kerstdag had het hevig gesneeuwd, maar het was opgeklaard en de lucht was ijskoud toen hij op het station uitstapte. Mikael zag onmiddellijk in dat hij verkeerd gekleed was voor het Norrlandse winterweer, maar Dirch Frode wist hoe hij eruitzag, ving hem goedmoedig op het perron op en leidde hem snel naar de warmte van zijn Mercedes. In het centrum van Hedestad was het sneeuwruimen in volle gang en Frode reed voorzichtig langs de hoge sneeuwwallen. De sneeuw leek een exotisch contrast met Stockholm, haast als een vreemde wereld. Toch was hij maar iets meer dan drie uur verwijderd van Sergels torg. Mikael bekeek de advocaat van opzij; een hoekig gezicht met dun, wit stekeltjeshaar en een dikke bril op een stevige neus.

'Voor de eerste keer in Hedestad?' vroeg Frode.

Mikael knikte.

'Een oude industriestad met een haven. Niet groot, slechts 24.000 inwoners. Maar de mensen hebben het hier naar hun zin. Henrik woont in Hedeby, dat is precies bij de zuidelijke toegangsweg naar de stad.'

'Woont u hier ook?' vroeg Mikael.

'Ja. Ik ben geboren in Skåne, maar ben direct na mijn examen in 1962 voor Vanger gaan werken. Ik ben bedrijfsjurist en in de loop der jaren zijn Henrik en ik bevriend geraakt. Ik ben eigenlijk met pensioen, met Henrik nog als enige klant. Hij is natuurlijk ook met pensioen en hoeft niet zo vaak meer van mijn diensten gebruik te maken.'

'Alleen om journalisten met een aangetaste reputatie voor zijn karretje te spannen.'

'Onderschat uzelf niet. U bent niet de enige die een wedstrijd tegen Hans-Erik Wennerström heeft verloren.'

Mikael gluurde weer naar Frode, niet wetend hoe hij diens uitspraak moest interpreteren.

'Heeft deze uitnodiging iets met Wennerström van doen?' vroeg hij.

'Nee,' antwoordde Frode. 'Maar Henrik Vanger behoort niet direct tot de vriendenkring van Wennerström en hij heeft het proces met belangstelling gevolgd. Maar hij wil u ontmoeten in verband met iets heel anders.'

'Wat u niet wilt vertellen.'

'Het is niet mijn taak om dat te vertellen. We hebben het zo geregeld dat u kunt overnachten bij Henrik Vanger. Wanneer u dat niet wilt kunnen we een kamer boeken bij het hotel in de stad.'

'Tja, misschien neem ik wel de avondtrein terug naar Stockholm.'

De invalsweg naar Hedeby was nog niet sneeuwvrij en Frode volgde de bevroren wielsporen. Hedeby had een kern van oude houten huizen zoals je vaak ziet in fabrieksplaatsjes langs de Botnische Golf. Daaromheen lagen modernere en grotere villa's. Het dorp begon op het vasteland en liep over een brug naar een geaccidenteerd eiland. Op het vasteland stond een klein wit stenen kerkje bij het bruggenhoofd en daartegenover brandde een ouderwetse lichtreclame met de tekst SUSANNES BRUGCAFÉ EN BAKKERIJ. Frode reed nog ongeveer 100 meter door en zwaaide toen af naar links, een pas sneeuwvrij gemaakt erf voor een stenen gebouw op. Het huis was te klein om een landhuis te worden genoemd, maar het was aanzienlijk groter dan de rest van de bebouwing, en het gaf duidelijk aan dat dit het domein van de grootgrondbezitter was.

'Dit is Vangerska gården,' zei Dirch Frode. 'Ooit gonsde het hier van het leven, maar nu wonen alleen Henrik en zijn huishoudster in het huis. Er zijn voldoende logeerkamers.'

Ze stapten uit. Frode wees naar het noorden.

'Traditiegetrouw woont degene die het Vanger-concern leidt hier, maar Martin Vanger wilde iets moderners en heeft een villa op het puntje van de landtong laten bouwen.'

Mikael keek om zich heen en vroeg zich af welke idiote impuls hij bevredigd had door op de uitnodiging van advocaat Frode in te gaan. Hij besloot om indien mogelijk dezelfde avond terug te keren naar Stockholm. Een stenen trap leidde naar de ingang, maar voordat ze boven waren, werd de deur al opengedaan. Mikael herkende Henrik Vanger onmiddellijk van de foto's op internet.

Op die foto's had hij jonger geleken, maar hij zag er ontzettend krachtig uit voor zijn tweeëntachtig jaar; een taai lijf met een ruw en verweerd gezicht en vol, achterovergekamd grijs haar dat aangaf dat kaalheid niet in zijn genen zat. Hij was gekleed in een keurig geperste bruine broek, een wit overhemd en een versleten bruin vest. Hij had een smalle snor en een bril met een dun stalen montuur.

'Ik ben Henrik Vanger,' groette hij. 'Fijn dat je wilde komen.'

'Dag. Het was een verrassende uitnodiging.'

'Kom binnen, hier is het warm. Ik heb een logeerkamer voor je in orde laten maken; wil je je misschien even opfrissen? We gaan straks warm eten. Dit is Anna Nygren, die voor mij zorgt.'

Mikael schudde vluchtig de hand van een kleine vrouw van in de zestig, die zijn jas aannam en deze in een garderobe hing. Ze bood Mikael pantoffels aan als bescherming tegen de tocht.

Mikael bedankte haar en wendde zich vervolgens tot Henrik Vanger: 'Ik weet niet zeker of ik tot het eten blijf. Dat hangt er een beetje van af waar dit spelletje op uitdraait.'

Henrik Vanger wisselde een blik van verstandhouding met Dirch Frode die Mikael niet kon duiden.

'Ik geloof dat ik de gelegenheid te baat neem jullie te verlaten,' zei Dirch Frode.

'Ik moet naar huis om mijn kleinkinderen te kastijden voordat ze het huis afbreken.'

Hij richtte zich tot Mikael.

'Ik woon daar rechts aan de andere kant van de brug. U wandelt er in vijf minuten heen; het is onderaan bij de patisserie, Susannes Brugcafé, het derde huis naar het water toe. Als u me nodig hebt, hoeft u alleen maar te bellen.'

Mikael maakte van de gelegenheid gebruik om zijn hand in de zak van zijn colbert te steken en een bandrecordertje aan te zetten. *Paranoïde, ik?* Hij had geen idee wat Henrik Vanger wilde, maar na de ruzie van het afgelopen jaar met Hans-Erik Wennerström wilde hij een exacte documentatie van alle opmerkelijke gebeurtenissen in zijn omgeving en een plotselinge uitnodiging voor Hedestad behoorde absoluut tot die categorie.

De voormalige industrieel gaf Dirch Frode een klopje op zijn schouder als afscheid en trok de buitendeur dicht voordat hij zich tot Mikael richtte.

'In dat geval zal ik recht op de man afgaan. Het is geen spelletje. Ik wil met je praten, maar wat ik te zeggen heb, vereist een langer gesprek. Ik verzoek je te luisteren naar wat ik te zeggen heb en pas daarna een beslissing te nemen. Je bent journalist en ik wil je in de arm nemen voor een freelanceopdracht. Anna heeft koffie geserveerd in mijn werkkamer op de eerste verdieping.'

Henrik Vanger wees de weg en Mikael liep achter hem aan. Ze kwamen in een langwerpige werkkamer, ongeveer 40 vierkante meter groot en over de breedte van het huis. De ene lange kant werd gedomineerd door een 10 meter lange boekenkast van vloer tot plafond, met een ongekende combinatie van literatuur, biografieën, geschiedkundige werken, boeken over handel en industrie en ordners. De boeken leken zonder zichtbare orde neergezet. Het zag eruit als een boekenkast die werd gebruikt en Mikael trok de conclusie dat Henrik Vanger een lezer was. De andere lange kant werd gedomineerd door een bureau in donker eiken, zo geplaatst dat degene die aan het bureau zat de kamer in keek. De wand bevatte een grote verzameling schilderijen met gedroogde en geperste bloemen in keurige rijen.

Door het raam aan de korte kant van het huis had Henrik Vanger uitzicht over de brug en de kerk. Er was een zitgroep met een serveertafel, waar Anna serviesgoed, een thermoskan, zelfgebakken koffiebroodjes en koekjes had neergezet.

Henrik Vanger maakte een uitnodigend gebaar, maar Mikael deed alsof hij het niet begreep en wandelde nieuwsgierig rond. Hij inspecteerde eerst de boekenkast en vervolgens de muur met de schilderijen. Het bureau was opgeruimd, met slechts een paar papieren op een stapel. Helemaal aan de zijkant van het bureau stond een ingelijste foto van een jong, donkerharig meisje. Mooi maar met een ondeugende blik; *een jongedame die op weg is gevaarlijk te worden*, dacht Mikael. De foto was blijkbaar een communiefoto die verbleekt was, en leek daar al jaren te staan. Mikael werd zich er plotseling van bewust dat Henrik Vanger naar hem stond te kijken.

'Ken je haar nog, Mikael?' vroeg hij.

'Kén ik haar nog?' Mikael fronste zijn wenkbrauwen.

'Ja, je hebt haar ontmoet. Je bent zelfs eerder in deze kamer geweest.'

Mikael keek om zich heen en schudde zijn hoofd.

'Nee, hoe zou je je dat ook kunnen herinneren? Ik kende je vader. Ik heb Kurt Blomkvist tussen 1950 en 1960 vaak ingeschakeld als installateur en werktuigbouwkundige. Hij was een begaafd man. Ik heb geprobeerd hem over te halen door te leren om ingenieur te worden. Jij was hier de hele zomer van 1963, toen we het machinepark in de papierfabriek hier in Hedestad hebben vervangen. Het was moeilijk om woonruimte te vinden voor jullie gezin en dat hebben we opgelost door jullie in het houten huisje aan de andere kant van de weg te laten wonen. Je kunt het huisje vanuit het raam zien.'

Henrik Vanger liep naar het bureau en pakte de foto op.

'Dit is Harriët Vanger, de kleindochter van mijn broer Richard Vanger. Ze heeft die zomer diverse keren op je gepast. Jij was twee jaar, moest nog drie worden. Of misschien was je al drie, ik weet het niet meer. Zij was dertien jaar.'

'Neemt u mij niet kwalijk, maar ik herinner me helemaal niets van wat u vertelt.' Mikael was er niet eens van overtuigd dat Henrik Vanger de waarheid sprak.

'Dat begrijp ik. Maar ik herinner me jou nog wel. Je rende hier overal rond met Harriët in je kielzog. Ik kon je horen schreeuwen zo gauw je ergens struikelde. Ik weet nog dat ik je een keer een stuk speelgoed heb gegeven, een gele tractor van blik, waar ik zelf als kind mee gespeeld had en die je waanzinnig mooi vond. Volgens mij kwam dat door die kleur.'

Mikael werd plotseling koud vanbinnen. Hij herinnerde zich inderdaad die gele tractor. Toen hij ouder werd, had hij als siervoorwerp op een plank in zijn jongenskamer gestaan.

'Weet je het nog? Herinner je je die tractor nog?'

'Die herinner ik me nog. Misschien is het aardig om te weten dat die tractor nog steeds bestaat, hij staat in het Speelgoedmuseum aan Mariatorget in Stockholm. Ik heb hem daaraan geschonken toen ze tien jaar geleden oud, origineel speelgoed vroegen.'

'Echt waar?' Henrik Vanger lachte vergenoegd. 'Ik zal je wat laten zien ...'

De oude man liep naar de boekenkast en trok een fotoalbum van een van de onderste planken. Mikael merkte op dat hij blijkbaar moeite had om voorover te buigen en dat hij steunde op de boekenkast toen hij weer rechtop wilde gaan staan. Henrik Vanger gebaarde naar Mikael om plaats te nemen op een van de banken terwijl hij in het album bladerde. Hij wist waar hij naar zocht en legde al spoedig het album op de serveertafel. Hij wees op een zwart-wit amateurfoto waar de schaduw van de fotograaf aan de onderkant zichtbaar was. Op de voorgrond stond een klein blond jongetje in een korte broek, dat met een verward en wat bang snoetje in de camera staarde.

'Dat ben jij die bewuste zomer. Je ouders zitten op de tuinstoelen op de achtergrond. Harriët is een beetje aan het oog onttrokken door je moeder. De jongen links van je vader is Harriëts broer, Martin Vanger, die momenteel het Vanger-concern leidt.'

Mikael had geen moeite om zijn ouders te herkennen. Zijn moeder was zichtbaar zwanger – zijn zus was dus onderweg. Hij bekeek de foto met gemengde gevoelens terwijl Henrik Vanger koffie inschonk en de schaal met koffiebroodjes naar voren schoof.

'Ik weet dat je vader overleden is. Leeft je moeder nog?'

'Nee,' antwoordde Mikael. 'Ze is drie jaar geleden overleden.'

'Ze was een aardige vrouw. Ik herinner me haar nog goed.'

'Maar ik ben ervan overtuigd dat u me niet gevraagd hebt hierheen te komen om oude herinneringen aan mijn ouders op te halen.'

'Daar heb je helemaal gelijk in. Ik ben dagenlang bezig geweest om me voor te bereiden op wat ik tegen je wilde zeggen, maar nu ik je dan eindelijk voor me heb, weet ik niet precies waar ik moet beginnen. Ik neem aan dat je wat over mij hebt gelezen voordat je hierheen kwam. Dan weet je dat ik ooit grote invloed had op de Zweedse industrie en de arbeidsmarkt. Nu ben ik een oude man die vermoedelijk spoedig zal sterven en de dood is wellicht een goed uitgangspunt voor dit gesprek.'

Mikael nam een slok zwarte koffie, *keteltjeskoffie*, en vroeg zich af waar dit toe zou leiden.

'Ik heb last van mijn heup en ik kan geen lange wandelingen meer maken. Op een dag zul je zelf ontdekken dat de energie bij oude mannetjes afneemt, maar ik ben niet morbide en evenmin seniel. Ik ben dus niet bezeten van de dood, maar ik ben wel op een leeftijd dat ik moet accepteren dat mijn tijd ten einde loopt. Er komt een moment dat je de balans wilt opmaken en alle onopgeloste kwesties wilt oplossen. Begrijp je wat ik bedoel?'

Mikael knikte. Henrik Vanger sprak met duidelijke en vaste stem en Mikael had inmiddels de conclusie getrokken dat de oude noch seniel noch irrationeel was. 'Ik ben vooral benieuwd waarom ik hier ben,' herhaalde hij.

'Ik heb je gevraagd hierheen te komen omdat ik je hulp wilde vragen bij het opmaken van die balans waarover ik het had. Ik heb een paar dingen die onopgehelderd zijn.'

'Maar waarom hebt u míj gevraagd? Ik bedoel ... wat doet u denken dat ik u kan helpen?'

'Net toen ik het plan had opgevat om iemand in de arm te nemen werd jouw naam actueel in de Wennerström-affaire. Ik wist wie je was. En misschien omdat je als klein ventje bij mij op schoot had gezeten.' Hij zwaaide met zijn hand. 'Nee, begrijp me niet verkeerd. Ik ga er niet van uit dat je me om sentimentele redenen zou willen helpen. Ik vertel alleen maar waarom ik de impuls kreeg om juist met jou contact te zoeken.'

Mikael lachte vriendelijk. 'Tja, want van die knie kan ik me totaal niets meer herinneren. Maar hoe kon u weten wie ik was? Ik bedoel, dat was begin jaren zestig.'

'Sorry, je hebt me verkeerd begrepen. Jullie zijn naar Stockholm verhuisd toen je vader een baan als werkplaatschef kreeg bij Zarinders Mekaniska. Dat was een van de vele ondernemingen die onderdeel was van het Vanger-concern en ik had die baan voor hem geregeld. Hij had geen opleiding, maar ik wist wat hij kon. Ik heb je vader in de loop der jaren diverse malen ontmoet als ik bij Zarinders moest zijn. We waren dan wel geen dikke vrienden, maar we bleven altijd wel even staan om een praatje te maken. De laatste keer dat ik hem ontmoette, was in het jaar dat hij is overleden en toen vertelde hij dat je aangenomen was op de School voor de Journalistiek. Hij was zo trots als een pauw. En toen kreeg je landelijke bekendheid in verband met die roversbende, Kalle Blomkvist en zo. Ik heb je gevolgd en door de jaren heen veel teksten van jouw hand gelezen. Ik lees *Millennium* ook vrij vaak.'

'Goed, ik begrijp het. Maar wat wilt u precies dat ik ga doen?'

Henrik Vanger keek even naar zijn handen en nipte vervolgens van zijn koffie, alsof hij een korte pauze nodig had voordat hij eindelijk met zijn feitelijke missie op de proppen kon komen.

'Mikael, voordat ik van wal steek, zou ik een afspraak met je willen maken. Ik wil dat je twee dingen voor me doet. Het eerste betreft een voorwendsel en het tweede is waar het eigenlijk om gaat.'

'Wat voor afspraak?'

'Ik ga je een verhaal vertellen in twee delen. Het eerste deel gaat over de familie Vanger. Dat betreft het voorwendsel. Het is een lange en sombere geschiedenis, maar ik zal proberen me aan de naakte waarheid te houden. Het tweede deel van het verhaal gaat over de eigenlijke kwestie. Ik denk dat je mijn verhaal soms zult ervaren als ... idioterie. Wat ik wil, is dat je mijn verhaal tot het einde toe aanhoort, dat je mijn opdracht serieus neemt en ook luistert naar wat ik je te bieden heb, voordat je een beslissing neemt of je de klus op je wilt nemen of niet.'

Mikael zuchtte. Het was duidelijk dat Henrik Vanger niet van plan was de kwestie kort en bondig uit de doeken te doen, zodat hij de laatste trein kon halen. Mikael had het gevoel dat als hij Dirch

Frode zou bellen voor een lift naar het station, de auto door de kou dienst zou weigeren.

De oude man moest veel tijd hebben besteed aan de vraag hoe hij hem zou kunnen tackelen. Mikael kreeg het gevoel dat alles wat er was gebeurd sinds hij de kamer was binnengekomen een geregisseerde voorstelling was; de inleidende verrassing dat hij als kind Henrik Vanger had ontmoet, de foto van zijn ouders in het fotoboek, het benadrukken van het feit dat Mikaels vader en Henrik Vanger bevriend waren geweest en de vleierij dat de oude man wist wie Mikael Blomkvist was, en dat hij zijn carrière door de jaren heen had gevolgd ... Dat alles had vermoedelijk een zekere kern van waarheid maar was ook vrij elementaire psychologie. Henrik Vanger was met andere woorden een goede manipulator, met een jarenlange ervaring van aanzienlijk zelfverzekerder mensen achter de dichte deuren van bestuurskamers. Het was geen toeval dat hij een van Zwedens meest vooraanstaande industriemagnaten was geworden.

Mikaels conclusie was dat Henrik Vanger wilde dat hij iets zou doen waar hij vermoedelijk totaal geen zin in had. Het enige wat overbleef was uit te zoeken waar dat uit bestond en er daarna voor te bedanken. En mogelijk de laatste trein te halen.

'Sorry, *no deal*,' antwoordde Mikael. Hij keek op zijn horloge. 'Ik ben hier nu twintig minuten. Ik geef u exact dertig minuten om te vertellen wat u wilt. Daarna bel ik een taxi en ga ik naar huis.'

Even viel Henrik Vanger uit zijn rol van goedhartige patriarch en kon Mikael de meedogenloze industrieel in de kracht van zijn dagen vermoeden wanneer hij was getroffen door een tegenslag of gedwongen was om een of ander juniorbestuurslid onder handen te nemen. Zijn mond vormde zich snel tot een grimlach.

'Ik begrijp het.'

'Het is doodsimpel. U hoeft geen omwegen te nemen. Zeg wat er van me verlangd wordt dan kan ik zeggen of ik dat wil of niet.'

'Als ik je in dertig minuten niet kan overhalen, kan ik dat ook niet in dertig dagen, bedoel je dat?'

'Zoiets.'

'Maar mijn verhaal is lang en gecompliceerd.'

'Inkorten en vereenvoudigen. Dat doen we binnen de journalistiek ook. Negenentwintig minuten.'

Henrik Vanger stak een hand op. 'Dat is voldoende. *I got your point.* Maar overdrijven is geen goede psychologie. Ik heb iemand nodig die onderzoek kan verrichten en kritisch kan denken, maar die ook integer is. Ik denk dat jij dat bent en dat is geen vleierij. Een goede journalist zou redelijkerwijs over deze eigenschappen moeten beschikken en ik heb je boek *De tempelridders* met veel belangstelling gelezen. Het is echt waar dat ik je gekozen heb omdat ik je vader ken en omdat ik weet wie je bent. Als ik de zaak goed begrijp, ben je na de Wennerström-affaire ontslagen bij je magazine, of ben je in elk geval op eigen verzoek weggegaan. Dat betekent dat je momenteel geen baan hebt en er is niet veel voor nodig om te begrijpen dat je vermoedelijk financieel wat krap zit.'

'Zodat u mijn benarde situatie kunt uitbuiten, bedoelt u?'

'Dat is misschien waar. Maar Mikael ... Ik mag toch wel Mikael zeggen? Ik ben niet van plan tegen je te liegen of onheuse voorwendselen te verzinnen. Daar ben ik te oud voor. Als het je niet bevalt wat ik vertel, dan zeg je dat maar. Dan zoek ik iemand anders die voor me wil werken.'

'Oké, waaruit bestaat de baan die u me wilt aanbieden?'

'Hoeveel weet je over de familie Vanger?'

Mikael spreidde zijn handen. 'Tja, ongeveer wat ik op internet heb kunnen lezen sinds Frode mij maandag belde. In uw tijd was het Vanger-concern een van de grootste industrieconcerns van Zweden, nu is het bedrijf aanzienlijk ingekrompen. Martin Vanger is president. Oké, ik weet nog wel een paar dingen, maar waar wilt u heen?'

'Martin is ... Hij is een goed mens maar in feite is hij veel te nonchalant. Hij is niet competent genoeg als algemeen directeur van een concern dat in een crisis verkeert. Hij wil moderniseren en specialiseren, wat op zich goed is, maar hij heeft moeite om zijn ideeën door te drijven en al helemáál om de financiering rond te krijgen. Vijfentwintig jaar geleden was het Vanger-concern een serieuze concurrent van het Wallenberg-imperium. We hadden circa 40.000 medewerkers in Zweden. Dat leverde het hele land activiteit, werkgelegenheid en inkomsten op. Nu zit de meeste van deze werkgelegenheid in Korea of Brazilië. Er zijn nu ruim 10.000 medewerkers en over een of twee jaar, als Martin de wind niet in de zeilen krijgt, zijn dat er misschien nog maar 5.000, voornamelijk in kleine productiebedrijfjes. Met andere woorden: het Vanger-concern is bezig uit de geschiedenis te verdwijnen.'

Mikael knikte. Wat Henrik Vanger vertelde was ongeveer wat hij na een tijdje achter de computer zelf ook had geconcludeerd.

'Het Vanger-concern is nog steeds een van de weinige familiebedrijven van het land, met ruim dertig familieleden als kleinaandeelhouders in een variërende omvang. Dat is altijd de kracht van het concern geweest, maar ook onze grootste zwakte.'

Henrik Vanger laste een kunstmatige pauze in en sprak met intensiteit in zijn stem. 'Mikael, je kunt later vragen stellen, maar ik wil dat je me op mijn woord gelooft als ik zeg dat ik de meeste leden de familie Vanger verafschuw. Mijn familie bestaat voornamelijk uit plunderaars, vrekken, betweters en nietsnutten. Ik heb het bedrijf vijfendertig jaar geleid en ben haast voortdurend verwikkeld geweest in onverzoenlijke ruzies met overige familieleden. Zij, en niet de concurrerende bedrijven of de staat, waren mijn ergste vijanden.'

Hij pauzeerde even.

'Ik heb gezegd dat ik je in de arm wil nemen voor twee dingen. Ik wil dat je een geschiedenis of biografie over de familie Vanger schrijft. Voor het gemak kunnen we dat mijn autobiografie noemen. Het zal beslist geen Bijbels geschrift worden, maar een verhaal over haat, familieruzies en buitensporige gierigheid. Ik stel je al mijn dagboeken en archieven ter beschikking. Je hebt vrije toegang tot mijn diepste gedachten en je mag alle rotzooi die je tegenkomt zonder voorbehoud publiceren. Ik denk dat deze kroniek Shakespeare tot ontspanningslectuur maakt.'

'Waarom?'

'Waarom ik een schandaalgeschiedenis over de familie Vanger wil publiceren? Of welke motieven ik heb om jou te vragen de autobiografie samen te stellen?'

'Allebei, neem ik aan.'

'Eerlijk gezegd kan het me niet schelen of het boek al dan niet wordt gepubliceerd. Maar ik vind wel dat het verhaal opgeschreven moet worden, zo nodig in één exemplaar dat je direct bij de Koninklijke Bibliotheek afgeeft. Ik wil dat mijn geschiedenis na mijn dood toegankelijk is voor het nageslacht. Mijn motief hiervoor is het simpelste dat je je kunt bedenken ... wraak.'

'Op wie wilt u wraak nemen?'

'Je hoeft me niet te geloven, maar ik heb geprobeerd een eerlijk mens te zijn, zelfs als kapitalist en captain of industry. Ik ben er trots op dat mijn naam synoniem is met een man die zijn woord heeft gehouden en zijn beloften is nagekomen. Ik heb nooit politieke spelletjes gespeeld. Ik heb nooit problemen gehad bij onderhandelingen met de bonden. Zelfs Tage Erlander had in zijn tijd respect voor mij. Het was voor mij een kwestie van ethiek; ik was verantwoordelijk voor de broodwinning van duizenden mensen en ik had de zorg voor mijn medewerkers. Gek genoeg heeft Martin dezelfde houding, hoewel hij een heel ander soort mens is. Hij probeert ook altijd het juiste te doen. Daar zijn we misschien niet altijd in geslaagd, maar over het geheel genomen zijn er weinig dingen waar ik me voor schaam.

Helaas zijn Martin en ik zeldzame uitzonderingen in onze familie,' vervolgde Henrik Vanger. 'Er zijn diverse redenen voor dat het Vanger-concern bijna bankroet is, maar een van de belangrijkste is de kortzichtige gierigheid van veel van mijn familieleden. Als je de opdracht aanneemt, zal ik exact vertellen hoe mijn familie zich heeft gedragen toen ze het concern naar de afgrond leidden.'

Mikael dacht even na.

'Oké. Ik zal ook de waarheid spreken. Het schrijven van een dergelijk boek zal maanden in beslag nemen. Daar heb ik geen zin in en ook geen puf voor.'

'Ik denk dat ik je kan overhalen.'

'Dat betwijfel ik. Maar u zei dat u wilde dat ik twee dingen zou doen. Dit betrof het voorwendsel. Wat is het eigenlijke doel?'

Henrik Vanger kwam overeind, opnieuw moeizaam, en pakte de foto van Harriët Vanger van het bureau. Hij zette hem voor Mikael neer.

'De reden voor mijn wens om jou een biografie over de familie Vanger te laten schrijven is dat ik wil dat je de individuen in kaart brengt door de ogen van een journalist. Dat geeft je meteen een alibi om in de familiegeschiedenis te gaan spitten. Wat ik eigenlijk wil is dat je een raadsel oplost. Dat is je opdracht.'

'Een raadsel?'

'Harriët was dus de kleindochter van mijn broer Richard. We

waren met vijf broers. Richard was de oudste, hij werd geboren in 1907. Ik was de jongste, geboren in 1920. Ik begrijp niet hoe God deze kinderschaar heeft kunnen voortbrengen die ...'

Even was Henrik Vanger de draad van het verhaal kwijt en leek hij verzonken in zijn eigen gedachten. Toen wendde hij zich tot Mikael met nieuwe besluitvaardigheid in zijn stem.

'Laat me vertellen over mijn broer Richard Vanger. Dat is ook een voorproefje uit de familiekroniek waarvan ik wil dat je die gaat schrijven.'

Hij schonk koffie in voor zichzelf en bood Mikael een tweede kopje aan.

'In 1924, op zeventienjarige leeftijd, was Richard een fanatiek nationalist en Jodenhater die zich aansloot bij het Zweedse Nationaal-Socialistische Vrijheidsverbond, een van de allereerste nazigroeperingen van Zweden. Is het niet fascinerend dat nazi's er altijd in slagen het woord "vrijheid" in hun propaganda te gebruiken?'

Henrik Vanger pakte nog een fotoalbum en bladerde naar de juiste pagina.

'Hier is Richard in gezelschap van dierenarts Birger Furugård, die al spoedig leider werd van de zogenaamde Furugård-beweging, de grote nazibeweging uit de vroege jaren dertig. Maar Richard bleef niet bij hem. Nog geen jaar later werd hij lid van de Zweedse Fascistische Strijdkrachten, de ZFSK. Daar leerde hij Per Engdahl en andere individuen kennen, die in de loop der jaren de politieke schandvlekken van de natie zouden worden.'

Hij bladerde een pagina verder in het album. Richard Vanger in uniform.

'In 1927 nam hij dienst in het leger, zeer tegen de wil van mijn vader, en in de jaren dertig werkte hij de meeste nazigroeperingen van het land af. Als er een ziek, samenzweerderig verbond bestond, kun je er zeker van zijn dat zijn naam op de ledenlijst voorkwam. In 1933 werd de Lindholm-beweging opgericht, dat wil zeggen de Nationaal-Socialistische Arbeiderspartij. Hoe goed ben je op de hoogte van de geschiedenis van het Zweedse nazisme?'

'Ik ben geen historicus, maar ik heb er wel het een en ander over gelezen.'

'In 1939 begon de Tweede Wereldoorlog en daarna de Finse Winteroorlog. Een groot aantal activisten uit de Lindholm-beweging sloot zich aan als vrijwilligers voor Finland. Richard was een van hen; hij was inmiddels kapitein bij het Zweedse leger. Hij sneuvelde in februari 1940, vlak voor het vredesverdrag met de Sovjet-Unie. Hij werd een martelaar binnen de nazibeweging en er werd een strijdgroep naar hem vernoemd. Tot op de dag van vandaag verzamelen zich elk jaar op de sterfdag van Richard Vanger een aantal idioten op een kerkhof in Stockholm om hem te eren.'

'Ik begrijp het.'

'In 1926, toen hij negentien was, maakte hij kennis met een vrouw genaamd Margareta, de dochter van een leraar in Falun. Ze ontmoetten elkaar in politiek verband en kregen een relatie die resulteerde in een zoon, Gottfried, die werd geboren in 1927. Richard trouwde met Margareta toen hun zoon werd geboren. De eerste helft van de jaren dertig liet mijn broer zijn vrouw en kind hier in Hedestad wonen, terwijl hij zelf gestationeerd was bij het regiment in Gävle. In zijn vrije tijd reisde hij rond en maakte hij propaganda voor het nazisme. In 1936 had hij een enorme aanvaring met mijn vader, die erin resulteerde dat mijn vader alle financiële steun aan Richard introk. Daarna moest hij zichzelf bedruipen. Hij verhuisde met zijn gezin naar Stockholm en leefde in relatieve armoede.'

'Had hij geen eigen geld?'

'De erfenis die hij in het concern had, zat op slot. Hij kon niet buiten de familie verkopen. Daar komt bij dat Richard een brute huistiran was met weinig verzoenende trekjes. Hij sloeg zijn vrouw en mishandelde zijn kind. Gottfried groeide op als een onderdrukte en gekoeionneerde jongen. Hij was dertien toen Richard sneuvelde; volgens mij was dat Gottfrieds tot op dat moment gelukkigste dag. Mijn vader ontfermde zich over de weduwe en het kind en haalde ze naar Hedestad, waar hij ze inkwartierde in een appartement en erop toezag dat Margareta een acceptabel bestaan kreeg.

Als Richard de donkere en fanatieke kant van de familie had vertegenwoordigd, dan vertegenwoordigde Gottfried de luie kant. Toen hij achttien was, heb ik me over hem ontfermd, hij was ondanks alles toch de zoon van mijn overleden broer. Maar je moet niet vergeten dat het leeftijdsverschil tussen ons niet groot was. Ik was maar zeven jaar ouder. Toen zat ik al in de concernlei-

ding en het was duidelijk dat ik de zaak van mijn vader zou overnemen, terwijl Gottfried een beetje werd gezien als een vreemde
eend in de bijt.'

Henrik Vanger dacht even na.

'Mijn vader wist niet goed hoe hij zich moest gedragen tegenover
zijn kleinzoon en ik was degene die erop aandrong dat er iets
moest gebeuren. Ik bezorgde hem een baan binnen het concern.
Dat was na de oorlog. Hij probeerde er wat van te maken, maar hij
kon zich moeilijk concentreren. Hij was een sloddervos, een charmeur en een feestnummer, hij was gek op de vrouwtjes en er waren
periodes dat hij te veel dronk. Ik vind het moeilijk om mijn gevoelens voor hem te beschrijven ... Hij was geen nietsnut, maar hij was
allesbehalve betrouwbaar en stelde me vaak ernstig teleur. In de
loop der jaren raakte hij steeds meer aan de drank en in 1965 is hij
door verdrinking om het leven gekomen. Dat was aan de andere
kant van het Hedeby-eiland, waar hij een huisje had laten bouwen
en waar hij zich terugtrok om te drinken.'

'Hij is dus de vader van Harriët en Martin?' vroeg Mikael, terwijl hij naar het portret op de serveertafel wees. Tegen zijn wil
moest hij erkennen dat het verhaal van de oude man interessant
was.

'Precies. Eind jaren veertig ontmoette Gottfried een vrouw
genaamd Isabella Koenig, een kind van een Duitse soldaat, die na
de Tweede Wereldoorlog naar Zweden was gekomen. Isabella was
een schoonheid, ze was net zo stralend mooi als Greta Garbo en
Ingrid Bergman. Harriët had haar genen meer van Isabella dan van
Gottfried. Zoals je op de foto ziet, was ze toen ze veertien jaar was
al bijzonder knap.'

Mikael en Henrik Vanger keken allebei naar de foto.

'Laat ik verdergaan. Isabella is geboren in 1928 en leeft nog
steeds. Toen ze elf jaar was begon de Tweede Wereldoorlog en je
kunt je voorstellen hoe het was om tiener te zijn in Berlijn terwijl
de bommen je om de oren vlogen. Toen ze in Zweden aan land
kwam, zal dat hebben aangevoeld alsof ze in het paradijs was
beland. Helaas had ze evenveel slechte eigenschappen als Gottfried;
ze was verkwistend en was voortdurend op feesten te vinden. Zij en
Gottfried leken soms meer drinkmaatjes dan echtelieden. Ze
maakte ook zeer regelmatig reizen in Zweden en naar het buiten-

land, en had totaal geen verantwoordelijkheidsgevoel. Dat had natuurlijk zijn weerslag op de kinderen. Martin werd geboren in 1948 en Harriët in 1950. Ze hadden een chaotische jeugd, met een moeder die hen constant in de steek liet en een vader die bezig was alcoholist te worden.

In 1958 heb ik ingegrepen. Gottfried en Isabella woonden toen in Hedestad en ik heb ze gedwongen hierheen te verhuizen. Ik had er genoeg van en had besloten de vicieuze cirkel te doorbreken. Martin en Harriët waren min of meer aan hun lot overgelaten.'

Henrik Vanger keek op zijn horloge.

'Mijn dertig minuten zijn bijna voorbij maar het verhaal loopt ten einde. Krijg ik nog wat respijt?'

Mikael knikte. 'Ga door.'

'In het kort dan. Ik was kinderloos, een dramatisch contrast met mijn overige broers en familieleden, die bezeten leken te zijn van een naïeve behoefte om het geslacht Vanger voort te planten. Gottfried en Isabella verhuisden hierheen, maar van hun huwelijk was niet veel meer over. Al na een jaar vertrok Gottfried naar zijn huisje. Daar woonde hij lange periodes in zijn eentje en hij kwam weer naar Isabella als het daar te koud werd. Zelf heb ik me ontfermd over Martin en Harriët en zij werden op alle mogelijke manieren de kinderen die ik zelf nooit heb gekregen.

Martin was ... Eerlijk gezegd was er in zijn jeugd een periode dat ik vreesde dat hij in de voetsporen van zijn vader zou treden. Hij was slap en introvert, en een piekeraar, maar hij kon ook charmant en enthousiast zijn. Hij had een paar moeilijke tienerjaren, maar dat kwam allemaal goed toen hij naar de universiteit ging. Hij is ... tja, hij is ondanks alles toch directeur van de restanten van het Vanger-concern, wat op zich gezien kan worden als blijk van erkenning.'

'En Harriët?' vroeg Mikael.

'Harriët was mijn oogappel. Ik probeerde haar geborgenheid en zelfvertrouwen te geven en we konden het uiteindelijk goed met elkaar vinden. Ik beschouwde haar als mijn eigen dochter en ze had een aanzienlijk hechtere band met mij dan met haar ouders. Harriët was heel speciaal, zie je. Ze was introvert, net als haar broer, en als tiener dweepte ze met religie en onderscheidde ze zich daarmee van alle anderen in onze familie. Maar ze had talent en was bijzonder intelligent. Ze had moreel en ruggengraat. Toen ze veertien of vijftien was, was ik er volledig van overtuigd dat ze, in vergelijking met haar broer en al mijn middelmatige neven en oomzeggers om me heen, degene was die gezonden was om op een dag het Vanger-concern te leiden, of daar ten minste een centrale rol in te spelen.'

'Wat is er gebeurd?'

'We zijn nu bij de eigenlijke reden gekomen dat ik jou in de arm wil nemen. Ik wil dat je uitzoekt wie van de familie Harriët Vanger heeft vermoord en sindsdien, al veertig jaar lang, probeert mij tot waanzin te drijven.'

5
DONDERDAG 26 DECEMBER

Voor het eerst sinds Henrik Vanger van start was gegaan met zijn monoloog, was de oude man erin geslaagd hem te overrompelen. Mikael moest hem vragen te herhalen wat hij zojuist had gezegd om er zeker van te zijn dat hij het juist gehoord had. Uit niets in de knipsels die hij had gelezen was gebleken dat er binnen de familie Vanger een moord zou zijn gepleegd.

'Het was 22 september 1966. Harriët was zestien jaar en was net aan haar tweede jaar op de middelbare school begonnen. Het was een zaterdag en het zou de vreselijkste dag van mijn leven worden. Ik heb de loop der gebeurtenissen zo vaak doorgenomen dat ik volgens mij van elke minuut van die dag kan vertellen wat er is gebeurd ... Alles, behalve het belangrijkste.'

Hij maakte een gebaar met zijn hand.

'Hier in huis was een groot gedeelte van mijn familie bijeen. Het was een jaarlijks terugkerend, vreselijk familiediner, waarbij de mede-eigenaren van het Vanger-concern elkaar ontmoetten om de zaken van de familie te bespreken. Dat was een traditie die mijn vader in zijn tijd had ingevoerd en die meestal resulteerde in min of meer walgelijke vertoningen. Die traditie hield op in de jaren tachtig, toen Martin zonder meer bepaalde dat alle discussies over de onderneming zouden plaatsvinden op de reguliere bestuurs- en aandeelhoudersvergaderingen. Het beste besluit dat hij heeft genomen. De familie is nu al twintig jaar niet op zo'n samenkomst bijeen geweest.'

'U zei dat Harriët werd vermoord ...'

'Wacht. Laat me vertellen wat er gebeurde. Het was dus een

zaterdag. Het was ook een feestdag, met een optocht voor de kinderen ter gelegenheid van de Dag van het Kind, je weet wel, die dag vroeger waarop geld werd ingezameld waarmee bleekneusjes in de zomer naar een vakantiekolonie werden gestuurd. De optocht was georganiseerd door de sportvereniging in Hedestad. Harriët was overdag in de stad geweest en was met een paar klasgenoten naar de optocht wezen kijken. Ze kwam 's middags even na tweeën weer terug naar het eiland; het diner zou om vijf uur beginnen en ze werd geacht ook daarbij aanwezig te zijn, samen met de andere jongelui van de familie.'

Henrik Vanger stond op en liep naar het raam. Hij wenkte Mikael om ook te komen. Hij zei wijzend: 'Om kwart over twee, een paar minuten nadat Harriët was thuisgekomen, vond er een dramatisch ongeval plaats, daar op de brug. Een man genaamd Gustav Aronsson, de broer van een boer op Östergården, een boerenbedrijf een stukje verderop op het eiland, reed de brug op en botste frontaal op een tankauto die op weg was hierheen om stookolie af te leveren. Hoe het ongeluk heeft kunnen plaatsvinden, is nooit duidelijk geworden. Er is goed zicht naar beide kanten, maar ze reden allebei te hard en wat niet zo'n ontzettend gevaarlijke situatie had hoeven worden, werd uiteindelijk een catastrofe. De bestuurder van de tankauto probeerde een botsing te voorkomen en trok vermoedelijk instinctief aan zijn stuur. Hij reed tegen de brugleuning en kantelde; de tankauto kwam dwars op de brug te liggen met de achterkant ver over de rand aan de andere kant ... Een metalen paal werd als een speer in de tank geduwd en de brandgevaarlijke stookolie begon eruit te spuiten. Ondertussen zat Gustav Aronsson beklemd in zijn auto en schreeuwde hij het onafgebroken uit van de pijn. De chauffeur van de tankauto was ook gewond, maar die slaagde erin op eigen kracht eruit te komen.'

Henrik Vanger laste even een pauze in en ging weer zitten.

'Het ongeluk had eigenlijk niets met Harriët van doen. Maar het was toch op een heel specifieke manier van betekenis. Er ontstond een totale chaos toen in allerijl toegesnelde mensen probeerden te helpen. Er was direct brandgevaar aanwezig, dus er werd groot alarm geslagen. Politie, ambulance, reddingsbrigade, brandweer, de media en nieuwsgierigen arriveerden in rap tempo. Ze verzamelden zich natuurlijk allemaal aan de kant van het vasteland; hier op het eiland deden we er alles aan om Aronsson uit het autowrak te krijgen, wat verdomd lastig bleek te zijn. Hij zat behoorlijk beklemd en hij was ernstig gewond.

We probeerden hem met de hand los te krijgen, maar dat ging niet. Hij moest worden uitgesneden of uitgezaagd. Het probleem was dat we niets konden doen dat vonkvorming kon voorkomen; we stonden midden in een zee van olie naast een gekantelde tank-auto. Als die zou exploderen zouden we er allemaal aan gaan. Het duurde bovendien een hele tijd voor we hulp konden krijgen van het vasteland; die tankauto lag als een wig over de hele brug, en over de tanks klimmen zou net zoiets zijn als over een bom klim-men.'

Mikael had nog steeds het gevoel dat de oude man een zorgvul-dig gerepeteerd en afgewogen verhaal aan het vertellen was, met de bedoeling om zijn interesse te wekken. Maar Mikael moest toege-ven dat Henrik Vanger een uitstekende verhalenverteller was met het vermogen om een luisteraar te boeien. Ook al had hij er nog steeds geen flauw idee van waar het verhaal toe zou leiden.

'Wat belangrijk is aan dat ongeluk is dat de brug het etmaal daarna was afgesloten. Pas zondagavond laat waren ze erin geslaagd de resterende brandstof weg te pompen en toen kon de tankauto worden weggetakeld en ging de brug weer open voor passanten. Gedurende deze vierentwintig uur was het Hedeby-eiland praktisch afgesneden van de buitenwereld. De enige manier om naar het vasteland te komen was met een brandweerboot die werd ingezet om mensen van de jachthaven aan deze kant naar de oude vissershaven bij de kerk te varen. De boot werd de eerste uren alleen maar door reddingswerkers gebruikt; pas laat die zaterdagavond werden de eerste privépersonen overgezet. Begrijp je de betekenis hiervan?'

Mikael knikte: 'Ja, ik neem aan dat er hier op het eiland iets met Harriët is gebeurd en dat het aantal verdachten wordt gevormd door het beperkte aantal personen dat hier aanwezig was. Een soort geslotenkamermysterie op eilandformaat?'

Henrik Vanger lachte ironisch.

'Mikael, je hebt geen idee hoe dicht je bij de waarheid zit. Ook ik heb mijn Dorothy Sayers gelezen. Feit is het volgende: Harriët kwam om ongeveer tien over twee op het eiland aan. Als we ook de kinderen en ongehuwden meetellen, waren er die dag bijna veertig gasten aangekomen. Samen met het personeel en de permanente bewoners waren er hier op en rond het huis vierenzestig personen aanwezig. Sommigen, degenen die zouden blijven overnachten, waren bezig zich te installeren in de huizen hier in de buurt of in de logeerkamers.

Harriët woonde eerst in een huis aan de overkant, maar zoals ik je al heb verteld was zowel haar vader Gottfried als haar moeder Isabella labiel en ik zag hoe Harriët daaronder leed. Ze kon zich niet concentreren op haar huiswerk en in 1964, ze was toen veertien, liet ik haar hierheen, naar mijn huis, verhuizen. Isabella vond het wel prettig dat ze geen verantwoordelijkheid meer voor haar droeg. Harriët kreeg een kamer hierboven en woonde hier de laatste twee jaar. Ze kwam die dag dus hierheen. We weten dat ze Harald Vanger, een van mijn oudere broers, buiten op het erf was tegengekomen en een paar woorden met hem had gewisseld. Daarna kwam ze de trap op, naar deze kamer, om mij te begroeten. Ze zei dat ze ergens met me over wilde praten. Op dat moment had ik hier een paar andere familieleden zitten en had ik geen tijd voor haar. Maar het leek zo dringend dat ik beloofde dat ik aanstonds naar haar kamer zou komen. Ze knikte en ging door die deur naar buiten, dat was de laatste keer dat ik haar heb gezien. Een paar minuten later kwam die klap op de brug en de chaos die toen uitbrak gooide alle plannen voor die dag in de war.'

'Hoe is ze gestorven?'

'Wacht. Het is gecompliceerder dan dat en ik moet het verhaal in chronologische volgorde vertellen. Toen de botsing plaatsvond liet iedereen dat waarmee hij of zij op dat moment bezig was, vallen en rende naar de plaats van het ongeval. Ik was ... Ik neem aan dat ik het commando nam en de uren daarna koortsachtig bezig ben geweest. We weten dat Harriët vlak na de botsing ook naar de brug is gekomen, meerdere mensen hebben haar gezien, maar het ontploffingsgevaar was zo groot dat iedereen die niet mee zou helpen om Aronsson uit het autowrak te bevrijden zich van mij terug moest trekken. We bleven met zijn vijven op de plaats van het ongeval over. Mijn broer Harald en ik, ene Magnus Nilsson die hier knecht was, een arbeider van de zaagfabriek, Sixten Nordlander, die een huis had bij de vissershaven, en een jongen, Jerker Aronsson. Hij was pas zestien en ik had hem eigenlijk ook weg moeten sturen, maar hij was de zoon van de broer van Aronsson in de auto en was een paar minuten na het ongeluk op zijn fiets langsgekomen op weg naar de stad.

Om ongeveer tien over halfdrie was Harriët in de keuken hier in huis. Ze dronk een glas melk en wisselde een paar woorden met de kokkin, Astrid. Ze keken door het raam naar het tumult bij de brug.

Om vijf voor drie liep Harriët over het erf. Ze is onder anderen gezien door haar moeder, Isabella, maar ze hebben niet met elkaar gesproken. Een paar minuten later kwam ze Otto Falk tegen, de predikant van de kerk in Hedeby. In die tijd lag de pastorie daar waar momenteel de villa van Martin Vanger staat en de dominee woonde dus aan deze kant van de brug. De dominee was verkouden en lag te slapen toen de botsing plaatsvond; hij had het drama gemist, was zojuist gealarmeerd en was op weg naar de brug. Harriët hield hem staande en wilde een paar woorden met hem wisselen, maar hij wuifde haar weg en liep haastig door. Otto Falk was de laatste die haar in leven heeft gezien.'

'Hoe is ze gestorven?' herhaalde Mikael.

'Ik weet het niet,' antwoordde Henrik Vanger met een gekwelde blik. 'Pas tegen vijven hadden we Aronsson uit zijn auto bevrijd, hij heeft het overigens overleefd, zij het lelijk toegetakeld, en even na zessen werd het brandgevaar als geweken beschouwd. Het eiland was nog steeds afgesneden van de buitenwereld maar het begon rustiger te worden. Pas toen we tegen achten aan tafel gingen voor een verlaat diner ontdekten we dat Harriët ontbrak. Ik stuurde een van haar nichten naar boven om haar van haar kamer op te halen, maar ze kwam terug en zei dat ze haar niet kon vinden. Ik dacht er niet zoveel over na; ik dacht dat ze een wandelingetje was gaan maken of dat ze niet had gehoord dat we zouden gaan eten. En die avond moest ik me bezighouden met diverse ruzies binnen de familie. Pas de volgende ochtend, toen Isabella naar haar op zoek was, beseften we dat niemand wist waar ze was en dat niemand haar sinds de dag ervoor had gezien.'

Hij spreidde zijn armen uiteen.

'Sinds die dag is Harriët Vanger spoorloos verdwenen.'

'Verdwenen?' echode Mikael.

'In al die jaren zijn we er niet in geslaagd ook maar een microscopisch fragment van haar te vinden.'

'Maar als ze verdwenen is, kunt u toch niet weten dat iemand haar heeft vermoord?'

'Ik begrijp wat je wilt zeggen. Ik heb in precies dezelfde banen gedacht. Als een mens spoorloos verdwijnt kunnen er vier dingen zijn gebeurd. Ze kan vrijwillig zijn verdwenen en zich schuilhouden. Ze kan zijn verongelukt. Ze kan zelfmoord hebben gepleegd. En ze kan ten slotte slachtoffer zijn geworden van een misdrijf. Ik heb al deze mogelijkheden overwogen.'

'Maar u denkt dus dat iemand haar om het leven heeft gebracht. Waarom?'

'Omdat dat de enig redelijke conclusie is.' Henrik Vanger stak een vinger omhoog. 'Ik hoopte natuurlijk in eerste instantie dat ze was weggelopen. Maar naarmate de dagen verstreken, begrepen we allemaal dat dat niet het geval was. Ik bedoel, hoe zou een zestienjarig meisje uit een vrij beschermd milieu, ook al is ze slim, zichzelf kunnen redden, zich kunnen verstoppen en verstopt kunnen blijven zonder te worden ontdekt? Hoe zou ze aan geld moeten komen? En ook als ze ergens een baan zou krijgen, zou ze toch een belastingbiljet en een adres moeten hebben?'

Hij stak twee vingers op.

'Mijn volgende gedachte was natuurlijk dat haar iets was overkomen. Zou je wat voor me willen doen ... Loop even naar het bureau en trek de bovenste la open. Er ligt daar een kaart.'

Mikael deed wat hem werd gevraagd en hij ontvouwde de kaart op de serveertafel. Het Hedeby-eiland was een onregelmatig gevormde landmassa die ongeveer 3 kilometer lang en op zijn breedst ruim anderhalve kilometer breed was. Een groot deel van het eiland bestond uit bos. De bebouwing lag in de nabijheid van de brug en rond de kleine jachthaven; aan de andere kant van het eiland lag een boerenbedrijf, Östergården, waar de onfortuinlijke Aronsson zijn autorit was begonnen.

'Bedenk dat ze het eiland niet verlaten kan hebben,' benadrukte Henrik Vanger. 'Hier op het eiland kun je net als overal een ongeluk krijgen. Je kunt worden getroffen door de bliksem, maar het onweerde die dag niet. Je kunt worden vertrapt door een paard, in een put of een rotsspleet vallen. Er zijn zeker honderden manieren om hier een ongeval te krijgen. Ik heb de meeste de revue wel laten passeren.'

Hij stak een derde vinger omhoog:

'Er is een máár, en dat geldt ook voor de derde mogelijkheid, dat het meisje zich tegen alle verwachtingen in van het leven zou hebben beroofd. Maar dan moet het lichaam ergens op dit beperkte oppervlak te vinden zijn.'

Henrik Vanger sloeg met zijn hand op de kaart.

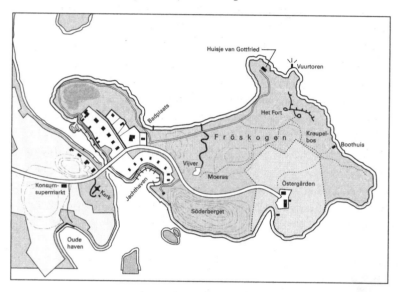

'De dagen na haar verdwijning hebben we het eiland helemaal uitgekamd. De manschappen hebben elke sloot gedregd, elke akker omgeploegd, in elke bergspleet en in elke kluit van omgevallen, ontwortelde bomen gekeken. We hebben elk gebouw, elke schoorsteen, put, schuur en vliering doorzocht.'

De oude liet Mikael los met zijn blik en keek naar de duisternis buiten. Zijn stem werd zachter en persoonlijker.

'Die hele herfst heb ik haar gezocht, ook nadat de zoekacties waren gestopt en de mensen het hadden opgegeven. Als ik me niet hoefde te wijden aan mijn werk begon ik wandelingen te maken over het eiland. Het werd winter zonder dat we een spoor van haar hadden gevonden. In het voorjaar ging ik verder tot ik inzag dat mijn zoeken nergens toe zou leiden. Toen het zomer werd stelde ik drie bosarbeiders aan die vertrouwd waren met de omgeving en die met lijkhonden het hele eiland nog eenmaal doorzochten. Ze hebben systematisch elke vierkante meter van het eiland uitgekamd. Ik was er toen van overtuigd dat iemand haar wat had aangedaan. Ze zochten dus naar een graf waarin iemand haar had verstopt. Ze zijn drie maanden bezig geweest. We hebben geen spoortje van Harriët gevonden. Het was alsof ze in het niets was opgelost.'

'Ik kan me nog wel een paar andere mogelijkheden voorstellen,' zei Mikael.

'Laat horen.'

'Ze kan verdronken zijn of zichzelf hebben verdronken. Dit is een eiland en water kan het meeste verbergen.'

'Dat is waar. Maar het is onwaarschijnlijk. Bedenk het volgende: als Harriët iets was overkomen en als ze was verdronken zou dat logischerwijs in de buurt van het dorp zijn gebeurd. Vergeet niet dat de opschudding bij de brug het meest dramatische was wat er op het Hedeby-eiland in tientallen jaren was gebeurd en dat dat nauwelijks het moment kon zijn dat een normaal nieuwsgierig meisje van zestien jaar zou verkiezen om een wandeling naar de andere kant van het eiland te gaan maken. En nóg belangrijker,' vervolgde hij, 'is dat er hier weinig stroming is en dat de wind in die tijd van het jaar noordelijk of noordoostelijk is. Als er iets in het water belandt, spoelt het ergens langs het strand op het vasteland aan, en daar is grotendeels overal bebouwing. Denk niet dat we daar niet aan hebben gedacht; we hebben natuurlijk gedregd op alle plaatsen waar ze redelijkerwijs het water in kon zijn gegaan. Ik heb ook jongelui ingehuurd van een duikclub hier in Hedestad. Die hebben de gehele zomer besteed aan het uitkammen van de bodem in de zeestraat en langs de stranden ... Geen enkel spoor. Ik ben ervan overtuigd dat ze niet in het water ligt; dan hadden we haar gevonden.'

'Maar kan ze niet ergens anders zijn verongelukt? De brug was weliswaar versperd, maar het is een klein stukje naar het vasteland. Ze kan zijn overgezwommen of ernaartoe zijn geroeid.'

'Het was eind september en zó koud in het water dat Harriët vast niet tijdens die hele toestand is weggegaan om te gaan zwemmen. Maar als ze plotseling op het idee was gekomen om naar het vasteland te zwemmen, zou ze gezien zijn en zou dat grote opschudding hebben veroorzaakt. Er stonden tientallen mensen op de brug en aan de kant van het vasteland stonden twee- tot driehonderd mensen langs het water het spektakel te aanschouwen.'

'Roeiboot?'

'Nee. Er waren toen om precies te zijn dertien boten op het Hedeby-eiland. De meeste plezierbootjes lagen al op het land. In de oude jachthaven lagen twee houten Petterson-boten in het water. Er waren zeven roeiboten, waarvan er vijf op het land lagen. Bij de pastorie lag een roeiboot op het land en een in het water. Bij Östergården waren verder een motorboot en een roeiboot. Al die boten zijn geïnventariseerd en lagen op hun plaats. Als ze overgeroeid was en vertrokken was, had ze de boot natuurlijk aan de andere kant moeten laten liggen.'

Henrik Vanger stak een vierde vinger op.

'Daarmee blijft er nog maar één redelijke mogelijkheid over, namelijk dat Harriët tegen haar wil is verdwenen. Iemand heeft haar iets aangedaan en heeft het stoffelijk overschot geëlimineerd.'

Lisbeth Salander bracht de ochtend van tweede kerstdag door met het lezen van Mikael Blomkvists controversiële boek over financiële journalistiek. Het boek van 210 pagina's had de titel *De Tempelridders* en had als ondertitel 'Financieel verslaggevers moeten hun huiswerk overdoen'. De omslag was een trendy ontwerp van Christer Malm en toonde een foto van de Stockholmse beurs. Christer Malm had de foto in PhotoShop bewerkt en het duurde even voordat de kijker doorhad dat het gebouw in het niets zweefde. Er was geen fundament. Een duidelijker omslag om effectief de toon te zetten voor wat er zou komen, was moeilijk voor te stellen.

Salander constateerde dat Blomkvist een uitstekend stilist was. Het boek was rechttoe rechtaan en geëngageerd geschreven; ook mensen zonder inzicht in het doolhof van de financiële journalistiek hadden er wat aan. De toon was scherp en sarcastisch, maar toch vooral overtuigend.

Het eerste hoofdstuk was een soort oorlogsverklaring waarin Blomkvist geen blad voor de mond nam. Zweedse financieel journalisten hadden zich de laatste twintig jaar ontwikkeld tot een groep incompetente loopjongens die erg overtuigd waren van hun eigen kunnen en die niet het vermogen bezaten om kritisch te denken. Deze laatste conclusie trok hij omdat zoveel financiële reporters er telkens weer, zonder tegenspraak, genoegen mee namen de uitspraken weer te geven die door directeuren van ondernemingen en beursspeculanten werden gedaan, zelfs als deze gegevens duidelijk misleidend en foutief waren. Zulke verslaggevers waren daarmee óf zo naïef en goedgelovig dat ze van hun taak ontheven zouden moeten worden óf – wat nog veel erger was – personen die bewust hun journalistieke opdracht verzaakten kritisch te zijn en het publiek te voorzien van correcte informatie. Blomkvist beweerde dat hij er zich vaak voor schaamde om financieel verslaggever te worden genoemd, omdat hij dan riskeerde over één kam te worden geschoren met personen die hij überhaupt niet als reporters beschouwde.

Blomkvist vergeleek de werkwijze van de financieel journalisten met die van misdaadverslaggevers of buitenlandcorrespondenten. Hij schilderde een beeld van het krachtige protest dat zou volgen wanneer een juridisch verslaggever bij een groot dagblad de gegevens van de officier van justitie in bijvoorbeeld een moordzaak onkritisch en automatisch als waar zou weergeven, zonder informatie te verschaffen van de kant van de verdediging of zonder de familie van het slachtoffer te interviewen en zich een beeld te vormen van wat redelijk en niet redelijk was. Hij vond dat voor financieel journalisten dezelfde regels moesten gelden.

Het resterende deel van het boek vormde de bewijsvoering die de breedsprakigheid uit de inleiding moest bekrachtigen. In een lang hoofdstuk werd onderzoek gedaan naar de rapportage over een bekend internetbedrijf in zes toonaangevende dagbladen, evenals in *Finanstidningen*, *Dagens Industri* en *A-ekonomi* op tv. Hij citeerde en vatte samen wat de journalisten hadden gezegd en geschreven voordat hij dit vergeleek met hoe de situatie er daadwerkelijk had uitgezien. Toen hij de ontwikkelingen in het bedrijf beschreef, stelde hij telkens eenvoudige vragen die een 'serieuze verslaggever' gesteld zou hebben, maar die het verzamelde korps financieel verslaggevers verzuimd had te stellen. Dat had hij aardig gedaan.

Een ander hoofdstuk ging over de lancering van aandelen Telia. Dat was het meest schertsende en ironische hoofdstuk van het boek, waarin een aantal bij name genoemde scribenten letterlijk werd gegeseld. Hieronder een zekere William Borg, aan wie Mikael zich vooral leek te ergeren. Er was nog een hoofdstuk, aan het eind van het boek, waarin het competentieniveau van Zweedse en buitenlandse financieel verslaggevers werd vergeleken. Blomkvist beschreef hoe 'serieuze reporters' bij de *Financial Times*, *The Economist* en enkele Duitse financiële dagbladen verslag hadden gedaan van overeenkomstige onderwerpen in hun landen. De vergelijking viel niet uit in het voordeel van de Zweedse journalisten. Het laatste hoofdstuk bevatte een schets met voorstellen hoe de bedroevende situatie verbeterd zou kunnen worden. Het slotwoord knoopte weer aan bij de inleiding:

Wanneer een parlementair verslaggever zich op overeenkomstige wijze van zijn taak zou kwijten door onkritisch een lans te breken voor elke beslissing die is bekrachtigd, hoe absurd ook, of wanneer een politiek verslaggever op soortgelijke wijze zomaar een oordeel zou vellen, dan zou die verslaggever worden ontslagen of in elk geval worden overgeplaatst naar een afdeling waar hij of zij minder schade zou kunnen aanrichten. In de wereld van de financiële journalistiek geldt echter niet de normale journalistieke opdracht om kritisch onderzoek te doen en de bevindingen zakelijk aan de lezers te rapporteren. Hier wordt juist de meest succesvolle oplichter gehuldigd. Hier wordt ook het Zweden van de toekomst gecreëerd en hier wordt het laatste vertrouwen in de journalisten als beroepsgroep ondermijnd.

Dat was niet niks. De toon was scherp en Salander had geen moeite het verontwaardigde debat te begrijpen dat binnen het brancheorgaan *De Journalist*, in sommige financiële tijdschriften en op de financiële pagina's en de opiniepagina's van de dagbladen was ontstaan. Ook al werd slechts een klein aantal financieel verslaggevers met naam en toenaam in het boek genoemd, Lisbeth Salander vermoedde dat de branche klein genoeg was om te weten wie er bedoeld werd wanneer bepaalde bladen werden geciteerd. Blomkvist had veel vijanden gemaakt, wat ook weerspiegeld werd in de tientallen commentaren vol leedvermaak die na het vonnis in de Wennerström-affaire in de kranten hadden gestaan.

Ze sloeg het boek dicht en keek naar de foto van de auteur op de achterkant. Mikael Blomkvist was van opzij gefotografeerd. De donkerblonde pony viel wat onverzorgd over zijn voorhoofd, alsof er een windvlaag was langsgekomen vlak voordat de fotograaf had afgedrukt. Het kon ook zijn dat – wat meer waarschijnlijk was – fotograaf Christer Malm hem zo had gestyled. Hij keek met een ironisch lachje in de camera en een blik die vermoedelijk charmant en jongensachtig moest zijn. *Een vrij knappe man. Die voor drie maanden naar de gevangenis moest.*

'Dag, Kalle Blomkvist,' zei ze hardop tegen zichzelf. 'Je bent nogal een opschepper, hè?'

Tegen lunchtijd startte Lisbeth Salander haar iBook op en opende ze het e-mailprogramma Eudora. Ze formuleerde de tekst in één kernachtige zin:

Heb je tijd?

Ze ondertekende met *Wasp* en stuurde het mailtje naar het adres Plague€xyz€666@hotmail.com. Voor de zekerheid haalde ze de eenvoudige mededeling ook nog door het coderingsprogramma PGP.

Daarna trok ze een zwarte spijkerbroek aan, stevige winterschoenen, een warme coltrui, een donkere schippersjas met bleekgele wanten en een bijpassende muts en sjaal. Ze haalde de ringen uit haar wenkbrauw en neusgat, deed lichtroze lippenstift op en bekeek zichzelf in de badkamerspiegel. Ze zag eruit als een gewone weekendflaneur en beschouwde haar kleding als keurige camouflage voor een expeditie achter de vijandelijke linie. Ze nam de metro vanaf Zinkensdamm naar Östermalmstorg en liep richting Strandvägen. Ze wandelde in de middenallee terwijl ze de huisnummers probeerde te lezen. Toen ze bijna bij de brug naar Djurgården was aangekomen, bleef ze staan en keek ze naar de portiek die ze zocht. Ze stak de straat over en wachtte op een paar meter afstand van de ingang.

Ze constateerde dat de meeste mensen die buiten in het koude weer op tweede kerstdag aan de wandel waren op de kade liepen, terwijl slechts een klein aantal op het trottoir langs de huizen wandelde.

Ze moest bijna een halfuur geduldig wachten totdat een oudere vrouw met een stok vanaf de kant van Djurgården aan kwam lopen. De vrouw bleef staan en nam Salander, die vriendelijk lachte en haar met een beleefd knikje begroette, wantrouwig op. De dame met de stok groette terug en zag eruit alsof ze het jonge meisje probeerde te plaatsen. Salander keerde zich om en liep een paar passen van de portiek vandaan, ongeveer alsof ze ongeduldig op iemand stond te wachten en heen en weer drentelde. Toen ze zich omkeerde had de dame met de stok de portiekdeur bereikt en toetste ze omslachtig de cijfers van het codeslot in. Salander had geen moeite om de combinatie 1260 waar te nemen.

Ze wachtte vijf minuten voordat ze naar de voordeur liep. Toen Salander de cijfers intoetste klikte het slot open. Ze ging naar binnen en keek in het trappenhuis om zich heen. Een stukje verderop hing een bewakingscamera waar ze een blik op wierp en die ze negeerde; de camera was van een model dat Milton Security op de markt bracht en die pas geactiveerd werd als er een inbraak- of overvalalarm in het pand afging. Iets verderop, links van een antieke lift, zat een deur met weer een codeslot; ze testte 1260 en constateerde dat dezelfde combinatie die voor de portiekdeur gold ook gold voor de ingang naar het souterrain en de ruimte met de vuilcontainers, waar de stortkokers op uitkwamen. *Slordig, slordig.* Ze besteedde exact drie minuten aan het onderzoeken van de kelderverdieping, waar ze een niet afgesloten wasruimte en een ruimte voor grofvuil lokaliseerde. Daarna gebruikte ze de set lopers die ze van de slotenexpert van Milton had 'geleend' om een afgesloten deur te openen naar wat een vergaderruimte voor de vereniging van eigenaren leek. Helemaal achter in de kelder was een hobbyruimte. Uiteindelijk vond ze wat ze zocht – een kleine ruimte waarin de elektriciteitscentrale van het pand was gevestigd. Ze onderzocht de elektrameters, de stoppenkast en de verbindingsdozen, en haalde vervolgens een Canon-digitale camera tevoorschijn, zo groot als een pakje sigaretten. Ze nam drie foto's van datgene waarin ze geïnteresseerd was.

Op weg naar buiten wierp ze heel even een blik op het informatiebord bij de lift en las ze de naam van de bovenste verdieping. WENNERSTRÖM.

Daarna verliet ze het pand en wandelde ze in rap tempo naar het Nationaal Museum, waar ze in de cafetaria een kop koffie dronk om warm te worden. Na een halfuur reisde ze terug naar Södermalm en ging ze naar haar appartement.

Ze had antwoord van Plague€xyz€666@hotmail.com. Toen ze het omzette in PGP stond er kort en bondig het getal 20.

6
DONDERDAG 26 DECEMBER

Mikael Blomkvists gestelde tijdlimiet van dertig minuten was al ruimschoots overschreden. Het was halfvijf en de middagtrein kon hij wel vergeten. De kans om de avondtrein van halftien te halen bestond echter nog wel. Hij stond voor het raam zijn nek te masseren terwijl hij de verlichte façade van de kerk aan de andere kant van de brug in zich opnam. Henrik Vanger had hem een knipselalbum laten zien met artikelen over het gebeuren van zowel de plaatselijke krant als de landelijke media. Er was door de media een tijdlang vrij veel aandacht aan besteed – meisje uit bekende familie van industriëlen spoorloos verdwenen. Maar toen er geen stoffelijk overschot werd gevonden en er ook geen doorbraak in het onderzoek kwam, was de belangstelling op den duur afgenomen. Ook al ging het om een vooraanstaande familie, de zaak-Harriët Vanger was na meer dan zesendertig jaar een vergeten geschiedenis. De heersende theorie in artikelen van eind jaren zestig leek te zijn dat ze was verdronken en in zee was beland – een tragedie, maar iets wat elke familie kon overkomen.

Mikael was tegen beter weten in gefascineerd geraakt door het verhaal van de oude man, maar toen Henrik Vanger om een pauze had gevraagd voor een sanitaire stop, had Mikael zijn scepsis weer teruggekregen. Vanger was echter nog niet aan het einde van het verhaal gekomen en Mikael had beloofd het helemaal aan te horen.

'Wat is er volgens u met haar gebeurd?' vroeg Mikael toen Henrik Vanger weer was teruggekeerd.

'Normaliter waren er hier ongeveer vijfentwintig permanente bewoners, maar in verband met die familiebijeenkomst bevonden er zich die dag een zestigtal mensen op het Hedeby-eiland. Van deze mensen kunnen tussen de twintig en vijfentwintig personen min of meer worden uitgesloten. Ik denk dat een van de resterende personen – en met grote waarschijnlijkheid iemand van de familie – Harriët heeft omgebracht en haar lichaam heeft verstopt.'

'Daar kan ik meer dan een dozijn dingen tegen inbrengen.'

'Laat horen.'

'Tja, één ding is natuurlijk dat ook al zou iemand haar lichaam hebben verstopt, dat zou zijn teruggevonden als het zoeken zo zorgvuldig is uitgevoerd als u beweert.'

'Om je de waarheid te zeggen was het zoeken nog uitvoeriger dan wat ik je heb verteld. Pas toen ik aan Harriët ging denken als slachtoffer van moord bedacht ik meer mogelijkheden waarop haar lichaam verdwenen kon zijn. Ik kan dit niet bewijzen, maar het bevindt zich in elk geval binnen de grenzen der redelijkheid.'

'Oké, vertel maar.'

'Harriët is ergens tegen drie uur verdwenen. Om vijf voor drie is ze door predikant Otto Falk gezien, toen hij op weg was naar de plaats van het ongeval. Ongeveer tegelijkertijd kwam er een fotograaf van de plaatselijke krant aan, die het uur daarna een groot aantal foto's van het drama heeft gemaakt. We, dat wil zeggen de politie, hebben de filmpjes bekeken en kunnen constateren dat Harriët op geen enkele foto voorkomt; daarentegen kwamen alle andere personen die hier waren ten minste op één foto voor, heel kleine kinderen uitgezonderd.'

Henrik Vanger pakte een nieuw fotoalbum en legde het voor Mikael op tafel.

'Dit zijn foto's van die dag. De eerste foto is gemaakt in Hedestad tijdens de kinderoptocht. Het is dezelfde fotograaf. De foto is genomen om ongeveer kwart over een en daarop komt Harriët zelfs voor.'

De foto was genomen vanaf de tweede verdieping van een huis en toonde een straat waar de optocht – praalwagens met clowns en jonge vrouwen in badpak – net langskwam. Op de stoepen verdrongen de toeschouwers zich. Henrik Vanger wees op een persoon in de mensenmenigte.

'Dit is Harriët. Dat is ongeveer twee uur voor haar verdwijning, en ze bevindt zich met een paar klasgenoten in de stad. Dit is de laatste foto van haar. Maar er is nóg een interessante foto.'

Henrik Vanger bladerde verder. De rest van het album bevatte ruim 180 foto's – 6 rolletjes – van de catastrofe op de brug. Na het verhaal te hebben aangehoord was het haast opdringerig om het plotseling te zien in de vorm van scherpe zwart-witfoto's. De fotograaf was een goede ambachtsman die de chaos van het ongeluk had vastgelegd. Een groot aantal foto's was gericht op de activiteiten rond de gekantelde tankauto. Mikael had geen moeite om de gebarende vijfenveertigjarige Henrik Vanger, die onder de stookolie zat, te onderscheiden.

'Dat is mijn broer Harald.' De oude baas wees op een man in een colbert, die half voorovergebogen stond en ergens naar wees in het autowrak waarin Aronsson beklemd zat. 'Mijn broer Harald is een onaangenaam mens maar ik geloof dat hij afgevinkt kan worden van de lijst met verdachten. Met uitzondering van een kort moment, toen hij terug moest rennen naar het huis om andere schoenen aan te trekken, is hij de hele tijd op de brug geweest.'

Henrik Vanger bladerde verder. De beelden wisselden elkaar af. De tankauto. De toeschouwers aan het strand. Het autowrak van Aronsson. Overzichtsfoto's. Opdringerige foto's, gemaakt met een telelens.

'Dit is die interessante foto,' zei Henrik Vanger. 'Voor zover we hebben kunnen vaststellen is hij gemaakt rond tien over halfvier, kwart voor vier, dus ruim vijfenveertig minuten nadat Harriët dominee Falk was tegengekomen. Kijk naar ons huis, naar het raam in het midden op de tweede verdieping. Dat is Harriëts kamer. Op de vorige foto is het raam dicht. Hier is het open.'

'Iemand bevond zich op dat moment in Harriëts kamer.'

'Ik heb het iedereen gevraagd; niemand wil toegeven dat hij of zij het raam heeft opengezet.'

'Wat betekent dat het Harriët vermoedelijk zelf was, en dat ze op dat moment nog leefde, of dat iemand tegen u liegt. Maar waarom zou een moordenaar naar haar kamer gaan om het raam open te zetten? En waarom zou iemand liegen?'

Henrik Vanger schudde zijn hoofd. Er was geen antwoord.

'Harriët is rond of vlak na drie uur verdwenen. Deze foto's geven een zekere indruk van waar mensen zich op dat tijdstip bevonden.

Daarom kan ik een heleboel mensen van die lijst met verdachten schrappen. Om dezelfde reden moet ik beklemtonen dat een aantal mensen dat niet voorkomt op foto's van dat tijdstip aan de lijst met verdachten moet worden toegevoegd.'

'U hebt nog geen antwoord gegeven op mijn vraag hoe u denkt dat het lichaam is verdwenen. Ik bedenk net dat er natuurlijk een vanzelfsprekend antwoord is. Een gewone, fatsoenlijke illusionistentruc.'

'Er zijn zelfs meerdere volkomen realistische manieren om dat voor elkaar te krijgen. Ergens rond drie uur slaat de moordenaar toe. Hij of zij heeft vermoedelijk geen voorwerp gebruikt, dan hadden we wellicht bloedsporen gevonden. Ik vermoed dat Harriët is gewurgd en ik gok dat dat hier heeft plaatsgevonden, achter de muur van het erf; een plaats die niet zichtbaar is voor de fotograaf en die in een dode hoek van het huis ligt. Daar is een korte doorsteek voor als je de kortste weg van de pastorie wilt nemen, waar ze het laatst is gezien, terug naar het huis. Vandaag de dag is daar wat beplanting en een grasveld, maar in de jaren zestig was het een met grind verhard stuk grond dat werd gebruikt als parkeerplaats voor auto's. Alles wat de moordenaar hoefde te doen was een achterbak open te maken en Harriët erin te stoppen. Toen we de dag daarna een zoektocht op touw hadden gezet was er niemand die aan een misdrijf dacht, we richtten ons op de stranden, de gebouwen en het bos het dichtst bij het dorp.'

'Er was dus niemand die de achterbakken van de auto's inspecteerde.'

'En de avond daarna kon de moordenaar gewoon met zijn auto de brug over rijden en het lichaam ergens anders verstoppen.'

Mikael knikte. 'Voor de neus van iedereen die meeliep met de zoekactie. Als het op die manier is gegaan, betreft het een zeer koelbloedige klootzak.'

Henrik Vanger lachte bitter. 'Je hebt zojuist een treffende omschrijving gegeven van een groot aantal leden van de familie Vanger.'

Ze vervolgden hun discussie tijdens het diner om zes uur. Anna serveerde gebraden haas met bessengelei en aardappels. Henrik Vanger opende een fles volle, rode wijn. Mikael had nog steeds voldoende tijd om de laatste trein te halen. Tijd om af te ronden, meende hij.

'Ik moet erkennen dat u een fascinerend verhaal hebt verteld. Maar het is me niet helemaal duidelijk waarom u het aan míj vertelt.'

'Dat heb ik je al gezegd. Ik wil de smeerlap ontmaskeren die de kleindochter van mijn broer heeft vermoord. En daar wil ik jou voor inschakelen.'

'Hoe?'

Henrik Vanger legde zijn mes en vork neer. 'Mikael, ik zit me al bijna zevenendertig jaar suf te prakkiseren wat er met Harriët kan zijn gebeurd. In de loop der jaren heb ik steeds meer van mijn vrije tijd gebruikt om naar haar te zoeken.'

Hij zweeg, zette zijn bril af en keek naar een of ander onzichtbaar vlekje op het glas. Vervolgens richtte hij zijn blik omhoog en keek hij Mikael aan.

'Eerlijk gezegd is Harriëts verdwijning de oorzaak dat ik op den duur het roer in de concernleiding heb overgedragen. Ik had er geen zin meer in. Ik wist dat er zich een moordenaar in mijn buurt bevond en het piekeren en zoeken naar de waarheid werd een belasting voor mijn werk. Het ergste is dat het in de loop der jaren geen lichtere last is geworden – integendeel. In de jaren zeventig was er een periode dat ik alleen maar met rust gelaten wilde worden. In die tijd was Martin in het bestuur gekomen en mocht hij steeds meer van mijn taken overnemen. In 1976 ben ik teruggetreden en nam Martin het roer over als president. Ik ben nog steeds lid van het bestuur maar sinds mijn vijftigste heb ik niet veel gedaan. De laatste zesendertig jaar is er geen dag voorbij gegaan dat ik niet over de verdwijning van Harriët heb nagedacht. Misschien vind je dat ik er bezeten van ben, de meesten van mijn familieleden vinden dat in elk geval. En vermoedelijk is het ook zo.'

'Het was een vreselijke gebeurtenis.'

'Meer dan dat. Het heeft mijn leven verpest. Dat is een feit waarvan ik me steeds meer bewust word naarmate de tijd verstrijkt. Heb jij veel zelfkennis?'

'Tja, ik vind natuurlijk van wel.'

'Ik ook. Ik kan het niet loslaten. Maar mijn motieven zijn in de loop der jaren veranderd. In het begin was het misschien verdriet.

Ik wilde haar vinden, zodat ik haar ten minste zou kunnen begraven. Het ging er toen om Harriët eerherstel te geven.'

'Op welke manier is dat veranderd?'

'Het gaat er nu meer om die koelbloedige schoft te vinden. Maar het gekke is dat hoe ouder ik word, het steeds meer een tijdrovende hobby is geworden.'

'Hobby?'

'Ja, ik wil dat woord gebruiken. Toen het politieonderzoek op niets uitliep, ben ik verdergegaan. Ik heb geprobeerd systematisch en wetenschappelijk te werk te gaan. Ik heb alle informatie verzameld die er te vinden was, de foto's boven, het politieonderzoek, ik heb alles genoteerd wat mensen me hebben verteld wat ze die dag hebben gedaan. Ik heb dus bijna mijn halve leven besteed aan het verzamelen van informatie over één dag.'

'U bent zich ervan bewust dat de moordenaar na zesendertig jaar misschien zelf ook dood en begraven is?'

'Dat denk ik niet.'

Mikael trok zijn wenkbrauwen op bij het horen van dit resolute antwoord.

'Laten we het diner afronden en weer naar boven gaan. Er resteert nog één detail voordat mijn verhaal compleet is. Dat is het meest onthutsende.'

Lisbeth Salander parkeerde de Corolla met automatische versnellingsbak bij het station in Sundbyberg. Ze had de Toyota geleend van Milton Security's autopool. Ze had niet echt om toestemming gevraagd, maar Armanskij had haar aan de andere kant nooit uitdrukkelijk verboden een van de auto's van Milton te gebruiken. Vroeg of laat, dacht ze, moet ik een eigen karretje aanschaffen. Ze had geen auto, maar bezat wel een motorfiets – een tweedehands lichte motor, een Kawasaki 125 cc, die ze in de zomer gebruikte. In de winter stond de motor achter slot en grendel in haar box.

Ze wandelde naar de Högklintavägen en belde stipt om zes uur aan. Het codeslot klikte na een paar seconden open en ze nam de trap naar de tweede verdieping en belde aan bij de deur waar de doorsnee naam Svensson op stond. Ze had geen idee wie Svensson was en of er überhaupt zo iemand in de flat woonde.

'Hoi, *Plague*,' zei ze.

'*Wasp*. Jij komt alleen langs als je iets nodig hebt.'

De man, die drie jaar ouder was dan Lisbeth Salander, was 1 meter 89 lang en woog 152 kilo. Zelf was ze 1 meter 54 lang en woog ze 42 kilo, en ze had zich altijd een dwerg gevoeld naast *Plague*. Zoals gewoonlijk was het donker in zijn flat; het zwakke schijnsel van slechts één lamp viel vanuit de slaapkamer, die hij als werkkamer gebruikte, de hal binnen. Het rook er muf en bedompt.

'*Plague*, het stinkt hierbinnen. Dat is omdat je je nooit wast. Mocht je ooit naar buiten gaan, dan kan ik je een tip geven: zeep. Kun je kopen bij de Konsum.'

Hij glimlachte vaag, maar gaf geen antwoord en gebaarde haar mee te komen naar de keuken. Hij ging aan de keukentafel zitten zonder het licht aan te doen. De verlichting bestond hoofdzakelijk uit het schijnsel van de straatlantaarn voor het raam.

'Ik bedoel, ik ben zelf ook geen held op schoonmaakgebied, maar als oude melkpakken naar lijkmaden beginnen te stinken, dan bind ik ze bij elkaar en gooi ik ze weg.'

'Ik zit in de WAO,' zei hij. 'Ik ben sociaal incompetent.'

'Dus daarom heeft de staat je een woning gegeven en je vervolgens vergeten. Ben je nooit bang dat de buren gaan klagen en de sociale dienst op inspectie komt? Dan beland je misschien in het gekkenhuis.'

'Heb je iets voor me?'

Lisbeth Salander deed de rits van haar jaszak open en haalde er 5.000 kronen uit.

'Dat is alles wat ik kan missen. Het is mijn eigen geld en ik kan jou moeilijk aftrekken als kosten.'

'Wat wil je hebben?'

'Die manchet waar je het twee maanden geleden over had. Is dat gelukt?'

Hij lachte en legde een voorwerp voor haar op tafel neer.

'Vertel hoe hij werkt.'

Het volgende uur luisterde ze intensief. Vervolgens testte ze de manchet uit. *Plague* was mogelijk sociaal incompetent. Maar hij was zonder meer een genie.

Henrik Vanger bleef bij zijn bureau staan en wachtte tot hij Mikaels aandacht weer had. Mikael keek op zijn horloge. 'U had het over een onthutsend detail?'

Henrik Vanger knikte. 'Ik ben geboren op 1 november. Toen Harriët acht jaar was gaf ze mij een verjaarscadeautje, een schilderijtje. Een gedroogde, geperste bloem in een eenvoudig lijstje.'

Henrik Vanger liep om het bureau heen en wees op de eerste bloem. *Grasklokje*. Het was amateuristisch en knullig gemonteerd.

'Dat was het eerste schilderijtje. Dat heb ik in 1958 gekregen.'

Hij wees op het volgende lijstje.

'1959.' *Boterbloem*. '1960.' *Margriet*. 'Het werd een traditie. Ze maakte het lijstje ergens in de zomer en bewaarde het tot mijn verjaardag. Ik hing ze altijd daar op de muur. In 1966 verdween ze en toen werd de traditie verbroken.'

Henrik Vanger zweeg en wees op een leegte in de reeks schilderijen. Mikael voelde plotseling dat zijn nekharen overeind gingen staan. De hele muur was bezaaid met droogbloemen.

'In 1967, een jaar nadat ze was verdwenen, kreeg ik deze bloem op mijn verjaardag. Dat is een viooltje.'

'Hoe hebt u die bloem gekregen?' vroeg Mikael met lage stem.

'Ingepakt in cadeaupapier en in een gewatteerde envelop gestuurd met de post. Gestuurd vanuit Stockholm. Geen afzender. Geen mededeling.'

'U bedoelt dat ...' Mikael maakte een gebaar met zijn hand.

'Inderdaad. Elk vervloekt jaar, op mijn verjaardag. Kun je je voorstellen hoe dat voelt? Het is gericht tegen mij, net alsof de moordenaar mij wil martelen. Ik heb me er suf over gepiekerd of het misschien zo is dat Harriët uit de weg werd geruimd omdat iemand mij iets wilde aandoen. Het was geen geheim dat Harriët en ik een speciale band hadden en dat ik haar beschouwde als mijn eigen dochter.'

'Wat wilt u dat ik ga doen?' vroeg Mikael met scherpe stem.

Toen Lisbeth Salander de Corolla in de garage onder Milton Security terugzette, maakte ze meteen van de gelegenheid gebruik om op kantoor even naar het toilet te gaan. Ze gebruikte haar pasje en nam rechtstreeks de lift naar de derde verdieping om niet door de hoofdingang op de tweede verdieping naar binnen te hoeven, waar de bewaking zat. Ze ging naar het toilet en pakte een kop koffie uit de espressomachine waar Dragan Armanskij in had geïnvesteerd toen hij uiteindelijk had ingezien dat Lisbeth nooit koffie zou zetten puur omdat dat van haar verwacht werd. Daarna ging ze naar haar werkkamer en hing ze haar leren jack over een kantoorstoel.

De werkkamer was een kubus van 2 bij 3 meter met een glazen wand. Er stonden een bureau met een oude Dell-pc die altijd aanstond, een kantoorstoel, een prullenbak, een telefoon en een boekenkast. In de boekenkast stonden een paar telefoonboeken en drie lege notitieblokken. De twee bureaulades bevatten enkele lege ballpoints, paperclips en een notitieblok. Voor het raam stond een dode plant met verlepte bruine bladeren. Lisbeth Salander inspecteerde de plant nadenkend, alsof het de eerste keer was dat ze hem zag. Na een tijdje smeet ze hem resoluut in de prullenbak.

Ze had maar zelden een reden om naar kantoor te gaan en kwam er misschien zes keer per jaar, voornamelijk als ze alleen wilde zijn om de laatste hand te leggen aan een rapport vlak voordat ze het moest inleveren. Dragan Armanskij had erop gestaan dat ze een eigen plekje zou krijgen. Zijn motivering was dat ze zich dan onderdeel van het bedrijf zou voelen, ook al werkte ze als freelancer. Zelf verdacht ze Armanskij ervan dat hij hoopte om op die manier een oogje in het zeil te kunnen houden en zich met haar privézaken te kunnen bemoeien. Aanvankelijk was ze verderop in de gang geplaatst, in een grotere kamer die ze met een collega moest delen, maar omdat ze er nooit was, had hij haar uiteindelijk verhuisd naar het hok dat op de gang was overgebleven.

Lisbeth Salander haalde de manchet tevoorschijn die ze bij *Plague* had opgehaald. Ze legde het voorwerp voor zich op tafel neer en bekeek het peinzend, terwijl ze op haar onderlip beet en nadacht.

Het was even na elven 's avonds en ze was alleen op de verdieping. Ze voelde zich plotseling dodelijk verveeld.

Na een tijdje stond ze op en liep ze naar het eind van de gang waar ze aan de deur van Dragan Armanskij's kamer voelde. Op slot. Ze keek om zich heen. De kans dat er iemand op tweede kerstdag om middernacht op de gang zou verschijnen, was nihil. Ze maakte de deur open met een illegale kopie van de moedersleutel van het bedrijf, die ze een paar jaar daarvoor had laten maken.

Armanskij's kamer was ruim, met een bureau, bezoekersstoelen en een kleine vergadertafel in een hoek met plaats voor acht personen. Het was er onberispelijk opgeruimd. Ze had al tijden niet bij hem rondgesnuffeld en nu ze toch op kantoor was ... Ze bracht een uur aan zijn bureau door en stelde zich op de hoogte van de jacht op een verdachte bedrijfsspion, welke personen er bij een bedrijf dat geteisterd werd door een georganiseerde dievenbende undercover waren gegaan, evenals de maatregelen die er in het diepste geheim waren genomen om een cliënte te beschermen die vreesde dat haar kinderen door hun vader zouden worden gekidnapt.

Ten slotte legde ze alle papieren weer precies zo neer als ze hadden gelegen, sloot ze de deur van Armanskij's kamer af en wandelde ze met een voldaan gevoel naar huis, naar de Lundagatan.

Mikael Blomkvist schudde nogmaals zijn hoofd. Henrik Vanger had plaatsgenomen achter zijn bureau en keek Mikael met een rustige blik aan, alsof hij al op alle bezwaren was voorbereid.

'Ik weet niet of we ooit achter de waarheid zullen komen, maar ik wil niet het graf ingaan zonder nog één laatste poging te hebben gedaan,' zei de oude man. 'Ik wil je gewoon aannemen om al het bewijsmateriaal nog één keer door te nemen.'

'Dit is niet normaal,' constateerde Mikael.

'Waarom zou het niet normaal zijn?'

'Ik heb voldoende gehoord. Henrik, mag ik Henrik zeggen? Ik begrijp je verdriet, maar ik zal ook eerlijk tegen je zijn. Wat je mij vraagt te doen is verspilling van tijd en geld. Je vraagt mij met een oplossing te komen voor een mysterie waar rechercheurs en echte misdaadonderzoekers met aanzienlijk meer middelen al jaren op stuklopen. Je vraagt mij een misdaad op te lossen bijna veertig jaar nadat hij is gepleegd. Hoe zou ik dat kunnen?'

'We hebben het nog niet over je vergoeding gehad,' antwoordde Henrik Vanger.

'Dat hoeft niet.'

'Als je nee zegt kan ik je niet dwingen. Maar luister naar wat ik je te bieden heb. Dirch Frode heeft al een contract opgesteld. We kunnen het over de details hebben, maar de overeenkomst is eenvoudig en het enige wat ontbreekt, is jouw handtekening.'

'Henrik, het is zinloos. Ik kan dat raadsel van Harriëts verdwijning niet oplossen.'

'Volgens dat contract hoeft dat ook niet. Alles wat ik vraag is dat je je best doet. Als je er niet in slaagt, is dat de wil van God of, als je niet in Hem gelooft, het lot.'

Mikael zuchtte. Hij begon zich steeds ongemakkelijker te voelen en wilde het bezoek in Hedeby afronden, maar zwichtte toch.

'Laat maar horen.'

'Ik wil dat je een jaar lang hier in Hedeby komt wonen en werken. Ik wil dat je het hele onderzoek over de verdwijning van Harriët doorneemt, velletje voor velletje. Ik wil dat je alles met nieuwe ogen bekijkt. Ik wil dat je bij alle oude conclusies een vraagteken zet, net als een onderzoeksreporter zou doen. Ik wil dat je datgene zoekt wat de politie, andere onderzoekers en ik over het hoofd kunnen hebben gezien.'

'Je vraagt mij mijn leven en mijn carrière op te geven om me een jaar te wijden aan iets wat volkomen verspilde tijd is.'

Henrik Vanger glimlachte opeens.

'Wat je carrière betreft, we kunnen het er wel over eens zijn dat die momenteel op een laag pitje staat.'

Daar had Mikael geen weerwoord op.

'Ik wil een jaar van je leven kopen. Een baan. Het salaris is beter dan alle aanbiedingen die je ooit zult krijgen. Ik betaal je 200.000 kronen per maand, dus 2,4 miljoen kronen als je het accepteert en het hele jaar blijft.'

Mikael was sprakeloos.

'Ik heb geen illusies. Ik weet dat de kans dat je zult slagen miniem is, maar als je tegen alle verwachtingen in het raadsel zou weten op te lossen bied ik je een bonus, een dubbele vergoeding, dus 4,8 miljoen kronen. Laten we niet pietluttig zijn en het afronden op 5 miljoen.'

Henrik Vanger leunde achterover en hield zijn hoofd schuin.

'Ik kan het geld overmaken op elke bankrekening die je wilt, waar ook ter wereld. Je kunt het geld ook contant in een weekendtas krijgen, dus, het is aan jou of je je inkomsten aan de belastingdienst wilt opgeven.'

'Dit is ... belachelijk,' stotterde Mikael.

'Waarom?' vroeg Henrik Vanger kalm. 'Ik ben over de tachtig en nog steeds bij mijn volle verstand. Ik heb een zeer groot persoonlijk vermogen waar ik vrijelijk over kan beschikken. Ik heb geen kinderen en ik heb absoluut geen zin om het geld aan mijn gehate familieleden te schenken. Ik heb een testament; het grootste gedeelte van mijn geld gaat naar het Wereld Natuur Fonds. Een beperkt aantal personen dat me lief is, krijgt een flink bedrag, onder anderen Anna hier beneden.'

Mikael Blomkvist schudde zijn hoofd.

'Probeer me te begrijpen. Ik ben oud en zal spoedig sterven. Er is maar één ding in de wereld dat ik wil hebben en dat is een antwoord op de vraag die me nu al bijna vier decennia pijnigt. Ik geloof niet dat ik het antwoord te weten zal komen, maar ik heb voldoende middelen om een laatste poging te doen. Waarom zou het onredelijk zijn dat ik een deel van mijn vermogen aan dat doeleinde besteed? Dat ben ik aan Harriët verplicht. En dat ben ik aan mezelf verplicht.'

'Je betaalt miljoenen voor niets. Alles wat ik hoef te doen, is dus het contract ondertekenen en vervolgens een jaar duimen gaan draaien.'

'Zeker niet. Integendeel, je zult harder werken dan je ooit in je leven hebt gedaan.'

'Hoe kun je daar zo zeker van zijn?'

'Omdat ik je iets bied wat je niet kunt kopen voor geld, maar wat je meer dan wat ook ter wereld zou willen hebben.'

'En wat zou dat dan zijn?'

Henrik Vangers ogen versmalden zich.

'Ik kan je Hans-Erik Wennerström geven. Ik kan bewijzen dat hij een oplichter is. Hij is zijn carrière namelijk meer dan dertig jaar geleden bij mij begonnen en ik kan je zijn hoofd op een presenteerblaadje geven. Los het raadsel op, dan kun je je nederlaag bij de rechtbank omzetten in de reportage van het jaar.'

7
VRIJDAG 3 JANUARI

Erika zette het koffiekopje op tafel en ging met haar rug naar Mikael toe staan. Ze stond voor het raam in zijn flat en bewonderde het uitzicht op de oude stad. Het was 3 januari en het was negen uur 's ochtends. Alle sneeuw was tijdens de jaarwisseling weggeregend.

'Ik heb dit uitzicht altijd mooi gevonden,' zei ze. 'Voor een appartement als dit zou ik Saltsjöbaden kunnen opgeven.'

'Je hebt sleutels. Je mag best vanuit dat bovenklassereservaat hierheen verhuizen,' zei Mikael. Hij deed zijn koffer dicht en zette hem in de hal. Erika keerde zich om en keek hem twijfelend aan.

'Dit kun je niet menen,' zei ze. 'We zitten in de allerergste crisis en jij pakt twee koffers en vertrekt naar Verweggistan.'

'Hedestad. Een paar uur met de trein. En het is niet voor eeuwig.'

'Het had net zo goed Ulaanbaatar kunnen zijn. Begrijp je niet dat het er nu net uitziet alsof je met de staart tussen je benen vertrekt?'

'Dat doe ik ook. Bovendien moet ik dit jaar ook een gevangenisstraf uitzitten.'

Christer Malm zat bij Mikael op de bank. Hij voelde zich ongemakkelijk. Het was voor het eerst sinds ze *Millennium* gestart waren dat Mikael en Erika het zo hartgrondig oneens waren. De afgelopen jaren waren die twee onafscheidelijk geweest. Ze konden weliswaar ongelofelijk ruziemaken, maar dat ging altijd over inhoudelijke kwesties, waarbij de vraagtekens waren verdwenen voordat ze elkaar omhelsden en naar de kroeg gingen. Of naar bed. Het afgelopen najaar was niet florissant geweest maar nu was het alsof de afgrond zich opende. Christer Malm vroeg zich af of dit het begin van het einde van *Millennium* was.

'Ik heb geen keus,' zei Mikael. 'Wé hebben geen keus.'

Hij schonk voor zichzelf koffie in en ging vervolgens aan de keukentafel zitten. Erika schudde haar hoofd en nam tegenover hem plaats.

'Wat vind jij, Christer?' vroeg ze.

Christer Malm spreidde zijn handen uiteen. Hij had die vraag verwacht en had het ogenblik gevreesd dat hij een standpunt zou moeten innemen. Hij was de derde mede-eigenaar, maar ze wisten alle drie dat Mikael en Erika de drijvende krachten achter *Millennium* waren. De enige keren dat ze hem om advies vroegen, was wanneer ze het volstrekt oneens waren.

'Eerlijk gezegd,' antwoordde Christer, 'weten jullie allebei dat het niet zoveel uitmaakt wat ik vind.'

Hij zweeg. Hij vond het heerlijk om beelden te creëren. Hij werkte graag met grafische vormgeving. Hij had zichzelf nooit als kunstenaar beschouwd maar hij wist dat hij een begenadigd designer was. Daarentegen was hij uitermate slecht in intriges en politieke beslissingen.

Erika en Mikael keken elkaar aan. Zij koel en giftig. Hij nadenkend.

Dit is geen ruzie, dacht Christer Malm. *Dit is een echtscheiding.*

Mikael verbrak het zwijgen.

'Oké, laat me de argumenten nog één keer noemen.' Hij keek Erika strak aan. 'Dit betekent niet dat ik *Millennium* opgeef. Daar hebben we veel te hard voor gewerkt.'

'Maar je zit straks niet meer op de redactie, dus moeten Christer en ik de kar alléén trekken. Begrijp je dat jij zélf in ballingschap gaat?'

'Dat is punt twee. Ik heb een pauze nodig, Erika. Ik functioneer niet meer. Ik ben helemaal op. Een betaalde vakantie in Hedestad is misschien net wat ik nodig heb.'

'De hele zaak is ziekelijk, Mikael. Je kunt net zo goed in een ufo gaan werken.'

'Dat weet ik. Maar ik krijg 2,4 miljoen om een jaar op mijn reet te zitten en ik zal me niet vervelen. Dat is punt drie. Ronde één tegen Wennerström is afgelopen en hij heeft gewonnen met een knock-out. Ronde twee is al bezig, hij zal proberen *Millennium* voorgoed tot zinken te brengen, omdat hij weet dat zolang het tijdschrift bestaat, er een redactie zal zijn die weet wat hij op zijn kerf-stok heeft.'

'Dat weet ik. Ik heb dat het afgelopen halfjaar elke maand aan onze advertentie-inkomsten gezien.'

'Precies. En daarom móét ik weg bij de redactie. Ik ben net een rode lap voor hem. Hij is paranoïde als het om mij gaat. Zolang ik er nog ben, zal hij zijn campagne voortzetten. Nu moeten we ons voor-bereiden op de derde ronde. Als we ook maar enige kans ten aanzien van Wennerström willen maken, moeten we een stapje terug doen en een geheel nieuwe strategie bedenken. We moeten een stok vin-den om de hond te slaan. Dat is mijn werk het komende jaar.'

'Dat begrijp ik allemaal wel,' zei Erika. 'Neem vakantie. Ga in het buitenland een maand op het strand liggen. Onderzoek het lief-desleven van de Spaanse vrouwen. Ontspan. Ga in Sandhamn naar de golven zitten kijken.'

'En als ik dan terugkom, is er niets veranderd. Wennerström zal *Millennium* verpletteren. Dat wéét je. Het enige wat hem kan hin-deren is dat we iets over hem te weten komen wat we kunnen gebruiken.'

'En dat denk je in Hedestad te vinden?'

'Ik heb de krantenknipsels bekeken. Wennerström heeft van 1969 tot 1972 bij het Vanger-concern gewerkt. Hij zat in de con-cernstaf en was verantwoordelijk voor strategische beleggingen. Hij is heel abrupt gestopt. We kunnen de mogelijkheid niet uit-sluiten dat Henrik Vanger inderdaad iets over hem heeft.'

'Maar als hij meer dan dertig jaar geleden iets heeft uitgespookt, is dat nauwelijks iets wat we vandaag de dag kunnen bewijzen.'

'Henrik Vanger heeft een interview toegezegd om te vertellen wat hij weet. Hij is bezeten van zijn verdwenen familielid, dat lijkt het enige te zijn waarin hij geïnteresseerd is, en als dat met zich mee-brengt dat hij Wennerström een hak kan zetten, dan denk ik dat de kans groot is dat hij dat ook zal doen. We kunnen die kans in elk geval niet laten lopen: hij is de eerste die heeft gezegd dat hij bereid is informatie over Wennerström openbaar te maken.'

'Zelfs als je terug zou komen met het bewijs dat Wennerström zelf dat meisje heeft gewurgd, zouden we dat niet kunnen gebrui-ken. Niet na zo'n lange tijd. Hij zou een slachting aanrichten tij-dens het proces.'

'Dat is ook bij me opgekomen, maar sorry, hij studeerde aan de toenmalige Economische Hogeschool en had geen enkele connectie met het Vanger-concern toen ze verdween.' Mikael laste een pauze in. 'Erika, ik ga niet bij *Millennium* weg, maar het is belangrijk dat het lijkt alsof dat wel het geval is. Jij en Christer moeten verdergaan met het blad. Als jullie kunnen ... Als jullie een vredesverdrag met Wennerström kunnen sluiten, dan mogen jullie dat doen. En dat kan niet als ik in de redactie zit.'

'Oké, de situatie is kut, maar ik denk dat je een fout maakt door naar Hedestad te vertrekken.'

'Heb jij een beter idee?'

Erika haalde haar schouders op. 'We zouden nu bronnen achterna moeten zitten. De story vanaf het begin moeten opbouwen. En het deze keer goed moeten doen.'

'Ricky, die story is morsdood.'

Erika legde gelaten haar hoofd op haar handen op tafel. Toen ze begon te praten, wilde ze Mikaels blik eerst niet beantwoorden.

'Ik ben zo ontzettend kwaad op je. Niet omdat de story die je geschreven hebt fout was, ik geloofde er net zo hard in als jij. En ook niet omdat je vertrekt als verantwoordelijk uitgever, dat is gezien de huidige stand van zaken een verstandige beslissing. Ik kan accepteren dat we doen alsof het eruitziet als een schisma of een machtsstrijd tussen jou en mij, en ik begrijp de logica om Wennerström te laten denken dat ik een onschuldig dom blondje ben en dat jij de bedreiging vormt.'

Ze laste een pauze in en keek hem verbeten aan.

'Maar ik denk dat je het mis hebt. Wennerström zal er niet in trappen, in dat gebluf. Hij zal blijven proberen *Millennium* om zeep te helpen. Het enige verschil is dat ik vanaf nu alleen het gevecht met hem aan moet en je weet dat je meer dan ooit nodig bent op de redactie. Oké, ik ga graag de strijd met Wennerström aan, maar wat mij zo kwaad maakt is dat je het hele schip gewoon verlaat. Je laat ons in de steek op het moment dat het 't moeilijkst is.'

Mikael strekte zijn hand uit en streek over haar haar.

'Je bent niet alleen. Je hebt Christer en de rest van de redactie achter je staan.'

'Janne Dahlman niet. Ik geloof trouwens dat het een vergissing was om hem aan te nemen. Hij is vakbekwaam, maar hij doet meer kwaad dan goed. Ik vertrouw hem niet. Hij heeft het hele najaar vol leedvermaak rondgelopen. Ik weet niet of hij erop hoopt jouw rol over te kunnen nemen of dat het gewoon niet botert tussen hem en de rest van de redactie.'

'Ik ben bang dat je gelijk hebt,' antwoordde Mikael.

'Dus wat zal ik doen? Hem ontslaan?'

'Erika, jij bent hoofdredacteur en grootaandeelhouder van *Millennium*. Als je hem wilt ontslaan, moet je dat doen.'

'We hebben nog nooit eerder iemand ontslagen, Micke. En nu schuif je zelfs deze beslissing op mij af. Het is niet leuk meer om 's morgens naar de redactie te gaan.'

Op dat moment stond Christer Malm onverwachts op.

'Als je die trein wilt halen, moeten we nu in beweging komen.' Erika begon te protesteren, maar hij stak een hand op. 'Wacht, Erika, je vroeg wat ik vond. Ik vind de situatie gewoon klote. Maar als het is zoals Mikael zegt, dat hij helemaal op is, dan moet hij omwille van zichzelf weggaan. Dat zijn we aan hem verplicht.'

Mikael en Erika staarden Christer ontzet aan, terwijl hij Mikael gegeneerd van opzij aankeek.

'Jullie weten allebei dat jullie *Millennium* zijn. Ik ben medevennoot, jullie zijn altijd eerlijk tegen me geweest en ik hou van dat blad en alles daaromheen, maar jullie zouden mij zonder meer door iedere willekeurige art director kunnen vervangen. Jullie vroegen naar mijn mening. Die hebben jullie nu. Wat Janne Dahlman betreft ben ik het met jullie eens. En als je hem moet ontslaan, Erika, dan kan ik dat voor je doen. Als we maar een geldige reden hebben.'

Hij hield een korte pauze voor hij verderging.

'Ik ben het met je eens dat het een erg ongelukkig moment is dat Mikael verdwijnt, maar ik geloof dat we geen keus hebben.' Hij keek naar Mikael. 'Ik breng je naar het station. Erika en ik bewaken het fort tot jij terug bent.'

Mikael knikte langzaam.

'Waar ik bang voor ben is dat Mikael niet terugkomt,' zei Erika Berger zachtjes.

Dragan Armanskij wekte Lisbeth Salander toen hij haar om half-twee 's middags belde.

'Wadizer?' vroeg ze slaapdronken. Ze had een teersmaak in haar mond.

'Het gaat over die zaak met Mikael Blomkvist. Ik heb net met onze opdrachtgever gesproken, advocaat Frode.'

'Ja, en?'

'Hij belde en zei dat we het onderzoek naar Wennerström kunnen afblazen.'

'Afblazen? Ik ben er al mee begonnen.'

'Tja, maar Frode is niet meer geïnteresseerd.'

'Kan dat zomaar?'

'Hij is degene die beslist. Als hij niet verder wil, dan wil hij niet verder.'

'We hebben een vergoeding afgesproken.'

'Hoeveel tijd heb je er tot nu toe aan besteed?'

Lisbeth Salander dacht na.

'Ruim drie hele dagen.'

'We hadden een maximum afgesproken van 40.000 kronen. Ik schrijf een factuur voor 10.000; jij krijgt de helft, wat acceptabel is voor drie dagen verspilde tijd. Dat moet hij betalen, omdat hij de hele zaak heeft aangezwengeld.'

'Wat zal ik doen met het materiaal dat ik al heb?'

'Is het iets dramatisch?'

Ze dacht weer na. 'Nee.'

'Frode heeft niet gevraagd om een verslag. Zet het maar even in de ijskast voor het geval hij terugkomt. Anders kun je het weggooien. Ik heb een nieuwe klus voor je volgende week.'

Lisbeth Salander zat een tijdje met de hoorn in haar hand nadat Armanskij had opgehangen. Ze liep naar de werkhoek in haar woonkamer en keek naar de aantekeningen die ze op de muur had gespeld en de stapel papier die ze op het bureau had verzameld. Wat ze tot nu toe gevonden had, waren voornamelijk krantenartikelen en teksten die ze had gedownload van internet. Ze pakte de papieren en dumpte ze in een la van het bureau.

Ze trok haar wenkbrauwen op. Mikael Blomkvists eigenaardige gedrag in de rechtszaal had haar een interessante uitdaging geleken en Lisbeth Salander vond het niet prettig iets te moeten afbreken waar ze net aan begonnen was. *Mensen hebben altijd geheimen. Het is alleen zaak om uit te zoeken welke.*

DEEL 2
CONSEQUENTIE-ANALYSE
3 januari tot 17 maart

Zesenveertig procent van de vrouwen in Zweden
wordt blootgesteld aan geweld door een man.

8
VRIJDAG 3 JANUARI – ZONDAG 5 JANUARI

Toen Mikael Blomkvist voor de tweede keer in Hedestad uit de trein stapte, was de hemel pastelblauw en de lucht ijskoud. Een thermometer op de gevel aan de buitenkant van het station wees aan dat het 18 graden onder nul was. Hij droeg nog steeds onge-schikte, dunne wandelschoenen. In tegenstelling tot het vorige bezoek was er geen advocaat Frode die hem met een warme auto stond op te wachten. Mikael had alleen aangegeven op welke dag hij zou komen, niet met welke trein. Hij nam aan dat er een bus naar Hedeby zou gaan, maar hij had geen zin om met twee zware koffers en een schoudertas te gaan slepen op zoek naar een bus-halte. Daarom stak hij het stationsplein over naar de taxistand-plaats aan de andere kant.

Het had tussen kerst en oud en nieuw ontzettend gesneeuwd langs de Norrlandse kust en naar de sneeuwwallen en opgeploeg-de sneeuwhopen te oordelen hadden de sneeuwruimers in Hede-stad onder hoge druk gewerkt. De taxichauffeur, die volgens zijn legitimatie op de voorruit Hussein heette, schudde zijn hoofd toen Mikael vroeg of het slecht weer was geweest. Hij vertelde in onver-valst Norrlands dat het de ergste sneeuwstorm in decennia was geweest en dat hij er ongelofelijk veel spijt van had dat hij niet met kerst een tripje naar Griekenland had geboekt.

Mikael dirigeerde de taxi naar Henrik Vangers onlangs sneeuwvrij gemaakte erf, waar hij zijn koffers op de trap naar de ingang van het woonhuis zette en de auto zag verdwijnen richting Hedestad. Op slag voelde hij zich eenzaam en besluiteloos. Misschien had Erika gelijk gehad toen ze had gezegd dat het hele project gestoord was.

Hij hoorde de deur achter zich opengaan en keerde zich om. Henrik Vanger was dik aangekleed met een stevige leren jas, grove hoge schoenen en een pet met oorkleppen. Mikael stond daar in zijn spijkerbroek en zijn dunne leren jack.

'Als je hier gaat wonen, moet je wel leren je in deze tijd van het jaar beter te kleden.' Ze schudden elkaar de hand. 'Weet je zeker dat je niet in het grote huis wilt wonen? Nee? Dan gaan we je installeren in je nieuwe behuizing.'

Mikael knikte. Een van de eisen in de onderhandelingen met Henrik Vanger en Dirch Frode was geweest dat Mikael ergens zou wonen waar hij zelf zijn huishouden kon bestieren en kon komen en gaan zoals het hem uitkwam. Henrik Vanger leidde Mikael terug naar de weg richting de brug en liep door het hek van een sneeuwvrij gemaakt erf naar een klein houten huis vlak bij het bruggenhoofd. Het was niet op slot en de oude man hield de deur open. Ze kwamen in een klein voorportaal waar Mikael met een zucht van verlichting zijn koffers neerzette.

'We noemen dit het gastenverblijf en hier logeren meestal mensen die langere tijd blijven. Hier hebben je ouders en jij in 1963 gezeten. Het is een van de oudste gebouwen in het dorp, maar wel gemoderniseerd. Ik heb ervoor gezorgd dat Gunnar Nilsson, de conciërge, de verwarming vanochtend heeft aangedaan.'

Het hele huis bestond uit een grote keuken en twee kleinere kamers, bij elkaar circa 50 vierkante meter. De keuken nam de helft van het oppervlak in beslag en was modern, met een elektrisch fornuis, een kleine koelkast en stromend water, maar tegen de muur van het voorportaal stond ook een oud gietijzeren fornuis waarin overdag gestookt was.

'Dat gietijzeren fornuis hoef je niet te gebruiken als het niet waterkoud wordt. De houtbak staat in het voorportaal en er is een houtschuur aan de achterkant van het huis. Het staat hier sinds het najaar leeg en we hebben vanochtend gestookt om het warm te krijgen. Maar voor dagelijks gebruik heb je voldoende aan de radiatoren. Zorg alleen dat je ze niet afdekt met kleren, want dan kan de hele zaak in de hens gaan.'

Mikael knikte en keek om zich heen. Er waren aan drie kanten ramen; vanaf de keukentafel keek hij uit over het bruggenhoofd ongeveer 30 meter van het huis verwijderd. Het meubilair in de keuken bestond verder uit een paar grote kasten, keukenstoelen, een oude keukenbank en een plank met kranten en tijdschriften. Bovenop lag een nummer van *Se* uit 1967. In de hoek naast de keukentafel was een bijzettafel die als bureau gebruikt kon worden.

De deur naar de keuken zat aan de ene kant van het gietijzeren fornuis. Aan de andere kant zaten twee smalle deuren naar de twee kamers. De rechter, het dichtst bij de buitenmuur, was meer een smal hok waar langs de lange kant achtereenvolgens een klein bureau, een stoel en een boekenkast stonden, en die werd gebruikt als werkkamer. De andere kamer, tussen het voorportaal en de werkkamer, was een vrij kleine slaapkamer. Het meubilair bestond uit een smal tweepersoonsbed, een nachtkastje en een kast. Aan de muren hingen een paar schilderijen met natuurmotieven. Het meubilair en het behang in het huis waren oud en verbleekt, maar het rook er fris en schoon. Iemand had zich met een flinke dosis groene zeep op de vloer uitgeleefd. In de slaapkamer was ook een zijdeur die naar het voorportaal leidde, waar een soort hokje was ingericht als toilet met een kleine douche.

'Het water kan een probleem zijn,' zei Henrik Vanger. 'We hebben vanochtend gecontroleerd of het werkte, maar de leidingen liggen te veel aan de oppervlakte en als de kou langere tijd aanhoudt kunnen ze bevriezen. Er staat een emmer in het voorportaal en mocht het nodig zijn dan kun je bij ons water komen halen.'

'Ik heb een telefoon nodig,' zei Mikael.

'Die heb ik al besteld. Ze komen hem overmorgen installeren. Dus, wat denk je ervan? Als je je bedenkt kun je op elk moment naar het grote huis verhuizen.'

'Dit is perfect,' antwoordde Mikael. Hij was er echter verre van overtuigd dat de situatie waarin hij zich had gemanoeuvreerd verstandig was.

'Goed. Het is nog een uurtje licht buiten. Zullen we een rondje gaan maken, zodat je het dorp kunt leren kennen? Dan stel ik voor dat je laarzen en dikke sokken aantrekt. Die liggen in de kast in het voorportaal.' Mikael deed wat hem was opgedragen en besloot meteen de volgende ochtend lange onderbroeken en behoorlijke winterschoenen te kopen.

De oude man begon de rondwandeling met de mededeling dat Mikaels overbuurman Gunnar Nilsson was, de hulpkracht die Henrik Vanger maar 'conciërge' bleef noemen, maar die, zoals Mikael spoedig inzag, meer een soort huismeester was van het hele onroerendgoedbestand op het Hedeby-eiland, en die bovendien de administratie deed voor meerdere panden in Hedestad zelf.

'Zijn vader was dus Magnus Nilsson, die in de jaren zestig knecht bij mij was, en een van de mannen die meehielp bij het auto-ongeval op de brug. Magnus leeft nog steeds, maar hij is met pensioen en woont nu in Hedestad. Hier in het huis woont Gunnar met zijn vrouw; zij heet Helen. Hun kinderen zijn uitgevlogen.'

Henrik Vanger pauzeerde even en dacht een tijdje na voordat hij weer het woord nam.

'Mikael, de officiële verklaring dat jij je hier bevindt, is dat je me zult helpen bij het schrijven van mijn autobiografie. Dat geeft je een excuus om in alle donkere hoekjes te snuffelen en mensen vragen te stellen. Je werkelijke opdracht is een zaak tussen jou en mij en Dirch Frode. Wij drieën zijn de enigen die daar vanaf weten.'

'Dat begrijp ik. En ik herhaal wat ik eerder heb gezegd: het is tijdverspilling. Ik zal het raadsel niet kunnen oplossen.'

'Alles wat ik vraag is dat je een poging doet. Maar we moeten voorzichtig zijn wanneer er mensen in de buurt zijn.'

'Oké.'

'Gunnar is nu zesenvijftig en was dus negentien toen Harriët verdween. Er is een vraag waar ik nooit antwoord op heb gekregen. Harriët en Gunnar waren goede vrienden en ik had het idee dat er een soort kinderlijke romance tussen die twee aan de gang was, hij was in elk geval bijzonder geïnteresseerd in haar. De dag waarop ze verdween was hij echter in Hedestad en was hij een van hen die afgesneden waren van het eiland en zich op het vasteland bevonden toen de brug geblokkeerd was. Vanwege zijn relatie werd hij natuurlijk extra zorgvuldig gecheckt. Het was erg pijnlijk voor hem, maar de politie heeft zijn alibi gecontroleerd en dat klopte. Hij had zich de hele dag in gezelschap van vrienden bevonden en kwam pas 's avonds laat weer hier.'

'Ik neem aan dat je een compleet overzicht hebt van wie er op het eiland was en wie die dag wát deed.'

'Dat klopt. Zullen we verdergaan?'

Ze bleven staan op de kruising op de heuvel voor Henrik Vangers eigen woonhuis en hij wees in de richting van de oude vissershaven.

'De grond op het hele eiland is eigendom van de familie Vanger, of liever gezegd, van mij. Uitzondering daarop zijn de boerderij met de landerijen bij Östergården en een paar huizen hier in het dorp. De hutten in de vissershaven daar beneden zijn vrijgekocht, maar het zijn zomerhuisjes en ze staan in de winter grotendeels leeg. Behalve het achterste huis – je ziet dat er rook uit de schoorsteen komt.'

Mikael knikte. Hij was al tot op het bot verkleumd.

'Het is een ellendig, tochtig krot dat het hele jaar door wordt bewoond. Door ene Eugen Norman. Hij is zevenenzeventig jaar en schilder. Ik vind het meer geklodder, maar hij is vrij bekend als natuurschilder. Hij is een beetje de obligate zonderling van het dorp.'

Henrik Vanger leidde Mikael langs de weg naar de landtong en wees elk huis aan. Het dorp bestond uit zes huizen aan de westkant van de weg en vier huizen aan de oostkant. Het eerste huis, het dichtst bij Mikaels gastenverblijf en het huis van Vanger, was eigendom van Henrik Vangers broer Harald. Het was een vierkant, stenen gebouw van twee verdiepingen dat op het eerste gezicht verlaten leek; de gordijnen waren gesloten en de weg naar de buitendeur was niet geruimd en was bedekt met een halve meter sneeuw. Op het tweede gezicht onthulden voetstappen dat er iemand zich door de sneeuw tussen de weg en de buitendeur had geploegd.

'Harald is een eenling. Hij en ik hebben het nooit goed met elkaar kunnen vinden. Behalve geruzie over het concern, hij is immers mede-eigenaar, hebben we al bijna zestig jaar niet met elkaar gesproken. Hij is ouder dan ik, hij is tweeënnegentig, en de enige van mijn vier broers die nog in leven is. Ik zal de details later vertellen, maar hij studeerde voor arts en is voornamelijk werkzaam geweest in Uppsala. Hij is teruggekeerd naar het Hedeby-eiland toen hij zeventig werd.'

'Ik heb begrepen dat jullie elkaar niet mogen. Toch zijn jullie buren.'

'Ik vind hem weerzinwekkend en had het liefst gezien dat hij in

Uppsala was gebleven, maar hij is eigenaar van dat huis. Klink ik als een schurk?'

'Je klinkt als iemand die zijn broer niet mag.'

'Ik heb de eerste vijfentwintig, dertig jaar van mijn leven besteed aan het verontschuldigen en vergeven van mensen als Harald omdat we familie zijn. Daarna ontdekte ik dat verwantschap geen garantie is voor liefde en dat ik zeer weinig redenen had om Harald te verdedigen.'

Het volgende huis behoorde toe aan Isabella, de moeder van Harriët Vanger.

'Ze wordt dit jaar vijfenzeventig en is nog steeds chic en ijdel. Zij is ook de enige in het dorp die met Harald praat en hem af en toe bezoekt, maar ze hebben niet veel gemeenschappelijk.'

'Hoe was de relatie tussen Harriët en haar?'

'Goed gedacht. Ook vrouwen moeten tot de kring van verdachten worden gerekend. Ik heb je verteld dat ze de kinderen vaak aan hun lot overliet. Ik weet het niet precies, ik denk dat ze het goed bedoelde, maar dat ze niet in staat was een dergelijke verantwoordelijkheid te dragen. Zij en Harriët waren niet erg close, maar ze waren ook geen vijanden. Isabella kan moeilijk zijn en soms spoort ze niet helemaal. Je zult wel begrijpen wat ik bedoel als je haar ontmoet.'

Isabella's buurvrouw was ene Cecilia Vanger, dochter van Harald Vanger.

'Ze was getrouwd en woonde in Hedestad, maar haar man en zij leven al ruim twintig jaar gescheiden van tafel en bed. Dat huis is van mij en ik heb haar aangeboden hierheen te verhuizen. Cecilia is lerares en op veel manieren het tegenovergestelde van haar vader. Ik kan eraan toevoegen dat zij en haar vader niet meer dan het noodzakelijke tegen elkaar zeggen.'

'Hoe oud is ze?'

'Ze is geboren in 1946. Ze was dus twintig jaar toen Harriët verdween. En ja, ze was een van de gasten op het eiland die dag.'

Hij dacht even na.

'Cecilia kan wat wispelturig overkomen, maar is in feite scherper dan de meesten. Onderschat haar niet. Als er iemand achter komt waar jij mee bezig bent, dan is zij het. Ik kan wel zeggen dat zij een van de familieleden is die ik het meest mag.'

'Betekent dat dat je haar niet verdenkt?'

'Dat wil ik niet zeggen. Ik wil dat je je hier volstrekt zonder voorbehoud op stort, onafhankelijk van wat ik vind of denk.'

Het huis naast dat van Cecilia was eigendom van Henrik Vanger maar was verhuurd aan een ouder echtpaar dat vroeger in het management van het Vanger-concern had gezeten. Ze waren in de jaren tachtig naar het eiland verhuisd en hadden dus niets met de verdwijning van Harriët te maken. Het volgende huis was eigendom van Birger Vanger, de broer van Cecilia Vanger. Het huis stond al jaren leeg, sinds Birger Vanger naar een moderne villa in Hedestad was verhuisd.

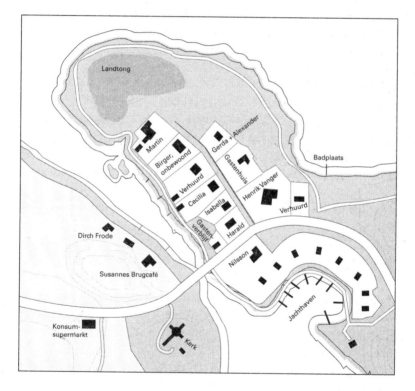

De meeste gebouwen langs de weg waren solide stenen huizen uit het begin van de vorige eeuw. Het laatste huis onderscheidde zich qua karakter: een moderne, onder architectuur gebouwde villa van witte baksteen met donkere kozijnen. Het was mooi gelegen en Mikael kon zien dat het uitzicht vanaf de bovenverdieping groots moest zijn, in het oosten keek het uit op zee en in het noorden op Hedestad.

'Hier woont Martin Vanger, de broer van Harriët en president van het Vanger-concern. Op dit perceel lag vroeger de pastorie, maar dat gebouw is bij een brand in de jaren zeventig gedeeltelijk verwoest en Martin heeft het huis laten bouwen in 1978 toen hij de leiding overnam.'

Aan het eind van de oostkant van de weg woonden Gerda Vanger, weduwe van Henriks broer Greger, en haar zoon Alexander Vanger.

'Gerda is ziekelijk, ze lijdt aan reuma. Alexander heeft een minderheidsbelang in het Vanger-concern maar heeft een aantal eigen ondernemingen, onder andere restaurants. Hij brengt elk jaar een paar maanden door op Barbados in West-Indië, waar hij nogal wat geld heeft geïnvesteerd in de toeristensector.'

Tussen het huis van Gerda en Henrik Vanger was een terrein met twee kleinere gebouwtjes die leegstonden en die werden gebruikt als er familieleden op bezoek waren. Aan de andere kant van het huis van Henrik stond een vrijgekocht huis waar nog een gepensioneerde werknemer van het concern met zijn vrouw woonde, maar dat stond in de winter leeg, want dan was het echtpaar in Spanje.

Ze waren weer terug bij de kruising en daarmee was de rondleiding ten einde. Het begon al te schemeren. Mikael nam het initiatief.

'Henrik, ik kan alleen maar herhalen dat dit een oefening is die geen resultaat zal opleveren, maar ik zal doen waarvoor ik ben aangenomen. Ik zal jouw autobiografie schrijven en zal je ter wille zijn door al het materiaal over Harriët Vanger zo zorgvuldig en kritisch mogelijk als ik maar kan door te lezen. Ik wil alleen dat je inziet dat ik geen privédetective ben, zodat je geen onredelijke verwachtingen van me hebt.'

'Ik verwacht helemaal niets. Ik wil alleen een laatste poging doen om de waarheid te achterhalen.'

'Goed.'

'Ik ben een avondmens,' verklaarde Henrik Vanger. 'Ik ben beschikbaar vanaf de lunch en dan de rest van de dag. Ik zal boven een werkkamer voor je in orde laten maken waarover je kunt beschikken wanneer je dat wilt.'

'Dat hoeft niet. Ik heb al een werkkamer in het gastenverblijf en daar zal ik gaan werken.'

'Zoals je wilt.'

'Als ik met je moet praten, kom ik naar je werkkamer, maar ik zal je niet vanavond al met vragen overstelpen.'

'Ik begrijp het.' De oude leek verraderlijk timide.

'Het zal een paar weken in beslag nemen om al het materiaal door te lezen. We werken op twee fronten. We zien elkaar een paar uur per dag en dan interview ik je en verzamel ik materiaal voor je biografie. Als ik vragen begin te krijgen over Harriët, die ik wil bespreken, zal ik ze met je opnemen.'

'Dat klinkt verstandig.'

'Ik zal heel zelfstandig werken en heb geen vaste werktijden.'

'Je deelt je werk zelf in.'

'Je bent je ervan bewust dat ik een paar maanden de gevangenis in moet? Ik weet niet wanneer dat actueel wordt, maar ik ben niet van plan in beroep te gaan. Dat betekent dat dat vermoedelijk ergens dit jaar zal gebeuren.'

Henrik Vanger trok zijn wenkbrauwen op.

'Dat komt slecht uit. Dat moeten we oplossen als het zover is. Je kunt uitstel vragen.'

'Als het werkt en ik heb voldoende materiaal, dan kan ik in de gevangenis aan het boek over je familie werken. Maar dat bekijken we tegen die tijd wel. Nog één ding: ik ben nog steeds mede-eigenaar van *Millennium* en het blad bevindt zich momenteel in een crisis. Als er iets gebeurt wat mijn aanwezigheid in Stockholm vereist, zal ik dit moeten loslaten en daarheen moeten vertrekken.'

'Ik heb je niet aangenomen als lijfeigene. Ik wil dat je consequent en regelmatig werkt aan de opdracht die ik je heb gegeven, maar je bepaalt uiteraard zelf je werkroutines en werkt naar eigen inzicht. Als je vrij moet nemen dan doe je dat, maar als ik ontdek dat je je werk verzaakt zal ik van mening zijn dat er sprake is van contractbreuk.'

Mikael knikte. Henrik Vanger keek in de richting van de brug. Hij was mager en Mikael vond opeens dat hij eruitzag als een ongelukkige vogelverschrikker.

'Voor wat betreft *Millennium* moeten we een gesprek hebben over de ernst van de crisis en of ik daarin nog iets kan betekenen.'

'De beste manier om mij te helpen is door mij vandaag al Wennerströms hoofd op een schotel te geven.'

'O, nee, dat ben ik absoluut niet van plan.' De oude man keek Mikael scherp aan. 'De enige reden dat je deze baan hebt geaccepteerd, is dat ik heb beloofd Wennerström te ontmaskeren. Als ik je hem nu geef, kun je het werk beëindigen als jij daar zin in hebt. Die informatie krijg je over een jaar.'

'Henrik, sorry dat ik het zeg, maar ik kan er niet eens zeker van zijn dat je over een jaar nog leeft.'

Henrik Vanger zuchtte en keek nadenkend naar de vissershaven.

'Ik begrijp het. Ik zal met Dirch Frode praten, dan zullen we eens kijken of we wat kunnen verzinnen. Maar voor wat betreft *Millennium* kan ik wellicht op een andere manier helpen. Ik heb begrepen dat de adverteerders zich terugtrekken?'

Mikael knikte langzaam.

'Die adverteerders zijn een onmiddellijk probleem, maar de crisis gaat dieper dan dat. Het is een geloofwaardigheidsprobleem. Het maakt niet uit hoeveel adverteerders we hebben als de mensen het blad niet willen kopen.'

'Dat begrijp ik. Maar ik ben nog steeds bestuurslid, zij het passief, van een vrij groot concern. Wij moeten ook ergens adverteren. Wil je avondeten?'

'Nee. Ik wil de boel bij mij op orde maken, boodschappen doen en een beetje rondkijken. Morgen ga ik naar Hedestad om winterkleren te kopen.'

'Goed idee.'

'Tot slot zou ik je willen verzoeken het archief over Harriët naar mij toe te verhuizen.'

'Je moet er wel heel v...'

'Voorzichtig mee omgaan, dat begrijp ik.'

Mikael keerde naar het gastenverblijf terug en stond te klappertanden toen hij eenmaal binnen was. Hij keek op de thermometer voor het raam. Die wees 15 graden onder nul aan en hij kon zich niet herinneren dat hij ooit eerder zo verkleumd was geweest als na deze wandeling van ruim twintig minuten.

Het uur daarna was hij bezig zich te installeren in het huis dat het komende jaar zijn woning zou zijn. De kleren uit zijn koffer hing hij in de kast in de slaapkamer. Zijn toiletartikelen zette hij in de badkamerkast. De andere koffer was een grote vierkante koffer op wielen. Daaruit haalde hij boeken, cd's en een cd-speler, schrijfblokken, een kleine Sanyo-reportersrecorder, een kleine Microtekscanner, een transporteerbare inkjetprinter, een Minolta-digitale camera en andere dingen die hij noodzakelijk had geacht voor een jaar in ballingschap.

Hij zette de boeken en cd's in de boekenkast in de werkkamer, naast twee ordners met onderzoeksmateriaal over Hans-Erik Wennerström. Het materiaal was waardeloos maar hij kon het niet loslaten. De twee mappen moesten op de een of andere manier worden omgezet in bouwstenen voor zijn verdere carrière.

Ten slotte opende hij zijn schoudertas en zette hij zijn iBook op het bureau in de werkkamer. Opeens keek hij met een schaapachtige blik om zich heen. *The benefits of living in the countryside.* Hij zag plotseling in dat hij de breedbandkabel nergens in kon pluggen. Hij had niet eens een telefoonplug om een oud modem aan te sluiten.

Mikael liep terug naar de keuken en belde Telia vanaf zijn mobiele telefoon. Na wat omwegen slaagde hij erin iemand te vinden die de bestelling kon opsnorren die Henrik Vanger voor het gastenverblijf had gedaan. Hij vroeg of de kabel capaciteit had voor ADSL en kreeg als antwoord dat dat mogelijk was via een relais in Hedeby. Dat zou een paar dagen duren.

Het was even na vieren 's middags toen Mikael klaar was met rommelen. Hij deed de geitenwollen sokken en de laarzen weer aan en trok een extra trui over zijn hoofd. Bij de buitendeur bedacht hij dat hij helemaal geen sleutels van het huis had gekregen en zijn Stockholmse instinct kwam in opstand tegen het principe om de deur niet af te sluiten. Hij liep terug de keuken in en trok alle lades open. Ten slotte vond hij de sleutel aan een spijker in de voorraadkast.

De thermometer was gedaald tot 17 graden onder nul. Mikael wandelde in rap tempo over de brug, de heuvel op langs de kerk. De Konsum-supermarkt lag op een prettige afstand, circa 300 meter van zijn huis. Hij vulde twee papieren tassen tot de rand toe met boodschappen, die hij naar huis sleepte voordat hij nog een keer over de brug terugliep. Deze keer stopte hij bij Susannes Brugcafé. De vrouw achter de toonbank was in de vijftig. Hij vroeg of zij Susanne was en stelde zich voor met als verklaring dat hij de komende tijd een regelmatige klant zou worden. Hij was de enige klant in de lunchroom en Susanne bood hem koffie aan toen hij een broodje bestelde en gewoon brood en een lang, smal, zoet koffiebrood kocht. Hij pakte *Hedestads-Kuriren* van het krantenrek en nam plaats aan een tafeltje met uitzicht op de brug en de verlichte kerk. In het donker zag het eruit als een kerstkaart. Het lezen van de krant nam ongeveer vier minuten in beslag. Het enige nieuws van belang was een korte tekst waarin stond dat een gemeentepoliticus genaamd Birger Vanger (Volkspartij) zich wilde inzetten voor IT TechCent – een centrum voor technologieontwikkeling in Hedestad. Hij bleef nog een halfuur zitten, totdat de cafetaria om zes uur dichtging.

Om halfacht 's avonds belde Mikael Erika maar kreeg alleen te horen dat de abonnee niet bereikbaar was. Hij ging op de keukenbank zitten en probeerde een roman te lezen die volgens de tekst op de achterflap een sensationeel debuut was van een feministische tiener. De roman ging over de pogingen van de schrijfster om haar seksleven op orde te krijgen tijdens een reis naar Parijs, en Mikael vroeg zich af of hij feminist zou worden genoemd als hij op onvolwassen toon een roman over zijn eigen seksleven zou schrijven. Vermoedelijk niet. Een reden dat Mikael het boek had gekocht, was dat de uitgever de debutante prees als 'een nieuwe Carina Rydberg'. Hij constateerde al spoedig dat dat niet het geval was, stilistisch niet en ook niet qua inhoud. Hij legde het boek weg en las in plaats daarvan een cowboyverhaal over Hopalong Cassidy in *Rekordmagasinet*, een vrijetijdsblad uit de jaren vijftig.

Elk halfuur was een korte gedempte slag van de kerkklok te horen. Er brandde licht bij huismeester Gunnar Nilsson aan de andere kant van de weg, maar Mikael kon niet zien of er iemand thuis was. Bij Harald Vanger was het donker. Rond negenen reed er een auto over de brug en verdween in de richting van de landtong. Tegen middernacht werd de gevelverlichting van de kerk gedoofd. Dit was blijkbaar het hele uitgaansleven in Hedeby op een vrijdagavond begin januari. Het was opvallend stil.

Hij deed een nieuwe poging om Erika te bereiken en kreeg haar voicemail, waarin hem gevraagd werd een bericht in te spreken. Dat deed hij, en vervolgens deed hij het licht uit en ging naar bed. Het laatste waaraan hij dacht voordat hij in slaap viel, was dat hij een aanzienlijk risico liep om volkomen gestoord te raken in Hedeby.

Het was een merkwaardig gevoel om wakker te worden in absolute stilte. Mikael was in een fractie van een seconde van diep in slaap klaarwakker en lag daarna stil te luisteren. Het was koud in de kamer. Hij draaide zijn hoofd om en keek op zijn horloge, dat op een krukje naast het bed lag. Het was acht minuten over zeven in de ochtend – hij was nooit zo'n ochtendmens geweest en had altijd moeite om wakker te worden zonder ten minste een dubbele wekker. Nu was hij uit zichzelf wakker geworden en voelde hij zich bovendien uitgerust.

Hij zette water op voor koffie en stapte onder de douche, waar hij plotseling werd overvallen door een wellustig gevoel, toen hij zichzelf zag staan. *Kalle Blomkvist – lid van een wetenschappelijke expeditie in een afgelegen gebied.*

De mengkraan wisselde bij de minste aanraking tussen kokend heet en ijskoud water. De ochtendkrant ontbrak aan de keukentafel. De boter was stijf bevroren. Er was geen kaasschaaf in de lade met keukengerei. Het was buiten nog steeds pikdonker. De thermometer wees 21 graden onder nul aan. Het was zaterdag.

De bushalte van de bus naar Hedestad lag tegenover de Konsum en Mikael begon zijn ballingschap met het verwezenlijken van zijn plan warme kleren te kopen. Hij stapte tegenover het station uit en maakte een ronde door het centrum. Hij kocht stevige winterschoenen, twee lange onderbroeken, een paar warme flanellen overhemden, een degelijk, halflang winterjack, een warme muts en gevoerde handschoenen. Bij Teknikmagasinet vond hij een kleine, draagbare tv met telescoopantenne. De verkoper verzekerde hem dat hij in Hedeby ten minste svt zou kunnen ontvangen en Mikael beloofde zijn geld terug te komen halen als dat niet waar was.

Hij stopte bij de bibliotheek, vroeg een lenerspas aan en nam twee detectives van Elizabeth George mee. In een kantoorboekhandel kocht hij pennen en nog een paar schrijfblokken. Hij schafte ook een sporttas aan om zijn aankopen in te vervoeren.

Tot slot kocht hij een pakje sigaretten; hij was tien jaar geleden gestopt met roken, maar hij kreeg af en toe een terugval en dan voelde hij plotseling de behoefte aan nicotine opkomen. Hij stopte het pakje ongeopend in zijn jaszak. Zijn laatste bezoek was aan een opticien waar hij lenzenvloeistof kocht en nieuwe contactlenzen bestelde.

Om een uur of twee was hij terug in Hedeby. Hij was net bezig om de prijskaartjes van zijn kleren te knippen toen hij de buitendeur hoorde opengaan. Een blonde vrouw van in de vijftig klopte op de deurpost van de keuken op hetzelfde moment dat ze over de drempel stapte. Ze droeg een cake op een serveerschaal.

'Dag. Ik wilde je even welkom heten. Mijn naam is Helen Nilsson en ik woon aan de andere kant van de weg. We worden overburen.'

Mikael gaf haar een hand en stelde zich voor.

'Ja, ik heb je gezien op tv. Fijn dat er 's avonds licht brandt in het gastenverblijf.'

Mikael zette water op voor koffie – ze protesteerde maar ging in elk geval aan de keukentafel zitten. Ze keek door het raam naar buiten.

'Daar komt Henrik met mijn man. Je had een paar dozen nodig.'

Henrik Vanger en Gunnar Nilsson bleven buiten staan met een handkar en Mikael haastte zich naar buiten om hen te begroeten en mee te helpen de vier verhuisdozen naar binnen te sjouwen. Ze zetten de dozen op de vloer bij het ijzeren fornuis. Mikael zette koffiekopjes klaar en sneed Helens cake aan.

Gunnar en Helen Nilsson waren aardige mensen. Ze leken niet erg nieuwsgierig naar de reden waarom Mikael zich in Hedestad bevond – dat hij voor Henrik Vanger werkte leek een afdoende verklaring te zijn. Mikael observeerde het samenspel tussen de Nilssons en Henrik Vanger en constateerde dat dat ongedwongen was en dat er geen onderscheid was tussen heren en knechten. Ze zaten te keuvelen over het dorp en over wie het gastenverblijf had gebouwd waar Mikael in logeerde. De Nilssons corrigeerden Vanger als diens geheugen hem in de steek liet en Vanger vertelde ter compensatie een geestig verhaal over de keer dat Gunnar Nilsson op een avond was thuisgekomen en had gezien dat de plaatselijke domkop van de andere kant van de brug bezig was door het raam in te breken in het gastenverblijf; hij was ernaartoe gegaan en had de onnozele hals gevraagd waarom hij niet gewoon door de deur naar binnen was gegaan, die zat niet op slot. Gunnar Nilsson bekeek het tv'tje wantrouwig en bood aan dat hij 's avonds bij hen mocht komen kijken als er een programma kwam dat hij wilde zien. Zij hadden een schotel.

Henrik Vanger bleef nog even zitten nadat de Nilssons naar huis waren gegaan. De oude man verklaarde dat hij het beter vond dat Mikael het archief zelf zou sorteren en dat hij naar het huis kon komen als er problemen waren. Mikael bedankte hem en zei dat het wel zou lukken.

Toen Mikael weer alleen was droeg hij de verhuisdozen naar de werkkamer en begon hij de inhoud door te nemen.

Henrik Vangers privéonderzoek naar de verdwijning van de kleindochter van zijn broer duurde al zesendertig jaar. Mikael vond het lastig te beoordelen of die interesse een ziekelijke bezetenheid was of dat deze zich in de loop der jaren had ontwikkeld tot een intellectueel spel. Het was duidelijk dat de oude patriarch te werk was gegaan met het systematische denken van een amateurarcheoloog – het materiaal omvatte haast zeven strekkende meter.

De basis bestond uit de zesentwintig ordners die het politieonderzoek naar de verdwijning van Harriët Vanger vormden. Mikael kon nauwelijks geloven dat een 'normale' verdwijning zou resulteren in zo'n omvangrijke hoeveelheid onderzoeksmateriaal. Aan de andere kant had Henrik Vanger hoogstwaarschijnlijk de invloed gehad die nodig was om de politie van Hedestad aan het werk te zetten met het natrekken van denkbare en ondenkbare sporen.

Buiten het onderzoek van de politie waren er knipselboeken, fotoalbums, kaarten, souvenirs, informatieve geschriften over Hedestad en het Vanger-concern, Harriët Vangers eigen dagboek (dat echter maar weinig pagina's bevatte), schoolboeken, gezondheidsattesten en dergelijke. Er waren tevens niet minder dan zestien ingebonden A4-mappen van elk honderd pagina's, die het best konden worden aangeduid als Henrik Vangers eigen logboek van de naspeuringen. In deze aantekeningen had de patriarch in een keurig handschrift zijn eigen gedachten, ingevingen, blinde sporen en waarnemingen genoteerd. Mikael bladerde er lukraak doorheen. De tekst had een literair karakter en Mikael kreeg het idee dat de geschriften netschriften waren van tientallen oudere notitieblokken. Tot slot was er een tiental mappen met materiaal over verschillende personen in de familie Vanger; daarin waren de pagina's getypt en ze waren blijkbaar gedurende een lange tijdsperiode tot stand gekomen.

Henrik Vanger had onderzoek gedaan naar zijn eigen familie. Tegen zevenen hoorde Mikael een aanhoudend gemiauw en deed hij de buitendeur open. Een roodbruine kat glipte snel langs hem heen de warmte in.

'Ik geef je groot gelijk,' zei Mikael.

De kat snuffelde even rond in het gastenverblijf. Mikael goot wat melk op een schoteltje, die de gast oplikte. Daarna sprong de kat op de keukenbank en rolde zich op. Ze was niet van plan om op te schuiven.

Het was al na tienen voordat Mikael grip had gekregen op het materiaal en alles in begrijpelijke volgorde in de boekenkasten had gezet. Hij ging naar de keuken en zette een kan koffie en smeerde twee boterhammen. Hij bood de kat wat worst en leverpastei aan. Hij had de hele dag niet fatsoenlijk gegeten, maar voelde zich wonderlijk ongeïnteresseerd in voedsel. Toen hij zijn brood en koffie ophad haalde hij de sigaretten uit zijn jaszak en maakte hij het pakje open.

Hij luisterde zijn gsm af; Erika had niet gebeld en hij probeerde haar te bellen. Weer kreeg hij alleen haar voicemail te horen.

Een van de eerste dingen die Mikael deed in verband met zijn privéonderzoek was het inscannen van de kaart van het Hedeby-eiland, die hij van Henrik Vanger had mogen lenen. Hij had alle namen nu nog vers in zijn geheugen na zijn rondgang met Henrik en hij noteerde precies wie in welk huis woonde. Hij zag spoedig in dat de Vangerse clan uit zoveel personen bestond dat het wel even zou duren voordat hij had geleerd wie wie was.

Even voor middernacht trok hij warme kleren en zijn nieuwe schoenen aan, en maakte hij een wandeling over de brug. Hij week van de weg af, langs de zee-engte bij de kerk. De zeestraat en de oude haven waren dichtgevroren, maar verderop zag hij een donkere zone van open water. Terwijl hij daar stond ging de gevelverlichting van de kerk uit en werd het donker om hem heen. Het was koud en helder. Hij kon de sterren zien.

Plotseling voelde Mikael zich enorm moedeloos. Hij kon absoluut niet begrijpen hoe hij zich had kunnen laten overhalen door Henrik Vanger om die absurde opdracht aan te nemen. Erika had helemaal gelijk dat het volstrekte tijdsverspilling was. Hij zou in Stockholm moeten zijn – bijvoorbeeld in bed met Erika – en bezig met het voeren van de oorlog tegen Hans-Erik Wennerström. Maar hij voelde zich ook wat dat betreft futloos en hij had geen flauw idee hoe hij een tegenstrategie zou kunnen uitdenken.

Als het op dat moment overdag was geweest, zou hij naar Henrik Vanger zijn gegaan, het contract hebben opgezegd en naar huis zijn vertrokken. Maar vanaf de top bij de kerk kon hij constateren dat het bij Henrik Vanger al donker en stil was. Vanaf de heuvel had hij zicht op de gehele bebouwing van het eiland. Bij Harald Vanger brandde ook geen licht meer, maar bij Cecilia Vanger en in het huis van Martin Vanger aan het eind van de landtong brandde wel licht, evenals bij het huis dat verhuurd was. In de jachthaven brandde licht bij Eugen Norman, de schilder in het tochtige krot, waar ook een enorme vonkenregen uit de schoorsteen kwam. Ook op de bovenverdieping van de cafetaria brandde licht en Mikael vroeg zich af of Susanne daar woonde en zo ja, of ze alleen was.

Mikael sliep zondagmorgen lang uit en werd in paniek wakker doordat het gastenverblijf zich vulde met een immens lawaai. Het duurde even voor hij zich had georiënteerd en inzag dat hij naar kerkklokken lag te luisteren die opriepen voor de hoogmis, en dat het dus even voor elven moest zijn. Hij voelde zich lusteloos en bleef nog een tijdje liggen. Toen hij een aanhoudend gemiauw vanuit de deuropening hoorde stond hij op en liet hij de kat naar buiten.

Om twaalf uur had hij gedoucht en ontbeten. Hij liep resoluut de werkkamer in en pakte de eerste ordner van het politieonderzoek.

Toen aarzelde hij. Vanuit het raam op de kopse kant zag hij de lichtreclame van Susannes Brugcafé en hij stopte de ordner in zijn schoudertas en trok zijn jas aan. Toen hij bij de cafetaria aankwam ontdekte hij dat het er propvol was met gasten en hij zag plotseling het antwoord op een vraag die door zijn hoofd had gespeeld: hoe een cafetaria in zo'n gat als Hedeby kon overleven. Susanne had zich toegelegd op kerkgangers, koffie bij begrafenissen en andere arrangementen.

In plaats van naar binnen te gaan, maakte hij een wandeling. De supermarkt was dicht op zondag en hij liep nog een paar honderd meter verder langs de weg naar Hedestad waar hij kranten kocht bij een benzinepomp die op zondag open was. Hij liep in een uur om Hedeby heen en leerde de omgeving op het vasteland kennen. Het gebied bij de kerk en langs de Konsum vormde de kern met oudere bebouwing, stenen huizen van twee verdiepingen die, zo schatte Mikael, ergens rond 1910, 1920 waren gebouwd en die een korte straat vormden. Ten noorden van de invalsweg stonden keurig onderhouden lage huurflats met appartementen voor gezinnen met kinderen. Langs het water en ten zuiden van de kerk stonden voornamelijk vrijstaande huizen. Hedeby was zonder twijfel een relatief welvarend gebied voor degenen die het voor het zeggen hadden en de ambtenaren van Hedestad.

Toen hij weer terug was bij de brug, was de stormloop op Susannes Brugcafé afgenomen, maar was Susanne nog steeds in de weer met het leegruimen van de tafeltjes.

'De zondagse rush?' groette hij.

Ze knikte en streek een haarsliert achter haar oor. 'Hallo, Mikael.'

'Dus je weet nog hoe ik heet.'

'Dat kan me moeilijk zijn ontgaan,' antwoordde ze. 'Ik heb je voor de kerst op tv gezien in die rechtszaak.'

Mikael geneerde zich plotseling. 'Ze moeten het journaal toch érgens mee vullen,' mompelde hij, terwijl hij naar het hoektafeltje liep met uitzicht op de brug. Toen hij Susanne aankeek, glimlachte ze.

Om drie uur 's middags deelde Susanne mee dat ze ging sluiten. Na de stormloop van de kerkgangers waren er nog een paar gasten gekomen en gegaan. Mikael had ruim een vijfde van de eerste map van het politieonderzoek over de verdwijning van Harriët Vanger gelezen. Hij sloeg de map dicht, stopte zijn notitieblok in zijn tas en wandelde in snel tempo over de brug naar huis.

De kat zat op de trap te wachten. Mikael keek om zich heen en vroeg zich af van wie die kat eigenlijk was. Hij liet haar in elk geval binnen, omdat het toch een soort gezelschap was.

Hij deed een nieuwe poging om Erika te bellen, maar kreeg nog steeds alleen haar voicemail. Ze was blijkbaar woedend op hem. Hij had haar rechtstreekse nummer op de redactie kunnen bellen of naar haar huis, maar hij besloot koppig om dat niet te doen. Hij had al voldoende berichtjes ingesproken. Hij maakte daarentegen koffie voor zichzelf, schoof de kat op de keukenbank opzij en sloeg de map op de keukentafel open.

Hij las geconcentreerd en langzaam om geen enkel detail te missen. Toen hij die avond laat de map dichtsloeg had hij diverse kantjes van zijn notitieblok volgeschreven – met geheugensteuntjes en vragen waar hij in de komende mappen antwoord op hoopte te vinden. Het materiaal was chronologisch geordend; hij wist niet of Henrik Vanger het gesorteerd had of dat dat het eigen systeem van de politie in de jaren zestig was geweest.

Het allereerste blad was een fotokopie van een handgeschreven aangifteformulier van de alarmcentrale van de Hedestadse politie. De politiebeambte die het telefoongesprek had aangenomen, had ondertekend met Wc. Ryttinger, wat Mikael interpreteerde als 'wachtcommandant'. Degene die aangifte had gedaan was Henrik Vanger, wiens adres en telefoonnummer waren genoteerd. Het rapport was gedateerd 11.14 uur op zondagmorgen 23 september 1966. De tekst was kort en bondig:

Gespr. v. Hrk. Vanger, geeft aan dat niet (?) Harriët Ulrika VAN-GER, geb. 15 jan. 1950 (16 jr.) sinds za.mid. is vermist van haar huis op eil. Hedeby. Vanger bijz. ongerust.

Om 11.20 uur was er een aantekening die vaststelde dat P-014 (politiewagen? patrouille? iets anders?) opdracht had gekregen naar de plaats des onheils te gaan.

Om 11.35 uur had een ander, lastiger te ontcijferen handschrift dan dat van Ryttinger, eraan toegevoegd dat *Ag. Magnusson rapp. dat brug naar eil. Hedeby nog steeds is afgesl. Trnsp. m. boot.* In de marge was een onleesbare handtekening toegevoegd.

Om 12.14 uur kwam Ryttinger weer terug: *Tel.gespr. ag. Magnus-son in H-by rapp. dat 16-jar. Harriët Vanger sinds za.mid. vroeg wordt vermist. Fam. is zeer bezorgd. Lijkt 's nachts niet in haar bed te hebben geslapen. Kan eil. niet hebben verlaten wegens ongeval op brug. Geen v.d. gevraagde familiel. weet waar HV zich bevindt.*

Om 12.19 uur: *G.M. inform. per tel. over de zaak.*

De laatste aantekening was van 13.42 uur: *G.M. ter pl. in H-by; neemt de zaak over.*

De volgende pagina onthulde al dat de cryptische signatuur G.M. een inspecteur van recherche, Gustaf Morell betrof, die met de boot naar het eiland was gekomen, het bevel had overgenomen en een formele aangifte van de verdwijning van Harriët Vanger had opgesteld. In tegenstelling tot de inleidende notities met de niet gemotiveerde afkortingen waren Morells rapporten getypt en opgesteld in leesbaar proza. Op de volgende pagina's werd aange-geven welke maatregelen er waren genomen, met een zakelijkheid en gevoel voor detail die Mikael verrasten.

Morell was systematisch te werk gegaan. Hij had eerst Henrik Vanger ondervraagd in gezelschap van Isabella Vanger, de moeder van Harriët. Daarna had hij achtereenvolgens gesproken met ene Ulrika Vanger, Harald Vanger, ene Greger Vanger, Harriëts broer Martin Vanger en ene Anita Vanger. Mikael trok de conclusie dat deze personen waren ondervraagd in een soort volgorde van afne-mende belangrijkheid. Ulrika Vanger was de moeder van Henrik Vanger en had blijkbaar de status van een koningin-weduwe. Ze woonde op Vangerska gården, maar kon geen inlichtingen ver-schaffen. Ze was de vorige avond vroeg naar bed gegaan en had Harriët al een paar dagen niet gezien. Ze leek erop te hebben gestaan inspecteur Morell te ontmoeten, uitsluitend om haar mening te kunnen geven en die was dat de politie onmiddellijk wat moest doen.

Harald Vanger was Henriks broer en stond op nummer twee van de lijst van invloedrijke familieleden. Hij verklaarde dat hij Harriët Vanger vluchtig had ontmoet toen ze was teruggekomen van de feestdag in Hedestad, maar dat hij haar *niet had gezien nadat het ongeluk op de brug had plaatsgevonden en evenmin over kennis beschikte waar ze zich momenteel bevond.*

Greger Vanger, de broer van Henrik en Harald, vertelde dat hij de verdwenen zestienjarige had gezien toen ze de werkkamer van Henrik Vanger had bezocht en Henrik had willen spreken na haar bezoek aan Hedestad eerder die dag. Greger Vanger zei dat hijzelf niet met haar had gesproken en haar alleen kort had gegroet. Hij wist niet waar ze zou kunnen zijn, maar meende dat ze vermoedelijk zonder erbij na te denken naar een vriendin was gegaan, dat niet had doorgegeven en vermoedelijk snel weer zou opduiken. Op de vraag hoe ze in dat geval het eiland had verlaten kon hij geen antwoord geven.

Martin Vanger werd kort ondervraagd. Hij zat in het laatste jaar van de middelbare school in Uppsala, waar hij was ingekwartierd bij Harald Vanger. Hij had er niet meer bij gekund in Haralds auto en was met de trein naar Hedeby gekomen, en was zo laat gearriveerd dat hij aan de verkeerde kant van de brug vast was komen te zitten na het ongeval en pas 's avonds de boot had kunnen nemen. Hij werd ondervraagd in de hoop dat zijn zus met hem had gesproken en wellicht een hint had gegeven dat ze van plan was weg te lopen. De vraag leverde veel protest op van Harriëts moeder, maar inspecteur Morell meende op dat moment dat ze er maar het best op konden hopen dat Harriët was weggelopen. Martin had zijn zus sinds de zomervakantie echter niet gesproken en beschikte niet over informatie die het vermelden waard was.

Anita Vanger was een dochter van Harald Vanger, maar werd foutief aangeduid als 'nicht' van Harriët – Harriët was juist een achternicht van haar. Ze was eerstejaarsstudent aan de Universiteit van Stockholm en had de zomer doorgebracht in Hedeby. Ze was bijna even oud als Harriët en ze waren dikke vrienden geworden. Ze gaf aan dat ze zaterdag samen met haar vader op het eiland was aangekomen en zich erop had verheugd Harriët weer te zien, maar dat dat er nog niet van was gekomen. Anita Vanger zei dat ze ongerust was en dat het niets voor Harriët was om zomaar weg te gaan zonder het te laten weten. Bij deze conclusie kreeg ze steun van zowel Henrik als Isabella Vanger.

In dezelfde tijd dat inspecteur Morell de familieleden had ondervraagd, had hij de agenten Magnusson en Bergman – patrouille 014 – opgedragen een eerste zoekactie op touw te zetten nu het nog licht was. Omdat de brug nog steeds was afgesloten, was het moeilijk om versterking vanaf het vasteland te laten komen; de eerste zoekactie werd zodoende uitgevoerd door een dertigtal beschikbare personen van beide geslachten en van verschillende leeftijden. De gebieden die die middag werden onderzocht waren de onbewoonde huizen in de vissershaven, de stranden op de landtong en langs de zee-engte, het stuk bos het dichtst bij het dorp en de berg, Söderberget geheten, die boven de vissershaven uittorende. Het laatstgenoemde gebied werd doorzocht nadat iemand de theorie had geopperd dat Harriët daar mogelijk heen was gegaan om een goed overzicht te krijgen over de plaats van het ongeval op de brug. Er werden zelfs patrouilles naar Östergården en naar Gottfrieds huisje aan de andere kant van het eiland gestuurd, waar Harriët soms kwam.

De zoektocht naar Harriët Vanger leverde echter geen resultaat op en werd pas lang na het invallen van de duisternis tegen tienen 's avonds afgebroken. De temperatuur daalde die nacht tot nul graden.

's Middags had inspecteur Morell zijn hoofdkwartier ingericht in een salon die Henrik Vanger hem op de benedenverdieping van zijn huis ter beschikking had gesteld. Hij had een reeks maatregelen getroffen.

In gezelschap van Isabella Vanger had hij Harriëts kamer geïnspecteerd en geprobeerd een idee te krijgen of er iets ontbrak, kleding, een tas of iets dergelijks wat erop kon duiden dat Harriët Vanger van huis was weggelopen. Isabella Vanger was niet erg behulpzaam geweest en leek weinig kennis te hebben van de garderobe van haar dochter. 'Ze droeg vaak een spijkerbroek, maar die zien er allemaal hetzelfde uit.' Harriëts handtas was teruggevonden op haar bureau. Deze bevatte een legitimatiebewijs, een portefeuille met 9 kronen en 50 öre, een kam, een handspiegel en een zakdoek. Na de inspectie was de kamer van Harriët vergrendeld.

Morell had meerdere personen opgeroepen voor verhoor, zowel familieleden als personeel. Alle gesprekken waren zorgvuldig gedocumenteerd.

Toen de deelnemers aan de eerste zoekactie naderhand met het ontmoedigende bericht terugkwamen, nam de inspecteur de beslissing dat er meer systematisch moest worden gezocht. Die avond en nacht werd er versterking opgeroepen; Morell nam onder anderen contact op met de voorzitter van de Hedestadse Oriëntatieloopvereniging en vroeg om hulp bij het telefonisch oproepen van de leden voor een zoekactie. Tegen middernacht kreeg hij bericht dat drieënvijftig actieve sporters, voornamelijk van de junioren, zich de volgende ochtend om zeven uur op Vangerska gården zouden vervoegen. Henrik Vanger leverde een bijdrage door zonder meer een deel van de ochtendploeg, vijftig man, van de papierfabriek van het Vanger-concern ter plaatse op te roepen. Henrik Vanger organiseerde ook eten en drinken.

Mikael Blomkvist kon zich levendig de scènes voorstellen die zich daar tijdens dat gebeurtenisvolle etmaal hadden afgespeeld. Het was duidelijk dat het ongeval op de brug had bijgedragen aan de verwarring in de eerste uren, deels doordat het de mogelijkheden bemoeilijkte om effectieve versterking vanaf het vasteland te krijgen, deels omdat iedereen van mening was dat twee zulke dramatische gebeurtenissen op dezelfde plaats en op hetzelfde tijdstip redelijkerwijs verband met elkaar moesten houden. Toen de tankwagen werd weggetakeld, was inspecteur Morell zelfs naar de brug gegaan om zich ervan te vergewissen dat Harriët Vanger niet op enige onverklaarbare wijze onder het wrak was beland. Dat was de enige irrationele handeling die Mikael in de handelwijze van de inspecteur kon ontdekken, aangezien het verdwenen meisje aantoonbaar gezien was op het eiland nadat het ongeluk had plaatsgevonden. Niettemin had de onderzoeksleider, zonder een redelijke verklaring te kunnen geven, er moeite mee zich los te maken van de gedachte dat de ene gebeurtenis op de een of andere manier de andere veroorzaakt had.

Gedurende het eerste verwarrende etmaal nam de hoop af dat de zaak een snelle en gelukkige ontknoping zou hebben. Die hoop werd geleidelijk aan vervangen door twee speculaties. Ondanks de duidelijke moeilijkheden om het eiland ongemerkt te kunnen verlaten wilde Morell de mogelijkheid dat ze van huis was weggelopen niet afschrijven. Hij besloot dat Harriët Vanger moest worden gezocht en beval de patrouillerende politiebeambten in Hedestad hun ogen open te houden voor het verdwenen meisje. Hij gaf een collega bij de rechercheafdeling tevens opdracht om de buschauffeurs en het personeel op het station te ondervragen om erachter te komen of iemand haar had gezien.

Met het tempo waarin de negatieve berichten binnenkwamen, groeide de waarschijnlijkheid dat Harriët Vanger iets was overkomen. Deze theorie zou het onderzoek de komende dagen overheersen.

De grote zoekactie twee dagen na haar verdwijning was, voor zover Mikael Blomkvist dat kon beoordelen, zeer vakkundig uitgevoerd. Politiemensen en brandweerlieden die ervaring hadden met soortgelijke zaken, hadden de zoekactie georganiseerd. Het eiland Hedeby had weliswaar een paar moeilijk toegankelijke gebieden, maar dat oppervlak was ondanks alles beperkt en het hele eiland werd die dag uitgekamd. Een politieboot en twee Petterson-boten, waarvan de bezitters zich vrijwillig gemeld hadden, doorzochten naar beste vermogen de wateren rond het eiland.

De volgende dag ging het zoeken met gereduceerde manschappen verder. Deze keer werden patrouilles op pad gestuurd voor een tweede zoekactie in specifiek onbegaanbaar terrein, evenals in een gebied dat 'het Fort' werd genoemd: een verlaten bunkersysteem dat tijdens de Tweede Wereldoorlog door de kustverdediging was aangelegd. Die dag werden ook kleine schuilplaatsen, putten, ondergrondse bergplaatsen buitenshuis, schuurtjes en zolders in het dorp doorzocht.

Er kon een bepaalde frustratie uit een aantekening worden afgelezen toen het zoeken de derde dag na de verdwijning werd gestaakt. Gustaf Morell was zich daar natuurlijk niet van bewust, maar op dat moment was hij in de praktijk zo ver in het onderzoek gekomen als hij ooit zou komen. Hij was verbijsterd en had moeite een logische volgende stap aan te geven of een plaats waar het zoeken vervolgd zou moeten worden. Harriët Vanger was ogenschijnlijk opgelost in het niets en Henrik Vangers haast veertigjarige kwelling was begonnen.

9
MAANDAG 6 JANUARI – WOENSDAG 8 JANUARI

Mikael was tot ver in de kleine uurtjes doorgegaan met lezen en was op Driekoningen laat opgestaan. Een marineblauwe één jaar oude Volvo stond precies voor de ingang van het huis van Henrik Vanger geparkeerd. Op hetzelfde moment dat Mikael zijn hand op de deurkruk legde werd de buitendeur geopend door een man van een jaar of vijftig die op weg was naar buiten. Ze botsten bijna tegen elkaar op. De man leek gejaagd.

'Ja? Kan ik u helpen?'

'Ik ben op weg naar Henrik Vanger,' antwoordde Mikael.

De blik in de ogen van de man klaarde op. Hij glimlachte en stak zijn hand uit.

'Jij moet Mikael Blomkvist zijn, die Henrik met de familiekroniek gaat helpen.'

Mikael knikte en schudde de man de hand. Henrik Vanger was blijkbaar Mikaels 'coverstory' gaan verspreiden, die moest verklaren wat hij in Hedestad kwam doen. De man was gezet, het resultaat van jarenlang vertoeven op kantoren en in vergaderkamers, maar Mikael zag direct dat zijn gelaatstrekken deden denken aan Harriët Vanger.

'Ik ben Martin Vanger,' bevestigde hij. 'Welkom in Hedestad.'

'Bedankt.'

'Ik heb je een tijdje geleden op tv gezien.'

'Ik geloof dat iedereen me op tv heeft gezien.'

'Wennerström is ... hier in huis niet zo populair.'

'Henrik noemde dat al. Ik wacht op de rest van het verhaal.'

'Hij vertelde een paar dagen terug dat hij jou in de arm had genomen.' Vanger moest plotseling lachen. 'Hij zei dat je die baan hier in het noorden vermoedelijk hebt aangenomen vanwege Wennerström.'

Mikael aarzelde even voordat hij besloot de waarheid te zeggen.

'Dat was een belangrijke reden. Maar eerlijk gezegd moest ik weg uit Stockholm, en Hedestad kwam precies op het juiste moment. Denk ik. Maar ik kan niet doen alsof die rechtszaak nooit heeft plaatsgevonden. Ik moet de gevangenis in.'

Martin Vanger knikte, plotseling ernstig.

'Kun je in beroep gaan?'

'Dat helpt in dit geval niet.'

Martin Vanger keek op zijn horloge.

'Ik moet vanavond in Stockholm zijn en moet me haasten. Over een paar dagen ben ik terug. Kom een keertje bij me eten. Ik wil heel graag horen wat er tijdens die rechtszaak eigenlijk is gebeurd.'

Ze schudden elkaar weer de hand voordat Martin Vanger langs hem heen liep en de deur van de Volvo opendeed. Hij keerde zich om en riep naar Mikael.

'Henrik is boven. Ga maar gewoon naar binnen.'

Henrik Vanger zat in de zithoek van zijn werkkamer, waar *Hedestads-Kuriren, Dagens Industri, Svenska Dagbladet* en beide avondkranten op tafel lagen.

'Ik kwam Martin buiten tegen.'

'Hij is weggerend om het imperium te redden,' antwoordde Henrik Vanger en hij hield de thermoskan omhoog. 'Koffie?'

'Ja, graag,' zei Mikael. Hij nam plaats en vroeg zich af waarom Henrik Vanger er zo geamuseerd uitzag.

'Ik zie dat je in de krant staat.'

Henrik Vanger schoof een van de avondkranten naar hem toe, waar de kop KORTSLUITING MEDIA lag opengeslagen. De tekst was geschreven door een columnist in een gestreept colbert, die eerder bij *Finansmagasinet Monopol*, een financieel tijdschrift, had gewerkt en die bekend was geworden als expert in het op schertsende toon afkraken van iedereen die zich ergens voor had ingezet of die zijn nek had uitgestoken – feministen, antiracisten en milieuactivisten konden altijd rekenen op een veeg uit de pan. De columnist stond er echter niet om bekend dat hij ook maar enige controversiële mening koesterde. Nu was hij blijkbaar overgegaan op mediakritiek; weken na de rechtszaak in de Wennerström-affaire richtte hij zijn energie op Mikael Blomkvist, die – met naam en toenaam – werd beschreven als een complete idioot. Erika Berger werd voorgesteld als een incompetente, mediageile blonde doos:

... Het gerucht gaat dat *Millennium* bezig is op de klippen te lopen hoewel de hoofdredacteur een feministe in minirok is die haar lippen tuit op tv. Het blad heeft het jarenlang overleefd door het imago dat de redactie aan de man wist te brengen – jonge journalisten die onderzoeksjournalistiek bedrijven en boeven in het bedrijfsleven ontmaskeren. Die reclametruc werkt vast bij jonge anarchisten die juist die boodschap graag willen horen, maar niet bij de rechtbank. Wat Kalle Blomkvist onlangs heeft ervaren.

Mikael zette zijn mobiele telefoon aan en controleerde of hij door Erika was gebeld. Er waren geen berichten. Henrik Vanger wachtte af zonder wat te zeggen; Mikael zag plotseling in dat de oude man het aan hem overliet om het zwijgen te doorbreken.

'Hij is een idioot,' zei Mikael.

Henrik Vanger moest lachen, maar becommentarieerde onsentimenteel: 'Dat mag dan zo zijn. Maar hij is niet degene die door de rechtbank is veroordeeld.'

'Dat klopt. En dat zal ook wel nooit gebeuren. Hij zegt zelf nooit iets origineels, maar haakt altijd aan en werpt de laatste steen in zo vernederend mogelijke bewoordingen.'

'Zulke mensen heb ik in mijn dagen veel gezien. Een goed advies, als je dat van mij wilt aannemen, is om hem te negeren als hij brult, niets te vergeten en hem terug te pakken als je de kans krijgt. Maar niet nu, nu hij de overhand heeft.'

Mikael keek hem vragend aan.

'Ik heb door de jaren heen veel vijanden gehad. Ik heb één ding geleerd en dat is om niet het gevecht aan te gaan als je zeker weet dat je gaat verliezen. Daarentegen moet je nooit iemand die jou beledigd heeft daarmee laten wegkomen. Wacht je tijd af en sla terug als je zelf een sterke positie hebt – zelfs als je niet meer terug hóéft te slaan.'

'Bedankt voor dit college filosofie. Nu wil ik graag dat je over je familie vertelt.' Mikael zette een recorder tussen hen in op tafel en drukte de opnametoets in.

'Wat wil je weten?'

'Ik heb de eerste map gelezen; over de verdwijning en het zoeken tijdens de eerste dagen naar Harriët. Maar er komen zo oneindig veel Vangers in de teksten voor dat ik ze niet uit elkaar kan houden.'

Lisbeth Salander stond zeker tien minuten roerloos in het verlaten trappenhuis met haar blik gefixeerd op het messingplaatje met de tekst ADVOCAAT N.E. BJURMAN voordat ze aanbelde. Het deurslot klikte.

Het was dinsdag. Het was de tweede ontmoeting en ze zat vol bange voorgevoelens.

Ze was niet bang voor advocaat Bjurman – Lisbeth Salander was zelden bang voor mensen of dingen. Ze voelde daarentegen een intensief onbehagen tegenover haar nieuwe toezichthouder. Bjurmans voorganger, advocaat Holger Palmgren, was uit heel ander hout gesneden; correct, beleefd en aardig. Die relatie was drie maanden daarvoor beëindigd toen Palmgren een beroerte had gekregen en Nils Erik Bjurman haar had geërfd volgens een voor haar onbekende bureaucratische procedure.

In de ruim twaalf jaar dat Lisbeth Salander het onderwerp was van sociale en psychiatrische zorg, waarvan twee jaar in een kinderkliniek, had ze nooit, geen enkele keer, ook maar antwoord gegeven op de simpele vraag 'En, hoe voel je je vandaag?'

Toen ze dertien was had de rechtbank volgens de wet op de zorg voor minderjarigen besloten dat Lisbeth Salander opgenomen moest worden in de gesloten inrichting van de kinderpsychiatrische St. Stefans-kliniek in Uppsala. Die beslissing was hoofdzakelijk gebaseerd op het feit dat ze als psychisch gestoord werd beschouwd en zo gewelddadig was dat ze een gevaar vormde voor haar klasgenoten en mogelijk ook voor zichzelf.

Deze veronderstelling was eerder gebaseerd op empirische beoordelingen dan op een zorgvuldig afgewogen analyse. Elke poging van een arts of een overheidsinstantie om een conversatie uit te lokken over haar gevoelens, gemoedsleven of gezondheidstoestand was tot hun grote frustratie gestuit op een volhardend, chagrijnig zwijgen en een intensief gestaar naar de grond, het plafond en de muren. Ze had consequent haar armen kruiselings over haar borst gehouden en geweigerd deel te nemen aan psychologische tests. Haar totale weerstand tegen alle pogingen om haar te meten, te wegen, in kaart te brengen, te analyseren en op te voeden betrof tevens haar schoolwerk – de overheidsinstantie kon haar naar een schoollokaal transporteren en haar vastketenen aan de bank, maar ze konden haar er niet van weerhouden haar oren af te sluiten en te weigeren een pen op te tillen bij een proefwerk. Ze had de basisschool zonder diploma verlaten.

En om die reden was het ook zeer lastig geweest haar mentale tekortkomingen te diagnosticeren. Lisbeth Salander was kortom allesbehalve gemakkelijk te hanteren.

Toen ze dertien was werd ook besloten dat er een voogd zou worden aangesteld om haar belangen en financiën te behartigen tot ze de volwassen leeftijd had bereikt. Die voogd werd advocaat Holger Palmgren, die ondanks een tamelijk gecompliceerde start geslaagd was waar psychiaters en professionele artsen hadden gefaald. In de loop der tijd had hij niet alleen een bepaald vertrouwen van het lastige meisje gewonnen maar zelfs een bescheiden mate van warmte.

Toen ze vijftien werd waren de artsen het er min of meer over eens geweest dat ze in elk geval niet zo gewelddadig was dat ze een gevaar vormde voor de openbare veiligheid of een onmiddellijk gevaar was voor zichzelf. Omdat het gezin was gedefinieerd als disfunctioneel en ze geen andere familieleden had die garant konden staan voor haar welzijn, was besloten dat Lisbeth Salander via een pleeggezin uit de kinderpsychiatrische kliniek in Uppsala terug naar de maatschappij zou worden gesluisd.

Dat was geen eenvoudige tocht geweest. Bij het eerste pleeggezin liep ze al na twee weken weg. Pleeggezin twee en drie werden in hetzelfde tempo afgewerkt. Daarna had Palmgren een serieus gesprek met haar gehad waarin hij openlijk had verklaard dat als ze op deze manier door zou gaan ze ongetwijfeld weer zou worden opgenomen in de psychiatrische inrichting. Die bedekte dreiging had tot gevolg dat ze pleeggezin nummer vier, een ouder echtpaar dat in de wijk Midsommarkransen woonde, accepteerde.

Dat betekende niet dat ze zich gedroeg. Als zeventienjarige werd Lisbeth Salander vier keer opgepakt door de politie, twee keer dusdanig ernstig onder invloed van alcohol dat ze naar de eerste hulp moest en één keer duidelijk onder invloed van drugs. Een van deze keren werd ze stomdronken en met haar kleren slordig om haar lijf op de achterbank van een auto gevonden die stond geparkeerd bij Söder Mälarstrand. Ze had zich in gezelschap bevonden van een even beschonken en aanzienlijk oudere man.

De laatste keer dat ze was opgepakt vond plaats drie weken voordat ze achttien werd, toen ze in nuchtere toestand een mannelijke passagier tegen zijn hoofd had geschopt achter de tourniquets van metrostation Gamla Stan. Het incident had ertoe geleid dat ze was gearresteerd wegens mishandeling. Salander had haar gedrag verklaard doordat de man aan haar had gezeten, en aangezien ze er eerder uitzag als twaalf dan achttien meende ze dat de man pedofiele neigingen had. Voor zover ze überhaupt wat gezegd had. Haar uitspraak kreeg echter steun van getuigen, waardoor de officier van justitie de zaak seponeerde.

Toch was haar achtergrond over het geheel genomen dusdanig dat de rechtbank besloot onderzoek te doen naar haar toerekeningsvatbaarheid. Omdat ze uit gewoonte weigerde antwoord te geven op vragen en aan het onderzoek deel te nemen, deden de artsen die door de Nationale Gezondheids- en Welzijnsraad waren geconsulteerd uiteindelijk een uitspraak gebaseerd op 'observaties van de patiënt'. Wat ze precies konden observeren bij een zwijgende jonge vrouw die met gekruiste armen en een naar voren geschoven onderlip op een stoel zat, was enigszins onduidelijk. Er werd alleen vastgesteld dat ze leed aan een psychische stoornis die dusdanig was dat ze onder toezicht moest worden gesteld. De gerechtelijk-geneeskundige uitspraak pleitte voor opname in een gesloten psychiatrische inrichting, terwijl een plaatsvervangende chef bij de gemeentelijke instelling voor maatschappelijk werk de schriftelijke uitspraak deed dat hij achter de conclusies van de psychiatrische expertise stond.

Onder verwijzing naar haar staat van dienst constateerde hij dat er een *groot risico aanwezig was voor misbruik van alcohol of drugs*, en dat ze duidelijk *geen zelfinzicht* had. Haar status was op dat moment gevuld met belastende formuleringen als *introvert, sociaal*

geremd, gebrek aan empathie, op zichzelf gefixeerd, psychopathisch
en asociaal gedrag, mist het vermogen tot samenwerken en is niet in
staat om leerstof in zich op te nemen. Wie haar status las, zou
gemakkelijk de conclusie kunnen trekken dat ze achterlijk was. Het
was evenmin in haar voordeel dat ze door straathoekwerk van de
sociale dienst meerdere keren was gezien in de omgeving van
Mariatorget in gezelschap van verschillende mannen en dat ze eenmaal in Tantolunden gefouilleerd was, weer in gezelschap van een
veel oudere man. Men nam aan dat Lisbeth Salander mogelijk
enige vorm van prostitutie bedreef of dat ze riskeerde in de prostitutie terecht te komen.

Toen de rechtbank – het instituut dat over haar toekomst zou
beslissen – bijeenkwam om een beslissing te nemen in deze zaak
leek de uitkomst al op voorhand vast te staan. Ze was duidelijk een
probleemkind en het was onwaarschijnlijk dat de rechtbank een
andere beslissing zou nemen dan de aanbevelingen die in het
gerechtelijk-geneeskundige en het sociale onderzoek stonden.

Op de ochtend van de dag dat de rechtbankzitting zou plaatsvinden, werd Lisbeth Salander opgehaald van de kinderpsychiatrische kliniek waar ze sinds het incident in Gamla Stan zat opgesloten. Ze voelde zich net een gevangene in een concentratiekamp
en had weinig hoop de dag te overleven. De eerste die ze in de
rechtszaal zag was Holger Palmgren en het duurde even voor ze
inzag dat hij daar niet was als voogd, maar dat hij optrad als haar
advocaat en juridische vertegenwoordiger. Ze kreeg een heel nieuwe kant van hem te zien.

Tot haar verbazing had Palmgren zich op duidelijke wijze binnen
haar hoek van de boksring bevonden en had hij een krachtig plei-
dooi gehouden tegen het voorstel om haar te laten opnemen. Ze
had alleen met een opgetrokken wenkbrauw aangegeven dat ze
verbaasd was, maar ze luisterde intensief naar elk woord dat er
werd gezegd. Palmgren was briljant geweest in de twee uur dat hij
de arts, ene dokter Jesper H. Löderman, die de aanbeveling had
ondertekend dat Salander opgesloten moest worden in een inrichting, het vuur aan de schenen legde. Elk detail in Lödermans uitspraak werd tegen het licht gehouden en de arts werd gevraagd om
van elke bewering de wetenschappelijke grond te geven. Het werd
al spoedig duidelijk dat, omdat de patiënte geweigerd had ook

maar één test te doen, de conclusies van de arts feitelijk waren gebaseerd op gissingen en niet op enige vorm van wetenschap.

Aan het eind van de zitting had Palmgren aangegeven dat dwangverpleging niet alleen met grote waarschijnlijkheid in strijd was met het besluit van het Zweedse parlement in dergelijke gevallen, maar dat het in dit geval zelfs een zaak kon worden voor represailles van politiek en media. Het was zodoende in het algemeen belang dat er een alternatieve, passende oplossing zou worden gevonden. Een dusdanig taalgebruik was ongewoon bij onderhandelingen over dergelijke zaken en de leden van de rechtbank hadden zich steeds ongemakkelijker gevoeld.

De oplossing was dan ook een compromis geworden. De rechtbank stelde vast dat Lisbeth Salander psychisch gestoord was, maar dat haar gekte niet noodzakelijkerwijs opname vereiste. Daarentegen nam men de aanbeveling van het hoofd van de sociale dienst over met betrekking tot een curator. Waarop de voorzitter van de rechtbank zich met een giftige glimlach tot Holger Palmgren wendde, die tot nu toe haar voogd was geweest, met de vraag of hij bereid was deze taak op zich te nemen. Het was duidelijk dat de voorzitter had gemeend dat Holger Palmgren zich zou terugtrekken en zou proberen de verantwoordelijkheid op iemand anders af te schuiven, maar Palmgren had goedmoedig verklaard dat hij met genoegen de opdracht zou aanvaarden om op te treden als juffrouw Salanders curator – op één voorwaarde.

'Dat vereist natuurlijk wel dat juffrouw Salander vertrouwen in mij heeft en mij goedkeurt als haar curator.'

Hij had zich rechtstreeks tot haar gewend. Lisbeth Salander was enigszins in verwarring gebracht door de woordenwisseling die er die dag over haar hoofd heen had plaatsgevonden. Tot dan toe had niemand naar haar mening gevraagd. Ze had Holger Palmgren langdurig aangekeken en daarna eenmaal geknikt.

Palmgren was een opmerkelijke combinatie van jurist en maatschappelijk werker van de oude stempel. Hij was ooit begonnen als politiek vertegenwoordiger van de gemeentelijke instelling voor maatschappelijk werk en had vervolgens bijna zijn hele leven gewijd aan het in het gareel houden van lastige kinderen. Er was een onwillig respect, haast op de grens van vriendschap, ontstaan tussen de advocaat en zijn ongetwijfeld lastigste beschermelinge.

Hun relatie had in totaal elf jaar geduurd, van haar dertiende tot vorig jaar, toen ze een paar weken voor kerst naar Palmgrens huis was gegaan nadat hij was weggebleven van een van hun geplande maandelijkse ontmoetingen. Toen hij niet opendeed hoewel ze geluiden hoorde vanuit de flat, had ze zich toegang verschaft door langs de regenpijp omhoog te klimmen naar het balkon op de derde verdieping. Ze had hem op de grond in de hal gevonden, bij kennis, maar niet in staat om te praten en zich te bewegen na een plotselinge attaque. Hij was pas vierenzestig jaar oud. Ze had een ambulance gebeld en was meegegaan naar het ziekenhuis met een groeiend gevoel van paniek in haar maagstreek. Drie dagen en nachten had ze de gang voor de intensive care bijna niet verlaten. Als een trouwe waakhond had ze elke stap gevolgd die de artsen en verpleegsters naar binnen of naar buiten zetten. Ze had als een verdoemde geest door de gang heen en weer gelopen en iedere arts die bij haar in de buurt kwam intensief aangekeken. Ten slotte had een arts, wiens naam ze nooit te weten was gekomen, haar meegenomen naar een kamertje en haar de ernst van de situatie uitgelegd. Holger Palmgrens toestand was na een zware hersenbloeding kritiek. Men verwachtte niet dat hij nog bij bewustzijn zou komen. Ze had niet gehuild en had geen spier vertrokken. Ze was opgestaan, had het ziekenhuis verlaten en was niet meer teruggekeerd.

Vijf weken later had de Raad van Toezicht inzake Voogdijschap Lisbeth Salander opgeroepen voor een eerste ontmoeting met haar nieuwe curator. Haar eerste impuls was geweest de oproep te negeren, maar Holger Palmgren had haar uitvoerig ingeprent dat elke handeling consequenties heeft. Ze had inmiddels geleerd de consequenties te analyseren voordat ze actie ondernam en bij nader inzien was ze tot de conclusie gekomen dat de eenvoudigste uitweg uit het dilemma was de Raad tevreden te stellen door te doen alsof ze zich iets aantrok van wat ze zeiden.

Om die reden had ze in december – een korte pauze in het onderzoek naar Mikael Blomkvist – gehoorzaam acte de présence gegeven op Bjurmans kantoor aan St. Eriksplan, waar een oudere vrouw de Raad had vertegenwoordigd en Salanders omvangrijke map aan advocaat Bjurman had overhandigd. De vrouw had haar vriendelijk gevraagd hoe het met haar was en leek tevreden met het antwoord: een groot stilzwijgen. Na een halfuur had ze Salander onder de hoede van advocaat Bjurman achtergelaten.

Lisbeth Salander had advocaat Bjurman al binnen vijf seconden nadat ze elkaar de hand hadden geschud niet gemogen.

Ze had naar hem zitten gluren terwijl hij haar rapport doorlas. Leeftijd vijftig plus. Goed getraind lichaam; tennis op dinsdag en vrijdag. Blond. Dunharig. Kuiltje in zijn wang. Luchtje van Boss. Blauw kostuum. Rode stropdas met een goudkleurige dasspeld en opzichtige manchetknopen met de letters NEB. Een bril met een stalen montuur. Grijze ogen. Te oordelen naar de tijdschriften op een bijzettafel was hij geïnteresseerd in jagen en schieten.

In het decennium dat ze bij Palmgren was geweest, had ze altijd koffie gekregen en had hij met haar zitten keuvelen. Zelfs als ze wegliep bij pleeggezinnen en ze systematisch spijbelde van school had hem niet van zijn stuk gebracht. De enige keer dat Palmgren echt verontwaardigd was geweest, was toen ze was opgepakt wegens mishandeling van die slijmbal die haar had betast in Gamla Stan. *Begrijp je wat je hebt gedaan? Je hebt een ander mens pijn gedaan, Lisbeth.* Hij had geklonken als een oude leraar en ze had geduldig elk woord van de scheldkanonnade over zich heen laten komen.

Bjurman had niet veel op met keuvelen. Hij had onmiddellijk geconstateerd dat er een discrepantie bestond tussen Holger Palmgrens verplichtingen volgens de voogdijwetgeving en het feit dat hij Lisbeth Salander blijkbaar haar eigen huishouding en haar eigen financiën had laten bestieren. Hij had een soort verhoor gehouden. *Hoeveel verdien je? Ik wil een kopie hebben van je afschriften. Met wie ga je om? Betaal je je huur op tijd? Gebruik je alcohol? Heeft Palmgren toestemming gegeven voor die ringen die je in je gezicht hebt? Kun je voor jezelf zorgen?*

Fuck you.

Palmgren was haar voogd geworden nadat Al Het Slechte gebeurd was. Hij had erop gestaan haar minstens eenmaal per maand te zien op vooraf afgesproken tijden, soms vaker. En sinds ze weer was verhuisd naar de Lundagatan waren ze bovendien bijna buren geweest; hij woonde op de Hornsgatan, slechts een paar blokken verderop en ze waren elkaar regelmatig tegengekomen en hadden samen koffiegedronken bij Giffy of bij een andere gelegenheid in de buurt. Palmgren had zich nooit opgedrongen, maar hij had haar op haar verjaardag een keer opgezocht met een klein cadeautje. Ze mocht altijd bij hem langskomen, een privilege dat ze zelden had benut, maar sinds ze naar Södermalm was verhuisd was ze bij hem kerstavond gaan vieren nadat ze bij haar moeder was geweest. Ze hadden kerstham gegeten en een partij schaak gespeeld. Ze was volkomen ongeïnteresseerd in het spel, maar nadat ze de regels had geleerd, had ze nooit meer een partij verloren. Hij was weduwnaar en Lisbeth Salander had het als haar plicht gezien om zich tijdens deze eenzame feestdagen over hem te ontfermen.

Ze vond dat ze hem dat schuldig was en ze betaalde haar schulden altijd af.

Palmgren had het appartement van haar moeder aan de Lundagatan onderverhuurd totdat Lisbeth een eigen woning nodig had. Het appartement van 49 vierkante meter groot was niet gerenoveerd en shabby, maar ze had in elk geval een dak boven haar hoofd.

Nu was Palmgren er niet meer voor haar en was er weer een band met de gevestigde orde verbroken. Nils Bjurman was een heel ander soort mens. Ze was niet van plan de kerst met hem door te brengen. Zijn allereerste maatregel was geweest om nieuwe regels in te voeren voor wat betreft de handhaving van haar salarisrekening bij de Handelsbank. Palmgren had de voogdijwetgeving onbekommerd aan zijn laars gelapt en haar zelf haar geldzaken laten regelen. Ze betaalde haar rekeningen en kon naar eigen believen over haar spaargeld beschikken.

Ze had zich voorbereid op de ontmoeting met Bjurman de week voor kerst, en eenmaal daar had ze geprobeerd uit te leggen dat zijn voorganger haar vertrouwd had en geen reden had gehad om dat niet te doen. Dat Palmgren haar haar eigen boontjes had laten doppen zonder zich met haar privéleven te bemoeien.

'Dat is een van de problemen,' had Bjurman geantwoord en hij had op haar rapport getikt. Hij had een lang verhaal afgestoken over de regels en landelijke verordeningen die van kracht waren bij voogdijschap en daarna aangekondigd dat er het een en ander moest veranderen.

'Hij heeft je de vrije hand gegeven, nietwaar? Ik vraag me af hoe hij daarmee is weggekomen.'

Omdat hij een gekke sociaal-democraat was die zich bijna veertig jaar voor probleemkinderen heeft ingezet.

'Ik ben geen kind meer,' had Lisbeth Salander gezegd, alsof dat een afdoende verklaring was.

'Nee, je bent geen kind. Maar ik ben aangewezen als je curator en zolang ik dat ben, ben ik juridisch en financieel verantwoordelijk voor je.'

De eerste maatregel die hij had genomen, was het openen van een nieuwe rekening op haar naam, die ze aan de salarisadministratie van Milton moest doorgeven en die ze in de toekomst diende te gebruiken. Salander zag in dat de dagen van weleer voorbij waren; in het vervolg zou advocaat Bjurman haar rekeningen betalen en zou ze elke maand een bepaald bedrag aan zakgeld krijgen. Hij verwachtte dat ze hem bonnetjes van haar uitgaven zou laten zien. Hij had bepaald dat ze 1.400 kronen per week zou krijgen – 'voor eten, kleding, de bioscoop en dergelijke'.

Afhankelijk van hoeveel ze wilde werken, verdiende Lisbeth Salander zo'n 160.000 kronen per jaar. Ze had dat bedrag gemakkelijk kunnen verdubbelen door fulltime te gaan werken en alle opdrachten aan te nemen die Dragan Armanskij haar bood. Maar ze had weinig uitgaven en maakte niet veel op. De kosten voor het appartement bedroegen ruim 2.000 kronen per maand en ondanks haar bescheiden inkomsten had ze 90.000 kronen op haar spaarrekening. Waar ze dus nu niet meer bij kon.

'Het gaat erom dat ik verantwoordelijk ben voor je geld,' had hij gezegd. 'Je moet geld apart zetten voor de toekomst. Maar maak je geen zorgen; dat zal ik allemaal regelen.'

Ik zorg al sinds mijn tiende voor mezelf, klootzak!

'Je doet het sociaal gezien zo goed dat je niet opgenomen hoeft te worden, maar de samenleving heeft een bepaalde verantwoordelijkheid voor je.'

Hij had haar uitvoerig ondervraagd over haar taken bij Milton Security. Instinctief had ze gelogen over haar bezigheden. Het antwoord dat ze gegeven had, was een beschrijving van haar allereerste weken bij Milton. Advocaat Bjurman kreeg daardoor de indruk dat ze koffiezette en post sorteerde – een passende bezigheid voor iemand die wat achterliep. Hij leek tevreden met het antwoord.

Ze wist niet waarom ze gelogen had, maar ze was ervan overtuigd dat dat een verstandige beslissing was. Als advocaat Bjurman op een lijst had gestaan van met uitsterven bedreigde insectensoorten zou ze hem zonder aarzelen met haar hak hebben vermorzeld.

Mikael Blomkvist had vijf uur in gezelschap van Henrik Vanger doorgebracht en besteedde een groot deel van de nacht en de hele dinsdag aan het uittypen van zijn aantekeningen en het uitwerken van de Vangerse genealogie tot een begrijpelijk overzicht. De familiegeschiedenis die zich in de gesprekken met Henrik Vanger vormde, was een drastisch andere versie dan de lezing die in het officiële beeld van de familie werd geschetst. Mikael was zich ervan bewust dat alle families een lijk in de kast hadden. Maar de familie Vanger had een heel kerkhof.

Mikael moest zichzelf er tegen die tijd aan herinneren dat zijn eigenlijke opdracht niet het schrijven van een biografie over de familie Vanger was, maar het uitzoeken van wat er met Harriët Vanger was gebeurd. Hij had de baan geaccepteerd in de vaste overtuiging dat hij in de praktijk een jaar lang op zijn achterste zijn tijd zou zitten te verdoen, en dat al het werk dat hij voor Henrik Vanger zou uitvoeren eigenlijk een spel voor de galerij zou zijn. Na een jaar zou hij zijn absurde salaris krijgen – het contract dat Dirch Frode had geformuleerd, was ondertekend. Het eigenlijke loon was, hopelijk, de informatie over Hans-Erik Wennerström die Henrik Vanger beweerde te bezitten.

Na naar Henrik Vanger te hebben geluisterd begon hij in te zien dat het jaar niet noodzakelijkerwijs verspild hoefde te zijn. Een boek over de familie Vanger had op zich een bepaalde waarde, dat was gewoon een goede story.

Dat hij de moordenaar van Harriët Vanger zou vinden, was geen seconde bij hem opgekomen – als ze al was vermoord en niet was omgekomen bij een of ander bizar ongeluk of op andere wijze verdwenen was. Mikael was het met Henrik eens dat het onwaarschijnlijk was dat een zestienjarig meisje vrijwillig was verdwenen en zich al zesendertig jaar buiten alle bureaucratische bewakingssystemen had weten te houden. Daarentegen wilde Mikael niet uit-sluiten dat Harriët Vanger was weggelopen, misschien naar Stockholm was vertrokken, en dat haar onderweg iets was overkomen – drugs, prostitutie, een overval of dat ze gewoon een ongeluk had gekregen.

Henrik Vanger was er aan de andere kant van overtuigd dat Harriët Vanger was vermoord en dat een familielid daarvoor verantwoordelijk was – eventueel in samenwerking met iemand anders. De kracht van zijn redenering lag in het feit dat Harriët Vanger was verdwenen tijdens de dramatische uren dat het eiland van de buitenwereld was afgesloten en dat ieders ogen gericht waren op het ongeval.

Erika had gelijk gehad dat zijn opdracht het gezonde verstand te boven ging als het de bedoeling was om een moordraadsel op te lossen. Wel begon Mikael Blomkvist in te zien dat het lot van Harriët Vanger een centrale rol had gespeeld in de familie en dan in het bijzonder voor Henrik Vanger. Of hij nu gelijk had of niet, Henrik Vangers aanklacht tegen zijn familieleden was van groot belang voor de familiegeschiedenis. Hij had zijn aanklacht al meer dan dertig jaar openlijk verkondigd, en dat had de familiebijeenkomsten gekenmerkt en geïnfecteerde tegenstellingen gecreëerd, die ertoe hadden bijgedragen dat het hele concern gedestabiliseerd was. Een studie naar Harriëts verdwijning zou om die reden een functie vervullen als hoofdstuk op zich, en zou zelfs een rode draad in de familiegeschiedenis zijn; bronnenmateriaal was er in overvloed. Een redelijk uitgangspunt, of Harriët Vanger nu zijn primaire opdracht was of als hij genoegen nam met het schrijven van een familiekroniek, was het in kaart brengen van alle personages. Daarover was zijn gesprek met Henrik Vanger die dag gegaan.

De familie Vanger bestond uit zo'n honderd personen, als je alle achterneven en -nichten en dergelijke aan alle kanten meetelde. Het geslacht was zo omvangrijk dat Mikael een database in zijn iBook moest aanleggen. Hij maakte gebruik van het programma NotePad, zo'n fantastisch product dat twee jongens van de technische hogeschool in Stockholm hadden ontwikkeld en als shareware voor een habbekrats op internet distribueerden. Mikael was van mening dat er maar weinig programma's waren die zo onmisbaar waren voor een onderzoekende journalist. Ieder familielid kreeg een eigen document in de database.

De stamboom kon met zekerheid tot de vroege 16e eeuw worden gevolgd, toen de familienaam Vangeersad was. Volgens Henrik Vanger was het mogelijk dat de naam afstamde van het Nederlandse Van Geerstat; en als dat het geval was, kon het geslacht zelfs tot in de 12e eeuw worden gevolgd.

In de modernere tijd was de familie afkomstig uit Noord-Frankrijk en was deze begin 19e eeuw met Jean Baptiste Bernadotte, de grondlegger van het huidige Zweedse koningshuis, naar Zweden gekomen. Alexandre Vangeersad was militair geweest en was op zich geen persoonlijke kennis van de koning, maar had zich onderscheiden als bekwaam garnizoenscommandant en kreeg in 1818 Hedeby gård als dank voor lange en trouwe dienst. Alexandre Vangeersad had ook eigen geld en had dit gebruikt om aanzienlijke stukken bos in Norrland te kopen. Zijn zoon Adrian was geboren in Frankrijk maar verhuisde op aansporing van zijn vader naar de Norrlandse uithoek Hedeby, ver weg van de Parijse salons, om het beheer van het landgoed op zich te nemen. Hij bedreef land- en bosbouw met nieuwe methodes die vanaf het Europese continent werden geïmporteerd en legde de pulpfabriek aan waaromheen Hedestad ontstaan was.

Alexandres kleinzoon heette Henrik en had zijn achternaam verkort tot Vanger. Hij besloot handel te gaan drijven met Rusland en zette een kleine handelsvloot op met schoeners die medio 19e eeuw op de Baltische Staten, Duitsland en Engeland, het land van de staalindustrie, voeren. Henrik Vanger sr. diversifieerde het familiebedrijf en begon op bescheiden schaal met mijnbouw en zette een van de eerste metaalindustrieën van Norrland op. Hij liet twee zonen na, Birger en Gottfried, en dat waren degenen die de basis legden voor het financiële geslacht Vanger.

'Weet je iets van het vroegere erfrecht?' had Henrik Vanger gevraagd.

'Dat is niet iets waarin ik me gespecialiseerd heb.'

'Dat begrijp ik. Het heeft mij ook verbaasd. Birger en Gottfried waren volgens de familietraditie water en vuur, legendarische concurrenten om de macht bij en de invloed over het familiebedrijf. Die machtsstrijd werd in meerdere opzichten een belasting die een bedreiging vormde voor het overleven van het bedrijf. Om die reden besloot hun vader, vlak voordat hij stierf, een systeem te ontwikkelen waarbij alle leden van de familie een erfdeel, een aandeel, in het bedrijf kregen. Dat was op zich wel een goede gedachte, maar het leidde ertoe dat we in plaats van het kunnen binnenhalen van competente mensen en eventuele partners van buiten, een raad van commissarissen kregen die bestond uit familieleden met één of een paar procent stemrecht.'

'Die regel is nog steeds van kracht?'

'Precies. Als een familielid zijn aandeel wil verkopen, moet dat binnen de familie gebeuren. Op de jaarlijkse vergadering van aandeelhouders komen momenteel zo'n vijftig familieleden. Martin heeft ruim tien procent van de aandelen; ik heb vijf procent omdat ik een deel van de mijne verkocht heb, onder anderen aan Martin. Mijn broer Harald bezit zeven procent, maar de meesten die naar de vergadering komen hebben maar één of een half procent.'

'Daar had ik geen flauw idee van. Het komt wat middeleeuws over.'

'Het is volkomen krankzinnig. Dat betekent dus dat als Martin vandaag een beleidslijn wil uitzetten, hij eerst uitvoerig moet lobbyen om zich te verzekeren van de steun van ten minste twintig tot vijfentwintig procent van de aandeelhouders. Het is een lappendeken van allianties, fracties en intriges.'

Henrik Vanger vervolgde:

'Gottfried Vanger is in 1901 kinderloos gestorven. Of, nou ja, hij was vader van vier dochters, maar in die tijd telden de vrouwen niet mee. Ze hadden aandelen, maar de mannen in de familie waren de eigenlijke eigenaren. Pas toen het vrouwenkiesrecht werd ingevoerd, ergens in de jaren twintig van de 20e eeuw, kregen vrouwen toegang tot de aandeelhoudersvergadering.'

'Liberaal.'

'Niet zo ironisch. Het was een andere tijd. Hoe dan ook – Gottfrieds broer Birger Vanger kreeg drie zonen: Johan, Fredrik en Gideon Vanger, die allemaal eind 19e eeuw zijn geboren. Gideon Vanger hoeven we niet mee te tellen; hij verkocht zijn aandeel en emigreerde naar Amerika, waar nog steeds een tak van de familie woont. Maar Johan en Fredrik hebben de onderneming omgezet in het moderne Vanger-concern.'

Henrik Vanger haalde een fotoalbum tevoorschijn en terwijl hij vertelde liet hij foto's van de verschillende familieleden zien. De foto's van begin vorige eeuw toonden twee mannen met een stevige kin en met een natte kam gekamd haar, die zonder ook maar een spoortje van een glimlach in de camera staarden.

'Johan Vanger was het genie van de familie, hij studeerde voor ingenieur en ontwikkelde diverse nieuwe uitvindingen voor de mechanische industrie waar hij patent op aanvroeg. Staal en ijzer bleven de basis van het concern, maar het bedrijf expandeerde ook op andere gebieden, zoals textiel. Johan Vanger stierf in 1956 en had toen drie dochters, Sofia, Märit en Ingrid, de eerste vrouwen die automatisch toegang tot de aandeelhoudersvergadering van de onderneming kregen.

De tweede broer, Fredrik Vanger, was mijn vader. Hij was de zakenman en industrieel die Johans uitvindingen omzette in inkomsten. Mijn vader overleed pas in 1964. Hij was tot aan zijn dood actief in de concernleiding, hoewel hij in de jaren vijftig de dagelijkse leiding al aan mij had overgedragen.

Het was net als met de eerdere generatie, maar dan andersom. Johan Vanger kreeg alleen maar dochters.' Henrik Vanger liet foto's zien van vrouwen met flinke boezems, hoeden met brede randen en zonneparasols. 'En Fredrik, mijn vader, kreeg alleen maar zonen. We waren in totaal met vijf jongens. Richard, Harald, Greger, Gustav en ik.'

Om alle familieleden enigszins uit elkaar te kunnen houden, tekende Mikael een stamboom op een paar aan elkaar geplakte A4'tjes. De namen van de familieleden die op het eiland Hedeby waren geweest ten tijde van de familiebijeenkomst in 1966, en daardoor ten minste theoretisch iets met de verdwijning van Harriët Vanger van doen konden hebben gehad, maakte hij vet.

Mikael noteerde niet de kinderen jonger dan twaalf jaar. Wat er ook met Harriët Vanger was gebeurd, hij meende toch een grens te moeten trekken voor wat redelijk was. Na een korte overweging streepte hij ook Henrik Vanger door – als de patriarch iets met de verdwijning van de kleindochter van zijn broer te maken had, hoorde zijn gedrag van de laatste zesendertig jaar op psychopathologisch terrein thuis. Ook Henrik Vangers moeder, die in 1966 de eerbiedwaardige leeftijd van eenentachtig had, moest redelijkerwijs afgeschreven kunnen worden. Er waren drieëntwintig familieleden over die, volgens Henrik Vanger, deel uit zouden moeten maken van de groep 'verdachten'. Zeven daarvan waren sindsdien overleden en sommigen hadden een respectabel hoge leeftijd bereikt.

Mikael was echter niet bereid om zonder meer Henrik Vangers overtuiging te slikken dat er een familielid achter de verdwijning van Harriët moest zitten. Aan de lijst van verdachten moesten diverse andere personen worden toegevoegd.

Dirch Frode was in het voorjaar van 1962 als advocaat voor Henrik Vanger gaan werken. En naast de dames en heren – wie hadden er tot het personeel behoord toen Harriët verdween? De huidige 'conciërge' Gunnar Nilsson – alibi of niet – was destijds negentien, en zijn vader Magnus Nilsson was opvallend aanwezig geweest op het eiland, evenals kunstenaar Eugen Norman en dominee Otto Falk. Was Falk getrouwd? De boer van Östergården, Martin Aronsson, evenals zijn zoon Jerker Aronsson, waren op het eiland en in de nabijheid van Harriët Vanger geweest tijdens haar jeugd – wat voor relatie hadden zij met elkaar gehad? Was Martin Aronsson getrouwd? Waren er nog meer mensen op de boerderij?

FREDRIK VANGER (1886–1964)
 x **Ulrika** (1885–1969)

  Richard (1907–1940)
  x Margareta (1906–1959)

   Gottfried (1927–1965)
   x **Isabella** (1928–)

    Martin (1948–)
    Harriët (1950–?)

  Harald (1911–)
  x Ingrid (1925–1992)

   Birger (1939–)
   Cecilia (1946–)
   Anita (1948–)

  Greger (1912–1974)
  x **Gerda** (1922–)

   Alexander (1946–)

  Gustav (1918–1955)
  ongehuwd, kinderloos

  Henrik (1920–)
  x Edith (1921–1958)
  kinderloos

JOHAN VANGER (1884–1956)
 x Gerda (1888–1960)

  Sofia (1909–1977)
  x **Åke Sjögren** (1906–1967)

   Magnus Sjögren (1929–1994)
   Sara Sjögren (1931–)
   Erik Sjögren (1951–)
   Håkan Sjögren (1955–)

  Märit (1911–1988)
  x **Algot Günther** (1904–1987)

   Ossian Günther (1930–)
   x **Agnes** (1933–)
   Jakob Günther (1952–)

  Ingrid (1916–1990)
  x **Harry Karlman** (1912–1984)

   Gunnar Karlman (1942–)
   Maria Karlman (1944–)

Toen Mikael alle namen op ging schrijven nam de groep toe tot een veertigtal personen. Uiteindelijk gooide hij gefrustreerd zijn viltstift op tafel. Het was inmiddels halfvier 's morgens en de thermometer wees nog steeds 21 graden onder nul aan. Het leek een langdurige koudegolf te worden. Hij verlangde naar zijn bed aan de Bellmansgatan.

Mikael Blomkvist werd op woensdagochtend om negen uur wakker doordat Telia op de deur klopte om een telefoonplug en een ADSL-modem te installeren. Om elf uur was hij online en voelde hij zich niet langer beroepsmatig gehandicapt. Daarentegen zweeg zijn telefoon nog in alle talen. Erika had zijn gesprekken al een week niet beantwoord. Ze moest echt boos zijn. Hij begon zich ook wel een stijfkop te voelen, maar weigerde naar kantoor te bellen; zolang hij naar haar mobiel belde, kon ze zien dat hij het was en kon ze zelf kiezen of ze wilde opnemen of niet. Wat ze dus blijkbaar niet wilde.

Hij startte in elk geval zijn mailprogramma en nam de ruim 350 mailtjes door die hij de laatste week ontvangen had. Hij bewaarde er een dozijn, de rest was spam of mailings waarop hij geabonneerd was. De eerste mail die hij openmaakte was van demokrat88@yahoo.com en bevatte de tekst IK HOOP DAT JE IN DE BAK MAG PIJPEN, COMMUNISTISCH KLOTEVARKEN. Mikael archiveerde het mailtje in een map getiteld 'Intelligente kritiek'.

Hij stuurde een kort berichtje naar erika.berger@millennium.se

Hoi Ricky. Ik neem aan dat je woest op me bent omdat je niet terugbelt. Ik wil je alleen laten weten dat ik nu weer op internet kan en e-mail kan ontvangen, voor het geval je me zou willen vergeven. Hedeby is overigens een rustiek stekje dat een bezoek waard is.
M.

Tegen lunchtijd stopte hij zijn iBook in zijn tas en wandelde hij naar Susannes Brugcafé, waar hij zich aan zijn gebruikelijke hoektafeltje installeerde. Toen Susanne hem koffie en een broodje serveerde, keek ze nieuwsgierig naar zijn computer en vroeg ze waar hij mee bezig was. Mikael gebruikte voor het eerst zijn 'coverstory' en verklaarde dat hij door Henrik Vanger was aangesteld om een biografie te schrijven. Ze wisselden beleefdheden uit. Susanne spoorde Mikael aan om haar te raadplegen als hij aan de daadwerkelijke onthullingen toe was.

'Ik bedien de Vangers al vijfendertig jaar en ik ken de meeste roddels over de familie,' zei ze terwijl ze richting keuken schommelde.

Het tableau dat Mikael geschetst had, maakte duidelijk dat de familie Vanger vlijtig nakomelingen produceerde. Met kinderen, kleinkinderen en achterkleinkinderen erbij – die hij niet intekende – hadden de gebroeders Fredrik en Johan Vanger circa vijftig nabestaanden. Mikael constateerde ook dat de familieleden vrijwel allemaal een hoge leeftijd bereikten. Fredrik Vanger was achtenzeventig geworden terwijl zijn broer Johan tweeënzeventig geworden was. Ulrika Vanger was overleden op haar vierentachtigste. Van de twee broers die nog in leven waren, was Harald Vanger tweeënnegentig en Henrik Vanger tweeëntachtig.

De enige echte uitzondering was Henrik Vangers broer Gustav, die op zevenendertigjarige leeftijd was overleden aan een longziekte. Henrik Vanger had verteld dat Gustav altijd ziekelijk was geweest en zijn eigen weg was gegaan, een beetje afzijdig van de rest van de familie. Hij was niet getrouwd geweest en had ook geen kinderen.

De anderen die jong overleden waren, waren gestorven aan andere oorzaken dan ziekte. Richard Vanger was gesneuveld toen hij als vrijwilliger aan de Finse Winteroorlog deelnam, pas drieëndertig jaar oud. Gottfried Vanger, de vader van Harriët, was verdronken het jaar voordat zij verdween. En Harriët zelf was pas zestien geweest. Mikael noteerde de opmerkelijke symmetrie, die aantoonde dat net díé tak van de familie, opa, vader en dochter, waren getroffen door ongelukken. Van Richards tak was alleen Martin Vanger nog over, die op zijn vijfenvijftigste nog steeds ongehuwd en kinderloos was. Henrik Vanger had hem echter verteld dat Martin een latrelatie had met een vrouw die in Hedestad woonde.

Martin Vanger was achttien geweest toen zijn zus verdween. Hij behoorde tot het kleine aantal familieleden dat met enige zekerheid kon worden afgevoerd van de lijst met diegenen die potentieel iets met haar verdwijning te maken konden hebben. Dat najaar had hij in Uppsala gewoond, waar hij het laatste jaar van de middelbare school deed. Hij zou aan de familiebijeenkomst deelnemen, maar hij kwam pas laat in de middag aan en bevond zich zodoende tussen de toeschouwers aan de verkeerde kant van de brug tijdens het kritieke uur toen zijn zus spoorloos verdween.

Mikael noteerde nog twee eigenaardigheden in de stamboom. De eerste was dat de huwelijken voor het leven leken te zijn; geen enkel lid van de familie Vanger was ooit gescheiden of hertrouwd, ook niet als de partner al op jonge leeftijd was gestorven. Mikael vroeg zich af hoe gebruikelijk dat was, statistisch gezien. Cecilia Vanger was jaren geleden bij haar man weggegaan, maar was voor zover Mikael wist nog steeds getrouwd.

De andere eigenaardigheid was dat de familie geografisch verdeeld was; er was een 'mannelijke' en een 'vrouwelijke' kant. Fredrik Vangers nakomelingen, tot wie Henrik Vanger behoorde, hadden traditioneel leidinggevende rollen in het bedrijf bekleed en woonden voornamelijk in of in de buurt van Hedestad. De leden van Johan Vangers tak van de familie – Johan had alleen vrouwelijke erfgenamen voortgebracht – waren getrouwd en naar andere delen van het land verhuisd; zij woonden voornamelijk in Stockholm, Malmö en Göteborg, of in het buitenland, en kwamen alleen naar Hedestad voor de zomervakantie of voor belangrijke bijeenkomsten binnen het concern. De enige uitzondering vormde Ingrid Vanger, wier zoon Gunnar Karlman in Hedestad woonde. Hij was hoofdredacteur van de plaatselijke krant, *Hedestads-Kuriren*.

De privédetective Henrik meende dat 'het onderliggende motief voor de moord op Harriët' wellicht in de structuur van het bedrijf te vinden was – in het feit dat hij al vroeg had verkondigd dat Harriët heel speciaal was, dat het motief eventueel was om Henrik zélf leed te berokkenen. Of dat Harriët over bepaalde gevoelige informatie beschikte die het concern betrof en daardoor een bedreiging voor iemand vormde. Dit alles waren losse speculaties, toch had hij op die manier een groep geïdentificeerd van dertien personen die hij 'bijzonder interessant' vond.

Het gesprek met Henrik Vanger van de vorige dag was ook op

een ander punt informatief geweest. Vanaf het eerste moment had de oude man zich tegenover Mikael in verachtelijke en denigrerende bewoordingen over zijn familie uitgesproken, wat nogal vreemd op hem was overgekomen. Mikael had zich afgevraagd of de verdenkingen die de patriarch tegenover zijn familie had ten aanzien van Harriëts verdwijning, van invloed waren geweest op diens oordeel, maar nu begon hij in te zien dat Henrik Vanger een verbluffend nuchtere inschatting had gemaakt.

Het beeld dat ontstond, gaf een beeld van een familie die sociaal en economisch succesvol was, maar die in alle dagelijkse opzichten duidelijk disfunctioneel was.

Henrik Vangers vader was een kil en ongevoelig mens geweest, die zijn kinderen had verwekt en die hun opvoeding en welbevinden geheel aan zijn vrouw had overgelaten. Tot hun zestiende hadden de kinderen hun vader nauwelijks gezien, behalve bij speciale familieaangelegenheden wanneer ze werden geacht aanwezig te zijn, en tegelijkertijd onzichtbaar moesten zijn. Henrik Vanger kon zich niet herinneren dat zijn vader ooit ook maar enige vorm van genegenheid tot uitdrukking had gebracht; daarentegen had de zoon vaak te horen gekregen dat hij incompetent was en was hij het doelwit geworden van een vernietigende kritiek. Lijfstraffen waren zelden voorgekomen, dat was niet nodig. De enige keren dat hij zijn vaders respect had gewonnen, waren later in zijn leven geweest, toen hij bijdragen had geleverd aan het Vangerconcern.

Zijn oudste broer, Richard, was in opstand gekomen. Na een ruzie, waarvan de aanleiding nooit in de familie besproken was, was Richard naar Uppsala verhuisd om daar te gaan studeren. Daar was hij de nazistische carrière begonnen waarover Henrik Vanger Mikael al had verteld, en die hem op den duur naar de loopgraven in de Finse Winteroorlog had gebracht.

Wat de oude man niet eerder had verteld, was dat nog twee van zijn broers een dergelijke carrière hadden gehad.

Zowel Harald als Greger Vanger waren in 1930 in de voetsporen van hun grote broer getreden en waren vertrokken naar Uppsala. Harald en Greger waren erg close geweest, maar Henrik Vanger wist niet precies in welke mate ze ook contact hadden gehad met

Richard. Het was wel duidelijk dat de broers zich hadden aangesloten bij Per Engdahls fascistische beweging Het Nieuwe Zweden. Harald Vanger was Per Engdahl alle jaren trouw gebleven, eerst bij het Zweedse Nationale Verbond, daarna bij de Zweedse Oppositie en uiteindelijk bij de Nieuw-Zweedse Beweging toen deze na het einde van de oorlog werd opgericht. Hij was tot aan de dood van Per Engdahl in de jaren negentig lid geweest en was in bepaalde periodes een van de belangrijkste geldschieters van het overwinterde Zweedse fascisme geweest.

Harald Vanger had in Uppsala medicijnen gestudeerd en was bijna onmiddellijk in kringen verzeild geraakt die dweepten met rassenhygiëne en rassenbiologie. Hij was een tijdlang werkzaam bij het Zweedse Rassenbiologisch Instituut en was als arts een vooraanstaand iemand in de campagne voor sterilisatie van ongewenste bevolkingselementen.

Citaat, Henrik Vanger, band 2, 02950:
Maar Harald ging vérder. In 1937 was hij medeauteur – onder pseudoniem, godzijdank – van een boek getiteld *Het Nieuwe Europa der Volkeren*. Dat ben ik pas in de jaren zeventig te weten gekomen. Ik heb een kopie, die je mag lezen. Het is vermoedelijk een van de meest weerzinwekkende boeken die in het Zweeds verschenen is. Harald pleitte niet alleen voor sterilisatie, maar ook voor euthanasie, actieve hulp bij zelfdoding van mensen die zijn esthetische smaak stoorden en niet in zijn beeld van de perfecte Zweedse volksstam pasten. Hij pleitte dus voor massamoord in een tekst die geschreven was in onberispelijk academisch proza en die alle noodzakelijke medische argumenten bevatte. Weg met de gehandicapten. Zorg dat de Lappen zich niet verder voortplanten; daar zit een mongoloïde invloed. Psychisch zieken ervaren de dood als een bevrijding, nietwaar? Vrouwen van lichte zeden, zwervers, zigeuners en Joden – je kunt het je wel indenken. In mijn broers fantasieën had Auschwitz in de provincie Dalarna kunnen liggen.

Greger Vanger werd na de oorlog conrector en later rector van de middelbare school in Hedestad. Henrik had gedacht dat Greger sinds de oorlog partijloos was geweest en het nazisme vaarwel had gezegd. Greger stierf in 1974 en pas toen Henrik zijn nalatenschap had doorgenomen was hij er door diens correspondentie achter gekomen dat zijn broer zich in de jaren vijftig had aangesloten bij de politiek onbelangrijke, maar volstrekt idiote sekte de Noordse Nationale Partij, de NNP. Hij was lid geweest tot aan zijn dood.

Citaat, Henrik Vanger, band 2, 04167: 'Drie van mijn broers waren dus politiek geesteszijk. Hoe ziek waren ze in andere opzichten?'

De enige broer die in Henrik Vangers ogen een zekere mate van genade kon vinden, was de ziekelijke Gustav, die dus in 1955 aan een longziekte was overleden. Gustav was niet geboeid geweest door politiek en was meer een wereldvreemde kunstenaarsziel, niet in het minst geïnteresseerd in zaken of in het werken bij het Vanger-concern. Mikael vroeg Henrik Vanger:

'Nu leven alleen Harald en jij nog. Waarom is hij teruggekeerd naar Hedeby?'

'Hij is teruggekeerd in 1979, vlak voordat hij zeventig werd. Het huis is zijn eigendom.'

'Het moet vreemd zijn om zo dicht bij een broer te wonen die je haat.'

Henrik Vanger keek Mikael verbaasd aan.

'Je hebt me verkeerd begrepen. Ik haat mijn broer niet. Ik voel mogelijk medelijden met hem. Hij is een volstrekte idioot en hij is degene die míj haat.'

'Hij haat jou?'

'Inderdaad. Ik geloof dat hij daarom hierheen is verhuisd. Om zijn laatste jaren dicht bij mij, die hij haat, door te kunnen brengen.'

'Waarom haat hij jou?'

'Omdat ik trouwde.'

'Ik geloof dat je dat moet uitleggen.'

Henrik Vanger had het contact met zijn oudere broers al vroeg verloren. Hij was de enige van de broers die enige affiniteit vertoonde met het zakenleven – zijn vaders laatste hoop. Hij was niet geïnteresseerd in politiek en vermeed Uppsala. Hij ging daarentegen economie studeren in Stockholm. Sinds zijn achttiende had hij elke vakantie en elke zomer doorgebracht als stagiair bij een van de vele kantoren van het Vanger-concern of bij een van de besturen. Hij leerde alle *ins* en *outs* van het familiebedrijf kennen.

Op 10 juni 1941, dus tijdens de Tweede Wereldoorlog, werd Henrik naar Duitsland gestuurd voor een bezoek van zes weken aan het handelskantoor van het Vanger-concern in Hamburg. Hij was toen pas twintig jaar oud en had de Duitse agent van het concern, een oudere veteraan in het bedrijfsleven genaamd Hermann Lobach, als begeleider en mentor.

'Ik zal je niet vermoeien met alle details, maar toen ik daarheen ging waren Hitler en Stalin nog steeds goede vrienden en een Oostfront bestond niet. Iedereen was er nog steeds van overtuigd dat Hitler onoverwinnelijk was. Er heerste een gevoel van ... optimisme en wanhoop, ik geloof dat dat de juiste woorden zijn. Meer dan een halve eeuw later is het nog steeds moeilijk om de stemming onder woorden te brengen. Begrijp me niet verkeerd, ik heb nooit nazisympathieën gehad en Hitler was in mijn ogen een belachelijke operettefiguur. Maar het was moeilijk om niet besmet te raken door het toekomstoptimisme dat onder het gewone volk in Hamburg heerste. Hoewel de oorlog steeds dichterbij kwam en er meerdere bombardementen op Hamburg plaatsvonden in de tijd dat ik daar was, leken de mensen het voornamelijk te beschouwen als een tijdelijk moment van irritatie; ze meenden dat het spoedig vrede zou zijn en dat Hitler zijn *Neuropa* zou stichten, het nieuwe Europa. Mensen wilden geloven dat Hitler God was. Zo klonk het immers in de propaganda.'

Henrik Vanger sloeg een van zijn vele fotoalbums open.

'Dit is Hermann Lobach. Hij is in 1944 verdwenen, vermoedelijk omgekomen bij een bombardement en begraven. We zijn nooit te weten gekomen wat er met hem is gebeurd. Tijdens mijn weken in Hamburg ben ik erg aan hem gehecht geraakt. Ik woonde in bij hem en zijn gezin in een fraaie woning in de Hamburgse wijk voor de welgestelden. We zagen elkaar dagelijks. Hij was net zomin als ik nazi, maar hij was om praktische redenen lid van de nazistische partij. De lidmaatschapskaart opende deuren en vergemakkelijkte zijn mogelijkheden om zaken te doen voor rekening van het Vanger-concern, en dat was precies wat we deden. We bouwden goederenwagons voor hun treinen; ik heb me altijd afgevraagd of die wagons de bestemming Polen hadden. We verkochten stoffen voor hun uniformen en buizen voor hun radioapparatuur, hoewel we officieel niet wisten waar de goederen voor werden gebruikt. En Hermann Lobach wist hoe je een contract binnenhaalde. Hij was onderhoudend en gezellig. De perfecte nazi. Naderhand begon ik in te zien dat hij ook een man was die wanhopig probeerde een geheim te verbergen.

In de nacht van 22 juni 1941 klopte Hermann Lobach plotseling op mijn slaapkamerdeur en wekte hij me. Mijn kamer lag naast de slaapkamer van zijn vrouw en hij gebaarde me stil te zijn, me aan te kleden en met hem mee te gaan. We liepen de trap af en namen plaats in de rooksalon. Het was duidelijk dat Lobach al de hele nacht op was. De radio stond aan en ik begreep dat er iets drama- tisch was gebeurd. Operatie Barbarossa was begonnen. Duitsland was tijdens het midzomerweekend in de aanval gegaan tegen de Sovjet-Unie.'

Henrik Vanger maakte een berustend gebaar met zijn hand.

'Hermann Lobach haalde twee glazen tevoorschijn en schonk ons een flinke borrel in. Hij was duidelijk geschokt. Toen ik hem vroeg wat dat betekende, antwoordde hij scherpzinnig dat dat het einde betekende voor Duitsland en het nazisme. Ik geloofde hem maar half en half, Hitler leek onoverwinnelijk, maar Lobach proostte met mij op de ondergang van Duitsland. Vervolgens ging hij over op de praktische kant van de zaak.'

Mikael knikte als teken dat hij het verhaal nog steeds volgde.

'Ten eerste had hij geen mogelijkheid om contact op te nemen met mijn vader voor instructies, maar had hij uit eigen beweging besloten om mijn verblijf in Duitsland af te breken en mij zo snel mogelijk naar huis te sturen. Ten tweede vroeg hij mij om een gunst.'

Henrik Vanger wees op een vergeeld en aan de randen bescha- digd portret van een donkerharige vrouw waarop driekwart van haar gezicht te zien was.

'Hermann Lobach was al veertig jaar getrouwd, maar in 1919 had hij een beeldschone en twee keer zo jonge vrouw ontmoet op wie hij dodelijk verliefd was geworden. Ze was een eenvoudige, arme naaister. Lobach maakte haar het hof en zoals zoveel andere welgestelde mannen had hij geld om haar in een appartement te huisvesten op comfortabele afstand van zijn kantoor. Ze werd zijn minnares. In 1921 baarde ze zijn dochter, die Edith werd genoemd.'

'Rijke oudere man, jonge arme vrouw en een liefdesbaby, dat zal in de jaren veertig toch niet echt meer een schandaal zijn geweest,' becommentarieerde Mikael.

'Inderdaad. Maar ... De vrouw was Jodin en Lobach was dus vader van een Joodse dochter. In nazi-Duitsland. Hij was dus in de praktijk een "rassenverrader".'

'Aha, dat verandert de zaak aanzienlijk. Wat gebeurde er?'

'De moeder van Edith werd in 1939 opgepakt. Ze verdween en we kunnen alleen maar raden wat haar lot was. Het was algemeen bekend dat ze een dochter had die nog op geen enkele transport-lijst voorkwam, en die nu werd gezocht door de afdeling van de Gestapo die tot taak had vluchtende Joden op te sporen. In de zomer van 1941, dezelfde week dat ik in Hamburg aankwam, was Ediths moeder in verband gebracht met Hermann Lobach en was hij opgeroepen voor verhoor. Hij had de relatie en het vaderschap toegegeven, maar had verklaard geen idee te hebben waar zijn dochter zich bevond en dat hij al tien jaar geen contact met haar had gehad.'

'En waar bevond die dochter zich?'

'Ik had haar elke dag ontmoet bij Lobach thuis. Een mooi en zwijgzaam twintigjarig meisje, dat mijn kamer schoonhield en hielp bij het opdienen van het avondeten. In 1937, toen de Joden-vervolgingen al een aantal jaren bezig waren, had Ediths moeder Lobach om hulp gesmeekt. En hij had haar geholpen. Lobach hield evenveel van zijn buitenechtelijke dochter als van zijn officiële kin-deren. Hij had haar verstopt op de meest onwaarschijnlijke plaats die hij maar kon bedenken, voor ieders neus. Hij had valse papie-ren weten te regelen en haar aangenomen als huishoudster.'

'Wist zijn vrouw wie ze was?'

'Nee, zij had geen idee van het arrangement.'

'Wat is er gebeurd?'

'Het was vier jaar goed gegaan, maar nu voelde Lobach de bui hangen. Het was alleen nog maar een kwestie van tijd voordat de Gestapo voor de deur zou staan. Dat alles vertelde hij me dus in een nacht een paar weken voordat ik naar Zweden zou terugkeren.

Vervolgens haalde hij zijn dochter erbij en stelde hij ons aan elkaar voor. Ze was erg verlegen en durfde me niet eens aan te kijken. Lobach smeekte me haar leven te redden.'

'Hoe?'

'Hij had de hele zaak al gearrangeerd. Volgens de plannen zou ik nog drie weken blijven en daarna met de nachttrein naar Kopenhagen gaan en vervolgens de boot over de Sont nemen – een relatief ongevaarlijke reis, zelfs in oorlogstijd. Twee dagen na ons gesprek zou echter een vrachtschip dat eigendom was van het Vanger-concern uit Hamburg vertrekken met als bestemming Zweden. Lobach wilde mij met het schip meesturen, wilde me onverwijld Duitsland uit krijgen. De wijziging in de reisplannen moest worden goedgekeurd door de veiligheidsdienst; dat was bureaucratisch, maar dat was geen probleem. Lobach wilde mij aan boord hebben van dat schip.'

'Met Edith, vermoed ik?'

'Edith werd aan boord gesmokkeld, verstopt in een van de driehonderd kisten met machineonderdelen. Mijn taak was om haar te beschermen als ze zou worden ontdekt als we ons nog in Duitse territoriale wateren zouden bevinden en om te voorkomen dat de kapitein iets doms zou doen. Anders zou ik wachten tot we een flink eind buiten Duitsland waren voordat ik haar eruit zou laten.'

'Oké.'

'Het klinkt eenvoudig, maar die reis werd een nachtmerrie. De kapitein aan boord heette Oskar Granath, en hij was allesbehalve blij toen hij plotseling de verantwoordelijkheid kreeg voor een verwaande erfgenaam van een van zijn werkgevers. We verlieten Hamburg tegen negenen op een avond eind juni. We waren net op weg uit de binnenhaven toen het luchtalarm afging. Een Engels bombardement, het ergste dat ik ooit heb meegemaakt, en de haven had natuurlijk hoge prioriteit. Ik overdrijf niet als ik zeg dat ik het bijna in mijn broek deed toen de bommen rakelings langsscheerden. Maar op de een of andere manier hebben we het gered en na motorpech en een ellendige, stormachtige nacht op een zee die vol mijnen lag, kwamen we de volgende middag in Karlskrona aan. Nu ga je vragen wat er met het meisje is gebeurd.'

'Ik denk dat ik dat wel weet.'

'Mijn vader was natuurlijk woedend. Ik had door die gewaagde onderneming alles op het spel gezet. En het meisje kon elk moment worden gedeporteerd, bedenk dat het 1941 was. Maar op dat moment was ik al net zo dodelijk verliefd op haar geworden als Lobach op haar moeder was geweest. Ik vroeg haar ten huwelijk en stelde mijn vader voor een ultimatum: óf hij accepteerde het huwelijk óf hij kon gaan uitkijken naar een nieuwe coming man binnen het familiebedrijf. Hij zwichtte.'

'Maar ze overleed?'

'Ja, veel te jong. Al in 1958. We zijn maar iets meer dan zestien jaar samen geweest. Ze had een aangeboren hartafwijking. En ik bleek onvruchtbaar te zijn, we hebben nooit kinderen gekregen. En daarom haat mijn broer me.'

'Omdat je met haar trouwde?'

'Omdat ik, om zijn terminologie te gebruiken, met een vuile hoerenjodin trouwde. Voor hem was dat verraad van het ras, de volksstam, de moraal en alles waar hij zelf voor stond.'

'Hij is gestoord.'

'Ik had het zelf niet beter kunnen zeggen.'

10
DONDERDAG 9 JANUARI – VRIJDAG 31 JANUARI

Volgens *Hedestads-Kuriren* was Mikaels eerste maand in deze uithoek de koudste sinds mensenheugenis, of (dat vertelde Henrik Vanger hem) in elk geval sinds de oorlogswinter van 1942. Hij wilde het graag geloven. Al na een week in Hedeby wist hij alles over lange onderbroeken, geitenwollen sokken en dubbele onderhemden.

Hij maakte halverwege januari een paar vreselijke dagen door, toen de temperatuur tot de onbegrijpelijke 37 graden onder nul was gedaald. Zoiets had hij nog nooit meegemaakt, zelfs niet in het jaar dat hij tijdens zijn dienstplicht in Kiruna had gezeten. Op een ochtend was de waterleiding bevroren. Gunnar Nilsson had hem voorzien van twee grote jerrycans, zodat hij kon koken en zich kon wassen, maar de kou was verlammend geweest. Aan de binnenkant van het raam waren ijsbloemen ontstaan en hoe hij de houtkachel ook opstookte, hij voelde zich voortdurend onderkoeld. Hij bracht elke dag een behoorlijke tijd door met houthakken in de schuur achter het huis.

Zo af en toe stond het huilen hem nader dan het lachen en wilde hij het liefst een taxi nemen naar de stad en op de eerste de beste trein richting zuiden stappen. Maar hij trok een extra trui aan en wikkelde zich in een deken terwijl hij aan de keukentafel koffie dronk en oude politierapporten las.

Vervolgens keerde het tij en liep de temperatuur op naar een behaaglijke 10 graden onder nul.

Mikael leerde de mensen in Hedeby kennen. Martin Vanger had zich aan zijn woord gehouden en had hem uitgenodigd voor een eigenhandig bereid etentje – elandenbiefstuk met Italiaanse rode wijn. De industrieel was ongehuwd maar had een vriendin, Eva Hassel, die hen tijdens het etentje gezelschap hield. Eva Hassel was een innemende, gezellige en onderhoudende vrouw, Mikael vond haar bovendien uitermate aantrekkelijk. Ze was tandarts en woonde in Hedestad, maar bracht de weekeinden bij Martin Vanger door. Mikael kreeg later te horen dat ze elkaar al jaren kenden, maar dat ze pas op oudere leeftijd wat met elkaar hadden gekregen en geen aanleiding hadden gezien om te trouwen.

'Ze is mijn tandarts,' lachte Martin Vanger.

'En ik heb weinig trek om onderdeel te worden van die gestoorde familie van jou,' zei Eva Hassel, terwijl ze Martin Vanger liefdevol een klopje op zijn knie gaf.

De villa van Martin Vanger was een onder architectuur gebouwde vrijgezellendroom met meubels in zwart, wit en chroom. Het meubilair bestond uit kostbare designmeubels die de fijnproever Christer Malm gefascineerd zouden hebben. De keuken bevatte apparatuur voor een beroepskok. In de woonkamer stonden een stereogrammofoon van de beste kwaliteit en een formidabele verzameling jazzplaten; van Tommy Dorsey tot John Coltrane. Martin Vanger had geld en zijn woning was luxueus en functioneel, maar ook vrij onpersoonlijk. Mikael merkte op dat de schilderijen aan de wand eenvoudige reproducties waren en posters die je bij IKEA kon kopen – mooi, maar niet erg opzichtig. De boekenkasten, althans in het gedeelte van het huis dat Mikael kon zien, waren spaarzaam gevuld met de *Nationale Encyclopedie* en wat souvenirboeken die mensen elkaar als kerstcadeau geven als ze niets beters weten. Mikael kon tegelijkertijd twee persoonlijke interesses in Martin Vangers leven bespeuren: muziek en koken. De eerstgenoemde interesse bleek uit de circa drieduizend lp's. De laatstgenoemde kon worden afgelezen uit het feit dat Martin Vanger al een aardig buikje begon te krijgen.

De persoon Martin Vanger was een eigenaardige mengeling van naïviteit, scherpte en beminnelijkheid. Er was geen groot analytisch vermogen voor nodig om de conclusie te trekken dat de industrieel een mens was die problemen had. Terwijl ze naar *Night in Tunisia* luisterden, ging de conversatie voor een groot deel over het Vanger-concern, en Martin Vanger maakte er geen geheim van dat hij ervoor moest knokken om zijn bedrijf te laten overleven. Het onderwerp verbaasde Mikael; Martin Vanger wist dat hij een nogal bekende financieel verslaggever als gast had, maar hij besprak de interne problemen van het bedrijf zo openhartig dat het bijna onachtzaam was. Hij ging er blijkbaar van uit dat Mikael tot de familie behoorde omdat hij voor Henrik Vanger werkte, en evenals de vorige algemeen directeur meende hij dat de familie de situatie waarin het bedrijf zich bevond uitsluitend aan zichzelf te danken had. Daarentegen had hij niet de bitterheid en de onverzoenlijke verachting voor de familie die de oude baas had. Martin Vanger leek haast opmerkelijk geamuseerd door de ongeneeslijke idiotie van het geslacht. Eva Hassel knikte, maar zei niets. Ze hadden die kwestie blijkbaar al eerder besproken.

Martin Vanger was ervan op de hoogte dat Mikael was aangenomen voor het schrijven van een familiekroniek en vroeg of het werk vorderde. Mikael antwoordde lachend dat hij alleen al moeite had om de namen van alle familieleden te leren kennen, maar vroeg om een keer, wanneer dat uitkwam, terug te mogen komen om een interview af te nemen. Diverse keren overwoog hij het gesprek op de obsessie van de oude man voor de verdwijning van Harriët Vanger te brengen. Hij nam aan dat Henrik Vanger de broer van Harriët diverse malen had gepijnigd met zijn theorieën, en hij nam ook aan dat het Martin wel duidelijk moest zijn dat als Mikael een familiekroniek ging schrijven, hij wel zou moeten opmerken dat er een familielid spoorloos verdwenen was. Maar niets wees erop dat Martin het onderwerp wilde aansnijden, dus begon Mikael er ook niet over. Er zou op een gegeven moment wel een aanleiding komen om het over Harriët te hebben.

Ze braken, na diverse glazen wodka, tegen tweeën op. Mikael was behoorlijk dronken toen hij de 300 meter naar zijn huis glibberde. Maar het was een gezellige avond geweest.

Op een middag tijdens Mikaels tweede week in Hedeby werd er op de deur van zijn huisje geklopt. Mikael legde de map van het politieonderzoek die hij net had opengeslagen neer – de zesde op rij –

en deed de deur van zijn werkkamer dicht voordat hij de buitendeur opendeed voor een dik aangeklede blonde vrouw van in de vijftig.

'Dag. Ik wilde even kennismaken. Mijn naam is Cecilia Vanger.'

Ze schudden elkaar de hand en Mikael haalde koffiekopjes tevoorschijn. Cecilia Vanger, de dochter van de nazi Harald Vanger, bleek een open en in velerlei opzichten innemende vrouw te zijn. Mikael herinnerde zich dat Henrik Vanger in positieve bewoordingen over haar had gesproken en ook had verteld dat ze geen contact had met haar vader, hoewel ze buren waren. Ze praatten even over koetjes en kalfjes voordat ze over haar eigenlijke missie begon.

'Ik heb begrepen dat je een boek gaat schrijven over de familie. Ik weet niet of ik dat een plezierig idee vind,' zei ze. 'Ik wilde in elk geval zien wat voor type je bent.'

'Tja, Henrik Vanger heeft mij in de arm genomen. Het is zijn verhaal, zogezegd.'

'Maar die brave Henrik is niet geheel neutraal als het om zijn instelling ten aanzien van de familie gaat.'

Mikael nam haar op, er niet zeker van wat ze eigenlijk wilde zeggen.

'Je verzet je tegen een boek over de familie Vanger?'

'Dat heb ik niet gezegd. En wat ik vind doet er ook niet zoveel toe. Maar ik denk dat je inmiddels al wel begrepen hebt dat het niet altijd eenvoudig is om lid te zijn van deze familie.'

Mikael had er geen idee van wat Henrik had gezegd en hoeveel Cecilia wist van zijn opdracht. Hij spreidde zijn handen uiteen.

'Ik ben gecontracteerd door Henrik Vanger om een familiekroniek te schrijven. Henrik heeft kleurrijke meningen over diverse familieleden, maar ik wil me houden aan datgene wat gedocumenteerd kan worden.'

Cecilia Vanger lachte koel.

'Wat ik wil weten is of ik in ballingschap moet gaan en moet emigreren als het boek gelanceerd wordt.'

'Dat denk ik niet,' antwoordde Mikael. 'Mensen kunnen wel onderscheid maken tussen de verschillende personen.'

'Zoals mijn vader, bijvoorbeeld.'

'Je vader de nazi?' vroeg Mikael. Cecilia Vanger sloeg haar ogen ten hemel.

'Mijn vader is geschift. Ik zie hem maar een paar keer per jaar, hoewel we naast elkaar wonen.'

'Waarom wil je hem niet ontmoeten?'

'Wacht nou even voordat je van wal steekt en meteen een heleboel vragen gaat stellen. Ben je van plan te citeren wat ik ga zeggen of kan ik een normaal gesprek met je voeren zonder bang te hoeven zijn als een idioot te worden afgeschilderd?'

Mikael aarzelde even, onzeker hoe hij het moest formuleren.

'Mijn opdracht is het schrijven van een boek dat begint wanneer Alexandre Vangeersad met Bernadotte aan land gaat en dat in het heden eindigt. Het zal gaan over de vele decennia van het bedrijfsimperium, maar natuurlijk ook over de reden waarom het imperium bezig is in elkaar te storten en de tegenstellingen die er binnen de familie bestaan. In dat verhaal is het onmogelijk te vermijden dat er verborgen ellende aan de oppervlakte komt. Maar dat betekent niet dat ik de familie zwart ga maken of een kwaadaardig beeld zal schetsen. Ik heb bijvoorbeeld Martin Vanger ontmoet, die sympathiek op mij overkomt en die ik als zodanig zal beschrijven.'

Cecilia Vanger gaf geen antwoord.

'Wat ik over je weet, is dat je lerares bent ...'

'Het is nog erger, ik ben rector van de middelbare school in Hedestad.'

'Sorry. Ik weet dat Henrik Vanger je graag mag, dat je getrouwd bent, maar gescheiden leeft van tafel en bed ... en dat is ongeveer alles. Natuurlijk kun je met mij praten zonder bang te hoeven zijn om geciteerd of belachelijk gemaakt te worden. Maar ik zal zeker op een dag bij je aankloppen om je iets te vragen over een specifieke gebeurtenis waarop jij misschien jouw licht kunt werpen. Dat is dan een interview en je kunt kiezen of je antwoord wilt geven of niet. Maar dat zal ik duidelijk maken als ik zo'n vraag ga stellen.'

'Dus ik kan ... off the record met je praten, zoals jullie altijd zeggen?'

'Ja, zeker.'

'En is dit off the record?'

'Je bent een buurvrouw die even langskomt om kennis te maken en een kop koffie te drinken, verder niets.'

'Goed. Mag ik je dan iets vragen?'

'Ga je gang?'

'In hoeverre zal dat boek over Harriët Vanger gaan?'

Mikael beet zich aarzelend in zijn onderlip. Hij sloeg een luchtige toon aan.

'Eerlijk gezegd, heb ik daar geen idee van. Het is duidelijk dat er best een hoofdstuk aan gewijd zou kunnen worden. Het is immers een dramatische gebeurtenis, die in elk geval Henrik Vanger beïnvloed heeft.'

'Maar je bent niet hier om haar verdwijning te onderzoeken?'

'Waarom denk je dat?'

'Tja, het feit dat Gunnar Nilsson vier verhuisdozen hierheen heeft gesleept. Dat zal zo ongeveer overeenkomen met alle informatie van Henriks privéonderzoek die hij door de jaren heen heeft vergaard. En toen ik in Harriëts oude kamer naar binnen gluurde, waar Henrik die verzameling meestal bewaart, was die verdwenen.'

Cecilia Vanger was niet dom.

'Dat moet je maar opnemen met Henrik Vanger en niet met mij,' antwoordde Mikael. 'Maar het is wel zo dat Henrik veel heeft verteld over Harriëts verdwijning en dat ik het interessant vind het materiaal te lezen.'

Cecilia Vanger lachte nogmaals een vreugdeloos lachje.

'Soms vraag ik me weleens af wie het meest gestoord is – mijn vader of mijn oom. Ik heb het wel duizend keer met hem over Harriëts verdwijning gehad.'

'Wat zou er volgens jou met haar gebeurd kunnen zijn?'

'Is dit een interviewvraag?'

'Nee,' lachte Mikael. 'Dat is een vraag uit nieuwsgierigheid.'

'Waar ik benieuwd naar ben, is of jij ook gek bent. Of je Henriks redenering hebt geaccepteerd of dat jij Henrik opzweept?'

'Je bedoelt dat Henrik gek is?'

'Begrijp me niet verkeerd. Henrik is een van de warmste en meest zorgzame mensen die ik ken. Ik mag hem heel graag. Maar in dat opzicht is hij bezeten.'

'Maar die bezetenheid heeft een daadwerkelijke basis. Harriët is inderdaad verdwenen.'

'Ik ben dat hele verhaal zo spuug- en spuugzat. Het vergiftigt onze levens nu al zo lang en het houdt maar niet op.' Ze stond plotseling op en trok haar bontjas aan. 'Ik moet nu gaan. Je lijkt me aardig. Dat vindt Martin ook, maar zijn oordeel is niet altijd zo betrouwbaar. Kom een keertje koffiedrinken, als je zin hebt. Ik ben 's avonds bijna altijd thuis.'

'Bedankt,' zei Mikael. Toen ze naar de deur liep, riep hij haar na: 'Je hebt geen antwoord gegeven op de vraag die geen interview-vraag was.'

Ze bleef aarzelend bij de deur staan en antwoordde zonder hem aan te kijken.

'Ik heb geen idee wat er met Harriët is gebeurd. Maar ik denk dat het een ongeluk was dat zo'n simpele en alledaagse verklaring heeft dat we ons zullen verbazen als we ooit het antwoord zullen horen.'

Ze keerde zich om en glimlachte naar hem – voor het eerst met een warme glimlach. Vervolgens zwaaide ze en verdween ze. Mikael zat onbeweeglijk aan de keukentafel en dacht na over het feit dat Cecilia Vanger een van de personen was die vetgedrukt op zijn tableau met familieleden stonden, die op het eiland aanwezig waren geweest toen Harriët Vanger verdween.

De kennismaking met Cecilia Vanger was over het geheel genomen prettig geweest, maar dat kon niet worden gezegd van die met Isabella Vanger. De moeder van Harriët Vanger was vijfenzeventig en was, zoals Henrik Vanger al had gezegd, een zeer elegante vrouw, die vaag deed denken aan de oudere Lauren Bacall. Ze was slank, gekleed in een zwarte jas van astrakanbont met een bijpassende muts en leunde op een zwarte stok toen Mikael haar op een ochtend ontmoette op weg naar Susannes Brugcafé. Ze zag eruit als een bejaarde vampier; nog steeds beeldschoon maar giftig als een slang. Isabella Vanger was blijkbaar op weg naar huis na een wan-delingetje; ze riep hem toe vanaf de kruising.

'Hallo, jongeman. Kom eens hier!'

De bevelende toon kon moeilijk verkeerd worden geïnterpre-teerd. Mikael keek om zich heen en trok de conclusie dat ze het tegen hem had. Hij liep naar haar toe.

'Mijn naam is Isabella Vanger,' verkondigde de vrouw.

'Dag, ik ben Mikael Blomkvist.' Hij stak zijn hand uit, die ze vol-komen negeerde.

'Ben jij die figuur die zijn neus in onze familieaangelegenheden steekt?'

'Tja, ik ben de figuur die door Henrik Vanger is gecontracteerd om hem te helpen met zijn boek over de familie Vanger.'

'Daar heb je niets mee te maken. Ik vind het maar niks.'

'Wat niet? Dat Henrik Vanger mij gecontracteerd heeft, of dat ik dat geaccepteerd heb? In het eerste geval geloof ik toch dat dat Henriks eigen beslissing is, in het tweede geval is het míjn zaak.'

'Je begrijpt precies wat ik bedoel. Ik houd er niet van dat mensen in mijn verleden wroeten.'

'Goed. Ik zal niet in uw verleden wroeten. De rest mag u afhandelen met Henrik Vanger.'

Isabella Vanger hief plotseling haar stok op en stootte met de handgreep tegen Mikaels borst. Er werd geen kracht uitgeoefend, maar hij deed verbaasd een stap achteruit.

'Blijf uit mijn buurt.'

Isabella Vanger keerde zich abrupt om en vervolgde haar weg naar huis. Mikael bleef staan met een gezicht alsof hij zojuist een levende stripfiguur had ontmoet. Toen hij opkeek, zag hij Henrik Vanger voor het raam van zijn werkkamer staan. Hij had een koffiekopje in zijn hand, dat hij in een ironische toost ophief. Mikael spreidde zijn armen berustend uiteen en liep naar Susannes Brug-café.

De enige reis die Mikael de eerste maand ondernam, was een dagtocht naar een baai bij het Siljanmeer. Hij mocht Dirch Frodes Mercedes lenen en reed door het sneeuwlandschap om een middag door te brengen in gezelschap van commissaris Gustaf Morell. Mikael had geprobeerd zich op basis van het politieonderzoek een beeld van Morell te vormen; wat hij aantrof was een taaie oude man die zich kalm bewoog en nóg langzamer sprak.

Mikael had een schrijfblok bij zich met ongeveer tien vragen, voornamelijk invallen die hij had gekregen toen hij het politieonderzoek las. Morell gaf op elke vraag die Mikael formuleerde zo duidelijk mogelijk antwoord. Uiteindelijk had hij zijn aantekeningen terzijde gelegd en aan Morell uitgelegd dat die vragen alleen maar een excuus waren geweest om af te reizen naar Dalarna om de gepensioneerde commissaris te ontmoeten. Wat hij eigenlijk wilde was een beetje babbelen en de enige essentiële vraag stellen: was er iets in het politieonderzoek wat Morell niet op papier had gezet, een overweging of intuïtief gevoel, dat hij Mikael wilde toevertrouwen?

Omdat Morell, net als Henrik Vanger, al zesendertig jaar over het mysterie van de verdwijning van Harriët had zitten piekeren, had Mikael verwacht dat hij op enige weerstand zou stuiten. Hij was die jonge knul die een beetje ging rondstampen in de jungle waar Morell in verdwaald was. Maar er was geen enkel spoor van vijandigheid. Morell stopte zorgvuldig zijn pijp en stak een lucifer aan voordat hij antwoord gaf.

'Ja, uiteraard heb ik zo mijn eigen gedachten. Maar die zijn zo vaag en onsamenhangend dat ik ze niet echt kan formuleren.'

'Wat is er volgens u met Harriët gebeurd?'

'Ik denk dat ze vermoord is. In dat opzicht ben ik het met Henrik eens. Dat is de enige redelijke verklaring. Maar we hebben nooit een motief gevonden. Ik denk dat ze vermoord is om specifieke redenen, niet in een vlaag van verstandsverbijstering of tijdens een verkrachting annex overval of zoiets. Als we het motief zouden kennen, zouden we weten wie haar heeft vermoord.'

Morell dacht even na.

'Die moord kan in een opwelling zijn gepleegd. Daar bedoel ik mee dat iemand de gelegenheid te baat nam toen 'zich een mogelijkheid voordeed in de chaos die na het ongeluk ontstond. De moordenaar heeft het lichaam verborgen en heeft dat later afgevoerd, toen wij die zoekactie hielden.'

'Dan hebben we het over een koelbloedig persoon.'

'Er is een detail. Harriët was naar Henriks kamer gekomen en had gevraagd even met hem te kunnen praten. Later kwam dat vreemd op me over; ze wist heel goed dat hij zijn handen vol had aan al die familieleden die daar op dat moment rondhingen. Ik denk dat Harriët een dreiging voor iemand vormde, dat ze Henrik iets wilde vertellen en dat de moordenaar begreep dat ze ... nou ja, hem zou verraden.'

'Henrik was in gesprek met een paar familieleden ...'

'Er waren vier personen in de kamer, buiten Henrik. Dat waren zijn broer Greger, zijn achterneef Magnus Sjögren, en twee van Harald Vangers kinderen, Birger en Cecilia. Maar dat hoeft niets te betekenen. Stel dat Harriët had ontdekt dat iemand geld van het bedrijf had verduisterd, zuiver hypothetisch, stél. Ze weet dat misschien al maanden en heeft het er al diverse keren met de persoon in kwestie over gehad. Ze kan geprobeerd hebben hem onder druk te zetten, of ze kan medelijden met hem hebben gehad en getwijfeld hebben of ze hem al dan niet zou verraden. Ze kan plotseling een beslissing hebben genomen en dat aan de moordenaar hebben verteld, die haar vervolgens in wanhoop vermoordt.'

'U gebruikt het woord "hem".'

'Statistisch gezien zijn de meeste moordenaars mannen. Maar zeker, het geslacht Vanger omvat een aantal dames die je niet zonder handschoenen kunt aanpakken.'

'Ik heb Isabella ontmoet.'

'Zij is daar een van. Maar er zijn er meer. Cecilia Vanger kan ook heel scherp zijn. En heb je Sara Sjögren al ontmoet?' Mikael schudde zijn hoofd. 'Dat is de dochter van Sofia Vanger, een van Henriks nichten. Dat was echt een onaangename en meedogenloze vrouw. Maar ze woonde in Malmö en had voor zover ik heb kunnen nagaan geen enkel motief om Harriët te vermoorden.'

'Oké.'

'Het probleem is alleen dat we, hoe we de zaak ook wenden of keren, het motief nooit begrepen hebben. Dat is belangrijk. Als we het motief hebben, weten we wat er gebeurd is en wie er verantwoordelijk is.'

'U hebt u intensief met deze zaak beziggehouden. Is er iets waar u niet achteraan bent gegaan?'

Gustaf Morell lachte.

'Nee, Mikael. Ik heb oneindig veel tijd aan deze zaak besteed en ik kan niets bedenken wat ik niet tot op de draad heb uitgezocht. Ook nadat ik bevorderd werd en uit Hedestad ben vertrokken.'

'Vertrokken?'

'Ja, zeker. Ik kom oorspronkelijk niet uit Hedestad. Ik heb daar gewerkt tussen 1963 en 1968. Daarna ben ik commissaris geworden en ben ik overgeplaatst naar de politie van Gävle voor de resterende tijd van mijn carrière. Maar ook in Gävle ben ik doorgegaan met de verdwijning van Harriët.'

'Daar zorgde Henrik Vanger wel voor, stel ik me zo voor.'

'Ja. Maar niet alleen daarom. Het raadsel-Harriët fascineert me nog steeds. Ik bedoel ... Je moet het zo zien, iedere politieman heeft zijn eigen onopgeloste mysterie. Ik herinner me uit mijn tijd in Hedestad hoe oudere collega's het in de koffiekamer altijd over de zaak-Rebecka hadden. Er was in het bijzonder één politieman, hij heette Torstensson en is al jaren dood, die jaar na jaar weer op die ene zaak terugkwam. In zijn vrije tijd en in zijn vakantie. Als de plaatselijke jeugd zich gedeisd hield, pakte hij die mappen weer uit de kast en begon hij er weer over te piekeren.'

'Betrof dat ook een verdwenen meisje?'

Commissaris Morell keek even hoogstverbaasd. Maar hij lachte toen hij inzag dat Mikael een soort verband probeerde te leggen.

'Nee, ik ben er niet om die reden over begonnen. Ik heb het over de zíél van een politieman. De zaak-Rebecka speelde voordat Harriët Vanger überhaupt was geboren en is allang verjaard. In de jaren veertig was er in Hedestad een vrouw overvallen, verkracht en vermoord. Dat is niets ongewoons. Iedere politieman moet ooit in zijn carrière zo'n gebeurtenis onderzoeken, maar wat ik bedoel is dat er zaken zijn die zich in je hoofd vastzetten en die je als rechercheur niet meer loslaten. Dat meisje was op de meest brute wijze vermoord. De moordenaar had haar vastgebonden en haar hoofd op de nog nagloeiende houtblokken in een open haard gelegd. Ik weet niet hoe lang het duurde voor het meisje dood was en welke pijnen ze moet hebben geleden.'

'Jezus.'

'Precies. Het was zo grimmig. Die arme Torstensson was de eerste rechercheur ter plaatse toen ze gevonden werd en de moord is nooit opgelost, ondanks het feit dat er expertise uit Stockholm werd ingeroepen. Hij heeft de zaak nooit los kunnen laten.'

'Dat kan ik me best voorstellen.'

'Mijn Rebecka-zaak is dus Harriët. In haar geval weten we niet eens hoe ze gestorven is. Technisch gezien kunnen we niet eens bewijzen dát er een moord is gepleegd. Maar ik heb het nooit los kunnen laten.'

Hij dacht even na.

'Rechercheur kan een van de eenzaamste beroepen ter wereld zijn. De vrienden van het slachtoffer zijn overstuur en wanhopig, maar vroeg of laat, na een paar weken of maanden, wordt het leven weer normaal. Voor de naaste familie duurt dat langer, maar ook zij komen over het verdriet en hun wanhoop heen. Het leven gaat door. Maar de onopgeloste moorden knagen. Uiteindelijk is er nog maar één iemand die aan het slachtoffer denkt en het slachtoffer gerechtigheid probeert te geven: de politieman die het onderzoek nooit heeft losgelaten.'

Er waren nog drie leden van de familie Vanger die op het Hedeby-eiland woonden. Alexander Vanger, geboren in 1946 en zoon van de derde broer Greger, woonde in een gerenoveerd houten huis uit het begin van de twintigste eeuw. Mikael was van Henrik te weten gekomen dat Alexander Vanger momenteel in West-Indië zat, waar hij zich bezighield met zijn favoriete hobby: zeilen en de tijd verdrijven zonder verder iets uit te voeren. De felheid waarmee Henrik de zoon van zijn broer de grond in boorde deed Mikael concluderen dat Alexander Vanger het onderwerp was geworden van bepaalde controverses. Hij nam genoegen met de constatering dat Alexander twintig jaar was geweest toen Harriët Vanger was verdwenen, en dat hij tot de kring familieleden behoorde die zich ter plaatse bevonden had.

Alexander woonde samen met zijn moeder Gerda, nu tachtig jaar oud en de weduwe van Greger Vanger. Mikael zag haar nooit; ze was ziekelijk en voornamelijk bedlegerig.

Het derde familielid was natuurlijk Harald Vanger. De eerste maand was Mikael er niet in geslaagd ook maar een glimp van de oude rassenbioloog op te vangen. Het huis van Harald Vanger, het gebouw dat het dichtst bij Mikaels huis stond, zag er duister en onheilspellend uit met zijn verduisteringsgordijnen voor de ramen. Mikael had diverse keren als hij langsliep gemeend de gordijnen te zien bewegen, en één keer, toen hij 's avonds laat naar bed wilde gaan, had hij plotseling licht zien branden op de bovenverdieping. Het was een spleet tussen de gordijnen geweest. Meer dan twintig minuten had hij in het donker voor zijn keukenraam gefascineerd naar het streepje licht staan kijken, tot hij het voor gezien hield en huiverend in bed kroop. De volgende ochtend zat het gordijn weer op zijn plaats.

Harald Vanger leek een onzichtbare maar voortdurend aanwezige geest te zijn, die een deel van het leven in het dorp bepaalde door zijn afwezigheid. In Mikaels fantasie nam Harald Vanger steeds meer de vorm aan van een boosaardige Gollem, die de omgeving bespioneerde van achter de gordijnen en die zich in zijn vergrendelde hol bezighield met mystieke zaken.

Harald Vanger kreeg eenmaal per dag bezoek van de thuiszorg, een oudere vrouw van de andere kant van de brug, die zich met boodschappentassen door de sneeuwhopen naar zijn voordeur moest ploegen omdat hij weigerde de oprit sneeuwvrij te laten maken. 'Conciërge' Gunnar Nilsson schudde zijn hoofd toen Mikael hem ernaar vroeg. Hij vertelde dat hij had aangeboden om sneeuw te ruimen, maar dat Harald Vanger blijkbaar niet wilde dat er ook maar iemand een voet op zijn erf zou zetten. Eén keer, de eerste winter nadat Harald Vanger naar het eiland was teruggekeerd, was Gunnar Nilsson automatisch met de tractor naar boven gereden om sneeuw te ruimen op het erf, net zoals hij bij de andere opritten deed. Harald Vanger was naar buiten komen rennen en had lopen schelden totdat Nilsson verdwenen was.

Helaas kon Gunnar Nilsson het pad naar Mikaels huisje niet sneeuwvrij maken omdat het hek te smal was voor de tractor. Daar moest nog steeds met de sneeuwschop en met de hand worden gewerkt.

Halverwege januari gaf Mikael Blomkvist zijn advocaat opdracht uit te zoeken wanneer hij zijn drie maanden gevangenisstraf moest uitzitten. Hij wilde de zaak zo snel mogelijk achter de rug hebben. In de gevangenis kómen bleek eenvoudiger te zijn dan hij zich had voorgesteld. Na een week redetwisten werd besloten dat Mikael zich op 17 maart moest melden bij Rullåker, de gevangenis buiten Östersund, een open inrichting voor minder criminele delinquenten. Mikaels advocaat deelde tevens mee dat de straftijd hoogstwaarschijnlijk enigszins zou worden bekort.

'Mooi,' had Mikael zonder veel enthousiasme gezegd.

Hij zat aan de keukentafel de bruingevlekte kat te aaien, die de gewoonte had aangenomen om eens in de zoveel dagen op te duiken en de nacht bij Mikael door te brengen. Helen Nilsson die schuin tegenover hem woonde, had hem verteld dat de kat Tjorven werd genoemd en niet echt van iemand was, maar tussen de verschillende huizen heen en weer liep.

Mikael zag zijn opdrachtgever bijna elke middag. Soms hadden ze een kort gesprek, soms zaten ze uren over de verdwijning van Harriët Vanger en allerlei details in Henrik Vangers privéonderzoek te praten.

De gesprekken bestonden er niet zelden uit dat Mikael een theorie formuleerde die Henrik Vanger vervolgens verwierp. Mikael probeerde afstand te bewaren tot zijn opdracht, maar voelde wel dat er momenten waren dat hij zelf enorm gefascineerd was door het raadsel van de verdwijning van Harriët.

Mikael had Erika ervan verzekerd dat hij ook een strategie zou formuleren om de strijd met Hans-Erik Wennerström weer aan te gaan, maar na een maand in Hedestad had hij de oude mappen, waarvan de inhoud hem naar de rechtbank had geleid, nog niet eens opengeslagen. Integendeel – hij schoof het probleem voor zich uit. Elke keer dat hij over Wennerström en zijn eigen situatie nadacht, raakte hij moedeloos en volkomen verlamd. In een helder moment vroeg hij zich af of hij bezig was net zo gek te worden als de oude industrieel. Zijn carrière was als een kaartenhuis in elkaar gestort en als reactie daarop had hij zich in een gehucht op het platteland verstopt waar hij nu op spoken joeg. Bovendien miste hij Erika.

Henrik Vanger bekeek zijn medespeurder met gereserveerde ongerustheid. Hij vermoedde dat Mikael Blomkvist niet altijd helemaal in balans was. Eind januari nam de oude man een besluit dat hemzelf verraste. Hij nam de hoorn van de haak en belde naar Stockholm. Het gesprek duurde twintig minuten en ging grotendeels over Mikael Blomkvist.

Het had bijna een maand geduurd voordat Erika's woede was weggeëbd. Ze belde op een van de laatste avonden van januari om halftien op.

'Dus je bent echt van plan in het hoge noorden te blijven,' zei ze bij wijze van inleiding. Het gesprek kwam zo onverwacht dat Mikael eerst met zijn mond vol tanden stond. Daarna lachte hij en trok hij zijn plaid verder om zich heen.

'Hé, Ricky. Je zou het zelf eens moeten proberen.'

'Waarom? Wat is er zo leuk aan het wonen in Verweggistan?'

'Ik heb net mijn tanden gepoetst met ijswater. Mijn vullingen doen er nog zeer van.'

'Dat is je eigen schuld. Maar het is hier in Stockholm ook ijskoud.'

'Vertel.'

'We zijn twee derde van onze vaste adverteerders kwijtgeraakt. Niemand wil het met zoveel woorden zeggen, maar ...'

'Ik snap het. Maak een lijst van de afhakers. Op een dag zullen we ze in een passende reportage presenteren.'

'Micke ... ik heb zitten rekenen en als we geen nieuwe adverteerders krijgen, dan betekent het dit najaar einde oefening. Zo simpel is het.'

'Daar komt verandering in.'

Ze lachte vermoeid aan de andere kant van de lijn.

'Dat kun je niet zomaar beweren daar vanuit de rimboe.'

'Hallo, het valt hier best mee, hoor.'

Erika zweeg.

'Erika, ik ben ...'

'Ik weet het. *A man's gotta do what a man's gotta do and all that crap.* Je hoeft niets te zeggen. Sorry dat ik me heb gedragen als een bitch en je telefoontjes niet heb beantwoord. Kunnen we opnieuw beginnen? Mag ik je komen opzoeken?'

'Je bent van harte welkom.'

'Moet ik een geweer meenemen tegen de wolven?'

'Niet nodig. Ik zal alle wolven, lynxen, veelvraten en beren vrijaf geven. Wanneer kom je?'

'Vrijdagavond. Oké?'

Het bestaan leek voor Mikael opeens oneindig veel lichter.

Afgezien van het smalle, sneeuwvrije pad, lag er bijna een meter sneeuw op het erf. Mikael bekeek de sneeuwschop een minuut lang zeer kritisch en ging vervolgens naar Gunnar Nilsson en vroeg of Erika haar BMW tijdens haar bezoek bij hen mocht parkeren. Dat was geen probleem. Ze hadden voldoende plaats in de dubbele garage en hadden daar bovendien een tweede aansluiting voor een motorverwarmer.

Erika vertrok 's middags uit Stockholm en was er tegen zessen. Ze keken elkaar een paar seconden afwachtend aan en omhelsden elkaar vervolgens aanzienlijk langer.

Er was in het donker buiten niet veel meer te zien dan de verlichte kerk, en de Konsum en Susannes Brugcafé waren net bezig te sluiten, dus liepen ze snel naar huis. Mikael maakte eten klaar terwijl Erika in zijn huis rondsnuffelde, commentaar leverde op *Rekordmagasinet* uit de jaren vijftig en zich verdiepte in de mappen in zijn werkkamer. Ze aten lamskoteletten met roomsaus en aardappels in witte saus – veel te veel calorieën – en dronken rode wijn. Mikael probeerde de draad op te pakken, maar Erika had geen zin om het over *Millennium* te hebben. Ze zaten in plaats daarvan twee uur te praten over Mikaels huidige bezigheden en over hoe het met hen ging. Daarna onderzochten ze of het bed breed genoeg was voor hen beiden.

De derde ontmoeting met advocaat Nils Bjurman was afgezegd, verzet en uiteindelijk verschoven naar vijf uur diezelfde vrijdag. Bij eerdere afspraken was Lisbeth Salander ontvangen door een vrouw van een jaar of vijfenvijftig die naar musk rook en de secretaresse van het kantoor was. Deze keer was ze al weg en advocaat Bjurman rook lichtelijk naar drank. Hij gebaarde naar Salander om plaats te nemen op een bezoekersstoel en bladerde afwezig in een aantal papieren, tot hij zich plotseling bewust leek te worden van haar aanwezigheid.

Het was een nieuw verhoor geworden. Deze keer had hij Lisbeth Salander uitgehoord over haar seksleven, iets waarvan zij absoluut meende dat dat tot haar privéleven behoorde en wat ze niet van plan was om ook maar met iemand te bespreken.

Na het bezoek wist ze dat ze de zaak verkeerd had aangepakt. Ze had eerst haar mond gehouden en geen antwoord gegeven op zijn vragen; hij had dat geïnterpreteerd alsof ze verlegen was, achterlijk of iets te verbergen had, en had druk op haar uitgeoefend om antwoord te geven. Salander had ingezien dat hij het niet op zou geven en was hem summiere en onschuldige antwoorden gaan geven van het soort waarvan ze aannam dat dat wel bij haar psychologische profiel zou passen. Ze had Magnus genoemd, die volgens haar beschrijving een even oude en wat nerd-achtige computerprogrammeur was die haar als een gentleman behandelde, haar meenam naar de bioscoop en af en toe bij haar in bed belandde. Magnus was puur een verzinsel en ontstond in hetzelfde tempo als haar verhaal, maar Bjurman had het nieuws gebruikt als voorwendsel om haar seksleven het komende uur zorgvuldig in kaart te brengen. *Hoe vaak heb je seks?* Af en toe. *Wie neemt het initiatief, jij of hij?* Ik. *Gebruiken jullie condooms?* Natuurlijk – ze had immers van hiv gehoord. *Wat is je favoriete standje?* Tja, meestal op mijn rug. *Hou je van orale seks?* Eh, wacht even ... *Heb je weleens anale seks gehad?*

'Nee, ik vind het niet geweldig om in mijn reet geneukt te worden, maar wat gaat jou dat aan?'

Dat was de enige keer dat ze in gezelschap van Bjurman was uitgevallen. Ze was zich ervan bewust hoe haar blik kon worden opgevat en ze had naar de grond gekeken, zodat haar ogen haar gevoelens niet zouden verraden. Toen ze hem vervolgens weer had aangekeken, had hij vanaf de andere kant van het bureau naar haar gegrijnsd. Lisbeth Salander had meteen aangevoeld dat haar leven een dramatische wending zou nemen. Ze verliet advocaat Bjurman met een gevoel van walging. Ze was onvoorbereid geweest. Palmgren zou nooit op de gedachte zijn gekomen haar zulke vragen te stellen, hij was daarentegen altijd beschikbaar geweest als ze iets met hem had willen bespreken. Waar ze zelden gebruik van had gemaakt.

Bjurman was een *Serious Pain in the Ass* en hij zou spoedig, dat zag ze nu in, worden opgewaardeerd tot een *Major Problem*.

11
ZATERDAG 1 FEBRUARI – DINSDAG 18 FEBRUARI

Tijdens de paar uur dat het die zaterdag licht was maakten Mikael en Erika een wandeling langs de jachthaven en over de weg naar Östergården. Hoewel Mikael al een maand op het eiland woonde, had hij er nog nooit een wandeling gemaakt; de kou afgewisseld door sneeuwstormen had hem van dergelijke oefeningen afgehouden. Maar zaterdag was het zonnig en behaaglijk, net alsof Erika alvast een glimpje van de lente achter de horizon had meegenomen. Het was zelfs 5 graden boven nul. De weg werd omzoomd door metershoge sneeuwwallen. Zo gauw ze het gedeelte met huizen achter zich hadden gelaten, liepen ze in een dicht naaldbos en het verraste Mikael dat de berg, Söderberget, die boven de huizen uittorende, veel hoger en ontoegankelijker was dan hij vanaf het dorp leek. Hij bedacht in een fractie van een seconde hoe vaak Harriët Vanger daar als kind moest hebben gespeeld, maar zette haar vervolgens resoluut uit zijn gedachten. Na ongeveer een kilometer hield het bos plotseling op bij een hek waar de landerijen van Östergården begonnen. Ze konden een wit houten gebouw zien liggen en een grote rode schuur. Ze gingen het terrein verder niet op en liepen dezelfde weg terug.

Toen ze de oprit naar Vangerska gården passeerden, tikte Henrik Vanger stevig op het raam van de bovenverdieping en gebaarde resoluut dat ze boven moesten komen. Mikael en Erika keken elkaar aan.

'Wil je een industrielegende ontmoeten?' vroeg Mikael.

'Bijt hij?'

'Op zaterdag niet.'

Henrik Vanger begroette hen bij de deur van zijn werkkamer en gaf Erika een hand.

'Ik herken u. U moet juffrouw Berger zijn,' zei hij. 'Mikael heeft er niets van gezegd dat u van plan was naar Hedeby te komen.'

Een van Erika's opvallendste eigenschappen was haar vermogen om onmiddellijk vriendschap te sluiten met de meest verschillende individuen. Mikael had haar haar charme tentoon zien spreiden bij jongetjes van vijf, die binnen tien minuten volledig bereid waren hun moeder in de steek te laten. Mannen van tachtig-plus leken geen uitzondering. De kuiltjes in haar wangen maakten haar extra aantrekkelijk. Na twee minuten negeerden Erika en Henrik Vanger Mikael volkomen en zaten ze te keuvelen alsof ze elkaar al van kindsbeen af kenden – nu ja, gezien hun leeftijdsverschil, in elk geval sinds Erika's kindertijd.

Erika las Henrik Vanger ongegeneerd de les omdat hij haar verantwoordelijk uitgever naar de rimboe had gelokt. Daarop zei de oude man dat hij uit de diverse persberichten had begrepen dat ze hem al ontslagen had, en als ze dat nog niet had gedaan het wellicht hoog tijd was om de ballast op de redactie te verlichten. Erika overwoog die bewering tijdens een kunstmatige pauze en keek Mikael met een kritische blik aan. Hoe dan ook, constateerde Henrik Vanger, een tijdelijk rustiek landleven zou de jongeheer Blomkvist vermoedelijk goeddoen. Dat kon Erika beamen.

Ze zaten zijn tekortkomingen vijf minuten lang in zeer plagerige bewoordingen te bespreken. Mikael leunde achterover en deed alsof hij gegriefd was, maar fronste zijn voorhoofd toen Erika enkele cryptische, dubbelzinnige commentaren gaf die eventueel konden duiden op zijn tekortkomingen als journalist, maar evengoed konden slaan op een gebrekkig seksueel vermogen. Henrik Vanger legde zijn hoofd in zijn nek en barstte uit in een daverende lach.

Mikael was hoogst verbaasd, de opmerkingen waren alleen maar schertsend, maar hij had Henrik Vanger nog nooit zo ongedwongen en ontspannen gezien. Hij zag plotseling voor zich hoe een vijftig jaar jongere – nou ja, dertig jaar jongere – Henrik Vanger een innemende verleider en een aantrekkelijke charmeur moest zijn geweest. Hij was nooit hertrouwd. Er moeten vrouwen zijn pad hebben gekruist, maar hij was al bijna een halve eeuw alleen.

Mikael nam een slok koffie en spitste zijn oren weer toen hij inzag dat het gesprek plotseling serieus was geworden en over *Millennium* ging.

'Ik heb van Mikael begrepen dat jullie problemen hebben met het blad.' Erika gluurde naar Mikael. 'Nee, hij heeft niet jullie interne doen en laten met me besproken, maar je moet wel blind en doof zijn om niet te zien dat het met jullie blad, net als met het Vanger-concern, bergafwaarts gaat.'

'Het komt vast wel goed,' antwoordde Erika voorzichtig.

'Dat betwijfel ik,' antwoordde Henrik Vanger.

'Waarom?'

'Kijk, hoeveel mensen hebben jullie in dienst, zes? Een oplage van 21.000 die eenmaal per maand verschijnt, druk- en distributiekosten, bedrijfsruimte ... Jullie hebben een jaaromzet nodig van zeg, 10 miljoen kronen. Ongeveer de helft van dat bedrag moet uit advertenties komen.'

'En?'

'Hans-Erik Wennerström is een rancuneuze en kleinzielige rotzak, die jullie niet meteen zal vergeten. Hoeveel adverteerders zijn jullie de laatste maanden kwijtgeraakt?'

Erika zat Henrik Vanger afwachtend te observeren. Mikael merkte dat hij zijn adem inhield. De keren dat de oude man en hij het onderwerp *Millennium* hadden aangeroerd, waren het spottende opmerkingen geweest of hadden ze het gehad over de situatie van het blad in verhouding tot Mikaels vermogen om in Hedestad goed werk te leveren. Mikael en Erika waren medeoprichters en grootaandeelhouders van het blad, maar het was duidelijk dat Vanger zich nu uitsluitend tot Erika richtte, de ene chef tot de andere. Er werden signalen tussen hen twee heen en weer gestuurd die Mikael niet begreep of niet kon interpreteren, wat er misschien mee te maken had dat hij oorspronkelijk de zoon van een arme arbeider uit Norrland was en zij een meisje uit de betere kringen met een roemrijke internationale stamboom.

'Zou ik nog een kopje koffie mogen?' vroeg Erika.

Henrik Vanger bediende haar onmiddellijk.

'Goed, jij hebt je huiswerk gedaan. Je bent op de hoogte van de stand van zaken. En nu?'

'Hoe lang kunnen jullie het uithouden?'

'Het tij moet binnen een halfjaar keren. Maximaal acht, negen maanden. We hebben gewoon onvoldoende kapitaal om het langer uit te zingen.'

Het gezicht van de oude industrieel was ondoorgrondelijk, toen hij door het raam naar buiten keek. De kerk stond er nog.

'Wisten jullie dat ik ooit krantenmagnaat ben geweest?'

Mikael en Erika schudden allebei hun hoofd. Henrik Vanger moest plotseling lachen.

'We bezaten zes Norrlandse dagbladen. Dat was in de jaren vijftig en zestig. Het was het idee van mijn vader, hij meende dat het politiek gunstig kon zijn om de media achter ons te hebben. We zijn trouwens nog steeds mede-eigenaar van *Hedestads-Kuriren*, Birger Vanger is bestuursvoorzitter. Hij is de zoon van Harald,' voegde hij er voor Mikael aan toe.

'Hij zit bovendien in de gemeentepolitiek,' constateerde Mikael.

'Martin zit ook in het bestuur. Hij houdt Birger in de gaten.'

'Waarom hebben jullie het krantengebeuren afgestoten?' vroeg Mikael.

'De structuurhervorming in de jaren zestig. Het uitgeversvak was op de een of andere manier meer een hobby dan een belang. Toen we het budget moesten beperken, was dat een van de eerste bedrijfstakken die we in de jaren zeventig van de hand hebben gedaan. Maar ik weet wat het inhoudt om een krant uit te geven ... Mag ik een persoonlijke vraag stellen?'

De vraag was aan Erika gericht, die een wenkbrauw optrok en Vanger gebaarde door te gaan.

'Ik heb Mikael daar niet naar gevraagd en als jullie er geen antwoord op willen geven, hoeven jullie niets te zeggen. Ik zou willen weten waarom jullie in deze benarde situatie verzeild zijn geraakt. Hádden jullie een story of niet?'

Mikael en Erika keken elkaar aan. Nu was het Mikaels beurt om er ondoorgrondelijk uit te zien. Erika wachtte een seconde voor ze wat zei.

'We hadden een story. Maar dat was eigenlijk een heel ander verhaal.'

Henrik Vanger knikte, net alsof hij begrepen had wat Erika had gezegd. Zelfs Mikael begreep het niet.

'Ik heb geen zin om erover te praten,' kapte Mikael de discussie af.

'Ik heb onderzoek gedaan en de tekst geschreven. Ik had alle bronnen die ik nodig had. En toen ging het mis.'

'Maar je had bronnen voor alles wat je schreef?'

Mikael knikte. Henrik Vangers stem was plotseling scherp.

'Ik wil niet doen alsof ik begrijp hoe jullie in godsnaam op zo'n mijn hebben kunnen trappen. De enige vergelijking die ik kan trekken is mogelijk met de Lundahl-affaire in *Expressen* in de jaren zestig, als dat de jongelui wat zegt. *Expressen* beweerde in 1965 dat een naziliga een staatsgreep beraamde en een geheime militaire organisatie aan het opbouwen was. Er zaten twee ervaren verslaggevers op de zaak. Alles bleek later fake te zijn, maar een van de vermeende nationaal-socialisten, Björn Lundahl, kon vervolgens jaren leven van de schadevergoedingen die hij eiste van regionale kranten die naar de artikelen van *Expressen* verwezen hadden. Was jullie bron ook een complete mythomaan?' Hij schudde zijn hoofd en richtte zich met zachtere stem tot Erika. 'Ik ben ooit uitgever geweest en dat kan ik weer worden. Wat zouden jullie zeggen van een mede-eigenaar erbij?'

De vraag kwam als een donderslag bij heldere hemel, maar Erika leek niet in het minst verbaasd.

'Hoe bedoel je?' vroeg ze.

Henrik Vanger ontweek haar vraag met een wedervraag. 'Hoe lang blijf je in Hedestad?'

'Ik ga morgen weer naar huis.'

'Zou je zin hebben, ja, jij en Mikael natuurlijk, om een oude man te vermaken door vanavond bij me te komen dineren? Om zeven uur?'

'Dat schikt prima. We komen graag. Maar je ontwijkt de vraag die ik heb gesteld. Waarom zou je mede-eigenaar van *Millennium* willen worden?'

'Ik ontwijk die vraag niet. Ik had meer gedacht dat we daar tijdens een hapje en een drankje wat verder over konden babbelen. Ik moet eerst met mijn advocaat, Dirch Frode, praten voordat ik iets concreets kan formuleren. Maar ik kan simpelweg zeggen dat ik geld heb om te investeren. Als het blad overleeft en weer winstgevend wordt, maak ik winst. Zo niet, tja, ik heb aanzienlijk grotere verliezen geleden.'

Mikael stond op het punt wat te zeggen toen Erika haar hand op zijn knie legde.

'Mikael en ik hebben er hard voor gevochten om volkomen onafhankelijk te kunnen zijn.'

'Onzin. Geen mens is volkomen onafhankelijk. Maar ik ben er niet op uit het magazine over te nemen en ik heb volledig lak aan de inhoud. Denk aan de industrieel Stenbeck, die klootzak. Hij had veel ijzers in het vuur op het gebied van telefonie, tv en radio, werkte niet volgens de geijkte conventies. Hij zwom altijd tegen de stroom in, maar hij kreeg wel pluspunten door het uitgeven van onder andere *Moderna Tider*. Dan kan ik toch wel achter *Millennium* staan. Dat is bovendien een goed blad!'

'Heeft dit iets met Wennerström te maken?' vroeg Mikael plotseling. Henrik Vanger moest lachen.

'Mikael, ik ben de tachtig gepasseerd. Er zijn dingen waarvan ik spijt heb dat ik ze niet heb gedaan en mensen van wie ik spijt heb dat ik ze niet meer heb dwarsgezeten. Maar, à propos' – hij richtte zich weer tot Erika – 'aan zo'n investering zit wel één voorwaarde.'

'Laat maar horen,' zei Erika Berger.

'Mikael Blomkvist moet zijn functie van verantwoordelijk uitgever weer oppakken.'

'Nee,' zei Mikael onmiddellijk.

'Jawel,' zei Henrik Vanger even scherp. 'Wennerström krijgt een hartaanval als we het persbericht uitsturen dat het Vanger-concern *Millennium* steunt en dat jij tegelijkertijd weer terugkeert als verantwoordelijk uitgever. Dat is absoluut het duidelijkste signaal dat we kunnen geven; iedereen begrijpt dat het geen machtsovername is en dat het redactionele beleid vastligt. En dat alleen zal de adverteerders die van plan zijn zich terug te trekken een reden geven om zich nog een keer op het hoofd te krabben. En Wennerström is niet almachtig. Hij heeft ook vijanden en er zijn bedrijven die zullen willen adverteren.'

'Waar ging dat in godsnaam over?' vroeg Mikael op hetzelfde moment dat Erika de buitendeur dichtdeed.

'Ik geloof dat dat voorbereidende verkenningen voor een zakelijke deal worden genoemd,' antwoordde ze. 'Je had helemaal niet verteld dat Henrik Vanger zo'n schatje was.'

Mikael ging pal voor haar staan. 'Ricky, je wist precies waar dit gesprek over zou gaan!'

'Hallo, *toy boy*. Het is pas drie uur en ik wil voor het eten eens even lekker worden beziggehouden.'

Mikael Blomkvist kookte van woede. Maar hij kon nooit lang kwaad zijn op Erika.

Erika droeg een zwart jurkje, een kort jasje en pumps, die ze om de een of andere reden in haar koffertje had gestopt. Ze stond erop dat Mikael een colbert en een stropdas zou dragen. Hij trok een zwarte broek, een grijs overhemd met een donkere stropdas en een grijs jasje aan. Toen ze stipt op tijd aanklopten bij Henrik Vanger bleek dat ook Dirch Frode en Martin Vanger tot de gasten behoorden. Allemaal waren ze in pak, behalve Henrik, die snoefde met een vlinderstrikje en een bruin vest.

'Het voordeel van boven de tachtig zijn is dat niemand iets kan zeggen van wat je aanhebt,' constateerde hij.

Erika was de hele maaltijd in een stralend humeur.

Pas later, toen ze naar een salon met een open haard verhuisden en allemaal een glas cognac hadden, begon het gesprek serieus te worden. Ze zaten bijna twee uur te praten voor ze een voorstel voor een overeenkomst op tafel hadden.

Dirch Frode zou een bedrijf oprichten dat volledig eigendom was van Henrik Vanger, en waarvan het bestuur bestond uit Henrik Vanger, Frode en Martin Vanger. Het bedrijf zou gedurende een periode van vier jaar een bedrag investeren dat het gat tussen de inkomsten en uitgaven van *Millennium* zou dekken. Het geld was afkomstig uit Henrik Vangers eigen vermogen. Ter compensatie zou Henrik Vanger een zichtbare post in het bestuur van het blad krijgen. Het contract zou vier jaar geldig zijn, maar kon door *Millennium* na twee jaar worden opgezegd. Maar een dergelijke voortijdige opzegging zou kostbaar zijn, omdat Henrik alleen kon worden uitgekocht door hem het volledige bedrag dat hij geïnvesteerd had terug te betalen.

Wanneer Henrik Vanger plotseling zou overlijden, zou Martin Vanger hem in het bestuur vervangen gedurende de tijd dat de overeenkomst nog liep. Als Martin zijn betrokkenheid daarna nog zou willen voortzetten, kon hij daar tegen die tijd een standpunt over innemen. Martin Vanger leek geamuseerd door de mogelijkheid om Hans-Erik Wennerström iets betaald te zetten en Mikael vroeg zich af waaruit hun controverse eigenlijk bestond.

Toen ze een voorlopige overeenkomst klaar hadden, vulde Martin Vanger de cognacglazen opnieuw. Henrik Vanger boog zich voorover naar Mikael en zei zachtjes dat dit contract de overeenkomst tussen hen tweeën op geen enkele wijze zou beïnvloeden.

Er werd tevens besloten dat de reorganisatie, om zo veel mogelijk media-aandacht te creëren, gepresenteerd zou worden op dezelfde dag dat Mikael Blomkvist medio maart de gevangenis in zou gaan. Het combineren van een dusdanig negatieve gebeurtenis met een reorganisatie was uit pr-oogpunt zó fout, dat men niet anders kon dan ontsteld te zijn over Mikaels kwaadsprekerij en Henrik Vangers toetreding maximale aandacht te geven. Maar ze zagen ook allemaal de logica ervan in – het was een aanduiding dat de pestvlag die boven de redactie van *Millennium* wapperde, gestreken ging worden en dat het blad beschermheren had die bereid waren hard tegen hard te gaan. Het Vanger-concern mocht zich dan wel in een crisis bevinden, het was nog steeds een aanzienlijk industrieconcern dat offensief kon spelen wanneer dat nodig was.

Het hele gesprek was een discussie geweest tussen aan de ene kant Erika en aan de andere kant Henrik en Martin. Niemand had Mikael gevraagd wat hij ervan vond.

Later die nacht lag Mikael met zijn hoofd op Erika's borst en keek hij haar aan.

'Hoe lang waren Henrik Vanger en jij hier al mee bezig?' vroeg hij.

'Ongeveer een week,' glimlachte ze.

'Weet Christer ervan?'

'Uiteraard.'

'Waarom hebben jullie mij niets verteld?'

'Waarom zou ik dat in 's hemelsnaam met jou moeten bespreken? Jij bent afgetreden als verantwoordelijk uitgever, hebt de redactie en het bestuur verlaten en bent midden in het bos gaan wonen.'

Mikael dacht even na.

'Je bedoelt dus dat ik het verdien om als een idioot behandeld te worden.'

'Precies,' zei ze nadrukkelijk.

'Je bent inderdaad goed kwaad op me geweest.'

'Mikael, ik heb me nog nooit zo woedend, eenzaam en in de steek gelaten gevoeld als toen jij de redactie verliet. Ik ben nooit eerder zo boos op je geweest.' Ze greep zijn haar stevig beet en duwde hem omlaag in bed.

Toen Erika zondag uit Hedeby vertrok was Mikael zo nijdig op Henrik Vanger dat hij niet het risico wilde lopen hem of een ander lid van de clan tegen het lijf te lopen. Hij ging daarom naar Hedestad en bracht de middag door met rondwandelen in de stad, het bezoeken van de bibliotheek en koffiedrinken in een lunchroom. 's Avonds ging hij naar de bioscoop en zag hij *In de ban van de ring*, die hij nog steeds niet gezien had, hoewel hij al een jaar geleden in première was gegaan. Hij vond plotseling dat Orks in tegenstelling tot mensen eenvoudige en ongecompliceerde wezens waren.

Hij eindigde de avond bij McDonald's in Hedestad en keerde pas rond middernacht met de laatste bus naar Hedeby terug. Hij zette koffie, ging aan de keukentafel zitten en pakte een map. Hij zat tot vier uur 's ochtends te lezen.

Er waren enkele vraagtekens in het onderzoek over Harriët Vanger die steeds eigenaardiger leken naarmate Mikael verder in de documentatie doordrong. Het waren geen revolutionaire ontdekkingen van hemzelf, maar problemen die commissaris Gustaf Morell lange tijd bezig hadden gehouden, vooral in zijn vrije tijd.

Het laatste jaar van haar leven was Harriët Vanger veranderd. Die verandering kon in zekere mate worden toegeschreven aan de metamorfose die alle jongelui in de een of andere vorm geduren-de een bepaalde periode tijdens hun tienertijd doormaken. Harriët was bezig geweest volwassen te worden, maar in haar geval getuig-den klasgenoten, leraren en diverse familieleden ervan dat ze geslo-ten en introvert was geworden.

Het meisje dat twee jaar daarvoor een doodnormale, levendige tiener was geweest, had zich duidelijk gedistantieerd van haar omgeving. Op school ging ze nog steeds om met haar vrienden, maar nu op een manier die een van haar vriendinnen beschreef als 'onpersoonlijk'. Het woord dat de vriendin had gebruikt was zo ongebruikelijk geweest, dat Morell er een aantekening van had gemaakt en er vervolgvragen over had gesteld. De verklaring die hij gekregen had, was dat Harriët gestopt was met over zichzelf te praten, te roddelen en mensen dingen in vertrouwen te vertellen.

Tijdens haar jeugd was Harriët Vanger christen geweest zoals veel kinderen – zondagsschool, avondgebed en confirmatie. Het laatste jaar leek ze ook vroom te zijn geworden. Ze las de Bijbel en ging regelmatig naar de kerk. Ze had zich echter niet gericht tot dominee Otto Falk op Hedeby, die een vriend van de familie Vanger was, maar had in het voorjaar aansluiting gezocht bij een pinkstergemeente in Hedestad. De betrokkenheid bij de pinkstergemeente had echter niet lang geduurd. Al na twee maanden was ze opgestapt en was ze boeken gaan lezen over het katholieke geloof.

Religieuze dweperij van een tiener? Misschien, maar niemand anders in de familie Vanger was noemenswaardig religieus en het was moeilijk om uit te zoeken door welke impulsen haar gedachten waren gestuurd. Een verklaring voor haar interesse voor God kon wellicht het feit zijn geweest dat haar vader een jaar daarvoor bij een verdrinkingsongeval om het leven was gekomen. Gustaf Morell trok in elk geval de conclusie dat er iets in Harriëts leven moest zijn geweest wat haar beklemde of beïnvloedde, maar had moeite vast te stellen waarin dat bestond. Morell had, evenals Henrik Vanger, veel tijd besteed aan het praten met haar vriendinnen om iemand te vinden die ze wellicht in vertrouwen had genomen.

Er was enige hoop gevestigd op de twee jaar oudere Anita Vanger, de jongste dochter van Harald Vanger, die de zomer van 1966 op het eiland had doorgebracht en goed bevriend was geraakt met Harriët. Maar ook Anita Vanger had niets bijzonders te vertellen. Ze waren die zomer veel samen geweest, hadden gezwommen, gewandeld, gepraat over films, popgroepen en boeken. Harriët was vaak mee geweest toen Anita rijles had. Ze waren een keer aangeschoten geweest van een fles wijn die ze uit de keuken hadden gepikt. Ze hadden bovendien wekenlang met zijn tweeën in het huisje van Gottfried verbleven, helemaal aan de buitenrand van het eiland; een rustiek gebouwtje dat door de vader van Harriët begin jaren vijftig was opgetrokken.

De vragen over Harriët Vangers persoonlijke gedachten en

gevoelens bleven onbeantwoord. Mikael noteerde echter een discrepantie in de beschrijving: de gegevens over haar geslotenheid kwamen voornamelijk van haar klasgenoten en van enkele familieleden, terwijl Anita Vanger haar helemaal niet als gesloten had ervaren. Hij maakte een aantekening in zijn geheugen om dat bij gelegenheid eens aan Henrik Vanger voor te leggen.

Een meer concreet vraagteken, waaraan Morell aanzienlijk meer aandacht had besteed, was een opvallende pagina in Harriët Vangers agenda, een mooi ingebonden boekje, dat ze het jaar voordat ze verdween als kerstcadeau gekregen had. De eerste helft van de agenda bevatte een rooster waar Harriët dag voor dag haar afspraken, data van repetities op school, huiswerk en dergelijke noteerde. Er was veel ruimte voor dagboekaantekeningen in de agenda, maar Harriët hield maar sporadisch een dagboek bij. Ze begon in januari ambitieus met wat korte aantekeningen over wie ze in de kerstvakantie had ontmoet en opmerkingen over films die ze had gezien. Daarna schreef ze niets persoonlijks meer op tot het einde van het schooljaar, toen ze eventueel, afhankelijk van hoe de aantekeningen werden geïnterpreteerd, op afstand geïnteresseerd was geweest in een niet bij name genoemde jongen.

Maar de pagina's met telefoonnummers bevatten het daadwerkelijke mysterie. Familieleden, klasgenoten, sommige leraren, een paar leden van de pinkstergemeente en andere eenvoudig te identificeren personen in haar omgeving stonden zorgvuldig in alfabetische volgorde genoteerd. Op de laatste pagina van dat gedeelte, en eigenlijk buiten het alfabetische register, stonden vijf namen en evenveel telefoonnummers. Drie vrouwennamen en twee initialen.

Magda - 32016
Sara - 32109
RJ - 30112
RL - 32027
Mari - 32018

De vijfcijferige telefoonnummers die met 32 begonnen, waren nummers uit Hedestad in de jaren zestig. Het afwijkende 30-nummer leidde naar Norrbyn buiten Hedestad. Het enige probleem, toen inspecteur Morell systematisch contact had gezocht met alle mensen in Harriëts kennissenkring, was dat niemand wist van wie deze telefoonnummers waren.

Het eerste nummer van 'Magda' klonk veelbelovend. Het leidde naar een stoffen- en fourniturenzaak aan de Parkgatan 12. De aansluiting stond op naam van ene Margot Lundmark, wier moeder inderdaad Magda heette en soms in de winkel bijkluste. Maar Magda was negenenzestig en had geen idee wie Harriët Vanger was. Er was ook geen enkele aanwijzing dat Harriët de winkel weleens had bezocht of er wat had gekocht. Ze hield zich niet bezig met handwerken.

Het tweede nummer, van 'Sara,' leidde naar de familie Toresson, een gezin met kleine kinderen dat in Väststan woonde, aan de andere kant van de spoorlijn. Het gezin bestond uit Anders en Monica en hun kinderen Jonas en Peter, die destijds nog maar kleuters waren. Er was geen Sara in het gezin, en ze wisten ook niet wie Harriët Vanger was, behalve dat ze in de media was omschreven als vermist. De enige vage koppeling tussen Harriët en de familie Toresson was dat Anders, die dakdekker was, een jaar geleden gedurende een paar weken bezig was geweest met het pannendak van de school waar Harriët in groep negen zat. Het was dus theoretisch mogelijk dat ze elkaar konden hebben ontmoet, hoewel dat als zeer onwaarschijnlijk moest worden beschouwd.

De resterende drie telefoonnummers bleken net zo'n dood spoor. Op RL, nummer 32027, had inderdaad een Rosmarie Larsson gewoond. Helaas was ze al jaren geleden overleden.

Inspecteur Morell richtte er zich tijdens zijn onderzoek in de winter van 1966-1967 grotendeels op om een verklaring proberen te vinden voor het feit dat Harriët deze namen en nummers had genoteerd.

Een eerste gok was, niet geheel onverwacht, dat de telefoonnummers als een soort persoonlijke code waren genoteerd. Morell deed daarom een poging om zich in te leven in hoe een tienermeisje eventueel kon hebben geredeneerd. Omdat de 32-serie blijkbaar sloeg op Hedestad, experimenteerde hij met het omzetten van de resterende drie cijfers. Maar 32601 en 32160 leidden geen van beiden naar een Magda. Naarmate Morell verderging met zijn nummermystiek ontdekte hij natuurlijk dat als hij maar voldoende cijfers omwisselde, hij vroeg of laat een verband met Harriët vond. Als hij bijvoorbeeld de laatste drie cijfers in 32016 allemaal met 1 verhoogde, kreeg hij nummer 32127, wat het telefoonnummer was van advocaat Dirch Frodes kantoor in Hedestad. Het probleem was alleen dat zo'n koppeling helemaal niets betekende. Bovendien vond hij nooit een code die op alle vijf de nummers van toepassing was.

Morell breidde de redenering uit. Konden de cijfers iets anders betekenen? De kentekens van de jaren zestig bestonden uit de letter van de provincie en vijf cijfers – een dood spoor.

De inspecteur liet de cijfers voor wat ze waren en concentreerde zich op de namen. Hij ging zo ver dat hij een lijst opstelde van alle personen in Hedestad die Mari, Magda en Sara heetten of de initialen RL respectievelijk RJ hadden. Het overzicht bestond uit in totaal 307 personen. Waaronder zelfs 29 personen die een zekere band met Harriët hadden; een klasgenoot uit groep negen heette bijvoorbeeld Roland Jacobsson, RJ. Maar ze waren slechts oppervlakkige kennissen en hadden geen contact meer gehad nadat Harriët naar de middelbare school was gegaan. En bovendien klopte het telefoonnummer dan niet.

Het mysterie van de telefoonnummers bleef onopgelost.

De vierde ontmoeting met advocaat Bjurman was niet een van hun geplande ontmoetingen. Ze had contact met hem moeten opnemen.

In de tweede week van februari was Lisbeth Salanders laptop stukgegaan tijdens een ongeval dat zo onnodig was geweest, dat ze er zeer moordlustige neigingen van had gekregen. Ze was naar een vergadering bij Milton Security gefietst en had haar fiets achter een pilaar in de garage geparkeerd. Toen ze haar rugzak op de grond had gezet om haar fiets op slot te zetten, was er een donkerrode Saab achteruitgereden. Ze stond er met haar rug naartoe en hoorde het gekraak in haar rugzak. De bestuurder had niets gemerkt en was onbekommerd naar de uitgang gereden.

In de rugzak zat haar witte Apple iBook 600 met een 25 Gb harde schijf en 420 Mb RAM van januari 2002 en voorzien van een 14 inch-beeldscherm. Toen ze hem kocht, was hij Apples allernieuwste model geweest. Lisbeth Salanders computers waren geüpgraded met de allernieuwste en soms duurste configuraties – haar computerapparatuur was zo ongeveer de enige extravagante post in haar uitgavenpatroon.

Toen ze de rugzak openmaakte, kon ze constateren dat het deksel van de computer gedeukt was. Ze sloot het netsnoer aan en deed een poging de computer te starten; hij gaf zelfs geen laatste stuiptrekking. Ze had de restanten meegenomen naar Timmy's MacJesus Shop aan de Brännkyrkagatan in de hoop dat er ten minste iets van de harddisk gered kon worden. Na een paar minuten had Timmy zijn hoofd geschud.

'Sorry. Er is geen hoop meer,' had hij geconstateerd. 'Regel maar een mooie begrafenis.'

Het verlies van de computer was deprimerend, maar geen catastrofe. Lisbeth Salander had het in het jaar dat ze hem had gehad, uitstekend met hem kunnen vinden. Ze had een back-up van alle bestanden en ze had thuis een oudere Mac G3 die altijd aanstond en bovendien een vijf jaar oude Toshiba-pc-laptop, die ze kon gebruiken. Maar – *verdomme* – ze had een snelle, moderne computer nodig.

Ze had, niet onverwacht, haar oog laten vallen op het best mogelijke alternatief: de pas gelanceerde Apple PowerBook G4/1.0 GHz met een aluminium chassis en een PowerPC 7451 processor met AltiVec Velocity Engine, 960 Mb RAM en een 60 Gb harde schijf. Hij had BlueTooth en een ingebouwde cd- en dvd-brander.

Hij had bovendien het eerste 17 inch-beeldscherm in de laptopwereld, met een NVIDIA-grafische kaart en een resolutie van 1.440x900 pixels, wat voorstanders van de pc shockeerde en alle andere laptops op de markt een minderwaardigheidscomplex bezorgde.

Het was qua hardware de Rolls Royce onder de laptops, maar waar Lisbeth Salanders hebzucht pas echt door werd gewekt, was de eenvoudige finesse dat het toetsenbord voorzien was van achtergrondverlichting, zodat ze de letters op het toetsenbord ook in een pikdonkere omgeving zou kunnen zien. Zo eenvoudig. Waarom was daar nooit eerder iemand opgekomen?

Het was liefde op het eerste gezicht.

Hij kostte 38.000 kronen exclusief BTW.

Dát was een probleem.

Ze had in elk geval de bestelling bij MacJesus gedaan. Ze kocht daar altijd al haar computerspullen, waardoor ze een aanzienlijke korting kreeg. Een paar dagen later had Lisbeth Salander haar uitgaven opgeteld. De verzekering van haar gecrashte computer zou een groot deel van de aankoop dekken, maar met het eigen risico en de hogere prijs van de nieuwe laptop kwam ze in elk geval ruim 18.000 kronen tekort. In een koffieblik thuis had ze 10.000 kronen verstopt om altijd wat contant geld achter de hand te hebben, maar dat was niet voldoende. Ze wenste advocaat Bjurman van alles toe, maar beet toch door de zure appel heen en belde haar curator, en legde uit dat ze geld nodig had voor een onverwachte uitgave. Bjurman maakte duidelijk dat hij die dag geen tijd voor haar had. Salander zei daarop dat het hem niet meer dan twintig seconden zou kosten om een cheque van 10.000 kronen uit te schrijven. Hij legde uit dat hij niet zomaar even een cheque kon uitschrijven, maar gaf uiteindelijk toe en na wat bedenktijd boekte hij haar in voor een ontmoeting na werktijd, om halfacht 's avonds.

Mikael erkende dat hij niet capabel genoeg was om het onderzoek naar een misdrijf te beoordelen, maar trok toch de conclusie dat inspecteur Morell exceptioneel nauwgezet te werk was gegaan en stenen had opgetild die ver buiten het bereik van een doorsnee-onderzoek lagen. Toen Mikael het formele politieonderzoek terzijde legde, bleef Morell terugkomen in Henriks eigen aantekeningen; er was een vriendschapsband ontstaan en Mikael vroeg zich af of Morell net zo bezeten was geraakt als de industrieel. Hij trok echter de conclusie dat Morell nauwelijks iets gemist kon hebben. Het antwoord op het raadsel-Harriët Vanger zou niet worden gevonden in een haast perfect politieonderzoek. Alle mogelijke vragen waren al gesteld en alle mogelijke sporen waren uitgeplozen; zelfs de al op voorhand absurde.

Hij had nog niet het hele onderzoek gelezen, maar hoe verder hij kwam, des te obscuurder de sporen en tips werden die werden nagetrokken. Hij verwachtte niet iets te vinden wat zijn voorganger gemist had en wist niet goed hoe hij het probleem zelf bij de hoorns zou vatten. Uiteindelijk was er een overtuiging gerijpt: de enige redelijke, begaanbare weg voor hem was te proberen de psychologische beweegredenen van de betrokken personen in kaart te brengen.

Het duidelijkste vraagteken betrof Harriët zelf. Wie was ze eigenlijk geweest?

Vanuit het raam van zijn huis had Mikael gezien dat het licht op de bovenwoning bij Cecilia Vanger om vijf uur 's middags aanging. Hij klopte om halfacht bij haar aan, net toen de begintune van het journaal te horen was. Ze deed open, gekleed in een witte ochtendjas en met nat haar onder een gele handdoek. Mikael verontschuldigde zich meteen en wilde rechtsomkeert maken, maar ze vroeg hem binnen te komen en leidde hem naar de keuken. Ze zette het koffiezetapparaat aan en verdween een paar minuten naar de bovenverdieping. Toen ze weer beneden kwam, had ze een spijkerbroek en een geruit flanellen shirt aan.

'Ik begon al te denken dat je niet langs durfde te komen.'

'Ik had eerst moeten bellen, maar ik zag licht branden en kreeg een impuls.'

'Ik heb gezien dat bij jou hele nachten het licht brandt. En je bent ook vaak na middernacht aan de wandel. Ben je een nachtmens?'

Mikael haalde zijn schouders op. 'Het is zo gelopen.' Zijn oog viel op een paar schoolboeken die op de rand van de keukentafel lagen opgestapeld. 'De rector geeft ook nog les?'

'Nee, daar heb ik als schoolhoofd geen tijd voor. Maar ik ben van oorsprong docente geschiedenis, godsdienst en maatschappijleer en wil een beetje bijblijven. Ik moet nog een paar jaar.'

'Pardon?'

Ze glimlachte. 'Ik ben zesenvijftig. Al bijna met pensioen.'

'Ik zou niet zeggen dat je boven de vijftig bent. Eerder in de veertig.'

'Vleier. Hoe oud ben jij?'

'Veertig plus,' glimlachte Mikael.

'En pasgeleden was je nog twintig. Wat gaat het snel. Het leven.'

Cecilia Vanger schonk koffie in en vroeg of Mikael trek had. Hij zei dat hij al gegeten had; wat op zich waar was. Hij was erg slordig met eten en at heel vaak brood in plaats van warm eten. Maar hij had geen honger.

'Goed, waarom ben je hier eigenlijk? Is het tijd voor die vragen?'

'Eerlijk gezegd ben ik niet gekomen om vragen te stellen. Ik wilde gewoon even langskomen.'

Cecilia Vanger moest plotseling lachen.

'Je bent veroordeeld tot de gevangenis, verhuist naar Hedeby, zit te wroeten in het materiaal van Henriks favoriete hobby, slaapt 's nachts niet, maakt lange wandelingen als het ijskoud is ... Heb ik iets gemist?'

'Mijn leven gaat naar de verdoemenis.' Mikael lachte terug.

'Wie is die vrouw die dit weekend bij je was?'

'Erika ... Ze is hoofdredacteur van *Millennium*.'

'Je vriendin?'

'Niet helemaal. Ze is getrouwd. Ik ben meer een vriend en een "*occasional lover*".'

Cecilia Vanger proestte het uit.

'Wat is daar zo leuk aan?'

'Zoals je dat zegt. *Occasional lover*. Ik vind die uitdrukking wel grappig.'

Mikael lachte. Hij vond Cecilia Vanger plotseling aardig.

'Ik heb ook een *occasional lover* nodig,' zei ze.

Ze schopte een van haar pantoffels uit en legde haar voet op Mikaels knie. Hij legde automatisch zijn hand op haar voet en raakte haar huid aan. Hij aarzelde een seconde – hij was in volstrekt onverwacht en onbekend vaarwater beland. Maar hij begon voorzichtig haar voetzool te masseren met zijn duim.

'Ik ben ook getrouwd,' zei Cecilia Vanger.

'Dat weet ik. Binnen de Vanger-clan wordt er niet gescheiden.'

'Ik heb mijn man al bijna twintig jaar niet gezien.'

'Wat is er gebeurd?'

'Dat gaat je niks aan. Ik heb al in geen ... hm, drie jaar seks gehad.'

'Dat verbaast me.'

'Waarom? Het is een kwestie van vraag en aanbod. Ik wil absoluut geen vriend, echtgenoot of met iemand samenwonen. Ik heb het prima naar mijn zin in mijn eentje. Dus met wie moet ik seks hebben? Een van de docenten op school? Ik dacht het niet. Een van de leerlingen? Dat zou een sappig verhaal voor de roddeltantes worden. Die houden iedereen die Vanger heet toch al goed in de gaten. En hier op het eiland wonen alleen familieleden of mensen die al getrouwd zijn.'

Ze leunde voorover en kuste hem in zijn nek.

'Choqueer ik je?'

'Nee. Maar ik weet niet of dit zo'n goed idee is. Ik werk voor je oom.'

'Ik ben de laatste die zou kletsen. Maar eerlijk gezegd, Henrik zou er vermoedelijk niets op tegen hebben.'

Ze ging schrijlings op hem zitten en kuste hem op zijn mond. Haar haar was nog nat en ze rook naar shampoo. Hij frunnikte aan de knoopjes van haar flanellen shirt en trok het over haar schouders omlaag. Ze had niet de moeite genomen een bh aan te trekken. Ze drukte zich tegen hem aan toen hij haar borsten kuste.

Advocaat Bjurman liep om de tafel heen en toonde haar de balans van haar rekening – die ze al tot op de laatste öre kende, maar waar ze niet langer zelf over kon beschikken. Hij stond achter haar. Plotseling begon hij haar nek te masseren en liet hij een hand over haar linkerschouder schuin over haar borst glijden. Hij legde zijn hand op haar rechterborst en liet hem daar liggen. Toen ze niet leek te protesteren kneep hij licht in haar borst. Lisbeth Salander zat doodstil. Ze voelde zijn adem in haar nek en bestudeerde de briefopener op zijn bureau; ze kon hem met haar vrije hand gemakkelijk pakken.

Maar ze deed niets. Als er iets was wat Holger Palmgren haar in zijn tijd had geleerd, was het dat impulsieve handelingen vaak tot problemen leidden, en problemen konden onaangename consequenties hebben. Ze deed nooit iets zonder eerst de consequenties te overwegen.

Deze eerste aanzet tot aanranding – wat in juridische termen gedefinieerd werd als 'seksuele intimidatie en het misbruik maken van een persoon in een afhankelijke positie,' en wat Bjurman een gevangenisstraf van ten hoogste twee jaren zou kunnen opleveren – duurde slechts een paar seconden. Maar er was een onherroepelijke grens gepasseerd. Voor Lisbeth Salander was het militair machtsvertoon van een vijandige troep – een markering dat ze achter hun zorgvuldig gedefinieerde juridische relatie overgeleverd was aan zijn goeddunken en dat ze ongewapend was. Toen hun blikken elkaar een paar seconden later kruisten, stond zijn mond half open en kon ze de lust van zijn gezicht aflezen. Salanders eigen gezicht was onbewogen.

Bjurman liep terug naar zijn kant van het bureau en nam plaats in zijn comfortabele leren fauteuil.

'Ik kan niet zomaar cheques uitschrijven,' zei hij plotseling. 'Waar heb je zo'n dure computer voor nodig? Er zijn aanzienlijk goedkopere apparaten waar je computerspelletjes op kunt spelen.'

'Ik wil net als voorheen over mijn eigen geld kunnen beschikken.'

Advocaat Bjurman keek haar medelijdend aan.

'Dat zullen we nog weleens zien. Je moet eerst leren sociaal te zijn, met mensen om te gaan.'

Advocaat Bjurmans glimlach zou mogelijk enigszins getemperd worden als hij de gedachten achter haar uitdrukkingsloze ogen had kunnen lezen.

'Ik denk dat we goede vrienden zullen worden,' zei Bjurman. 'We moeten op elkaar kunnen vertrouwen.'

Toen ze geen antwoord gaf, verduidelijkte hij: 'Je bent nu immers een volwassen vrouw, Lisbeth.'

Ze knikte.

'Kom eens hier,' zei hij en hij stak zijn hand uit.

Lisbeth Salander fixeerde haar blik een paar seconden op de briefopener voordat ze opstond en naar hem toe liep. *Consequenties*. Hij pakte haar hand en drukte deze in zijn kruis. Ze kon zijn geslacht door de donkere gabardine broek heen voelen.

'Als jij aardig bent voor mij, ben ik aardig voor jou,' zei hij.

Ze stond stokstijf toen hij zijn andere hand om haar nek legde. Vervolgens dwong hij haar op de knieën, met haar gezicht voor zijn kruis.

'Dit heb je weleens eerder gedaan, toch?' zei hij toen hij zijn gulp opendeed. Hij rook alsof hij zich net met water en zeep had gewassen.

Lisbeth Salander draaide haar gezicht opzij en probeerde overeind te komen, maar hij hield haar in een stevige greep vast. Qua kracht was hij geen partij voor haar; ze woog ruim 40 kilo en hij 95. Hij pakte haar hoofd met beide handen beet en dwong haar hem aan te kijken.

'Als jij aardig bent voor mij, ben ik aardig voor jou,' herhaalde hij. 'Als je moeilijk doet, kan ik je voor de rest van je leven in een gekkenhuis laten plaatsen. Zou je dat willen?'

Ze gaf geen antwoord.

'Zou je dat willen?' herhaalde hij.

Ze schudde haar hoofd.

Hij wachtte tot ze haar ogen neersloeg, wat hij opvatte als onderwerping. Vervolgens trok hij haar verder naar zich toe. Lisbeth Salander deed haar lippen van elkaar en nam hem in haar mond. Hij hield zijn handen stevig om haar nek en trok haar telkens wild naar zich toe. Ze had voortdurend braakneigingen gedurende de tien minuten dat het duurde; toen hij eindelijk klaarkwam, hield hij haar zo stevig vast dat ze bijna geen adem kreeg.

Ze mocht gebruikmaken van een klein toilet in zijn kantoor. Lisbeth Salander trilde over haar hele lichaam terwijl ze haar gezicht waste en de vlekken op haar trui probeerde weg te krijgen. Ze gebruikte wat van zijn tandpasta om de smaak te verdrijven. Toen ze weer in zijn kantoor kwam, zat hij onaangedaan achter zijn bureau door papieren te bladeren.

'Ga zitten, Lisbeth,' zei hij zonder haar aan te kijken. Ze nam plaats. Uiteindelijk keek hij haar glimlachend aan.

'Je bent nu volwassen, Lisbeth, nietwaar?'

Ze knikte.

'Dan moet je ook grotemensenspelletjes kunnen spelen,' zei hij. Hij sloeg een toon aan alsof hij het tegen een kind had. Ze gaf geen antwoord. Er verscheen een rimpeltje op zijn voorhoofd.

'Ik denk niet dat het zo'n goed idee is als je iemand anders over onze spelletjes vertelt. Bovendien, wie zou jou geloven? Er is schriftelijk bewijs dat je niet helemaal toerekeningsvatbaar bent.'

Toen ze geen antwoord gaf, vervolgde hij. 'Het zou jouw woord tegen het mijne worden. En wiens woord zou het zwaarst wegen, denk je?'

Hij zuchtte toen ze nog steeds niets zei. Het irriteerde hem plotseling dat ze hem daar maar zwijgend aan zat te kijken, maar hij beheerste zich.

'We zullen goede vrienden worden, jij en ik,' zei hij. 'Ik vind het heel verstandig dat je vandaag naar me toe bent gekomen. Je kunt altijd bij me langskomen.'

'Ik heb 10.000 kronen nodig voor mijn computer,' zei ze plotseling met lage stem, net alsof ze verderging met het gesprek dat ze voor de onderbreking hadden gevoerd.

Advocaat Bjurman fronste zijn wenkbrauwen. *Uitgekookt mens.*
Ze is verdomme helemaal niet achterlijk. Hij reikte haar de cheque
aan, die hij uitgeschreven had toen ze op het toilet was. *Dit is beter*
dan een hoer; ze krijgt betaald met haar eigen geld. Hij lachte een
superieur lachje. Lisbeth Salander pakte de cheque aan en vertrok.

12
WOENSDAG 19 FEBRUARI

Als Lisbeth Salander een gewone burger was geweest, zou ze hoogstwaarschijnlijk op het moment dat ze het kantoor van advocaat Bjurman had verlaten de politie hebben gebeld en aangifte hebben gedaan van verkrachting. Blauwe plekken rond haar nek en hals, en een handtekening van spermavlekken met zijn DNA op haar lichaam en kleren zouden zwaar technisch bewijs hebben gevormd. Ook al had advocaat Bjurman zich eruit gekletst door te beweren dat *zij ermee akkoord was gegaan* of *zij heeft me verleid* of *zij was degene die mij wilde afzuigen* en andere uitspraken die verkrachters routinematig deden, dan had hij zich toch aan zoveel overtredingen van de voogdijwetgeving schuldig gemaakt, dat hem zijn macht over haar onmiddellijk zou worden afgenomen. Aangifte zou er vermoedelijk in hebben geresulteerd dat Lisbeth Salander een echte advocaat toegewezen zou hebben gekregen, met veel kennis over aanranding van vrouwen, wat op zijn beurt eventueel tot een discussie over de kern van het probleem had geleid, namelijk dat ze onmondig was verklaard.

Sinds 1989 bestaat het begrip *onmondig verklaren van volwassen personen* in Zweden niet meer.

Er zijn sindsdien twee graden van ondertoezichtstelling: voogdij en curatele.

Een *voogd* treedt aan als vrijwillige hulp voor personen die om verschillende redenen problemen hebben met de dagelijkse routines, het betalen van rekeningen of de zindelijkheid. Degene die wordt aangewezen als voogd is vaak een familielid of een goede bekende. Als een dergelijke verwante persoon er niet is, kan de sociale overheidsinstelling een voogd aanwijzen. Voogdij is een milde vorm van ondertoezichtstelling, waarbij de *lastgever* – de onder toezicht gestelde – nog steeds controle heeft over zijn middelen en waarbij beslissingen in overleg worden genomen.

Curatele is een aanzienlijk strengere vorm van toezicht, waarbij de lastgever de bevoegdheid om zelf over zijn geld te beschikken en beslissingen in allerhande vragen te nemen wordt ontnomen. De exacte formulering houdt in dat de beheerder, de curator, de volledige bevoegdheid van de lastgever om zelfstandig rechtshandelingen te verrichten overneemt. In Zweden staan ruim vierduizend personen onder curatele. De meest voorkomende reden voor curatele is een psychische aandoening of een psychische aandoening gecombineerd met ernstig misbruik van alcohol of narcotica. Een klein deel wordt gevormd door mensen met seniele dementie. Verbazingwekkend veel personen die onder curatele staan, zijn relatief jong, vijfendertig jaar of jonger. Een van hen was Lisbeth Salander.

Een mens de controle over zijn leven afnemen, dat wil zeggen over zijn bankrekening, is een van de meest krenkende maatregelen die een democratie kan nemen, zeker als het gaat om jonge mensen. Het is vernederend, ook al kan het doel van de maatregel als goed en sociaal redelijk worden beschouwd. Vragen over curatele zijn daarom potentieel gevoelige politieke kwesties, die worden omgeven door rigoureuze bepalingen en die worden gecontroleerd door een Raad van Toezicht. Deze valt onder het provinciaal bestuur, dat weer wordt gecontroleerd door de procureur-generaal.

In het algemeen werkt de Raad van Toezicht onder zware omstandigheden. Maar gezien de gevoelige kwesties die deze overheidsdienst afhandelt, worden er verbluffend weinig klachten of schandalen onthuld in de media.

Heel af en toe verschijnen er rapporten waarin een aanklacht voorkomt tegen een voogd of een curator, die zich heeft beziggehouden met het verduisteren van geld of die onrechtmatig het appartement van zijn cliënt heeft verkocht en het geld in eigen zak heeft gestoken. Maar deze gevallen zijn relatief zeldzaam, wat ook weer kan worden toegeschreven aan twee zaken: dat de overheidsinstantie zijn werk goed doet óf dat de lastgevers geen mogelijkheid hebben een klacht in te dienen en op een geloofwaardige wijze gehoor te krijgen bij journalisten en overheidsinstanties.

De Raad van Toezicht inzake Voogdijschap is verplicht om jaarlijks te controleren of er redenen zijn om een curatele op te heffen. Omdat Lisbeth Salander volhardde in haar rigide weigering om zich te onderwerpen aan psychiatrische onderzoeken – er kon zelfs geen beleefd 'goedemorgen' aan haar artsen af – had de overheidsinstantie nooit redenen gehad om de beslissing te herzien. Daardoor ontstond er een status-quo, waardoor ze jaar na jaar onder curatele bleef staan.

De wetstekst zegt echter dat de behoefte aan curatele *aan elk individueel geval moet worden aangepast.* Holger Palmgren had dat zo geïnterpreteerd dat Lisbeth Salander best haar eigen geld en haar eigen leven mocht bestieren. Hij had tot in de puntjes voldaan aan de overheidseisen en een maandelijks rapport en een jaarlijkse accountantscontrole verstrekt, maar had Lisbeth Salander daarnaast behandeld als iedere willekeurige normale jonge vrouw, en zich niet bemoeid met haar keuze van levensstijl of haar kennissenkring. Hij meende dat het niet zijn zaak of die van de samenleving was om te beoordelen of de jongedame een ring in haar neus mocht hebben of een tatoeage in haar nek. Deze vrij eigenzinnige houding ten aanzien van de beslissing van de rechtbank was de reden dat ze het zo goed met elkaar hadden kunnen vinden.

Zolang Holger Palmgren haar curator was geweest, had Lisbeth Salander niet noemenswaardig over haar juridische status nagedacht. Advocaat Nils Bjurman interpreteerde de voogdijwetgeving echter op geheel andere wijze.

Lisbeth Salander was nu eenmaal niet zoals normale mensen. Ze had een rudimentaire juridische kennis – ze had nooit reden gehad om zich op dat gebied te verdiepen – en haar vertrouwen in de politiemacht was over het geheel genomen niet aanwezig. Voor haar was de politie een vaag gedefinieerde, vijandelijke strijdkracht die door de jaren heen geen andere praktische activiteiten leek te hebben gehad dan haar wegvoeren of vernederen. De laatste keer dat ze met de politie vandoen had gehad, was vorig jaar toen ze op een middag in mei door de Götgatan had gelopen op weg naar Milton Security, en ze plotseling oog in oog had gestaan met een ME'er met een vizierhelm, die haar, zonder ook maar enige provocatie van haar kant, met zijn wapenstok een klap op haar schouder had gegeven. Haar spontane reactie was geweest om onmiddellijk in de aanval te gaan met het Coca-Colaflesje dat ze toevallig in haar hand had. Gelukkig had de politieman rechtsomkeert gemaakt en was hij verder gerend voordat ze wat kon doen. Pas later had ze gehoord dat de actiegroepering Reclaim the Streets, een soort anti-autolobby, verderop een demonstratie had gehouden.

De gedachte om het hoofdkwartier van die vizierhelmen te bezoeken en aangifte te doen van Nils Bjurmans seksuele intimidatie bestond in haar bewustzijn niet. En trouwens, wat moest ze zeggen? Bjurman had haar bij haar borsten gegrepen. Iedere politieman zou een blik op haar borsten werpen en constateren dat dat met die miniatuurknopjes van haar onwaarschijnlijk was, en dat áls het al gebeurd was, ze trots moest zijn dat iemand überhaupt die moeite wilde nemen. En dat van dat pijpen – dat was haar woord tegen het zijne en zoals gewoonlijk wogen de woorden van anderen zwaarder dan die van haar. *De politie was geen alternatief.*

Nadat ze Bjurmans kantoor verlaten had, was ze daarom naar huis gegaan, had ze gedoucht, twee boterhammen met kaas en een zure bom gegeten en was ze op de versleten, pluizige bank in de woonkamer gaan zitten om na te denken.

Een normaal mens zou misschien van mening zijn geweest dat Lisbeths gebrek aan reactie een belasting was – nóg een bewijs voor het feit dat ze op de een of andere manier zo abnormaal was, dat zelfs seksuele intimidatie geen bevredigende emotionele respons teweegbracht.

Haar kennissenkring was weliswaar niet groot, en bestond evenmin uit personen uit de beschermde middenklasse die in de dure villawijken in de tuinsteden woonde. Maar toen ze achttien was, kende Lisbeth Salander geen enkel meisje dat niet een of meerdere keren tegen haar wil gedwongen was geweest tot het verrichten van seksuele handelingen, in welke vorm dan ook. De meeste van dit soort aanrandingen vonden plaats door wat oudere vriendjes, die met een zekere mate van dwang hun wil wisten door te drijven. Voor zover Lisbeth Salander wist, hadden dergelijke incidenten hoogstens geleid tot huilbuien en woede-uitbarstingen, maar nooit tot aangifte bij de politie.

In Lisbeth Salanders wereld was dit de natuurlijke toestand der dingen. Als vrouw was ze een seksueel mondige buit, zeker als ze was gekleed in een zwartleren jack en een piercing door haar wenkbrauwen, tatoeages en een sociale status van nul komma nul had.

Dat was niets om over te grienen.

Er was daarentegen geen sprake van dat advocaat Bjurman haar ongestraft zou kunnen dwingen om hem te pijpen. Lisbeth Salander vergat onrechtvaardigheden nooit en was van nature allesbehalve vergevingsgezind.

Haar juridische status vormde echter een probleem. Zo lang ze zich kon herinneren werd ze beschouwd als lastig en ongegrond gewelddadig. De meeste dossieraantekeningen kwamen uit de map van de schoolverpleegkundige op de lagere school. Ze was naar huis gestuurd omdat ze een klasgenoot had geslagen en tegen de kapstok had geduwd, waardoor hij een bloedende wond had opgelopen. Ze voelde zich weer geïrriteerd als ze aan haar slachtoffer dacht: een jongen met overgewicht genaamd David Gustavsson, die haar altijd plaagde en dingen naar haar toe smeet, en die zou opgroeien tot een formidabele pestkop. In die tijd wist ze niet eens wat het woord 'pesten' betekende. Maar toen ze de dag daarop terugkwam, had David dreigend gezegd dat hij wraak zou nemen waarop ze hem had gevloerd met een rechtse directe, versterkt met een golfbal, wat had geleid tot nieuw letsel en een nieuwe dossieraantekening.

De regels voor sociale contacten op school hadden haar altijd verbaasd. Ze zorgde voor zichzelf en bemoeide zich niet met andere mensen. Toch was er altijd wel iemand die haar niet met rust wilde laten.

In de middenbouw was ze meerdere keren naar huis gestuurd nadat ze in gewelddadige vechtpartijen met klasgenoten verzeild was geraakt. Aanzienlijk sterkere jongens uit haar klas leerden al snel dat het beter was om niet in gevecht te raken met dat sprietige meisje. In tegenstelling tot andere meisjes uit de klas trok ze zich nooit terug en aarzelde ze geen seconde om haar vuisten of voorwerpen te gebruiken om zich te verdedigen. Ze liep rond met de instelling dat ze zich eerder liet mishandelen tot ze erbij neerviel dan dat er over haar geroddeld werd.

Bovendien nam ze wraak.

Toen Lisbeth Salander in groep zes zat, was ze in gevecht geraakt met een aanzienlijk grotere en sterkere jongen. Ze was zuiver fysiek geen partij voor hem. Hij had haar eerst meerdere keren geamuseerd omver geduwd en haar daarna telkens als ze in de tegenaanval probeerde te gaan geslagen. Niets hielp. Hoeveel groter en sterker hij ook was, dat stomme wicht bleef maar in de aanval gaan, en na een tijdje waren zijn klasgenoten zelfs van mening geweest dat het te ver ging. Ze was duidelijk zo weerloos dat het gewoon gênant werd. Ten slotte had de jongen haar een flinke vuistslag gegeven waardoor haar lip was gebarsten en ze sterretjes had gezien. Zo hadden ze haar op de vloer van de gymzaal achtergelaten. Ze was twee dagen thuis geweest. Op de ochtend van de derde dag had ze haar kwelgeest staan opwachten met een kastieknuppel waarmee ze hem in elkaar had geslagen. Ze werd hiervoor bij de rector geroepen, die besloot bij de politie aangifte te doen wegens mishandeling, wat resulteerde in een speciaal sociaal onderzoek.

Haar klasgenoten hadden haar beschouwd als gestoord en haar daarnaar behandeld. Ze riep ook weinig sympathie op bij de leraren, die haar af en toe als een kwelling ervoeren. Ze was nooit erg spraakzaam geweest en stond bekend als de leerlinge die nooit haar hand opstak en vaak geen antwoord gaf als de leraar een rechtstreekse vraag aan haar probeerde te stellen. Niemand wist daarentegen of dat kwam doordat ze het antwoord niet wist of dat het een andere oorzaak had, maar het werd weerspiegeld in haar rapporten. Dat ze problemen had, was duidelijk, maar op de een of andere manier had niemand zin om de verantwoordelijkheid voor dat lastige meisje op zich te nemen, hoewel ze tijdens de leraren-vergadering regelmatig besproken werd. Ze belandde daardoor in de situatie dat ook de docenten lak aan haar hadden en haar in haar chagrijnige zwijgen gehuld lieten zitten.

Ze hadden een keer een vervanger gehad die niet van haar vreemde gedrag op de hoogte was geweest, en die haar gedwongen had antwoord te geven op een wiskundevraag. Ze had een hysterische aanval gehad en had de leraar geschopt en geslagen. Ze had de middenbouw beëindigd en was naar een andere school gegaan, zonder ook maar één vriend of vriendin te hebben om gedag te zeggen. Een niet-geliefd meisje met een zonderling gedrag.

En vervolgens gebeurde Al Het Slechte, waar ze niet aan wilde denken, net toen ze op de drempel naar haar tienertijd stond. De laatste uitbarsting, waardoor het patroon werd vastgesteld en die ertoe leidde dat de dossieraantekeningen van de basisschool tevoorschijn werden gehaald. Sindsdien was ze juridisch beschouwd als ... tja, gestoord. Een freak. Lisbeth Salander had nooit papieren nodig gehad om te weten dat ze anders was. Dat was aan de andere kant ook niets waarvan ze wakker gelegen had zolang Holger Palmgren haar voogd en latere curator was geweest, en die ze indien nodig om haar vinger had kunnen winden.

Maar met Bjurman dreigde haar ondertoezichtstelling een dramatische belasting van haar leven te worden. Tot wie ze zich ook zou wenden, er zouden potentiële valkuilen opengaan, en wat zou er gebeuren als ze de strijd verloor? Zou ze worden opgesloten in het gekkenhuis? *Dat was absoluut geen alternatief.*

Later die nacht, toen Cecilia Vanger en Mikael met hun benen verstrengeld stillagen en Cecilia's borst tegen Mikaels zij rustte, keek ze hem aan.

'Dankjewel. Dat was lang geleden. Je bent helemaal oké in bed.'

Mikael glimlachte. Seksueel gerelateerde complimenten waren altijd kinderlijk bevredigend.

'Het was leuk,' zei Mikael. 'Het was onverwacht, maar leuk.'

'Voor nu en nog eens,' zei Cecilia Vanger. 'Als je zin hebt.'

Mikael keek haar aan.

'Je bedoelt toch niet dat je een minnaar wilt?'

'Een *occasional lover*,' zei Cecilia Vanger. 'Maar ik wil dat je naar huis gaat voor je in slaap valt. Ik wil niet morgenochtend wakker worden en jou hier aantreffen voordat ik mij heb gefatsoeneerd en mijn gezicht op orde heb gebracht. En ik vind het ook prima als je niet aan het hele dorp vertelt dat we wat met elkaar hebben.'

'Dat was ik ook niet van plan,' zei Mikael.

'Ik wil vooral niet dat Isabella het weet. Dat is zo'n kreng.'

'En je naaste buurvrouw ... Ik heb haar ontmoet.'

'Ja, maar gelukkig kan ze vanuit haar huis mijn voordeur niet zien. Mikael, wees alsjeblieft discreet.'

'Ik zal discreet zijn.'

'Bedankt. Drink je alcohol?'

'Soms.'

'Ik heb zin in iets fruitigs met gin erin. Wil jij ook?'

'Graag.'

Ze trok het laken om zich heen en liep naar de benedenverdieping. Mikael maakte van de gelegenheid gebruik om naar de badkamer te gaan en zich te wassen. Hij stond naakt haar boekenkast te inspecteren toen ze terugkwam met een karaf ijswater en twee gin met lime. Ze toostten.

'Waarom was je naar me toe gekomen?'

'Niets bijzonders. Ik had alleen ...'

'Je hebt thuis Henriks onderzoek zitten lezen. En dan kom je hierheen. Je hoeft niet hoogbegaafd te zijn om te snappen waarover je zit te piekeren.'

'Heb jij het onderzoek gelezen?'

'Delen ervan. Ik heb er mijn hele volwassen leven mee geleefd. Je kunt niet met Henrik omgaan zonder met het raadsel-Harriët te maken te krijgen.'

'Het is een fascinerend probleem. Ik bedoel, het is een geslotenkamermysterie op een eiland. En niets in het onderzoek lijkt de normale logica te volgen. Elke vraag blijft onbeantwoord, elk spoor loopt dood.'

'Mmm, daar raken mensen juist bezeten van.'

'Jij was die dag op het eiland.'

'Ja. Ik was hier en ik heb het hele gedoe meegemaakt. Ik woonde eigenlijk in Stockholm, waar ik studeerde. Ik zou willen dat ik dat weekend thuisgebleven was.'

'Hoe was ze eigenlijk? Mensen schijnen haar heel verschillend te interpreteren.'

'Is dit off the record, of ...?'

'Dit is off the record.'

'Ik heb geen idee wat er zich in Harriëts hoofd afspeelde. Je bedoelt natuurlijk het laatste jaar. De ene dag was ze een religieuze dwaas, de andere dag deed ze make-up op als een prostituee en vertrok ze naar school in het strakste truitje dat ze had. Je hoeft geen psycholoog te zijn om te begrijpen dat ze zeer ongelukkig was. Maar zoals gezegd, ik woonde niet hier en kreeg alleen de roddels te horen.'

'Waar werden die problemen door veroorzaakt?'

'Door Gottfried en Isabella, natuurlijk. Hun huwelijk was een ramp. Óf ze vierden feest, óf ze sloegen elkaar de hersens in. Niet fysiek hoor, Gottfried was niet zo'n vechtersbaas, ik geloof eerder dat hij bang was voor Isabella. Ze had een vreselijk humeur. Ergens begin jaren zestig is hij min of meer permanent naar zijn huisje aan de rand van het eiland vertrokken, waar Isabella nooit een voet heeft gezet. Er waren periodes dat hij in het dorp verscheen en er dan uitzag als een schooier. Vervolgens was hij een tijdje nuchter, kleedde hij zich weer netjes aan en probeerde hij zijn werk weer te doen.'

'Was er niemand die Harriët wilde helpen?'

'Henrik natuurlijk. Ze is uiteindelijk bij hem ingetrokken. Maar vergeet niet dat hij het druk had met het spelen van de rol van de grote industrieel. Hij was meestal op reis en had niet zoveel tijd voor Harriët en Martin. Ik heb daar niet veel van meegemaakt omdat ik eerst in Uppsala woonde en later in Stockholm; bovendien heb ik ook geen eenvoudige jeugd gehad met Harald als vader, dat kan ik je wel verzekeren. Ik heb later pas begrepen dat het probleem was dat Harriët nooit iemand in vertrouwen nam. Integendeel, ze probeerde de schijn op te houden en te doen alsof ze een gelukkig gezin vormden.'

'Ontkenning.'

'Natuurlijk. Maar ze veranderde toen haar vader verdronk. Toen kon ze niet langer doen alsof alles in orde was. Tot die tijd was ze ... Ik weet niet hoe ik het moet zeggen, hoogbegaafd en vroegrijp, maar voornamelijk een enigszins normale tiener. Het laatste jaar was ze nog steeds superintelligent, overal tienen voor, maar het was alsof ze haar eigen ziel miste.'

'Hoe is haar vader verdronken?'

'Gottfried? Heel prozaïsch. Hij is uit een roeiboot gevallen vlak bij zijn huis. Zijn gulp stond open en hij had een extreem hoog promillage in zijn bloed, dus kun je wel begrijpen wat er gebeurd is. Martin heeft hem gevonden.'

'Dat wist ik niet.'

'Het is gek. Martin heeft zich ontwikkeld tot een goed mens. Als je het mij vijfendertig jaar geleden had gevraagd, had ik gezegd dat hij degene binnen het gezin was die een psycholoog nodig had.'

'Hoezo?'

'Harriët was niet de enige die nadeel ondervond van de situatie. Martin was jarenlang zo stil en introvert dat je hem had kunnen omschrijven als mensenschuw. Beide kinderen hadden het moei-

lijk. Ik bedoel, we hadden het allemaal zwaar. Ik had mijn problemen met mijn vader, ik neem aan dat je begrepen hebt dat hij volkomen gestoord is. Mijn zus Anita had dezelfde problemen, net als
Alexander, mijn neef. Het viel niet mee om jong te zijn binnen de
familie Vanger.'

'Wat is er met je zus gebeurd?'

'Anita woont in Londen. Ze is daar in de jaren zeventig naartoe
verhuisd om voor een Zweeds reisbureau te gaan werken, en is
daar blijven hangen. Ze is getrouwd met een knul die ze nooit aan
de familie heeft voorgesteld en bij wie ze later is weggegaan. Nu is
ze een van de lijnmanagers bij British Airways. We kunnen het
goed met elkaar vinden, maar hebben vrij weinig contact en zien
elkaar maar eens in de twee jaar, of zo. Ze komt nooit naar Hedestad.'

'Waarom niet?'

'Onze vader is gestoord. Is dat niet voldoende?'

'Maar jij bent hier gebleven.'

'En Birger, mijn broer.'

'De politicus?'

'Maak je een grapje? Birger is ouder dan Anita en ik. We hebben
nooit zo'n goed contact gehad. In zijn ogen is hij een buitengewoon
belangrijke politicus met een toekomst in het parlement en misschien zelfs een ministerspost als de niet-socialistische partijen winnen. Maar in feite is hij een matig begaafd wethouder in een uithoek,
wat het hoogte- en eindpunt in zijn carrière zou moeten zijn.'

'Eén ding dat mij fascineert bij de familie Vanger is dat iedereen
zo ontzettend de pest aan elkaar heeft.'

'Dat is niet helemaal waar. Ik mag Martin en Henrik erg graag.
En ik heb het altijd goed kunnen vinden met mijn zus, ook al zien
we elkaar veel te weinig. Ik heb een hekel aan Isabella, en heb het
niet zo op Alexander. En ik praat niet met mijn vader. Het is ongeveer fiftyfifty binnen de familie. Birger is ... hm, meer een blaaskaak
dan een slecht mens. Maar ik begrijp wat je bedoelt. Je moet het zo
zien: als je lid bent van de familie Vanger leer je al vroeg er geen
doekjes om te winden. We zeggen wat we vinden.'

'Ja, ik heb al gemerkt dat jullie alles zonder omwegen zeggen.'
Mikael stak zijn hand uit en raakte haar borsten aan. 'Ik was hier
pas een kwartier toen je me beneden al overviel.'

'Eerlijk gezegd heb ik me vanaf het eerste moment dat ik je zag afgevraagd hoe je zou zijn in bed. En ik ben blij dat ik het heb uitgeprobeerd.'

Voor het eerst in haar leven had Lisbeth Salander een sterke behoefte om iemand om advies te vragen. Het probleem was echter dat ze dan iemand in vertrouwen moest nemen, wat dan ook weer inhield dat ze zichzelf moest overleveren en haar geheimen moest blootgeven. Aan wie moest ze het vertellen? Ze was gewoon niet goed in menselijke contacten.

Lisbeth Salander had om precies te zijn, toen ze haar adresboek in haar hoofd afvinkte, tien personen die enigszins tot haar kennissenkring behoorden. Dat was een ruime beoordeling, zag ze zelf in.

Ze kon met *Plague* gaan praten, dat was een vrij vast punt in haar bestaan. Maar hij was absoluut geen vriend en hij was beslist de laatste die een bijdrage zou kunnen leveren aan het oplossen van haar probleem. Dat was geen optie.

Lisbeth Salanders seksleven was helemaal niet zo bescheiden als ze het tegenover advocaat Bjurman had doen voorkomen. Daarentegen had seks altijd (of in elk geval vrij vaak) plaatsgevonden op háár voorwaarden en háár initiatief. Ze had om precies te zijn sinds haar vijftiende vijftig partners gehad. Dat kon worden vertaald in ongeveer vijf partners per jaar, wat oké was voor een vrouw die single was, en die in de loop der jaren seks was gaan beschouwen als een aangenaam tijdverdrijf.

De meesten van deze tijdelijke partners had ze echter binnen een periode van twee jaar afgewerkt. Dat was tijdens de tumultueuze jaren aan het eind van haar tienertijd, toen ze volwassen had moeten worden. Er was een tijd dat Lisbeth Salander op een tweesprong had gestaan en niet volledig de controle over haar leven had gehad. Haar toekomst had kunnen bestaan uit nóg meer journaalaantekeningen over drugs, alcohol, en dwangverpleging bij diverse instellingen. Na haar twintigste en sinds ze bij Milton Security was gaan werken, was ze aanzienlijk rustiger geworden en had ze – vond ze zelf – haar leven onder controle gekregen.

Ze voelde niet meer de behoefte om iemand die haar in de kroeg drie biertjes had aangeboden van dienst te zijn, en ze deed zichzelf beslist geen eer aan als ze met een dronkenlap naar huis ging van wie ze amper de naam wist. Het laatste jaar had ze één regelmatige sekspartner gehad en kon ze nauwelijks worden omschreven als promiscue, zoals ze in de dossieraantekeningen van haar late tienerjaren werd genoemd.

Ze had meestal seks gehad met iemand uit de los-vaste vriendengroep waar ze zelf eigenlijk geen deel van uitmaakte, maar waarin ze geaccepteerd werd omdat ze Cilla Norén kende. Ze had Cilla leren kennen toen ze tegen de twintig liep en op aandringen van Holger Palmgren via het volwassenenonderwijs had geprobeerd toch nog een diploma te halen. Cilla had donkerrood haar met zwarte plukken, een zwarte leren broek, een piercing door haar neus en evenveel klinknagels in haar riem als Lisbeth zelf. Ze hadden elkaar de eerste les wantrouwig aan zitten staren.

Om de een of andere reden die Lisbeth niet helemaal begreep, had het geklikt. Lisbeth was niet de makkelijkste persoon om bevriend mee te raken, en zeker niet in die tijd, maar Cilla had haar zwijgen genegeerd en haar meegenomen naar de kroeg. Door haar was Lisbeth lid geworden van Evil Fingers, van oorsprong een band van vier tienermeiden uit de voorstad Enskede, die van hardrock hielden. Tien jaar later was de groep veel groter en zagen ze elkaar elke dinsdagavond in café Kvarnen. Ze kletsten over jongens, praatten over feminisme, satanisme, muziek en politiek, en dronken grote hoeveelheden bier. Ze deden hun naam ook eer aan; ze konden goed gitaar spelen.

Salander bevond zich aan de rand van de groep en leverde zelden een bijdrage aan de gesprekken, maar ze werd geaccepteerd zoals ze was en ze kon komen en gaan zoals het haar uitkwam en rustig de hele avond stil met een biertje in haar hand zitten. Ze werd ook uitgenodigd voor verjaardagen en op *glöggparty's* rond kerst, hoewel ze meestal niet kwam opdagen.

In de vijf jaar dat ze nu met Evil Fingers omging, waren de meiden veranderd. Hun haarkleur was genormaliseerd en hun kleren kwamen steeds vaker van H&M dan van de kringloopwinkel. Ze gingen studeren of werken, en een van de meiden was moeder geworden. Lisbeth had het gevoel dat zij de enige was die geen steek veranderd was, wat ook kon worden opgevat als een teken dat zij op hetzelfde punt was blijven hangen.

Maar ze hadden nog steeds lol als ze elkaar zagen. Als ze érgens een groepsgevoel had, dan was dat bij Evil Fingers, en in het verlengde daarvan ook met de jongens uit de kennissenkring van de meidengroep.

Evil Fingers zou luisteren. Ze zouden het ook voor haar opnemen. Maar zij wisten niet dat Lisbeth Salander volgens de rechtbank ontoerekeningsvatbaar was. En ze wilde niet dat ook zij haar met een schuin oog zouden gaan aankijken. *Dat was geen alternatief.*

Verder had ze geen enkele voormalige klasgenoot in haar adresboek. Ze miste elke vorm van een netwerk en ze had geen kruiwagens of politieke contacten. Dus waar moest ze heen om haar problemen met advocaat Nils Bjurman te bespreken?

Er was misschien één persoon. Ze zat uitvoerig te dubben of ze Dragan Armanskij in vertrouwen zou nemen; om bij hem aan te kloppen en haar situatie uit te leggen. Hij had gezegd dat als ze ergens hulp bij nodig had, ze niet moest aarzelen en dat hij haar graag zou helpen. Ze was ervan overtuigd dat hij het serieus bedoelde.

Ook Armanskij had een keer aan haar gezeten, maar dat was onschuldig en zonder slechte bijbedoelingen geweest, en was ook geen machtsvertoon. Maar hem om hulp vragen stuitte haar tegen de borst. Hij was haar chef en ze zou bij hem in het krijt komen te staan. Lisbeth Salander speelde met de gedachte hoe haar leven eruit zou zien als Armanskij haar curator zou zijn in plaats van Bjurman. Ze moest plotseling lachen. De gedachte was niet onaangenaam, maar Armanskij zou zijn taak vermoedelijk zó serieus nemen dat hij haar zou verstikken met zijn goede zorgen. *Dat was ... hm, eventueel een alternatief.*

Hoewel ze heel goed wist waar de Vrouwenopvang voor was, kwam het niet bij haar op om zich daartoe te wenden. Die was in haar beleving voor slachtoffers, waartoe ze zichzelf niet rekende. Het resterende alternatief was dus doen wat ze altijd al had gedaan: het heft in eigen hand nemen en zelf haar problemen oplossen. *Dat was absoluut een alternatief.*

En dat beloofde niet veel goeds voor advocaat Nils Bjurman.

13
DONDERDAG 20 FEBRUARI – VRIJDAG 7 MAART

De laatste week van februari was Lisbeth Salander haar eigen cliënte, met advocaat Nils Erik Bjurman, geboren in 1950, als speciaal
project met hoge prioriteit. Ze werkte ongeveer zestien uur per dag
en deed een zorgvuldiger persoonsonderzoek dan ooit. Ze benutte
alle archieven en officiële documenten waar ze bij kon komen. Ze
onderzocht de kring van naaste familie en vrienden. Ze keek naar
zijn financiële situatie en bracht zijn carrière en zaken tot in detail
in kaart.

Het resultaat was ontmoedigend.

Hij was jurist, lid van de Orde van Advocaten en auteur van een
respectabel breedsprakig, maar exceptioneel saai proefschrift han-
delsrecht. Hij had een onberispelijke reputatie. Advocaat Bjurman
was nooit berispt. Er was éénmaal melding gedaan bij de Orde van
Advocaten – hij was aangewezen als tussenpersoon bij een zwart-
geldtransactie met een appartement, maar had zijn onschuld kunnen bewijzen en de zaak was geseponeerd. Zijn financiën waren op
orde; advocaat Bjurman was welgesteld, met ten minste 10 miljoen
kronen aan activa. Hij betaalde meer belasting dan nodig, was lid
van Greenpeace en Amnesty en doneerde geld aan de Hart-/Long-
stichting. Hij was zelden voorgekomen in de media, maar had een
paar keer een oproep ondertekend voor vrijlating van politieke
gevangenen in de derde wereld. Hij bewoonde een vijfkamerap-
partement aan de Upplandsgatan vlak bij het Odenplan en was
secretaris van de vereniging van eigenaren van het appartementen-
complex. Hij was gescheiden en had geen kinderen.

Lisbeth Salander richtte zich op zijn ex-vrouw, die Elena heette en die geboren was in Polen, maar haar hele leven in Zweden had gewoond. Ze werkte bij de reclassering en was schijnbaar gelukkig hertrouwd met een collega van Bjurman. Daar viel dus niets te halen. Het huwelijk met Bjurman had veertien jaar geduurd en de scheiding was probleemloos verlopen.

Advocaat Bjurman trad regelmatig op als reclasseringsambtenaar voor jongelui die in de problemen waren gekomen met justitie. Hij was voogd geweest van vier jongeren voordat hij Lisbeth Salanders curator werd. Bij al deze gevallen was er sprake geweest van minderjarigen en was hij door de rechtbank van zijn taak ontheven op het moment dat zij de volwassen leeftijd hadden bereikt. Een van deze cliënten had Bjurman nu als advocaat, dus daar leek ook niets te zijn wat ze kon gebruiken. Áls Bjurman zijn beschermelingen al systematisch had misbruikt, dan was dat aan de oppervlakte in elk geval niet zichtbaar. En hoe Lisbeth ook in de diepte zocht, niets duidde erop dat er iets mis was. Alle vier hadden ze een georganiseerd leven met een vriend of vriendin, een baan, een woning en een bonuskaart.

Ze had alle vier voormalige cliënten gebeld en zich voorgesteld als ambtenaar van de sociale dienst en verteld dat ze bezig was met een onderzoek naar hoe het leven van kinderen die onder voogdij hadden gestaan eruitzag in vergelijking met dat van andere kinderen. 'Ja, het is uiteraard volstrekt anoniem.' Ze had een enquête opgesteld met tien vragen die ze telefonisch stelde. Meerdere vragen waren zo geformuleerd dat de cliënten moesten vertellen hoe zij vonden dat het voogdijschap had gefunctioneerd – en als ze iets op Bjurman aan te merken hadden gehad, was ze ervan overtuigd dat dat toch zeker bij één van de ondervraagden naar voren was gekomen. Maar niemand had iets slechts over hem te melden.

Toen Lisbeth Salander haar PO had afgerond, verzamelde ze alle documentatie in een papieren tas van de ICA en zette deze bij de twintig andere in de hal. Advocaat Bjurman was ogenschijnlijk onberispelijk. Er was gewoon helemaal niets in zijn verleden wat Lisbeth Salander als hefboom kon gebruiken. Ze wist zelf dat hij een walgelijk, minderwaardig sujet was, maar ze vond niets wat ze kon gebruiken om dat te bewijzen.

Het was tijd om andere alternatieven te overwegen. Toen ze elke optie had geanalyseerd, bleef er één min of meer aantrekkelijke mogelijkheid over, dat was althans een realistisch alternatief. Het eenvoudigst zou zijn als Bjurman gewoon uit haar leven zou verdwijnen. Een snelle hartaanval. *Problem solved.* Het punt was alleen dat zelfs walgelijke vijftig-plusmannen niet op bestelling een hartaanval kregen.

Maar daar kon ze wat aan doen.

Mikael Blomkvist behandelde zijn affaire met rector Cecilia Vanger met de grootste discretie. Ze had drie regels: ze wilde niet dat iemand zou weten dat ze wat met elkaar hadden. Ze wilde dat hij alleen bij haar kwam als ze hem belde en er zin in had. En ze wilde niet dat hij bleef slapen.

Haar passie had Mikael overrompeld en verbaasd. Wanneer hij haar tegenkwam in Susannes Brugcafé was ze vriendelijk, maar koel en afstandelijk. Maar als ze elkaar in haar slaapkamer ontmoetten, was ze onstuimig gepassioneerd.

Mikael wilde eigenlijk niet in haar privéleven neuzen, maar hij was letterlijk aangenomen om het privéleven van de hele familie Vanger te onderzoeken. Hij voelde zich gespleten maar ook nieuwsgierig. Op een dag vroeg hij Henrik Vanger met wie ze eigenlijk getrouwd was en wat er was gebeurd. Hij stelde de vraag terwijl hij de achtergrond uitkamde van Alexander en Birger en de andere familieleden, die op het Hedeby-eiland waren geweest toen Harriët verdween.

'Cecilia? Ik geloof niet dat zij iets met Harriët te maken had.'

'Vertel eens wat over haar achtergrond.'

'Ze is na haar studie weer hierheen verhuisd en is als docente aan het werk gegaan. Ze ontmoette een man, Jerry Karlsson, die helaas binnen het Vanger-concern werkzaam was. Ze trouwden. Ik geloof dat het huwelijk gelukkig was, in elk geval in het begin. Maar na een paar jaar zag ik al dat het niet goed ging. Hij mishandelde haar. Het gebruikelijke liedje: hij sloeg haar en zij verdedigde hem loyaal. Ten slotte sloeg hij haar een keer te veel. Ze raakte ernstig gewond en werd opgenomen in het ziekenhuis. Ik ben met haar gaan praten en heb mijn hulp aangeboden. Ze is toen naar het eiland verhuisd en heeft sindsdien geweigerd haar man te zien. Ik heb ervoor gezorgd dat hij werd ontslagen.'

'Maar ze is nog steeds met hem getrouwd.'

'Dat is maar hoe je het definieert. Ik weet eigenlijk niet waarom ze niet officieel gescheiden is. Maar ze heeft nooit willen hertrouwen, dus dat zal niet actueel zijn geweest.'

'Die Jerry Karlsson, had hij iets met ...'

'... met Harriët vandoen? Nee, hij woonde in 1966 niet in Hedestad en werkte nog niet voor het concern.'

'Oké.'

'Mikael, ik mag Cecilia graag. Ze kan wat lastig zijn, maar ze is een van de goede mensen in mijn familie.'

Lisbeth Salander besteedde een week – met de inborst van een bureaucraat – aan het plannen van advocaat Nils Bjurmans verscheiden. Ze overwoog – en verwierp – verschillende methodes totdat ze een aantal realistische scenario's had waaruit ze kon kiezen. Geen impulsieve acties. Haar allereerste gedachte was geweest om te proberen een ongeluk te arrangeren, maar ze was al vrij spoedig tot de conclusie gekomen dat het niet uit zou maken of het duidelijk moord zou zijn of niet.

Er moest echter aan één voorwaarde worden voldaan. Advocaat Bjurman moest op zo'n manier sterven, dat zij daar zelf nooit mee in verband kon worden gebracht. Dat ze in een komend politieonderzoek zou gaan figureren, leek haar min of meer onvermijdelijk; haar naam zou vroeg of laat opduiken als Bjurmans activiteiten werden doorgelicht. Maar ze was er maar één in een heel universum van huidige en vroegere cliënten, ze had hem een paar keer ontmoet en voor zover Bjurman zelf niet had genoteerd dat hij haar gedwongen had hem te pijpen, wat haar onwaarschijnlijk leek, had zij geen motief om hem te vermoorden. Er zou geen enkel bewijs zijn dat zijn dood ook maar op enige wijze met zijn cliënten te maken had; er waren vroegere vriendinnen, familieleden, kennissen, collega's en anderen. Er bestond bovendien ook nog zoiets wat altijd wordt gedefinieerd als *random violence*, wanneer dader en slachtoffer elkaar niet kenden.

Als haar naam naar voren kwam, zou ze een hulpeloos, onmondig meisje zijn van wie op papier vaststond dat ze verstandelijk gehandicapt was. Het zou dus een groot voordeel zijn als Bjurmans dood zou plaatsvinden onder dusdanig gecompliceerde omstandigheden dat een verstandelijk gehandicapt meisje als dader niet erg voor de hand zou liggen.

Ze wees het alternatief vuurwapen onmiddellijk van de hand. De aanschaf ervan zou op zich niet op praktische problemen stuiten, maar het opsporen van wapens was iets waar de politie zich in had gespecialiseerd.

Ze overwoog een mes, dat kon bij elke ijzerwinkel worden gekocht, maar verwierp ook dat idee. Ook al zou ze zonder waarschuwing vooraf het mes in zijn rug steken, dan was er geen garantie dat hij onmiddellijk en geluidloos zou sterven, dat hij überhaupt dood zou gaan. Het zou ook een mogelijk tumult kunnen veroorzaken dat de aandacht zou kunnen trekken, en bloed dat op haar kleren kon komen en een dramatisch bewijsmateriaal zou vormen.

Ze dacht zelfs na over een of andere bom, maar dat werd te gecompliceerd. Het fabriceren van de bom zou op zich niet zo'n probleem zijn, internet wemelde van de handleidingen hoe de meest dodelijke voorwerpen gemaakt konden worden. Maar het was lastig om een manier te vinden om de bom zó te plaatsen dat onschuldige passanten niet het risico liepen gewond te raken. Bovendien was er geen garantie dat hij daadwerkelijk zou sterven.

De telefoon ging.

'Hoi, Lisbeth, met Dragan. Ik heb een klus voor je.'

'Ik heb geen tijd.'

'Het is belangrijk.'

'Ik ben bezet.'

Ze hing op.

Uiteindelijk bleef ze hangen bij een onverwacht alternatief – vergif. De keuze verraste haar zelf, maar bij nader inzien was deze perfect.

Lisbeth Salander was nog een paar dagen bezig met het uitkammen van internet op jacht naar een geschikt vergif. Er waren diverse alternatieven. Een daarvan was een van de absoluut dodelijkste vergiften die de wetenschap kende – waterstofcyanide, beter bekend als blauwzuur.

Waterstofcyanide wordt gebruikt als component in sommige chemische industrieën, onder andere bij de bereiding van verf. Een paar milligram was voldoende om een mens te doden; 1 liter in een waterreservoir kon een middelgrote stad verwoesten.

Om begrijpelijke redenen was een dergelijke dodelijke stof omgeven met rigoureuze veiligheidsmaatregelen. Maar zelfs al kon een politieke fanaticus met moord in de zin niet naar de dichtstbijzijnde apotheek gaan om tien milliliter waterstofcyanide te kopen, het kon in haast onbeperkte hoeveelheden in een gewone keuken worden gemaakt. Alles wat ervoor nodig was, was een bescheiden laboratoriumuitrusting die je uit een scheikundedoos voor kinderen van 100 kronen kon halen, en een paar ingrediënten die simpelweg uit huishoudelijke producten gewonnen konden worden. De handleiding voor de fabricage stond op internet.

Een alternatief was nicotine. Van slechts één slof sigaretten kon ze voldoende milligrammen extraheren en deze inkoken tot een lichtvloeibare stroop. Een nog betere stof, zij het wat lastiger te maken, was nicotinesulfaat, wat de eigenschap had dat het door de huid werd geabsorbeerd; het zou dus voldoende zijn als ze rubberhandschoenen aantrok, een waterpistool vulde en advocaat Bjurman in zijn gezicht spoot. Binnen twintig seconden zou hij bewusteloos zijn en binnen een paar minuten morsdood.

Lisbeth Salander had tot nu toe geen idee gehad dat zoveel gewone huishoudelijke producten van de plaatselijke verfhandel konden worden omgezet in dodelijke wapens. Na het onderwerp gedurende een paar dagen te hebben bestudeerd, was ze ervan overtuigd dat er geen technische belemmeringen waren om het leven van haar curator binnen korte tijd te beëindigen.

Er waren echter nog twee problemen: Bjurmans dood zou haar niet de controle over haar eigen leven geven en ze had geen garantie dat Bjurmans opvolger niet nog zeven keer erger zou zijn. *Consequentieanalyse.*

Wat ze nodig had was een manier om haar curator en daardoor haar eigen situatie te 'controleren'. Ze zat een hele avond stil op haar versleten bank en nam opnieuw de situatie door in haar hoofd. Toen de avond voorbij was, had ze het plan voor een moord door vergiftiging opgegeven en een alternatief opgesteld.

Het plan was niet aantrekkelijk en veronderstelde dat Bjurman zich weer aan haar zou vergrijpen. Maar als ze het doorvoerde, zou ze winnen.

Meende ze.

Eind februari kwam Mikael in een ritme dat het verblijf in Hedeby veranderde in een dagelijkse routine. Hij stond elke morgen om negen uur op, ontbeet en werkte tot twaalf uur. Gedurende die tijd nam hij nieuwe informatie tot zich. Daarna maakte hij een wandeling van een uur, wat voor weer het ook was. 's Middags werkte hij verder, thuis of in Susannes Brugcafé, met het bewerken van wat hij 's ochtends gelezen had of met het schrijven van stukken voor wat Henriks autobiografie zou worden. Tussen drie en zes was hij altijd vrij. Dan deed hij boodschappen, deed hij de was, ging hij naar Hedestad en verrichtte hij nog enkele huishoudelijke taken. Tegen zevenen vertrok hij naar Henrik Vanger en stelde hij de vragen die die dag waren opgekomen. Tegen tienen was hij weer thuis en las hij tot een uur of een, twee 's nachts. Hij werkte zich systematisch door Henriks documentenverzameling heen.

Hij ontdekte tot zijn verbazing dat de werkzaamheden met betrekking tot Henriks autobiografie op rolletjes liepen. Hij had het ontwerp voor zo'n 120 pagina's van de familiekroniek al af – deze omvatte de periode van het moment dat Jean Baptiste Bernadotte in Zweden aan land was gegaan tot ongeveer 1920. Daarna moest hij langzamer te werk gaan en zijn woorden gaan afwegen.

Bij de bibliotheek in Hedestad had hij boeken besteld die het nazisme van die tijd behandelden, onder andere Helene Lööws dissertatie *Het hakenkruis en het Wasa-legioen*. Hij had verder nog ongeveer veertig pagina's in concept geschreven over Henrik en zijn broers, waarbij hij zich uitsluitend op Henrik richtte als de persoon die het verhaal bij elkaar hield. Hij had een lange lijst opgesteld voor het onderzoek dat hij moest doen naar hoe bedrijven er destijds uitzagen en hoe ze functioneerden. En hij ontdekte dat de familie Vanger bovendien diep verwikkeld was geweest in Ivar Kreugers imperium – nóg een verhaal dat moest worden uitgediept. Hij ging ervan uit dat hij nog ongeveer driehonderd pagina's te schrijven had. Hij had een tijdsplanning die inhield dat hij op 1 september een concept voor Henrik Vanger klaar wilde hebben, zodat Henrik zich daar een mening over kon vormen, en hij het najaar kon gebruiken om de tekst te bewerken.

Daarentegen kwam Mikael geen steek verder in het onderzoek naar Harriët Vanger. Hoewel hij veel over het toenmalige onderzoek las en zich over de details in het omvangrijke materiaal het hoofd brak, kon hij niets vinden wat niet klopte.

Op een zaterdagavond eind februari had hij een lang gesprek met Henrik Vanger waarin hij verslag deed van de niet-aanwezige vooruitgang. De oude man luisterde geduldig, terwijl hij alle doodlopende steegjes beschreef waar hij in was gegaan.

'Kortom, Henrik, ik kan niets in het onderzoek vinden dat nog niet tot op de bodem is uitgezocht.'

'Ik begrijp wat je bedoelt. Ik heb me ook suf zitten piekeren. En toch ben ik ervan overtuigd dat we iets gemist hebben. De perfecte misdaad bestaat niet.'

'We weten niet eens of er wel een misdaad is begaan.'

Henrik Vanger zuchtte en spreidde gefrustreerd zijn handen.

'Ga door,' smeekte hij. 'Maak de klus af.'

'Het is zinloos.'

'Misschien. Maar geef het niet op.'

Mikael zuchtte.

'De telefoonnummers,' zei hij ten slotte.

'Ja.'

'Die moeten iets betekend hebben.'

'Ja.'

'Ze zijn opgeschreven met een bedoeling.'

'Ja.'

'Maar we kunnen ze niet duiden.'

'Nee.'

'Of we interpreteren ze verkeerd.'

'Precies.'

'Het zijn misschien geen telefoonnummers. Ze betekenen iets heel anders.'

'Misschien.'

Mikael zuchtte nogmaals en ging naar huis om verder te lezen.

Advocaat Nils Bjurman slaakte een zucht van verlichting toen Lisbeth Salander hem weer belde en zei dat ze meer geld nodig had. Ze had onder hun laatste afspraak uit weten te komen met het excuus dat ze moest werken, en er was een vage ongerustheid bij hem ontstaan. Was ze bezig een onhandelbaar probleemkind te worden? Maar omdat ze niet was komen opdagen, had ze ook geen zakgeld gehad en vroeg of laat zou ze toch weer contact met hem moeten opnemen. Hij was bang dat ze een buitenstaander had verteld over zijn escapades.

Haar korte gesprek met hem waarin ze vertelde dat ze geld nodig had, was daarom een bevredigende bevestiging dat hij de situatie onder controle had. Maar de teugels moesten worden aangetrokken, besloot Nils Bjurman. Ze moest begrijpen wie de beslissingen nam, pas dan zouden ze een meer constructieve relatie kunnen opbouwen. Hij liet haar daarom weten dat ze elkaar deze keer zouden ontmoeten in zijn woning aan het Odenplan, en niet op kantoor. Lisbeth Salander had aan de andere kant van de lijn vervolgens een behoorlijke tijd gezwegen – *stomme, slome trut* – voordat ze er uiteindelijk mee akkoord ging.

Haar plan was geweest om hem te zien op zijn kantoor, net als de vorige keer. Nu moest ze hem op onbekend terrein ontmoeten. Ze spraken af dat ze op vrijdagavond langs zou komen. Ze had de code van de portiekdeur gekregen en belde om halfnegen bij hem aan, een halfuur later dan afgesproken. Die tijd had ze nodig gehad in het donker van het trappenhuis om haar plannen voor de laatste keer door te nemen, alternatieven te overwegen, zich schrap te zetten en de moed te mobiliseren die ze nodig had.

Tegen achten 's avonds zette Mikael zijn computer uit en trok hij zijn jas aan. Hij liet de verlichting in de werkkamer branden. Buiten was het helder, je kon de sterren zien, en het was nul graden. Hij liep in snel tempo de heuvel op, langs het huis van Henrik Vanger, de weg op naar Östergården. Vlak achter Henriks huis boog hij af naar links en volgde hij een niet-sneeuwvrij gemaakt, maar platgetreden wandelpad langs het strand. De vuurtorens knipperden over het water en de lichtjes uit Hedestad schenen sfeervol in het donker. Hij had frisse lucht nodig, maar hij wilde voornamelijk Isabella Vangers spiedende ogen ontwijken. Bij Martin Vangers huis wandelde hij weer naar de weg en even na halfnegen kwam hij bij Cecilia Vanger aan. Ze gingen direct naar boven, naar haar slaapkamer.

Ze zagen elkaar een of twee keer per week. Cecilia Vanger was niet alleen zijn minnares in deze uithoek geworden, ze was ook degene die hij in vertrouwen nam. Hij had er veel meer aan om de zaak-Harriët Vanger met haar te bespreken, dan met Henrik.

Het plan ging eigenlijk al meteen mis.

Advocaat Nils Bjurman was gekleed in een ochtendjas toen hij de deur van zijn appartement opendeed. Hij was inmiddels vrij geïrriteerd over haar late aankomst en gebaarde haar binnen te komen. Ze was gekleed in een zwarte spijkerbroek, een zwart T-shirt en haar verplichte leren jack. Ze droeg zwarte laarzen en een kleine rugzak met een riem schuin over haar borst.

'Kun je niet eens klokkijken?' snauwde hij.

Salander zei niets. Ze keek om zich heen. De flat zag er ongeveer uit zoals ze verwacht had nadat ze de plattegrond in het archief van de dienst Stedelijke Ontwikkeling bekeken had. Hij had lichte berken en beuken meubels.

'Kom,' zei Bjurman op vriendelijker toon. Hij legde zijn arm om haar schouders en leidde haar door een hal naar het binnenste van het appartement. *Geen geouwehoer over koetjes en kalfjes.* Hij deed de deur naar een slaapkamer open. Er was geen twijfel over mogelijk welke diensten er van Lisbeth Salander verwacht werden.

Ze keek snel om zich heen. Vrijgezelleninrichting. Een tweepersoonsbed met een hoog hoofdeinde van roestvrij staal. Een ladekast die tevens dienstdeed als nachtkastje. Bedlampjes met gedempt licht. Een garderobekast met spiegelglas langs de ene lange kant. Een rotanstoel en een tafeltje in de hoek bij de deur. Hij pakte haar bij de hand en leidde haar naar het bed.

'Vertel eens waar je deze keer geld voor nodig hebt. Nog meer computerspulletjes?'

'Eten,' antwoordde ze.

'Natuurlijk. Wat dom van me, je hebt immers onze laatste ontmoeting gemist.' Hij legde een hand onder haar kin en duwde haar gezicht wat omhoog zodat hun blikken elkaar ontmoetten. 'Hoe gaat het?'

Ze haalde haar schouders op.

'Heb je nagedacht over wat ik de vorige keer heb gezegd?'

'Wat dan?'

'Lisbeth, doe je niet dommer voor dan je bent. Ik wil dat jij en ik goede vrienden worden en elkaar helpen.'

Ze gaf geen antwoord. Advocaat Bjurman moest zich inhouden om haar geen oorvijg te geven om haar tot leven te wekken.

'Vond je ons grotemensenspelletje van vorige keer leuk?'

'Nee.'

Hij trok zijn wenkbrauwen op.

'Lisbeth, doe niet zo vervelend.'

'Ik heb geld nodig om eten te kopen.'

'Daar hebben we het toch de vorige keer al over gehad? Als jij lief bent voor mij, ben ik lief voor jou. Maar als je alleen maar moeilijk doet, dan ...' Zijn greep om haar kin verhardde zich en ze rukte zich los.

'Ik wil mijn geld. Wat wil je dat ik doe?'

'Je weet precies wat ik wil.' Hij greep haar bij haar schouder en trok haar naar het bed.

'Wacht even,' zei Lisbeth Salander snel. Ze keek hem berustend aan en knikte vervolgens kort. Ze deed haar rugzak af en trok het leren jack met de klinknagels uit; vervolgens keek ze om zich heen. Ze legde het leren jack op de rotanstoel, zette de rugzak op het ronde tafeltje en deed een paar aarzelende stappen naar het bed. Daarna bleef ze staan, alsof ze koudwatervrees had. Bjurman kwam dichterbij.

'Wacht even,' zei ze weer, met een stem alsof ze hem terecht probeerde te wijzen. 'Ik heb geen zin om je elke keer dat ik geld nodig heb te moeten pijpen.'

Bjurmans gezichtsuitdrukking veranderde. Plotseling gaf hij haar met zijn handpalm een oorvijg. Salander sperde haar ogen wijd open, maar voordat ze kon reageren had hij haar bij haar schouder gepakt en haar voorover op het bed gegooid. Ze werd overrompeld door het plotselinge geweld. Toen ze zich probeerde om te keren, drukte hij haar omlaag op het bed en ging hij schrijlings op haar zitten.

Net als de vorige keer was ze, fysiek gezien, geen partij voor hem. Haar mogelijkheid om weerstand te bieden bestond eruit dat ze hem met haar nagels of met een voorwerp kon verwonden in zijn oog. Maar het scenario dat ze gepland had, was al in rook opgegaan. *Verdomme*, dacht Lisbeth Salander toen hij haar T-shirt over haar hoofd trok. Ze zag met ontstelde scherpzinnigheid in dat ze te veel hooi op haar vork genomen had.

Ze hoorde hem de ladekast naast het bed opentrekken en vervolgens een rammelend geluid van metaal. Eerst begreep ze niet wat er gebeurde, toen zag ze de handboei om haar pols sluiten. Hij deed haar armen omhoog, trok de handboei om een van de spijlen van het hoofdeinde en sloot haar andere hand ook in de boei. Hij had haar schoenen en broek in *no time* uitgetrokken. Ten slotte trok hij haar slipje uit en hield het in zijn hand.

'Je moet leren op mij te vertrouwen, Lisbeth,' zei hij. 'Ik zal je leren hoe dit grotemensenspelletje gaat. Als je onaardig tegen me bent, word je gestraft. Als je lief voor me bent, zijn we vrienden.'

Hij ging weer schrijlings op haar zitten.

'Dus je houdt niet van anale seks,' zei hij.

Lisbeth Salander deed haar mond open om te schreeuwen. Hij greep haar bij haar haar en propte haar slipje in haar mond. Ze voelde dat hij iets om haar enkels deed, haar benen uit elkaar trok en ze vastbond, zodat ze daar volledig overgeleverd lag. Ze hoorde hem bewegen in de kamer, maar ze kon hem niet zien door het T-shirt over haar gezicht. Het wachten duurde een paar minuten. Ze kon nauwelijks ademhalen. Vervolgens voelde ze een verschrikkelijke pijn toen hij met geweld iets in haar anus duwde.

Cecilia Vangers regel was nog steeds dat Mikael niet mocht blijven slapen. Even na tweeën 's nachts kleedde hij zich aan, terwijl ze nog steeds naakt op bed lag en naar hem glimlachte.

'Ik mag je wel, Mikael. Ik vind je gezelschap prettig.'

'Ik mag jou ook.'

Ze trok hem weer in bed en trok het overhemd uit dat hij net had aangetrokken. Hij bleef nog ongeveer een uur.

Toen Mikael uiteindelijk het huis van Harald Vanger passeerde, was hij er haast van overtuigd dat de gordijnen op de bovenverdieping bewogen. Maar het was te donker om er zeker van te kunnen zijn.

Lisbeth Salander mocht zaterdagochtend tegen vieren haar kleren weer aantrekken. Ze pakte haar leren jack en de rugzak, en strompelde naar de uitgang, waar hij haar stond op te wachten. Net gedoucht en keurig gekleed. Hij gaf haar een cheque van 2.500 kronen.

'Ik breng je naar huis,' zei hij terwijl hij de deur opendeed.

Ze stapte over de drempel, de flat uit, en draaide zich naar hem toe. Haar lichaam zag er broos uit en haar gezicht was gezwollen van het huilen. Hij deinsde bijna achteruit toen hij haar blik zag. Hij had nog nooit in zijn leven zo'n openlijke, gloeiende haat gezien. Lisbeth Salander zag er net zo geestesziek uit als haar dossier beschreef.

'Nee,' zei ze, zo zacht dat hij de woorden amper kon horen. 'Ik kom zelf wel thuis.'

Hij legde een hand op haar schouder.

'Zeker weten?'

Ze knikte. De greep rond haar schouder verhardde.

'Je weet wat we hebben afgesproken, hè? Je komt volgende week zaterdag hierheen.'

Ze knikte weer. Onderdanig. Hij liet haar los.

14
ZATERDAG 8 MAART – MAANDAG 17 MAART

Lisbeth Salander bracht de week door in bed, met pijn in haar onderlichaam, bloedingen uit haar endeldarm en andere, minder zichtbare verwondingen die langere tijd nodig zouden hebben om te genezen. Wat ze ervaren had, was iets heel anders dan de eerste aanranding op zijn kantoor; er was niet langer sprake van dwang en vernedering, maar van systematische gewelddadigheid.

Ze had veel te laat ingezien dat ze Bjurman totaal verkeerd had ingeschat.

Ze had hem ervaren als een machtspersoon die ervan hield te domineren, niet als een volleerd sadist. Hij had haar de hele nacht in de handboeien gehouden. Ze had meerdere malen gedacht dat hij haar zou vermoorden. Eenmaal had hij een kussen over haar gezicht geduwd tot ze was weggezakt en bijna het bewustzijn verloren had.

Ze huilde niet.

Afgezien van de tranen die waren veroorzaakt door de zuiver fysieke pijn tijdens de aanranding, liet ze geen tranen vloeien. Nadat ze Bjurmans appartement verlaten had, was ze naar de taxi-standplaats op het Odenplan gestrompeld, had ze een taxi naar huis genomen en was ze moeizaam de trappen naar haar flat opge-klommen. Ze had gedoucht en het bloed van haar onderlichaam gewassen. Daarna had ze een halve liter water gedronken, twee slaaptabletten genomen, was ze naar haar bed geschuifeld en had het dekbed over haar hoofd getrokken.

Ze werd zondag tegen lunchtijd wakker, leeg qua gedachten en met aanhoudende pijn in haar hoofd, spieren en onderlichaam. Ze stond op, dronk twee glazen melk en at een appel. Daarna nam ze nog twee slaaptabletten en kroop ze weer in bed.

Pas op dinsdag kon ze echt uit bed komen. Ze ging naar buiten en kocht een grootverpakking Billys Pan Pizza, zette twee pizza's in de magnetron en vulde een thermoskan met koffie. Daarna bracht ze de nacht door op internet en las ze artikelen, scripties en proefschriften over de psychopathologie van het sadisme.

Ze kwam bij een artikel terecht dat was gepubliceerd door een vrouwengroep in de VS, waarbij de auteur beweerde dat de sadist zijn 'relaties' met haast intuïtieve precisie kiest; het beste slachtoffer van de sadist was degene die hem vrijwillig tegemoet kwam omdat ze dacht dat ze geen keuze had. De sadist richtte zich op onzelfstandige mensen in een afhankelijke positie en had een griezelig vermogen om geschikte slachtoffers te identificeren.

Advocaat Bjurman had haar als slachtoffer gekozen.

Dat maakte haar behoedzaam.

Het zei iets over hoe ze door haar omgeving werd gezien.

Op vrijdag, een week na de tweede verkrachting, liep Lisbeth Salander van haar woning naar een tatoeëerder bij Hornstull. Ze had gebeld en een afspraak gemaakt, en er waren geen andere klanten in de winkel. De eigenaar herkende haar en knikte.

Ze koos een eenvoudige, kleine tatoeage, een dunne slinger, en wilde hem op haar enkel hebben. Ze wees de plek aan.

'Daar is de huid dun. Het doet daar ontzettend pijn,' zei de tatoeëerder.

'Het is goed,' zei Lisbeth Salander, ze trok haar broek uit en deed haar been omhoog.

'Oké, een slinger. Je hebt al een hoop tatoeages. Weet je zeker dat je er nog een wilt hebben?'

'Het is een herinnering,' antwoordde ze.

Mikael Blomkvist verliet Susannes Brugcafé zaterdagmiddag om twee uur, toen ze dichtging. Hij had de dag doorgebracht met het uitschrijven van zijn aantekeningen op zijn iBook, en wandelde naar de Konsum om boodschappen te doen en sigaretten te kopen voordat hij naar huis ging. Hij had gebakken *pölsa* ontdekt, een gerecht van orgaanvlees en graan, dat hij at met aardappels en bietjes. Hij had pölsa nooit lekker gevonden, maar om de een of andere reden kwam het in een huisje op het platteland tot zijn recht.

Tegen zevenen 's avonds stond hij bij het keukenraam na te denken. Cecilia Vanger had niet gebeld. Hij was haar 's middags tegengekomen toen ze brood had gekocht, maar ze was in gedachten geweest. Hij had niet het idee dat ze deze zaterdagavond zou bellen. Hij gluurde naar de kleine tv, die hij bijna nooit gebruikte. Toen nestelde hij zich met een detective van Sue Grafton op de bank in de keuken.

Lisbeth Salander keerde op zaterdagavond op de afgesproken tijd terug naar het appartement van Nils Bjurman aan het Odenplan. Hij liet haar met een vriendelijke, verwelkomende glimlach binnen.

'En hoe is het met je, vandaag, lieve Lisbeth?' groette hij.

Ze gaf geen antwoord. Hij legde een arm om haar schouder.

'Het ging er vorige keer misschien wat hard aan toe,' zei hij. 'Je zag er een beetje onderdanig uit.'

Ze keek hem met een scheef lachje aan en hij voelde plotseling een steek van onzekerheid. *Die meid is gestoord. Dat moet ik niet vergeten.* Hij vroeg zich af of ze zich zou aanpassen.

'Zullen we naar de slaapkamer gaan?' vroeg Lisbeth Salander.

Aan de andere kant speelt ze het spelletje misschien mee ... Hij leidde haar er met een arm om haar schouders heen, precies als bij de vorige ontmoeting. *Vandaag zal ik voorzichtig met haar zijn. Het vertrouwen opbouwen.* Op de ladekast lagen de handboeien al klaar. Pas toen ze bij het bed waren, zag advocaat Bjurman in dat er iets niet klopte.

Zij was degene die hem naar het bed leidde, niet andersom. Hij bleef staan en keek haar verbaasd aan, terwijl ze iets uit de zak van haar jas haalde, wat hij eerst meende te herkennen als een mobiele telefoon. Vervolgens zag hij haar blik.

'Zeg maar welterusten,' zei ze.

Ze drukte het elektrische pistool in zijn linkeroksel en vuurde 75.000 volt af. Toen zijn benen onder hem vandaan leken te glijden, ondersteunde ze hem met haar schouder en had ze al haar kracht nodig om hem op het bed te krijgen.

Cecilia Vanger voelde zich lichtelijk aangeschoten. Ze had besloten Mikael Blomkvist niet te bellen. Hun verhouding had zich ontwikkeld tot een bespottelijke slaapkamerfarce, waarbij Mikael via allerlei omwegen naar haar huis moest sluipen om niet gezien te worden. Ze gedroeg zich als een verliefde tiener, die haar wellust niet kon beheersen. Haar gedrag van de laatste weken was belachelijk geweest.

Het probleem is dat ik hem veel te aardig vind, dacht ze. *Hij zal me pijn doen.* Ze zat een tijdlang te filosoferen en wenste dat Mikael Blomkvist nooit naar Hedeby gekomen was.

Ze had een fles wijn opengemaakt en in haar eenzaamheid twee glazen gedronken. Ze zette het journaal aan en probeerde de toestand van de wereld te volgen, maar had onmiddellijk genoeg van de slimme commentaren waarom president Bush Irak kapot moest bombarderen. Ze ging in plaats daarvan op de bank in de kamer zitten en pakte Gellert Tamas' boek over de Laserman. Ze las maar een paar bladzijden en moest het boek toen wegleggen. Het onderwerp deed haar onmiddellijk aan haar vader denken. Ze vroeg zich af waarover hij fantaseerde.

De laatste keer dat ze elkaar echt ontmoet hadden, was in 1984 geweest, toen ze met hem en haar broer Birger mee was geweest op hazenjacht ten noorden van Hedestad en Birger een nieuwe jachthond wilde testen, een Hamilton Stövare, een populair Zweeds jachthondenras, die hij onlangs had aangeschaft. Harald Vanger was toen drieënzeventig geweest en ze had haar best gedaan om zijn gekte, die haar jeugd tot een nachtmerrie had gemaakt en die haar hele volwassen leven had gekenmerkt, te accepteren.

Cecilia was nooit in haar leven zo fragiel geweest als toen. Drie maanden eerder was haar huwelijk geëindigd. Vrouwenmishandeling – het woord was zo banaal. Voor haar had deze de vorm aangenomen van een milde, maar voortdurende mishandeling. Er was sprake geweest van slaan, gewelddadig duwen, grillige dreigingen en worstelingen op de keukenvloer. Zijn uitbarstingen waren altijd onverklaarbaar maar de gewelddadigheden zelden zo grof dat ze er fysiek letsel aan overhield. Hij sloeg haar nooit met dichte vuisten. Ze had zich aangepast.

Tot de dag waarop ze plotseling terug had geslagen en hij de controle over zichzelf volledig had verloren. Het was ermee geëindigd dat hij zonder na te denken een schaar naar haar toe had gegooid, die in haar schouderblad was blijven steken.

Hij was berouwvol geweest en in paniek, en had haar naar het ziekenhuis gebracht. Daar had hij een verhaal verzonnen over een bizar ongeval dat al het personeel op de eerstehulppost al had doorzien op het moment dat hij de woorden uitsprak. Ze had zich geschaamd. Ze kreeg twaalf hechtingen en moest twee dagen in het ziekenhuis blijven. Daarna had Henrik Vanger haar opgehaald en haar naar zijn huis gebracht. Ze had sindsdien niet meer met haar man gesproken.

Deze zonnige herfstdag, drie maanden na het opbreken van haar huwelijk, was Harald Vanger in een goed humeur geweest, haast vriendelijk. Maar opeens, midden in het bos, begon hij zijn dochter te bestoken met vernederende scheldwoorden en grove opmerkingen over haar handel en wandel en haar seksuele gewoontes, en had hij zich laten ontvallen dat het 'vanzelfsprekend was dat zo'n hoer geen vent kon vasthouden'.

Haar broer had niet eens gemerkt dat elk woord van hun vader haar als een zweepslag had getroffen. Birger Vanger had daarentegen plotseling gelachen en zijn arm om zijn vader heen geslagen, en op zijn eigen wijze de situatie gered door te zeggen dat hij *toch wist hoe de vrouwtjes zijn*. Hij had zorgeloos naar Cecilia geknipoogd en voorgesteld dat Harald Vanger op een kleine heuvelrug op wacht zou gaan staan.

Er was een seconde geweest, een bevroren moment, dat Cecilia Vanger haar vader en haar broer had aangekeken en zich er plotseling van bewust was geweest dat ze een geladen dubbelloops hagelgeweer in haar hand had gehad. Ze had haar ogen dichtgedaan. Dat was op dat moment het enige alternatief geweest voor het opheffen van het geweer en het afvuren van beide lopen. Ze had hen beiden willen doodschieten. Maar ze had het wapen voor haar voeten op de grond laten vallen, had zich omgekeerd en was teruggegaan naar de plaats waar ze de auto hadden geparkeerd. Ze had hen achtergelaten en was alleen naar huis gereden. Sinds die dag had ze slechts een paar keer met haar vader gesproken, als het echt niet anders kon. Ze had geweigerd hem binnen te laten en had hem bij hem thuis ook nooit opgezocht.

Je hebt mijn leven verpest, dacht Cecilia Vanger. *Je hebt mijn leven al verpest toen ik nog een kind was.*

Om halfnegen 's avonds pakte Cecilia Vanger de telefoon en belde ze Mikael Blomkvist, en vroeg hem te komen.

Advocaat Nils Bjurman ervoer pijn. Zijn spieren waren onbruikbaar. Zijn lichaam leek verlamd. Hij wist niet zeker of hij het bewustzijn verloren had, maar hij was gedesoriënteerd en wist niet meer precies wat er gebeurd was. Toen hij langzaamaan zijn lichaam weer onder controle kreeg, lag hij naakt op zijn rug op bed, met zijn polsen in de handboeien en zijn benen pijnlijk gespreid. Waar de elektroden in contact waren gekomen met zijn lichaam had hij schrijnende brandwonden.

Lisbeth Salander had de rotanstoel naar de rand van het bed getrokken en zat geduldig met haar laarzen op het bed een sigaret te roken. Toen Bjurman probeerde te spreken, merkte hij dat zijn mond met breed isolatieband was dichtgeplakt. Hij draaide zijn hoofd om. Ze had alle lades van de ladekast overhoopgehaald.

'Ik heb je speeltjes gevonden,' zei Salander. Ze hield een rijzweep omhoog en wees naar een verzameling dildo's, hoofdstellen en rubbermaskers op de grond. 'Waar moet deze voor worden gebruikt?' Ze hield een grove anaalplug omhoog. 'Nee, probeer niet te praten, ik hoor toch niet wat je zegt. Heb je die vorige week bij mij gebruikt? Het is voldoende als je knikt.' Ze boog zich verwachtingsvol naar hem toe.

Nils Bjurman voelde plotseling hoe de schrik hem om het hart sloeg en hij verloor zijn zelfbeheersing. Hij rukte aan de handboeien. *Zij had de controle overgenomen. Onmogelijk.* Hij kon niets doen toen Lisbeth Salander vooroverboog, zijn benen optrok en de anaalplug tussen zijn billen plaatste. 'Dus jij bent een sadist,' constateerde ze. 'Je vindt het lekker om dingen in mensen te duwen, hè?' Ze keek hem aan. Haar gezicht was een uitdrukkingsloos masker. 'Zonder glijmiddel, nietwaar?'

Bjurman slaakte een luide kreet door de tape heen, toen Lisbeth Salander ruw zijn billen uit elkaar duwde en de plug op de daarvoor bedoelde plaats aanbracht.

'Stop met schreeuwen,' zei Lisbeth Salander, terwijl ze zijn stem imiteerde. 'Als je moeilijk doet, moet ik je bestraffen.'

Ze stond op en liep om het bed heen. Hij volgde haar hulpeloos met zijn blik ... *Wat gebeurde er in godsnaam?* Lisbeth Salander had zijn 32 inch-tv uit de woonkamer naar de slaapkamer gerold. Zijn dvd-speler stond op de vloer. Ze keek hem aan, nog steeds met de zweep in haar hand.

'Heb ik je volledige aandacht?' vroeg ze. 'Probeer niet te praten, het is voldoende als je knikt. Hoor je wat ik zeg?' Hij knikte.

'Mooi.' Ze boog voorover en pakte haar rugzak. 'Ken je deze nog?' Hij knikte. 'Deze rugzak had ik bij me toen ik vorige week bij je was. Praktisch dingetje. Ik had hem geleend van Milton Security.' Ze deed een rits aan de onderkant open. 'Het is een digitale video-camera. Kijk je weleens naar *Candid Camera* op TV3? Die valse verslaggevers gebruiken ook zo'n rugzak als ze iets met de verborgen camera opnemen.' Ze deed de rits weer dicht.

'Het objectief, vraag je je af? Dat is de finesse. Groothoek met glasvezeloptiek. Het oog ziet eruit als een knoop en zit in de gesp van de schouderriem. Je kunt je misschien nog herinneren dat ik de rugzak hier op tafel heb gezet voordat je met je poten aan me begon te zitten? Ik heb er goed op gelet dat het objectief op het bed gericht was.'

Ze hield een cd omhoog en stopte hem in de dvd-speler. Daarna draaide ze de rotanstoel, zodat ze het tv-scherm kon zien. Ze stak een nieuwe sigaret op en drukte op de afstandsbediening. Advocaat Bjurman zag zichzelf de deur voor Lisbeth Salander openmaken.

'Kun je niet eens klokkijken?' snauwde hij.

Ze speelde de hele film voor hem af. De film eindigde na negentig minuten, midden in een scène waarin een naakte advocaat Bjurman tegen het bedeinde geleund een glas wijn zat te drinken terwijl hij naar Lisbeth Salander keek, die ineengekrompen lag, met haar handen vastgebonden op haar rug.

Ze deed de tv uit en zat ruim tien minuten in de rotanstoel zonder hem aan te kijken. Bjurman durfde zich niet te verroeren. Toen stond ze op en liep ze naar de badkamer. Toen ze terugkwam, ging ze weer in de rotanstoel zitten. Haar stem was als schuurpapier.

'Ik heb vorige week een verkeerde inschatting gemaakt,' zei ze. 'Ik dacht dat ik je weer zou moeten afzuigen, wat in jouw geval ongelofelijk weerzinwekkend is, maar niet weerzinwekkender dan ik aankan. Ik dacht dat ik op eenvoudige wijze voldoende documentatie zou kunnen verzamelen om te kunnen aantonen dat je een vieze, oude man bent. Ik had je verkeerd beoordeeld. Ik had niet begrepen hoe ziek je bent.'

'Ik zal duidelijk zijn,' zei ze. 'Deze film toont aan hoe jij een verstandelijk gehandicapt vierentwintigjarig meisje, voor wie jij bent aangesteld als curator, verkracht. En je weet niet hoe verstandelijk gehandicapt ik kan zijn als het moet. Ieder mens die deze film ziet, zal ontdekken dat je niet alleen een klootzak bent, maar ook een gestoorde sadist. Dit is de tweede en hopelijk de laatste keer dat ik deze film bekijk. Hij is vrij instructief, nietwaar? Ik heb het idee dat jij, en niet ik, in een inrichting opgenomen zal worden. Ben je het met me eens?'

Ze wachtte. Hij reageerde niet, maar ze kon hem zien beven. Ze greep de zweep en sloeg hem ermee, precies op zijn geslachtsorgaan.

'Ben je het met me eens?' herhaalde ze met aanzienlijk luidere stem. Hij knikte.

'Goed. Dan is dat afgehandeld.'

Ze trok de rotanstoel naar voren en ging zo zitten dat ze zijn ogen kon zien.

'Dus, wat gaan we hieraan doen?' Hij kon geen antwoord geven. 'Heb je een paar goede ideeën?' Toen hij niet reageerde, strekte ze haar hand uit, greep ze hem bij zijn balzak en trok eraan tot zijn gezicht verwrong van de pijn. 'Heb je een paar goede ideeën?' herhaalde ze. Hij schudde zijn hoofd.

'Mooi. Het lijkt me namelijk een slecht plan als jij in de toekomst ooit nog goede ideeën krijgt.'

Ze leunde achterover en stak een nieuwe sigaret op. 'Dit gaat er gebeuren. Volgende week, zo gauw je die dikke rubberen stop uit je reet hebt geperst, ga je mijn bank instrueren dat ik, en ik als enige, de beschikking krijg over mijn rekening. Begrijp je wat ik zeg?'

Advocaat Bjurman knikte.

'Goed zo. Je neemt nooit meer contact met mij op. In de toekomst zien we elkaar alleen als ik dat wil. Je krijgt dus een bezoekverbod opgelegd.' Hij knikte meerdere malen en ademde plotseling uit. *Ze is niet van plan me te vermoorden.*

'Als je ooit nog eens contact met me opneemt, gaan er kopieën van deze cd naar alle krantenredacties in Stockholm. Heb je dat begrepen?'

Hij knikte een paar keer. *Ik moet die film te pakken zien te krijgen.*

'Eenmaal per jaar moet je verslag uitbrengen aan de Raad van Toezicht. Je rapporteert dat mijn bestaan volstrekt normaal is, dat ik vast werk heb, dat ik goed voor mezelf zorg en dat je van mening bent dat er niets abnormaals op mijn gedrag is aan te merken. Oké?'

Hij knikte.

'Elke maand formuleer je een schriftelijk, maar fakerapport over je ontmoetingen met mij. Je vertelt uitvoerig hoe positief ik ben en hoe goed het met me gaat. Je stuurt mij ook een kopie. Begrepen?' Hij knikte weer. Lisbeth Salander merkte afwezig de zweetdruppeltjes op zijn voorhoofd op.

'Over een jaar of twee ga je met de rechtbank onderhandelen om mijn ondertoezichtstelling op te heffen. Je gebruikt je rapporten van onze zogenaamde maandelijkse bijeenkomsten als basis. Je zorgt dat je een psychiater regelt die een eed aflegt dat ik volledig normaal ben. Je moet je best doen. Je moet alles doen wat in je macht ligt om te zorgen dat ik mondig verklaard word.' Hij knikte.

'Weet je waarom je je uiterste best gaat doen? Omdat je een verdomd goede aanleiding hebt. Als je faalt, zal ik deze film namelijk openbaar maken.'

Hij luisterde naar elke lettergreep die Lisbeth Salander uitsprak. Zijn ogen brandden plotseling van haat. Hij besloot dat ze een grote vergissing maakte door hem te laten leven. *Je zult hier vroeg of laat je eigen verdomde kut voor op moeten eten. Ik zal je kapotmaken.* Maar hij bleef enthousiast knikken als antwoord op elke vraag.

'Hetzelfde geldt als je contact met mij opneemt.' Ze streek met haar hand over zijn keel. 'Zeg maar dag tegen dit appartement, en je mooie titel, en je miljoenen op die buitenlandse rekening.'

Zijn ogen verwijdden zich toen ze over dat geld begon. *Hoe wist ze dat, verdomme ...?*

Ze glimlachte en inhaleerde de rook. Vervolgens maakte ze haar sigaret uit door hem op de vaste vloerbedekking te gooien en hem te verpulveren met haar hak.

'Ik wil de reservesleutels van je huis en van je kantoor.' Hij trok zijn wenkbrauwen op. Ze leunde voorover en glimlachte zalig.

'Ik ga jouw leven in het vervolg onder controle houden. Als je het

het minst verwacht, misschien als je ligt te slapen, sta ik hier plotseling in de kamer met dit in mijn hand.' Ze hield het elektrische pistool omhoog. 'Ik zal je in de gaten houden. Als ik je ooit weer vind met een meisje, het maakt niet uit of ze hier vrijwillig is of niet, als ik je überhaupt weer met een vrouw aantref ...' Lisbeth Salander streek weer met haar vingers over zijn keel.

'En als ik zou sterven ... als mij een ongeluk zou overkomen en ik zou worden overreden door een auto of iets dergelijks ... zullen kopieën van de film naar de kranten worden gestuurd. Plus een uitvoerig verhaal waarin ik vertel hoe het is om jou als curator te hebben. En dan nog één ding.' Ze leunde voorover zodat haar gezicht maar een paar centimeter van dat van hem verwijderd was. 'Als je me ooit nog aanraakt, zal ik je vermoorden. Geloof me maar op mijn woord.'

Advocaat Bjurman geloofde haar plotseling. Er was geen ruimte voor bluf in haar ogen.

'Vergeet niet dat ik gestoord ben.'

Hij knikte.

Ze keek hem nadenkend aan.

'Ik denk niet dat jij en ik goede vrienden zullen worden,' zei Lisbeth Salander op serieuze toon. 'Je zult jezelf nu wel in gedachten liggen te feliciteren dat ik zo stom ben om je te laten leven. Je voelt dat je de controle hebt hoewel je mijn gevangene bent, omdat je denkt dat het enige wat ik kan doen als ik je niet vermoord, is je vrij te laten. Je bent dus vervuld van hoop dat je spoedig weer de macht over mij kunt overnemen. Ja, toch?'

Hij schudde zijn hoofd, plotseling vol bange vermoedens.

'Je krijgt een cadeautje van mij zodat je je onze overeenkomst altijd zult herinneren.'

Ze lachte een scheef lachje, klom op het bed en ging op haar knieën tussen zijn benen zitten. Advocaat Bjurman begreep niet wat ze bedoelde, maar werd door een plotselinge angst overvallen.

Toen zag hij de naald in haar hand.

Hij schudde heen en weer met zijn hoofd en probeerde zijn lichaam te draaien totdat ze een knie in zijn kruis drukte als waarschuwing.

'Lig stil. Het is de eerste keer dat ik deze apparatuur gebruik.'

Ze zat twee uur lang geconcentreerd te werken. Toen ze klaar was, was hij gestopt met jammeren. Hij leek zich eerder in een toestand van apathie te bevinden.

Ze stapte van het bed, hield haar hoofd scheef en bekeek haar handwerk met kritische ogen. Haar kunstzinnige talent was beperkt. De letters slingerden heen en weer en het zag er impressionistisch uit. Ze had rood en blauw gebruikt bij het tatoeëren van haar boodschap; deze besloeg vijf regels met hoofdletters en bedekte zijn hele buik, vanaf zijn tepels tot iets boven zijn geslachtsorgaan: IK BEN EEN SADISTISCH VARKEN, EEN KLOOTZAK EN EEN VERKRACHTER.

Ze verzamelde de naalden en stopte de verfpatronen in haar rugzak. Daarna ging ze naar de badkamer om haar handen te wassen. Ze merkte dat ze zich een stuk beter voelde toen ze de slaapkamer weer binnenkwam.

'Slaap lekker,' zei ze.

Ze maakte de ene handboei open en legde de sleutel op zijn buik voordat ze vertrok. Ze nam haar film en zijn sleutelbos mee.

Even na middernacht, toen ze een sigaret deelden, vertelde Mikael dat ze elkaar een tijdje niet zouden kunnen zien. Cecilia draaide haar gezicht ontsteld naar hem toe.

'Hoe bedoel je?' vroeg ze.

Hij keek beschaamd.

'Maandag moet ik voor drie maanden de gevangenis in.'

Een verdere verklaring was niet nodig. Cecilia bleef een tijdje liggen zonder wat te zeggen. Het huilen stond haar plotseling nader dan het lachen.

Dragan Armanskij had de moed al bijna opgegeven toen Lisbeth Salander maandagmiddag plotseling voor zijn deur stond. Hij had haar niet meer gezien sinds hij begin januari het onderzoek naar de Wennerström-affaire had moeten afblazen, en elke keer dat hij geprobeerd had haar te bellen had ze óf niet opgenomen óf had ze opgehangen met de verklaring dat ze het druk had.

'Heb je een klus voor me?' vroeg ze, zonder verdere begroeting.

'Hé, wat leuk je weer te zien. Ik dacht dat je van de aardbodem verdwenen was.'

'Ik moest een paar dingen uitzoeken.'

'Je hebt heel vaak dingen die je moet uitzoeken.'

'Dit was acuut. Ik ben terug. Heb je werk voor me?'

Armanskij schudde zijn hoofd.

'Sorry, momenteel niet.'

Lisbeth Salander keek hem met rustige ogen aan. Na een tijdje nam hij het woord.

'Lisbeth, je weet dat ik je graag mag en dat ik je met alle liefde klussen geef. Maar je bent twee maanden weg geweest en ik heb een heleboel klussen gehad. Ik kan gewoon niet van je op aan. Ik heb klussen bij anderen moeten onderbrengen omdat jij er niet was, en op dit moment heb ik niets.'

'Mag het wat harder?'

'Pardon?'

'De radio.'

'... tijdschrift *Millennium*. Het bericht dat industrieveteraan Henrik Vanger mede-eigenaar wordt en plaatsneemt in het bestuur van *Millennium* komt op dezelfde dag dat de voormalige verantwoordelijk uitgever, Mikael Blomkvist, zijn gevangenisstraf gaat uitzitten wegens smaad jegens zakenman Hans-Erik Wennerström. De hoofdredacteur van *Millennium*, Erika Berger, verklaarde tijdens de persconferentie dat Mikael Blomkvist het uitgeverschap weer zal overnemen zodra zijn gevangenisstraf erop zit.'

'Jezus,' zei Lisbeth Salander zó zacht dat Armanskij alleen haar lippen zag bewegen. Ze stond plotseling op en liep naar de deur.

'Wacht. Waar ga je heen?'

'Naar huis. Ik moet een paar dingen nakijken. Bel me als je wat hebt.'

Het nieuws dat *Millennium* versterking had gekregen van Henrik Vanger was een aanzienlijk grotere gebeurtenis dan Lisbeth Salander had verwacht. De internetversie van *Aftonbladet* was al in de lucht met een langer bericht van het persbureau, waarin Henrik Vangers carrière werd samengevat en waarin werd geconstateerd dat het de eerste keer in ruim twintig jaar was dat de oude industriemagnaat in het openbaar verscheen. Het bericht dat hij mede-eigenaar werd van *Millennium* leek net zo onvoorstelbaar als het feit dat de industrieel Peter Wallenberg of financieel expert Erik Penser plotseling zou verschijnen als mede-eigenaar van het socialistisch en feministisch getinte ETC of als sponsor van het opinieblad *Ordfront Magasin*.

De gebeurtenis was zó groot dat het nieuws van halfacht het als derde item behandelde en er drie minuten aan wijdde. Erika Berger werd geïnterviewd aan een vergadertafel op de redactie van *Millennium*. Plotseling was de Wennerström-affaire weer nieuws geworden.

'We hebben vorig jaar een grote fout gemaakt, die ertoe heeft geleid dat het magazine veroordeeld is wegens smaad. Dat spijt ons uiteraard ... en we zullen dat verhaal op een geschikt moment een vervolg geven.'

'Wat bedoelt u met het verhaal een vervolg geven?' vroeg de verslaggever.

'Ik bedoel dat we geleidelijk aan onze versie van de gebeurtenis zullen vertellen, wat we tot op heden nog niet hebben gedaan.'

'Maar dat hadden jullie tijdens de rechtszaak toch kunnen doen!'

'We hebben ervoor gekozen dat niet te doen. Maar we zullen uiteraard blijven doorgaan met onze kritische journalistiek.'

'Betekent dat dat jullie nog steeds vasthouden aan het verhaal waarvoor jullie veroordeeld zijn?'

'Daar geef ik vandaag geen commentaar op.'

'U hebt Mikael Blomkvist na het vonnis ontslagen.'

'Dat is een misverstand. Lees ons persbericht. Hij had een time-out nodig. Hij keert later dit jaar terug als verantwoordelijk uitgever.'

De camera gaf een overzicht van de redactie terwijl de verslaggever snel wat achtergrondinformatie gaf over het stormachtige verleden van *Millennium* als een wat zonderling en brutaal tijdschrift. Mikael Blomkvist was niet beschikbaar voor commentaar. Hij was net gevangengenomen in Rullåker, de gevangenis aan een klein bosmeer zo'n 10 kilometer van Östersund in de provincie Jämtland.

Daarentegen zag Lisbeth Salander Dirch Frode plotseling in een deuropening van de redactie voorbijflitsen, aan de buitenkant van het tv-beeld. Ze trok haar wenkbrauwen op en beet nadenkend op haar onderlip.

Er was die maandag weinig nieuws te melden en er werden in de uitzending van negen uur maar liefst vier hele minuten aan Henrik Vanger besteed. Hij werd geïnterviewd in een studio van de lokale tv in Hedestad. De reporter begon met de constatering dat *na twee decennia stilte de industrielegende Henrik Vanger weer voor het voetlicht was getreden.* De reportage werd ingeleid met een presentatie van Henrik Vangers leven in zwart-witte tv-beelden. Je zag hem in de jaren zestig met premier Tage Erlander aan zijn zijde de fabriek inwijden. De camera richtte zich vervolgens op de bank in de studio waar Henrik Vanger kalm achterovergeleund zat, zijn benen over elkaar geslagen. Hij was gekleed in een geel overhemd, een smalle groene stropdas en een informeel donkerbruin colbert. Dat hij een magere en ouder wordende vogelverschrikker was, kon niemand ontgaan, maar hij sprak met duidelijke en vaste stem. Bovendien was hij openhartig. De verslaggever begon met de vraag wat hem ertoe bewogen had mede-eigenaar van *Millennium* te worden.

'*Millennium* is een goed blad dat ik al jarenlang met grote belangstelling volg. Momenteel wordt het blad aangevallen. Het heeft machtige vijanden, die een advertentieboycot hebben georganiseerd met als doel het magazine om zeep te helpen.'

De reporter was blijkbaar niet op een dergelijk antwoord voorbereid, maar vermoedde onmiddellijk dat het reeds zonderlinge verhaal onverwachte afmetingen had.

'Wie zitten er achter deze boycot?'

'Dat is een van de dingen die *Millennium* uitvoerig zal uitzoeken. Maar laat mij van de gelegenheid gebruikmaken te verklaren dat *Millennium* zich niet meteen met de grond gelijk zal laten maken.'

'Is dat de reden dat u mede-eigenaar van het blad bent geworden?'

'Het zou zeer slecht zijn voor de vrijheid van meningsuiting wanneer specifieke belangen bij machte zouden zijn om de luizen in de pels tot zwijgen te brengen.'

Henrik Vanger klonk alsof hij zijn hele leven al een radicale strijder voor de vrijheid van meningsuiting was geweest. Mikael Blomkvist barstte plotseling in lachen uit toen hij zijn eerste avond in de tv-ruimte van de gevangenis doorbracht. Zijn medegevangenen keken hem bezorgd aan.

Later die avond, toen hij op bed lag in zijn cel, die hem deed denken aan een krappe motelkamer met een tafeltje, een stoel en een wandplank, moest hij toegeven dat Henrik en Erika gelijk hadden gehad over de manier waarop het nieuws op de markt moest worden gebracht. Zonder dat hij met iemand over de zaak gesproken had, wist hij dat er iets in de houding ten aanzien van *Millennium* veranderd was.

Henrik Vangers optreden was niets anders dan een oorlogsverklaring aan het adres van Hans-Erik Wennerström. De boodschap was glashelder: in het vervolg vecht je niet tegen een blad met zes medewerkers en een jaarbudget dat overeenkomt met een zakenlunch van de Wennerstroem Group. Nu vecht je ook tegen het Vanger-concern, dat weliswaar nog maar een schaduw is van zijn voormalige grootte, maar toch een aanzienlijk grotere uitdaging is. Wennerström kon nu een keuze maken: óf zich terugtrekken uit het conflict, óf de taak op zich nemen om ook het Vanger-concern te verpulveren.

De mededeling die Henrik Vanger op tv had gedaan was dat hij bereid was te vechten. Hij was misschien kansloos tegen Wennerström, maar de oorlog zou prijzig worden.

Erika had haar woorden met zorg gekozen. Ze had eigenlijk niets gezegd, maar haar bewering dat het blad 'zijn versie van de gebeurtenis nog zou vertellen' wekte de indruk dat er inderdaad iets te vertellen viel. Hoewel Mikael aangeklaagd en veroordeeld was en nu zelfs gevangenzat, was ze naar buiten getreden en had ze gezegd – zonder het letterlijk onder woorden te brengen – dat hij eigenlijk onschuldig was en dat er een andere waarheid bestond.

Juist door niet openlijk het woord 'onschuldig' te gebruiken, was zijn onschuld nog aannemelijker. De vanzelfsprekende manier waarop hij weer terug zou keren als verantwoordelijk uitgever onderstreepte dat *Millennium* niets had om zich voor te schamen. In de ogen van het publiek was de geloofwaardigheid geen probleem – iedereen is gek op een complottheorie en in de keuze tussen een steenrijke zakenman en een brutale en knappe hoofdredacteur was het niet moeilijk te beoordelen waarin de sympathieën geïnvesteerd zouden worden. De media zouden het verhaal niet zo makkelijk slikken, maar Erika had mogelijk een aantal critici ontwapend die hun nek niet zouden durven uitsteken.

Geen van de gebeurtenissen van die dag had de situatie fundamenteel veranderd, maar ze hadden tijd gekocht en hadden het strategische evenwicht enigszins hersteld. Mikael kon zich indenken dat Wennerström een onaangename avond had gehad. Wennerström kon niet weten hoe veel – of hoe weinig – ze wisten en voordat hij zijn volgende zet deed, zou hij dat eerst moeten uitzoeken.

Met een verbeten uitdrukking op haar gezicht zette Erika de tv en de video uit, nadat ze eerst naar haar eigen optreden en daarna naar dat van Henrik Vanger had gekeken. Ze keek op haar horloge, kwart voor drie 's nachts, en onderdrukte een impuls om Mikael te bellen. Hij zat opgesloten en het was onwaarschijnlijk dat hij zijn mobiel in zijn cel had. Ze was zo laat thuisgekomen in Saltsjöbaden dat haar man al sliep. Ze stond op en liep naar het barmeubel, schonk een verdedigbare hoeveelheid Aberlour in – ze dronk ongeveer eenmaal per jaar sterkedrank – en ging voor het raam staan dat uitzicht had over het water van Saltsjön en op de knipperende vuurtoren bij de ingang naar Skurusundet.

Mikael en zij hadden een heftige woordenwisseling gehad toen ze weer alleen waren nadat zij het contract met Henrik Vanger gesloten had. Door de jaren heen hadden ze uitvoerig geruzied over hoe teksten gewend en gekeerd moesten worden, lay-outs eruit moesten zien, de geloofwaardigheid van bronnen beoordeeld moest worden en over duizend andere dingen die bij het maken van een blad horen. Maar de ruzie in Henrik Vangers gastenverblijf was over principes gegaan waarvan ze wist dat ze zich op onzeker terrein bevond.

'Ik weet niet wat ik nu moet doen,' had Mikael gezegd. 'Henrik heeft me in de arm genomen om zijn autobiografie te schrijven. Tot nu toe kon ik opstaan en vertrekken zo gauw hij mij dwong iets op te schrijven wat niet waar is, of mij probeerde te bewegen het verhaal net iets anders te brengen. Nu is hij een van de mede-eigenaren van ons blad ... en bovendien de enige met voldoende geld om het blad te redden. Ik heb opeens twee petten op, een positie die beroepsethisch gezien niet gewaardeerd zou worden.'

'Heb je een beter idee?' had Erika geantwoord. 'Dan is het tijd om er nu mee te komen, voordat we het definitieve contract onderte-kenen.'

'Ricky, Vanger gebruikt ons in een soort persoonlijke vendetta met Wennerström.'

'So what? Wij hebben toch ook een persoonlijke vendetta met Wennerström?'

Mikael had zich van haar afgekeerd en geïrriteerd een sigaret opgestoken.

De woordenwisseling was nog een hele tijd doorgegaan, totdat Erika naar de slaapkamer was gegaan, zich had uitgekleed en in bed was gekropen. Ze had gedaan alsof ze sliep toen Mikael twee uur later naast haar kwam liggen.

Die avond had een reporter van *Dagens Nyheter* haar dezelfde vraag gesteld: 'Hoe zal *Millennium* op geloofwaardige wijze kun-nen vasthouden aan zijn onafhankelijkheid?'

'Wat bedoelt u?'

De verslaggever had zijn wenkbrauwen opgetrokken. Hij vond dat de vraag duidelijk genoeg was geweest, maar verduidelijkte hem toch maar.

'Het is onder andere de taak van *Millennium* om bedrijven onder de loep te nemen. Hoe kan het blad nu op geloofwaardige wijze beweren dat het het Vanger-concern onder de loep neemt?'

Erika had hem met een verschrikt gezicht aangekeken, alsof die vraag volstrekt onverwacht was.

'Beweert u dat de geloofwaardigheid van *Millennium* vermindert doordat een bekende, vermogende financier het podium heeft beklommen?'

'Ja, het is toch vrij duidelijk dat jullie niet op geloofwaardige wijze het Vanger-concern kunnen screenen.'

'Is dat een regel die specifiek voor *Millennium* geldt?'

'Pardon?'

'Ik bedoel, u werkt voor een krant die in de allerhoogste mate eigendom is van aanzienlijke economische belangen. Betekent dat, dat geen van de kranten die door het Bonnier-concern worden uit-gegeven geloofwaardig is? *Aftonbladet* is eigendom van een groot

Noors concern, dat op zijn beurt weer een belangrijke actor is binnen de data- en communicatiebranche; betekent dat dat de bewaking van *Aftonbladet* van de elektronica-industrie niet geloofwaardig is? *Metro* is eigendom van het Stenbeck-concern. Bedoelt u dat geen enkele krant in Zweden die aanzienlijke economische belangen in de rug heeft geloofwaardig is?'

'Nee, natuurlijk niet.'

'Waarom insinueert u dan dat in dat geval de geloofwaardigheid van *Millennium* zou verminderen omdat wij ook financiers hebben?'

De reporter had zijn hand opgeheven.

'Oké, ik neem de vraag terug.'

'Nee. Dat hoeft niet. Ik wil dat u exact weergeeft wat ik heb gezegd. En u kunt eraan toevoegen dat als *Dagens Nyheter* belooft zich wat meer op het Vanger-concern te richten, wij Bonniers wat beter in de gaten zullen houden.'

Maar het wás een ethisch dilemma.

Mikael werkte voor Henrik Vanger, die zich op zijn beurt in een positie bevond vanwaaruit hij *Millennium* met één pennenstreek om zeep kon helpen. Wat zou er gebeuren als Mikael en Henrik Vanger ergens ruzie over kregen?

En in het bijzonder: welk prijskaartje hing er aan haar eigen geloofwaardigheid, en wanneer veranderde ze van een onafhankelijke redactrice in een corrupte? Ze hield niet van de vragen en evenmin van de antwoorden.

Lisbeth Salander verbrak de verbinding met internet en sloot haar PowerBook. Ze was werkloos en ze had trek. Het eerstgenoemde baarde haar niet direct zorgen, sinds ze de controle over haar bankrekening weer terug had gekregen en advocaat Bjurman inmiddels de status had van een vaag ongerief uit haar verleden. Om de trek te verhelpen liep ze naar de keuken waar ze het koffiezetapparaat aanzette. Ze smeerde drie grote bruine boterhammen met kaas, kaviaar en een stukgekookt ei, wat het eerste was dat ze sinds vele uren at. Ze nuttigde haar nachtelijke boterhammen op de bank in de woonkamer terwijl ze de informatie bewerkte die ze had binnengehaald.

Dirch Frode uit Hedestad had haar in de arm genomen om een

persoonsonderzoek te doen naar Mikael Blomkvist, die veroordeeld was tot gevangenisstraf wegens smaad ten aanzien van financieel expert Hans-Erik Wennerström. Een paar maanden later stapt Henrik Vanger, eveneens uit Hedestad, het bestuur van *Millennium* binnen en beweert dat er een samenzwering bestaat om het blad om zeep te helpen. Dat alles op dezelfde dag dat Mikael Blomkvist de gevangenis in gaat. Het meest fascinerende van alles: een twee jaar oud achtergrondartikel – MET TWEE LEGE HANDEN – over Hans-Erik Wennerström, dat ze in de internetversie van *Finansmagasinet Monopol* had gevonden. Daarin stond dat hij zijn financiële opmars eind jaren zestig bij het Vanger-concern begonnen was!

Je hoefde niet hoogbegaafd te zijn om de conclusie te trekken dat de gebeurtenissen op de een of andere manier met elkaar verband hielden. Er zat ergens een adder onder het gras, en Lisbeth Salander was gek op het opsporen van slangen. Bovendien had ze toch niets beters te doen.

DEEL 3
FUSIES
16 mei tot 14 juli

Dertien procent van de vrouwen in Zweden is blootgesteld
aan grof seksueel geweld buiten seksuele relaties.

15
VRIJDAG 16 MEI – ZATERDAG 31 MEI

Mikael Blomkvist werd op vrijdag 16 mei vrijgelaten uit de gevangenis van Rullåker, nadat hij daar twee maanden eerder was opgesloten. Dezelfde dag dat hij zich had gemeld had hij, zonder veel hoop, een verzoek ingediend tot straftijdverkorting. Hij had nooit hoogte gekregen van de technische redenen waarom hij werd vrijgelaten, maar hij meende dat het er mogelijk mee te maken had dat hij geen gebruikmaakte van zijn weekendverloven en dat de bezetting van de inrichting momenteel 42 personen bedroeg, terwijl het aantal plaatsen berekend was op 31. Hoe dan ook, de directeur, een veertigjarige Pool in ballingschap genaamd Peter Sarovski, met wie Mikael het zeer goed kon vinden, schreef een aanbeveling dat de straftijd verkort zou moeten worden.

De tijd in Rullåker was rustig en aangenaam geweest. De inrichting was, zoals Sarovski het uitdrukte, voor raddraaiers en alcomobilisten, maar niet voor echte misdadigers. De dagelijkse routine deed denken aan het verblijf in een jeugdherberg. Zijn 41 medegevangenen, waarvan de helft tweedegeneratieallochtonen waren, zagen Mikael als een soort vreemde eend in de bijt, wat hij ook was. Hij was de enige gevangene over wie wat werd gezegd op tv, hetgeen hem een bepaalde status gaf, maar geen van zijn medegevangenen beschouwde hem als een serieuze misdadiger.

De directeur al evenmin. De eerste dag werd Mikael opgeroepen voor een gesprek, waar hem therapie, een opleiding binnen het volwassenenonderwijs of de mogelijkheid voor andere studies evenals loopbaanbegeleiding werden aangeboden. Mikael had gezegd dat hij weinig behoefte had aan sociale aanpassing, dat hij zijn studie twee decennia terug al had afgerond en dat hij al werk had. Daarentegen vroeg hij toestemming om zijn iBook in zijn cel te mogen houden, zodat hij verder kon werken aan het boek waar hij momenteel een contract voor had. Zijn verzoek werd zonder probleem ingewilligd en Sarovski stelde hem zelfs een afsluitbare kast ter beschikking, zodat hij zijn computer onbewaakt in zijn cel kon achterlaten zonder dat deze gestolen of gesloopt zou worden. Niet dat een van de medegevangenen zoiets zou doen – die hielden Mikael eerder een hand boven het hoofd.

Mikael bracht zodoende twee relatief aangename maanden door waarin hij ongeveer zes uur per dag werkte aan de familiekroniek van het geslacht Vanger. Het schrijven werd alleen dagelijks onderbroken door een paar uur schoonmaakwerkzaamheden of recreatie. Mikael en twee medegevangenen, waarvan de een uit Skövde kwam en de ander zijn roots in Chili had, hadden de taak om elke dag de gymzaal schoon te maken. De recreatie bestond uit tv-kijken, kaarten of fitnessen. Mikael ontdekte dat hij best goed was in poker, maar verloor toch elke dag een paar munten van 50 öre. De regels van de instelling stonden het spelen om geld toe als de totale pot maar beneden de 5 kronen lag.

Op een dag nam Sarovski hem mee naar zijn kantoor en bood hem een borrel aan. Hij kreeg te horen dat hij de volgende dag zou worden vrijgelaten. Vervolgens besteedde Mikael de avond aan het inpakken van zijn kleren en zijn blocnotes.

Na zijn vrijlating reisde Mikael direct terug naar zijn huisje in Hedeby. Toen hij over de brug liep, hoorde hij een gemiauw en kreeg hij gezelschap van de roodbruine kat, die hem verwelkomde door langs zijn benen te strijken.

'Goed, kom maar binnen,' zei hij. 'Maar ik heb nog geen melk kunnen kopen.'

Hij pakte zijn bagage uit. Hij had het gevoel dat hij vakantie had gehad en ontdekte dat hij Sarovski en het gezelschap van zijn medegevangenen miste. Hoe absurd het ook klonk, hij had het naar zijn zin gehad in Rullåker. Zijn vrijlating was echter zo onverwacht geweest, dat hij het nog aan niemand had kunnen vertellen.

Het was even na zessen 's avonds. Hij liep snel naar de Konsum voor de noodzakelijkste levensmiddelen voordat de supermarkt dichtging. Toen hij thuiskwam, zette hij zijn mobiele telefoon aan en belde hij Erika, maar die was momenteel niet bereikbaar. Hij sprak een boodschap in dat ze de volgende dag contact zouden hebben.

Daarna wandelde hij naar zijn werkgever, die zich op de benedenverdieping bevond en verbaasd zijn wenkbrauwen optrok toen hij Mikael zag.

'Ben je ontsnapt?' waren de eerste woorden van de oude man.

'Wettig vervroegd vrijgelaten.'

'Wat een verrassing.'

'Voor mij ook. Ik hoorde het gisteravond pas.'

Ze keken elkaar een paar seconden aan. Daarna verraste de oude man Mikael door zijn armen om hem heen te slaan en hem stevig tegen zijn borst te drukken.

'Ik wilde net gaan eten. Houd me gezelschap.'

Anna serveerde spekpannenkoeken met vossenbessen. Ze zaten nog bijna twee uur in de eetkamer na te praten. Mikael vertelde hoe ver hij met de familiekroniek was gekomen en waar nog het een en ander ontbrak. Ze spraken niet over Harriët Vanger, maar hadden een uitgebreid gesprek over *Millennium*.

'We hebben drie bestuursvergaderingen gehad. Juffrouw Berger en jullie partner Christer Malm zijn zo vriendelijk geweest om twee van de vergaderingen hier te houden, terwijl Dirch mij vertegenwoordigd heeft bij een vergadering in Stockholm. Ik zou echt willen dat ik een paar jaar jonger was, maar de waarheid is dat het te vermoeiend voor me is om zo ver te reizen. Ik zal proberen in de zomer naar Stockholm te komen.'

'Ik vind dat ze die vergaderingen best hier kunnen houden,' antwoordde Mikael. 'En hoe voelt het om aandeelhouder van het blad te zijn?'

Henrik Vanger antwoordde met een scheef lachje. 'Het is het leukste wat ik in jaren heb gedaan. Ik heb naar de financiën gekeken, en het ziet er goed uit. Ik hoef niet zoveel geld te schuiven als ik dacht, het gat tussen inkomsten en uitgaven wordt kleiner.'

'Ik heb van de week een keer met Erika gesproken. Ik heb begrepen dat er weer meer geadverteerd wordt.'

Henrik Vanger knikte. 'Het tij keert, maar dat kost tijd. In eerste instantie kochten bedrijven van het Vanger-concern de advertentieruimte op. Maar er zijn nu alweer twee oude adverteerders, mobiele telefoons en een reisbureau, terug.' Hij glimlachte breeduit. 'We zijn ook bezig met een wat meer persoonlijke campagne onder Wennerströms oude vijanden. En neem van mij aan, dat is een lange lijst!'

'Heb je iets van Wennerström gehoord?'

'Tja, niet echt. Maar we hebben laten uitlekken dat Wennerström de boycot tegen *Millennium* organiseert. Daardoor komt hij kleinzielig over. Een journalist van *Dagens Nyheter* schijnt hem daarnaar gevraagd te hebben en kreeg een snauwerig antwoord terug.'

'Daar geniet je wel van, hè?'

'Genieten is niet het juiste woord. Ik had dit jaren eerder moeten doen!'

'Wat is er eigenlijk tussen jou en Wennerström?'

'Probeer het niet. Dat krijg je tegen nieuwjaar te weten.'

Er hing een behaaglijk lentegevoel in de lucht. Toen Mikael tegen negenen bij Henrik wegging, was het buiten donker. Hij aarzelde even. Toen liep hij naar het huis van Cecilia Vanger en klopte aan.

Hij wist niet zeker wat hij verwachtte. Cecilia Vanger zette grote ogen op en zag er ogenblikkelijk ongemakkelijk uit, maar liet hem binnen in de hal. Ze bleven staan, plotseling onzeker van elkaar. Ook zij vroeg of hij ontsnapt was en hij legde uit hoe de vork in de steel zat.

'Ik wilde alleen even gedag zeggen. Kom ik ongelegen?'

Ze ontweek zijn blik. Mikael merkte meteen dat ze niet erg blij was hem te zien.

'Nee ... nee, kom binnen. Wil je koffie?'

'Graag.'

Hij liep met haar mee naar de keuken. Ze stond met haar rug naar hem toe terwijl ze het koffiezetapparaat met water vulde. Mikael liep naar haar toe en legde een hand op haar schouder. Ze verstijfde.

'Cecilia, ik geloof niet dat je veel zin hebt om me koffie aan te bieden.'

'Ik verwachtte je pas over een maand,' zei ze. 'Je hebt me verrast.'

Hij voelde haar weerzin en draaide haar rond, zodat hij haar gezicht kon zien. Zo bleven ze even staan. Ze wilde hem nog steeds niet aankijken.

'Cecilia. Laat die koffie maar zitten. Wat is er aan de hand?'

Ze schudde haar hoofd en haalde diep adem.

'Mikael, ik wil dat je gaat. Vraag niets. Ga gewoon.'

Mikael wandelde eerst naar huis, maar bleef besluiteloos bij het hek staan. In plaats van naar binnen te gaan, liep hij naar het water bij de brug en ging hij op een steen zitten. Hij stak een sigaret op terwijl hij zijn gedachten ordende en zich afvroeg waardoor Cecilia Vangers houding tegenover hem zo drastisch kon zijn veranderd.

Hij hoorde plotseling het geluid van een motor en zag een grote witte boot de zee-engte onder de brug binnenvaren. Toen hij passeerde, zag Mikael dat Martin Vanger aan het roer stond, maar zijn blik was op het water gericht om blinde klippen te omzeilen. De boot was een 12 meter lange motorkruiser, een imposant geheel. Mikael stond op en liep over de strandpromenade met de boot mee. Hij ontdekte plotseling dat er al meer boten aan verschillende steigers in het water lagen, een mengeling van motorboten en zeilboten. Er waren meerdere Pettersson-boten en aan een van de steigers lag een IF-boot, een driepersoonszeilboot, te deinen op de golfslag. Andere boten waren nog wéér grotere en duurdere vaartuigen. Hij noteerde een Hallberg-Rassy. De zomer was begonnen. Daarmee werd ook de onderverdeling in klassen van het watersportleven in Hedeby zichtbaar – Martin Vanger had ongetwijfeld de grootste en de duurste boot in de omgeving.

Mikael bleef voor het huis van Cecilia Vanger staan en gluurde naar de verlichte ramen op de bovenverdieping. Daarna ging hij naar huis om koffie te zetten. Hij nam een kijkje in zijn werkkamer terwijl hij wachtte tot de koffie klaar was.

Toen hij de gevangenis inging, had hij het grootste gedeelte van Henrik Vangers documentatie over Harriët teruggebracht. Het leek hem onverstandig om alle bescheiden gedurende langere tijd in een leeg huis achter te laten. Nu gaapten de kasten hem leeg aan. Alles wat hij nog van het onderzoek had, waren vijf van Henrik Vangers eigen blocnotes, die hij had meegenomen naar Rullåker en die hij nu zo langzamerhand uit zijn hoofd kende. En, constateerde hij, een fotoalbum boven in de boekenkast, dat hij vergeten was.

Hij pakte het album en nam het mee naar de keukentafel. Hij schonk koffie in, ging zitten en begon te bladeren.

Het waren de foto's die genomen waren op de dag dat Harriët was verdwenen. Eerst kwam de laatste foto van Harriët, genomen tijdens de optocht in Hedestad. Daarna volgden ruim 180 haarscherpe foto's van het ongeluk met de tankauto op de brug. Hij had het album al diverse keren foto voor foto met een vergrootglas bekeken. Nu keek hij het verstrooid door; hij wist dat hij niets zou vinden wat hem wijzer zou maken. Hij was het raadsel-Harriët Vanger plotseling zat en sloeg het album met een klap dicht.

Hij liep rusteloos naar het keukenraam en keek naar buiten de duisternis in.

Toen richtte hij zijn blik weer op het fotoalbum. Hij kon het gevoel niet precies verklaren, maar opeens ging er een flits van een gedachte door hem heen, alsof hij had gereageerd op iets wat hij net had gezien. Het was alsof er een onzichtbaar wezen voorzichtig in zijn oor had geblazen en zijn nekharen gingen een beetje overeind staan.

Hij ging zitten en sloeg het album weer open. Hij bladerde het pagina voor pagina door en onderzocht elke foto van de brug. Hij keek naar de jongere uitgave van een in olie gedrenkte Henrik Vanger en een jongere Harald Vanger, een man die hij nog steeds niet had gezien. De kapotte reling van de brug, de gebouwen, de ramen en de voertuigen die op de foto's te zien waren. Hij had geen moeite de twintigjarige Cecilia Vanger te identificeren tussen de vele toeschouwers. Ze droeg een lichte jurk en een donker jasje, en was op een twintigtal foto's in het album te zien.

Hij voelde plotseling een opwinding. Door de jaren heen had Mikael geleerd te vertrouwen op zijn instinct. Hij had gereageerd op iets in het album, maar hij kon niet precies zeggen op wat.

Hij zat nog steeds aan de keukentafel naar de foto's te staren toen hij tegen elven de buitendeur hoorde opengaan.

'Mag ik binnenkomen?' vroeg Cecilia Vanger. Zonder op antwoord te wachten ging ze tegenover hem aan de keukentafel zitten. Mikael kreeg een wonderlijk gevoel van een déjà vu. Ze was gekleed in een wijde, lichte jurk en een grijsblauw jasje, kleren die haast identiek waren aan die ze op de foto's van 1966 droeg.

'Jij bent het probleem,' zei ze.

Mikael trok zijn wenkbrauwen op.

'Sorry, maar je hebt me volledig overrompeld toen je daar van-avond voor mijn deur stond. Nu ben ik zo ongelukkig dat ik niet kan slapen.'

'Waarom ben je ongelukkig?'

'Begrijp je dat dan niet?'

Hij schudde zijn hoofd.

'Kan ik het vertellen zonder dat je me uitlacht?'

'Ik beloof dat ik niet zal lachen.'

'Toen ik je deze winter verleidde, was dat een impulsieve hande-ling. Ik wilde plezier hebben, verder niets. Die eerste avond was ik alleen maar ondeugend en was ik helemaal niet van plan iets lang-durigs met je te beginnen. Daarna werd het wat anders. Ik wil dat je weet dat de weken waarin je mijn *occasional lover* was, de meest aangename van mijn leven waren.'

'Ik vond het ook erg gezellig.'

'Mikael, ik heb de hele tijd tegen jou en tegen mezelf gelogen. Ik ben nooit erg losbandig geweest op seksueel gebied. Ik heb vijf sekspartners in mijn hele leven gehad. Mijn debuut was op mijn eenentwintigste. Toen met mijn man, die ik heb leren kennen toen ik vijfentwintig was en die een klootzak bleek te zijn. En sindsdien een paar keer met drie mannen die ik met een tussenpoos van een paar jaar heb ontmoet. Maar jij maakte iets bij me los. Ik kon er gewoon geen genoeg van krijgen. Dat had ermee te maken dat alles bij jou zo ongedwongen was.'

'Cecilia, je hoeft niet ...'

'Ssst, onderbreek me niet. Dan zal ik dit nooit kunnen vertellen.'

Mikael zweeg.

'De dag waarop je naar de gevangenis vertrok was ik zo ongeluk-kig. Opeens was je weg, net alsof je er nooit geweest was. Het was donker hier in het gastenverblijf. Het was koud en leeg in bed. Plot-seling was ik weer die zesenvijftigjarige oude taart.'

Ze zweeg even en keek Mikael in de ogen.

'Ik ben deze winter verliefd op je geworden. Dat was niet de bedoeling, maar het gebeurde nu eenmaal. En opeens zag ik in dat je hier maar tijdelijk bent en dat je op een dag voorgoed verdwenen zult zijn, terwijl ik hier de rest van mijn leven blijf zitten. Dat deed zo'n ontzettende pijn dat ik besloot om je niet meer binnen te laten als je uit de gevangenis zou komen.'

'Het spijt me.'

'Het is niet jouw fout.'

Ze zwegen een tijdje.

'Toen je vanavond vertrokken was, heb ik zitten janken. Ik wilde dat ik de kans kreeg om mijn leven over te doen. En toen heb ik een beslissing genomen.'

'Wat dan?'

Ze keek omlaag naar de tafel.

'Dat ik hartstikke gek ben als ik nu stop met je te zien alleen omdat je op een dag zult vertrekken. Mikael, kunnen we opnieuw beginnen? Kun je vergeten wat er eerder vanavond gebeurd is?'

'Dat is al vergeten,' zei Mikael. 'Maar bedankt dat je het hebt verteld.'

Ze keek nog steeds omlaag.

'Als je me nog steeds wilt, dan wil ik dat heel graag.'

Ze keek hem plotseling weer aan. Vervolgens stond ze op en liep ze naar de slaapkamer. Ze liet haar jasje op de grond vallen en trok haar jurk tijdens het lopen over haar hoofd.

Mikael en Cecilia werden tegelijkertijd wakker doordat de buitendeur openging en er iemand door de keuken liep. Ze hoorden de bons van een tas die op de vloer bij het ijzeren fornuis werd neergezet. Toen stond Erika plotseling in de deuropening van de slaapkamer met een glimlach die overging in ontzetting.

'Och, jezus.' Ze deed een stap terug.

'Hé, Erika,' zei Mikael.

'Hé. Sorry. Het spijt me dat ik zo binnen kom vallen. Ik had moeten kloppen.'

'We hadden de buitendeur op slot moeten doen. Erika, dit is Cecilia Vanger. Cecilia, Erika Berger is de hoofdredacteur van *Millennium*.'

'Dag,' zei Cecilia.

'Dag,' zei Erika. Ze keek alsof ze niet kon beslissen of ze naar haar toe moest lopen om haar welopgevoed een hand te geven of dat ze weg moest gaan. 'Eh, ik ... ik kan een wandeling gaan maken ...'

'Wat zou je ervan zeggen om koffie te zetten?' Mikael keek op de wekker op het nachtkastje. Het was even na twaalven.

Erika knikte en trok de slaapkamerdeur achter zich dicht. Mikael en Cecilia keken elkaar aan. Cecilia keek opgelaten. Ze hadden tot vier uur 's ochtends gevreeën en liggen praten. Toen had Cecilia gezegd dat ze van plan was te blijven slapen en dat ze er in het vervolg lak aan had dat de mensen wisten dat ze het met Mikael deed. Ze had met haar rug naar hem toe geslapen, met zijn arm om haar borst.

'Luister eens, niets aan de hand,' zei Mikael. 'Erika is getrouwd en ze is niet mijn vriendin. We gaan soms met elkaar naar bed, maar het kan haar echt niet schelen dat jij en ik iets met elkaar hebben. Ze zal zich momenteel hoogstens nogal gegeneerd voelen.'

Toen ze even later de keuken binnenkwamen, had Erika de tafel gedekt met koffie, sinaasappelsap, marmelade, kaas en geroosterd brood. Het rook heerlijk. Cecilia liep meteen naar haar toe en gaf haar een hand.

'Het ging wat snel zonet. Dag.'

'Het spijt me, Cecilia, dat ik als een olifant binnenstormde,' zei een diepbeschaamde Erika.

'Vergeet dat in godsnaam. Nu gaan we koffiedrinken.'

'Hoi,' zei Mikael en hij omhelsde Erika voor hij ging zitten. 'Hoe ben je hier gekomen?'

'Vanochtend van huis vertrokken, natuurlijk. Ik kreeg je berichtje om twee uur vannacht en heb geprobeerd je te bellen.'

'Ik had mijn telefoon uitgezet,' zei Mikael en hij lachte naar Cecilia Vanger.

Na het ontbijt verontschuldigde Erika zich en liet ze Mikael en Cecilia alleen onder het voorwendsel dat ze Henrik Vanger gedag moest zeggen. Cecilia ruimde de tafel af met haar rug naar Mikael gekeerd. Hij ging naar haar toe en sloeg zijn armen om haar heen.

'En nu?' vroeg Cecilia.

'Niets. Zo is het gewoon. Erika is mijn beste vriendin. Zij en ik hebben de afgelopen twintig jaar op gezette tijden wat met elkaar gehad en dat zal de komende twintig jaar hopelijk ook zo blijven.

Maar we zijn nooit een stel geweest en we staan elkaars romances nooit in de weg.'

'Is dat wat wij hebben? Een romance?'

'Ik weet niet wat we hebben, maar we kunnen het blijkbaar goed met elkaar vinden.'

'Waar moet ze vannacht slapen?'

'We regelen wel ergens een kamer voor haar. Een logeerkamer bij Henrik. Ze slaapt in elk geval niet in mijn bed.'

Cecilia dacht even na.

'Ik weet niet of ik dat kan. Bij jullie werkt dat blijkbaar zo, maar ik weet niet ... Ik heb nooit ...' Ze schudde haar hoofd. 'Ik ga nu naar huis. Ik moet hier even over nadenken.'

'Cecilia, je hebt het me eerder gevraagd en ik heb verteld over mijn relatie met Erika. Haar bestaan kan geen verrassing voor je zijn.'

'Dat is waar. Maar zolang ze op comfortabele afstand in Stockholm zat, kon ik haar negeren.'

Cecilia trok haar colbertje aan.

'Het is een kostelijke situatie,' lachte ze. 'Kom vanavond bij me eten. En neem Erika mee. Ik geloof dat ik haar wel mag.'

Erika had de logeerkwestie zelf al afgehandeld. De keren dat ze in Hedeby was geweest voor besprekingen met Henrik Vanger had ze overnacht in een van zijn logeerkamers en ze had gewoon gevraagd of ze die kamer weer mocht gebruiken. Henrik had zijn vreugde bijna niet kunnen verbergen en had haar verzekerd dat ze te allen tijde welkom was.

Nu deze formaliteit uit de weg was geruimd, maakten Mikael en Erika een wandelingetje over de brug en namen ze vlak voor sluitingstijd plaats op het terras van Susannes Brugcafé.

'Ik ben diep ontevreden,' zei Erika. 'Ik was gekomen om je welkom te heten in de vrijheid en dan tref ik je in bed aan met de femme fatale van het dorp.'

'Pardon?'

'Hoe lang doen jij en miss *Big Tits* het eh ... al?' Erika draaide met haar wijsvinger in het rond.

'Ongeveer sinds Henrik mede-eigenaar werd.'

'Aha.'

'Aha, wat?'

'Gewoon nieuwsgierigheid.'

'Cecilia is een aardige vrouw. Ik mag haar graag.'

'Ik bekritiseer niets. Ik ben gewoon ontevreden. Heb ik snoep binnen handbereik en dan moet ik aan de lijn doen. Hoe was de gevangenis?'

'Een prettige werkvakantie. Hoe gaat het nu met *Millennium*?'

'Beter. Nog steeds gerommel in de marge, maar voor het eerst in een jaar neemt het advertentievolume weer toe. We zitten nog steeds ver onder wat we een jaar geleden hadden, maar er is in elk geval weer een stijgende lijn. Dat is Henriks verdienste. Maar het vreemde is dat het aantal abonnees ook toeneemt.'

'Dat fluctueert altijd.'

'Ja, een paar honderd meer of minder. Maar er zijn de laatste drie maanden 3.000 abonnees bij gekomen. De toename is vrij constant, met ruim 250 nieuwe per week. Ik dacht eerst dat het toeval was, maar er blijven steeds nieuwe abonnees komen. Het is de grootste afzonderlijke oplagetoename ooit. Die abonnees betekenen meer dan de advertentie-inkomsten. Tegelijkertijd lijken onze oude abonnees hun abonnement over de hele linie consequent te verlengen.'

'Hoe komt dat?' vroeg Mikael verbaasd.

'Ik weet het niet. Niemand van ons begrijpt het. We hebben geen advertentiecampagne gehad. Christer heeft een week besteed aan het steekproefsgewijs kijken wat het voor mensen zijn. Ten eerste zijn het volstrekt nieuwe abonnees. Ten tweede is zeventig procent vrouw. Normaal is zeventig procent van de abonnees man. Ten derde kunnen de abonnees worden omschreven als mensen uit de voorsteden met een gemiddeld inkomen: leraren, lagere leidinggevenden, ambtenaren.'

'De opstand van de middenklasse tegen het grootkapitaal?'

'Geen idee. Maar als het zo doorgaat, betekent dat een behoorlijke verandering van het abonneebestand. We hadden twee weken geleden een redactievergadering en hebben besloten om gedeeltelijk nieuw materiaal aan het blad toe te voegen; ik wil meer artikelen hebben over vakbondskwesties met een link naar de TCO, de vakbond voor kantoorpersoneel, en dat soort teksten, maar ook meer onderzoeksreportages over bijvoorbeeld vrouwenvraagstukken.'

'Pas op dat je niet te veel verandert,' zei Mikael. 'Als we nieuwe abonnees krijgen, zijn die vermoedelijk tevreden met wat er momenteel in het blad staat.'

Cecilia Vanger had ook Henrik Vanger te eten gevraagd, mogelijk om pijnlijke gespreksonderwerpen te vermijden. Ze had een wildschotel gemaakt en schonk rode wijn in. Erika en Henrik besteedden een groot deel van het gesprek aan een discussie over de ontwikkeling van *Millennium* en de nieuwe abonnees, maar het gesprek ging op een gegeven moment over op andere dingen. Erika wendde zich plotseling tot Mikael en vroeg hem hoe zijn werk vorderde.

'Ik denk dat ik over een maand een concept van de familiekroniek klaar heb, waar Henrik dan naar kan kijken.'

'Een kroniek in de geest van *The Addams Family*,' lachte Cecilia.

'Er zitten bepaalde historische aspecten in,' moest Mikael toegeven.

Cecilia gluurde naar Henrik Vanger.

'Mikael, Henrik is eigenlijk niet geïnteresseerd in die familiekroniek. Hij wil dat je het raadsel over de verdwijning van Harriët oplost.'

Mikael zei niets. Sinds hij zijn verhouding met Cecilia begonnen was, had hij met haar tamelijk open over Harriët gesproken. Cecilia had al uitgevist dat dat zijn eigenlijke opdracht was, hoewel hij het formeel nooit erkend had. Hij had daarentegen nooit aan Henrik verteld dat Cecilia en hij het onderwerp besproken hadden. Henriks borstelige wenkbrauwen trokken enigszins samen. Erika zweeg.

'Luister eens,' zei Cecilia tegen Henrik. 'Ik ben niet gek. Ik weet niet precies welke overeenkomst je met Mikael hebt, maar zijn verblijf hier in Hedestad heeft te maken met Harriët. Heb ik gelijk of niet?'

Henrik knikte en keek Mikael aan.

'Ik heb je gezegd dat ze scherp was!' Hij richtte zich vervolgens tot Erika. 'Ik neem aan dat Mikael je verteld heeft waar hij hier in Hedeby mee bezig is?'

Ze knikte.

'En ik neem aan dat je van mening bent dat dat een zinloze

bezigheid is? Nee, je hoeft geen antwoord te geven. Het is een absurde en zinloze bezigheid. Maar ik móét het gewoon weten.'

'Ik heb daar geen mening over,' zei Erika diplomatiek.

'Natuurlijk wel.' Hij richtte zich weer tot Mikael. 'Het jaar is bijna voor de helft om. Vertel. Heb je überhaupt iets gevonden wat we nog niet tot op de bodem hebben uitgezocht?'

Mikael vermeed Henriks blik. Hij moest onmiddellijk denken aan het vreemde gevoel dat hij had gehad toen hij de avond ervoor in het fotoalbum had zitten bladeren. Het gevoel had hem de hele dag achtervolgd, maar hij had nog geen tijd gehad om rustig te gaan zitten en het album weer open te slaan. Hij wist niet zeker of hij fantaseerde of niet, maar hij wist dat hij onbewust iets had opgemerkt. Hij had op het punt gestaan een doorslaggevende gedachte te formuleren. Uiteindelijk keek hij Henrik Vanger aan en schudde hij zijn hoofd.

'Ik ben geen steek verder gekomen.'

De oude man keek hem plotseling met een waakzame blik aan. Hij gaf geen commentaar op Mikaels repliek en knikte uiteindelijk.

'Ik weet niet hoe het is met de jongelui, maar voor mij is het tijd om me terug te trekken. Bedankt voor het eten, Cecilia. Slaap lekker, Erika. Kom nog even gedag zeggen voor je morgen weggaat.'

Toen Henrik Vanger de buitendeur achter zich dicht had getrokken, werd het volkomen stil. Cecilia was degene die de stilte doorbrak.

'Mikael, wat was er aan de hand?'

'Henrik Vanger is net zo gevoelig voor de reactie van mensen als een seismograaf. Gisteravond toen je bij me kwam, zat ik in dat fotoalbum te bladeren.'

'Ja?'

'Ik zag iets. Ik weet niet wat en ik kan het ook niet benoemen. Het was iets wat meteen een gedachte werd, maar ik kon hem niet oppikken.'

'Maar waar dacht je dan aan?'

'Ik weet het gewoon niet. En toen kwam jij en toen ... eh ... had ik leukere dingen om aan te denken.'

Cecilia begon te blozen. Ze ontweek Erika's blik en vertrok naar de keuken om koffie te zetten.

Het was een warme, zonnige meidag. Het werd buiten steeds groener en ook op Mikael had dat invloed. Hij merkte dat hij het bekende zomerliedje *Den blomstertid nu kommer* liep te neuriën.

Erika bracht de nacht door in Henriks logeerkamer. Na het avondeten had Mikael gevraagd of Cecilia gezelschap wilde hebben. Ze had gezegd dat ze het druk had met rapportenvergaderingen en dat ze moe was en wilde slapen. Erika had Mikael op zijn wang gekust en had het eiland maandagmorgen vroeg verlaten.

Toen Mikael medio maart de gevangenis in was gegaan, was het landschap nog bedekt geweest onder een dikke laag sneeuw. Nu werden de berken groen en het gras om zijn huisje was dik en gedijde goed. Hij kon voor het eerst het hele eiland bekijken. Tegen achten liep hij naar de overkant en vroeg hij Anna of hij een thermosfles mocht lenen. Hij sprak kort met Henrik, die net was opgestaan, en kreeg zijn kaart van het eiland mee. Een plaats die hij nader wilde onderzoeken was het huisje van Gottfried, dat in het politieonderzoek indirect diverse keren naar voren was gekomen, omdat Harriët daar vrij veel tijd had doorgebracht. Henrik vertelde dat het huisje eigendom was van Martin Vanger, maar dat het door de jaren heen voornamelijk had leeggestaan. Heel af en toe was er een familielid dat het wilde gebruiken.

Mikael kon Martin Vanger nog net aanschieten toen deze naar zijn werk in Hedestad wilde vertrekken. Hij vertelde wat hij van plan was en vroeg of hij de sleutel mocht lenen. Martin keek hem met een geamuseerd lachje aan.

'Ik neem aan dat de familiekroniek nu bij het hoofdstuk over Harriët is aangeland?'

'Ik wil alleen even rondkijken ...'

Martin Vanger vroeg hem even te wachten en kwam vlak daarop met de sleutel terug.

'Dus je hebt er geen bezwaar tegen?'

'Wat mij betreft trek je erin, als je daar zin in hebt. Afgezien van het feit dat het aan de andere kant van het eiland staat, is het op zich een gezelliger plek dan het huis waarin je nu woont.'

Mikael zette koffie en smeerde een paar boterhammen. Hij vulde een fles met water voordat hij op pad ging en stopte alles in een rugzak, die hij over een van zijn schouders hing. Hij volgde een smalle en half overwoekerde weg, die langs de baai aan de noordkant van het eiland liep. Het huisje van Gottfried lag op een land-tong zo'n 2 kilometer van het dorp en het kostte Mikael slechts een halfuur in een rustig tempo om de afstand af te leggen.

Martin Vanger had gelijk. Toen Mikael de hoek van de smalle weg om kwam, opende zich een lommerrijke plek aan het water. Het uitzicht was schitterend: de monding van de rivier Hedeälven recht vooruit, de passantenhaven links en de industriehaven rechts.

Het verbaasde hem dat niemand in Gottfrieds huis was getrok-ken. Het was een rustiek geheel van horizontale, donker gebeitste balken met een pannendak en groene raamkozijnen, en met een kleine, zonnige veranda bij de voordeur. Het was echter duidelijk dat er al lang niets aan het onderhoud van het huis en de grond eromheen was gedaan. De verf op de deurposten en de kozijnen was afgebladderd en wat ooit een grasmat was geweest, bestond nu uit metershoge struiken. Het rooien met een zeis en een takken-schaar zou een flinke dagtaak zijn.

Mikael maakte de deur open en schroefde vanaf de binnenkant de luiken los. De kern van het huis leek te bestaan uit een oude schuur van circa 35 vierkante meter. De binnenkant was met plan-ken bekleed en bestond uit één grote ruimte met brede ramen naar het water aan beide kanten van de buitendeur. Helemaal achter in het huis leidde een trap naar een open slaapzolder, die over het halve huis liep. Onder de trap was een kleine nis met een kooktoe-stel op flessengas, een aanrecht en een wastafelmeubel. De inrich-ting was eenvoudig; aan de lange kant links van de deur stonden een aan de wand bevestigde bank, een beschadigd bureau en een teakhouten wandrekje. Iets verder aan dezelfde kant stonden drie garderobekasten. Rechts van de deur stond een ronde eettafel met vijf houten stoelen en aan de korte kant was een open haard.

Er was geen elektriciteit, maar er waren diverse petroleumlam-pen. In de vensterbank stond een oude transistorradio van het merk Grundig. De antenne was afgebroken. Mikael drukte op de on-toets, maar de batterijen waren leeg.

Mikael liep de smalle trap op en keek op de zolder om zich heen. Er stonden een tweepersoonsbed met een matras zonder bedden-goed, een nachtkastje en een ladekast.

Mikael besteedde een tijdje aan het doorzoeken van het huis. De ladekast was leeg op een paar handdoeken en hemden met een vage geur van schimmel na. In de garderobekasten lag wat oude werkkleding: een overall, een paar kaplaarzen, een paar versleten gymschoenen, en er stond een petroleumkachel. In de lades van het bureau lagen schrijfpapier, potloden, een leeg schetsboek, een kaartspel en een paar boekenleggers. De keukenkast bevatte servies, koffiekopjes, glazen, kaarsen en een paar achtergebleven pakken zout, theezakjes en dergelijke. In een lade van de keukentafel lag bestek.

De enige overblijfselen van intellectuele aard vond hij in het wandrek boven het bureau. Mikael pakte een keukenstoel en ging erop staan om de inhoud van de planken te bekijken. Op de onderste plank lagen oude nummers van *Se, Rekordmagasinet, Tidsfördriv* en *Lektyr* van eind jaren vijftig en begin jaren zestig. Ook lagen daar exemplaren van *Bildjournalen* uit 1965 en 1966, *Mitt Livs Novell* en een paar stripbladen: *91:an, Fantomen* en *Romans*. Mikael sloeg een nummer van *Lektyr* uit 1964 open en constateerde dat de pin-up er vrij onschuldig uitzag.

Er waren een stuk of vijftig boeken. Ongeveer de helft daarvan waren pockets; detectives uit de Manhattan-serie van uitgeverij Wahlström: Mickey Spillane, met titels als *De dolgedraaide detective* en *Een graf vol graten* met de klassieke omslagen van Bertil Hegland. Hij vond ook een half dozijn *Nancy Drew*-boeken, een paar boeken van *De vijf detectives* van Enid Blyton en een boek van Sivar Ahlrud over 'de Tweelingdetectives': *Het geheim van de ondergrondse*. Mikael glimlachte herkennend. Drie boeken van Astrid Lindgren: *Wij uit Bolderburen, Hier spreekt superdetective Blomkwist* en *Pippi Langkous komt thuis*. De bovenste plank bevatte een boek over kortegolfradio's, twee boeken over astronomie, een vogelboek, een boek met de titel *Het kwaadaardige imperium*, dat over de Sovjet-Unie ging, een boek over de Finse Winteroorlog, Luthers catechismus, het psalmboek en de Bijbel.

Mikael sloeg de bijbel open en las aan de binnenkant van de kaft: *Harriët Vanger, 12/5 1963*. Harriëts catechisatiebijbel. Hij zette het boek somber weer terug.

Vlak achter het huis was een gecombineerde hout- en gereedschapsschuur met een zeis, een hark, hamers en een doos met ongesorteerde spijkers, schaven, zagen en ander gereedschap. De plee lag 20 meter in oostelijke richting in het bos. Mikael neusde een tijdje buiten rond en keerde daarna terug naar het huis. Hij haalde een stoel van binnen, ging op de veranda zitten en schonk koffie in uit de thermosfles. Hij stak een sigaret op en keek door het gordijn van bomen en struiken uit over de baai.

Het huis van Gottfried was veel eenvoudiger dan hij had verwacht. Dit was dus de plaats waar de vader van Harriët en Martin zich had teruggetrokken toen zijn huwelijk met Isabella eind jaren vijftig op de klippen liep. Hier had hij gewoond en gezopen. En daar, ergens bij de steiger, was hij verdronken met een hoog promillage in zijn bloed. Het verblijf in het huisje was in de zomer vermoedelijk aangenaam geweest, maar als de temperatuur naar de nul graden zakte, moest het guur en ellendig geweest zijn. Naar wat Henrik had verteld, was Gottfried tot 1964 zijn werk binnen het Vanger-concern gewoon blijven doen, met onderbrekingen in de periodes dat hij enorm aan de drank was. Dat hij min of meer permanent in het huis had kunnen wonen en toch gewassen, geschoren en in het pak gestoken op het werk had kunnen verschijnen, duidde ondanks alles op een zekere persoonlijke discipline.

Maar dit was ook de plek waar Harriët Vanger zo vaak geweest was en het was een van de eerste plaatsen geweest waar men naar haar had gezocht. Henrik had verteld dat Harriët het laatste jaar vaak naar het huis was gegaan, blijkbaar om tijdens de weekenden en vakanties met rust gelaten te worden. De laatste zomer had ze hier drie maanden gewoond, hoewel ze wel elke dag in het dorp kwam. Hier had ze ook haar vriendin Anita Vanger, Cecilia Vangers zus, zes weken op bezoek gehad.

Wat had ze hier in haar eentje uitgespookt? De bladen *Mitt Livs Novell* en *Romans*, evenals de *Nancy Drew*-boeken spraken voor zich. Misschien was het schetsboek van haar geweest. Maar hier stond ook haar bijbel.

Had ze in de buurt willen zijn van haar verdronken vader – een rouwperiode die ze moest doormaken? Was de verklaring zo eenvoudig? Of had het te maken met haar religieuze overpeinzingen? Het huisje was karig en ascetisch; deed ze alsof ze in een klooster woonde?

Mikael volgde het strand naar het zuidoosten, maar het terrein zat zo vol kloven en er groeide zoveel jeneverbeshout, dat het haast onbegaanbaar was. Hij liep terug naar het huis en liep van daaraf een stuk terug over de weg naar Hedeby. Volgens de kaart zou er een pad door het bos moeten gaan naar iets wat het Fort werd genoemd. Het kostte hem twintig minuten om de dichtgegroeide zijweg te vinden. Het Fort was het overblijfsel van de kustverdediging uit de Tweede Wereldoorlog; betonnen bunkers met schuttersputten verspreid rond een commandogebouw. Alles was overwoekerd door kreupelbos.

Mikael liep langs het pad naar een boothuis op een open plek aan zee. Naast het boothuis vond hij het wrak van een Pettersson-boot. Hij keerde terug naar het Fort en volgde een pad tot een afrastering – hij was vanaf de achterkant bij Östergården gekomen.

Hij volgde het slingerende pad door het bos, dat gedeeltelijk parallel liep aan de akker van Östergården. Het pad was moeilijk begaanbaar en er waren nogal wat drassige stukken waar hij langs moest zien te komen. Uiteindelijk kwam hij uit bij een veenmoeras met een schuur. Voor zover hij kon zien hield het pad daar op, maar hij bevond zich maar 100 meter van de weg af naar Östergården.

Aan de andere kant van de weg lag Söderberget. Mikael liep tegen een steile heuvel op en moest het laatste stuk zelfs klimmen. De berg eindigde in een haast loodrechte klip naar het water. Mikael volgde de bergrug terug naar Hedeby. Hij bleef bovenaan staan, waar hij op de bebouwing neerkeek en genoot van het uitzicht over de oude vissershaven en de kerk, en helemaal beneden, zijn eigen gastenverblijf. Hij ging op een rots zitten en dronk het laatste restje lauwe koffie.

Hij had geen idee wat hij in Hedeby deed, maar hij vond het uitzicht prachtig.

Cecilia Vanger hield zich op afstand en Mikael wilde niet opdringerig zijn. Na een week ging hij toch maar naar haar toe en klopte hij aan. Ze liet hem binnen en zette koffie.

'Je zult wel denken dat ik gestoord ben, een zesenvijftigjarige, respectabele lerares die zich als een bakvis gedraagt.'

'Cecilia, je bent een volwassen vrouw die het recht heeft om te doen wat ze wil.'

'Ik weet het. Daarom heb ik besloten om onze verhouding te beëindigen. Ik red het niet om ...'

'Je bent mij geen verklaring schuldig. Ik hoop dat we nog steeds vrienden zijn.'

'Ik wil graag bevriend met je blijven. Maar een relatie met jou kan ik niet aan. Ik ben nooit goed geweest in relaties. Ik wil een tijdje alleen zijn.'

16
ZONDAG 1 JUNI – DINSDAG 10 JUNI

Na zes maanden vruchteloos piekeren bereikte Mikael een doorbraak in het geval-Harriët Vanger, toen hij in de loop van een paar dagen in de eerste week van juni drie geheel nieuwe puzzelstukjes vond. Voor twee ervan was hij zelf verantwoordelijk. Bij het derde kreeg hij hulp.

Na Erika's bezoek had hij het fotoalbum opengeslagen en de foto's urenlang een voor een bekeken terwijl hij probeerde te begrijpen waar hij nu eigenlijk op gereageerd had. Uiteindelijk had hij alles terzijde gelegd en was hij weer verder gaan werken aan de familiekroniek.

In de eerste week van juni ging Mikael naar Hedestad. Hij zat aan iets heel anders te denken toen de bus de Järnvägsgatan op draaide en hij plotseling inzag wat er in zijn achterhoofd had liggen rijpen. Het inzicht trof hem als een donderslag bij heldere hemel. Hij was zo perplex, dat hij meereed tot de eindhalte bij het station en onmiddellijk mee terugreed naar Hedeby om te onderzoeken of hij het zich juist herinnerde.

Het was de allereerste foto in het album.

De laatste foto die er van Harriët Vanger bestond was die noodlottige dag genomen op de Järnvägsgatan in Hedestad, toen ze naar de kinderoptocht had staan kijken.

De foto was een vreemd element in het album. Hij was erin beland omdat hij dezelfde dag genomen was, maar het was de enige van de ruim 180 foto's in het album die zich niet richtte op het ongeluk op de brug. Elke keer dat Mikael en (naar hij vermoedde) alle anderen in het album hadden gekeken, was hun aandacht gevestigd geweest op de personen en de details op de foto's van de brug. Er zat geen dramatiek in een foto van een mensenmenigte bij de kinderoptocht in Hedestad, vele uren voor de beslissende gebeurtenissen.

Henrik Vanger had de foto vermoedelijk al duizend keer bekeken en met spijt ingezien dat hij haar nooit meer zou zien. Vermoedelijk had het hem geërgerd dat de foto van zo'n grote afstand was genomen, dat Harriët Vanger slechts een persoon in een mensenzee was.

Maar dat was niet waar Mikael op gereageerd had.

De foto was genomen vanaf de andere kant van de straat, vermoedelijk vanuit een raam op de tweede verdieping. De groothoek ving de voorkant van een van de praalwagens in de stoet. Op de laadvloer stonden jonge vrouwen in glitterbadpakken en harembroeken, die snoep naar het publiek gooiden. Sommigen van hen leken te dansen. Voor de wagen hopsten drie clowns heen en weer.

Harriët stond op de eerste rij tussen het publiek op het trottoir. Naast haar stonden drie klasgenoten en om hen heen minstens honderd andere bewoners van Hedestad.

Dat was wat Mikael onderbewust had opgemerkt en wat plotseling aan de oppervlakte was gekomen toen de bus precies de plek had gepasseerd waar de foto genomen was.

Het publiek gedroeg zich zoals een publiek hoort te doen. De ogen van de toeschouwers volgen bij een tenniswedstrijd altijd de bal en bij een ijshockeymatch altijd de puck. De mensen helemaal links in beeld keken naar de clowns, die precies voor hun neus heen en weer renden. Het publiek dat het dichtst bij de praalwagen stond, keek naar de vloer met de schaars geklede jonge vrouwen. Ze keken allemaal geamuseerd. Kinderen wezen. Sommigen lachten. Iedereen keek vrolijk.

Behalve één persoon.

Harriët Vanger keek opzij. Haar drie klasgenoten en de andere mensen in haar buurt keken naar de clowns. Harriëts gezicht was bijna 30 of 35 graden hoger naar rechts gericht. Haar blik leek zich te vestigen op iets aan de andere kant van de straat, maar buiten de linkeronderhoek van de foto.

Mikael pakte het vergrootglas en probeerde de details te onderscheiden. De foto was van een te grote afstand genomen om er volkomen zeker van te kunnen zijn, maar in tegenstelling tot iedereen in de nabijheid van Harriët, was er geen leven in haar gezicht. Haar mond was een smal streepje. Haar ogen waren wijd open. Haar handen hingen slap langs haar lichaam.

Ze keek bang. Bang of boos.

Mikael haalde de foto uit het album, stopte hem in een plastic hoesje en nam de volgende bus terug naar Hedestad. Hij stapte uit op de Järnvägsgatan en ging op de plaats staan vanwaar de foto moest zijn genomen. Dat was net aan de buitenkant van het stadscentrum. Het was een houten gebouw van twee verdiepingen hoog met een videotheek en SUNDSTRÖMS HERENMODE SINDS 1932, volgens een plaquette op de deur. Hij liep de winkel binnen en zag onmiddellijk dat de winkel over twee verdiepingen was verdeeld; een wenteltrap leidde naar de bovenverdieping.

Boven aan de wenteltrap zaten twee ramen met uitzicht op de straat. Daar had de fotograaf gestaan.

'Kan ik u helpen?' vroeg een oudere verkoper, toen Mikael het plastic hoesje met de foto tevoorschijn haalde. Er waren weinig mensen in de zaak.

'Nee, ik wil eigenlijk alleen maar zien waar deze foto genomen is. Zou ik misschien het raam even open mogen doen?'

Dat mocht en hij hield de foto voor zich uit. Hij kon exact de plaats zien waar Harriët Vanger had gestaan. Het ene van de twee houten gebouwen die achter haar zichtbaar waren, was verdwenen en was vervangen door een vierkant bakstenen gebouw. In het houten pand dat het had overleefd had in 1966 een papierzaak gezeten; er zaten nu een reformzaak en een solarium. Mikael deed het raam dicht, bedankte en verontschuldigde zich.

Beneden op straat ging hij op de plaats staan waar Harriët had gestaan. Hij had een goed richtpunt tussen het raam op de bovenverdieping van de modewinkel en de deur naar het solarium. Hij draaide zijn hoofd en keek langs Harriëts vizierlijn. Voor zover Mikael het kon beoordelen, had ze in de richting gekeken van de hoek van het gebouw waar Sundströms herenmode in zat. Het was een doodnormale hoek van een pand, waar een dwarsstraat op de hoofdweg uitkwam. *Wat heb je daar gezien, Harriët?*

Mikael stopte de foto in zijn schoudertas en wandelde naar het stationspark, waar hij op een terras ging zitten en een koffie verkeerd bestelde. Hij voelde zich plotseling geschokt.

In het Engels wordt het *new evidence* genoemd, wat een heel andere klank heeft dan 'nieuw bewijsmateriaal'. Hij had plotseling iets heel nieuws gezien, waar niemand aandacht aan had besteed in een onderzoek dat zich al zevenendertig jaar op hetzelfde punt richtte.

Het probleem was alleen dat hij niet wist welke waarde zijn zojuist verworven kennis had, als deze al van waarde was. Toch leek het belangrijk.

De septemberdag waarop Harriët was verdwenen, was in meerdere opzichten anders dan anders geweest. Het was een feestdag geweest in Hedestad met zeker duizenden mensen op de been, jong en oud. En de dag waarop de jaarlijkse familiereünie op het eiland Hedeby werd gehouden. Deze twee gebeurtenissen weken al collectief af van de dagelijkse routine ter plaatse. En als klap op de vuurpijl had het ongeluk met de tankauto op de brug plaatsgevonden. Dat had al het andere overschaduwd.

De toenmalige inspecteur Morell, Henrik Vanger en alle anderen die over de verdwijning van Harriët hadden lopen piekeren, hadden zich gericht op de gebeurtenissen op het eiland. Morell had zelfs geschreven dat hij zich niet los kon maken van de gedachte dat het ongeluk en de verdwijning van Harriët verband met elkaar hielden. Mikael was er opeens van overtuigd dat dat volstrekt onjuist was.

De reeks gebeurtenissen was niet op het eiland begonnen, maar uren daarvoor in Hedestad. Harriët Vanger had iets of iemand gezien wat of die haar bang had gemaakt en waardoor ze linea recta naar huis was gegaan, rechtstreeks naar Henrik Vanger, die helaas geen tijd had gehad om met haar te praten. Vervolgens vond het ongeluk op de brug plaats. En toen sloeg de moordenaar toe.

Mikael stopte even. Het was voor het eerst dat hij bewust de veronderstelling had geformuleerd dat Harriët was vermoord. Hij aarzelde, maar zag meteen in dat hij zich had aangesloten bij Henrik Vangers overtuiging. Harriët was dood en nu was hij op jacht naar een moordenaar.

Hij ging terug in het onderzoek. Van alle duizenden pagina's ging slechts een fractie over de uren in Hedestad. Harriët was samen met drie klasgenoten geweest en die waren allemaal ondervraagd over hun waarnemingen. Ze hadden elkaar om negen uur 's ochtends bij het stationspark ontmoet. Een van de meisjes wilde een spijkerbroek kopen en ze waren allemaal meegegaan. Ze hadden koffiegedronken in het restaurant van het EPA-warenhuis en waren daarna naar het sportterrein gegaan, en hadden rondgelopen tussen de kermisattracties en de visvijvers waar kinderen naar cadeautjes konden hengelen. Ze waren ook nog een paar andere klasgenoten tegengekomen. Na twaalven waren ze weer naar het centrum gegaan om de kinderoptocht te zien. Even voor tweeën had Harriët plotseling gezegd dat ze naar huis moest. Ze waren bij een bushalte op de Järnvägsgatan uit elkaar gegaan.

Geen van de klasgenoten had iets vreemds opgemerkt. Een van hen was Inger Stenberg, die Harriët Vangers verandering van het laatste jaar had beschreven met de bewering dat ze 'onpersoonlijk' was geworden. Ze zei dat Harriët die dag zoals gewoonlijk zwijgzaam was geweest en voornamelijk achter de anderen aan had gelopen.

Inspecteur Morell had alle mensen ondervraagd die Harriët die dag hadden gezien, ook als ze elkaar alleen maar vluchtig op het feestterrein gedag hadden gezegd. Haar foto was in de plaatselijke kranten verschenen toen ze na haar verdwijning werd gezocht. Diverse bewoners van Hedestad hadden contact opgenomen met de politie omdat ze meenden dat ze haar die dag hadden gezien, maar niemand had iets bijzonders opgemerkt.

Mikael dacht de hele avond na over de volgende stap die hij zou kunnen zetten met de ingeving die hij zojuist had geformuleerd. De volgende ochtend ging hij naar Henrik Vanger, die net aan het ontbijt zat.

'Je hebt gezegd dat de familie Vanger nog steeds belangen heeft in *Hedestads-Kuriren*.'

'Dat klopt.'

'Ik zou toegang willen hebben tot het fotoarchief van de krant. Uit 1966.'

Henrik Vanger zette zijn melkglas neer en veegde zijn bovenlip af.

'Mikael, wat heb je gevonden?'

Hij keek de oude man recht in de ogen.

'Niets concreets. Maar ik geloof dat we de loop der gebeurtenissen wellicht verkeerd hebben geïnterpreteerd.'

Hij liet de foto zien en vertelde over zijn conclusies. Henrik Vanger zweeg geruime tijd.

'Als ik gelijk heb, moeten we ons focussen op wat er die dag in Hedestad is gebeurd, niet alleen op de gebeurtenissen op het eiland,' zei Mikael. 'Ik weet niet hoe je dat doet na zo'n lange tijd, maar er moeten die dag veel foto's zijn gemaakt tijdens de Dag van het Kind die nooit gepubliceerd zijn. Die foto's wil ik graag zien.'

Henrik Vanger gebruikte de telefoon die in de keuken hing. Hij belde Martin Vanger, legde uit waar het om ging en vroeg wie momenteel hoofd van de fotoafdeling van *Hedestads-Kuriren* was. Binnen tien minuten waren de juiste personen gelokaliseerd en was de toestemming verleend.

Het hoofd van de fotoafdeling van *Hedestads-Kuriren* heette Madeleine Blomberg, Maja genaamd, een vrouw van in de zestig. Ze was de eerste vrouwelijke reprochef die Mikael tijdens zijn carrière in de branche had ontmoet. Fotografie werd voornamelijk als een mannelijke kunstvorm gezien.

Omdat het zaterdag was, was de redactie onbemand, maar Maja Blomberg bleek op vijf minuten loopafstand te wonen en ontmoette Mikael bij de ingang. Ze werkte het grootste deel van haar leven al bij *Hedestads-Kuriren*. Ze was in 1964 begonnen als corrector, was toen kopiist geweest en had een paar jaar in de donkere kamer doorgebracht, terwijl ze tegelijkertijd als fotograaf op pad werd gestuurd als de gewone bezetting niet toereikend was. Zo langzamerhand had ze de titel 'redacteur' gekregen en tien jaar geleden, toen de oude reprochef met pensioen was gegaan, was zij chef van de hele reproafdeling geworden. Er ging geen groot imperium schuil achter deze titel. De reproafdeling was tien jaar geleden samengegaan met de advertentieafdeling en bestond uit slechts zes personen, die op hun beurt allemaal elkaars werk overnamen.

Mikael vroeg hoe het beeldarchief in elkaar zat.

'Eerlijk gezegd is het archief vrij chaotisch. Sinds de komst van computers en elektronische foto's staat het archief op cd's. We hebben hier een stagiair gehad die belangrijke foto's van vroeger heeft ingescand, maar slechts een paar procent van alle foto's in het archief is geïndexeerd. Oudere foto's zijn op datum gesorteerd in negatiefmappen. Die staan óf hier op de redactie, óf boven op zolder.'

'Ik ben geïnteresseerd in foto's van de optocht van de Dag van het Kind uit 1966, eigenlijk in alle foto's die die week genomen zijn.'

Maja Blomberg keek Mikael onderzoekend aan.

'Dat gaat dus om de week waarin Harriët Vanger verdween?'

'U kent het verhaal?'

'Je kunt niet je hele leven bij *Hedestads-Kuriren* hebben gewerkt zonder dat te kennen, en wanneer Martin Vanger me op mijn vrije dag vroeg in de ochtend belt, trek ik mijn conclusies. Ik heb de teksten gecorrigeerd die in de jaren zestig over die zaak geschreven werden. Waarom ben je in die geschiedenis aan het spitten? Is er nieuw licht op de zaak geworpen?'

Maja Blomberg had blijkbaar ook een neus voor nieuws. Mikael schudde lachend zijn hoofd en deed zijn coverstory uit de doeken.

'Nee, en ik betwijfel of we ooit antwoord zullen krijgen op de vraag wat er met haar is gebeurd. Het lijkt wat geheimzinnigdoenerij, maar het is simpelweg zo dat ik bezig ben met het schrijven van Henrik Vangers autobiografie. Het verhaal over de verdwenen Harriët is een uitzonderlijk onderwerp, maar het is ook een hoofdstuk waar je niet stilzwijgend aan voorbij kunt gaan. Ik ben op zoek naar foto's die die dag kunnen illustreren, zowel van Harriët als van haar kameraden.'

Maja Blomberg keek aarzelend, maar de redenering was geloofwaardig en ze had geen reden om zijn uitleg in twijfel te trekken.

Een fotograaf bij een krant gebruikt twee tot tien filmpjes per dag. Bij grote evenementen wordt dat al snel het dubbele. Elk filmpje bevat 36 opnamen; het is dus niet ongebruikelijk dat een krant elke dag meer dan driehonderd foto's verzamelt, waarvan er slechts een paar ooit worden gepubliceerd. Een georganiseerde redactie knipt de negatiefstroken door en plaatst ze in negatiefzakken van elk zes foto's. Eén filmpje neemt ongeveer één pagina in een negatievenmap in beslag. Een map bevat ruim 110 filmpjes. Dat komt neer op twintig tot dertig mappen per jaar. Dat wordt in de loop der jaren een immense hoeveelheid mappen, die grotendeels geen commerciële waarde hebben en niet op de planken van de redactie passen. Daarentegen is elke fotograaf en elke fotoredactie ervan overtuigd dat de foto's een 'historische documentatie van onschatbare waarde' bieden en gooit men daarom dus nooit iets weg.

Hedestads-Kuriren werd opgericht in 1922 en er was een fotoredactie sinds 1937. De zolder van *Kuriren* bevatte ruim 1.200 mappen, gesorteerd op datum. De foto's van september 1966 zaten in vier goedkope kartonnen mappen.

'Hoe gaan we dat doen?' vroeg Mikael. 'Ik zou aan een lichttafel willen zitten en de mogelijkheid willen hebben om te kopiëren wat ik interessant vind.'

'We hebben geen donkere kamer meer. Alles wordt ingescand. Weet je hoe je met een negatievenscanner moet werken?'

'Ja, ik werk zelf met foto's en heb een Agfa-negatievenscanner. Ik werk met PhotoShop.'

'Dan gebruik je dezelfde apparatuur als wij.'

Maja Blomberg gaf Mikael een snelle rondleiding over de kleine redactie, zorgde voor een plaats aan een lichttafel en startte een computer en een scanner op. Ze wees ook aan waar de koffieautomaat in de kantine stond. Ze spraken af dat Mikael zelfstandig zou werken, maar dat hij Maja Blomberg moest bellen als hij de redactie wilde verlaten, zodat zij kon komen om af te sluiten en het alarm te activeren. Daarna liet ze hem met een opgewekt 'Veel plezier' alleen.

Mikael had uren nodig om alle mappen door te nemen. *Hedestads-Kuriren* had in die tijd twee fotografen gehad. De fotograaf die op de betreffende dag dienst had gehad, was Kurt Nylund, die Mikael zelfs wel kende. Kurt Nylund was in 1966 in de twintig geweest. Hij was daarna naar Stockholm verhuisd en was een erkende beroepsfotograaf geworden, die freelance had gewerkt en tevens in dienst was geweest bij Pressens Bild in Marieberg. In de jaren negentig hadden de wegen van Mikael en Kurt Nylund elkaar diverse keren gekruist, toen *Millennium* foto's van Pressens Bild had gekocht. Mikael herinnerde zich Nylund als een magere man met weinig haar. Kurt Nylund had een daglichtfilm gebruikt die niet al te korrelig was, en die door veel persfotografen werd gebruikt.

Mikael pakte de vellen met de foto's van de jonge Nylund en

legde ze op de lichttafel, waar hij de foto's een voor een met een loep bekeek. Het lezen van negatieven is echter een kunstvorm die een bepaalde routine vereist, iets wat Mikael niet had. Hij zag in dat hij, om te kunnen beoordelen of de foto's enige vorm van waarde hadden, praktisch gedwongen zou zijn om elke foto in te scannen en deze op het computerscherm te bekijken. Dat zou uren duren. Hij maakte daarom eerst een overzicht van de foto's waarin hij eventueel geïnteresseerd was.

Hij begon met het afstrepen van alle foto's die gemaakt waren bij het ongeluk met de tankauto. Mikael constateerde dat Henrik Vangers map met 180 foto's niet compleet was; de persoon die de verzameling gekopieerd had, wellicht Nylund zelf, had ongeveer dertig foto's weggelaten die hetzij onscherp, hetzij van zo'n slechte kwaliteit waren dat die niet publiceerbaar waren.

Mikael schakelde de computer van *Hedestads-Kuriren* uit en sloot de Agfa-scanner aan op zijn eigen iBook. Hij besteedde twee uur aan het inscannen van de resterende foto's.

Er was één foto die onmiddellijk zijn belangstelling trok. Ergens tussen tien over drie en kwart over drie, precies op het moment dat Harriët verdwenen was, had iemand het raam in haar kamer opengedaan. Dat stond in zijn geheugen gegrift. Henrik Vanger had tevergeefs geprobeerd uit te zoeken wie. Plotseling had Mikael een foto op zijn computerscherm die gemaakt moest zijn op het moment dat het raam werd geopend. Hij kon een gedaante en een gezicht onderscheiden, maar niet gefocust en onscherp. Hij besloot de analyse van de foto te laten rusten totdat hij alle foto's in zijn computer had opgeslagen.

In de uren daarna screende Mikael foto's van de Dag van het Kind. Kurt Nylund had zes rolletjes volgeschoten, in totaal ruim tweehonderd foto's. Het was een gestage stroom van kinderen met ballonnen, volwassenen, drommen mensen op straat, hotdogverkopers, de eigenlijke optocht, een lokale artiest op het podium en een of andere prijsuitreiking.

Mikael besloot uiteindelijk de hele zaak in te scannen. Na zes uur had hij een map met negentig foto's. Maar hij moest nog een keer terugkomen bij *Hedestads-Kuriren*.

Tegen negenen belde hij Maja Blomberg, bedankte en reisde terug naar het eiland.

Zondagmorgen om negen uur was hij weer terug. Er was nog steeds niemand toen Maja Blomberg hem binnenliet. Hij had er niet aan gedacht dat het Pinksteren was, en dat de krant niet voor dinsdag uit zou komen. Hij mocht dezelfde werktafel lenen als de dag ervoor en was daarna de hele dag zoet met scannen. Toen het bijna zes uur was, waren er nog ongeveer veertig foto's van de Dag van het Kind over. Mikael had de negatieven bekeken en besloten dat de close-ups van lieve kindergezichtjes of foto's van een artiest op een podium voor het doel dat hij voor ogen had niet zo interessant waren. Wat hij ingescand had, waren het straatleven en de mensenmassa's.

Mikael gebruikte tweede pinksterdag om het nieuwe beeldmateriaal te bekijken. Hij deed twee ontdekkingen. De eerste vervulde hem met ontsteltenis. De tweede deed zijn hart sneller slaan.

De eerste ontdekking betrof het gezicht voor Harriët Vangers raam. De foto was enigszins onscherp en was daarom in eerste instantie afgewezen. De fotograaf had op de heuvel bij de kerk gestaan en zich gericht op de brug. De gebouwen lagen op de achtergrond. Mikael sneed de foto zo uit, dat hij alleen het betreffende raam in beeld kreeg en experimenteerde daarna met het instellen van het contrast en de scherpte, totdat hij de naar zijn mening beste kwaliteit kreeg.

Het resultaat was een korrelige foto met een minimale grijsschaal, die een rechthoekig raam toonde, een gordijn, een stuk van een arm en een diffuus, halvemaanvormig gezicht even verder de kamer in.

Hij kon constateren dat het niet het gezicht van Harriët Vanger was, want die had ravenzwart haar, maar van een persoon met een aanzienlijk lichtere haarkleur.

Hij constateerde ook dat hij donkere partijen kon onderscheiden waar de ogen, de neus en de mond zaten, maar dat het onmogelijk was duidelijke gelaatstrekken waar te nemen. Hij was er daarentegen van overtuigd dat hij een vrouw zag; het lichtere gedeelte van het gezicht ging door tot op schouderhoogte en duidde op het haar van een vrouw. Hij kon constateren dat de persoon lichte kleding droeg.

Hij schatte de lengte van de persoon in verhouding tot het

raam; het was een vrouw van ongeveer een meter zeventig.

Toen hij andere foto's van het ongeluk op de brug aanklikte, kon hij constateren dat één persoon zeer goed overeenkwam met het signalement dat hij kon aflezen – de twintigjarige Cecilia Vanger.

Kurt Nylund had in totaal achttien foto's genomen vanuit het raam op de tweede verdieping van Sundströms herenmode. Op zeventien ervan was Harriët Vanger te zien.

Harriët en haar klasgenoten waren naar de Järnvägsgatan gekomen op hetzelfde moment dat Kurt Nylund was gaan fotograferen. Mikael schatte dat de foto's binnen een tijdsbestek van ruim vijf minuten waren gemaakt. Op de eerste foto kwamen Harriët en haar vriendinnen aanlopen. Op foto twee tot zeven stonden ze stil en keken ze naar de optocht. Daarna waren ze een meter of zes verder gelopen. Op de allerlaatste foto, die wellicht na een korte pauze genomen was, was de hele groep verdwenen.

Mikael maakte een serie foto's waarbij hij een uitsnede maakte van Harriët op taillehoogte en deze bewerkte voor het best mogelijke contrast. Hij zette de foto's in een speciale map en opende het programma Graphic Converter. Hij startte de functie 'Als diavoorstelling weergeven'. Het effect was een schokkerige stomme film, waarbij elke foto twee seconden te zien was.

Harriët komt aan, beeld en profil. Harriët blijft staan en kijkt de straat af. Harriët wendt haar gezicht naar de straat. Harriët doet haar mond open om iets tegen een vriendin te zeggen. Harriët lacht. Harriët zit met haar linkerhand aan haar oor. Harriët glimlacht. Harriët kijkt plotseling verrast, haar gezicht in een hoek van ongeveer twintig graden naar links ten opzichte van de camera. Harriët spert haar ogen wijd open en de glimlach verdwijnt van haar gezicht. Harriëts mond wordt een smal streepje. Harriët focust haar blik. In haar gezicht is ... ja, wát eigenlijk te lezen? Verdriet, een schok, woede? Harriët slaat haar blik omlaag. Harriët is verdwenen.

Mikael speelde de diavoorstelling keer op keer af.

Deze bevestigde zeer duidelijk de theorie die hij geformuleerd had. Op de Järnvägsgatan in Hedestad was iets gebeurd. Dat was duidelijk.

Ze ziet iets – iemand – aan de overkant van de straat. Ze reageert

met een schok. Later neemt ze contact op met Henrik Vanger voor een
gesprek onder vier ogen, wat er nooit meer van gekomen is. Daarna is
ze spoorloos verdwenen.

Er was die dag iets gebeurd. Maar de foto's gaven geen uitsluitsel
over wát er gebeurd was.

Het was twee uur in de nacht toen Mikael koffiezette en boterhammen smeerde, die hij op de bank in de keuken opat. Hij was
terneergeslagen en opgewonden tegelijk. Tegen al zijn eigen verwachtingen in had hij nieuw bewijsmateriaal gevonden. Het probleem was alleen dat dit weliswaar nieuw licht op het verloop van
de gebeurtenissen wierp, maar hem geen millimeter dichter bij de
oplossing van het raadsel bracht.

Hij dacht uitvoerig na over de rol die Cecilia Vanger in het drama
kon hebben gespeeld. Henrik Vanger had de bezigheden van alle
betrokken personen die dag zonder aanzien des persoons in kaart
gebracht, en Cecilia was daarop geen uitzondering geweest. Ze
woonde in 1966 in Uppsala, maar was twee dagen voor die noodlottige zaterdag in Hedestad aangekomen. Ze had in een logeerkamer bij Isabella Vanger overnacht. Ze had beweerd dat ze Harriët
Vanger die ochtend vroeg mógelijk had gezien, maar dat ze niet
met haar had gesproken. Op zaterdag was ze naar Hedestad vertrokken voor een paar boodschappen. Ze had Harriët niet gezien
en was rond één uur teruggekeerd naar Hedeby, ongeveer op hetzelfde moment dat Kurt Nylund de foto's op de Järnvägsgatan
genomen had. Ze had zich verkleed en tegen tweeën had ze geholpen bij het tafeldekken voor het diner van die avond.

Als alibi was het vaag. De tijdstippen waren onnauwkeurig, met
name als het ging om de vraag wanneer ze naar het eiland was
teruggekeerd. Maar Henrik Vanger had ook niets gevonden wat
erop wees dat ze gelogen had. Cecilia Vanger was een van de personen in de familie op wie Henrik het meest gesteld was. Bovendien was ze Mikaels minnares geweest. Hij had daardoor ook
moeite om objectief te zijn, en hij kon haar zich zeker niet voorstellen als moordenares.

Nu duidde een afgewezen foto erop dat ze gelogen had toen ze
had beweerd dat ze nooit in Harriëts kamer was geweest. Mikael
worstelde met de gedachte wat dat betekende.

Als je hierover gelogen hebt, waar heb je dan nog meer over gelogen?
Mikael vatte samen wat hij over Cecilia wist. Hij ervoer haar in feite als een teruggetrokken vrouw, die klaarblijkelijk was getekend door haar verleden, wat inhield dat ze alleen woonde, geen seksleven had en moeite had mensen te benaderen. Ze bewaarde een zekere afstand tot mensen, en toen ze zich een keer liet gaan en zich op een man wierp, koos ze Mikael, een vreemdeling die daar maar tijdelijk was. Cecilia had gezegd dat ze hun verhouding verbrak, omdat ze niet kon leven met de gedachte dat hij weer net zo plotseling uit haar leven zou verdwijnen als hij gekomen was. Mikael nam aan dat ze ook juist daarom de stap had gezet om een relatie met hem te beginnen. Omdat hij daar maar tijdelijk was, hoefde ze niet bang te zijn dat hij haar leven op dramatische wijze zou veranderen. Hij zuchtte en liet het psychologiseren voor wat het was.

De tweede ontdekking deed hij diep in de nacht. De sleutel van het raadsel – daarvan was hij overtuigd – was wat Harriët op de Järnvägsgatan in Hedestad had gezien. Dat zou Mikael nooit te weten komen, tenzij hij een tijdmachine kon uitvinden en achter haar kon gaan staan en over haar schouder kon gluren.

Op hetzelfde moment dat hij dat dacht, sloeg hij met zijn hand tegen zijn voorhoofd en stortte hij zich weer op zijn iBook. Hij klikte de niet uitgesneden, onbewerkte foto's van de serie op de Järnvägsgatan weer aan en keek ... Dáár!

Rechts achter Harriët Vanger, ongeveer een meter bij haar vandaan, stond een jong stel; hij in een gestreepte trui en zij met een licht jack. De vrouw had een camera in haar hand. Toen Mikael de foto uitvergrootte, zag hij dat het vermoedelijk een Kodak-instamatic met ingebouwde flitser was – een goedkope vakantiecamera voor mensen die niet konden fotograferen.

De vrouw hield het fototoestel ter hoogte van haar kin. Vervolgens tilde ze het op en fotografeerde ze de clowns, precies op het moment dat Harriëts gezichtsuitdrukking veranderd was.

Mikael vergeleek de positie van de camera met Harriëts vizierlijn. De vrouw had bijna exact datgene gefotografeerd waar Harriët Vanger naar gekeken had.

Mikael werd zich er plotseling van bewust dat zijn hart als een bezetene tekeerging. Hij leunde achterover en wurmde het pakje sigaretten uit zijn borstzakje. *Iemand had een foto gemaakt.* Maar hoe zou hij die vrouw kunnen identificeren? En hoe zou hij aan haar foto kunnen komen? Was het filmpje überhaupt ontwikkeld, en was de foto in dat geval nog ergens?

Mikael opende de map met Kurt Nylunds foto's van de mensenmenigte tijdens de feestdag. In het uur dat daarop volgde vergrootte hij elke foto en inspecteerde hij die vierkante centimeter voor vierkante centimeter. Pas op de allerlaatste foto vond hij de vrouw weer terug. Kurt Nylund had een andere clown gefotografeerd, met ballonnen in zijn hand, die eeuwig lachend voor zijn camera poseerde. De foto was gemaakt op de parkeerplaats bij de ingang van het sportpark waar het feest gehouden werd. Het moest even na tweeën zijn geweest – Nylund had daarna bericht gekregen over het ongeval met de tankauto en had zijn berichtgeving over de Dag van het Kind afgebroken.

De vrouw was nauwelijks te zien, maar de man met de gestreepte trui was duidelijk in beeld. Hij had sleutels in zijn hand en stond voorovergebogen om het portier van een auto open te doen. Er was ingezoomd op de clown op de voorgrond en de auto was vaag zichtbaar. Het nummerbord was gedeeltelijk verborgen, maar begon met AC3-nog wat.

De kentekenplaten van de jaren zestig begonnen met de letter van de provincie en als kind had Mikael geleerd te identificeren waar auto's vandaan kwamen. AC was de aanduiding voor de provincie Västerbotten.

Toen zag Mikael iets anders. Op de achterruit zat een sticker. Hij zoomde in, maar de tekst werd daardoor onscherp. Hij knipte de sticker uit en begon contrast en scherpte te bewerken. Dat duurde even. Hij kon nog steeds de tekst niet lezen, maar hij probeerde met behulp van de wazige vormen te ontdekken om welke letters het moest gaan. Veel letters leken enorm op elkaar. Een O kon worden verwisseld met een D, net als de B en de E en nog een paar letters. Na een tijdje met pen en papier te hebben zitten puzzelen, kwam hij tot een onbegrijpelijke tekst.

R JÖ NI K RIFA RIK

Hij staarde ernaar tot zijn ogen begonnen te tranen. Toen zag hij de tekst. NORSJÖ SNICKERIFABRIK, de timmerfabriek van Norsjö, gevolgd door kleinere tekens die onmogelijk te lezen waren, maar die vermoedelijk een telefoonnummer weergaven.

17
WOENSDAG 11 JUNI – ZATERDAG 14 JUNI

Bij het derde puzzelstukje kreeg Mikael hulp uit onverwachte hoek.

Nadat hij de hele nacht met de foto's had gewerkt, sliep hij tot diep in de middag. Hij werd met een onbestemde hoofdpijn wakker, douchte en wandelde naar Susannes Brugcafé om te eten. Hij had moeite om zijn gedachten te ordenen. Hij zou naar Henrik Vanger moeten gaan om te rapporteren wat hij had ontdekt. Maar hij ging daarentegen naar Cecilia Vanger en klopte aan. Hij wilde haar vragen wat ze in Harriëts kamer had gedaan en waarom ze had gelogen dat ze daar niet was geweest. Er deed niemand open.

Hij wilde net weglopen toen hij een stem hoorde.

'Die hoer van je is niet thuis.'

Gollem was uit zijn hol gekropen. Hij was lang, bijna 2 meter, maar zó kromgebogen door de ouderdom dat zijn ogen zich op dezelfde hoogte als die van Mikael bevonden. Zijn huid zat vol donkere levervlekken. Hij was gekleed in een pyjama en een bruine ochtendjas, en hij leunde op een stok. Hij zag eruit als de Hollywood-versie van een gemene oude man.

'Pardon?'

'Die hoer van je is niet thuis.'

Mikael ging zo dicht bij hem staan dat zijn neus bijna die van Harald Vanger raakte.

'Je hebt het wel over je eigen dochter, hufter!'

'Ik ben niet degene die hier 's nachts heen sluipt,' antwoordde Harald Vanger met een tandeloze glimlach. Hij rook onfris. Mikael liep om hem heen en vervolgde zijn weg, zonder zich om te keren. Hij liep naar Henrik Vanger en trof hem aan in zijn werkkamer.

'Ik heb net je broer ontmoet,' zei Mikael met nauwverholen woede.

'Harald? Zo, dus hij durft buiten te komen. Dat doet hij ongeveer één keer per jaar.'

'Ik had net aangeklopt bij Cecilia toen hij opdook. Hij zei, citaat: "Die hoer van je is niet thuis."'

'Dat klinkt als Harald,' antwoordde Henrik Vanger rustig.

'Hij noemde zijn eigen dochter een hoer!'

'Dat doet hij al jaren. Daarom praten ze niet meer met elkaar.'

'Waarom?'

'Cecilia verloor haar maagdelijkheid toen ze eenentwintig was. Dat gebeurde hier in Hedestad na een romance die ze in de zomer had, het jaar nadat Harriët verdwenen was.'

'En?'

'De man van wie ze hield heette Peter Samuelsson. Hij werkte als assistent op de boekhouding van het Vanger-concern. Pientere knaap. Werkt momenteel voor ABB. Ik zou trots zijn geweest op zo iemand als schoonzoon, als het mijn dochter was geweest. Maar hij had natuurlijk één foutje.'

'Zeg niet dat het is wat ik denk dat het is.'

'Harald mat zijn hoofd op of bekeek zijn stamboom, of iets dergelijks en ontdekte dat die jongen voor een kwart Joods was.'

'Goeie hemel.'

'Sindsdien noemt hij haar hoer.'

'Hij wist dat Cecilia en ik ...'

'Dat weet vermoedelijk het hele dorp behalve mogelijk Isabella, omdat niemand die bij zijn gezonde verstand is haar iets zou vertellen, en ze godzijdank de goede eigenschap heeft om tegen achten 's avonds in slaap te vallen. Harald heeft vermoedelijk elke stap die je hebt gezet, gevolgd.'

Mikael ging zitten en keek wat onnozel.

'Dus je bedoelt dat iedereen weet ...'

'Natuurlijk.'

'En jij hebt er geen bezwaar tegen?'

'Beste Mikael, dat is écht mijn zaak niet.'

'Waar is Cecilia?'

'Het schooljaar is afgelopen. Ze is zaterdag naar Londen gevlogen om haar zus op te zoeken en daarna gaat ze op vakantie naar ... hm, ik geloof dat het Florida was. Ze is over een maand of zo terug.'

Mikael voelde zich nóg onnozeler.

'We hebben onze relatie in de ijskast gezet.'

'Dat begrijp ik, maar dan is het nog steeds mijn zaak niet. Hoe gaat het met je werk?'

Mikael schonk zichzelf koffie in uit Henriks thermoskan. Hij keek de oude man aan.

'Ik heb nieuw materiaal gevonden en ik geloof dat ik een auto van iemand moet lenen.'

Mikael deed zijn conclusies uitvoerig uit de doeken. Hij haalde zijn iBook uit zijn schoudertas en liet de foto's zien die aantoonden hoe Harriët op de Järnvägsgatan op iets had gereageerd. Hij legde ook uit hoe hij de toeschouwers met de vakantiecamera had gevonden en hun auto met de sticker van Norsjö Snickerifabrik. Toen hij klaar was met zijn uitleg vroeg Henrik Vanger om de diavoorstelling nogmaals te mogen zien. Mikael startte hem opnieuw.

Toen Henrik Vanger van het computerscherm opkeek was zijn gezicht helemaal grauw. Mikael werd plotseling bang en legde zijn hand op Henriks schouder. Henrik Vanger maakte een afwerend gebaar met zijn hand. Hij zweeg even.

'Je hebt gedaan wat volgens mij onmogelijk was. Je hebt iets geheel nieuws ontdekt. Hoe denk je verder te gaan?'

'Ik moet die foto zien te vinden, als die überhaupt nog bestaat.'

Hij zei niets over het gezicht voor het raam en zijn indruk dat het Cecilia Vanger was. Wat vermoedelijk aantoonde dat hij een verre van objectieve privédetective was.

Toen Mikael weer buitenkwam, was Harald Vanger van het toneel verdwenen, mogelijk terug zijn hol in. Toen hij de hoek om liep, ontdekte hij dat er iemand met zijn rug naar hem toe op de brug naar zijn gastenverblijf een krant zat te lezen. In een fractie van een seconde dacht hij dat het Cecilia Vanger was, maar hij zag meteen in dat dat niet het geval was. Op de brug zat een donkerharig meisje dat hij onmiddellijk herkende toen hij dichterbij kwam.

'Hé, papa,' zei Pernilla Abrahamsson.

Mikael gaf zijn dochter een dikke pakkerd.

'Waar kom jij in hemelsnaam vandaan?'

'Van huis, natuurlijk. Ik ben op weg naar Skellefteå. Ik blijf hier een nachtje logeren.'

'En hoe heb je me hier gevonden?'

'Mama wist toch waar je was. En ik heb bij die cafetaria daar gevraagd waar je woonde. Die vrouw verwees me hierheen. Ben ik welkom?'

'Natuurlijk. Kom binnen. Je had me moeten bellen, dan had ik wat lekkers gekocht en zo.'

'Ik ben in een opwelling uitgestapt. Ik wilde je verwelkomen toen je uit de gevangenis kwam, maar je hebt niet gebeld.'

'Het spijt me.'

'Dat maakt niet uit. Mama heeft verteld dat je altijd in gedachten bent.'

'Is dat wat ze over me zegt?'

'Min of meer. Maar dat maakt niet uit. Ik hou toch van je.'

'Ik hou ook van jou, maar je weet ...'

'Ik weet het. Ik denk dat ik al vrij volwassen ben.'

Mikael maakte thee en zette koffiebroodjes op tafel. Hij was zich er plotseling van bewust dat wat zijn dochter gezegd had, waar was. Ze was niet langer een klein meisje, ze was bijna zeventien en binnenkort een volwassen vrouw. Hij moest het afleren om haar als een kind te behandelen.

'En, hoe was het?'

'Waar?'

'In de gevangenis.'

Mikael moest lachen.

'Zou je me geloven als ik je vertel dat het net een betaalde vakantie was waar ik mijn tijd mocht besteden aan denken en schrijven?'

'Absoluut. Ik denk niet dat er zo'n groot verschil is tussen een gevangenis en een klooster, en mensen gaan al eeuwen het klooster in om zichzelf te ontwikkelen.'

'Tja, zo kun je het ook zien. Ik hoop niet dat je problemen krijgt omdat je vader in de gevangenis heeft gezeten.'

'Helemaal niet. Ik ben trots op je en laat geen kans onbenut om erover op te scheppen dat je vanwege je overtuiging gezeten hebt.'

'Overtuiging?'

'Ik heb Erika Berger gezien op tv.'

Mikael verbleekte. Hij had geen seconde aan zijn dochter gedacht toen Erika de strategie bedacht had, en ze geloofde blijkbaar dat hij zo maagdelijk onschuldig was als verse sneeuw.

'Pernilla, ik was niet onschuldig. Het spijt me dat ik niet kan vertellen wat er gebeurd is, maar ik ben niet onterecht veroordeeld. De rechtbank oordeelde op basis van wat ze tijdens het proces te horen kreeg.'

'Maar je hebt jouw versie nooit verteld.'

'Nee, omdat ik die niet kan bewijzen. Ik heb een kapitale blunder begaan en moest daarom de bak in.'

'Oké. Geef dan antwoord op mijn vraag: is Wennerström een schurk of niet?'

'Hij is een van de ergste schurken met wie ik ooit te maken heb gehad.'

'Mooi. Dat is voor mij voldoende. Ik heb een cadeautje voor je.'

Ze haalde een pakje uit haar tas. Mikael maakte het open en vond een cd met het beste van de Eurythmics. Ze wist dat dat een van zijn oude favoriete groepen was. Hij omhelsde haar, plugde hem onmiddellijk in zijn iBook en samen luisterden ze naar *Sweet dreams*.

'Wat ga je helemaal in Skellefteå doen?' vroeg Mikael.

'Ik ga naar een Bijbelschool en een catechisatiekamp bij een gemeenschap die Het licht des levens heet,' antwoordde Pernilla alsof het de gewoonste zaak van de wereld was.

Mikael voelde plotseling dat zijn nekharen overeind gingen staan.

Hij zag plotseling in hoeveel zijn dochter en Harriët Vanger op elkaar leken. Pernilla was zestien jaar, net als Harriët toen ze verdween. Beiden hadden een afwezige vader. Beiden werden aangetrokken door religieuze dweperij bij zonderlinge sektes, Harriët bij de plaatselijke pinkstergemeente en Pernilla bij een lokale variant van iets wat net zo geschift leek als de bekende beweging uit Uppsala, Het woord des levens.

Mikael wist niet precies hoe hij met zijn dochters pas gewekte interesse voor religie moest omgaan. Hij was bang om zich ermee te bemoeien en haar het recht te ontnemen om zelf te beslissen welke weg ze in het leven wilde bewandelen. Maar tegelijkertijd was Het licht des levens in allerhoogste mate een gemeenschap waar Erika en hij ongetwijfeld graag een kwaadaardige reportage over zouden willen publiceren in *Millennium*. Hij besloot de kwestie tijdens de eerste de beste gelegenheid met Pernilla's moeder te bespreken.

Pernilla sliep in Mikaels bed, terwijl hij zich die nacht uitstrekte op de bank in de keuken. Hij werd wakker met een stijve nek en pijnlijke spieren. Pernilla wilde graag verder, dus maakte Mikael ontbijt klaar en ging hij met haar mee naar het station. Ze hadden wat tijd over, dus ze haalden een kop koffie bij de kiosk en gingen op een bankje aan het eind van het perron zitten en praatten over van alles en nog wat. Vlak voordat de trein vertrok, ging ze op een ander onderwerp over.

'Je vindt het niet leuk dat ik naar Skellefteå ga,' constateerde ze plotseling.

Mikael wist niet wat hij moest antwoorden.

'Dat is niet erg. Maar jij bent geen christen, hè?'

'Nee, ik ben in elk geval geen goede christen.'

'Je gelooft niet in God?'

'Nee, ik geloof niet in God, maar ik respecteer dat jij dat wel doet. Alle mensen moeten iets hebben om in te geloven.'

Toen haar trein het station binnenkwam, omhelsden ze elkaar lang, totdat Pernilla moest instappen. Op weg naar binnen keerde ze zich om.

'Papa, ik wil geen zieltjes winnen. Voor mij mag je geloven wat je wil en ik zal altijd van je houden. Maar ik vind dat je met je eigen Bijbelstudie moet doorgaan.'

'Wat bedoel je?'

'Ik zag die citaten op de muur,' zei ze. 'Maar waarom zo somber en zo neurotisch? Kus. Doei!'

Ze zwaaide en verdween. Mikael bleef perplex op het perron staan en zag de trein naar het noorden vertrekken. Pas toen hij om de hoek verdwenen was, drong de betekenis van haar afscheidscommentaar door tot zijn bewustzijn, en hij kreeg een ijzig gevoel in zijn borst.

Mikael rende het station uit en keek op zijn horloge. Nog veertig minuten voordat de bus naar Hedeby zou vertrekken. Zo lang konden zijn zenuwen niet wachten. Hij haastte zich naar de taxistandplaats aan de andere kant van het Stationsplein en trof Hussein met het Norrlandse dialect aan.

Tien minuten later betaalde Mikael de taxichauffeur en liep hij onmiddellijk naar zijn werkkamer. Hij had het papier boven zijn bureau geplakt.

Magda – 32016
Sara – 32109
RJ – 30112
RL – 32027
Mari – 32018

Hij keek de kamer rond. Toen bedacht hij waar hij een bijbel zou kunnen vinden. Hij nam het papier mee, zocht de sleutels, die hij in een bakje op de vensterbank had gelegd, en jogde de hele weg naar het huisje van Gottfried. Zijn handen beefden toen hij Harriëts bijbel van de plank pakte.

Harriët had geen telefoonnummers opgeschreven. De cijfers sloegen op hoofdstukken en verzen uit Leviticus, het derde boek van Mozes: met de Strafwetten.

(Magda) Leviticus 20 vers 16:
Een vrouw die tot enig dier nadert, opdat het met haar gemeenschap hebbe – de vrouw en het dier zult gij doden, zij zullen zeker ter dood gebracht worden, hun bloedschuld is op hen.

(Sara) Leviticus 21 vers 9:
En wanneer een priesterdochter zich ontheiligt door ontucht te plegen, dan ontheiligt zij daarmee haar vader; met vuur zal zij verbrand worden.

(RJ) Leviticus 1 vers 12:
Dan zal hij het in stukken verdelen, en de priester zal die, met de kop en het vet, schikken op het hout dat op het vuur op het altaar ligt.

(RL) Leviticus 20 vers 27:
Wanneer een man of een vrouw door zich de geest van een dode laat spreken of een waarzeggende geest bezit, zullen zij zeker ter dood gebracht worden; stenigen zal men hen, hun bloedschuld is op hen.

(Mari) Leviticus 20 vers 18:
Een man die bij een vloeiende vrouw ligt en haar schaamte ontbloot – haar bron heeft hij ontbloot en zij heeft de bron van haar bloed ontbloot; beiden zullen zij uitgeroeid worden uit het midden van hun volk.

Mikael liep naar buiten en ging op de brug voor het huis zitten. Dat Harriët hiernaar verwezen had toen ze de cijfers in haar agenda schreef, daarover was geen twijfel mogelijk. Elk citaat was in Harriëts bijbel zorgvuldig onderstreept. Hij stak een sigaret op en luisterde naar het gezang van vogels die zich in de buurt bevonden.

Hij had de cijfers. Maar hij had niet de namen. Magda, Sara, Mari, RJ en RL.

Plotseling opende zich een afgrond toen Mikaels verstand een intuïtieve sprong maakte. Hij herinnerde zich het verbrande slachtoffer, het brandoffer, in Hedestad waarover commissaris Gustaf Morell had verteld. De zaak-Rebecka, ergens eind jaren veertig, het meisje dat was verkracht en vermoord; haar hoofd was op de nog nagloeiende houtblokken in een open haard gelegd. *Dan zal hij het in stukken verdelen, en de priester zal die, met de kop en het vet, schikken op het hout dat op het vuur op het altaar ligt.* Rebecka. RJ. Wat was haar achternaam geweest?

Waar was Harriët in godsnaam bij betrokken geweest?

Henrik Vanger was plotseling niet lekker geworden en lag al in bed toen Mikael 's middags aanklopte. Anna liet hem toch binnen en hij mocht de oude man een paar minuten bezoeken.

'Een zomergriepje,' verklaarde Henrik snotterend. 'Wat wil je?'

'Ik heb een vraag.'

'Ja?'

'Heb je gehoord over een moord die ergens in de jaren veertig hier in Hedestad is gepleegd? Een meisje genaamd Rebecka nogwat, dat vermoord werd; haar hoofd werd in een open haard gelegd.'

'Rebecka Jacobsson,' zei Henrik Vanger zonder aarzelen. 'Dat is een naam die ik niet meteen vergeet, maar die ik nu al jaren niet meer heb gehoord.'

'Maar je weet van die moord af?'

'Ja, zeker. Rebecka Jacobsson was drieëntwintig of vierentwintig jaar toen ze vermoord werd. Dat was in ... 1949. Het was een zeer omvangrijk onderzoek waar ik zelf ook nog een rolletje in heb gespeeld.'

'Jij?' riep Mikael verbaasd uit.

'Ja. Rebecka Jacobsson werkte als administratief medewerkster bij het Vanger-concern. Ze was een populair meisje dat er heel goed uitzag. Maar waarom vraag je plotseling naar haar?'

Mikael wist niet wat hij moest zeggen. Hij stond op en liep naar het raam.

'Ik weet het niet precies. Henrik, ik heb misschien iets gevonden, maar ik moet daar nog eens even goed over nadenken.'

'Je insinueert dat er een verband kan zijn tussen Harriët en Rebecka. Maar er zat ... ruim zeventien jaar tussen die gebeurtenissen.'

'Laat me erover nadenken. Ik kom morgen langs als je je wat beter voelt.'

Maar Mikael sprak Henrik Vanger de volgende dag niet. Hij zat even voor enen 's nachts nog steeds aan de keukentafel in Harriëts bijbel te lezen, toen hij het geluid hoorde van een auto die met hoge snelheid over de brug reed. Hij gluurde door het keukenraam en zag een flits van het zwaailicht van een ambulance.

Vol angstige vermoedens rende Mikael naar buiten en volgde de ambulance. Die stond voor de woning van Henrik Vanger geparkeerd. Op de benedenverdieping brandde licht en Mikael begreep meteen dat er iets gebeurd was. Hij was in twee stappen binnen en trof in het voorportaal een geschokte Anna Nygren aan.

'Zijn hart,' zei ze. 'Hij maakte me even geleden wakker en klaagde over pijn op de borst. Toen zakte hij in elkaar.'

Mikael sloeg zijn armen om de loyale huishoudster heen en stond daar nog toen het ambulancepersoneel naar buiten kwam met een ogenschijnlijk levenloze Henrik Vanger op de brancard. Een duidelijk gestreste Martin Vanger volgde in hun kielzog. Hij had al in bed gelegen toen Anna hem had gewaarschuwd; hij droeg pantoffels zonder sokken en zijn gulp stond open. Hij groette Mikael kort en wendde zich tot Anna.

'Ik ga mee naar het ziekenhuis. Bel Birger en Cecilia,' instrueerde hij. 'En laat het Dirch Frode weten.'

'Ik kan naar Frode gaan,' bood Mikael aan. Anna knikte dankbaar.

Na middernacht ergens aankloppen, betekent vaak slecht nieuws, dacht Mikael toen hij op de bel van Dirch Frode drukte. Het duurde een paar minuten voordat een duidelijk slaapdronken Frode de deur opende.

'Ik heb slecht nieuws. Henrik Vanger is net naar het ziekenhuis gebracht. Het lijkt een hartaanval. Martin wilde dat ik het jou zou laten weten.'

'Jezus,' zei Dirch Frode. Hij keek op zijn horloge. 'Het is vrijdag de dertiende,' zei hij met een onbegrijpelijke logica en een verwarde gezichtsuitdrukking.

Toen Mikael weer thuis was, was het halfdrie. Hij aarzelde even, maar besloot toen het gesprek met Erika uit te stellen. Pas om tien uur de volgende ochtend, toen hij Dirch Frode kort had gesproken op diens mobiel, en zich ervan had verzekerd dat Henrik Vanger nog in leven was, belde hij Erika met de mededeling dat de nieuwe mede-eigenaar van *Millennium* na een hartaanval naar het ziekenhuis was gebracht. Het bericht werd zoals verwacht met grote verslagenheid en ongerustheid ontvangen.

Pas laat die avond kwam Dirch Frode naar Mikael toe met een uitvoerig verslag over Henrik Vangers gezondheidstoestand.

'Hij leeft, maar het gaat niet goed met hem. Hij heeft een ernstig infarct gehad en heeft bovendien een infectie opgelopen.'

'Heb je hem gesproken?'

'Nee. Hij ligt op de intensive care. Martin en Birger houden de wacht.'

'De vooruitzichten?'

Dirch Frode maakte een handbeweging.

'Hij heeft het infarct overleefd en dat is altijd een goed teken. En Henrik heeft op zich een goede conditie. Maar hij is oud. We moeten afwachten.'

Ze zaten een tijdje aan de vergankelijkheid van het leven te denken. Mikael schonk koffie in. Dirch Frode zag er moedeloos uit.

'Ik moet je een paar vragen stellen over wat er nu gaat gebeuren,' zei Mikael.

Frode keek hem aan.

'Aan jouw arbeidsvoorwaarden verandert niets. Die zijn geregeld in een contract dat tot het eind van het jaar loopt. Of Henrik Vanger in leven is of niet. Je hoeft niet ongerust te zijn.'

'Ik ben niet ongerust en dat was ook niet wat ik bedoelde. Ik vraag me af aan wie ik verslag moet uitbrengen tijdens zijn afwezigheid.'

Dirch Frode zuchtte.

'Mikael, jij weet net zo goed als ik dat dat verhaal over Harriët Vanger tijdverdrijf voor Henrik is.'

'Dat moet je niet zeggen.'

'Hoe bedoel je?'

'Ik heb nieuw bewijsmateriaal gevonden,' zei Mikael. 'Ik heb Henrik daar gisteren gedeeltelijk over geïnformeerd. Ik ben bang dat dat heeft bijgedragen aan het veroorzaken van die hartaanval.'

Dirch Frode keek Mikael met een verwonderde blik aan.

'Je maakt een grapje.'

Mikael schudde zijn hoofd.

'Dirch, ik heb de laatste dagen meer materiaal over Harriëts verdwijning naar boven gehaald dan het totale officiële onderzoek in ten minste vijfendertig jaar. Mijn probleem is op dit moment dat we nooit hebben afgesproken aan wie ik moet rapporteren als Henrik niet aanwezig is.'

'Je kunt het mij vertellen.'

'Oké. Ik moet hiermee verder. Heb je even?'

Mikael deed zijn nieuwe ontdekkingen zo helder mogelijk uit de doeken. Hij toonde de fotosessie van de Järnvägsgatan en hij legde zijn theorie voor. Daarna verklaarde hij hoe zijn eigen dochter het telefoonnummermysterie had opgelost. Ten slotte vertelde hij over de wrede moord op Rebecka Jacobsson in 1949.

De enige informatie die hij nog achterhield, was het gezicht van Cecilia Vanger voor Harriëts raam. Hij wilde nog steeds eerst met haar praten voordat hij haar in een situatie bracht waarin ze ergens van kon worden verdacht.

Er verschenen een paar bezorgde rimpels op Dirch Frodes voorhoofd.

'Je bedoelt dat de moord op Rebecka samenhangt met de verdwijning van Harriët?'

'Ik heb geen idee. Dat lijkt onwaarschijnlijk. Maar het feit blijft dat Harriët de initialen RJ in haar agenda had genoteerd samen met de aanwijzing naar de Bijbelse wet met betrekking tot brandoffers. Rebecka Jacobsson is levend verbrand. Er is een duidelijke link met de familie Vanger: ze werkte voor het Vanger-concern.'

'En hoe verklaar je dit alles?'

'Dat kan ik nog niet. Maar ik wil verdergaan. Ik beschouw jou als Henriks vertegenwoordiger. Jij moet beslissingen voor hem nemen.'

'Misschien moeten we de politie informeren.'

'Nee. In elk geval niet zonder Henriks toestemming. De moord op Rebecka is allang verjaard en het politieonderzoek is gesloten. Ze gaan echt geen nieuw onderzoek starten naar een moord die vierenvijftig jaar geleden gepleegd is.'

'Ik begrijp het. Wat wil je dan doen?'

Mikael stond op en liep een rondje door de keuken.

'Ten eerste wil ik het spoor van de amateurfotograaf volgen. Als we kunnen zien wat Harriët zag ... Ik denk dat dat een sleutel kan zijn voor het verdere verloop. Ten tweede heb ik een auto nodig om naar Norsjö te gaan en dat spoor te volgen. En te zien waar me dat heen leidt. En ten derde wil ik die Bijbelcitaten natrekken. We hebben één citaat gekoppeld aan een beestachtige moord. We hebben nog vier citaten over. Om dat te doen ... zou ik eigenlijk hulp nodig hebben.'

'Wat voor soort hulp?'

'Ik zou een researchmedewerker nodig hebben die zich door oude persarchieven heen kan worstelen en die Magda en Sara en de andere namen kan vinden. Als het is zoals ik denk, is Rebecka niet het enige slachtoffer.'

'Je bedoelt dat je iemand anders wilt inwijden ...'

'Er moet opeens ontzettend veel graafwerk worden verricht. Als ik politieman in een lopend onderzoek was, zou ik de tijd en de middelen kunnen verdelen en mensen voor me kunnen laten zoeken. Ik heb een professional nodig die bekend is met archieven en die tegelijkertijd betrouwbaar is.'

'Ik begrijp het ... Ik ken een competente onderzoekster. Degene die het persoonsonderzoek naar jou heeft gedaan,' zei Frode voordat hij zich opeens inhield.

'Die wát heeft gedaan?' vroeg Mikael Blomkvist op scherpe toon.

Dirch Frode zag plotseling in dat hij iets had gezegd waarover hij mogelijk had moeten zwijgen. Ik begin oud te worden, dacht hij.

'Ik dacht hardop. Het was niets,' probeerde hij.

'Je hebt een persoonsonderzoek naar mij laten doen?'

'Dat is niets dramatisch, Mikael. We wilden jou aannemen en hebben gecheckt wat voor soort persoon je was.'

'Dus daarom weet Henrik Vanger altijd precies hoe en wat. Hoe grondig was dat onderzoek?'

'Vrij grondig.'

'Werden de problemen van *Millennium* erin behandeld?'

Dirch Frode haalde zijn schouders op. 'Dat was actueel.'

Mikael stak een sigaret op. De vijfde die dag. Hij zag in dat dat roken een slechte gewoonte aan het worden was.

'Een schriftelijk rapport?'

'Mikael, het is niets om je druk over te maken.'

'Ik wil dat rapport lezen,' zei hij.

'Rustig maar, er stond niets geks in. We wilden alleen weten wat voor vlees we in de kuip hadden voordat we je aannamen.'

'Ik wil dat rapport lezen,' herhaalde Mikael.

'Daar kan alleen Henrik toestemming voor geven.'

'Echt? Laat ik het zo zeggen: ik wil dat rapport binnen een uur in handen hebben. Zo niet, dan neem ik op staande voet ontslag en neem ik de avondtrein naar Stockholm. Waar is dat rapport?'

Dirch Frode en Mikael Blomkvist wogen elkaar een paar seconden met hun blik. Toen zuchtte Dirch Frode en sloeg hij zijn ogen neer.

'Thuis in mijn werkkamer.'

Het geval-Harriët Vanger was ongetwijfeld de meest bizarre geschiedenis waarin Mikael Blomkvist ooit verzeild was geraakt. Het laatste jaar, vanaf het moment dat hij het verhaal over Hans-Erik Wennerström had gepubliceerd, was überhaupt een lange achtbaan geweest – voornamelijk met vrije val. En dat was blijkbaar nog niet voorbij.

Dirch Frode had tot in het oneindige geprobeerd eronderuit te komen. Pas om zes uur 's avonds had Mikael Lisbeth Salanders rapport in handen. Het bestond uit ruim tachtig pagina's verslaggeving en honderd kopieën van artikelen, schoolrapporten en andere zaken met details uit Mikaels leven.

Het was een vreemde gewaarwording om over jezelf te lezen in iets wat een combinatie leek van een biografie en een onderzoeksrapport van de geheime dienst. Mikael voelde een stijgende verbazing over de gedetailleerdheid van het rapport. Lisbeth Salander had details aangestipt die bij zijn weten voor eeuwig waren begraven op de composthoop van de geschiedenis. Ze had zijn jeugdliefde beschreven; een vrouw die een vurige syndicaliste was en nu fulltime politica. *Met wie had ze in godsnaam allemaal gesproken?* Ze had zijn rockband Bootstrap gevonden, die geen levende ziel zich vandaag de dag nog kon herinneren. Ze had zijn financiële situatie gedetailleerd in kaart gebracht. *Hoe had ze dat voor elkaar gekregen?*

Als journalist had Mikael verscheidene jaren besteed aan het achterhalen van informatie over personen, en zodoende kon hij een zuiver beroepsmatige beoordeling van de kwaliteit van het werk maken. In zijn ogen was er geen twijfel over mogelijk dat Lisbeth Salander een formidabele schatgraver was. Hij betwijfelde of hij zelf een dergelijk rapport zou kunnen samenstellen over een voor hem volstrekt onbekend persoon.

Mikael merkte ook op dat er geen enkele reden was geweest voor Erika en hem om een gepaste afstand te bewaren als ze met Henrik Vanger omgingen; hij was tot in detail geïnformeerd over hun jarenlange relatie en de driehoeksverhouding met Greger Beckman. Lisbeth Salander had ook een zeer exacte beoordeling gemaakt van de toestand van *Millennium*; Henrik Vanger had geweten hoe slecht de zaken ervoor stonden toen hij contact opnam met Erika en aanbood mede-eigenaar te worden. *Welk spelletje speelt hij eigenlijk?*

De Wennerström-affaire werd slechts oppervlakkig behandeld, maar ze had blijkbaar tijdens een van de zittingsdagen als toehoorder in het publiek gezeten. Ze had ook vragen gesteld over

Mikaels eigenaardige optreden, toen hij had geweigerd zich tijdens de rechtszaak uit te spreken. *Slimme meid, wie het ook was.*

Het volgende moment ging Mikael rechtop zitten. Hij geloofde zijn ogen niet. Lisbeth Salander had een korte passage geschreven over hoe zij de verdere ontwikkeling na de rechtszaak beoordeelde. Ze had bijna woordelijk het persbericht weergegeven dat Erika en hij hadden verstuurd toen hij zijn post als verantwoordelijk uitgever van *Millennium* verliet.

Maar Lisbeth Salander had zijn originele concept gebruikt. Hij keek weer op de omslag van het rapport. Dat was gedateerd drie dagen voordat Mikael Blomkvist het vonnis in handen kreeg. *Dit was onmogelijk.*

Die dag was het persbericht maar op één plaats ter wereld te lezen. In zijn eigen computer. In zijn iBook, niet in de werkcomputer op de redactie. De tekst was nooit uitgeprint. Zelfs Erika Berger had geen kopie gehad, hoewel ze het onderwerp wel in algemene bewoordingen besproken hadden.

Mikael Blomkvist legde Lisbeth Salanders persoonsonderzoek langzaam neer. Hij besloot geen sigaret op te steken. Hij trok daarentegen zijn jas aan en ging naar buiten, de lichte nacht in, een week voor midzomer. Hij volgde het strand langs de zee-engte, langs het perceel van Cecilia Vanger en de poenerige motorboot voor de villa van Martin Vanger. Hij liep langzaam en nadenkend. Uiteindelijk ging hij op een steen zitten en keek hij naar de knipperende vuurtorens in de Hedestadbocht. Hij kon maar één conclusie trekken.

'Je bent in mijn computer geweest, juffrouw Salander,' zei hij hardop. 'Je bent gewoon een verdomde hacker.'

18
WOENSDAG 18 JUNI

Lisbeth Salander werd met een schok wakker uit een droomloze slaap. Ze was een beetje misselijk. Ze hoefde haar hoofd niet om te draaien en te kijken om te weten dat Mimmi al naar haar werk was vertrokken, maar haar geur hing nog in de bedompte lucht in de slaapkamer. Ze had te veel bier gedronken op de dinsdagse bijeenkomst van de Evil Fingers bij Kvarnen, de avond ervoor. Vlak voor sluitingstijd was Mimmi verschenen en had ze Lisbeth gezelschap gehouden naar huis en in bed.

In tegenstelling tot Mimmi had Lisbeth Salander zichzelf nooit serieus beschouwd als lesbisch. Ze had er nooit tijd aan besteed om te piekeren over de vraag of ze hetero-, homo- of eventueel biseksueel was. Over het geheel genomen had ze maling aan etiketten en vond ze dat het nauwelijks iemand anders aanging met wie zij de nacht doorbracht. Als ze absoluut een seksuele voorkeur moest uitspreken, dan koos ze voor jongens – die stonden tenminste bovenaan in de statistiek. Het probleem was alleen een jongen te vinden die geen slome duikelaar was en die eventueel ook nog iets kon presteren in bed, en Mimmi was een knap compromis dat haar ook kon opwinden. Ze had Mimmi een jaar geleden ontmoet in een biertent op het Pridefestival en zij was de enige persoon die Lisbeth ooit had geïntroduceerd bij de Evil Fingers. Ze hadden het afgelopen jaar een knipperlichtrelatie gehad, maar het was voor hen allebei nog steeds uitsluitend tijdverdrijf. Mimmi had een warm en zacht lichaam om tegenaan te liggen, maar het was ook iemand met wie Lisbeth wakker kon worden en met wie ze kon ontbijten.

De wekker op het nachtkastje wees halftien aan en ze vroeg zich net af waardoor ze wakker geworden was toen de bel opnieuw ging. Ze ging onthutst overeind zitten. Níémand belde op dit tijdstip van de dag bij haar aan. Er waren sowieso weinig mensen die bij haar aanbelden. Slaapdronken trok ze het laken om zich heen en liep ze op onvaste benen naar de hal en deed open. Ze keek recht in het gezicht van Mikael Blomkvist. Ze voelde paniek opkomen en deed onvrijwillig een stap achteruit.

'Goedemorgen, juffrouw Salander,' groette hij opgewekt. 'Ik begrijp dat het gisteren laat geworden is. Mag ik binnenkomen?'

Zonder op antwoord te wachten stapte hij over de drempel en deed hij de deur achter zich dicht. Hij bekeek nieuwsgierig de berg kleding op de vloer in de hal en de vele tassen met oud papier, en gluurde toen om de hoek van de slaapkamerdeur terwijl Lisbeth Salanders wereld in de verkeerde richting draaide – *hoe, wat, wie*? Mikael Blomkvist keek geamuseerd naar haar wijd open mond.

'Ik nam aan dat je nog niet ontbeten had, dus ik heb bagels meegenomen. Eén met rosbief, één met kalkoen en dijonmosterd en een vegetarische met avocado. Ik weet niet waar je van houdt. Rosbief?' Hij verdween naar de keuken en zag onmiddellijk het koffiezetapparaat. 'Waar staat de koffie?' riep hij. Salander stond als verlamd in de hal tot ze de waterkraan hoorde stromen. Ze was in drie stappen bij de keuken.

'Wacht even!' Ze merkte dat ze schreeuwde en ging zachter praten. 'Je kunt verdomme toch niet zomaar binnenstappen alsof je hier woont. We kennen elkaar niet eens.'

Mikael Blomkvist stond net met de kan boven het waterreservoir van het koffiezetapparaat en draaide zijn hoofd naar haar toe. Hij antwoordde op serieuze toon.

'Fout! Jij kent mij beter dan de meeste andere mensen. Of niet soms?'

Hij keerde haar de rug toe en ging verder met koffiezetten; hij begon potten op het aanrecht open te maken.

'Ik weet trouwens hoe jij te werk gaat. Ik ken jouw geheimen.'

Lisbeth Salander deed haar ogen dicht en wenste dat de vloer onder haar voeten zou stoppen met deinen. Ze bevond zich in een toestand van intellectuele verlamming. Ze had een kater. De situatie was onwerkelijk en haar hersenen weigerden dienst. Nooit eerder had ze een van haar objecten face to face ontmoet. *Hij weet waar ik woon!* Hij stond bij haar in de keuken. Dat was onmogelijk. Dat zou niet moeten kunnen. *Hij weet wie ik ben!*

Ze merkte opeens dat het laken opengegleden was en ze trok het dichter om zich heen. Hij zei iets wat ze eerst niet begreep. 'We moeten praten,' herhaalde hij. 'Maar ik denk dat je eerst even moet gaan douchen.'

Ze probeerde verstandig te praten. 'Luister, als je van plan bent ruzie te zoeken, dan moet je niet bij mij wezen. Ik heb gewoon mijn werk gedaan. Dan moet je met mijn chef praten.'

Hij ging voor haar staan en hield zijn handen omhoog met de handpalmen naar buiten. *Ik ben ongewapend.* Een universeel vredesteken.

'Ik heb al met Dragan Armanskij gesproken. Hij wil trouwens dat je hem belt, je nam je mobiel gisteren de hele avond niet op.'

Hij liep naar haar toe. Ze voelde geen dreiging, maar deinsde toch een paar centimeter achteruit toen hij haar arm aanraakte en naar de badkamerdeur wees. Ze vond het niet prettig dat iemand ongevraagd aan haar zat, ook al was de bedoeling vriendschappelijk.

'Ik zoek helemaal geen ruzie,' zei hij op rustige toon. 'Maar ik zou heel graag met je willen praten. Dat wil zeggen, als je wakker bent. De koffie is klaar als je aangekleed bent. De douche in. Hup.'

Ze gehoorzaamde hem willoos. *Lisbeth Salander is nooit willoos,* dacht ze.

In de badkamer leunde ze tegen de deur en probeerde ze haar gedachten op een rijtje te krijgen. Ze was geschokter dan ze tot nu toe voor mogelijk had gehouden. Toen voelde ze dat haar blaas op springen stond en zag ze in dat een douche niet alleen een goede raad was maar ook een noodzaak na het tumult van die nacht. Toen ze gedoucht had, sloop ze naar de slaapkamer en trok ze een slipje, een spijkerbroek en een T-shirt aan met de tekst ARMAGEDDON WAS YESTERDAY — TODAY WE HAVE A SERIOUS PROBLEM.

Na even zoeken vond ze haar leren jack, dat over een stoel was gegooid. Ze haalde het elektrische pistool uit haar zak, controleerde de lading en stak het in de achterzak van haar spijkerbroek. De geur van koffie verspreidde zich door de flat. Ze haalde diep adem en liep terug naar de keuken.

Hij begroette haar met een 'Ruim je nooit op?'

Hij had de spoelbak gevuld met vuile borden en kopjes, de asbakken geleegd, het oude melkpak weggegooid en de tafel ontdaan van een laag kranten van vijf weken en deze schoongemaakt, schone kopjes neergezet en – het was geen grapje geweest – bagels. Het zag er uitnodigend uit en ze had best trek na de nacht met Mimmi. *Oké, we zien wel waar het schip strandt.* Ze ging afwachtend tegenover hem zitten.

'Je hebt nog geen antwoord gegeven op mijn vraag. Rosbief, kalkoen of vegetarisch?'

'Rosbief.'

'Dan neem ik de kalkoen.'

Ze zaten zwijgend te ontbijten, terwijl ze elkaar onderzoekend opnamen. Toen ze haar bagel ophad, nam ze ook de helft van de vegetarische die was overgebleven. Ze pakte een verfrommeld pakje sigaretten van de vensterbank en haalde er met moeite een sigaret uit.

'Mooi, dat weet ik dan,' verbrak hij de stilte. 'Ik ben misschien niet zo goed als jij in het uitvoeren van persoonsonderzoeken, maar nu heb ik in elk geval uitgevonden dat je geen veganiste bent of, wat Dirch Frode meende, anorexia hebt. Ik zal de gegevens toevoegen aan mijn rapport over jou.'

Salander staarde hem aan, maar toen ze zijn gezicht zag, begreep ze dat hij haar voor de gek hield. Hij keek zo geamuseerd dat ze er geen weerstand aan kon bieden om hem op dezelfde manier te antwoorden. Ze schonk hem een scheef lachje. De situatie was absurd. Ze schoof het bord van zich af. Hij had vriendelijke ogen. Wat hij ook was, hij was vermoedelijk geen slecht mens, besloot ze. Ze had ook niets over hem ontdekt wat erop wees dat hij een gemene klootzak was die zijn vriendinnen mishandelde of iets in die richting. Ze bedacht dat zij degene was die alles over hem wist – niet andersom. *Kennis is macht.*

'Waar zit je om te grijnzen?' vroeg ze.

'Sorry. Ik had mijn entree eigenlijk niet op deze manier gepland. Het was niet mijn bedoeling om je bang te maken, wat blijkbaar wel gebeurde. Je had je eigen gezicht moeten zien toen je de deur opendeed. Dat was onbetaalbaar. Ik kon de verleiding niet weerstaan om je wat te plagen.'

Ze zweeg. Tot haar eigen verbazing ervoer Lisbeth Salander zijn ongenode gezelschap opeens als acceptabel – of in elk geval niet als onaangenaam.

'Je moet het maar zien als mijn huiveringwekkende wraak omdat je in mijn privéleven hebt zitten wroeten,' zei hij opgewekt. 'Ben je bang voor me?'

'Nee,' antwoordde Salander.

'Mooi. Ik ben hier niet om je pijn te doen of om ruzie met je te maken.'

'Als je probeert me pijn te doen, zal ik jou pijn doen. Serieus.'

Mikael nam haar op. Ze was ruim een meter vijftig en zag er niet uit alsof ze veel weerstand kon bieden als hij een geweldenaar was geweest die haar flat was binnengedrongen. Maar haar ogen waren uitdrukkingsloos en kalm.

'Dat hoeft niet,' zei hij uiteindelijk. 'Ik heb geen kwade bedoelingen. Ik wil alleen met je praten. Als je wilt dat ik wegga, hoef je het maar te zeggen.' Hij dacht even na. 'Het voelt vreemd genoeg alsof ... ach.' Hij brak zijn zin af.

'Wat?'

'Ik weet niet of dit logisch klinkt, maar vier dagen geleden wist ik nog niet eens van jouw bestaan af. Toen las ik jouw analyse over mijzelf' – hij groef in zijn schoudertas en vond het rapport – 'die niet alleen vermakelijk was om te lezen.'

Hij zweeg even en keek uit het keukenraam. 'Mag ik een sigaret van je?' Ze schoof het pakje naar hem toe.

'Je zei eerder dat we elkaar niet kenden en ik zei dat dat niet waar was.' Hij wees op het rapport. 'Ik ben nog niet zover als jij, ik heb alleen een kleine routinecontrole gedaan om je adres en je leeftijd en zo te achterhalen, maar je weet absoluut heel veel over mij. Heel veel daarvan is uiterst privé en is alleen bekend bij mijn beste vrienden. En nu zit ik hier in jouw keuken bagels met je te eten. We kennen elkaar pas een halfuur en ik had plotseling het gevoel dat we elkaar al jaren kennen. Begrijp je wat ik bedoel?'

Ze knikte.

'Je hebt mooie ogen,' zei hij.

'Jij hebt lieve ogen,' antwoordde ze. Hij wist niet of dat ironisch bedoeld was of niet.

Stilte.

'Waarom ben je hier?' vroeg ze opeens.

Kalle Blomkvist, ze moest opeens aan zijn bijnaam denken en onderdrukte een impuls om hem hardop uit te spreken, keek plotseling serieus. Zijn ogen stonden vermoeid. De vanzelfsprekendheid die hij eerder had getoond toen hij haar huis binnengedrongen was, was verdwenen en ze trok de conclusie dat het voorbij was met gekheid maken of in elk geval voor nu. Ze voelde voor het eerst dat hij haar van top tot teen zat op te nemen, met bedachtzame ernst. Ze had geen idee wat er zich in zijn hoofd afspeelde, maar ze voelde onmiddellijk dat zijn bezoek een serieuzer tintje had gekregen.

Lisbeth Salander was zich ervan bewust dat haar kalmte alleen aan de oppervlakte lag en dat ze haar zenuwen niet echt onder controle had. Blomkvists volstrekt onverwachte bezoek had haar geschokt op een manier die ze nog nooit eerder ervaren had in verband met haar werk. Ze leefde van het bespioneren van mensen. Ze had dat wat ze voor Dragan Armanskij deed nooit gedefinieerd als écht werk, eerder als een gecompliceerd tijdverdrijf, bijna een hobby.

De waarheid was, dat had ze lang geleden al geconstateerd, dat ze het leuk vond om in andermans leven te wroeten en geheimen te onthullen die de mensen probeerden te verbergen. Dat had ze, in de een of andere vorm, al gedaan zo lang ze zich kon herinneren. En ze deed dat nog steeds, niet alleen als Armanskij haar een opdracht gaf, maar soms alleen voor haar eigen plezier. Het gaf haar een kick, het was net een gecompliceerd computerspel, met het verschil dat het hier om mensen van vlees en bloed ging. En nu zat haar hobby plotseling met bagels in haar keuken. Het was een absurde situatie.

'Ik heb een fascinerend probleem,' zei Mikael. 'Vertel me eens, toen je mijn onderzoek deed voor Dirch Frode ... Had je toen enig idee waar dat voor gebruikt zou worden?'

'Nee.'

'Het doel was om informatie over mij te krijgen omdat Frode, of liever gezegd zijn opdrachtgever, mij in de arm wilde nemen voor een freelancebaan.'

'Aha.'

Hij glimlachte zwakjes.

'We zullen het ooit samen weleens hebben over de morele aspecten van het wroeten in andermans privéleven. Maar op dit moment heb ik heel andere problemen ... De baan die ik kreeg, en die ik om de een of andere onbegrijpelijke reden op me genomen heb, is zonder twijfel de meest bizarre opdracht die ik ooit heb gehad. Kan ik je vertrouwen, Lisbeth?'

'Hoezo?'

'Dragan Armanskij zegt dat je volstrekt betrouwbaar bent. Maar ik vraag het je toch even. Kan ik je geheimen vertellen zonder dat je die aan iemand doorvertelt?'

'Wacht even. Je hebt dus met Dragan gesproken; heeft hij je op me afgestuurd?'

Ik sla je in elkaar, stomme Armeniër.

'Nou nee, niet helemaal. Jij bent niet de enige die een adres van iemand kan achterhalen, dat heb ik helemaal zelf gedaan. Ik heb je opgezocht in het bevolkingsregister. Er zijn drie personen met de naam Lisbeth Salander en die twee andere konden het niet zijn. Maar ik heb gisteren contact gehad met Armanskij en we hebben een lang gesprek gehad. Hij dacht ook eerst dat ik verhaal kwam halen omdat je in mijn privéleven had zitten wroeten, maar hij raakte er uiteindelijk van overtuigd dat ik een volstrekt legitieme reden had.'

'En die is?'

'De opdrachtgever van Dirch Frode heeft mij zoals gezegd in de arm genomen voor een klus. Ik ben nu op een punt gekomen dat ik op zeer korte termijn hulp nodig heb van een competente researcher. Frode vertelde over jou en zei dat jij zeer vakbekwaam was. Het floepte eruit, en zo kwam ik te weten dat jij een persoonsonderzoek naar mij had gedaan. Gisteren heb ik met Armanskij gesproken en heb ik hem verteld wat ik wilde hebben. Hij heeft zijn goedkeuring gegeven en heeft geprobeerd je te bellen, maar je nam niet op, dus ... hier ben ik. Je kunt Armanskij bellen om het te verifiëren als je wilt.'

Het duurde een paar minuten voordat Lisbeth Salander haar mobiele telefoon had gevonden onder de berg kleren waar Mimmi haar uit geholpen had. Mikael Blomkvist bekeek haar gênante gezoek met grote interesse, terwijl hij een rondje door de flat maakte. Haar meubels leken stuk voor stuk uit de vuilcontainer te zijn gehaald. Ze had een imposante state-of-the-art PowerBook op een kleine werktafel in de woonkamer. In een boekenkast stond een cd-speler. Haar cd-verzameling was daarentegen allesbehalve imposant, een schamel aantal cd's van groepen waar Mikael nog nooit van gehoord had en waarbij de musici op de omslag eruitzagen als vampiers uit de ruimte. Hij constateerde dat muziek niet haar sterkste punt was.

Salander zag dat Armanskij haar de vorige avond niet minder dan zeven keer had gebeld en die ochtend twee keer. Ze toetste het nummer in terwijl Mikael tegen de deurpost geleund stond en naar het gesprek luisterde dat volgde.

'Met mij ... Sorry, maar hij stond uit ... Ik weet dat hij gebruik van me wil maken ... Nee, hij staat hier in de kamer ...' Ze ging harder praten. 'Dragan, ik heb een kater en ik heb pijn in mijn kop, dus hou op met dat geleuter; heb jij je goedkeuring gegeven of niet? ... Bedankt.'

Klik.

Lisbeth Salander keek schuin door de deuropening naar de woonkamer waar Mikael Blomkvist haar cd's bekeek en boeken uit de boekenkast pakte. Hij had net een bruin medicijnflesje zonder etiket gevonden dat hij nieuwsgierig tegen het licht hield. Net toen hij het dopje eraf wilde schroeven, stak ze haar hand uit en pakte ze het flesje uit zijn hand. Ze liep terug naar de keuken, ging op de keukenstoel zitten en masseerde haar voorhoofd tot Mikael weer was gaan zitten.

'De regels zijn simpel,' zei ze. 'Niets van wat je met mij of met Dragan Armanskij bespreekt komt naar buiten. We zullen een contract ondertekenen waarbij Milton Security zich verplicht tot zwijgen. Ik wil weten wat de baan inhoudt voordat ik besluit of ik voor je wil werken of niet. Dat betekent dat ik zal zwijgen over alles wat je me vertelt, of ik de klus nu aanneem of niet, vooropgesteld dat je me niet gaat vertellen dat je je bezighoudt met criminele activiteiten. In dat geval zal ik dat aan Dragan rapporteren, die op zijn beurt de politie zal inlichten.'

'Goed.' Hij aarzelde. 'Het is Armanskij wellicht niet helemaal duidelijk waar ik je voor nodig heb ...'

'Hij zei dat je wilde dat ik je zou helpen met historisch onderzoek.'

'Ja, dat klopt. Maar wat ik wil, is dat je me helpt bij het ontmaskeren van een moordenaar.'

Het kostte Mikael meer dan een uur om alle complexe details over de zaak-Harriët Vanger te vertellen. Hij liet niets achterwege. Hij had Frodes toestemming om haar in de arm te nemen en om dat te doen moest hij volledig op haar kunnen vertrouwen.

Hij vertelde ook over zijn verhouding met Cecilia Vanger en dat hij haar gezicht had ontdekt voor het raam van Harriëts kamer. Hij gaf Lisbeth zoveel exacte details als hij wist over haar persoonlijkheid. Hij begon tegenover zichzelf toe te geven dat Cecilia hoog op de lijst van verdachten was geklommen. Maar hij kon nog absoluut niet begrijpen hoe Cecilia gekoppeld kon zijn aan een moordenaar die actief was toen zij nog een klein kind was.

Toen hij klaar was, gaf hij Lisbeth Salander een kopie van de lijst uit de agenda.

Magda - 32016
Sara - 32109
RJ - 30112
RL - 32027
Mari - 32018

'Wat wil je dat ik doe.'

'Ik heb RJ geïdentificeerd, Rebecka Jacobsson, en haar gekoppeld aan een Bijbelcitaat dat gaat over de wet met betrekking tot brandoffers. Ze werd vermoord. Haar hoofd werd op gloeiende kolen gelegd, wat bijna hetzelfde is als wat in het citaat wordt beschreven. Als het is zoals ik denk, zullen we nog vier slachtoffers vinden: Magda, Sara, Mari en RL.'

'Je denkt dat ze dood zijn? Vermoord?'

'Een moordenaar die actief was in de jaren vijftig en wellicht in de jaren zestig. En die op de een of andere manier in relatie stond met Harriët Vanger. Ik heb oude nummers van *Hedestads-Kuriren* doorgebladerd. De moord op Rebecka is het enige groteske misdrijf dat ik gevonden heb dat iets te maken heeft met Hedestad. Ik wil dat je verder graaft in de rest van Zweden.'

Lisbeth Salander zat zo lang en stil, en met zo'n uitdrukkingsloos gezicht na te denken, dat Mikael onrustig op zijn stoel heen en weer begon te draaien. Hij vroeg zich af of hij de verkeerde persoon had gekozen tot ze uiteindelijk opkeek.

'Oké, ik neem de baan aan. Maar je moet een contract afsluiten met Armanskij.'

Dragan Armanskij printte het contract uit dat Mikael Blomkvist mee terug zou nemen naar Hedestad om het door Dirch Frode te laten ondertekenen. Toen hij terugkeerde naar Lisbeth Salanders werkkamer, zag hij door de glazen ruit hoe zij en Mikael Blomkvist over haar PowerBook gebogen stonden. Mikael legde zijn hand op haar schouder – *hij raakte haar aan* – en wees ergens naar. Armanskij hield zijn pas in.

Mikael zei iets waar Salander zich over verbaasde. Vervolgens lachte ze luid.

Armanskij had haar nog nooit horen lachen, hoewel hij al jaren had geprobeerd haar vertrouwen te winnen. En Mikael Blomkvist kende ze pas vijf minuten en nu zat ze al met hem te lachen.

Plotseling verafschuwde hij Mikael Blomkvist met een felheid die hemzelf verbaasde. Hij kuchte in de deuropening en legde het plastic mapje met het contract neer.

Mikael had die middag nog net even tijd om bij de redactie van *Millennium* langs te gaan. Dat was de eerste keer sinds hij zijn bureau vlak voor kerst had leeggeruimd, en het was plotseling vreemd om de bekende trappen op te rennen. Ze hadden het codeslot niet veranderd en hij kon onopgemerkt de deur van de redactie binnensluipen en even om zich heen kijken.

Millennium had een L-vormig kantoor. De entree bestond uit een grote hal, die veel ruimte in beslag nam waar ze niet zoveel mee konden. Ze hadden er een zitgroep neergezet waar ze bezoekers konden ontvangen. Achter de zitgroep was een lunchruimte met een pantry, toiletten en twee ruimtes met boekenkasten en een archief. Daar was ook een bureau voor de permanente stagiair of stagiaire. Rechts van de ingang was een glazen wand naar het atelier van Christer Malm; hij had een eigen bedrijf dat 80 vierkante meter besloeg en had een eigen ingang vanaf het trappenhuis.

Links lag de eigenlijke redactie. Deze besloeg ongeveer 150 vierkante meter en had een glazen façade naar de Götgatan.

Erika had de inrichting bedacht en had glazen tussenwanden laten plaatsen met drie kamers voor afzonderlijke medewerkers en een open kantoortuin voor de resterende drie medewerkers. Zij had beslag gelegd op de grootste kamer, aan het eind van de redactie, en ze had Mikael in een eigen kamer aan de andere kant van de ruimte geplaatst. Dat was de enige kamer waar je vanaf de ingang in kon kijken. Hij zag dat er niemand ingetrokken was.

De derde kamer lag een beetje afgezonderd en werd bewoond door Sonny Magnusson, zestig jaar, en al een paar jaar de succesvolle advertentieverkoper van *Millennium*. Erika had Sonny gevonden toen hij werkloos was geraakt na bezuinigingen bij het bedrijf waar hij het grootste deel van zijn werkzame leven had gewerkt. Sonny was toen op een leeftijd geweest dat hij niet meer verwachtte een vaste baan aangeboden te krijgen. Erika had hem zelf geselecteerd. Ze had hem een kleine maandelijkse vergoeding geboden en een percentage van de advertentie-inkomsten. Sonny had toegehapt en geen van beiden hadden ze spijt gehad. Maar het laatste jaar had het niet uitgemaakt hoe goed hij zijn best deed als verkoper; de advertentie-inkomsten hadden een grote duikvlucht gemaakt. Sonny's salaris was drastisch afgenomen, maar in plaats van om te zien naar wat anders, had hij de broekriem aangetrokken en was hij loyaal op zijn post gebleven. *In tegenstelling tot mij, terwijl ik die aardverschuiving heb veroorzaakt,* dacht Mikael.

Mikael raapte uiteindelijk zijn moed bij elkaar en stapte de halflege redactie binnen. Hij kon Erika in haar kamer zien zitten met de telefoon tegen haar oor. Er waren slechts twee medewerkers op de redactie aanwezig. Monika Nilsson, zevenendertig jaar, was een gedreven verslaggeefster met politiek als specialiteit en vermoedelijk de meest gelouterde cynica die Mikael ooit had ontmoet. Ze werkte al negen jaar bij *Millennium* en had het uitstekend naar haar zin. Henry Cortez was vierentwintig jaar en de jongste medewerker op de redactie; hij was twee jaar eerder binnen komen wandelen als stagiair van het Instituut voor Journalistiek, Media en Communicatie, van de Universiteit van Stockholm, en had gezegd dat hij bij *Millennium* wilde werken, en nergens anders. Erika had geen budget gehad om hem in vaste dienst te nemen, maar bood hem een bureau in een hoekje aan en ging met hem in zee als vaste freelancer.

Beiden begonnen enthousiast te roepen toen ze Mikael zagen. Hij kreeg zoenen op zijn wangen en werd op zijn rug gebonkt. Ze vroegen onmiddellijk of hij weer in dienst trad en zuchtten teleurgesteld toen hij uitlegde dat hij nog een halfjaar met zijn opdracht in Norrland bezig zou zijn, en dat hij alleen maar hier was om gedag te zeggen en met Erika te praten.

Erika was ook blij hem te zien en schonk koffie in. Ze sloot de deur naar haar kamer. Ze vroeg onmiddellijk naar Henrik Vangers gezondheidstoestand. Mikael vertelde dat hij niet meer wist dan wat Dirch Frode had verteld; de toestand was kritiek, maar de oude man was nog in leven.

'Wat doe je in de stad?'

Mikael voelde zich plotseling verlegen. Omdat hij bij Milton Security geweest was, dat een paar blokken verderop lag, was hij in een impuls naar de redactie gegaan. Het was wat gecompliceerd om aan Erika uit te leggen dat hij net een persoonlijke veiligheidsconsultant, die zijn computer gekraakt had, in de arm had genomen. Hij haalde daarentegen zijn schouders op en zei dat hij naar Stockholm had gemoeten voor iets wat met Vanger vandoen had en dat hij per omgaande weer naar het noorden zou afreizen. Hij vroeg hoe het op de redactie ging.

'Naast het aangename nieuws dat zowel het advertentievolume als het aantal abonnees stijgt, wordt de onweerswolk aan de hemel ook steeds groter.'

'Wat dan?'

'Janne Dahlman.'

'O ja, natuurlijk.'

'In april heb ik een gesprek onder vier ogen met hem gehad, vlak nadat we het nieuws hadden vrijgegeven dat Henrik Vanger was ingestapt als mede-eigenaar. Ik weet niet of het zijn natuur is om alleen maar negatief te zijn of dat het iets ernstigers is. Dat hij een soort spelletje speelt.'

'Wat is er gebeurd?'

'Ik heb geen vertrouwen meer in hem. Toen we de overeenkomst met Henrik Vanger hadden ondertekend, konden Christer en ik kiezen of we meteen de hele redactie zouden laten weten dat we niet meer het risico liepen om komend najaar failliet te gaan, of ...'

'Of om een paar medewerkers selectief te informeren.'

'Precies. Ik ben misschien paranoïde, maar ik wilde niet riskeren dat Dahlman het verhaal voortijdig naar buiten zou brengen. Dus besloten we de hele redactie te informeren op dezelfde dag dat de overeenkomst officieel werd. We hebben het dus meer dan een maand verzwegen.'

'En?'

'Tja, het was het eerste goede nieuws dat de redactie sinds een jaar kreeg. Iedereen was enthousiast, behalve Dahlman. Ik bedoel, we zijn niet de grootste redactie ter wereld. Er waren dus drie mensen die jubelden, plus de stagiair, en er was er eentje razend omdat we niet eerder iets gezegd hadden.'

'Daar had hij wel gelijk in.'

'Ik weet het. Maar het punt is dat hij daar dag in dag uit over bleef zeiken en dat dat de stemming op de redactie negatief beïnvloedde. Na twee weken heb ik hem bij me geroepen en heb ik hem de reden verteld waarom we de redactie niet hadden geïnformeerd, namelijk omdat ik geen vertrouwen in hem had en ik er niet zeker van was dat hij zijn mond zou houden.'

'Hoe nam hij dat op?'

'Hij was natuurlijk erg gekrenkt en verontwaardigd. Maar ik heb voet bij stuk gehouden en hem een ultimatum gesteld: of hij zou beter zijn best gaan doen of hij zou gaan uitkijken naar een andere baan.'

'En?'

'Hij is beter zijn best gaan doen. Hij houdt zich gedeisd, maar er heerst een nerveuze stemming tussen hem en de rest van de redactie. Christer mag hem niet en windt daar geen doekjes om.'

'Waar verdenk je Dahlman van?'

Erika zuchtte.

'Ik weet het niet. We hebben hem een jaar geleden aangenomen, toen dat gedoe met Wennerström al bezig was. Ik kan absoluut niets bewijzen, maar ik heb het gevoel dat hij niet voor ons werkt.'

Mikael knikte.

'Vertrouw op je instinct.'

'Misschien is hij alleen maar een misplaatste klootzak die een slechte sfeer om zich heen creëert.'

'Dat kan. Maar ik ben het met je eens dat we een verkeerde

beoordeling hebben gemaakt toen we hem in dienst hebben genomen.'

Twintig minuten later was Mikael met de auto, die hij van Dirch Frodes vrouw had geleend, via Slussen op weg naar het noorden. Het was een tien jaar oude Volvo die ze nooit gebruikte. Mikael had de belofte gekregen dat hij hem zo vaak mocht lenen als hij wilde.

Het waren kleine, subtiele details die Mikael gemakkelijk over het hoofd had kunnen zien als hij niet zo oplettend was geweest. Een stapel papier lag schever dan hij zich herinnerde. Een ordner was niet helemaal goed in de boekenkast teruggezet. De la van het bureau zat helemaal dicht – Mikael wist zeker dat die op een kiertje had gestaan toen hij de dag ervoor van het Hedeby-eiland vertrokken was op weg naar Stockholm.

Heel even twijfelde hij aan zichzelf. Toen groeide de wetenschap in hem dat er iemand in zijn huis was geweest.

Hij liep naar buiten en keek om zich heen. Hij had de deur op slot gedaan, maar het was een gewoon, oud slot, dat je vermoedelijk met een schroevendraaier gemakkelijk kon forceren, en het was onmogelijk te zeggen hoeveel sleutels er in omloop waren. Hij ging weer naar binnen en zocht systematisch zijn werkkamer door om te onderzoeken of er iets verdwenen was. Na een tijdje constateerde hij dat alles er nog leek te zijn.

Het feit bleef dat er iemand in zijn huis was geweest en in zijn werkkamer in papieren en ordners had zitten bladeren. Zijn computer had hij bij zich gehad, dus daar waren ze niet aan geweest. Er kwamen twee vragen bij hem op. Wie? En hoeveel was de mysterieuze bezoeker te weten gekomen?

De ordners waren de delen van Henrik Vangers verzameling die hij weer naar het gastenverblijf had gehaald nadat hij uit de gevangenis gekomen was. Daar was geen nieuwe informatie te vinden. De notitieblokken op het bureau waren cryptisch voor een leek – maar was de persoon die het bureau had doorzocht een leek?

Wel ernstig was een plastic mapje midden op het bureau met het telefoonlijstje en een afschrift van de Bijbelcitaten waar de nummers op sloegen. Degene die zijn werkkamer had doorzocht wist nu dat hij de Bijbelcode had gekraakt.

Maar wie?

Henrik Vanger lag in het ziekenhuis. Hij verdacht huishoudster Anna niet. Dirch Frode? Maar hem had hij alle details al verteld. Cecilia Vanger had haar reis naar Florida afgezegd en was samen met haar zus teruggekeerd uit Londen. Hij had haar niet gesproken sinds ze terug was, maar hij had haar gezien toen ze de dag ervoor over de brug was gereden. Martin Vanger. Harald Vanger. Birger Vanger – die de dag na Henriks hartaanval was opgedoken bij een familieoverleg waar Mikael niet voor was uitgenodigd. Alexander Vanger. Isabella Vanger; die was allesbehalve sympathiek.

Met wie had Frode gesproken? Wat had hij zich laten ontvallen? Hoeveel van de naaste familieleden hadden opgevangen dat Mikael een doorbraak had bereikt in zijn speurwerk?

Het was al na achten. Hij belde de 24 uurs-Slotenservice in Hedestad en bestelde een nieuw slot voor zijn huis. De slotenmaker zei dat hij de volgende dag kon komen. Mikael beloofde hem het dubbele te betalen als hij onmiddellijk zou komen. Ze spraken af dat hij tegen halfelf die avond zou komen om een nieuw klavierslot met zeven klavieren te installeren.

In afwachting van de slotenmaker liep Mikael even voor halfnegen naar Dirch Frode. Hij klopte aan. Frodes echtgenote verwees hem naar de tuin aan de achterkant van het huis en bood hem een koud pilsje aan dat Mikael dankbaar accepteerde. Hij wilde weten hoe het met Henrik Vanger was.

Dirch Frode schudde zijn hoofd.

'Ze hebben hem geopereerd. Hij heeft aderverkalking in de kransslagader. De dokter zegt dat het feit dat hij überhaupt nog leeft hoopgevend is, maar dat het de komende tijd kritiek zal zijn.'

Ze zwegen een tijdje onder het genot van hun biertje.

'Heb je met hem gesproken?'

'Nee. Hij is niet in staat om te praten. Hoe is het in Stockholm gegaan?'

'Lisbeth Salander heeft ja gezegd. Hier is het contract van Dragan Armanskij. Jij moet het ondertekenen en het op de bus doen.'

Frode keek de papieren door.

'Ze is niet goedkoop,' constateerde hij.

'Henrik heeft geld.'

Frode knikte, haalde een pen uit zijn borstzak en zette zijn hand-tekening.

'Het is maar het best om het te ondertekenen nu Henrik nog in leven is. Kun jij langs de brievenbus bij de Konsum lopen?'

Mikael vertrok en nadat het nieuwe slot was gemonteerd ging hij al tegen middernacht naar bed, maar hij kon de slaap niet vatten. Tot nu toe had zijn verblijf op het Hedeby-eiland het karakter gehad van naspeuringen rond historische curiosa. Maar als er iemand voldoende geïnteresseerd was in zijn bezigheden om zijn werkkamer binnen te dringen, stond het verhaal wellicht dichter bij het heden dan hij had gedacht.

Mikael bedacht opeens dat er ook anderen waren die geïnteresseerd zouden kunnen zijn in zijn werk. Henrik Vangers plotselinge entree in het bestuur van *Millennium* kon Hans-Erik Wennerström moeilijk zijn ontgaan. Of waren zulke gedachten een teken dat hij bezig was paranoïde te worden?

Mikael kwam uit bed, ging naakt voor het keukenraam staan en keek nadenkend naar de kerk aan de andere kant van de brug. Hij stak een sigaret op.

Hij kreeg geen hoogte van Lisbeth Salander. Ze had een vreemd gedragspatroon, en hield lange pauzes midden in een gesprek. Haar flat was zo rommelig dat het grensde aan chaos; er stond een flinke stapel tassen met oud papier in haar hal en de keuken was al jaren niet schoongemaakt. Haar kleren lagen in stapels op de grond en ze was blijkbaar wakker geworden na een avond in de kroeg. Ze had zuigzoenen in haar hals en had die nacht blijkbaar gezelschap gehad. Ze had verschillende tatoeages en droeg piercings op een paar plaatsen in haar gezicht, en ongetwijfeld ook op plaatsen die hij niet had gezien. Kortom, ze was bijzonder.

Aan de andere kant had Armanskij hem verzekerd dat ze absoluut de beste researcher van het bedrijf was, en haar indringende rapport over hemzelf had onmiskenbaar aangetoond dat ze grondig te werk ging. *Een opmerkelijke meid.*

Lisbeth Salander zat achter haar PowerBook na te denken over haar reactie op Mikael Blomkvists verschijning. Nog nooit eerder in haar volwassen leven had ze iemand binnengelaten die ze niet zelf uitdrukkelijk had uitgenodigd, en die kleine schare was op één hand te tellen. Mikael was ongegeneerd haar leven binnengestapt en ze had alleen maar flauwtjes geprotesteerd.

Dat niet alleen, hij had haar ook voor de gek gehouden. De draak met haar gestoken.

Normaliter zou ze bij dergelijk gedrag mentaal een pistool hebben ontgrendeld. Maar ze had geen spoor van dreiging gevoeld en geen enkele vijandigheid van zijn kant. Hij had reden gehad om haar de huid vol te schelden, hij had zelfs aangifte kunnen doen bij de politie nadat hij had uitgevonden dat ze in zijn computer gezeten had. Maar ook dat had hij als een grap behandeld.

Dat was het gevoeligste deel van hun gesprek geweest. Ze had het gevoel dat Mikael bewust niet op dat gedeelte terugkwam en uiteindelijk had ze zich niet in kunnen houden en had ze gezegd: 'Je zei dat je wist wat ik had gedaan.'

'Je bent een hacker. Je bent in mijn computer geweest.'

'Hoe weet je dat?' Lisbeth was er absoluut zeker van dat ze geen sporen had achtergelaten en dat haar inbreuk niet kon worden ontdekt tenzij een veiligheidsconsultant van het zwaarste kaliber de harddisk zat te scannen net op het moment dat zij in de computer zat.

'Je hebt een fout gemaakt.' Hij had verklaard hoe ze een versie van een tekst had geciteerd die uitsluitend in zijn computer zat en nergens anders.

Lisbeth Salander zweeg geruime tijd. Uiteindelijk had ze hem met uitdrukkingsloze ogen aangekeken.

'Hoe heb je dat voor elkaar gekregen?' vroeg hij.

'Mijn geheim. Wat ga je hiermee doen?'

Mikael haalde zijn schouders op.

'Wat kan ik doen? Ik zou een gesprek met je kunnen voeren over ethiek en moraal, en het risico van het graven in andermans privéleven.'

'Dat is wat jij als journalist ook doet.'

Hij knikte.

'Ja. En daarom hebben wij journalisten een ethische commissie die de morele aspecten in de gaten houdt. Als ik een tekst schrijf over een smeerlap in het bankwezen, dan laat ik bijvoorbeeld zijn of haar seksleven buiten beschouwing. Ik schrijf niet dat een chequevervalser lesbisch is of geilt op seks met zijn of haar hond of iets dergelijks, ook al zou dat zo zijn. Ook smeerlappen hebben recht op een privéleven, en het is heel gemakkelijk om mensen te beschadigen door hun levensstijl aan te vallen. Begrijp je wat ik bedoel?'

'Ja.'

'Je hebt dus inbreuk gemaakt op mijn integriteit. Mijn werkgever hoeft niet te weten met wie ik seks heb. Dat is mijn zaak.'

Lisbeth Salanders gezicht werd gespleten door een scheef lachje.

'Je vindt dat ik dat niet had moeten noemen.'

'In mijn geval maakte het niet uit. De halve stad weet van mijn verhouding met Erika. Maar het gaat om het principe.'

'In dat geval is het misschien aardig voor je om te weten dat ik ook principes heb die overeenkomen met die ethische commissie van jou. Ik noem dat het 'Salander-principe'. Ik vind dat een smeerlap altijd een smeerlap is en als ik diegene kan beschadigen door shit over hem of haar naar boven te halen, dan is dat zijn of haar verdiende loon. Ik betaal met gelijke munt terug.'

'Oké,' lachte Mikael Blomkvist. 'Ik redeneer niet zoveel anders dan jij, maar ...'

'Maar het is ook zo dat als ik een PO maak, ik ook kijk naar wat ik van diegene vind. Ik ben niet neutraal. Als het me een goed mens lijkt, kan ik mijn rapport afzwakken.'

'Echt waar?'

'In jouw geval heb ik het getemperd. Ik had een boek over je seksleven kunnen schrijven. Ik had Frode kunnen vertellen dat Erika Berger een verleden heeft in de Club Xtreme en in de jaren tachtig plezier beleefde aan BDSM, wat onmiskenbaar bepaalde, onvermijdelijke associaties met zich mee had gebracht bij de gedachte aan jullie seksleven.'

Mikael Blomkvist keek Lisbeth Salander aan. Na een tijdje had hij naar buiten gekeken en gelachen.

'Je bent echt heel zorgvuldig. Waarom heb je dat niet in het rapport opgenomen?'

'Erika Berger en jij zijn volwassen mensen die elkaar blijkbaar graag mogen. Wat jullie in bed doen, gaat niemand wat aan en het enige wat ik kon bereiken door over haar te vertellen was jullie te schaden of iemand te voorzien van materiaal voor afpersing. Wie weet, ik ken Dirch Frode niet en het materiaal had bij Wennerström kunnen belanden.'

'En je wilt Wennerström niet voorzien van informatie?'

'Als ik partij moet kiezen in jullie strijd, zou ik jouw zijde kiezen.'

'Erika en ik hebben een ... Onze relatie is ...'

'Het maakt mij geen reet uit wat voor relatie jullie hebben. Maar je hebt geen antwoord gegeven op de vraag wat je gaat doen met je kennis over het feit dat ik in jouw computer gezeten heb.'

Zijn pauze was haast net zo lang als de hare.

'Lisbeth, ik ben hier niet gekomen om ruzie met je te maken. Ik ben niet van plan je af te persen. Ik ben hier om je hulp te vragen bij een onderzoek waarmee ik bezig ben. Je kunt ja of nee zeggen. Als je nee zegt, ga ik weg en zoek ik iemand anders, en zul je nooit meer wat van me horen.' Hij dacht even na en glimlachte naar haar. 'Als ik je tenminste niet weer in mijn computer betrap.'

'En dat houdt in?'

'Je weet heel veel over mij, een deel daarvan is persoonlijk. Maar de schade is al aangebracht. Ik hoop alleen dat je je kennis over mij niet gebruikt om Erika Berger of mij te schaden.'

Ze had hem met een lege blik aangekeken.

19
DONDERDAG 19 JUNI – ZONDAG 29 JUNI

Mikael bracht twee dagen door met het doornemen van zijn materiaal terwijl hij wachtte op bericht of, en in welke toestand, Henrik Vanger het zou overleven of niet. Hij hield nauw contact met Dirch Frode. Op donderdagavond kwam Frode naar zijn gastenverblijf en liet hij weten dat de crisis voor dit moment bezworen leek.

'Hij is zwak, maar ik mocht vandaag even met hem praten. Hij wil jou zo snel mogelijk zien.'

Mikael reed daarom tegen enen de dag voor midzomer naar het ziekenhuis van Hedestad en zocht de afdeling waar Henrik Vanger verpleegd werd. Hij ontmoette een geïrriteerde Birger Vanger, die hem de weg versperde en autoritair verklaarde dat Henrik Vanger onmogelijk bezoek kon ontvangen. Mikael keek de wethouder rustig aan.

'Dat is vreemd. Henrik Vanger heeft uitdrukkelijk laten weten dat hij mij vandaag wil zien.'

'Je behoort niet tot de familie en hebt hier niets te zoeken.'

'Je hebt gelijk dat ik niet bij de familie hoor. Maar ik handel in rechtstreekse opdracht van Henrik Vanger en ik accepteer uitsluitend bevelen van zijn kant.'

Er had een heftige woordenwisseling kunnen ontstaan als Dirch Frode niet net op dat moment uit Henriks kamer was gekomen. 'Ah, daar ben je. Henrik vroeg net naar je.'

Frode hield de deur open en Mikael liep langs Birger Vanger de kamer in.

Henrik Vanger leek de afgelopen week tien jaar ouder te zijn geworden. Hij lag met halfgesloten ogen, er zat een zuurstofslangetje in zijn neus en zijn haar was meer in de war dan ooit. Een verpleegster hield Mikael tegen door een hand op zijn arm te leggen.

'Twee minuten. Niet meer. En wind hem niet op.' Mikael knikte en ging op een bezoekersstoel zitten, zodat hij Henriks gezicht kon zien. Hij voelde een tederheid die hem verraste, hij stak zijn hand uit en drukte voorzichtig de slappe hand van de oude man. Henrik Vanger sprak hortend en met zwakke stem.

'Nieuws?'

Mikael knikte.

'Ik zal je rapporteren zo gauw je wat beter bent. Ik heb het raadsel nog niet opgelost, maar ik heb nieuw materiaal gevonden en ben bezig een aantal sporen te volgen. Over een week of twee kan ik zeggen of dat ergens toe leidt.'

Henrik Vanger probeerde te knikken. Het werd meer een knipoog als teken dat hij het had begrepen.

'Ik moet een paar dagen weg.'

Henrik Vangers ogen knepen samen.

'Nee, ik verlaat het schip niet. Ik moet wat research doen. Ik heb afgesproken met Dirch Frode dat ik aan hem verslag uitbreng. Is dat goed wat jou betreft?'

'Dirch is ... mijn vertegenwoordiger ... in alle opzichten.'

Mikael knikte.

'Mikael ... als ik het ... niet red ... wil ik dat je het werk ... in elk geval afmaakt.'

'Ik beloof dat ik het karwei afmaak.'

'Dirch heeft alle ... volmachten.'

'Henrik, ik wil dat jij weer beter wordt. Ik zou heel boos worden als je ertussenuit piepte net nu ik zo ver gekomen ben in mijn werk.'

'Twee minuten,' zei de verpleegster.

'Ik moet nu gaan. De volgende keer dat ik langskom, wil ik een lang gesprek met je hebben.'

Birger Vanger stond Mikael op te wachten toen hij de gang in kwam en hield hem staande door zijn hand op zijn schouder te leggen.

'Ik wil niet dat je Henrik nog verder lastigvalt. Hij is ernstig ziek en mag op geen enkele wijze overstuur raken.'

'Ik begrijp je ongerustheid en ik ben het met je eens. Ik zal hem niet van streek maken.'

'Iedereen begrijpt dat Henrik je heeft aangenomen om in die hobby van hem te roeren ... Harriët. Dirch Frode zei dat Henrik erg opgewonden was geraakt tijdens een gesprek dat jullie hadden gehad voordat hij die hartaanval kreeg. Hij zei dat jij meende dat jij dat infarct veroorzaakt had.'

'Dat geloof ik niet meer. Henrik Vanger had een ernstige vorm van aderverkalking. Hij had ook een hartaanval kunnen krijgen van een toiletbezoek. Dat weet je zelf ook wel.'

'Ik wil volledig inzicht hebben in die onzin. Je zit wel in mijn familie te wroeten.'

'Zoals gezegd ... ik werk voor Henrik. Niet voor de familie.'

Birger Vanger was blijkbaar niet gewend aan tegenspraak. Hij staarde Mikael even aan met een blik die vermoedelijk bedoeld was om respect af te dwingen, maar die hem meer op een opgeblazen eland deed lijken. Birger Vanger keerde zich om en liep Henriks kamer binnen.

Mikael kreeg de impuls om te lachen, maar hij beheerste zich. Het was niet gepast om te lachen in de gang voor Henriks ziekbed, dat ook zijn sterfbed kon zijn. Mikael moest plotseling denken aan een strofe uit Lennart Hylands ironische ABC-boek, dat ergens in de jaren zestig door luisteraars werd samengesteld voor een liefdadigheidsinzameling van de radiozenders, en dat hem op de een of andere manier was bijgebleven toen hij had leren lezen en schrijven. Het was de letter E. *De Eland liep vrolijk los in een kapotgeschoten bos.*

Bij de ingang van het ziekenhuis kwam Mikael Cecilia Vanger tegen. Hij had al diverse keren haar mobiel gebeld sinds ze terug was gekomen van haar onderbroken vakantie, maar ze had niet opgenomen. Ze was evenmin in haar woning op het eiland geweest de keren dat hij daar had aangeklopt.

'Hoi, Cecilia,' zei hij. 'Het spijt me van Henrik.'

'Bedankt,' antwoordde ze knikkend.

Mikael probeerde haar gevoelens te lezen, maar hij ervoer warmte noch koelte.

'We moeten praten,' zei hij.

'Het spijt me dat ik je op deze manier buitengesloten heb. Ik begrijp dat je boos bent, maar ik weet momenteel niet goed wat ik met mezelf aan moet.'

Mikael stond met zijn ogen te knipperen voordat hij inzag waar ze op doelde. Hij legde snel een hand op haar arm en glimlachte.

'Wacht, je begrijpt me verkeerd, Cecilia. Ik ben absoluut niet boos op je. Ik hoop dat we nog steeds vrienden kunnen zijn, maar als je me niet wilt zien ... Als dat jouw beslissing is, dan heb ik daar respect voor.'

'Ik ben niet zo goed in relaties,' zei ze.

'Ik ook niet. Zullen we een kop koffie drinken?' Hij knikte naar de cafetaria van het ziekenhuis.

Cecilia Vanger aarzelde. 'Nee, vandaag niet. Ik wil nu naar Henrik.'

'Oké, maar ik moet nog steeds met je praten. Puur beroepsmatig.'

'Hoe bedoel je?' Ze was plotseling alert.

'Weet je nog die keer dat we elkaar voor het eerst zagen, toen jij in januari naar het gastenverblijf kwam? Ik zei toen dat waar we over spraken off the record was, en dat als ik je echt vragen zou moeten stellen, ik een seintje zou geven. Het gaat over Harriët.'

Cecilia Vangers gezicht vlamde plotseling op van woede.

'Wat ben jij een rát!'

'Cecilia, ik heb dingen gevonden waar ik gewoon met je over wil praten.'

Ze deed een stap achteruit.

'Begrijp je niet dat die hele verdomde jacht op die stomme Harriët bezigheidstherapie voor Henrik is? Begrijp je niet dat hij daarboven misschien dood ligt te gaan, en dat hij echt niet ligt te wachten op dingen waar hij overstuur van raakt en die hem valse hoop geven, en ...'

Ze zweeg.

'Het is dan misschien een hobby voor Henrik, maar ik heb wel meer nieuw materiaal gevonden dan wat er de laatste vijfendertig jaar of zo is opgegraven. Er zijn onbeantwoorde vragen in het onderzoek en ik werk in opdracht van Henrik.'

'Als Henrik sterft, houdt dat onderzoek heel snel op. En dan vliegt jij er als eerste uit,' zei Cecilia Vanger, terwijl ze langs hem heen liep.

Alles was dicht. Hedestad was haast uitgestorven en de bevolking leek haar vertier te hebben gezocht rond meibomen bij zomerhuisjes. Uiteindelijk belandde Mikael op het terras van het Stadshotel, dat open was en waar hij koffie en een broodje kon bestellen en de avondkranten kon lezen. Er was niets belangrijks gebeurd in de wereld.

Hij legde de kranten weg en dacht na over Cecilia Vanger. Hij had niet aan Henrik en evenmin aan Dirch Frode verteld over zijn vermoeden dat zij degene was die het raam in Harriëts kamer had opengedaan. Hij was bang dat hij haar daardoor verdacht zou maken en het laatste wat hij wilde was haar schade toebrengen. Maar de vraag moest vroeg of laat worden gesteld.

Hij bleef nog een uurtje op het terras zitten voordat hij besloot om het hele probleem terzijde te schuiven en de dag voor midzomer te besteden aan iets anders dan de familie Vanger. Zijn mobiel zweeg. Erika was afwezig en vermaakte zich ergens met haar man, en hij had niemand om mee te praten.

's Middags tegen vieren keerde hij terug naar het eiland en nam hij nóg een beslissing. Hij zou stoppen met roken. Hij had regelmatig getraind sinds hij in dienst was geweest, zowel op de sportschool als door langs Söder Mälarstrand te joggen, maar hij was daar helemaal mee gestopt toen de problemen met Hans-Erik Wennerström begonnen. Pas in Rullåker was hij weer begonnen met gewichtheffen, voornamelijk als therapie, maar sinds zijn vrijlating had hij niet veel meer gedaan. Het was tijd om weer te beginnen. Hij trok resoluut zijn joggingpak aan en maakte een sloom rondje over de weg naar het huisje van Gottfried, boog af naar het Fort en ging verder over zwaarder terrein. Hij had niet meer aan oriëntatielopen gedaan sinds hij in dienst zat, maar hij had het altijd leuker gevonden om door het bos te rennen dan over vlakke joggingpaden. Hij volgde de afrastering bij Östergården terug naar het dorp. Hij voelde zich helemaal geradbraakt toen hij buiten adem de laatste stappen naar het gastenverblijf zette.

Om zes uur had hij gedoucht. Hij kookte aardappels en zette haring in mosterdsaus met bieslook en eieren op een wankel tafeltje buiten, aan de kant van de brug. Hij schonk een borrel in en proostte met zichzelf. Daarna begon hij in *The Mermaids Singing* van Val McDermid.

Tegen zevenen kwam Dirch Frode naar hem toe. Hij nam vermoeid plaats in de tuinstoel tegenover hem. Mikael schonk wat Skåne-aquavit voor hem in.

'Je hebt een hoop gevoelens losgemaakt vandaag,' zei Frode.

'Dat heb ik begrepen.'

'Birger Vanger is een blaaskaak.'

'Ik weet het.'

'Maar Cecilia Vanger is geen blaaskaak en die is woest op je.'

Mikael knikte.

'Ze heeft mij geïnstrueerd ervoor te zorgen dat je je neus niet langer in de familieaangelegenheden steekt.'

'Ik begrijp het. En wat heb je gezegd?'

Dirch Frode keek naar het glas met de aquavit en sloeg de borrel plotseling in één keer achterover.

'Mijn antwoord was dat Henrik zeer duidelijke instructies heeft gegeven wat hij wil dat je doet. Zolang hij deze instructies niet wijzigt, ben je aangenomen volgens het contract dat wij hebben opgesteld. Ik verwacht dat je je best doet om je aan jouw deel van het contract te houden.'

Mikael knikte. Hij keek naar de lucht, waar zich regenwolken verzameld hadden.

'Er komt onweer,' zei Frode. 'Als het erg hard gaat waaien, zal ik je ondersteunen.'

'Bedankt.'

Ze zwegen even.

'Mag ik nog een borrel?' vroeg Dirch Frode.

Slechts een paar minuten nadat Dirch Frode naar huis was vertrokken, kwam Martin Vanger aanrijden. Hij parkeerde zijn auto langs de weg voor het huisje. Hij kwam naar Mikael toe en groette. Mikael wenste hem 'Vrolijk midzomer' en vroeg of hij een borrel wilde.

'Nee, het is beter dat ik dat niet doe. Ik ben alleen even hier om andere kleren aan te trekken en dan ga ik terug naar de stad om de avond met Eva door te brengen.'

Mikael wachtte af.

'Ik heb met Cecilia gesproken. Ze is momenteel wat overstuur ... Zij en Henrik zijn erg close. Ik hoop dat je haar kunt vergeven als ze iets ... onaardigs zegt.'

'Ik mag Cecilia erg graag,' antwoordde Mikael.

'Dat begrijp ik. Maar ze kan lastig zijn. Ik wil alleen maar dat je weet dat ze er faliekant tegen is dat je in het verleden zit te graven.'

Mikael zuchtte. Iedereen in Hedestad scheen te begrijpen waarom Henrik hem had aangenomen.

'Wat vind jij?'

Martin Vanger sloeg zijn handen uiteen.

'Dat met Harriët was decennialang een bezetenheid van Henrik. Ik weet het niet ... Harriët was mijn zus, maar op de een of andere manier staat het zo ver van me af. Dirch Frode zei dat je een waterdicht contract hebt dat alleen Henrik zelf kan verbreken, en ik ben bang dat dat in zijn huidige toestand meer schade dan nut zou opleveren.'

'Dus je wilt dat ik doorga?'

'Heb je al iets gevonden?'

'Het spijt me, Martin, maar het zou contractbreuk zijn als ik je iets zou vertellen zonder toestemming van Henrik.'

'Ik snap het.' Hij lachte plotseling. 'Henrik denkt zeker dat er een complot achter zit. Maar ik wil vooral niet dat je hem valse hoop geeft.'

'Ik beloof je dat ik dat niet zal doen. Het enige wat ik hem geef, zijn feiten die ik kan documenteren.'

'Mooi ... Trouwens, nu we het er toch over hebben, er is ook een heel ander contract om over na te denken. Omdat Henrik ziek is en zijn verplichtingen in het bestuur van *Millennium* niet kan nakomen, is het mijn taak om voor hem in de plaats te treden.'

Mikael wachtte af.

'We moeten maar een bestuursvergadering houden en de situatie bekijken.'

'Dat is een goed idee. Maar voor zover ik weet is al besloten dat de volgende bestuursvergadering pas in augustus plaatsvindt.'

'Dat weet ik, maar misschien moeten we hem wat vervroegen.'

Mikael glimlachte beleefd.

'Dat is mogelijk, maar dan spreek je met de verkeerde persoon. Momenteel zit ik niet in het bestuur van *Millennium*. Ik heb het blad in december verlaten en heb geen invloed op wat het bestuur beslist. Ik stel voor dat je daarvoor contact opneemt met Erika Berger.'

Martin Vanger had dat antwoord niet verwacht. Hij dacht even na en stond op.

'Je hebt natuurlijk gelijk. Ik zal met haar gaan praten.' Hij gaf Mikael een klap op zijn schouder als afscheid en verdween naar zijn auto.

Mikael keek hem nadenkend na. Er was niets concreets gezegd, maar de dreiging hing duidelijk in de lucht. Martin Vanger had *Millennium* in de waagschaal gesteld. Na een tijdje schonk Mikael zichzelf een nieuwe borrel in en pakte hij Val McDermid weer op.

Rond negen uur kwam de bruingevlekte kat langs en streek langs zijn been. Hij tilde haar op en krabde haar achter haar oren.

'Dan vervelen we ons allebei met midzomer,' zei hij.

Toen er een paar spatjes regen vielen liep hij naar binnen en vervolgens ging hij naar bed. De kat wilde buiten blijven.

Lisbeth Salander haalde haar Kawasaki de dag voor midzomer tevoorschijn en besteedde de dag aan een grondige inspectiebeurt. Een lichtgewicht motor van 125 cc was misschien niet de stoerste motorfiets ter wereld, maar hij was van haar en ze kon erop rijden. Ze had hem eigenhandig moertje voor moertje gerenoveerd, en ze had hem iets boven de wettelijke grens opgevoerd.

Aan het eind van de middag zette ze haar helm op, trok ze haar leren motorpak aan en reed ze naar het verpleeghuis van Äppelvik, waar ze de avond met haar moeder doorbracht in het park. Ze voelde een steek van ongerustheid en had een slecht geweten. Haar moeder leek afweziger dan ooit. In de drie uur die ze samen doorbrachten, wisselden ze maar een paar woorden en bij die gelegenheden leek haar moeder niet te weten met wie ze sprak.

Mikael probeerde een paar dagen lang de AC-geregistreerde auto te identificeren. Na diverse hoofdbrekens en door uiteindelijk een gepensioneerde automonteur in Hedestad te raadplegen, kon hij constateren dat de auto van het merk Ford Anglia was, een model waarvan er dertien in een dozijn gingen, en waar hij nooit van gehoord had. Daarna nam hij contact op met een ambtenaar bij de Zweedse Rijksdienst voor het Wegverkeer en onderzocht hij de mogelijkheid om een lijst te krijgen van alle Ford Anglia's die in 1966 het kenteken AC3-nog-wat hadden gehad. Na nog enkele naspeuringen kwam het antwoord dat een dergelijke archeologische opgraving in het bestand vermoedelijk wel kon plaatsvinden, maar dat dat tijd kostte en een beetje buiten het openbaarheidsprincipe lag.

Pas een paar dagen na midzomer nam Mikael plaats in zijn geleende Volvo en reed hij over de E4 naar het noorden. Hij had nooit van hard rijden gehouden en bestuurde de auto in een matig tempo. Vlak voor de brug bij Härnösand stopte hij en dronk hij koffie bij Vesterlunds *konditori*.

De volgende stop was Umeå, waar hij naar het motorhotel reed en de dagschotel bestelde. Hij kocht een wegenkaart en vervolgde zijn weg naar Skellefteå, waar hij naar links afboog naar Norsjö. Hij kwam om zes uur 's avonds aan en checkte in bij Hotel Norsjö.

De volgende morgen begon hij vroeg met zijn zoektocht. De timmerfabriek Norsjö Snickerifabrik stond niet in de telefoongids. De receptioniste van het hotel, een meisje van in de twintig, had nog nooit van het bedrijf gehoord.

'Aan wie zou ik het kunnen vragen?'

De receptioniste leek even in verwarring gebracht, maar begon toen te stralen en zei dat ze haar vader zou bellen. Twee minuten later kwam ze terug en vertelde ze dat de timmerfabriek begin jaren tachtig opgedoekt was. Als Mikael met iemand wilde praten die meer over het bedrijf wist, moest hij zich richten tot een zekere Burman, die daar voorman was geweest en die nu in een straat woonde die Solvändan heette.

Norsjö was een kleine plaats met een hoofdstraat die heel toepasselijk de Storgatan, grote straat, heette en die door het hele dorp liep; hij was omzoomd met winkels en zijstraten met woonhuizen. Bij de oostelijke invalsweg bevonden zich een klein industriegebied en een manege; bij de uitvalsweg naar het westen lag een ongewoon mooie houten kerk. Mikael merkte op dat er in het dorp tevens een Missiekerk en een Pinksterkerk waren. Een affiche op een mededelingenbord bij het busstation maakte reclame voor zowel een Jacht- als een Langlaufmuseum. Een achtergebleven poster meldde dat VERONIKA op het feestterrein had gezongen tijdens midzomer. Hij kon in iets meer dan twintig minuten van het ene uiteinde van het dorp naar het andere lopen.

Solvändan bestond uit vrijstaande huizen en lag ongeveer vijf minuten van het hotel. Burman deed niet open toen Mikael aanbelde. Het was halftien en hij vermoedde dat de persoon die hij zocht naar zijn werk was of, als hij met pensioen was, even een boodschap deed.

De volgende stop was de ijzerwinkel aan de Storgatan. Als je in Norsjö woont kom je vroeg of laat bij de ijzerwinkel, was Mikaels redenering. Er stonden twee verkopers in de winkel; Mikael koos degene uit die vermoedelijk de oudste was, de vijftig gepasseerd.

'Hallo, ik zoek een stel dat in de jaren zestig waarschijnlijk hier in Norsjö woonde. De man werkte waarschijnlijk bij de timmerfabriek. Ik weet niet hoe ze heten, maar ik heb twee foto's die in 1966 gemaakt zijn.'

De verkoper bekeek de foto's langdurig maar schudde uiteindelijk zijn hoofd en verklaarde dat hij de man en de vrouw geen van beiden herkende.

Tegen lunchtijd at Mikael een broodje bal bij een kraam bij het busstation. Hij had de winkels opgegeven en was bij het gemeentekantoor, de bibliotheek en de apotheek geweest. Het politiebureau was onbemand en hij sprak nu gewoon maar oudere mensen aan. Rond twee uur vroeg hij het twee jongere vrouwen. Ze kenden weliswaar het paar op de foto niet, maar hadden wel een goed idee.

'Als die foto in 1966 gemaakt is, moeten die mensen nu in de zestig zijn. Waarom ga je niet naar de serviceflat op Solbacka en vraag je het de gepensioneerden daar?'

Mikael stelde zich bij de receptie van de serviceflat voor aan een vrouw van in de dertig en legde uit wat hij kwam doen. Ze keek hem wantrouwig aan, maar liet zich ten slotte overhalen. Mikael mocht meelopen naar de conversatiezaal, waar hij gedurende een halfuur de foto's liet zien aan een groot aantal mensen variërend in leeftijd van zeventig jaar en ouder. Ze waren zeer behulpzaam, maar geen van hen kon de personen identificeren die in 1966 in Hedestad waren gefotografeerd.

Tegen vijven keerde hij weer terug naar Solvändan en belde hij nogmaals bij Burman aan. Deze keer had hij meer geluk. De Burmans, meneer en mevrouw, waren gepensioneerd en waren die dag op stap geweest. Hij werd in de keuken genodigd, waar de vrouw onmiddellijk koffie ging zetten, terwijl Mikael vertelde waar hij voor kwam. Net als alle andere pogingen die dag leidde ook dit bezoek niet tot een resultaat. Burman krabde op zijn hoofd, stak een pijp op en constateerde na een tijdje dat hij de personen op de foto niet kende. Het paar sprak onderling een sterk dialect en Mikael had af en toe moeite om te begrijpen wat ze zeiden. De vrouw bedoelde 'krullend haar' toen ze zei dat de vrouw op de foto 'kroesheur' had.

'Maar je hebt helemaal gelijk dat het een sticker van de timmerfabriek is,' zei de man. 'Wat knap dat je dat gezien hebt. Het probleem is alleen dat we die stickers te pas en te onpas uitdeelden. Vrachtrijders, mensen die hout kochten of leverden, reparateurs, machinisten en vele anderen.'

'Het is lastiger dan ik dacht om dat paar te vinden.'

'Waarom wil je ze vinden?'

Mikael had besloten de waarheid te zeggen als mensen het zouden vragen. Elke poging om een verhaal over die mensen op de foto te verzinnen zou alleen maar onwaarschijnlijk klinken en verwarring stichten.

'Het is een lang verhaal. Ik doe onderzoek naar een misdrijf dat in 1966 in Hedestad is gepleegd en ik denk dat er een mogelijkheid is, zij het microscopisch klein, dat die mensen op de foto gezien kunnen hebben wat er gebeurd is. Ze zijn op geen enkele manier verdacht en ik denk niet eens dat ze zelf weten dat ze wellicht over informatie beschikken die dit misdrijf kan oplossen.'

'Een misdrijf? Wat voor soort misdrijf?'

'Het spijt me, maar meer dan dat kan ik niet zeggen. Ik begrijp dat het erg vaag klinkt dat iemand na bijna veertig jaar langskomt en probeert die mensen te vinden, maar de zaak is nog steeds niet opgelost en er zijn pas de laatste tijd weer nieuwe feiten aan het licht gekomen.'

'Ik begrijp het. Ja, het is een zeer ongebruikelijke aangelegenheid.'

'Hoeveel mensen werkten er bij de timmerfabriek?'

'Normaliter waren we met veertig man. Ik werkte daar vanaf mijn zeventiende, halverwege de jaren vijftig, tot de fabriek gesloten werd. Toen ben ik vrachtrijder geworden.'

Burman dacht een tijdje na.

'Ik weet zeker dat ik op de fabriek nooit met die jongen op de foto heb gewerkt. Het is mogelijk dat hij vrachtrijder was, maar ik denk dat ik hem dan wel zou herkennen. Er is natuurlijk nog een andere mogelijkheid. Het kan zo zijn dat zijn vader of een ander familielid bij de fabriek werkte en dat het dus niet zijn eigen auto was.'

Mikael knikte.

'Ik begrijp dat er diverse mogelijkheden zijn. Hebt u een voorstel met wie ik zou kunnen gaan praten?'

'Jawel,' zei Burman knikkend. 'Kom morgenochtend langs dan gaan we een stukje rijden en met een paar luitjes praten.'

Lisbeth Salander stond voor een vrij belangrijk methodologisch probleem. Ze was expert in het opvragen van informatie over wie dan ook, maar haar uitgangspunt was altijd een naam en een persoonsnummer van een persoon uit de huidige tijd geweest. Als die persoon in een computerbestand voorkwam, wat bij alle mensen beslist het geval was, belandde het object snel in haar spinnenweb. Als die persoon een computer met internetaansluiting, een e-mailadres en misschien zelfs een eigen website had, waarover bijna alle personen die ze tot nu toe had onderzocht hadden beschikt, dan kon ze achter hun diepste geheimen komen.

Het werk dat ze voor Mikael Blomkvist zou doen, was van een heel ander kaliber. Nu ging de opdracht, simpel gezegd, om het identificeren van vier persoonsnummers vanuit een zeer vaag uitgangspunt. Bovendien leefden deze personen een aantal decennia geleden. Daardoor kwamen ze vermoedelijk in geen enkel databestand voor.

Mikaels these, gebaseerd op de zaak-Rebecka Jacobsson, was dat deze personen het slachtoffer waren geworden van moord. Ze zouden dus te vinden moeten zijn in diverse onopgehelderde politieonderzoeken. Er was geen enkele aanwijzing wannéér of wáár deze moorden hadden plaatsgevonden, behalve dat het voor 1966 moest zijn geweest. Uit research-oogpunt was dit een geheel nieuwe situatie.

Tja, hoe zal ik dit aanpakken?

Ze zette haar computer aan en ging naar de zoekmachine www.google.com en typte de zoekwoorden 'Magda' + 'moord'. Dat was de eenvoudigste vorm van research die ze überhaupt kon uitvoeren. Tot haar verbazing kreeg ze onmiddellijk een doorbraak in haar speurwerk. De eerste treffer was het programmaoverzicht van *TV Värmland* in Karlstad, dat een aflevering aankondigde uit de serie *Värmlandse moorden*, die in 1999 was uitgezonden. Daarna vond ze een kort stukje in het *Värmlands Folkblad*.

In de serie *Värmlandse moorden* is het nu de beurt aan Magda Lovisa Sjöberg uit Ranmoträsk, een afschuwwekkend moord-raadsel dat de politie van Karlstad een paar decennia geleden heeft beziggehouden. In april 1960 werd de zesenveertigjarige boerin Lovisa Sjöberg in de stal van de boerderij gevonden, ze was op brute wijze vermoord. Verslaggever Claes Gunnars geeft een beeld van de laatste uren dat ze in leven was en de vruchte-loze jacht op de moordenaar. De moord zorgde in die tijd voor veel ophef en er zijn diverse theorieën over wie er schuldig was naar voren gebracht. In het programma komt een jonger fami-lielid aan het woord dat vertelt hoe zijn leven werd verwoest door de beschuldiging.
20.00 uur.

Meer nuttige informatie vond ze in het artikel ZAAK-LOVISA SCHOKT HEEL DORP, dat was verschenen in het tijdschrift *Värmlandskultur*, en waarvan de tekst naderhand in zijn geheel op internet was gepubliceerd. Met duidelijk enthousiasme en op onderhoudende en sappige toon werd verteld hoe Lovisa Sjöbergs echtgenoot, de houthakker Holger Sjöberg, zijn vrouw dood had aangetroffen toen hij tegen vijven thuis was gekomen van zijn werk. Ze was sek-sueel misbruikt, met messteken verwond en was uiteindelijk ver-moord door steken met een hooivork. De moord was gepleegd in de schuur van de boerderij, maar wat het opvallendste was, was dat de moordenaar haar tot slot knielend had vastgebonden in een paardenbox.

Later ontdekte men dat een van de dieren op de boerderij, een koe, verwond was met een messteek aan de zijkant van haar hals.

De echtgenoot werd in eerste instantie verdacht van de moord, maar kon een waterdicht alibi presenteren. Hij had zich vanaf zes uur 's ochtends in gezelschap van zijn collega's op een kaalslag 40 kilometer van zijn huis bevonden. Lovisa Sjöberg was bovendien om tien uur 's ochtends nog in leven geweest, toen had ze bezoek gehad van een buurvrouw. Niemand had iets gezien of gehoord; de boerderij lag bijna 400 meter van het dichtstbijzijnde huis vandaan.

Nadat de echtgenoot als hoofdverdachte was geschrapt, richtte het politieonderzoek zich op de drieëntwintigjarige zoon van de broer van de vermoorde vrouw. De jongeman was al meerdere malen in aanraking gekomen met justitie, had altijd geldgebrek en had diverse keren kleine bedragen geleend van zijn tante. Het alibi van de jongen was aanzienlijk zwakker en hij zat een tijdje vast voordat hij werd vrijgelaten wegens gebrek aan bewijs, zoals dat heette. Veel mensen in het dorp meenden desondanks dat hij hoogstwaarschijnlijk de schuldige was.

De politie had ook een reeks andere sporen gevolgd. Een groot deel van de naspeuringen had betrekking op een raadselachtige marskramer die in de streek was gesignaleerd, evenals het gerucht dat een groep 'stelende zigeuners' op rooftocht was geweest. Waarom zij in dat geval een wrede, seksueel getinte moord hadden gepleegd zonder iets te stelen, werd niet duidelijk.

Een tijdje was de interesse gericht geweest op een buurman, een vrijgezel die in zijn jeugd verdacht was geweest van een vermeend homoseksueel vergrijp – dat was in de tijd dat homoseksualiteit nog strafbaar was. Volgens diverse uitspraken stond hij bekend als 'vreemd'. Waarom een eventueel homoseksuele man een seksueel misdrijf zou plegen met een vrouw was ook niet uitgezocht. Geen van deze of andere sporen had ooit tot een aanhouding of een veroordeling geleid.

Lisbeth Salander zag dat de link naar de lijst in Harriët Vangers agenda duidelijk was. De tekst uit Leviticus 20 vers 16 luidde: *Een vrouw die tot enig dier nadert, opdat het met haar gemeenschap hebbe – de vrouw en het dier zult gij doden, zij zullen zeker ter dood gebracht worden, hun bloedschuld is op hen.* Het kon geen toeval zijn dat een boerin met de naam Magda vermoord gevonden was in een stal en met haar lichaam vastgebonden in een paardenbox.

De vraag die oprees was waarom Harriët Vanger de naam Magda had genoteerd in plaats van Lovisa, wat blijkbaar haar roepnaam was. Als die volledige naam niet in de aankondiging van het tv-programma had gestaan, had Lisbeth haar nooit gevonden.

En uiteraard was de belangrijkste vraag van allemaal: was er een verband tussen de moord op Rebecka in 1949, de moord op Magda Lovisa in 1960 en de verdwijning van Harriët Vanger in 1966? En hoe was Harriët Vanger daar in hemelsnaam achter gekomen?

Burman nam Mikael mee op een troosteloze zaterdagwandeling door Norsjö. 's Ochtends bezochten ze de vijf voormalige werknemers die op loopafstand woonden. Drie ervan woonden in het centrum van Norsjö, twee in Sörbyn, aan de buitenkant van het dorp. Ze kregen overal koffie aangeboden. Allemaal bestudeerden ze de foto's en schudden ze hun hoofd.

Na een eenvoudige lunch bij het echtpaar Burman thuis namen ze de auto voor een rondrit. Ze bezochten vier dorpen rond Norsjö waar ook voormalige werknemers van de timmerfabriek woonden. Bij elke stop werd Burman met warmte begroet, maar niemand kon hen helpen. Mikael begon de moed op te geven en vroeg zich af of de hele reis naar Norsjö voor niets was geweest.

Rond vier uur 's middags parkeerde Burman voor een rode, voor de streek typerende boerderij in Norsjövallen, even ten noorden van Norsjö en stelde hij Mikael voor aan Henning Forsman, gepensioneerd meestertimmerman.

'Ja, dat is die knaap van Assar Brännlund,' zei Henning Forsman op hetzelfde moment dat Mikael de foto liet zien. *Bingo*.

'O, ja, is dat Assars knul?' vroeg Burman. En tegen Mikael zei hij: 'Die was opkoper.'

'Waar kan ik hem te pakken krijgen?'

'Dat jong? Ja, dan moet je graven. Hij heette Gunnar en werkte bij Boliden. Hij is halverwege de jaren zeventig omgekomen bij een ongeval met explosieven.' *Shit*.

'Maar zijn vrouw leeft nog steeds. Die vrouw van de foto. Ze heet Mildred en woont in Bjursele.'

'Bjursele?'

'Ruim 10 kilometer in de richting van Bastuträsk. Ze woont in het derde huis aan de rechterkant als je het dorp binnenkomt; het is een langwerpig rood huis. Ik ken de familie vrij goed.'

'Dag. Mijn naam is Lisbeth Salander en ik ben bezig met een proefschrift criminologie over geweld tegen vrouwen in de twintigste eeuw. Ik zou het politiedistrict in Landskrona willen bezoeken om documenten door te lezen over een zaak uit 1957. Dat betreft een moord op een vijfenveertigjarige vrouw genaamd Rakel Linde. Hebt u enig idee waar die documenten zich momenteel zouden kunnen bevinden?'

Bjursele was bij uitstek een reclameposter voor het landschap van Västerbotten. Het dorp bestond uit een twintigtal huizen, relatief dicht op elkaar, in een halve cirkel rond het ene uiteinde van een meer. In het midden van het dorp was een kruising met een pijl die naar Hemmingen wees, 11 kilometer, een andere pijl wees naar Bastuträsk, 17 kilometer. Voor de kruising was een brug over een riviertje. Mikael nam aan dat dat de Bjur was. Het was nu hoogzomer en het geheel zag eruit als op een ansichtkaart.

Mikael had de auto geparkeerd op het terrein van een opgedoekte Konsum-winkel, schuin aan de overkant van het derde huis aan de rechterkant. Toen hij aanklopte was er niemand thuis.

Hij maakte een wandeling van een uur langs de weg naar Hemmingen. Hij kwam langs een plek waar het riviertje overging in een behoorlijke stroomversnelling. Hij zag twee katten en een ree, maar hij kwam onderweg geen mens tegen. Ook toen hij terug was bleef Mildred Brännlunds deur gesloten.

Op een paal bij de brug vond hij een afgebladderde flyer die uitnodigde voor de BIRC, wat zoveel betekende als het Bjursele Ice Racing Championship 2002. Het autoracen was hier blijkbaar een winters vermaak dat bestond uit het stukrijden van een voertuig op een bevroren meer. Mikael bekeek de flyer bedachtzaam.

Hij wachtte tot tien uur 's avonds voordat hij het opgaf en terugreed naar Norsjö, waar hij een laat diner at en in bed kroop met de ontknoping van Val McDermids thriller.

Die was luguber.

Tegen tien uur 's avonds voegde Lisbeth Salander nóg een naam aan Harriët Vangers lijstje toe. Ze deed dat met grote aarzeling, nadat ze urenlang over de zaak had nagedacht.

Ze had een zijspoor ontdekt. Er werden op gezette tijden teksten over onopgeloste moorden gepubliceerd en in een zondagbijlage van een avondkrant had ze een artikel uit 1999 gevonden met als kop DIVERSE VROUWENMOORDENAARS LOPEN VRIJ ROND. Het was een summier artikel, maar er stonden namen en foto's in van diverse opmerkelijke slachtoffers van moord. Je had de zaak-Solveig in Norrtälje, de Anita-moord in Norrköping, Margareta in Helsingborg en nog een hele reeks andere gevallen.

Het oudste van de gevallen die gerecapituleerd werden, was uit de jaren zestig en geen van de moorden paste in het overzicht dat Lisbeth van Mikael gekregen had. Maar één zaak trok haar aandacht.

In juni 1962 was een tweeëndertigjarige prostituee genaamd Lea Persson uit Göteborg naar Uddevalla vertrokken om haar moeder op te zoeken en haar negenjarige zoon, over wie de moeder de voogdij had. Na een paar dagen had Lea op zondagavond haar moeder omhelsd, gedag gezegd en was ze vertrokken om de trein terug te nemen naar Göteborg. Ze werd twee dagen later achter een verlaten container op een ontruimd industrieterrein teruggevonden. Ze was verkracht en haar lichaam was blootgesteld aan exceptioneel grof geweld.

De Lea-moord wekte veel aandacht als zomerfeuilleton in de krant, maar een dader werd nooit gevonden. Er kwam geen Lea voor op Harriët Vangers lijst. De Bijbelcitaten van Harriët kwamen evenmin overeen.

Maar er was sprake van zo'n bizarre omstandigheid dat Lisbeth Salanders voelsprieten overeind gingen staan. Ongeveer 10 meter van de plaats waar het lichaam van Lea gevonden werd, lag een bloempot met een duif erin. Iemand had een touwtje om de hals van de duif gedaan en dat door het gaatje in de bodem getrokken. Daarna was de pot op een vuurtje gezet dat tussen twee bakstenen was aangestoken. Er was geen enkele aanwijzing dat die dierenmishandeling iets met de Lea-moord te maken had; het konden kinderen zijn geweest die een gemeen en akelig spelletje hadden gespeeld, maar in de media kreeg de zaak de naam de Duivenmoord.

Lisbeth Salander was geen Bijbellezer, ze bezat er zelfs geen, maar die avond ging ze naar de Högalidskerk en na enige moeite mocht ze een bijbel lenen. Ze ging buiten op een parkbankje zitten en las Leviticus. Toen ze bij hoofdstuk 12, vers 8 kwam, fronste ze haar wenkbrauwen. Hoofdstuk 12 ging over reiniging na geboorte: *Indien echter haar vermogen niet toereikend is voor een stuk kleinvee,*

dan zal zij twee tortelduiven of twee jonge duiven nemen; de ene ten
brandoffer en de andere ten zondoffer, en de priester zal over haar
verzoening doen, en zij zal rein zijn. Lea had heel goed in Harriëts
agenda kunnen staan als 'Lea – 31208'.

Lisbeth Salander werd zich er plotseling van bewust dat haar eerdere research nooit zelfs maar één fractie had bevat van de dimen-
sies waaruit deze opdracht bestond.

Mildred Brännlund, hertrouwd en tegenwoordig Mildred Berggren, deed open toen Mikael Blomkvist op zondagmorgen om tien
uur aanbelde. De vrouw was bijna veertig jaar ouder en ongeveer
evenveel kilo's zwaarder, maar Mikael herkende haar onmiddellijk
van de foto.

'Dag. Mijn naam is Mikael Blomkvist. U moet Mildred Berggren
zijn.'

'Ja, dat klopt.'

'Het spijt me dat ik zo onaangekondigd op de stoep sta, maar ik
ben al een hele tijd naar u op zoek in een zaak die vrij gecompliceerd is om uit te leggen.' Mikael glimlachte naar haar. 'Zou ik misschien even binnen mogen komen en wat beslag mogen leggen op
uw tijd?'

Zowel Mildreds man als een zoon van rond de vijfendertig was
thuis, en ze nodigde Mikael zonder aarzelen uit om plaats te
nemen in de keuken. Hij schudde hun allemaal de hand. Mikael
had de laatste dagen meer koffie gedronken dan ooit in zijn hele
leven, maar hij had inmiddels wel geleerd dat het in Norrland on-
beleefd was om nee te zeggen. Toen de koffiekopjes op tafel stonden ging Mildred zitten en vroeg ze nieuwsgierig waar ze hem mee
kon helpen. Mikael had moeite om haar Norsjö-dialect te verstaan
en ze ging over op Standaardzweeds.

Mikael haalde diep adem. 'Het is een lang en merkwaardig verhaal. In september 1966 bevond u zich in Hedestad in gezelschap
van uw toenmalige echtgenoot Gunnar Brännlund.'

Ze keek stomverbaasd. Hij wachtte totdat ze knikte voordat hij
de foto van de Järnvägsgatan op de tafel voor haar neerlegde.

'Toen is deze foto gemaakt. Herinnert u zich dat nog?'

'Och, hemeltje,' zei Mildred Berggren. 'Dat is een eeuwigheid
geleden.'

Haar nieuwe man en haar zoon gingen naast haar staan en bekeken de foto.

'We waren op huwelijksreis. We waren met de auto naar Stockholm en Sigtuna geweest en waren op weg naar huis; onderweg
waren we zomaar ergens gestopt. Was dat in Hedestad, zei je?'

'Ja, in Hedestad. Deze foto is ongeveer om één uur 's middags
genomen. Ik probeer u al een hele tijd op te sporen, en dat was niet
zo eenvoudig.'

'Je vindt een oude foto van mij en probeert me te vinden. Ik kan
niet eens begrijpen hoe je dat voor elkaar hebt gekregen.'

Mikael legde de foto van de parkeerplaats neer.

'Dankzij deze foto, die later op de dag genomen is, heb ik u kun-
nen opsporen.' Mikael verklaarde hoe hij via Norsjö Snickeri bij
Burman was terechtgekomen, die hem op zijn beurt weer naar
Henning Forsman in Norsjövallen had gebracht.

'Ik neem aan dat je een goede reden voor die opmerkelijke zoektocht hebt.'

'Dat klopt. Dat meisje dat op deze foto schuin voor u staat, heette Harriët. Ze is die dag verdwenen en de algemene opvatting is dat
ze het slachtoffer is geworden van moord. Ik zal u laten zien wat er
gebeurd is.'

Mikael haalde zijn iBook tevoorschijn en legde het geval uit terwijl hij de computer opstartte. Toen liet hij de diavoorstelling zien,
die aangaf hoe Harriëts gezichtsuitdrukking veranderde.

'Toen ik die oude foto's bekeek, ontdekte ik u. U staat met een
fototoestel in uw hand schuin achter Harriët en lijkt precies datgene te hebben gefotografeerd waar zij naar kijkt en wat die reactie
bij haar opriep. Ik weet dat het een heel kleine kans is, maar de
reden dat ik u heb gezocht is dat ik u wil vragen of u de foto's van
die dag misschien nog hebt?'

Mikael was erop voorbereid dat Mildred Berggren zou zeggen
dat die foto's al lang geleden verdwenen waren, dat het filmpje
nooit ontwikkeld was of dat ze ze had weggegooid. Maar ze keek
Mikael met helderblauwe ogen aan en zei alsof het de vanzelfspre-
kendste zaak van de wereld was, dat ze haar oude vakantiefoto's
uiteraard allemaal nog had.

Ze verdween naar een kamer en kwam daar na een paar minuten
weer uit met een doos met diverse fotoalbums. Het duurde even

voordat ze de foto's van die vakantiereis gevonden had. Ze had drie foto's genomen in Hedestad. Een was onscherp en toonde de hoofdstraat. Een andere toonde haar toenmalige man. En op de derde waren de clowns in de optocht te zien.

Mikael boog zich enthousiast voorover. Hij zag een figuur aan de andere kant van de straat. De foto zei hem absoluut niets.

20
DINSDAG 1 JULI – WOENSDAG 2 JULI

Het eerste wat Mikael deed op de ochtend nadat hij weer in Hedestad was teruggekeerd, was een bezoekje brengen aan Dirch Frode om zich op de hoogte te stellen van Henrik Vangers gezondheidstoestand. Hij kreeg te horen dat deze de afgelopen week sterk verbeterd was. De oude baas was nog steeds zwak en broos, maar hij kon nu overeind zitten in bed. Zijn toestand was niet langer kritiek.

'Godzijdank,' zei Mikael. 'Ik ben gaan inzien dat ik hem erg graag mag.'

Dirch Frode knikte. 'Dat weet ik. En Henrik mag jou ook. Hoe was je tripje naar Norrland?'

'Succesvol en onbevredigend. Dat vertel ik later wel. Ik heb nu een vraag aan jou.'

'Ga je gang.'

'Wat gebeurt er met *Millennium* als Henrik zou overlijden?'

'Niets. Martin treedt toe tot jullie bestuur.'

'Bestaat het risico, zuiver hypothetisch, dat Martin problemen zou kunnen veroorzaken voor *Millennium* als ik niet stop met het onderzoek naar de verdwijning van Harriët Vanger?'

Dirch Frode keek Mikael scherp aan.

'Wat is er gebeurd?'

'Eigenlijk niets.' Mikael vertelde over het gesprek dat hij met Martin Vanger tijdens midzomer had gehad. 'Toen ik uit Norsjö naar huis reed, belde Erika. Zij vertelde dat Martin met haar gesproken had en dat hij haar had gevraagd te onderstrepen dat ze me op de redactie nodig hebben.'

'Ik begrijp het. Ik denk dat Cecilia hem voor haar karretje heeft gespannen. Maar ik denk niet dat Martin je zou kunnen chanteren. Daar is hij veel te eerlijk voor. En vergeet niet dat ik ook in het bestuur zit van de dochteronderneming die we hebben opgericht toen we ons in *Millennium* inkochten.'

'Maar als er een netelige situatie zou ontstaan, hoe zou jij je dan opstellen?'

'Contracten zijn er om je aan te houden. Ik werk voor Henrik. Henrik en ik zijn al vijfenveertig jaar bevriend en we zitten behoorlijk op één lijn in dergelijke situaties. Als Henrik zou overlijden ben ik degene, en niet Martin, die Henriks aandeel in de dochteronderneming erft. We hebben een waterdicht contract waarin we ons verbinden om *Millennium* gedurende vier jaar te ondersteunen. Als Martin problemen zou willen veroorzaken, wat ik niet geloof, dan kan hij mogelijk een klein aantal nieuwe adverteerders tegenhouden.'

'Maar dat is de basis voor het bestaan van *Millennium*.'

'Ja, maar je moet het zo zien, dergelijke kleine dingen kosten veel tijd. Martin moet vechten voor het voortbestaan van het Vanger-concern en werkt veertien uur per dag. Hij heeft geen tijd voor wat anders.'

Mikael dacht even na.

'Mag ik vragen, ik weet dat het mij niet aangaat, maar hoe is de algemene situatie van het concern?'

Dirch Frode keek ernstig.

'We hebben problemen.'

'Ja, dat begrijpt een simpele financieel verslaggever als ik ook. Ik bedoel, hoe ernstig is het?'

'Onder ons?'

'Ja, onder ons.'

'We hebben de laatste weken twee grote orders in de elektronica-industrie verloren en dreigen van de Russische markt te worden gegooid. In september moeten we 1.600 medewerkers in Örebro en Trollhättan ontslaan. Geen leuk cadeautje voor mensen die al jaren bij het concern werken. Elke keer dat we een fabriek moeten sluiten, wordt het vertrouwen in het concern nog verder uitgehold.'

'Martin Vanger staat onder druk.'

'Hij heeft een zware last te dragen en loopt op eieren.'

Mikael ging naar huis en belde Erika. Ze was niet op de redactie en daarom sprak hij met Christer Malm.

'Het volgende is het geval: Erika belde gisteren toen ik uit Norsjö terugreed. Martin Vanger zit haar een beetje te intimideren. Hij heeft, hoe zal ik het zeggen, haar aangespoord voor te stellen dat ik een grotere verantwoordelijkheid op de redactie op me ga nemen.'

'Daar ben ik het mee eens,' zei Christer.

'Dat begrijp ik. Maar feit is dat ik een contract heb met Henrik Vanger dat ik niet kan verbreken en dat Martin handelt in opdracht van iemand hier die wil dat ik stop met rondneuzen en uit het dorp verdwijn. Zijn voorstel kan dus een poging zijn om mij hier weg te krijgen.'

'Ik begrijp het.'

'Zeg maar tegen Erika dat ik pas naar Stockholm kom als ik hier klaar ben. Niet eerder.'

'Ik begrijp het. Je bent gek geworden. Ik zal het doorgeven.'

'Christer. Er is hier iets gaande en ik ben niet van plan me terug te trekken.'

Christer zuchtte diep.

Mikael liep naar het huis van Martin Vanger en belde aan. Eva Hassel deed open en begroette hem hartelijk.

'Hoi. Is Martin thuis?'

Bij wijze van antwoord kwam Martin Vanger eraan met zijn aktetas in zijn hand. Hij kuste Eva Hassel op haar wang en groette Mikael.

'Ik ben op weg naar kantoor. Wilde je mij spreken?'

'Het kan wel wachten als je haast hebt.'

'Laat maar horen.'

'Ik ga niet terug naar de redactie van *Millennium* voordat ik klaar ben met de opdracht die Henrik mij gegeven heeft. Ik informeer je daar nu over, zodat je niet voor de jaarwisseling op mij rekent in het bestuur.'

Martin Vanger stond de zaak even te overwegen.

'Ik begrijp het. Je denkt dat ik van je af wil.' Hij pauzeerde even. 'Mikael, we hebben het er nog wel over. Ik heb niet echt tijd voor hobbywerkzaamheden in het bestuur van *Millennium* en ik wilde dat ik nooit met Henriks voorstel akkoord was gegaan. Maar neem van mij aan dat ik mijn best ervoor zal doen dat *Millennium* het zal overleven.'

'Daar heb ik nooit aan getwijfeld,' zei Mikael beleefd.

'Als we volgende week een afspraak maken kunnen we de financiën doornemen en kan ik vertellen hoe ik de zaak zie. Maar mijn grondhouding is dat *Millennium* niet de middelen heeft om een van zijn sleutelpersonen hier op het Hedeby-eiland duimen te laten draaien. Ik vind het een goed blad en ik denk dat we het samen sterker kunnen maken, maar daar ben jij bij nodig. Ik kom hier in een loyaliteitsconflict. Óf de wensen van Henrik volgen, óf mijn opdracht in het bestuur van *Millennium* voltooien.'

Mikael verkleedde zich, trok zijn joggingpak aan en maakte een rondje naar het Fort en vervolgens naar het huisje van Gottfried voordat hij in een langzamer tempo langs het water weer op huis aan ging. Dirch Frode zat aan het tuintafeltje. Hij zat geduldig te wachten terwijl Mikael een flesje water dronk en het zweet uit zijn gezicht veegde.

'Dat ziet er niet gezond uit in deze hittegolf.'

'Mwaaa,' antwoordde Mikael.

'Ik had het fout. Cecilia is niet degene die Martin achter de vodden zit. Isabella is bezig de Vangerse clan te mobiliseren om jou onder te dompelen in pek en veren en je eventueel ook nog op de brandstapel te verbranden. Ze krijgt steun van Birger.'

'Isabella?'

'Ze is een gemeen en kleingeestig persoon die andere mensen überhaupt niet mag. Momenteel lijkt het erop dat ze aan jou in het bijzonder een hekel heeft. Ze verspreidt geruchten dat jij een bedrieger bent die Henrik heeft omgepraat om jou aan te nemen en dat jij hem zo hebt opgehitst dat hij een hartaanval heeft gekregen.'

'Is er iemand die dat gelooft?'

'Er zijn altijd mensen die bereid zijn te geloven in wat boze tongen beweren.'

'Ik probeer uit te vinden wat er met haar dochter is gebeurd, en ze haat mij. Als het mijn dochter was geweest, zou ik toch wat anders hebben gereageerd.'

's Middags rond twee uur ging Mikaels mobiele telefoon.

'Dag. Mijn naam is Conny Torsson en ik werk bij *Hedestads-Kuriren*. Hebt u tijd om een paar vragen te beantwoorden? We hebben een tip gekregen dat u hier in Hedeby woont.'

'In dat geval werkt de tiplijn niet erg snel. Ik woon hier al sinds het begin van het jaar.'

'Dat wist ik niet. Wat doet u in Hedestad?'

'Schrijven. Een soort sabbatical.'

'Waar werkt u aan?'

'Sorry. Dat ziet u als ik het ga publiceren.'

'U bent net vrijgelaten uit de gevangenis ...'

'Ja?'

'Hoe kijkt u aan tegen journalisten die materiaal vervalsen?'

'Journalisten die materiaal vervalsen zijn idioten.'

'Dus u bedoelt dat u een idioot bent?'

'Waarom zou ik dat denken? Ik heb nooit materiaal vervalst.'

'Maar u bent veroordeeld wegens smaad.'

'Ja, en?'

Verslaggever Conny Torsson aarzelde zó lang dat Mikael hem op weg moest helpen.

'Ik ben veroordeeld wegens smaad, niet vanwege het vervalsen van materiaal.'

'Maar u hebt het materiaal gepubliceerd.'

'Als u mij belt om het vonnis te bediscussiëren, dan heb ik geen commentaar.'

'Ik zou graag willen langskomen om u een interview af te nemen.'

'Het spijt me, maar ik heb op dat gebied niets te zeggen.'

'Dus u wilt de rechtszaak niet bespreken?'

'Dat klopt,' zei Mikael en hij beëindigde het gesprek.

Hij dacht nog een hele tijd over het gesprek na voordat hij weer terugging naar zijn computer.

Lisbeth Salander volgde de instructies die ze gekregen had en stuurde haar Kawasaki over de brug naar het Hedeby-eiland. Ze bleef bij het eerste huisje aan de linkerkant staan. Ze bevond zich in de rimboe. Maar zolang haar opdrachtgever betaalde, wilde ze wel naar de Noordpool afreizen. Bovendien was het heerlijk om gas te geven tijdens de lange rit over de E4. Ze parkeerde haar motor en haalde haar weekendtas onder de snelbinder vandaan.

Mikael Blomkvist deed open en zwaaide naar haar. Hij kwam naar buiten en inspecteerde haar motorfiets met grote verbazing.

'Wauw. Je rijdt op een Kawa.'

Lisbeth Salander zei niets, maar keek hem waakzaam aan toen hij zijn hand over het stuur en de gashendel liet gaan. Ze vond het niet prettig als er iemand aan haar spullen zat. Toen zag ze zijn kinderlijke, jongensachtige lach en vatte deze op als een verzoenend trekje. De meeste motorboys moesten lachen om haar lichtgewicht motor.

'Ik had een motor toen ik negentien was,' zei hij en hij draaide zich naar haar om. 'Fijn dat je gekomen bent. Kom binnen, dan kun je je installeren.'

Mikael had een stretcher geleend van de Nilssons aan de overkant en had het bed opgemaakt in de werkkamer. Lisbeth Salander maakte wantrouwig een rondje door het huis, maar leek te ontspannen toen ze niet onmiddellijk tekenen van een verraderlijke valkuil kon ontdekken. Mikael wees haar de badkamer.

'Voor als je wilt douchen en je opfrissen.'

'Ik moet andere kleren aantrekken. Ik ben niet van plan in mijn leren pak te blijven rondlopen.'

'Als jij je opknapt, maak ik het eten klaar.'

Mikael braadde lamskoteletjes in rodewijnsaus en dekte buiten de tafel in de avondzon terwijl Lisbeth douchte en zich verkleedde. Ze kwam blootsvoets naar buiten in een zwart hemdje en een kort, versleten spijkerrokje. Het eten rook heerlijk en ze werkte twee grote porties naar binnen. Mikael gluurde gefascineerd naar de tatoeage op haar rug.

'Vijf plus drie,' zei Lisbeth Salander. 'Vijf gevallen van de lijst van die Harriët van jou en drie die erop hadden moeten staan.'

'Vertel.'

'Ik ben hier pas elf dagen mee bezig en heb dus nog niet alle onderzoeken kunnen opdiepen. De politieonderzoeken zitten in sommige gevallen in het landelijke archief en worden soms nog binnen het politiedistrict bewaard. Ik heb drie dagtripjes naar verschillende politiedistricten gemaakt, maar heb nog geen tijd gehad voor de rest. Maar alle vijf zijn ze gelokaliseerd. Lisbeth Salander legde een aanzienlijke stapel papier op de tuin- tafel, ruim vijfhonderd A4'tjes. Ze sorteerde het materiaal snel in verschillende stapels.

'Laten we ze in chronologische volgorde afwerken.' Ze gaf Mikael een lijst.

```
1949 - Rebecka Jacobsson, Hedestad (30112)
1954 - Mari Holmberg, Kalmar (32018)
1957 - Rakel Lunde, Landskrona (32027)
1960 - (Magda) Lovisa Sjöberg, Karlstad (32016)
1960 - Liv Gustavsson, Stockholm (32016)
1962 - Lea Persson, Uddevalla (31208)
1964 - Sara Witt, Ronneby (32109)
1966 - Lena Andersson, Uppsala (30112)
```

'Het eerste geval in deze serie lijkt Rebecka Jacobsson, 1949, te zijn, waar je alle details al van weet. Het volgende geval dat ik gevonden heb is Mari Holmberg, een tweeëndertigjarige prostituee uit Kal- mar, die in oktober 1954 in haar huis is vermoord. Het is ondui- delijk wanneer ze precies vermoord is omdat ze daar al een tijdje gelegen had voordat ze gevonden werd. Vermoedelijk negen of tien dagen.'

'En wat is het verband tussen haar en de lijst van Harriët?'

'Ze was vastgebonden en zwaar mishandeld, maar de doodsoor- zaak was verstikking. De moordenaar had haar maandverband in haar keel geduwd.'

Mikael zweeg even voordat hij het aangegeven Bijbelcitaat opzocht, Leviticus, hoofdstuk 20, vers 18: *Een man die bij een vloei- ende vrouw ligt en haar schaamte ontbloot – haar bron heeft hij ont- bloot en zij heeft de bron van haar bloed ontbloot; beiden zullen zij uitgeroeid worden uit het midden van hun volk.*

Lisbeth knikte.

'Harriët Vanger maakte dezelfde koppeling. Oké. Volgende.'

'Mei 1957, Rakel Lunde, vijfenveertig jaar oud. Deze vrouw werkte als schoonmaakster en stond in de omgeving bekend als een beetje apart. Ze was waarzegster en had als hobby kaartleggen en handlezen en dergelijke. Rakel woonde buiten Landskrona in een vrij afgelegen huis, waar ze ergens vroeg in de ochtend werd vermoord. Ze werd naakt, en vastgebonden aan de paal van de waslijn, buiten in de achtertuin aangetroffen, met haar mond dichtgeplakt. De doodsoorzaak was dat iemand telkens een zware steen naar haar toe had gegooid. Ze had diverse kneuzingen en fracturen.'

'Jezus, Lisbeth. Wat akelig allemaal.'

'Het wordt nog veel erger. De initialen kloppen – kun je het Bijbelcitaat vinden?'

'Overduidelijk. *Wanneer een man of een vrouw door zich de geest van een dode laat spreken of een waarzeggende geest bezit, zullen zij zeker ter dood gebracht worden; stenigen zal men hen, hun bloedschuld is op hen.*'

'Dan komt Lovisa Sjöberg uit Ranmo buiten Karlstad. Dat is degene die Harriët heeft genoteerd als Magda. Haar volledige naam was Magda Lovisa, maar ze werd Lovisa genoemd.'

Mikael luisterde aandachtig terwijl Lisbeth de bizarre details van de Karlstad-moord weergaf. Toen ze een sigaret opstak, wees hij vragend naar het pakje. Ze schoof het naar hem toe.

'De moordenaar had dus ook dat dier wat aangedaan?'

'Het Bijbelcitaat luidt dat als een vrouw seks heeft gehad met een dier, beiden vermoord moeten worden.'

'Maar het is toch zeer onwaarschijnlijk dat die vrouw seks had gehad met een koe?'

'Het Bijbelcitaat kan letterlijk worden geïnterpreteerd. Het is voldoende als ze zich met een dier 'mengt,' wat een boerin onmiskenbaar elke dag moet doen.'

'Oké, ga door.'

'Het volgende geval van Harriëts lijst is Sara. Ik heb haar geïdentificeerd als Sara Witt, zevenendertig jaar, woonachtig in Ronneby. Ze werd in januari 1964 vermoord. De omstandigheden waren zodanig dat ze vastgebonden in bed gevonden werd. Ze was slachtoffer van zwaar seksueel misbruik, maar de doodsoorzaak was verstikking. Ze werd gewurgd. De moordenaar heeft ook brandgesticht. Het was vermoedelijk de bedoeling dat het hele huis tot op de grond zou affikken, maar het vuur is gedeeltelijk uit zichzelf gedoofd en bovendien was de brandweer snel ter plaatse.'

'En de koppeling?'

'*Listen to this*. Sara Witt was de dochter van een dominee en was bovendien getrouwd met een dominee. Haar man was net dat weekend afwezig.'

'*En wanneer een priesterdochter zich ontheiligt door ontucht te plegen, dan ontheiligt zij daarmee haar vader; met vuur zal zij verbrand worden*. Oké. Dat past ook in het rijtje. Maar je zei dat je meerdere gevallen gevonden had.'

'Ik heb nog drie vrouwen gevonden die onder zulke bizarre omstandigheden zijn vermoord dat ze op Harriëts lijst hadden moeten staan. Het eerste geval is een jonge vrouw genaamd Liv Gustavsson. Ze was tweeëntwintig jaar en woonde in Farsta. Ze was gek op paarden, ze deed mee aan wedstrijden en was een veelbelovend talent. Ze had ook een kleine dierenwinkel samen met haar zus.'

'Oké.'

'Ze is in die winkel gevonden. Ze was tot 's avonds laat bezig geweest met de boekhouding en was alleen. Ze moet de moordenaar vrijwillig hebben binnengelaten. Ze werd verkracht en is daarna gewurgd.'

'Dat klink niet echt als de lijst van Harriët.'

'Niet echt, maar ... de moordenaar had tot slot een parkiet in haar onderlichaam gestopt en vervolgens alle dieren die ze in de winkel hadden vrijgelaten. Katten, schildpadden, witte muizen, konijnen, vogels. Zelfs de vissen in het aquarium. Het was een vrij onaangename aanblik voor haar zus de volgende ochtend.'

Mikael knikte.

'Ze werd vermoord in augustus 1960, vier maanden na de moord op die boerin Magda Lovisa in Karlstad. In beide gevallen waren het vrouwen die beroepsmatig met dieren werkten en in beide gevallen werd er een dierenoffer gebracht. Die koe in Karlstad overleefde het weliswaar, want ik kan me voorstellen dat het vrij lastig is om een koe met een steekwapen te doden. Een parkiet is zogezegd eenvoudiger. En bovendien is er sprake van nog een dierenoffer.'

'Wat dan?'

Lisbeth vertelde over de merkwaardige Duivenmoord op Lea Persson in Uddevalla. Mikael zat zo lang zwijgend na te denken dat zelfs Lisbeth ongeduldig werd.

'Oké,' zei hij ten slotte. 'Ik aanvaard je theorie. Dan resteert er nog één zaak.'

'Eén zaak die ik gevonden heb. Ik weet niet hoeveel gevallen ik over het hoofd heb gezien.'

'Vertel.'

'Februari 1966, Uppsala. Het jongste slachtoffer was een zeventienjarige middelbare scholiere genaamd Lena Andersson. Ze verdween na een klassenfeest en werd drie dagen later teruggevonden in een sloot, een flink stuk buiten Uppsala. Ze was ergens anders vermoord en was daarnaartoe gebracht.'

Mikael knikte.

'Er werd in de media veel aandacht aan die moord besteed, maar de exacte omstandigheden rond haar dood werden nooit bekendgemaakt. Het meisje was ernstig toegetakeld. Ik heb het rapport van de patholoog-anatoom gelezen. Ze was mishandeld met vuur. Haar handen en borsten waren ernstig verbrand, en ze was herhaaldelijk op verschillende plaatsen over haar hele lichaam met vuur bewerkt. Men heeft stearinevlekken op haar gevonden, wat aangaf dat er een kaars was gebruikt, maar haar handen waren zo verkoold dat ze in een groter vuur moeten zijn gehouden. En uiteindelijk had de moordenaar haar hoofd afgezaagd en dat naast het lichaam gegooid.'

Mikael verbleekte.

'Jezus christus,' zei hij.

'Ik heb geen Bijbelcitaat gevonden dat daarbij past, maar er zijn meerdere hoofdstukken die gaan over brandoffers en zondoffers, en op sommige plaatsen wordt bepleit dat het offerdier, meestal een stier, zo in stukken wordt verdeeld dat *de kop en het vet worden gescheiden*. Gebruik van vuur doet ook denken aan de eerste moord, die op Rebecka hier in Hedestad.'

Toen er later op de avond te veel muggen kwamen, ruimden ze de tuintafel af en gingen ze in de keuken zitten om verder te praten.

'Dat je geen exact Bijbelcitaat hebt gevonden, betekent niet zoveel. Het gaat niet om citaten. Dit is een groteske parodie op wat er in de Bijbel staat, het zijn eerder associaties met uit hun verband gerukte citaten.'

'Ik weet het. Het is niet eens logisch. Neem bijvoorbeeld het citaat dat beiden moeten worden uitgeroeid als iemand seks heeft met een meisje dat ongesteld is. Als dat letterlijk geïnterpreteerd zou worden, zou de moordenaar zelfmoord gepleegd moeten hebben.'

'Dus waar leidt dit alles toe?' vroeg Mikael.

'Die Harriët van jou had óf een heel vreemde hobby die bestond uit het verzamelen van Bijbelcitaten en deze te associëren met slachtoffers van moord waar ze over gehoord had ... óf ze moet hebben geweten dat er een verband bestond tussen die moorden.'

'Tussen 1949 en 1966, en wellicht ook daarvoor en daarna. Er zou dus een gestoorde, sadistische seriemoordenaar met een bijbel onder zijn arm hebben rondgelopen, die al minstens zeventien jaar vrouwen om zeep hielp zonder dat iemand die moorden met elkaar in verband bracht. Dat klinkt erg onwaarschijnlijk.'

Lisbeth Salander schoof haar stoel naar achteren en schonk meer koffie in uit de kan op het vuur. Ze stak een sigaret op en blies de rook om zich heen. Mikael vloekte binnensmonds en pikte nog een sigaret van haar.

'Nee, dat is niet zo onwaarschijnlijk,' zei ze en ze stak een vinger op. 'Er zijn tientallen onopgeloste moorden op vrouwen in Zweden in de twintigste eeuw. Die professor in de criminologie, Persson, zei een keer in dat opsporingsprogramma op tv dat seriemoordenaars heel zeldzaam zijn in Zweden, maar dat we er vast een paar hebben gehad die nooit zijn ontmaskerd.'

Mikael knikte. Ze stak nog een vinger op.

'Deze moorden zijn uitgevoerd gedurende zeer lange tijdsperiodes en op ver uiteen liggende plaatsen in het land. Twee moorden vonden vlak na elkaar plaats, in 1960, maar de omstandigheden waren relatief verschillend, een boerin in Karlstad en een tweeëntwintigjarige paardenliefhebster in Stockholm.'

Drie vingers.

'Er is geen duidelijk, vanzelfsprekend patroon. De moorden zijn uitgevoerd op verschillende wijzen en er is geen echte handtekening, maar er zijn wel bepaalde dingen die in de verschillende gevallen terugkomen. Dieren. Vuur. Zwaar seksueel geweld. En, zoals jij memoreerde, een parodie op Bijbelkennis. Maar er is blijkbaar geen enkele rechercheur die een van die moorden met de Bijbel in verband heeft gebracht.'

Mikael knikte. Hij gluurde stiekem naar haar. Met haar tengere lichaam, haar zwarte hemdje, de tatoeages en de piercings in haar gezicht zag Lisbeth Salander er op zijn zachtst gezegd misplaatst uit in het gastenverblijf in Hedeby. Toen hij probeerde sociaal te zijn tijdens het eten was ze weinig spraakzaam geweest en had ze nauwelijks gereageerd op dingen. Maar als ze werkte, klonk ze als een volleerd professional. Haar flat in Stockholm had eruitgezien alsof er een bom was ontploft, maar Mikael trok de conclusie dat Lisbeth Salander in haar hoofd zeer gestructureerd was. *Opmerkelijk!*

'Het is moeilijk om een verband te zien tussen een prostituee in Uddevalla die achter een container op een industrieterrein wordt doodgeslagen en een domineesvrouw in Ronneby, die wordt gewurgd en het slachtoffer is van brandstichting. Als je tenminste niet over de sleutel beschikt die Harriët ons gegeven heeft.'

'Wat naar de volgende vraag leidt,' zei Lisbeth.

'Hoe Harriët hier in hemelsnaam in verzeild is geraakt. Een zestienjarig meisje dat in een vrij beschermde omgeving leefde.

'Er is maar één antwoord mogelijk,' zei ze.

Mikael knikte weer.

'Er moet een verband zijn met de familie Vanger.'

Tegen elven 's avonds hadden ze de serie moorden zo uitgekauwd en de verbanden en opmerkelijke details zo uitgebreid besproken dat het Mikael duizelde. Hij wreef in zijn ogen, rekte zich uit en vroeg of ze zin had in een avondwandeling. Lisbeth Salander keek alsof ze vond dat dergelijke oefeningen zonde van de tijd waren, maar na een tijdje knikte ze. Mikael stelde voor dat ze een lange broek aan zou trekken in verband met de muggen.

Ze liepen langs de jachthaven onder de brug naar de landtong van Martin Vanger. Mikael wees de verschillende huizen aan en vertelde wie er woonden. Hij vond het lastig zijn gedachten te formuleren toen hij Cecilia Vangers huis aanwees. Lisbeth keek hem van opzij aan.

Ze passeerden Martin Vangers opschepperige boot en kwamen bij de landtong, waar ze op een steen gingen zitten en een sigaret deelden.

'Er is nog een verband tussen de slachtoffers,' zei Mikael plotseling. 'Misschien dat je daar al aan hebt gedacht.'

'Wat dan?'

'De namen.'

Lisbeth Salander dacht even na. Toen schudde ze haar hoofd.

'Het zijn allemaal Bijbelse namen.'

'Dat klopt niet,' antwoordde Lisbeth snel. 'Liv en Lena komen niet in de bijbel voor.'

Mikael schudde zijn hoofd. 'Jawel. Liv betekent 'leven,' wat de Bijbelse betekenis is van de naam Eva. En hou je vast, Sally, waar is Lena een afkorting van?'

Lisbeth Salander kneep geïrriteerd haar ogen dicht en vloekte binnensmonds. Mikael had sneller gedacht dan zij. Dat kon ze niet uitstaan.

'Magdalena,' zei ze.

'De vrouw van lichte zeden, de eerste vrouw, de maagd Maria ... Bingo! Dit is zo gestoord dat een psycholoog vermoedelijk op tilt zou slaan. Maar er was nog iets anders waar ik aan dacht wat betreft die namen.'

Lisbeth wachtte geduldig af.

'Het zijn ook traditionele Joodse vrouwennamen. De familie Vanger heeft een meer dan normaal aantal geschifte Jodenhaters, nazi's en aanhangers van complottheorieën gekend. Harald Vanger, die daar verderop woont, is negentig plus en was in de jaren zestig in zijn beste jaren. De enige keer dat ik hem ontmoet heb stond hij te sissen dat zijn eigen dochter een hoer was. Hij heeft blijkbaar problemen met vrouwen.'

Toen ze weer thuiskwamen, smeerden ze nog een paar boterhammen en warmden ze de koffie op. Mikael gluurde naar de circa vijfhonderd pagina's die Dragan Armanskij's favoriete researcher voor hem had geproduceerd.

'Je hebt in recordtijd fantastisch spitwerk gedaan,' zei hij. 'Bedankt. En ook bedankt dat je hier helemaal naartoe hebt willen komen om het te rapporteren.'

'Wat gebeurt er nu?' vroeg Lisbeth.

'Ik zal morgen met Dirch Frode gaan praten, dan regelen we de betaling.'

'Dat was niet wat ik bedoelde.'

Mikael keek haar aan.

'Tja, het graafwerk waarvoor ik je heb aangenomen, is afgerond,' zei hij voorzichtig.

'Ik ben hier nog niet klaar mee.'

Mikael leunde achterover tegen de keukenbank en keek haar aan. Hij kon helemaal niets in haar ogen lezen. Een halfjaar was hij in zijn eentje bezig geweest met de verdwijning van Harriët en plotseling was er iemand anders, een ervaren researcher, die de implicaties inzag. Hij nam een impulsieve beslissing.

'Ik weet het. Deze geschiedenis laat mij ook niet los. Ik ga morgen met Dirch Frode praten. We nemen je nog een week of twee aan als ... hm, researchassistent. Ik weet niet of hij hetzelfde bedrag wil betalen als hij aan Armanskij betaalt, maar een redelijk maandsalaris moeten we hem toch kunnen aftroggelen.'

Lisbeth Salander keek hem plotseling lachend aan. Ze wilde absoluut niet afhankelijk worden en had het werk best gratis willen doen.

'Ik val bijna in slaap,' zei ze en ze ging zonder verdere discussie naar haar kamer en deed de deur dicht.

Na twee minuten deed ze de deur weer open en stak ze haar hoofd om de hoek.

'Volgens mij heb je het mis. Het is geen gestoorde seriemoordenaar die te veel in de Bijbel gelezen heeft. Het is gewoon een smeerlap die vrouwen haat.'

21
DONDERDAG 3 JULI – DONDERDAG 10 JULI

Lisbeth Salander was eerder wakker dan Mikael, om zes uur 's ochtends. Ze zette water voor koffie op en nam een douche. Toen Mikael om halfacht wakker werd, zat ze zijn samenvatting van de zaak-Harriët Vanger te lezen in zijn iBook. Hij kwam de keuken in met een laken om zijn middel en wreef de slaap uit zijn ogen.

'Er is koffie,' zei ze.

Mikael keek over haar schouder.

'Dat document was beveiligd met een password,' zei hij.

Ze draaide haar hoofd om en keek hem aan.

'Het kost dertig seconden om een programma van internet te downloaden dat de beveiliging van Worddocumenten kraakt,' zei ze.

'We moeten het eens hebben over het mijn en dijn,' zei Mikael terwijl hij naar de badkamer liep.

Toen hij terugkwam, had Lisbeth zijn computer afgesloten en hem teruggezet op zijn plaats in de werkkamer. Ze had haar eigen PowerBook opgestart. Mikael was er vrijwel van overtuigd dat ze de inhoud van zijn computer al had overgezet op de hare.

Lisbeth Salander was een informatiejunk met een zeer liberale opvatting over moraal en ethiek.

Mikael was net aan de ontbijttafel gaan zitten toen er op de buitendeur geklopt werd. Hij deed open. Martin Vanger keek zo verbeten dat Mikael even dacht dat hij kwam vertellen dat Henrik Vanger was overleden.

'Nee, met Henrik is het nog hetzelfde als gisteren. Ik kom voor iets heel anders. Mag ik even binnenkomen?'

Mikael liet hem binnen en stelde hem voor aan 'researchmede-
werkster' Lisbeth Salander. Ze keek de industrieel vluchtig aan
voordat ze weer terugging naar haar computer. Martin Vanger
groette automatisch, maar keek zo afwezig dat hij haar nauwelijks
leek op te merken. Mikael schonk een kop koffie in en vroeg hem
te gaan zitten.

'Waar gaat het om?'

'Je hebt geen abonnement op *Hedestads-Kuriren*?'

'Nee. Die lees ik soms in Susannes Brugcafé.'

'Dan heb je de krant van vandaag dus nog niet gelezen.'

'Je klinkt alsof dat wel had gemoeten.'

Martin Vanger legde *Hedestads-Kuriren* voor Mikael op tafel
neer. Op de voorpagina waren twee kolommen aan Mikael gewijd,
met een vervolg op pagina 4. Hij bekeek de kop.

WEGENS SMAAD VEROORDEELDE JOURNALIST HOUDT ZICH HIER SCHUIL

De tekst was geïllustreerd met een foto die vanaf de kerk aan de
andere kant van de brug met een telelens was genomen, en die
Mikael portretteerde toen hij net zijn huis uit kwam.

Verslaggever Conny Torsson had zijn best gedaan bij het samenstellen van een hekelschrift over Mikael. De tekst recapituleerde de
Wennerström-affaire en benadrukte dat Mikael uit schaamte bij
Millennium was weggegaan, en dat hij onlangs een tijd in de gevangenis had gezeten. De tekst werd afgesloten met de gebruikelijke
bewering dat Mikael zich niet tegenover *Hedestads-Kuriren* had
willen uitspreken. De toon was van dien aard dat het geen enkele
inwoner van Hedestad kon ontgaan dat er een Ontzettend Louche
Stockholmer in de streek rondliep. Over geen enkele bewering in
de tekst kon een aanklacht worden ingediend, maar er was telkens
zo'n draai aan gegeven dat Mikael in een kwaad daglicht kwam te
staan; foto en tekst waren van hetzelfde kaliber als dat waarmee
politieke terroristen worden voorgesteld. *Millennium* werd beschreven als een 'opruiend blad' met een lage geloofwaardigheid en
Mikaels boek over financiële journalistiek werd gepresenteerd als
een verzameling 'controversiële beweringen' over respectabele
journalisten.

'Mikael ... ik kom woorden tekort om uit te drukken wat ik voel als ik dit artikel lees. Het is weerzinwekkend.'

'Dit is een klus op bestelling,' antwoordde Mikael rustig. Hij keek Martin Vanger onderzoekend aan.

'Ik hoop dat je begrijpt dat ik hier niets mee te maken heb. Ik verslikte me bijna in mijn koffie toen ik vanochtend de krant las.'

'Hoe zit het dan?'

'Ik heb vanochtend een paar telefoontjes gepleegd. Conny Torsson is een vakantiekracht. Maar hij deed die klus in opdracht van Birger.'

'Ik zou niet gedacht hebben dat Birger enige invloed had op de redactie, hij is ondanks alles wethouder en politicus.'

'Formeel heeft hij geen invloed. Maar de hoofdredacteur van *Kuriren* is Gunnar Karlman, de zoon van Ingrid Vanger, van Johan Vangers tak van de familie. Birger en Gunnar zijn al heel lang bevriend.'

'Ik begrijp het.'

'Torsson wordt op staande voet ontslagen.'

'Hoe oud is hij?'

'Eerlijk gezegd, heb ik geen idee. Ik heb hem nooit ontmoet.'

'Ontsla hem niet. Toen hij me belde, klonk hij als een vrij jonge en onervaren reporter.'

'Maar dit kunnen we niet zonder meer aan ons voorbij laten gaan.'

'Eerlijk gezegd vind ik de situatie een beetje absurd. De hoofdredacteur van een krant die eigendom is van de familie Vanger gaat in de aanval tegen een ander blad waar Henrik Vanger mede-eigenaar van is en waarvan jij in het bestuur zit. Hoofdredacteur Karlman gaat dus in de aanval tegen jou en Henrik.'

Martin Vanger overwoog Mikaels woorden maar schudde toen langzaam zijn hoofd.

'Ik begrijp wat je bedoelt. Ik zou de verantwoordelijkheid daar moeten leggen waar deze thuishoort. Karlman is mede-eigenaar van het concern en schiet altijd op mij vanuit een hinderlaag, maar dit lijkt me voornamelijk de wraak van Birger tegen jou gericht, omdat je hem in de gang van het ziekenhuis hebt afgesnauwd. Je bent hem een doorn in het oog.'

'Ik weet het. Daarom denk ik dat Torsson toch degene is die het minst te verwijten valt. Er is veel voor nodig wil een jonge kracht nee zeggen als de hoofdredacteur hem opdraagt op een bepaalde manier te schrijven.'

'Ik kan eisen dat je morgen een officieel excuus krijgt op een prominente plaats.'

'Doe dat niet. Dan wordt het een langdurige strijd die de situatie alleen maar verergert.'

'Dus je bedoelt dat ik niets moet doen?'

'Het heeft geen zin. Karlman zal zich in allerlei bochten wringen en in het ergste geval word jij nog afgeschilderd als schurk, die in de hoedanigheid van eigenaar op onwettige wijze de vrije opinievorming probeert te beïnvloeden.'

'Het spijt me, Mikael, maar dat ben ik niet met je eens. Ik heb ook het recht om een opinie te vormen. Ik ben van mening dat dit artikel stinkt en ik ben van plan mijn persoonlijke opvatting duidelijk te maken. Ik ben ondanks alles Henriks vervanger in het bestuur van *Millennium* en in die hoedanigheid kan ik dergelijke insinuaties niet ongemerkt aan me voorbij laten gaan.'

'Oké.'

'Ik ga hem dus van repliek dienen. Daarin zal ik Karlman afschilderen als een idioot. Dat heeft hij aan zichzelf te danken.'

'Goed, je moet handelen naar je eigen overtuiging.'

'Voor mij is het ook belangrijk dat je echt begrijpt dat ik met deze infame aanval niets te maken heb.'

'Ik geloof je,' antwoordde Mikael.

'Bovendien, en dat wil ik nu eigenlijk niet wéér oprakelen, maar dit actualiseert wel waar we het al eerder over hebben gehad. Het is belangrijk dat jij weer op de redactie van *Millennium* komt, zodat we een gesloten front naar buiten kunnen tonen. Zolang jij weg bent, zal dat geklets doorgaan. Ik geloof in *Millennium* en ik ben ervan overtuigd dat we deze strijd samen kunnen winnen.'

'Ik begrijp je standpunt, maar nu is het mijn beurt om het niet met jou eens te zijn. Ik kan het contract met Henrik niet verbreken en feit is dat ik het ook niet wíl verbreken. Je weet dat ik hem erg graag mag. En dat met Harriët ...'

'Ja?'

'Ik begrijp dat dat moeilijk is voor jou en ik zie best in dat Henrik daar al jaren bezeten van is.'

'Onder ons gezegd, ik hou van Henrik en hij is mijn mentor,

maar als het Harriët betreft dan is hij bezeten, hij weet alles beter.'

'Toen ik met deze klus begon, had ik het idee dat het tijdverspilling was. Maar tegen alle verwachtingen in hebben we nieuw materiaal gevonden. Ik denk dat we voor een doorbraak staan en dat het wellicht mogelijk is antwoord te geven op de vraag wat er gebeurd is.'

'Je wilt niet vertellen wat jullie gevonden hebben?'

'Volgens het contract mag ik dat niet met iemand bespreken zonder Henriks persoonlijke toestemming.'

Martin Vanger zat met zijn hoofd in zijn handen. Mikael las de twijfel in zijn ogen. Uiteindelijk nam Martin een besluit.

'Oké, het beste wat we in dat geval kunnen doen, is het raadsel over Harriët zo snel mogelijk oplossen. Ik zeg dan: ik geef je alle steun die ik kan geven opdat je je werk zo snel mogelijk op een bevredigende wijze kunt afronden en daarna terug kunt gaan naar *Millennium*.'

'Goed. Ik wil niet óók met jou de strijd hoeven aangaan.'

'Dat hoeft ook niet. Je hebt mijn volledige steun. Je kunt je te allen tijde tot mij richten als je op problemen stuit. Ik zal Birger onder handen nemen, zodat hij je geen strobreed meer in de weg legt. En ik zal met Cecilia proberen te praten, zodat die wat bedaart.'

'Bedankt. Ik moet de kans krijgen om haar vragen te stellen en ze negeert mijn pogingen tot een gesprek nu al een maand.'

Martin Vanger moest plotseling lachen.

'Jullie hebben misschien andere dingen om uit te zoeken. Maar daar bemoei ik me niet mee.'

Ze schudden elkaar de hand.

Lisbeth Salander had zwijgend naar de woordenwisseling tussen Mikael en Martin Vanger zitten luisteren. Toen Martin weg was, reikte ze naar de *Hedestads-Kuriren* en las ze het artikel vluchtig door. Ze legde de krant zonder commentaar weer weg.

Mikael dacht na. Gunnar Karlman was geboren in 1942 en was dus in 1966 vierentwintig jaar geweest. Hij was ook een van de personen die op het eiland aanwezig waren geweest toen Harriët verdween.

Na het ontbijt zette Mikael zijn researchmedewerker aan het lezen in het politieonderzoek. Hij selecteerde het materiaal en gaf haar de mappen die zich richtten op de verdwijning van Harriët. Hij gaf haar alle foto's van het ongeval op de brug, evenals de uitgebreide, geredigeerde samenvatting van Henriks privéonderzoek.

Daarna ging Mikael naar Dirch Frode en liet hij hem een contract opstellen waarin Lisbeth voor nog een maand als medewerkster aangenomen werd.

Toen hij terugkwam in het gastenverblijf, was Lisbeth verhuisd naar de tuin en zat ze verzonken in het politieonderzoek. Mikael ging naar binnen en warmde de koffie op. Hij keek naar haar vanuit het keukenraam. Het leek alsof ze het onderzoek vluchtig doorbladerde, ze had per pagina hoogstens tien tot vijftien seconden nodig. Ze zat mechanisch te bladeren en Mikael verbaasde zich erover dat ze zo slordig las; dat was tegenstrijdig omdat haar eigen onderzoeken zo vakkundig waren. Hij schonk twee koppen koffie in en hield haar gezelschap aan de tuintafel.

'Wat je over de verdwijning van Harriët geschreven hebt, is geschreven voordat je bedacht dat we op jacht zijn naar een seriemoordenaar.'

'Dat klopt. Ik heb dingen genoteerd die ik belangrijk vond, vragen die ik aan Henrik Vanger wilde stellen en dergelijke. Zoals je zeker gemerkt hebt, was dat vrij ongestructureerd. Tot nu toe heb ik eigenlijk alleen maar in het duister getast en geprobeerd een story te schrijven, een hoofdstuk in de biografie van Henrik Vanger.'

'En nu?'

'Eerder was al het onderzoek gericht op het Hedeby-eiland. Nu ben ik ervan overtuigd dat dit verhaal eerder op de bewuste dag in Hedestad begonnen is. Daarmee verschuift het perspectief.'

Lisbeth knikte. Ze dacht even na.

'Het was heel scherp van je, dat je op dat idee met die foto's gekomen bent,' zei ze.

Mikael fronste zijn wenkbrauwen. Lisbeth Salander leek niet iemand die zomaar complimentjes gaf en Mikael voelde zich erg gevleid. Aan de andere kant, puur journalistiek gezien was het inderdaad een ongebruikelijk huzarenstukje.

'Nu is het jouw beurt om de details in te vullen. Hoe is het afgelopen met die foto waar je in Norsjö achteraan zou gaan?'

'Je wilt toch niet zeggen dat je de foto's in mijn computer níét bekeken hebt?'

'Ik had geen tijd. Ik wilde liever lezen wat je voor gedachten had en welke conclusies je trok.'

Mikael zuchtte, startte zijn iBook en klikte op 'Mijn afbeeldingen'.

'Het is fascinerend. Het bezoek aan Norsjö was een succes en tegelijkertijd een grote teleurstelling. Ik heb de foto gevonden, maar hij vertelt niet veel.

Die vrouw, Mildred Berggren, had al haar vakantiefoto's in een album bewaard, waar ze keurig alles wat los- en vastzat had ingeplakt. De foto zat erbij. Hij was gemaakt met een goedkope kleurenfilm. Na zevenendertig jaar was de afdruk nogal verbleekt en was hij sterk verkleurd, geel, maar ze had het negatief nog in een schoenendoos. Ik mocht alle negatieven van Hedestad lenen en heb ze ingescand. Dit is wat Harriët zag.'

Hij klikte een foto aan die de documentnaam HARRIËT/ft-19.eps had.

Lisbeth begreep zijn teleurstelling. Ze zag een niet scherp gestelde foto, genomen met een groothoeklens, waarop je de clowns in de optocht van de Dag van het Kind zag. Op de achtergrond kon je tussen de clowns en de volgende praalwagen de hoek van Sundströms herenmode zien.

'Volgens mij is dit de persoon die ze zag. Deels omdat ik geprobeerd heb te trianguleren waar ze naar keek naar aanleiding van de richting waarin haar gezicht gericht was – ik heb die kruising exact nagetekend – en deels omdat dat de enige persoon is die recht in de camera lijkt te kijken. Hij staarde dus naar Harriët.'

Wat Lisbeth zag was een onscherpe figuur die een beetje achter de toeschouwers stond, een eindje de zijstraat in. Hij had een donker, gewatteerd jack aan met een rood vlak op de schouders en een donkere broek, mogelijk een spijkerbroek. Mikael zoomde in zodat de figuur vanaf zijn middel het hele scherm vulde. De foto werd onmiddellijk waziger.

'Het is een man. Hij is ongeveer een meter tachtig lang, normaal postuur. Hij heeft donkerblond, halflang haar en is gladgeschoren. Maar het is onmogelijk zijn gelaatstrekken te onderscheiden of zijn leeftijd te schatten. Die kan variëren van tiener- tot middelbare leeftijd.'

'Je kunt de foto manipuleren.'

'Ik heb de foto gemanipuleerd. Ik heb zelfs een kopie naar Christer Malm bij *Millennium* gestuurd. Die is een kei in het bewerken van foto's.' Mikael klikte een nieuwe foto aan. 'Dit is absoluut het beste wat ik kan krijgen. Dat fototoestel is gewoon te slecht en de afstand te groot.'

'Heb je die foto aan iemand laten zien? Mensen kunnen de lichaamshouding herkennen ...'

'Ik heb de foto aan Dirch Frode getoond. Hij heeft geen idee wie die persoon is.'

'Dirch Frode is niet een van de meest alerte personen in Hedestad.'

'Nee, maar ik werk voor Henrik Vanger en hem. Ik wil de foto aan Henrik laten zien voordat ik hem ga verspreiden.'

'Misschien is het alleen maar een toeschouwer.'

'Dat kan. Maar hij heeft in elk geval een opmerkelijke reactie bij Harriët uitgelokt.'

In de week die volgde werkten Mikael en Lisbeth bijna elk wakker moment aan de zaak-Harriët. Lisbeth las het onderzoek verder door en vuurde voortdurend vragen op Mikael af, die ze probeerde te beantwoorden. Er kon maar één waarheid zijn en elk zwevend antwoord of elke onduidelijkheid leidde tot diepgaande discussies. Ze besteedden een hele dag aan het doornemen van het tijdschema van de figuranten ten tijde van het ongeluk op de brug.

Lisbeth Salander werd in Mikaels ogen steeds tegenstrijdiger. Hoewel ze de teksten in het onderzoek alleen vluchtig doorlas, viel haar blik voortdurend op de meest obscure en paradoxale details.

's Middags als de hitte het in de tuin ondraaglijk maakte, onderbraken ze hun werkzaamheden. Ze gingen een paar keer zwemmen in het kanaal of wandelden naar het terras van Susannes Brugcafé. Susanne bekeek Mikael plotseling met een demonstratieve kilte. Hij zag in dat Lisbeth eruitzag als een kind. Dat ze blijkbaar toch bij hem inwoonde veranderde hem in Susannes ogen in een vrouwzieke man van middelbare leeftijd. Dat gaf haar een onaangenaam gevoel.

Mikael maakte nog steeds elke avond een joggingrondje. Lisbeth gaf geen commentaar op zijn oefeningen als hij buiten adem weer thuiskwam. Rennen over stronken en stenen was blijkbaar niet haar opvatting van zomers vermaak.

'Ik ben veertig plus,' zei Mikael tegen haar. 'Ik moet aan mijn conditie werken, wil ik geen buikje krijgen.'

'Aha.'

'Train jij nooit?'

'Ik boks soms.'

'Boksen?'

'Ja, je weet wel, met van die handschoenen.'

Mikael ging douchen en probeerde zich Lisbeth voor te stellen in een boksring. Hij wist niet zeker of ze de spot met hem dreef. Eén vraag moest hij gewoon stellen.

'In welke gewichtsklasse boks je?'

'Geen. Ik spar weleens met de jongens in een boksclub op Södermalm.'

Waarom verbaast me dat niet, dacht Mikael. Maar hij constateerde dat ze in elk geval iets over zichzelf had verteld. Hij wist nog steeds niets van haar; hoe ze zo voor Armanskij was gaan werken, welke opleiding ze had genoten of wat haar ouders deden. Zo gauw Mikael iets over haar privéleven probeerde te vragen, sloot ze zich als een oester en antwoordde ze met weinig woorden of negeerde ze hem gewoon.

Op een middag legde Lisbeth Salander plotseling haar ordner neer en keek ze Mikael met gefronste wenkbrauwen aan.

'Wat weet je over Otto Falk? Die dominee?'

'Vrij weinig. Ik heb de huidige dominee aan het begin van het jaar een paar keer hier in de kerk ontmoet en zij vertelde dat Falk nog steeds in leven is, maar dat hij in een geriatrisch verpleeghuis in Hedestad woont. Alzheimer.'

'Waar kwam hij vandaan?'

'Van hier, Hedestad. Hij had in Uppsala gestudeerd en was rond de dertig toen hij weer hierheen verhuisde.'

'Hij was ongetrouwd. En Harriët ging met hem om?'

'Waarom vraag je dat?'

'Ik constateer alleen dat die smeris, die Morell, vrij mild tegen hem was in de verhoren.'

'In 1960 hadden dominees nog een heel andere positie in de maatschappij. Dat hij hier op het eiland woonde, zogezegd het dichtst in de buurt van de hemelse macht, was vanzelfsprekend.'

'Ik vraag me af hoe zorgvuldig de politie de pastorie doorzocht heeft. Op de foto's zie je dat het een groot houten huis was en daar moeten voldoende plaatsen zijn geweest om een lichaam een tijdje te verbergen.'

'Dat is waar. Maar er is niets in het materiaal te vinden wat erop wijst dat er ook maar enig verband is met de seriemoorden of de verdwijning van Harriët.'

'Dat is niet helemaal waar,' zei Lisbeth Salander met een scheef lachje naar Mikael. 'Ten eerste was hij dominee, en zeker dominees hebben een speciale verhouding tot de Bijbel. Ten tweede was hij de laatste die Harriët gezien en gesproken heeft.'

'Maar hij ging onmiddellijk daarna naar de plaats van het ongeval en is daar urenlang gebleven. Hij komt op diverse foto's voor, met name rond het tijdstip dat Harriët verdwenen moet zijn.'

'Ach, ik kan zijn alibi wel kraken. Maar ik denk eigenlijk aan iets heel anders. Dit verhaal gaat over een sadistische vrouwenmoordenaar.'

'Ja?'

'Ik was ... Ik had dit voorjaar wat tijd voor mezelf en heb toen een heleboel gelezen over sadisten, in een heel ander verband. Een van de teksten die ik gelezen heb, was een *manual* van de FBI in de VS, waarin beweerd werd dat verbazingwekkend veel van de seriemoordenaars die gepakt worden uit disfunctionele gezinnen komen en zich in hun jeugd bezighielden met het mishandelen van dieren. Een aantal van de Amerikaanse seriemoordenaars was bovendien opgepakt wegens brandstichting.'

'Dierenoffers en brandoffers, bedoel je.'

'Ja. Zowel dierenmishandeling als vuur komt in meerdere moordzaken van Harriët voor. Maar waar ik eigenlijk aan dacht was dat die pastorie eind jaren zeventig in vlammen is opgegaan.'

Mikael dacht even na.

'Vaag,' zei hij uiteindelijk.

Lisbeth Salander knikte. 'Klopt. Maar de moeite waard om te noteren. Ik kan in het onderzoek nergens de oorzaak van die brand vinden en het zou aardig zijn te weten of er in de jaren zestig andere mysterieuze branden zijn geweest. Bovendien zou het interessant zijn erachter te komen of er uit die tijd gevallen bekend zijn van dierenmishandeling of het verminken van dieren in deze streek.'

Toen Lisbeth de zevende nacht in Hedeby naar bed ging, was ze lichtelijk geïrriteerd door Mikael Blomkvist. Een week lang had ze zo goed als elk wakker moment met hem doorgebracht; gewoonlijk waren zeven minuten gezelschap van een ander mens meer dan voldoende om haar hoofdpijn te bezorgen.

Ze had al lang geleden geconstateerd dat ze niet goed was in sociale contacten en had zich een leven als eenling aangemeten. Ze vond het prima als mensen haar met rust lieten en haar haar eigen gang lieten gaan. Helaas was de omgeving niet zo slim en verstandig, ze moest zich wapenen tegen de sociale overheidsinstanties, de kinderbescherming, de Raad van Toezicht inzake Voogdijschap, de belastingdienst, de politie, curatoren, psychologen, psychiaters, artsen en portiers die haar (behalve de portiers bij Kvarnen, die haar zo langzamerhand wel kenden) nooit binnen wilden laten in de kroeg hoewel ze inmiddels vijfentwintig was. Er was een heel leger mensen dat niets beters te doen leek te hebben dan te proberen haar leven te sturen en, wanneer ze de kans kregen, de manier waarop zij gekozen had te willen leven, wilden corrigeren.

Ze had al vroeg geleerd dat huilen geen zin had. Ze had ook geleerd dat elke poging die ze gedaan had om iemand te wijzen op een bepaalde eigenschap van haar, de situatie alleen maar verergerd had. Daarom moest ze haar eigen boontjes zien te doppen met de methodes die zij noodzakelijk vond. Iets waar advocaat Nils Bjurman achter gekomen was.

Mikael Blomkvist had net als alle andere mensen hetzelfde irritante vermogen om in haar privéleven te neuzen en vragen te stellen die ze niet wilde beantwoorden. Maar hij reageerde absoluut niet zoals de meeste mannen die ze had ontmoet.

Als ze zijn vragen negeerde, haalde hij gewoon zijn schouders op en liet hij het onderwerp, en haar, met rust. *Verbluffend.*

Het eerste wat ze gedaan had toen ze de eerste ochtend in het huisje zijn iBook te pakken had gekregen, was uiteraard alle informatie naar haar eigen computer kopiëren. Op die manier maakte het niet zoveel uit of hij haar van de zaak afhaalde; ze zou in elk geval toegang hebben tot het materiaal.

Maar vervolgens had ze hem met opzet geprovoceerd doordat ze in de documenten in zijn iBook had zitten lezen toen hij wakker werd. Ze had een woede-uitbarsting verwacht. Maar hij had alleen maar gelaten gekeken en had iets ironisch gemompeld over mijn en dijn, was gaan douchen, en had daarna dat wat ze gelezen had ter discussie gesteld. Een merkwaardige vent. Je zou haast kunnen denken dat hij haar vertrouwde.

Maar dat hij haar talenten als hacker kende, was een kwalijke zaak. Lisbeth Salander was zich ervan bewust dat de juridische term voor het hacken waar zij zich mee bezighield, zowel beroepsmatig als als hobby, volgens de Wet Computercriminaliteit 'opzettelijk en wederrechtelijk binnendringen in een computersysteem' was, en dat daar een gevangenisstraf van maximaal twee jaar op stond. Dat was een gevoelig punt; ze wilde niet worden opgesloten en een gevangenisstraf zou er hoogstwaarschijnlijk toe leiden dat haar computers haar werden afgenomen, en daarmee de enige bezigheid waar ze echt goed in was. Ze had zelfs nooit overwogen om aan Dragan Armanskij of iemand anders te vertellen hoe ze aan de informatie kwam waar zij haar voor betaalden.

Met uitzondering van *Plague* en een paar mensen op internet die zich net als zij bezighielden met hacken op professioneel niveau – en de meesten daarvan kenden haar alleen als *Wasp* en wisten niet wie ze was of waar ze woonde – was alleen *Kalle Blomkvist* over haar geheim gestruikeld. Hij was haar op het spoor gekomen doordat ze een fout had gemaakt die zelfs twaalfjarige nieuwelingen in de branche niet maakten, wat alleen bewees dat haar hersenen zo langzamerhand werden opgegeten door maden en dat ze een afranseling verdiende. Maar hij had geen woede-uitbarsting gehad en had niet hemel en aarde bewogen – hij had haar juist in dienst genomen.

En daarom voelde ze zich lichtelijk geïrriteerd door hem.

Toen ze vlak voordat ze naar bed ging nog een broodje hadden gegeten, had hij haar plotseling gevraagd of ze een goede hacker was. Tot haar eigen verbazing had ze spontaan op die vraag geant-woord.

'Ik ben vermoedelijk de beste in Zweden. Misschien dat er nog twee of drie mensen van ongeveer hetzelfde niveau zijn.'

Ze twijfelde niet aan het waarheidsgehalte van haar antwoord. *Plague* was vroeger beter geweest dan zij, maar ze had hem al lang geleden ingehaald.

Maar het was wel vreemd geweest om het ronduit te zeggen. Dat had ze nooit eerder gedaan. Ze had zelfs nooit een buitenstaander gehad met wie ze dergelijke gesprekken kon voeren, en ze genoot er plotseling van dat hij geïmponeerd leek door haar vaardighe-den. Daarna had hij het gevoel bedorven door de vervolgvraag te stellen hoe ze dat hacken geleerd had.

Ze wist niet wat ze moest zeggen. *Dat heb ik altijd gekund.* Ze was in plaats daarvan naar bed gegaan zonder welterusten te zeg-gen.

Het had haar nog meer geïrriteerd dat Mikael er niet op leek te reageren dat ze gewoon wegliep. Ze lag te luisteren hoe hij in de keuken rondscharrelde, afruimde en afwaste. Hij bleef altijd langer op dan zij, maar was nu blijkbaar ook op weg naar bed. Ze hoorde hem in de badkamer en hoorde vervolgens dat hij naar zijn slaap-kamer ging en de deur dichtdeed. Na een tijdje was er gekraak te horen toen hij in bed kroop, een halve meter bij haar vandaan, maar aan de andere kant van de muur.

In de week dat ze bij hem gelogeerd had, had hij niet met haar geflirt. Hij had met haar samengewerkt, naar haar mening ge-vraagd, haar op haar vingers getikt als ze verkeerd had gedacht en haar punten toegekend als ze hem terechtgewezen had. Hij had haar verdorie behandeld als méns.

Ze zag plotseling in dat ze het gezelschap van Mikael Blomkvist op prijs stelde en dat ze hem misschien zelfs wel vertrouwde. Ze had nog nooit iemand vertrouwd, behalve eventueel Holger Palmgren. Maar om een heel andere reden. Palmgren was een voorspelbare *do-gooder* geweest.

Ze kwam plotseling overeind, ging voor het raam staan en keek rusteloos het donker in. Het moeilijkste vond ze om zich de eerste keer naakt aan een ander mens te tonen. Ze was ervan overtuigd dat haar spichtige lichaam afstotend was. Haar borsten waren armzalig. Haar heupen waren niet om over naar huis te schrijven. In haar ogen had ze niet veel te bieden. Maar afgezien daarvan was ze een heel gewone vrouw, met precies dezelfde lust en geslachtsdrift als alle anderen. Ze bleef bijna twintig minuten zo staan voordat ze een beslissing nam.

Mikael was naar bed gegaan en had een roman van Sara Paretsky opengeslagen toen hij de deurkruk hoorde en Lisbeth Salander zag staan. Ze had haar laken om zich heen geslagen en stond een tijdje zwijgend in de deuropening. Ze zag eruit alsof ze ergens over nadacht.

'Is er iets?' vroeg Mikael.

Ze schudde haar hoofd.

'Wat wil je?'

Ze liep naar hem toe, pakte zijn boek en legde dat op het nachtkastje. Toen boog ze zich voorover en kuste hem op zijn mond. Duidelijker kon ze haar bedoelingen niet overbrengen. Ze kroop snel bij hem in bed, ging rechtop zitten en keek hem met onderzoekende ogen aan. Ze legde een hand op het laken op zijn buik. Toen hij niet protesteerde, boog ze voorover en beet ze in een van zijn tepels.

Mikael Blomkvist was volslagen perplex. Na een paar seconden greep hij haar bij haar schouders en duwde hij haar van zich af zodat hij haar gezicht kon zien. Hij leek niet onaangedaan.

'Lisbeth ... ik weet niet of dit zo'n goed idee is. We moeten samenwerken.'

'Ik wil met je vrijen. En het is om die reden voor mij geen probleem om met je samen te werken. Ik zal daarentegen ontzettend veel problemen met je hebben als je me eruit schopt.'

'Maar we kennen elkaar amper.'

Ze liet plotseling een kort lachje horen, het leek wel hoesten.

'Toen ik dat PO naar je deed, heb ik kunnen constateren dat je je daar nooit eerder door hebt laten weerhouden. Jij bent eerder iemand die zijn handen nooit van de vrouwen kan afhouden. Wat is het probleem? Ben ik niet sexy genoeg voor je?'

Mikael schudde zijn hoofd en probeerde iets zinnigs te bedenken wat hij kon zeggen. Toen hij geen antwoord gaf, trok ze het laken van hem af en ging ze schrijlings op hem zitten.

'Ik heb geen condooms,' zei Mikael.
'Jammer dan.'

Toen Mikael wakker werd, was Lisbeth al op. Hij hoorde haar in de keuken in de weer met de koffieketel. Het was even voor zevenen. Hij had maar twee uur geslapen en bleef met zijn ogen dicht liggen.

Hij kreeg geen hoogte van Lisbeth Salander. Ze had niet eerder laten blijken dat ze ook maar enigszins in hem geïnteresseerd was.

'Goeiemorgen,' zei Lisbeth vanuit de deuropening. Ze glimlachte zelfs een beetje.

'Hoi,' zei Mikael.

'Er is geen melk meer. Ik rij even naar de benzinepomp. Die gaat om zeven uur open.'

Ze keerde zich zo snel om dat Mikael geen antwoord kon geven. Hij hoorde dat ze haar schoenen aantrok, haar tas en haar helm pakte, en naar buiten ging. Hij sloot zijn ogen. Vervolgens hoorde hij de buitendeur weer opengaan en een paar seconden later stond ze weer in de deuropening. Deze keer glimlachte ze niet.

'Misschien is het het beste als je even komt kijken,' zei ze met een wonderlijke stem.

Mikael was onmiddellijk op de been en trok zijn spijkerbroek aan. Die nacht had iemand het gastenverblijf verblijd met een onwelkom cadeautje. Op de trap lag het half verkoolde kadaver van een verminkte kat. De poten en de kop van de kat waren eraf gesneden, waarna het lichaam gevild was en de darmen en de maagzak eruit waren gehaald; de resten lagen naast het kadaver, dat boven een vuurtje geroosterd leek. De kop van de kat was intact en was op het zadel van Lisbeth Salanders motorfiets geplaatst. Mikael herkende de roodbruine vacht.

22
DONDERDAG 10 JULI

Ze ontbeten in de tuin, zonder iets te zeggen en zonder melk in de koffie. Lisbeth had een kleine Canon-digitale camera tevoorschijn gehaald en het macabere tafereel vastgelegd voordat Mikael een vuilniszak had gepakt en het geheel verwijderd had. Hij had de kat in de kofferruimte van zijn geleende auto gelegd, maar wist niet zeker wat hij met het kadaver aan moest. Eigenlijk zou hij bij de politie aangifte moeten doen van dierenmishandeling, wellicht zelfs van bedreiging, maar hij wist niet goed hoe hij moest uitleggen waarom iemand hem had bedreigd.

Om halfnegen was Isabella Vanger langsgelopen over de brug. Ze had hen niet gezien of had gedaan alsof ze hen niet gezien had.

'Hoe gaat het?' had Mikael ten slotte aan Lisbeth gevraagd.

'Goed.' Ze had hem onthutst aangekeken. *Goed. Hij wil dat ik geschokt ben.* 'Als ik die klootzak te pakken krijg die een onschuldige kat doodmaakt, alleen om ons een waarschuwing te geven, zal ik hem met een honkbalknuppel bewerken.'

'Je denkt dat het een waarschuwing is?'

'Heb je een betere verklaring? En het heeft een betekenis.'

Mikael knikte. 'Wat de waarheid in dit verhaal ook is, we hebben iemand voldoende bang gemaakt waardoor die persoon dit heeft gedaan. Maar er is ook een ander probleem.'

'Ik weet het. Dit is een dierenoffer in de trant van 1954 en 1960. Maar het lijkt niet aannemelijk dat een moordenaar die vijftig jaar geleden actief was hier rondsluipt en mishandelde dierenkadavers bij jou op de drempel neerlegt.'

Mikael was het met haar eens.

'De enigen die in dat geval in aanmerking kunnen komen, zijn Harald Vanger en Isabella Vanger. Er is een aantal oudere familieleden aan Johan Vangers kant, maar geen van hen woont in de buurt.'

Mikael zuchtte.

'Isabella is een gemeen wijf dat zeker een kat kan vermoorden, maar ik twijfel eraan of ze in de jaren vijftig als seriemoordenaar van vrouwen rondliep. Harald Vanger ... Ik weet het niet, hij lijkt zo zwak, hij kan nauwelijks lopen en ik kan maar moeilijk geloven dat hij vannacht naar buiten is gegaan, op een kat heeft gejaagd en dit gedaan heeft.'

'Als het niet twee personen zijn. Een oudere en een jongere.'

Mikael hoorde plotseling een auto langskomen en keek op. Hij zag Cecilia Vanger over de brug wegrijden. *Harald en Cecilia*, dacht hij. Maar bij die gedachte zette hij direct een groot vraagteken; vader en dochter gingen niet met elkaar om en spraken nauwelijks met elkaar. Ondanks Martin Vangers toezegging om met haar te gaan praten, had ze geen van Mikaels belpogingen tot nu toe beantwoord.

'Het moet iemand zijn die weet dat we aan het graven zijn en dat we vorderingen hebben gemaakt,' zei Lisbeth Salander. Ze stond op en ging naar binnen. Toen ze terugkwam, had ze haar motorpak aan.

'Ik ga naar Stockholm. Ik ben vanavond terug.'

'Wat ga je doen?'

'Wat spullen halen. Als iemand gek genoeg is om op die manier een kat dood te maken, kan hij of zij het de volgende keer op ons gemunt hebben. Of brandstichten als wij liggen te slapen. Ik wil dat je vandaag naar Hedestad gaat en twee brandblussers en twee rookmelders koopt. Een van die brandblussers moet een halonblusser zijn.'

Zonder verder iets te zeggen deed ze haar helm op, trapte ze haar motor aan en verdween ze over de brug.

Mikael dumpte het kadaver in een vuilcontainer bij de benzinepomp voordat hij naar Hedestad reed en de brandblussers en de rookmelders kocht. Hij legde ze in de achterbak van de auto en reed naar het ziekenhuis. Hij had gebeld en afgesproken Dirch Frode in de cafetaria te ontmoeten. Hij vertelde wat er die ochtend gebeurd was. Dirch Frode verbleekte.

'Mikael, ik had er niet op gerekend dat deze zaak gevaarlijk zou kunnen worden.'

'Waarom niet? Mijn taak was immers het ontmaskeren van een moordenaar.'

'Maar wie zou ... Dit is bespottelijk. Als jouw leven of dat van juffrouw Salander in gevaar is moeten we ermee stoppen. Ik kan met Henrik gaan praten.'

'Nee. Absoluut niet. Ik wil niet riskeren dat hij weer een hartaanval krijgt.'

'Hij vraagt constant hoe het ermee staat.'

'Doe hem de groeten en zeg maar dat ik verder aan het spitten ben.'

'Wat gaan jullie nu doen?'

'Ik heb twee vragen. Het eerste incident vond plaats vlak nadat Henrik zijn hartaanval had gekregen en ik een dag in Stockholm was. Iemand heeft mijn werkkamer doorzocht. Dat was net nadat ik de Bijbelcode had gekraakt en de foto's op de Järnvägsgatan had ontdekt. Ik had dat aan Henrik en aan jou verteld. Martin wist ervan omdat hij heeft geregeld dat ik bij *Hedestads-Kuriren* binnen kon komen. Wie wisten er nog meer van?'

'Tja, ik weet niet precies met wie Martin gesproken heeft. Maar Birger en Cecilia wisten ervan. Die hebben jouw zoektocht naar foto's onderling besproken. Ook Alexander weet ervan. En, trouwens, Gunnar en Helen Nilsson ook. Die kwamen Henrik opzoeken en werden bij het gesprek betrokken. En Anita Vanger.'

'Anita? Die uit Londen.'

'Cecilia's zus. Ze is samen met Cecilia naar huis gevlogen toen Henrik zijn hartaanval had gehad, maar logeerde in een hotel en is voor zover ik weet niet op het eiland geweest. Net als Cecilia wil ze haar vader niet zien. Maar ze is een week geleden teruggegaan, toen Henrik van de IC af kwam.'

'Waar verblijft Cecilia? Ik zag haar vanochtend toen ze de brug over reed, maar haar huis is donker en de deur zit op slot.'

'Verdenk je haar?'

'Nee, ik vraag me alleen af waar ze logeert.'

'Ze logeert bij haar broer, Birger. Dat is op loopafstand van Henrik.'

'Weet je waar ze momenteel is?'

'Nee. Ze is in elk geval niet bij Henrik.'

'Bedankt,' zei Mikael en hij stond op.

De familie Vanger cirkelde rond het ziekenhuis van Hedestad. Door de entreehal liep Birger Vanger op weg naar de liften. Mikael had geen zin om hem te ontmoeten en wachtte tot hij verdwenen was voordat hij naar de hal liep. Vervolgens kwam hij Martin Vanger tegen bij de deuren, op bijna exact dezelfde plaats waar hij Cecilia Vanger bij zijn voorgaande bezoek was tegengekomen. Ze zeiden gedag en schudden elkaar de hand.

'Ben je bij Henrik geweest?'

'Nee, ik heb alleen even een korte ontmoeting gehad met Dirch Frode.'

Martin Vanger zag er moe uit en had holle ogen. Het viel Mikael op dat hij in het halfjaar dat ze elkaar nu kenden aanzienlijk ouder geworden was. De strijd om het Vangerse imperium te redden ging hem niet in de koude kleren zitten en Henriks plotselinge, zorgwekkende toestand deed hem evenmin goed.

'En hoe gaat het met jou?' vroeg Martin Vanger.

Mikael liet onmiddellijk blijken dat hij niet van plan was om ermee te stoppen en naar Stockholm terug te keren. 'Dank je. Ja, het wordt elke dag interessanter. Als Henrik beter is, hoop ik zijn nieuwsgierigheid te kunnen bevredigen.'

Birger Vanger woonde in een rijtjeshuis van witte baksteen aan de overkant van de weg, op slechts vijf minuten loopafstand van het ziekenhuis. Hij keek uit op zee en op de passantenhaven. Er deed niemand open toen Mikael aanbelde. Hij belde Cecilia's mobiel, maar ze nam niet op. Hij bleef een tijdje in de auto zitten en trommelde met zijn vingers op het stuur. Birger Vanger was een onbeschreven blad in het geheel; geboren in 1939 en zodoende pas tien toen de moord op Rebecka Jacobsson werd begaan. Daarentegen was hij zevenentwintig toen Harriët verdween.

Volgens Henrik Vanger waren Birger en Harriët weinig met elkaar omgegaan. Hij was opgegroeid bij zijn familie in Uppsala en was naar Hedestad verhuisd om binnen het concern te gaan werken, maar was er na een paar jaar mee gestopt en was de politiek in gegaan. Maar hij was in Uppsala geweest toen de moord op Lena Andersson had plaatsgevonden.

Mikael werd niet wijs uit het verhaal, maar het incident met de kat gaf hem het gevoel dat er een dreiging boven zijn hoofd hing en dat de tijd begon te dringen.

De oude dominee van Hedeby, Otto Falk, was zesendertig jaar geweest toen Harriët verdween. Hij was nu tweeënzeventig, jonger dan Henrik Vanger, maar in een aanzienlijk slechtere psychische conditie.

Mikael zocht hem op in het verpleeghuis Svalan, een geel bakstenen gebouw een stukje hoger aan de rivier gelegen, aan de andere kant van de stad. Mikael stelde zich voor aan de receptionist en vroeg of hij dominee Falk mocht spreken. Hij verklaarde dat hij had begrepen dat de dominee aan de ziekte van Alzheimer leed en informeerde in hoeverre hij met hem kon communiceren. Een hoofdverpleegkundige antwoordde dat de diagnose van dominee Falk drie jaar geleden gesteld was en dat de ziekte een agressief verloop had. Je kon met Falk praten, maar zijn kortetermijngeheugen was slecht, hij herkende bepaalde familieleden niet en werd over het geheel genomen steeds waziger. Mikael werd ook gewaarschuwd dat de oude man angstaanvallen kon krijgen als hem vragen gesteld werden die hij niet kon beantwoorden.

De oude dominee zat op een bankje in de tuin samen met drie andere patiënten en een verzorger. Mikael trachtte een uur lang met Falk te praten.

Dominee Falk beweerde dat hij zich Harriët Vanger nog heel goed kon herinneren. Hij begon te stralen en beschreef haar als een innemend meisje. Mikael werd zich er echter snel van bewust dat de dominee vergeten was dat ze al zevenendertig jaar vermist was; hij sprak over haar alsof hij haar pas nog gezien had en vroeg Mikael haar de groeten te doen en haar te vragen hem een keertje op te komen zoeken. Dat beloofde Mikael.

Toen Mikael begon over wat er de dag dat Harriët verdwenen was gebeurd was, raakte de dominee ontzet. Hij kon zich het ongeluk op de brug blijkbaar niet herinneren. Pas aan het eind van het gesprek zei hij iets wat Mikael zijn oren deed spitsen.

Dat was toen Mikael het gesprek op Harriëts interesse voor religie bracht. Dominee Falk werd opeens bedachtzaam. Het was alsof er een wolk over zijn gezicht trok. De dominee zat een tijdje heen en weer te wiegen, keek Mikael plotseling aan en vroeg wie hij was. Mikael stelde zich nogmaals voor en de oude man dacht nog een tijdje na. Uiteindelijk schudde hij zijn hoofd en keek hij geërgerd.

'Ze is nog een zoekende. Ze moet oppassen en jij moet haar waarschuwen.'

'Waar moet ik haar voor waarschuwen?'

Dominee Falk raakte opeens ontstemd. Hij schudde zijn hoofd met opgetrokken wenkbrauwen.

'Ze moet *sola scriptura* lezen en *sufficientia scripturae* begrijpen. Pas dan kan ze *sola fide* handhaven. Jozef sluit hen beslist uit. Die waren nooit opgenomen in de canon.'

Mikael begreep er geen snars van maar maakte ijverig aantekeningen. Vervolgens leunde dominee Falk naar voren en fluisterde hij vertrouwelijk: 'Ze denkt dat ze katholiek is. Ze dweept met magie en heeft haar God nog niet gevonden. Haar moet de weg gewezen worden.'

Het woord 'katholiek' had duidelijk een negatieve klank voor de lutherse dominee Falk.

'Ik dacht dat ze geïnteresseerd was in de pinksterbeweging?'

'Nee, nee, niet de pinksterbeweging. Ze zoekt de verboden waarheid. Ze is geen goed christen.'

Daarna leek dominee Falk zowel Mikael als het onderwerp te zijn vergeten en begon hij met een van de andere patiënten te praten.

Mikael was 's middags even na tweeën weer op het eiland. Hij liep naar Cecilia Vanger en belde aan, maar zonder succes. Hij probeerde haar mobiel, maar kreeg geen antwoord.

Hij monteerde een rookmelder in de keuken en een in het voorportaal. Hij plaatste een brandblusser naast het fornuis, bij de deur naar de slaapkamer en de andere bij de deur naar de wc. Daarna maakte hij een lunch voor zichzelf klaar, bestaande uit koffie en brood, en ging hij in de tuin zitten waar hij zijn aantekeningen van het gesprek met dominee Falk in zijn iBook zette. Hij dacht een hele tijd na en keek toen omhoog naar de kerk.

De nieuwe pastorie van Hedeby was een heel gewone, moderne villa op een paar minuten loopafstand van de kerk. Mikael belde tegen vieren bij dominee Margareta Strandh aan en verklaarde dat hij kwam omdat hij hulp nodig had bij een theologische vraag. Margareta Strandh was een donkerharige vrouw van zijn eigen leeftijd, gekleed in een spijkerbroek en een flanellen shirt. Ze was blootsvoets en had gelakte teennagels. Hij had haar een paar keer eerder ontmoet in Susannes Brugcafé en met haar over dominee Falk gesproken. Mikael werd vriendelijk ontvangen en werd uitgenodigd plaats te nemen in de tuin.

Mikael vertelde dat hij Otto Falk geïnterviewd had en legde uit wat hij had gezegd, maar dat hij de betekenis ervan niet begreep. Margareta Strandh luisterde, en vroeg vervolgens Mikael woord voor woord te herhalen wat Falk had gezegd. Ze dacht even na.

'Ik ben pas drie jaar geleden benoemd hier in Hedeby en heb dominee Falk nooit ontmoet. Hij was jaren daarvoor al met emeritaat gegaan, maar ik heb begrepen dat hij tamelijk traditioneel was. Wat hij zei betekent ongeveer dat men zich alleen aan de Schrift moet houden, *sola scriptura*, en dat dat *sufficientia scripturae* is. Dat laatstgenoemde is een uitdrukking die de toereikendheid van de Schrift vaststelt onder de letterlijke gelovigen. *Sola fide* betekent "door het geloof alleen" of "het zuivere geloof".'

'Ik begrijp het.'

'Dit alles zijn zogezegd fundamentele dogma's. Het is in grote lijnen het fundament van de kerk en niets ongewoons. Hij zei gewoon: "Lees de Bijbel, die geeft voldoende kennis en staat garant voor het zuivere geloof."'

Mikael voelde zich wat gegeneerd.

'Nu moet ik vragen in welk verband dit gesprek werd gevoerd.'

'Ik vroeg naar iemand die hij jaren geleden gekend heeft en over wie ik schrijf.'

'Iemand die zoekende was op religieus gebied?'

'Iets in die richting.'

'Oké. Ik denk dat ik het verband begrijp. Dominee Falk zei nog twee dingen: "Jozef sluit hen beslist uit" en "die waren nooit opgenomen in de canon". Is het mogelijk dat je het verkeerd verstaan hebt en dat hij Josephus zei in plaats van Jozef? Dat is eigenlijk dezelfde naam.'

'Dat is niet onmogelijk,' zei Mikael. 'Ik heb het gesprek opgenomen, dus als u wilt luisteren?'

'Nee, ik geloof niet dat dat nodig is. Deze twee zinnen stellen tamelijk eenduidig vast waar hij op doelde. Josephus was een Joodse geschiedschrijver en de zin "die waren nooit opgenomen in de canon" zal erop geduid hebben dat ze nooit in de Hebreeuwse canon voorkwamen.'

'En dat betekent?'

Ze lachte.

'Dominee Falk beweerde dat deze persoon dweepte met esoterische geschriften, te weten de apocriefen. Het woord *apokryphos* betekent "verborgen" en de apocriefen zijn dus de verborgen geschriften, die door sommigen als zeer controversieel worden beschouwd en die volgens anderen bij het Oude Testament zouden horen. Het zijn Tobias, Judith, Esther, Baruch, Jezus Sirach, de Makkabeeën-boeken en nog een paar andere.'

'Vergeef me mijn onwetendheid. Ik heb van de apocriefen gehoord, maar heb ze nooit gelezen. Wat is er zo speciaal aan?'

'Eigenlijk niets, behalve dat ze een paar jaar later zijn ontstaan dan de rest van het Oude Testament. De apocriefen zijn daarom uit de Hebreeuwse Bijbel gehaald, niet omdat de Joodse schriftgeleerden hun inhoud wantrouwden, maar gewoon omdat ze geschreven waren nadat de goddelijke openbaring was afgesloten. Daarentegen staan de apocriefen in de oude Griekse Bijbelvertaling. Ze zijn niet controversieel in bijvoorbeeld de roomskatholieke Kerk.'

'Ik begrijp het.'

'Ze zijn echter uiterst controversieel in de protestantse Kerk. Tijdens de reformatie zochten de theologen hun heil bij de oude Hebreeuwse Bijbel. Maarten Luther haalde de apocriefen uit de reformatorische Bijbel en later verklaarde Calvijn dat de apocriefen absoluut niet de basis mochten vormen voor geloofsovertuigingen. Ze bevatten dus zaken die elkaar tegenspreken of die op de een of andere manier in strijd zijn met *claritas scripturae,* de helderheid van de Schrift.'

'Met andere woorden gecensureerde boeken.'

'Precies. De apocriefen beweren bijvoorbeeld dat magie gepraktiseerd kan worden, dat leugens in sommige gevallen zijn toegestaan en dergelijke uitspraken die dogmatische schriftgeleerden uiteraard afkeuren.'

'Ik begrijp het. Dus als iemand dweept met religie is het niet ondenkbaar dat de apocriefen op de leeslijst voorkomen en dat zo iemand als dominee Falk daarover ontstemd zou raken.'

'Precies. Het is haast onvermijdelijk om de apocriefen niet tegen te komen als je in Bijbelkennis of het katholieke geloof geïnteresseerd bent, en het is al net zo onwaarschijnlijk dat iemand die geïnteresseerd is in esoterica in het algemeen ze niet zou lezen.'

'U hebt niet toevallig een exemplaar van de apocriefen?'

Ze lachte nogmaals. Een lichte, vriendelijke lach.

'Natuurlijk wel. De apocriefen zijn in de jaren tachtig door het Zweedse Bijbelgenootschap zelfs officieel uitgegeven.'

Dragan Armanskij vroeg zich af wat er aan de hand was toen Lisbeth Salander hem om een gesprek onder vier ogen vroeg. Hij sloot de deur en gebaarde haar plaats te nemen in de bezoekersstoel. Ze verklaarde dat de werkzaamheden voor Mikael Blomkvist waren afgerond – Dirch Frode zou voor het eind van de maand betalen – maar dat ze besloten had bij het onderzoek betrokken te willen blijven. Mikael had haar een aanzienlijk lager maandsalaris geboden.

'Ik ben eigen baas,' zei Lisbeth Salander. 'Tot nu toe heb ik volgens afspraak nooit een klus aangenomen die jij me niet gegeven hebt. Wat ik wil weten is wat er met onze verstandhouding gebeurt als ik zelf klussen aanneem.'

Dragan Armanskij spreidde zijn handen uiteen.

'Je bent zelfstandige, je kunt zelf klussen aannemen en naar eigen goeddunken factureren. Ik ben alleen maar blij als je je eigen geld verdient. Daarentegen zou het niet loyaal van je zijn als je klanten afpikt die je via ons krijgt.'

'Dat ben ik niet van plan. Ik heb het werk voltooid volgens het contract dat we met Blomkvist hadden afgesloten. Die klus is nu geklaard. Het gaat er nu om dat ík op die zaak wil blijven zitten. Ik zou het zelfs gratis doen.'

'Doe nooit iets gratis.'

'Je begrijpt best wat ik bedoel. Ik wil weten waar dit verhaal toe leidt. Ik heb Mikael Blomkvist overgehaald Dirch Frode om een vervolgcontract als researchmedewerker te vragen.'

Ze overhandigde het contract aan Armanskij, die het vluchtig doorlas.

'Voor dat salaris kun je net zo goed gratis werken. Lisbeth, je hebt talent. Je hoeft niet te werken voor zakgeld. Je weet dat je bij mij aanzienlijk meer kunt verdienen als je fulltime gaat werken.'

'Ik wil niet fulltime werken. Maar Dragan, mijn loyaliteit ligt bij jou. Jij bent altijd aardig voor me geweest sinds ik hier begonnen ben. Ik wil weten of zo'n contract oké voor jou is, zodat er geen wrijving tussen ons ontstaat.'

'Ik begrijp het.' Hij dacht even na. 'Het is prima. Fijn dat je het me gevraagd hebt. Als er zich in de toekomst dergelijke situaties voordoen, wil ik dat je het mij vraagt, dan ontstaan er geen misverstanden.'

Lisbeth Salander bleef nog even zwijgend zitten terwijl ze overwoog of er nog iets aan toe te voegen viel. Ze nagelde Dragan Armanskij vast met haar blik zonder iets te zeggen. Toen knikte ze, stond op en vertrok, zoals gewoonlijk zonder afscheidsfrasen. Nu ze het antwoord had gekregen dat ze wilde hebben, had ze totaal geen aandacht meer voor Armanskij. Hij glimlachte stilletjes. Dat ze hem überhaupt om advies had gevraagd, betekende een nieuw hoogtepunt in haar socialiseringsproces.

Hij deed een map open met een rapport over de veiligheid van een museum waar binnenkort een grote tentoonstelling van Franse impressionisten geopend zou worden. Vervolgens legde hij de map weer neer en keek hij naar de deur waardoor Salander net verdwenen was. Hij dacht aan die keer dat ze met Mikael Blomkvist op haar werkkamer had zitten lachen en vroeg zich af of ze volwassen begon te worden of dat het door Blomkvist kwam. Hij had het gevoel nooit kwijt kunnen raken dat Lisbeth Salander een perfect slachtoffer was. En nu was ze op jacht naar een gek in een uithoek van het land.

Weer op weg naar het noorden maakte Lisbeth Salander impulsief een omweg langs het verpleeghuis van Äppelvik en zocht ze haar moeder op. Afgezien van het bezoek met midzomer had ze haar moeder sinds kerst niet gezien, en ze had een slecht geweten dat ze zo weinig tijd voor haar vrijmaakte. Een nieuw bezoek in de loop van een paar weken was een record.

Haar moeder zat in de conversatiekamer. Lisbeth bleef ruim een uur en wandelde met haar naar de eendenvijver in het park voor het ziekenhuis. Haar moeder haalde voortdurend Lisbeth en haar zus door elkaar. Ze was zoals gewoonlijk niet helemaal aanwezig, maar leek ook verontrust over het bezoek.

Toen Lisbeth afscheid nam, wilde haar moeder haar hand niet loslaten. Lisbeth beloofde snel weer te komen, maar haar moeder keek haar ongerust en ongelukkig na.

Het was alsof ze een voorgevoel had van een naderende catastrofe.

In de tuin achter zijn huis bracht Mikael twee uur door met het doorbladeren van de apocriefe boeken, met het idee dat hij zijn tijd aan het verdoen was.

Plotseling moest hij ergens aan denken. Hij vroeg zich af hoe religieus Harriët Vanger eigenlijk geweest was. Haar interesse voor Bijbelstudie was ontstaan in het jaar voordat ze verdween. Ze had een aantal Bijbelcitaten gekoppeld aan een serie moorden en had daarna niet alleen de Bijbel grondig gelezen, maar ook de apocriefen en had zich geïnteresseerd voor het katholicisme.

Had ze eigenlijk hetzelfde onderzoek verricht dat Mikael Blomkvist en Lisbeth Salander zevenendertig jaar later deden – was haar interesse eerder gewekt door de jacht op een moordenaar dan door religiositeit? Dominee Falk had aangegeven dat ze, in zijn ogen, eerder een zoekende was, en niet een goed christen.

Zijn gedachtegang werd onderbroken doordat Erika hem op zijn mobiel belde.

'Ik bel je alleen even om te zeggen dat Greger en ik volgende week op vakantie gaan. Ik blijf vier weken weg.'

'Waar gaan jullie heen?'

'New York. Greger heeft een tentoonstelling en daarna gaan we naar het Caribische gebied. We kunnen op Antigua een huis lenen van een kennis van Greger en blijven daar twee weken.'

'Dat klinkt heerlijk. Veel plezier. Groeten aan Greger.'

'Ik ben in drie jaar niet echt vrij geweest. Het nieuwe nummer is klaar en het volgende nummer ook bijna helemaal. Ik had jou graag willen hebben als redacteur, maar Christer heeft beloofd dat op zich te nemen.'

'Hij kan me altijd bellen als hij hulp nodig heeft. Hoe gaat het met Janne Dahlman?'

Ze aarzelde even.

'Hij gaat volgende week op vakantie. Ik heb Henry tijdelijk aangesteld als redactiesecretaris. Hij en Christer houden de tent draaiende.'

'Oké.'

'Ik vertrouw Dahlman niet. Maar hij houdt zich gedeisd. Ik ben 7 augustus weer terug.'

Tegen zevenen had Mikael Cecilia Vanger vijf keer geprobeerd te bellen. Hij had haar een berichtje ge-sms't met het verzoek hem te bellen, maar zonder resultaat.

Hij sloeg het boek dicht, trok zijn joggingpak aan, sloot de deur af en ging op pad voor zijn dagelijkse trainingsrondje.

Hij volgde de smalle weg naar het strand voordat hij afboog naar het bos. Hij rende zo snel als hij kon door het struikgewas en over de kluiten en kwam afgepeigerd, en met een veel te snelle hartslag bij het Fort aan. Hij bleef een paar minuten bij het oude verdedigingsbolwerk staan stretchen.

Plotseling hoorde hij een scherpe knal en op hetzelfde moment sloeg een kogel in een grijze betonnen muur slechts een paar centimeter bij zijn hoofd vandaan. Daarna voelde hij pijn bij zijn haargrens toen de splinters een diepe snee maakten.

Gedurende wat een eeuwigheid leek stond Mikael als verlamd en was hij niet in staat te begrijpen wat er gebeurd was. Daarna wierp hij zich pardoes in het schuttersputje en bezeerde hij zich behoorlijk toen hij op zijn schouder terechtkwam. Het tweede schot werd afgevuurd op hetzelfde moment dat hij in de schuttersput sprong. De kogel raakte het betonnen fundament waar hij zonet nog had gestaan.

Mikael krabbelde overeind en keek om zich heen. Hij bevond zich ongeveer in het midden van het Fort. Naar links en rechts liepen nauwe, overgroeide passages van een meter diep naar schuttersputjes die langs een lijn van ruim 250 meter verspreid lagen. Gehurkt rende hij door het labyrint in zuidelijke richting.

Hij hoorde plotseling een echo van kapitein Adolfssons markante stem tijdens een winteroefening gedurende zijn diensttijd in

Kiruna. *Verdomme, Blomkvist, kop omlaag als je niet wilt dat je reet wordt weggeschoten.* Nog steeds, twintig jaar later, herinnerde hij zich de extra oefeningen waar kapitein Adolfsson opdracht toe had gegeven.

Na ongeveer 60 meter bleef hij met kloppend hart staan om adem te halen. Hij kon geen ander geluid horen dan zijn eigen ademhaling. *Het menselijk oog merkt bewegingen veel sneller op dan vormen en gedaantes. Beweeg je langzaam als je speurt.* Mikael keek voorzichtig een paar centimeter over de borstwering van de loopgraaf. Hij keek recht tegen de zon in waardoor hij geen details kon onderscheiden.

Mikael trok zijn hoofd weer terug en liep door naar het laatste schuttersputje. *Het maakt niet uit hoe goed het wapen van de vijand is. Als hij je niet kan zien kan hij je niet raken. Dekking, dekking, dekking. Zorg dat je nooit onbeschut bent.*

Mikael bevond zich nu ongeveer 300 meter van de grens van de landerijen van Östergården. Op 40 meter afstand van hem was een bijna ondoordringbaar kreupelbos met heel veel jonge bomen en struiken. Maar om dat bos te bereiken moest hij vanaf het Fort een schuine heuvel af waar hij vogelvrij was. Het was de enige uitweg. Hij had de zee in de rug.

Mikael ging op zijn hurken zitten en dacht na. Hij werd zich plotseling bewust van de pijn bij zijn slaap en ontdekte dat hij flink bloedde en dat zijn T-shirt onder het bloed zat. Fragmenten van de kogel of splinters van het betonnen fundament hadden een diepe snee bij zijn haargrens gemaakt. *Hoofdwonden blijven altijd bloeden*, dacht hij, voordat hij zich weer concentreerde op zijn situatie. Eén schot had een onopzettelijk schot kunnen zijn. Twee schoten betekenden dat iemand had geprobeerd hem te vermoorden. Hij wist niet of de schutter er nog was en zijn geweer opnieuw geladen had, en stond te wachten tot hij zich weer zou laten zien.

Hij probeerde kalm te blijven en rationeel te denken. De keuze bestond uit wachten of op de een of andere manier daarvandaan zien te komen. Als de schutter er nog was, was het laatste alternatief absoluut ongeschikt. Maar als hij wachtte kon de schutter in alle rust naar het Fort wandelen, hem opzoeken en hem van dichtbij neerschieten.

Hij (of zij) kan niet weten of ik naar rechts of naar links ben gegaan. Het geweer? Misschien een elandenjachtgeweer. Vermoedelijk met vizierkijker. Dat zou betekenen dat de schutter een beperkt gezichtsveld had als hij door de lens naar Mikael speurde.

Als je in het nauw zit – neem het initiatief. Dat is beter dan afwachten. Hij wachtte en luisterde twee minuten naar geluiden, trok zich daarna op uit het schuttersputje en rende zo snel als hij kon over de heuvel omlaag.

Een derde schot werd afgevuurd toen hij halverwege het kreupelbos was, maar de kogel miste ruimschoots. Het volgende moment wierp hij zich recht naar voren in een gordijn van jonge bomen en struiken en rolde hij door een zee van brandnetels. Hij was onmiddellijk weer op de been en begon zich hurkend van de schutter af te bewegen. Na 50 meter stopte hij om te luisteren. Plotseling hoorde hij een tak kraken ergens tussen het Fort en de plek waar hij zich bevond. Hij gleed voorzichtig op zijn buik.

Tijgersluipgang was een van kapitein Adolfssons andere favoriete uitdrukkingen geweest. Mikael werkte de volgende 150 meter af met zijn lichaam tegen de grond gedrukt. Hij bewoog zich geluidloos en paste goed op takken en takjes. Twee keer hoorde hij plotseling gekraak in het kreupelbos. De eerste keer leek het uit zijn onmiddellijke nabijheid te komen, misschien 20 meter rechts van de plaats waar hij zich bevond. Hij verstijfde en lag doodstil. Na een tijdje hief hij voorzichtig zijn hoofd op en keek hij rond, maar hij zag niemand. Hij bleef een hele tijd stilliggen, zijn zenuwen tot het uiterste gespannen, bereid te vluchten of eventueel een wanhopige tegenaanval te doen als de vijand recht op hem af zou komen. Het volgende gekraak dat hij hoorde was op een aanzienlijk grote afstand. Daarna was het stil.

Hij weet dat ik hier ben. Maar hij is ergens gaan staan en wacht tot ik me weer ga bewegen, of heeft hij zich teruggetrokken?

Hij bewoog zich in tijgersluipgang verder totdat hij bij de weidegrond van Östergården kwam.

Dit was het volgende kritieke moment. Er liep een pad langs de buitenkant van de afrastering. Hij lag languit op de grond de omgeving af te speuren. Hij kon de huizen recht voor zich zien, ongeveer 400 meter verderop, op een licht glooiende heuvel, en rechts van de huizen zag hij een aantal grazende koeien. *Waarom had niemand de schoten gehoord en was er niemand op onderzoek uitgegaan? Zomer. Het is niet zeker dat er momenteel iemand thuis is.*

Het weiland in lopen was geen optie – daar zou hij volledig onbeschermd zijn – maar het rechte pad langs de afrastering was dé plek waar hij zelf zou zijn gaan staan voor een vrij schootsveld. Hij trok zich voorzichtig weer in het kreupelbos terug totdat dat ophield en er een dunbegroeid dennenbos begon.

Mikael nam de omweg om de landerijen van Östergården heen en over Söderberget naar huis. Toen hij Östergården passeerde, constateerde hij dat de auto weg was. Op de top van Söderberget bleef hij staan en keek hij uit over Hedeby. In de oude vissershuisjes in de jachthaven zaten zomergasten; er zaten een paar vrouwen in badpak op een steiger met elkaar te praten. Hij rook de geur van een barbecue. Een paar kinderen waren aan het spetteren bij de steigers in de jachthaven.

Mikael keek op zijn horloge. Even na achten. Het was vijftig minuten geleden dat de schoten waren gelost. Gunnar Nilsson was in een korte broek en met ontbloot bovenlijf het gras bij zijn huis aan het besproeien. *Hoe lang ben je daar al bezig?* Henrik Vangers huis was leeg, op huishoudster Anna Nygren na. Harald Vangers huis leek even verlaten als altijd. Plotseling zag hij Isabella Vanger in de tuin achter haar huis. Ze zat daar met iemand te praten. Mikael zag al snel dat het de ziekelijke Gerda Vanger was, geboren in 1922, die met haar zoon Alexander Vanger in een van de huizen achter Henrik woonde. Hij had haar nooit ontmoet, maar hij had haar een paar keer bij haar huis gezien. Cecilia Vangers huis leek verlaten, maar toen zag Mikael dat er een lamp in de keuken aanging. *Ze is thuis. Was de schutter een vrouw geweest?* Dat Cecilia Vanger een geweer kon hanteren, daar twijfelde hij geen seconde aan. Verder weg kon hij Martin Vangers auto op de oprit voor zijn huis zien staan. *Hoe lang ben jij al thuis?*

Of was het iemand anders geweest, aan wie hij nog niet had gedacht? Frode? Alexander? Te veel mogelijkheden.

Hij daalde Söderberget af, volgde de weg naar het dorp en liep onmiddellijk naar huis zonder verder iemand tegen te komen.

Het eerste wat hij opmerkte, was dat de deur van zijn huis op een kier stond. Hij kroop haast instinctief in elkaar. Vervolgens rook hij de geur van koffie en zag hij Lisbeth Salander door het keukenraam.

Lisbeth hoorde Mikael in het voorportaal en draaide zich naar hem om. Ze verstijfde. Zijn gezicht zag er vreselijk uit, bedekt met bloed dat al begon te stollen. Het linkerdeel van zijn witte T-shirt was doordrenkt van bloed. Hij drukte een doekje tegen zijn hoofd.

'Het is een hoofdwond en ik bloed als een rund, maar het is niets ernstigs,' zei Mikael voordat ze iets kon zeggen.

Ze keerde zich om en pakte de verbanddoos die in de voorraadkast stond, en waar alleen twee doosjes pleisters, een muggenstift en een rolletje chirurgische hechtpleister in zaten. Hij trok zijn kleren uit en liet ze op de grond vallen, vervolgens ging hij naar de badkamer en bekeek hij zichzelf in de spiegel.

De wond op zijn slaap was een ongeveer 3 centimeter lange snee, zo diep dat Mikael een grote lap huid kon optillen. Het bloedde nog steeds en zou eigenlijk gehecht moeten worden, maar zou vermoedelijk wel genezen als hij het afplakte, dacht hij. Hij bevochtigde een handdoek en veegde zijn gezicht schoon.

Hij hield de handdoek tegen zijn slaap en ging onder de douche staan, met zijn ogen dicht. Vervolgens sloeg hij met zijn vuist zo hard op de tegels dat hij zijn knokkels schaafde. *Fuck you*, dacht hij. *Ik zal je krijgen.*

Toen Lisbeth zijn arm aanraakte, schrok hij op alsof hij een elektrische schok had gekregen en keek hij haar met zo'n woede in zijn ogen aan dat ze onwillekeurig een stap achteruit deed. Ze gaf hem de zeep aan en liep zonder iets te zeggen terug naar de keuken.

Toen hij klaar was met douchen, bracht Mikael drie stukken chirurgische hechtpleister aan. Hij ging naar de slaapkamer, trok een schone spijkerbroek en een nieuw T-shirt aan, en nam de map met uitgeprinte foto's mee. Hij was zo boos dat hij er bijna van trilde.

'Blijf hier,' bulderde hij tegen Lisbeth Salander.

Hij wandelde naar Cecilia Vanger en belde aan. Het duurde anderhalve minuut voor ze opendeed.

'Ik wil je niet zien,' zei ze. Toen zag ze zijn gezicht, waar het bloed al door de hechtpleister heen begon te sijpelen. 'Wat heb je gedaan?'

'Laat me erin. We moeten praten.'

Ze aarzelde.

'We hebben niets om over te praten.'

'Nu hebben we iets om over te praten en dat kunnen we hier op de trap doen of in de keuken.'

Mikaels stem was zo verbeten dat Cecilia Vanger een stap opzij deed en hem binnenliet. Hij marcheerde naar de keukentafel.

'Wat heb je gedaan?' vroeg ze opnieuw.

'Jij beweert dat dat gegraaf van mij naar de waarheid over Harriët Vanger een vruchteloze bezigheidstherapie voor Henrik is. Dat kan zo zijn, maar een uur geleden heeft iemand geprobeerd mijn kop eraf te knallen en vannacht heeft er iemand een verminkte kat bij mij voor de deur gelegd.'

Cecilia wilde haar mond opendoen, maar Mikael onderbrak haar.

'Cecilia, het kan me geen ruk schelen wat je voor waanideeën hebt waarover je loopt te piekeren en dat je mij opeens haat. Ik zal nooit meer bij je in de buurt komen en je hoeft niet bang te zijn dat ik je lastig zal vallen of je zal stalken. Op dit moment zou ik willen dat ik nooit van jou of van iemand anders van de familie Vanger gehoord had. Maar ik wil antwoord hebben op mijn vragen. Hoe sneller je antwoord geeft, des te sneller je van me af bent.'

'Wat wil je weten?'

'Eén: waar was je een uur geleden?'

Cecilia's gezicht betrok.

'Een uur geleden was ik in Hedestad. Ik ben een halfuur geleden thuisgekomen.'

'Heb je een getuige die kan bevestigen waar je was?'

'Voor zover ik weet niet. Ik hoef me tegenover jou niet te verantwoorden.'

'Twee: waarom heb je het raam van de kamer van Harriët Vanger opengedaan op de dag dat ze verdween?'

'Hè?'

'Je hebt mijn vraag gehoord. Henrik probeert er al jarenlang achter te komen wie het raam in Harriëts kamer heeft geopend, tijdens die kritieke minuten toen ze verdween. Iedereen ontkent dat hij of zij dat gedaan heeft. Iemand liegt.'

'En hoe kom je er in godsnaam bij dat ik dat gedaan zou hebben?'

'Deze foto,' zei Mikael en hij gooide de wazige foto op de keukentafel.

Cecilia Vanger liep naar de tafel en bekeek de foto. Mikael meende verbazing en angst op haar gezicht te kunnen aflezen. Ze keek hem aan. Mikael voelde plotseling hoe een dun straaltje bloed langs zijn wang sijpelde en op zijn T-shirt terechtkwam.

'Er waren die dag zo'n zestig personen op het eiland,' zei hij. 'Achtentwintig daarvan waren vrouwen. Vijf of zes hadden schouderlang blond haar. Slechts een van hen had een lichte jurk aan.'

Ze bekeek de foto uitvoerig.

'En je denkt dat ik dat ben?'

'Als jij het niet bent, zou ik ontzettend graag willen weten wie het volgens jou wél is. Deze foto is nooit gepubliceerd. Ik heb hem al weken en doe sindsdien pogingen om met je te praten. Ik ben vermoedelijk een idioot, maar ik heb hem niet aan Henrik of aan iemand anders laten zien, omdat ik doodsbang ben om jou verdacht te maken of je pijn te doen. Maar ik moet een antwoord hebben.'

'Je krijgt een antwoord.' Ze pakte de foto en gaf die aan hem terug. 'Ik ben die dag niet in Harriëts kamer geweest. Ik ben niet degene op de foto. Ik heb niets met haar verdwijning te maken.'

Ze liep naar de buitendeur.

'Nu heb je je antwoord en wil ik dat je gaat. Ik denk dat je een arts naar die wond moet laten kijken.'

Lisbeth Salander reed hem naar het ziekenhuis in Hedestad. Twee hechtingen en een flinke pleister waren genoeg om de wond te dichten. Hij kreeg hormoonzalf tegen de uitslag van de brandnetels op zijn hals en handen.

Toen ze het ziekenhuis verlieten zat Mikael lang na te denken of hij niet naar de politie moest gaan. Hij zag plotseling de koppen voor zich: WEGENS SMAAD VEROORDEELDE JOURNALIST BETROKKEN BIJ SCHIETDRAMA. Hij schudde zijn hoofd. 'Rij maar naar huis,' zei hij tegen Lisbeth.

Toen ze weer op het Hedeby-eiland aankwamen, was het donker, wat Lisbeth Salander goed uitkwam. Ze zette een sporttas in de keuken neer.

'Ik heb apparatuur geleend van Milton Security en het is nu tijd om daar gebruik van te maken. Ga jij maar vast koffiezetten.'

Ze plaatste vier bewegingsdetectors op batterijen om het huis en legde uit dat als iemand binnen een straal van 6 à 7 meter zou komen een radiosignaal een klein piepalarm in werking zou stellen, dat ze in Mikaels slaapkamer installeerde. Tegelijkertijd zouden twee lichtgevoelige videocamera's, die ze in bomen aan de voor- en achterkant van het huis had geplaatst, signalen uitzenden naar een laptop, die ze in de kast in het voorportaal neerzette. Ze camoufleerde de camera's met donkere stof, zodat alleen het objectief zichtbaar was.

Een derde camera plaatste ze in een vogelhuisje boven de deur. Om het snoer naar binnen te krijgen, boorde ze een gaatje dwars door de muur. Het objectief was op de weg en het pad van het hek tot de voordeur gericht. De camera nam elke seconde een foto op een lage resolutie en sloeg de foto's op op een harddisk in een tweede laptop in de garderobekast.

Daarna installeerde ze een drukgevoelige deurmat in het voorportaal. Als iemand erin slaagde de IR-detectors te ontwijken en het huis binnenging, zou er een sirene van 115 decibel afgaan. Lisbeth demonstreerde hoe Mikael de detectors uit kon zetten met een sleutel van een kastje dat ze in de garderobekast had geplaatst. Ze had ook een nachtkijker geleend, die ze op de tafel in de werkkamer neerzette.

'Je laat niet veel aan het toeval over,' zei Mikael en hij schonk koffie voor haar in.

'Nog één ding. Geen gejog meer voor we dit hebben uitgezocht.'

'Geloof me. Ik heb mijn interesse voor beweging verloren.'

'Dit is geen grap. Het is begonnen als historisch raadsel, maar vanochtend lag er een dode kat op de trap en vanavond heeft iemand geprobeerd je hoofd eraf te schieten. We zijn iemand op het spoor.'

Ze nuttigden een late avondmaaltijd met vleeswaren en aardappelsalade. Mikael was plotseling doodmoe en had knallende hoofdpijn. Hij had geen puf meer om te praten en ging naar bed.

Lisbeth Salander bleef op en zat tot twee uur 's nachts in het onderzoeksrapport te lezen. De opdracht in Hedeby had zich ontwikkeld tot een gevaarlijke en gecompliceerde zaak.

23
VRIJDAG 11 JULI

Mikael werd om zes uur wakker doordat de zon hem door een kier in de gordijnen recht in zijn gezicht scheen. Hij had hoofdpijn en het deed zeer als hij aan de pleister zat. Lisbeth Salander lag op haar buik met haar arm over hem heen. Hij keek omlaag naar de draak die zich over haar rug uitstrekte, van het rechterschouderblad tot aan haar billen.

Hij telde haar tatoeages. Behalve de draak op haar rug en de wesp in haar nek, had ze een slinger om haar enkel, een andere slinger om de biceps van haar linkerarm, een Chinees teken op haar heup en een roos op haar kuit. Met uitzondering van de draak waren de tatoeages klein en discreet.

Mikael stapte voorzichtig uit bed en trok het gordijn dicht. Hij ging naar het toilet en kroop daarna voorzichtig weer in bed om haar niet wakker te maken.

Een paar uur later zaten ze in de tuin te ontbijten. Lisbeth Salander keek Mikael aan.

'We hebben een raadsel op te lossen. Hoe gaan we dat aanpakken?'

'De feiten optellen die we hebben. En proberen er meer te vinden.'

'Feit is dat iemand in onze nabijheid het op jou gemunt heeft.'

'De vraag is alleen waarom? Is het omdat we bezig zijn het mysterie met Harriët op te lossen of omdat we een onbekende seriemoordenaar hebben gevonden?'

'Er moet een verband zijn.'

Mikael knikte.

'Als Harriët erin geslaagd was uit te vinden dat er een seriemoordenaar was, dan moet dat iemand in haar buurt zijn geweest. Als we naar de personen van de jaren zestig kijken, zijn er minstens twee dozijn kandidaten. Vandaag de dag is daar bijna niemand meer van over behalve Harald Vanger, en ik geloof gewoon niet dat hij op zijn leeftijd met een geweer in het bos rondrent. Hij zou een elandenjachtgeweer nauwelijks kunnen optillen. De personen zijn óf te oud om nu nog gevaarlijk te zijn, óf te jong om in de jaren zestig al meegedaan te kunnen hebben. En dan zijn we weer terug bij af.'

'Tenzij er twee personen samenwerken. Een oudere en een jongere.'

'Harald en Cecilia. Dat denk ik niet. Ik geloof dat ze de waarheid sprak toen ze beweerde dat zij dat niet was voor dat raam.'

'Maar wie was het dan?'

Ze deden Mikaels iBook open en bekeken het volgende uur nogmaals nauwkeurig alle mensen die op de foto's van het ongeval op de brug voorkwamen.

'Ik kan me niets anders voorstellen dan dat alle mensen uit het dorp naar de consternatie zijn gaan kijken. Het was september. De meesten hebben een jas of een trui aan. Er is maar één persoon met lang blond haar en een lichte jurk.'

'Cecilia Vanger komt op heel veel foto's voor. Ze lijkt overal tegelijk te zijn. Tussen de huizen en de mensen die naar het ongeluk kijken. Hier staat ze met Isabella te praten. Op deze foto staat ze samen met dominee Falk. Hier met Greger Vanger, de middelste broer.'

'Wacht,' zei Mikael plotseling. 'Wat heeft Greger in zijn hand?'

'Iets vierkants. Het ziet eruit als een soort doos.'

'Het is een Hasselblad. Hij had óók een camera.'

Ze lieten de foto's nog een keer de revue passeren. Greger kwam op meerdere foto's voor, maar was vaak vluchtig te zien. Op één foto was duidelijk te zien dat hij iets vierkants vasthield.

'Ik denk dat je gelijk hebt. Het is een camera.'

'Dat betekent dat we weer op jacht moeten naar foto's.'

'Oké, we laten het even rusten,' zei Lisbeth Salander. 'Laat me een hypothese formuleren.'

'Ga je gang.'

'Wat zeg je ervan dat iemand van de jongere generatie weet dat iemand uit de oudere generatie een seriemoordenaar was, maar niet wil dat dat uitkomt. Vanwege de eer van de familie en zo. Dat zou betekenen dat er twee personen bij betrokken zijn, maar dat die niet samenwerken. De moordenaar kan allang dood zijn, terwijl onze kwelgeest alleen wil dat wij ermee stoppen en naar huis gaan.'

'Daar heb ik ook aan gedacht,' antwoordde Mikael. 'Maar waarom zou diegene dan een verminkte kat op de stoep leggen? Dat is een directe verwijzing naar die moorden.' Mikael tikte op de bijbel van Harriët. 'Weer een parodie op de wet over brandoffers.'

Lisbeth Salander leunde achterover en keek omhoog naar de kerk terwijl ze nadenkend de Bijbel citeerde. Het klonk alsof ze tegen zichzelf sprak.

'*Vervolgens zal hij het rund voor het aangezicht des Heren slachten, en de zonen van Aäron, de priesters, zullen het bloed brengen en dat sprengen rondom op het altaar, dat bij de ingang van de tent der samenkomst staat. Daarna zal hij het brandoffer de huid aftrekken en het in stukken verdelen.*'

Ze zweeg en werd zich er plotseling van bewust dat Mikael haar met een gespannen gezichtsuitdrukking aankeek. Hij sloeg het eerste hoofdstuk van Leviticus open.

'Ken je vers 12 ook?'

Lisbeth zweeg.

'Dan zal hij ...' begon Mikael en hij knikte haar toe.

'*Dan zal hij het in stukken verdelen, en de priester zal die, met de kop en het vet, schikken op het hout dat op het vuur op het altaar ligt.*' Haar stem was ijskoud.

Ze stond plotseling op.

'Lisbeth, je hebt een fotografisch geheugen!' riep Mikael verbaasd uit. 'Daarom lees je de bladzijden in het onderzoek in tien seconden.'

Haar reactie was bijna explosief. Ze keek Mikael met zo'n woedende blik aan dat hij perplex was. Toen vulden haar ogen zich met vertwijfeling. Ze keerde zich plotseling om en rende naar het hek.

'Lisbeth,' riep Mikael haar onthutst na.

Ze liep de weg op en verdween uit het zicht.

Mikael droeg de computer naar binnen, schakelde het alarm in en sloot de buitendeur af voordat hij haar ging zoeken. Twintig minuten later vond hij haar op een steiger in de jachthaven, waar ze met haar voeten in het water een sigaret zat te roken. Ze hoorde hem de steiger op komen en hij zag haar schouders enigszins verstijven. Hij bleef op 2 meter afstand van haar staan.

'Ik weet niet wat ik verkeerd heb gedaan, maar het was niet mijn bedoeling om je kwaad te maken.'

Ze gaf geen antwoord.

Hij liep naar haar toe en ging naast haar zitten, en legde voorzichtig zijn hand op haar schouder.

'Lieve Lisbeth, zeg wat.'

Ze draaide haar hoofd om en keek hem aan.

'Er valt niets te zeggen,' zei ze. 'Ik ben gewoon een freak.'

'Ik zou blij zijn als mijn geheugen half zo goed was als dat van jou.'

Ze gooide haar sigarettenpeuk in het water.

Mikael zweeg geruime tijd. *Wat moet ik zeggen? Je bent een heel gewone meid. Het maakt toch niet uit of je een beetje anders bent. Wat heb je eigenlijk voor zelfbeeld?*

'Ik heb vanaf de eerste seconde dat ik je zag gedacht dat je anders was,' zei hij. 'En weet je? Het is heel lang geleden dat ik iemand vanaf het eerste moment spontaan heel graag mocht.'

Er kwamen een paar kinderen uit een huisje aan de andere kant van de haven, die in het water sprongen. Eugen Norman, de schilder met wie Mikael nog geen woord gewisseld had, zat op een stoel voor zijn huis een pijp te roken terwijl hij naar Mikael en Lisbeth keek.

'Ik wil heel graag je vriend zijn, als je mij als vriend wilt,' zei Mikael. 'Maar dat moet jij beslissen. Ik ga terug naar huis, meer koffie zetten. Kom naar huis wanneer je dat ziet zitten.'

Hij stond op en liet haar met rust. Hij was nog maar halverwege de heuvel toen hij haar stappen achter zich hoorde. Ze liepen samen terug zonder wat te zeggen.

Toen ze er bijna waren, hield ze hem tegen.

'Ik was bezig een gedachte te formuleren ... We hadden het erover dat alles een toespeling op de Bijbel was. Oké, hij heeft een kat geslacht, ik neem aan dat het lastig was om een rund te pakken te krijgen. Maar hij volgt het basisverhaal. Ik vraag me af ...'

Ze keek omhoog naar de kerk.

'... *en zij zullen het bloed brengen en dat sprengen rondom op het altaar, dat bij de ingang van de tent der samenkomst staat ...*'

Ze liepen over de brug naar de kerk en keken om zich heen. Mikael voelde aan de deur van de kerk; die zat op slot. Ze liepen even rond en keken een beetje naar de grafstenen, en kwamen vervolgens bij de kapel, die een stukje lager aan het water stond. Plotseling sperde Mikael zijn ogen wijd open. Het was een grafkapel. Boven de deur kon hij de uitgehakte naam Vanger lezen en een strofe in het Latijn, waarvan hij de betekenis niet kende.

'Het betekent iets als: opdat zij mogen rusten tot het einde der tijden,' zei Lisbeth Salander.

Mikael keek haar aan. Ze haalde haar schouders op.

'Dat ben ik ergens tegengekomen,' zei ze.

Mikael moest plotseling lachen. Ze verstijfde en keek eerst woedend, maar zag toen in dat hij niet om haar lachte maar om het zotte van de situatie en ontspande.

Mikael voelde aan de deur. Die was op slot. Hij dacht even na en zei tegen Lisbeth dat ze even moest gaan zitten en op hem moest wachten. Hij ging naar Anna Nygren en klopte aan. Hij verklaarde dat hij de grafkapel van de familie Vanger nader wilde bekijken en zich afvroeg waar Henrik de sleutel bewaarde. Anna keek in eerste instantie aarzelend, maar ging overstag toen Mikael haar eraan herinnerde dat hij rechtstreeks voor Henrik werkte. Ze pakte de sleutel van zijn bureau.

Zo gauw Mikael en Lisbeth de deur opendeden, wisten ze dat ze gelijk hadden gehad. De stank van verbrande kadavers en verkoolde resten vulde de ruimte. Maar de kattenbeul had geen vuurtje gestookt. In een hoek stond een soldeerlamp van het soort dat skiers gebruiken voor het waxen van ski's.

Lisbeth haalde haar digitale camera uit een zak van haar spijkerrok tevoorschijn en nam enkele foto's. De soldeerlamp nam ze mee.

'Dat kan bewijsmateriaal zijn. Misschien heeft hij vingerafdrukken achtergelaten,' zei ze.

'Natuurlijk, we kunnen de hele familie Vanger om vingerafdrukken vragen,' zei Mikael sarcastisch. 'Het lijkt me leuk om te zien hoe je die van Isabella gaat afnemen.'

'Daar zijn manieren voor,' antwoordde Lisbeth.

Er lag een plas bloed op de vloer en er lag ook een betonschaar waarvan ze vermoedden dat die gebruikt was om de kop van de kat te scheiden van de romp.

Mikael keek om zich heen. Een hoger gelegen graf behoorde toe aan Alexandre Vangeersad en vier graven in de vloer herbergden de vroegste familieleden. Daarna was de familie Vanger blijkbaar overgegaan op cremeren. Een dertigtal deurtjes in de muur droegen namen van leden van de clan. Mikael volgde de familiekroniek in de tijd en vroeg zich af waar ze de as van de familieleden begroeven voor wie geen plaats meer was in de kapel – degenen die wellicht niet belangrijk genoeg waren.

'Nu weten we het,' zei Mikael toen ze de brug overstaken. 'We jagen op een complete gek.'

'Hoe bedoel je?'

Mikael bleef midden op de brug staan en leunde tegen de reling.

'Als het een gewone gestoorde was geweest die ons alleen bang had willen maken, had hij die kat meegenomen naar de garage of desnoods naar het bos. Maar hij is naar de familiekapel gegaan. Het is dwangmatig. Bedenk eens wat een risico hij genomen heeft. Het is zomer en er zijn mensen die 's nachts aan de wandel zijn. De weg over het kerkhof is een doorsteek tussen het noorden en het zuiden van Hedeby. Ook al had hij de deur dicht, die kat moet een hels kabaal hebben gemaakt en het moet branderig hebben geroken.'

'Hij?'

'Ik geloof niet dat Cecilia Vanger met een soldeerlamp rond heeft geslopen.'

Lisbeth haalde haar schouders op.

'Ik vertrouw niet één van die figuren, inclusief Frode en die Henrik van jou. Het is een familie die je besodemietert als ze de kans krijgt. Dus wat doen we nu?'

Het was even stil. Toen moest Mikael het vragen: 'Ik heb vrij veel geheimen over jou ontdekt. Hoeveel mensen weten dat jij een hacker bent?'

'Niemand.'

'Behalve ik, bedoel je.'

'Waar wil je heen?'

'Ik wil weten of je mij vertrouwt.'

Ze keek hem lang aan. Uiteindelijk haalde ze weer haar schouders op.

'Ik kan het niet helpen.'

'Vertrouw je me?' hield Mikael aan.

'Tot nu toe wel,' antwoordde ze.

'Mooi. Laten we een wandelingetje naar Dirch Frode maken.'

Advocaat Frodes vrouw, die Lisbeth Salander voor het eerst zag, keek haar met grote ogen aan, maar lachte beleefd en verwees hen naar de tuin aan de achterkant. Frode begon te stralen toen hij Lisbeth zag. Hij stond op en groette beleefd.

'Goed dat ik je zie,' zei hij. 'Ik heb een slecht geweten omdat ik niet voldoende mijn dankbaarheid heb kunnen uitdrukken voor het fantastische werk dat je voor ons gedaan hebt. Zowel afgelopen winter als nu.'

Lisbeth keek hem wantrouwig aan.

'Daar kreeg ik voor betaald,' zei ze.

'Dat was het niet alleen. Ik had mijn mening over je al klaar toen ik je zag. Daar wil ik me voor verontschuldigen.'

Mikael was verrast. Dirch Frode was in staat om een vijfentwintigjarig meisje met piercings en tatoeages om excuus te vragen voor iets waar hij zich helemaal niet voor hoefde te verontschuldigen. De advocaat steeg plotseling een stukje in Mikaels achting. Lisbeth Salander keek recht voor zich uit en negeerde hem.

Frode keek Mikael aan.

'Wat is er met je hoofd gebeurd?'

Ze gingen zitten. Mikael vatte de ontwikkelingen van de laatste 24 uur samen. Toen hij vertelde dat iemand bij het Fort drie schoten op hem had afgevuurd, vloog Frode op. Hij leek oprecht geschokt.

'Dit is volkomen waanzinnig.' Hij pauzeerde even en keek Mikael strak aan. 'Het spijt me, maar we moeten ermee stoppen. Ik kan jullie levens niet op het spel zetten. Ik moet met Henrik praten en het contract verbreken.'

'Ga zitten,' zei Mikael.

'Je begrijpt niet ...'

'Wat ik begrijp, is dat Lisbeth en ik zó ver gekomen zijn dat degene die hierachter zit in een vlaag van verstandsverbijstering en in paniek handelt. We hebben een paar vragen. Ten eerste: hoeveel sleutels zijn er van de grafkapel van de familie Vanger en wie hebben die?'

Frode dacht even na.

'Om je de waarheid te zeggen, weet ik dat niet. Ik kan me voorstellen dat meerdere familieleden toegang hebben tot de kapel. Ik weet dat Henrik een sleutel heeft en dat Isabella daar weleens zit, maar ik weet niet of ze een eigen sleutel heeft of dat ze die van Henrik leent.'

'Goed. Jij zit nog steeds in het bestuur van het Vanger-concern. Bestaat er een archief? Een bibliotheek of iets dergelijks, waar krantenknipsels en informatie over het bedrijf door de jaren heen worden bewaard?'

'Ja, zeker. Op het hoofdkantoor in Hedestad.'

'Daar moeten we toegang toe hebben. Zijn daar ook oude personeelsblaadjes en dergelijke?'

'Ik moet nogmaals zeggen dat ik dat niet weet. Ik ben zelf al in zeker dertig jaar niet in het archief geweest. Maar je moet praten met een vrouw die Bodil Lindgren heet. Zij is verantwoordelijk voor de manier waarop alle papieren van het concern gearchiveerd worden.'

'Zou je haar willen bellen en ervoor willen zorgen dat Lisbeth het archief vanmiddag al kan bezoeken? Ze wil alle oude krantenknipsels over het Vanger-concern lezen. Het is uiterst belangrijk dat ze toegang krijgt tot alles wat van belang kan zijn.'

'Dat kan ik wel regelen. Nog meer?'

'Ja. Greger Vanger had een Hasselblad-camera in zijn hand op de dag van het ongeval op de brug. Dat betekent dat hij ook foto's kan hebben gemaakt. Waar kunnen die foto's na zijn dood gebleven zijn?'

'Moeilijk te zeggen, maar bij zijn weduwe en zijn zoon is het meest logisch.'

'Kun jij ...?'

'Ik bel Alexander en zal het vragen.'

'Waar moet ik naar zoeken?' vroeg Lisbeth Salander toen ze bij Frode vertrokken waren en over de brug terug naar het eiland liepen.

'Krantenknipsels en personeelsblaadjes. Ik wil dat je alles leest wat je kunt vinden in aansluiting op de data waarop die moorden in de jaren vijftig en zestig hebben plaatsgevonden. Maak notities van alles wat je opvalt of wat je ook maar enigszins vreemd vindt. Ik denk dat het het beste is als jij dat stuk op je neemt. Jij hebt een beter geheugen dan ik, heb ik begrepen.'

Ze stompte hem in zijn zij. Vijf minuten later knetterde haar 125 cc'tje over de brug.

Mikael schudde Alexander Vanger de hand. Het grootste deel van de tijd die Mikael in Hedeby had doorgebracht, was Alexander op reis geweest en Mikael had hem pas eenmaal vluchtig ontmoet. *Hij was twintig toen Harriët verdween.*

'Dirch Frode zei dat je oude foto's wilde bekijken.'

'Je vader had een Hasselblad-camera.'

'Dat klopt. Die is er nog steeds, maar hij wordt door niemand gebruikt.'

'Je weet dat ik in opdracht van Henrik onderzoek doe naar wat er met Harriët gebeurd is?'

'Dat heb ik begrepen. En er zijn er een heleboel die daar niet blij mee zijn.'

'Het zij zo. Je hoeft mij natuurlijk ook niets te laten zien.'

'Onzin. Wat wil je zien?'

'Foto's die je vader eventueel gemaakt heeft op de dag dat Harriët verdween.'

Ze gingen naar de zolder. Het duurde een paar minuten voordat Alexander een kartonnen doos had gevonden met een grote hoeveelheid ongesorteerde foto's.

'Je mag de hele doos wel even meenemen,' zei hij. 'Als ze er zijn, dan zitten ze daarin.'

Mikael was een uur bezig met het sorteren van de foto's uit Greger Vangers nalatenschap. De doos bevatte veel aardige foto's ter illustratie van de familiekroniek, onder andere een paar van Greger Vanger samen met de grote Zweedse nazileider van de jaren veertig, Sven Olof Lindholm. Deze legde Mikael opzij.

Hij vond diverse enveloppen met foto's die Greger Vanger blijkbaar zelf gemaakt had en die verschillende personen en familiesamenkomsten toonden, evenals een hoeveelheid typische vakantiekiekjes van vissen in de bergen en een reis met het gezin naar Italië. Ze hadden onder andere de toren van Pisa bezocht.

Uiteindelijk vond hij vier foto's van het ongeval met de tankauto. Ondanks zijn uiterst professionele camera was Greger een slechte fotograaf. Óf de foto's zoomden in op de tankauto, óf ze toonden de mensen van achteren. Hij vond maar één foto waar Cecilia Vanger op voorkwam en waarop driekwart van haar gezicht te zien was.

Mikael scande de foto's in, maar wist al dat die niets zouden toevoegen. Hij stopte alles weer in de doos en at een broodje terwijl hij nadacht. Tegen drieën ging hij naar Anna Nygren.

'Ik vraag me af of Henrik meer fotoalbums heeft dan de albums over zijn onderzoek naar Harriët.'

'Ja, Henrik is altijd geïnteresseerd geweest in foto's, al sinds hij klein was, heb ik begrepen. Hij heeft een heleboel albums in zijn werkkamer.'

'Zou ik die mogen inkijken?'

Anna Nygren aarzelde. Het uitlenen van de sleutel van de grafkapel was één ding – daar was God de baas – maar Mikael in Henrik Vangers werkkamer toelaten, was iets heel anders. Daar regeerde namelijk Gods superieur. Mikael stelde voor dat Anna Dirch Frode zou bellen als ze twijfelde. Uiteindelijk ging ze er met tegenzin mee akkoord en liet ze Mikael in Henriks werkkamer binnen. In een kast bestond ongeveer een strekkende meter vlak bij de grond uitsluitend uit albums gevuld met foto's. Mikael ging aan Henriks bureau zitten en sloeg het eerste album open.

Henrik Vanger had alle mogelijke familiefoto's bewaard. Sommige waren blijkbaar van ver voor zijn tijd. Enkele van de oudste foto's dateerden uit de jaren rond 1870 en toonden norse mannen en stramme vrouwen. Er waren foto's van Henriks ouders en van andere familieleden. Eén foto liet zien dat Henriks vader in 1906 met goede vrienden midzomer had gevierd in Sandhamn. Op een andere foto uit Sandhamn zaten Fredrik Vanger en zijn vrouw Ulrika samen met de schilder Anders Zorn en de schrijver/tekenaar Albert Engström aan een tafel vol geopende flessen. Hij vond een tienjarige Henrik Vanger op de fiets, gekleed in een kostuum. Andere foto's toonden mensen op de fabrieksvloer en in de directiekamer. Hij vond zeekapitein Oskar Granath, die in het heetst van de strijd Henrik en zijn geliefde Edith Lobach in Karlskrona in veiligheid had gebracht.

Anna kwam hem een kop koffie brengen. Hij bedankte haar. Hij kwam bij de moderne tijd aan en bladerde langs foto's van Henrik Vanger in de kracht van zijn leven, waar hij fabrieken inwijdde of Tage Erlander de hand schudde. Een foto uit de vroege jaren zestig toonde Henrik en Marcus Wallenberg. De twee kapitalisten keken elkaar grimmig aan en er was blijkbaar geen sprake van grote genegenheid.

Hij bladerde verder en bleef plotseling steken bij een pagina waar Henrik met potlood had bijgeschreven *Familieoverleg 1966*. Twee kleurenfoto's toonden heren die praatten en sigaren rookten. Mikael herkende Henrik, Harald, Greger en nog een paar van de mannelijke aangetrouwden in Johan Vangers tak van de familie. Er waren twee foto's van het diner, waar een veertigtal mannen en vrouwen aan tafel zat en in de camera keek. Mikael bedacht plotseling dat de foto's genomen waren toen de dramatiek op de brug voorbij was, maar vóórdat iemand zich ervan bewust was dat Harriët verdwenen was. Hij bestudeerde hun gezichten. Dit was het diner waarbij zij aanwezig had zullen zijn. Wist een van de heren toen al dat zij niet was komen opdagen? De foto's gaven geen antwoord.

Kort daarop verslikte Mikael zich in zijn koffie. Hij moest hoesten en ging rechtop op zijn stoel zitten.

Aan de korte kant van de tafel zat Cecilia Vanger in haar lichte jurk. Ze lachte in de camera. Naast haar zat een andere blonde vrouw met lang haar en een identieke lichte japon. Ze leken zo op elkaar dat het een tweeling zou kunnen zijn. En plotseling viel het puzzelstukje op zijn plaats. Cecilia Vanger was niet degene geweest die voor het raam van Harriët had gestaan – het was haar twee jaar jongere zus Anita geweest, die nu in Londen woonde.

Wat had Lisbeth gezegd? *Cecilia Vanger komt op heel veel foto's voor. Ze lijkt overal tegelijk te zijn.* Niet dus. Het waren twee personen en door toeval waren ze nooit samen op de foto gekomen. Op de zwart-witte afstandsfoto's hadden ze er identiek uitgezien. Henrik had vermoedelijk de hele tijd het verschil tussen de zussen gezien, maar voor Mikael en Lisbeth hadden ze zó op elkaar geleken, dat ze ervan uit waren gegaan dat het dezelfde persoon was. En niemand had de fout gesignaleerd omdat ze er nooit aan gedacht hadden die vraag te stellen.

Mikael keerde de pagina om en voelde hoe zijn nekharen overeind gingen staan. Het was alsof er een koude windvlaag door de kamer ging.

Het waren foto's die de volgende dag genomen waren, toen het zoeken naar Harriët begonnen was. Een jonge inspecteur Gustaf Morell gaf instructies aan een groep met twee geüniformeerde politiemannen en een tiental mannen in laarzen, die net hun zoektocht zouden beginnen. Henrik Vanger droeg een knielange regenjas en een Engelse hoed met een smalle rand.

Helemaal links in beeld stond een jonge, enigszins mollige man met halflang blond haar. Hij droeg een donker gewatteerd jack met een rood vlak op schouderhoogte. De foto was scherp. Mikael herkende hem onmiddellijk, maar haalde de foto voor de zekerheid uit het album en ging ermee naar beneden naar Anna Nygren en vroeg of zij hem herkende.

'Ja, zeker, dat is Martin. Ik denk dat hij daar een jaar of achttien is.'

Lisbeth Salander nam in chronologische volgorde jaargang na jaargang met krantenknipsels over het Vanger-concern door. Ze begon in 1949 en werkte naar voren. Het probleem was dat het knipselarchief gigantisch was. Het concern werd in de betreffende periode bijna elke dag in de media genoemd – niet alleen in de landelijke media, maar vooral in de lokale pers. Financiële analysen, vakbondskwesties, onderhandelingen en ontslagdreigingen, fabrieksopeningen en fabriekssluitingen, jaarverslagen, directeurswisselingen, nieuwe producten die geïntroduceerd werden ... Het was één stroom van nieuws. Klik. Klik. Klik. Haar hersenen draaiden op volle toeren toen ze de informatie uit de vergeelde knipsels in zich opnam.

Na een uur kreeg ze een idee. Ze wendde zich tot archivaris Bodil Lindgren en vroeg haar of er een overzicht was van de plaatsen waar het Vanger-concern in de jaren vijftig en zestig fabrieken of bedrijven had gehad.

Bodil Lindgren keek Lisbeth Salander met duidelijk wantrouwen en een kille blik aan. Ze was helemaal niet blij dat een wildvreemd persoon toestemming had om door te dringen tot de allerheiligste archieven van het concern en in alle papieren mocht kijken die ze maar wilde inzien. En bovendien een meisje dat eruitzag als een vijftienjarige, gestoorde anarchiste. Maar Dirch Frode had haar niet mis te verstane instructies gegeven. Lisbeth Salander zou mogen kijken in alles waar ze naar wees. En er was haast bij. Ze pakte de gedrukte jaarverslagen van de jaren waar Lisbeth naar vroeg; elk jaarverslag bevatte een kaart met de dochterondernemingen en filialen van het concern in Zweden.

Lisbeth wierp een blik op de kaart en noteerde dat het concern veel fabrieken, kantoren en verkoopkantoren had. Ze constateerde ook dat er op elke plaats waar een moord begaan was een rood puntje was, soms meerdere puntjes, die het Vanger-concern markeerden.

De eerste koppeling kreeg ze in 1957. Rakel Lunde, Landskrona, werd dood aangetroffen de dag nadat het bouwbedrijf V&C Bygg een grote order van verschillende miljoenen had binnengehaald voor de bouw van een nieuwe installatie in die stad. V&C stond voor Vanger & Carlén Bygg, en was een onderdeel van het Vangerconcern. De plaatselijke krant had Gottfried Vanger geïnterviewd, die naar Landskrona was vertrokken om het contract te ondertekenen.

Lisbeth herinnerde zich iets wat ze in het vergeelde politieonderzoek in het provinciaal archief in Landskrona had gelezen. Rakel Lunde, in haar vrije tijd waarzegster, was schoonmaakster. Ze was werkzaam geweest bij V&C Bygg.

's Avonds om zeven uur had Mikael Lisbeth tientallen keren gebeld en even vaak geconstateerd dat haar mobiel niet aanstond. Ze wilde niet gestoord worden als ze het archief uitploos.

Hij liep rusteloos in huis heen en weer. Hij had Henriks aantekeningen over Martin Vangers bezigheden ten tijde van Harriëts verdwijning erbij gepakt.

Martin Vanger zat in 1966 in het laatste jaar van de middelbare school in Uppsala. *Uppsala. Lena Andersson, zeventienjarige mid-delbare scholiere. De kop en het vet gescheiden.*

Henrik had het een keer genoemd, maar Mikael moest zijn aan-tekeningen raadplegen om de passage te vinden. Martin was een in zichzelf gekeerde jongen. Ze waren ongerust over hem geweest. Toen zijn vader verdronk, had Isabella besloten om hem naar Uppsala te sturen – een heel ander milieu, waar hij werd gehuisvest bij Harald Vanger. *Harald en Martin?* Er klopte iets niet.

Martin Vanger had er niet meer bij gepast in de auto op weg naar de vergadering in Hedestad. Hij had de trein gemist toen hij naar de familiereünie moest. Hij was laat in de middag gearriveerd en was daardoor aan de verkeerde kant van de brug gestrand. Hij was pas na zessen met de boot op het eiland aangekomen; hij was ont-vangen door onder anderen Henrik Vanger zelf. Henrik had naar aanleiding daarvan Martin vrij onderaan op de lijst van personen geplaatst die iets met de verdwijning van Harriët te maken konden hebben gehad.

Martin Vanger had beweerd dat hij Harriët die dag nooit ont-moet had. Hij had gelogen. Hij was eerder die dag naar Hedestad gekomen en had zich op de Järnvägsgatan bevonden, oog in oog met zijn zus. Mikael kon de leugen documenteren met foto's die bijna veertig jaar begraven hadden gelegen.

Harriët Vanger had haar broer gezien en had met een schok gere-ageerd. Ze was naar het Hedeby-eiland gegaan en had geprobeerd Henrik Vanger te spreken te krijgen, maar was verdwenen voordat het gesprek had kunnen plaatsvinden. *Wat had je willen vertellen? Uppsala? Maar Lena Andersson, Uppsala, stond niet op jouw lijst. Je wist er niet van.*

Mikael kon er geen touw aan vastknopen. Harriët was 's middags rond drie uur verdwenen. Martin was om die tijd aan de andere kant van het water geweest. Hij stond op foto's op de heuvel bij de kerk. Hij kon Harriët Vanger op het eiland onmogelijk iets hebben aangedaan. Er ontbrak nog een puzzelstukje. *Een mededader? Anita Vanger?*

Uit de archieven kon Lisbeth opmaken dat Gottfried Vangers positie binnen het concern in de loop van de jaren veranderd was. Hij was geboren in 1927. Op twintigjarige leeftijd had hij

Isabella Koenig leren kennen en haar meteen zwanger gemaakt; Martin Vanger was geboren in 1948 en de jongelui hadden dus moeten trouwen.

Toen hij tweeëntwintig was, was hij door Henrik Vanger naar het hoofdkantoor van het Vanger-concern gehaald. Hij was blijkbaar kundig en werd gezien als een coming man. Op zijn vijfentwintigste kwam hij in het bestuur, als plaatsvervangend chef voor de afdeling bedrijfsontwikkeling. Een rijzende ster.

Ergens halverwege de jaren vijftig stagneerde zijn carrière. *Hij zoop. Zijn huwelijk met Isabella liep op de klippen. De kinderen, Harriët en Martin, leden daaronder. Henrik ging zich ermee bemoeien.* Gottfrieds carrière had zijn hoogtepunt bereikt. In 1956 kwam er nóg een plaatsvervangend chef bedrijfsontwikkeling. Twee plaatsvervangende chefs – één die het werk deed, terwijl Gottfried zoop en lange periodes afwezig was.

Maar Gottfried was nog steeds een Vanger, bovendien was hij charmant en welbespraakt. Vanaf 1957 leek zijn taak te zijn geweest stad en land af te reizen om fabrieken in te wijden, lokale conflicten op te lossen en het imago te verspreiden dat dergelijke zaken het concern wel degelijk iets konden schelen. *We sturen een van onze zonen om naar uw problemen te luisteren. We nemen de zaak serieus.*

's Avonds om halfzeven vond ze het tweede verband. Gottfried Vanger had deelgenomen aan onderhandelingen in Karlstad, waar het Vanger-concern een lokaal houtverwerkingsbedrijf gekocht had. De dag daarop was boerin Magda Lovisa Sjöberg vermoord aangetroffen.

De derde koppeling ontdekte ze slechts een kwartier later. Uddevalla 1962. Dezelfde dag dat Lea Persson verdwenen was, had de plaatselijke krant Gottfried Vanger geïnterviewd over een mogelijke uitbreiding van de haven.

Drie uur later had Lisbeth Salander geconstateerd dat Gottfried Vanger bij vijf van de acht moorden de dagen vlak vóór of vlak ná de gebeurtenis ter plaatse was geweest. Informatie over de moorden van 1949 en 1954 ontbrak. Ze bestudeerde een foto van hem in een krantenknipsel. Een mooie, slanke man met donkerblond haar; hij leek op Clark Gable in *Gejaagd door de wind.*

In 1949 was Gottfried tweeëntwintig jaar. De eerste moord vond plaats in een vertrouwde omgeving. Hedestad. Rebecka Jacobsson, administratief medewerkster bij het Vanger-concern. Waar ontmoetten jullie elkaar? Wat heb je haar beloofd?

Toen Bodil Lindgren om zeven uur wilde afsluiten om naar huis te gaan, snauwde Lisbeth Salander haar toe dat ze nog niet klaar was. Ze mocht best naar huis gaan, als ze de sleutel maar achterliet zodat Lisbeth kon afsluiten. De archivaris was inmiddels zo geïrriteerd doordat een jong meisje haar zulke bevelen kon geven, dat ze naar Dirch Frode belde voor instructies. Frode besliste onmiddellijk dat Lisbeth de hele nacht mocht blijven als ze dat wilde. Of mevrouw Lindgren zo vriendelijk wilde zijn om het aan de bewaking van het kantoor door te geven, zodat ze haar eruit konden laten als ze naar huis wilde?

Lisbeth Salander beet op haar onderlip. Het probleem was natuurlijk dat Gottfried Vanger in 1965 in een dronken bui was verdronken, terwijl de laatste moord in Uppsala was begaan in februari 1966. Ze vroeg zich af of ze het bij het verkeerde eind had gehad toen ze de zeventienjarige middelbare scholiere Lena Andersson op de lijst had gezet. *Nee. Het was niet helemaal dezelfde signatuur, maar het was dezelfde Bijbelse parodie. Er moest een verband zijn.*

Om negen uur begon het donker te worden. Het was koeler in de lucht en het motregende. Mikael zat met zijn vingers op de keukentafel te trommelen toen Martin Vangers Volvo over de brug reed en richting landtong verdween. Dat was op de een of andere manier de bekende druppel.

Mikael wist niet wat hij moest doen. Zijn hele lichaam brandde van verlangen om vragen te stellen – hem te confronteren. Dat was uiteraard niet zo verstandig als hij Martin Vanger ervan verdacht dat hij een gestoorde moordenaar was die zijn zus en een meisje in Uppsala vermoord had, en die bovendien geprobeerd had Mikael neer te schieten. Maar Martin Vanger was ook een magneet. En hij wist niet dat Mikael het wist, en hij kon naar hem toegaan met de smoes ... tja, om de sleutel van het huisje van Gottfried Vanger terug te brengen? Mikael sloot de deur af en wandelde langzaam naar de landtong.

Het huis van Harald Vanger was zoals gewoonlijk pikdonker. Bij

Henrik Vanger brandde alleen licht in een kamer aan de tuinkant. Dat was zeker Anna's kamer. Isabella's huis was donker. Cecilia was niet thuis. Bij Alexander Vanger brandde er licht op de bovenverdieping, maar bij de twee huizen die bewoond werden door mensen die niet tot de familie Vanger behoorden, was het donker. Hij zag geen levende ziel.

Hij bleef besluiteloos voor Martin Vangers huis staan, pakte zijn mobiel en toetste Lisbeth Salanders nummer in. Nog steeds geen gehoor. Hij zette zijn mobiel uit, zodat deze niet zou afgaan.

Op de benedenverdieping brandde licht. Mikael liep over het gazon en bleef op een paar meter afstand van het keukenraam staan, maar kon geen bewegingen waarnemen. Hij liep verder om het huis heen en bleef bij elk raam staan, maar hij zag Martin Vanger nergens. Hij ontdekte wel dat de uitloopdeur van de garage op een kier stond. *Wees nou niet zo stom.* Hij kon de verleiding niet weerstaan om snel even binnen te kijken.

Het eerste wat hij zag, was een openstaande doos munitie voor een elandenjachtgeweer op een werkbank. Daarna zag hij twee jerrycans met benzine op de vloer onder de bank. *Voorbereidingen voor een nieuw nachtelijk bezoek, Martin?*

'Kom binnen, Mikael. Ik zag je al op de weg lopen.'

Mikaels adem stokte in zijn keel. Hij draaide langzaam zijn hoofd om en zag Martin Vanger in het donker staan bij een deur die het huis in leidde.

'Je kon gewoon niet wegblijven, hè?'

Zijn stem was rustig, bijna vriendelijk.

'Dag, Martin,' antwoordde Mikael.

'Kom binnen,' herhaalde Martin Vanger. 'Deze kant op.'

Hij deed een stap naar voren en opzij, en gebaarde uitnodigend met zijn linkerhand. Hij deed zijn rechterhand omhoog en Mikael zag een reflectie van mat metaal.

'Ik heb een Glock in mijn hand. Haal geen stommiteiten uit. Van deze afstand kan ik niet missen.'

Mikael kwam langzaam dichterbij. Toen hij vlak bij Martin Vanger was bleef hij staan en keek hij hem aan.

'Ik moest hier wel naartoe komen. Ik heb zoveel vragen.'

'Dat begrijp ik. Door deze deur.'

Mikael liep langzaam het huis in. De passage leidde naar de

gang naar de keuken, maar voordat hij daar was, hield Martin Vanger hem tegen door lichtjes een hand op zijn schouder te leggen.

'Nee, niet zo ver. Hier naar rechts. Doe de zijdeur open.'

De kelder. Toen Mikael halverwege de keldertrap was, draaide Martin Vanger een schakelaar om en ging het licht aan. Rechts was de ruimte met de verwarmingsketel. Rechtdoor rook Mikael de geur van wasmiddel. Martin Vanger stuurde hem naar links, naar een voorraadruimte met oude meubels en dozen. Helemaal achterin was nog een deur. Een veiligheidsdeur van staal met een robuust klavierslot.

'Hier,' zei Martin Vanger en hij gooide een sleutelbos naar Mikael toe. 'Openmaken.'

Mikael deed de deur open.

'Er zit een schakelaar aan de linkerkant.'

Mikael had de deur naar de hel geopend.

Tegen negenen haalde Lisbeth koffie en een voorverpakte sandwich uit een automaat in de gang buiten het archief. Ze bladerde verder in oude papieren en richtte zich op het vinden van sporen van Gottfried Vanger in Kalmar in 1954. Zonder resultaat.

Ze dacht erover Mikael te bellen, maar besloot ook de personeelskrantjes door te nemen voordat ze naar huis ging.

De ruimte was ongeveer 5 bij 10 meter groot. Mikael nam aan dat hij geografisch aan de korte kant van het huis op het noorden lag.

Martin Vanger had zijn particuliere martelkamer met zorg ingericht. Aan de linkerkant kettingen, metalen ogen aan plafond en vloer, een tafel met leren riemen waar hij zijn slachtoffers vast kon gespen. En een video-installatie. Een opnamestudio. Helemaal achter in de ruimte was een stalen kooi waar hij zijn gasten langere tijd kon opsluiten. Rechts van de deur bevonden zich een bed en een tv-hoek. In een boekenkast zag Mikael een grote hoeveelheid videofilms staan.

Zo gauw ze in de ruimte waren, richtte Martin Vanger het pistool op Mikael en gebood hij hem op zijn buik op de grond te gaan liggen. Mikael weigerde.

'Oké,' zei Martin Vanger. 'Dan schiet ik je in je knieschijf.'

Hij richtte. Mikael capituleerde. Hij had geen keus.

Hij had gehoopt dat Martins waakzaamheid een tiende seconde zou verslappen – hij wist dat hij elk gevecht met Martin Vanger zou winnen. Hij had een kleine kans gehad in de passage op de begane grond, toen Martin zijn hand op zijn schouder had gelegd, maar hij had geaarzeld. Daarna was Martin niet meer bij hem in de buurt geweest. Zonder knieschijf zou hij kansloos zijn. Hij ging op de grond liggen.

Martin naderde hem van achteren en zei tegen Mikael dat hij zijn handen op zijn rug moest leggen. Hij deed hem handboeien om. Vervolgens trapte hij Mikael in zijn kruis en sloeg hij hem bont en blauw.

Wat er daarna gebeurde, was een nachtmerrie. Martin Vanger werd heen en weer geslingerd tussen rationaliteit en waanzin. Het ene moment was hij ogenschijnlijk rustig, het andere moment liep hij als een gekooid dier in de kelder heen en weer. Hij schopte Mikael diverse malen. Het enige wat Mikael kon doen, was proberen zijn hoofd te beschermen en de klappen op te vangen met de weke delen van zijn lichaam. Na een paar minuten deed Mikaels lijf overal pijn van een dozijn kneuzingen.

Het eerste halfuur zei Martin geen woord en viel er niet met hem te communiceren. Daarna leek hij te kalmeren. Hij haalde een ketting en wikkelde deze om Mikaels hals en zette hem met een hangslot vast aan een oog op de vloer. Hij liet Mikael ruim een kwartier alleen. Toen hij terugkwam, had hij een literfles water bij zich. Hij ging op een stoel zitten en keek naar Mikael terwijl hij dronk.

'Zou ik een beetje water mogen?' vroeg Mikael.

Martin Vanger boog zich voorover en liet hem gul uit de fles drinken. Mikael slikte het gretig door.

'Bedankt.'

'Altijd even beleefd, Kalle Blomkvist.'

'Waarom al die trappen?' vroeg Mikael.

'Omdat je me zo kwaad maakt. Je verdient het bestraft te worden. Waarom ben je niet gewoon naar huis gegaan? Je aanwezigheid was nodig bij *Millennium*. Ik meende het serieus, we hadden er een groot blad van kunnen maken. We hadden vele jaren kunnen samenwerken.'

Mikael trok een grimas en probeerde in een comfortabeler houding te gaan liggen. Hij was weerloos. Het enige wat hij had, was zijn stem.

'Ik neem aan dat je bedoelt dat die kans verkeken is?' vroeg Mikael.

Martin Vanger lachte.

'Het spijt me, Mikael. Maar je begrijpt natuurlijk wel dat je hier zult sterven.'

Mikael knikte.

'Hoe hebben jullie ontdekt dat ik het was, jij en dat anorectische spook dat je erbij betrokken hebt?'

'Je hebt gelogen over wat je had gedaan op de dag dat Harriët verdween. Ik kan bewijzen dat je in Hedestad was tijdens de optocht van de Dag van het Kind. Je werd gefotografeerd toen je naar Harriët stond te kijken.'

'Ben je daarom naar Norsjö afgereisd?'

'Ja, om die foto te halen. Hij werd genomen door een stel dat toevallig in Hedestad was. Ze waren daar alleen maar even gestopt.'

Martin Vanger schudde zijn hoofd.

'Dat is verdomme niet waar,' zei hij.

Mikael dacht diep na wat hij moest zeggen om zijn executie te kunnen voorkomen of ten minste uit te stellen.

'Waar is die foto nu?'

'Het negatief? Dat ligt in mijn kluis bij de Handelsbank hier in Hedestad ... Wist je niet dat ik een kluis had genomen?' Hij loog ongehinderd. 'Er zijn hier en daar een paar kopieën, zowel in mijn computer als in die van Lisbeth, op de server van *Millennium* en op de server van Milton Security, waar Lisbeth werkt.'

Martin Vanger wachtte af en probeerde uit te maken of Mikael blufte of niet.

'Hoeveel weet Salander?'

Mikael aarzelde. Lisbeth Salander was op dit moment zijn enige hoop op redding. Wat zou ze doen als ze thuiskwam en ontdekte dat hij verdwenen was? Hij had de foto van Martin Vanger in zijn gewatteerde jack op de keukentafel gelegd. Zou ze de link leggen? Zou ze alarm slaan? *Ze is niet iemand die de politie belt.* Het zou een nachtmerrie zijn als ze bij Martin Vanger zou aanbellen en van hem zou eisen te horen waar Mikael zich bevond.

'Geef antwoord,' zei Martin Vanger met ijskoude stem.

'Ik denk na. Lisbeth weet ongeveer evenveel als ik, misschien zelfs meer. Ik denk dat ze meer weet dan ik. Ze is slim. Zij heeft het verband met Lena Andersson gelegd.'

'Lena Andersson?' Martin Vanger keek perplex.

'Dat zeventienjarige meisje dat je in februari 1966 in Uppsala doodgemarteld hebt. Zeg niet dat je haar vergeten bent.'

Martin Vangers blik werd helder. Voor het eerst keek hij wat geschokt. Hij wist niet dat iemand die link had gelegd – Lena Andersson had niet in Harriëts agenda gestaan.

'Martin,' zei Mikael met een zo vast mogelijke stem. 'Martin, het is voorbij. Je kunt mij misschien vermoorden, maar het is voorbij. Er zijn er te veel die het weten en deze keer ben je erbij.'

Martin Vanger was snel op de been en begon weer door de ruimte te ijsberen. Hij sloeg opeens met zijn vuist op de muur. *Ik moet onthouden dat hij irrationeel is. Die kat. Hij had die kat hierheen kunnen brengen, maar hij is naar de familiekapel gegaan. Hij handelt niet rationeel.* Martin Vanger bleef staan.

'Ik denk dat je liegt. Alleen jij en Salander weten het. Jullie hebben met niemand gesproken, dan zou de politie hier allang geweest zijn. Een flink vuur in het gastenverblijf en de bewijzen zijn verdwenen.'

'En als je het bij het verkeerde eind hebt?'

Martin glimlachte opeens.

'Als ik het fout heb, is het echt afgelopen. Maar dat geloof ik niet. Ik denk dat je bluft. Wat heb ik voor keus?' Hij dacht even na. 'Dat stomme kutwijf is de zwakke schakel. Ik moet haar vinden.'

'Ze is rond lunchtijd naar Stockholm vertrokken.'

Martin Vanger lachte.

'O, ja? Waarom zit ze dan al de hele avond in het archief van het Vanger-concern?'

Mikaels hart sloeg tweemaal over. *Hij wist het. Hij had het de hele tijd geweten.*

'Dat klopt. Ze zou langs het archief en dan naar Stockholm,' zei Mikael zo rustig mogelijk. 'Ik wist niet dat ze zo lang gebleven was.'

'Hou nou maar op. De archivaris liet mij weten dat Dirch Frode haar had bevolen Salander te laten zitten zo lang ze maar wilde.

Dat betekent dat ze vannacht op enig moment thuiskomt. De bewaking belt me als ze het kantoor verlaat.'

DEEL 4

HOSTILE TAKE-OVER

11 juli tot 30 december

Tweeënnegentig procent van de vrouwen in Zweden die tijdens hun laatste geweldservaring zijn blootgesteld aan seksueel geweld, heeft geen aangifte gedaan bij de politie.

24
VRIJDAG 11 JULI – ZATERDAG 12 JULI

Martin Vanger boog zich voorover en doorzocht Mikaels zakken. Hij vond de sleutel.

'Slim van jullie om er een ander slot op te zetten,' merkte hij op. 'Ik zal voor je vriendin zorgen als ze thuiskomt.'

Mikael gaf geen antwoord. Hij herinnerde zich dat Martin Vanger een ervaren onderhandelaar was in veel zakelijke tweegevechten. Hij had al eerder een blufpoging doorzien.

'Waarom?'

'Waarom wat?'

'Waarom dit alles?' Mikael bewoog met zijn hoofd heen en weer door de ruimte.

Martin Vanger boog weer voorover en legde een hand onder Mikaels kin en tilde zijn hoofd op, zodat hun blikken elkaar ontmoetten.

'Omdat het zo makkelijk is,' zei hij. 'Er verdwijnen voortdurend vrouwen. Er is niemand die ze mist. Allochtonen. Hoeren uit Rusland. Elk jaar passeren er duizenden mensen de Zweedse grens.'

Hij liet Mikaels hoofd los en stond op, bijna trots om het te mogen demonstreren.

Martin Vangers woorden troffen Mikael als vuistslagen.

Godallemachtig. Dit is geen historisch raadsel. Martin Vanger vermoordt nu óók nog vrouwen. En ik ben er met open ogen ingetuind.

'Ik heb momenteel geen gast. Maar het is misschien leuk om te weten dat toen jij en Henrik afgelopen winter en dit voorjaar aan het leuteren waren, er hier een meisje zat. Ze heette Irina en kwam uit Wit-Rusland. Terwijl jij hier bij mij zat te dineren, zat zij hier opgesloten in de kooi. Het was een aangename avond, nietwaar?'

Martin Vanger ging op de tafel zitten en liet zijn benen over de rand bungelen. Mikael sloot zijn ogen. Hij voelde plotseling zure oprispingen naar boven komen en moest een paar keer slikken.

'Wat doe je met die lichamen?'

'Ik heb mijn boot hier vlak voor mijn huis liggen. Ik neem ze ver mee de zee op. In tegenstelling tot mijn vader laat ik geen sporen na. Maar hij was ook slim. Hij verspreidde zijn slachtoffers over heel Zweden.'

De puzzelstukjes begonnen voor Mikael op hun plaats te vallen. *Gottfried Vanger. Van 1949 tot 1965. Daarna had Martin Vanger het in 1966 overgenomen, in Uppsala.*

'Je bewondert je vader.'

'Hij was degene die het me geleerd heeft. Hij heeft me ingewijd toen ik veertien was.'

'Uddevalla. Lea Persson.'

'Inderdaad. Daar was ik bij. Ik heb alleen toegekeken, maar ik was erbij.'

'1964. Sara Witt in Ronneby.'

'Ik was zestien jaar. Het was de eerste keer dat ik een vrouw had. Gottfried leerde het me. Ik heb haar gewurgd.'

Hij schept op. Jezus, wat een zieke familie.

'Je ziet toch wel in dat dit ziek is?'

Martin Vanger haalde lichtjes zijn schouders op.

'Ik denk niet dat je het goddelijke kunt begrijpen, dat je absolute controle over het leven en sterven van een mens hebt.'

'Je geniet van het mishandelen en vermoorden van vrouwen, Martin.'

De concernleider dacht even na, zijn blik gefixeerd op een dood punt op de muur achter Mikael. Daarna lachte hij zijn charmante, flitsende glimlach.

'Dat is niet waar. Als ik een intellectuele analyse van mijn toestand moet maken, dan ben ik meer een serieverkrachter dan een seriemoordenaar. Eigenlijk ben ik een seriekidnapper. Dat doden is zogezegd een natuurlijk gevolg van het feit dat ik mijn misdaad moet verbergen. Begrijp je?'

Mikael wist niet wat hij moest zeggen en knikte alleen maar.

'Natuurlijk zijn mijn handelingen sociaal niet acceptabel, maar mijn misdaad is in eerste instantie een misdaad tegen de conventies van de maatschappij. De dood komt pas aan het eind van het verblijf van mijn gasten hier, als ik op ze ben uitgekeken. Het is altijd zo fascinerend om hun teleurstelling te zien.'

'Teleurstelling?' vroeg Mikael verbaasd.

'Exact. Teleurstelling. Ze denken dat als ze mij tot tevredenheid stemmen, ze het wel zullen overleven. Ze passen zich aan mijn regels aan. Ze beginnen me te vertrouwen en ontwikkelen een vriendschap met mij, en tot op het laatste moment hopen ze dat die vriendschap iets betekent. De teleurstelling komt als ze plotseling ontdekken dat ze voor de gek zijn gehouden.'

Martin Vanger liep om de tafel heen en leunde tegen de stalen kooi.

'Jij met je kleinburgerlijke conventies zult dat nooit begrijpen, maar de spanning bestaat uit het plannen van de kidnapping. Het mogen geen impulsieve handelingen zijn, die kidnappers lopen altijd in de val. Het is een zuivere wetenschap met duizend details waar ik rekening mee moet houden. Ik moet een prooi identificeren en haar leven in kaart brengen. Wie is ze? Waar komt ze vandaan? Hoe kan ik haar te pakken krijgen? Wat moet ik doen om op de een of andere manier alleen met mijn prooi te komen, zonder dat mijn naam in beeld is of ooit in een toekomstig politieonderzoek zal verschijnen?'

Stop, dacht Mikael. Martin Vanger sprak over kidnappingen en moorden op haast academische toon, alsof hij een afwijkende mening had in een of andere esoterisch-theologische kwestie.

'Interesseert dit je wel, Mikael?'

Hij boog zich voorover en aaide Mikael over zijn wang. Zijn aanraking was voorzichtig, bijna teder.

'Je begrijpt toch wel dat dit maar op één manier kan eindigen? Heb je er last van als ik rook?'

Mikael schudde zijn hoofd.

'Je mag me best een sigaret aanbieden,' antwoordde hij.

Martin Vanger was hem ter wille. Hij stak twee sigaretten op en stak de ene voorzichtig tussen Mikaels lippen, liet hem een trekje nemen en hield hem vast.

'Bedankt,' zei Mikael automatisch.

Martin Vanger moest opnieuw lachen.

'Zie, je bent je al gaan aanpassen aan de principes van de onderwerping. Jouw leven ligt in mijn handen, Mikael. Je weet dat ik je elk moment kan doden. Je hebt een beroep op me gedaan om jouw kwaliteit van leven te verbeteren en dat heb je gedaan door een rationeel argument te gebruiken en wat te vleien. Je hebt een beloning gekregen.'

Mikael knikte. Zijn hart bonkte als een bezetene.

Om kwart over elf dronk Lisbeth Salander water uit haar petfles terwijl ze de bladzijden omsloeg. In tegenstelling tot Mikael eerder die dag verslikte ze zich niet. Ze sperde daarentegen haar ogen wijd open toen ze het verband legde.

Klik!

Twee uur lang had ze de personeelskrantjes uit alle windstreken van het Vanger-concern doorgeplozen. Het algemene blad heette gewoon *Bedrijfsinformatie* en droeg het logo van het Vanger-concern – een Zweedse vlag die wapperde in de wind en waarvan de punt een pijl vormde. Het blad werd blijkbaar gemaakt door de reclameafdeling van de concernstaf en bevatte propaganda die ertoe moest bijdragen dat de medewerkers zich één grote familie voelden.

In de voorjaarsvakantie van februari 1967 had Henrik Vanger in een gul gebaar vijftig medewerkers van het hoofdkantoor met hun gezinnen uitgenodigd op een skivakantie van een week in de provincie Härjedalen. De uitnodiging was het gevolg van het feit dat het concern het jaar ervoor een recordwinst had behaald – het was een bedankje voor de vele uren overwerk. De pr-afdeling reisde mee en maakte een fotoreportage van het skioord dat voor dat doel afgehuurd was.

Veel foto's van de skipiste met grappige onderschriften. Wat plaatjes van het samenzijn in de bar, met daarop lachende, rozige medewerkers die een bierpul omhooghielden. Er waren twee foto's van een klein ochtendevenement toen Henrik Vanger de eenenveertigjarige administratief medewerkster Ulla-Britt Mogren uitriep tot Secretaresse van het Jaar. Ze kreeg een bonus van 500 kronen en een glazen schaal.

De prijsuitreiking had plaatsgevonden op het terras van het ski-hotel, blijkbaar vlak voordat de mensen de pistes weer op wilden gaan. Er waren zo'n twintig mensen zichtbaar op de foto.

Uiterst rechts, helemaal achter Henrik Vanger, stond een man met lang blond haar. Hij was gekleed in een donker gewatteerd jack met een duidelijk afwijkend vlak bij de schouderpartij. Omdat het blad zwart-wit was, kon je de kleur niet zien, maar Lisbeth Salander durfde haar hoofd erom te verwedden dat de schouderpartij rood was.

Het onderschrift verklaarde de samenhang: *Uiterst rechts de negentienjarige Martin Vanger die in Uppsala studeert. Hij wordt binnen de concernleiding al gezien als kroonprins.*

'*Got you,*' zei Lisbeth Salander zachtjes.

Ze deed de bureaulamp uit en liet de personeelsblaadjes als één grote chaos op het bureau achter – *dat mag die kuttenkop van een Bodil Lindgren morgen opruimen.*

Ze liep door een zijdeur naar de parkeerplaats. Halverwege op weg naar haar motorfiets bedacht ze dat ze beloofd had de bewaker te laten weten wanneer ze wegging. Ze bleef staan en keek uit over de parkeerplaats. De bewaker zat aan de andere kant van het gebouw. Dat zou betekenen dat ze er helemaal omheen moest lopen. *Fuck that,* besloot ze.

Toen ze bij haar motor kwam, zette ze haar mobiele telefoon aan en toetste ze Mikaels nummer. Ze kreeg te horen dat de abonnee niet bereikbaar was. Ze ontdekte daarentegen dat Mikael tussen halfvier en negen niet minder dan dertien keer had geprobeerd haar te bereiken. De laatste twee uur had hij niet gebeld.

Lisbeth toetste het nummer naar het vaste toestel in het huis, maar kreeg geen gehoor. Ze fronste haar wenkbrauwen, maakte haar computertas vast, zette haar helm op en trapte haar motorfiets aan. De tocht van het hoofdkantoor aan het begin van het industriegebied van Hedestad naar het Hedeby-eiland duurde tien minuten. Er brandde licht in de keuken, maar het huis was verlaten.

Lisbeth Salander ging naar buiten en keek om zich heen. Haar eerste gedachte was dat Mikael naar Dirch Frode was gegaan, maar al vanaf de brug kon ze zien dat het licht in Frodes villa aan de andere kant van het water uit was. Ze keek op haar horloge: tien over halftwaalf.

Ze keerde terug naar huis, deed de kast open en haalde de pc eruit waarop de beelden werden opgeslagen van de bewakingscamera's die ze buiten had opgehangen. Het duurde even voordat ze de loop der gebeurtenissen op een rijtje had.

Om 15.32 uur was Mikael thuisgekomen.

Om 16.03 was hij naar de tuin gegaan en had hij koffiegedronken. Hij had een map bij zich die hij bestudeerd had. In het uur dat hij in de tuin had gezeten, had hij drie keer kort gebeld. Alle drie de gesprekken correspondeerden op de minuut af met gesprekken die zij niet had beantwoord.

Om 17.21 was Mikael een wandelingetje gaan maken. Hij was minder dan vijftien minuten later weer terug geweest.

Om 18.20 was hij naar het hek gelopen en had hij naar de brug gekeken.

Om 21.03 was hij naar buiten gegaan. Hij was niet teruggekeerd.

Lisbeth spoelde de beelden van de andere pc, die het hek en de weg voor de voordeur toonde, snel door. Ze kon zien welke personen die dag waren langsgekomen.

Om 19.12 uur was Gunnar Nilsson thuisgekomen.

Om 19.42 was iemand in de Saab die op Östergården thuishoorde in de richting van Hedestad gereden.

Om 20.02 was die auto teruggekomen – een ritje naar de kiosk bij de benzinepomp?

Daarna was er niets gebeurd voor 21.00 uur precies, toen Martin Vangers auto was gepasseerd. Drie minuten later had Mikael het huis verlaten.

Nog geen uur later, om 21.50 uur was Martin Vanger plotseling in het gezichtsveld van het objectief gekomen. Hij had meer dan een minuut bij het hek naar het huis staan kijken en had door het keukenraam naar binnen gegluurd. Hij was de trap naar de deur opgelopen, had aan de deur gevoeld en een sleutel tevoorschijn gehaald. Daarna moet hij hebben ontdekt dat er een nieuw slot op de deur zat en had hij even stilgestaan voordat hij rechtsomkeert had gemaakt en was weggelopen.

Lisbeth Salander kreeg plotseling een ijskoud gevoel in haar middenrif.

Martin Vanger had Mikael opnieuw een lange periode alleen gelaten. Hij lag stil in zijn ongemakkelijke houding, met zijn handen geboeid op zijn rug en zijn hals met een dunne ketting aan een oog in de vloer vastgeketend. Hij rukte en draaide aan de handboeien, maar hij wist dat hij ze niet open zou kunnen krijgen. De boeien zaten zo strak dat hij het gevoel in zijn handen kwijt was.

Hij was kansloos. Hij deed zijn ogen dicht.

Hij wist niet hoeveel tijd er verstreken was toen hij Martin Vangers voetstappen weer hoorde. De concernleider kwam in zijn blikveld. Hij keek bezorgd.

'Ongemakkelijk?' vroeg hij.

'Ja,' antwoordde Mikael.

'Dat is je eigen schuld. Had je maar naar huis moeten gaan.'

'Waarom vermoord je mensen?'

'Dat is een keuze die ik gemaakt heb. Ik zou de hele nacht met je over de morele en intellectuele aspecten van mijn daden kunnen praten, maar dat doet niets af aan het feit. Probeer het zo te zien: een mens is een omhulsel van huid die cellen, bloed en chemische componenten op zijn plaats houdt. Slechts weinigen komen in de geschiedenisboeken. De meesten sterven en verdwijnen spoorloos.'

'Je vermoordt vrouwen.'

'Wij, degenen die moorden om ons genot te bevredigen, ik ben immers niet de enige met die hobby, leven een totáál leven.'

'Maar waarom Harriët? Je eigen zus?'

Martin Vangers gezichtsuitdrukking veranderde plotseling. Hij was in één stap bij Mikael en greep hem bij zijn haar.

'Wat is er met haar gebeurd?'

'Hoe bedoel je?' hijgde Mikael.

Hij probeerde zijn hoofd te draaien om de pijn van zijn hoofdhuid te verminderen. De ketting om zijn nek trok onmiddellijk strak.

'Salander en jij. Wat hebben jullie gevonden?'

'Laat me los. We zijn aan het praten.'

Martin Vanger liet zijn haar los en ging in kleermakerszit voor Mikael zitten. Plotseling had hij een mes in zijn hand. Hij zette de punt van het mes in de huid vlak onder Mikaels oog. Mikael moest zichzelf dwingen Martin Vanger aan te kijken.

'Wat is er in godsnaam met haar gebeurd?'

'Ik begrijp het niet. Ik dacht dat jij haar vermoord had.'

Martin Vanger zat Mikael lange tijd aan te staren. Toen ontspande hij. Hij stond op en liep heen en weer, terwijl hij nadacht. Hij liet het mes op de grond vallen, lachte en keerde zich naar Mikael om.

'Harriët, Harriët, altijd maar weer die Harriët. We hebben geprobeerd ... met haar te praten. Gottfried probeerde het haar te leren. We dachten dat ze een van ons was en dat ze haar plicht zou accepteren, maar ze was alleen maar een gewone ... kút. Ik dacht dat ik haar onder controle had, maar ze was van plan het aan Henrik te vertellen en ik begreep dat ik haar niet kon vertrouwen. Vroeg of laat zou ze het vertellen.'

'Je hebt haar gedood.'

'Ik wílde haar doden. Ik was het van plan, maar ik was te laat. Ik kon niet naar het eiland komen.'

Mikaels hersenen probeerden de informatie op te slaan, maar het leek alsof er een bord verscheen met de tekst INFORMATION OVERLOAD. Martin Vanger wist niet wat er met zijn zus gebeurd was.

Plotseling haalde hij zijn mobiele telefoon uit zijn colbert, bekeek het display en legde de gsm op de stoel naast het pistool.

'Het is tijd om dit af te ronden. Ik moet vannacht dat anorectische scharminkel van jou ook nog onder handen nemen.'

Hij deed een kast open, pakte een smalle leren riem en legde deze als strop om Mikaels nek. Hij maakte de ketting waarmee Mikael aan de grond geketend zat los, trok Mikael overeind en duwde hem tegen de muur. Hij reeg de riem door een oog boven Mikaels hoofd en spande deze zodat Mikael op zijn tenen moest staan.

'Is dat te strak? Kun je geen adem krijgen?' Hij liet de riem een beetje vieren en zette het uiteinde iets lager aan de muur vast. 'Ik wil niet dat je meteen stikt.'

De strop sneed zo strak in Mikaels hals dat hij niet in staat was iets te zeggen. Martin Vanger keek hem aandachtig aan.

Plotseling maakte hij Mikaels broek los en trok deze samen met zijn onderbroek omlaag. Toen hij de broek uittrok, verloor Mikael zijn houvast en bungelde hij een seconde aan de strop, voordat zijn tenen weer contact met de vloer kregen. Martin Vanger liep naar de kast en pakte een schaar. Hij knipte Mikaels T-shirt stuk en gooide de restanten op een hoop op de grond. Vervolgens ging hij een stukje van Mikael af staan en bekeek hij zijn slachtoffer.

'Ik heb hier nooit eerder een jongen gehad,' zei Martin Vanger op serieuze toon. 'Ik heb nog nooit een andere man aangeraakt ... buiten mijn vader. Dat was mijn plicht.'

Mikaels slapen klopten. Hij kon zijn lichaamsgewicht niet op zijn voeten zetten zonder te worden gewurgd. Hij probeerde met zijn vingers grip te krijgen op de betonnen muur achter hem, maar het lukte hem niet.

'Het is zover,' zei Martin Vanger.

Hij pakte de riem vast en trok eraan. Mikael voelde hoe de strop onmiddellijk dieper in zijn hals sneed.

'Ik heb me altijd afgevraagd hoe een man smaakt.'

Hij trok nog harder aan de strop, boog zich plotseling voorover en kuste Mikael op zijn mond, op hetzelfde moment dat er een koude stem door de ruimte sneed.

'Gore klootzak, in deze negorij heb ík daar het monopolie op.'

Mikael hoorde Lisbeths stem als door een rode mist. Hij slaagde erin zijn blik te focussen en zag haar bij de deurpost staan. Ze keek Martin Vanger uitdrukkingsloos aan.

'Nee ... rennen,' kraste Mikael.

Mikael kon Martin Vangers gezichtsuitdrukking niet zien, maar hij kon bijna fysiek diens schok voelen toen hij zich omdraaide. Een seconde stond de tijd stil. Vervolgens stak Martin Vanger zijn hand uit naar het pistool dat op de stoel lag.

Lisbeth Salander deed drie snelle stappen naar voren en zwaaide met een golfclub, die ze naast zich had gehouden. Het ijzer maakte een wijde boog en raakte Martin Vanger boven zijn sleutelbeen bij zijn schouder. De slag had zo'n enorme kracht dat Mikael kon horen dat er iets kapotging. Martin Vanger gaf een brul.

'Hou je van pijn?' vroeg Lisbeth Salander.

Haar stem was stroef als schuurpapier. Zo lang hij leefde, zou Mikael haar gezicht niet vergeten toen ze in de aanval ging. Haar tanden waren ontbloot als van een roofdier. Haar ogen glansden en waren pikzwart. Ze bewoog zich als een bliksemsnelle spin en was volledig gefocust op haar buit toen ze opnieuw met de golfclub zwaaide en Martin Vanger boven zijn ribben raakte.

Hij struikelde over de stoel en viel. Het pistool belandde voor Lisbeths voeten op de grond. Ze schopte het bij hem vandaan.

Toen sloeg ze een derde keer toe, net op het moment dat Martin Vanger weer probeerde overeind te krabbelen. Ze raakte hem met een smak op zijn heup. Er steeg een ijzingwekkend geluid op uit Martin Vangers keel. De vierde slag raakte hem van achteren op zijn schouderblad.

'Lis... errth ...' kraste Mikael.

Hij raakte bijna buiten bewustzijn en de pijn in zijn slapen was haast ondraaglijk.

Ze keerde zich naar hem om en zag dat zijn gezicht tomaatkleurig was, dat zijn ogen wijd opengesperd waren en dat zijn tong bijna uit zijn mond viel.

Ze keek snel om zich heen en zag het mes op de grond liggen. Daarna wierp ze een blik op Martin Vanger, die op zijn knieën zat en probeerde bij haar vandaan te kruipen, terwijl zijn ene arm slap langs zijn lichaam hing. Hij zou de eerste seconden geen probleem vormen. Ze liet de golfclub los en pakte het mes. Het had een scherpe punt, maar een bot lemmet. Ze ging op haar tenen staan en probeerde koortsachtig de leren riem door te snijden. Het duurde een aantal seconden voordat Mikael uiteindelijk op de vloer zakte. Maar de strop had zich om zijn nek gesloten.

Lisbeth Salander wierp nog een blik op Martin Vanger. Hij was op de been gekomen, maar stond dubbelgevouwen. Ze negeerde hem en probeerde haar vingers onder de strop te krijgen. Eerst durfde ze niet te snijden, maar uiteindelijk stak ze de punt van het mes in het leer, en schramde Mikaels keel toen ze probeerde de strop losser te maken. Uiteindelijk was hij los en Mikael haalde een paar keer rochelend adem.

Even ervoor Mikael een sensationeel gevoel doordat lichaam en geest herenigd werden. Hij kreeg een perfect zicht en kon elk stofkorreltje in de kamer onderscheiden. Hij kreeg een perfect gehoor en noteerde elke ademhaling en geritsel van kleren, alsof de geluiden uit een koptelefoon op zijn hoofd kwamen, en hij rook de lucht van Lisbeth Salanders zweet en de geur van het leer van haar jack. Maar de illusie werd al snel verbroken toen het bloed weer naar zijn hoofd begon te stromen en zijn gezicht weer de normale kleur kreeg.

Lisbeth Salander draaide haar hoofd om op hetzelfde ogenblik dat Martin Vanger de deur uit glipte. Ze stond snel op en pakte het pistool, onderzocht het magazijn en ontgrendelde het. Mikael merkte op dat ze eerder een wapen gehanteerd leek te hebben. Ze keek om zich heen en haar blik bleef op de sleutels van de handboeien rusten, die zichtbaar op tafel lagen.

'Ik grijp hem,' zei ze en ze rende naar de deur. Ze pakte in het voorbijgaan de sleutels en gooide ze met een backhand op de vloer naast Mikael.

Mikael probeerde te roepen dat ze op hem moest wachten, maar hij wist alleen een krakend geluid voort te brengen toen ze al door de deur verdwenen was.

Lisbeth was niet vergeten dat Martin Vanger ergens een geweer had en bleef met het pistool schietklaar voor zich staan toen ze in de passage tussen de garage en de keuken kwam. Ze luisterde, maar kon geen geluiden ontdekken die verraadden waar haar prooi zich bevond. Instinctief liep ze naar de keuken en was daar bijna aangekomen toen ze de auto op het erf hoorde starten.

Ze rende terug, door de uitloopdeur van de garage naar buiten. Vanaf de carport zag ze een paar achterlichten langs het huis van Henrik Vanger in de richting van de brug rijden, en ze rende er zo snel als haar benen haar konden dragen achteraan. Ze stopte het pistool in de zak van haar jack en maakte zich niet druk om haar helm toen ze haar motorfiets aantrapte. Een paar seconden later zoefde ze over de brug.

Hij had misschien negentig seconden voorsprong toen ze bij de rotonde bij de oprit naar de E4 kwam. Ze kon hem niet zien. Ze remde, zette de motor af en luisterde.

De hemel was gevuld met zware wolken. Aan de horizon zag ze een eerste aanzet van het ochtendgloren. Vervolgens hoorde ze motorgeluid en ving ze een glimp op van Martin Vangers auto op de E4 richting zuiden. Lisbeth trapte haar motor weer aan, schakelde en reed onder het viaduct door. Ze reed 80 kilometer per uur in de bocht van de oprit. Voor haar lag een recht stuk weg. Ze zag geen verkeer, draaide haar gas helemaal open en stoof vooruit. Toen de weg langs een lange heuvelrug begon te kronkelen reed ze 170 kilometer per uur, wat ongeveer de hoogste snelheid was die haar eigenhandig opgevoerde 125 cc'tje heuvelafwaarts kon halen. Na twee minuten zag ze Martin Vangers auto ongeveer 400 meter voor zich.

Consequentieanalyse. Wat doe ik nu?

Ze verminderde haar snelheid tot 120 kilometer per uur en ging gelijk met hem op. Ze verloor hem een paar seconden uit het oog toen ze een paar scherpe bochten passeerden. Vervolgens kwamen ze op een lang, recht stuk. Ze reed ongeveer 200 meter achter hem.

Hij moest het licht van haar motorfiets hebben gezien, want hij verhoogde zijn snelheid toen ze een lange bocht passeerden. Ze draaide haar gas helemaal open, maar verloor terrein in de bochten.

Ze zag de lampen van de vrachtwagen al van verre. Martin Vanger ook. Plotseling verhoogde hij zijn snelheid nog meer en ging hij toen hij 150 meter overhad tot de vrachtwagen op de andere weghelft rijden. Lisbeth zag de vrachtwagenchauffeur remmen en uitvoerig met zijn lichten knipperen, maar hij legde de afstand in een paar seconden af, en de botsing was onvermijdelijk. Martin Vanger botste met een verschrikkelijke klap frontaal op de vrachtauto.

Lisbeth Salander remde instinctief. Vervolgens zag ze hoe de aanhanger over haar weghelft begon te scharen. Met de snelheid die ze had zou het twee seconden duren voordat ze bij de plaats van het ongeluk was. Ze gaf gas en reed naar de berm, en ontweek de achterkant van de vrachtwagen op een paar meter. Uit haar ooghoek zag ze de vlammen aan de voorkant onder de vrachtwagen vandaan komen.

Ze reed nog 150 meter verder voor ze stopte en zich omkeerde. Ze zag de chauffeur van de vrachtwagen aan de passagierskant uit de cabine springen. Vervolgens gaf ze weer gas. Bij Åkerby, 2 kilometer verder naar het zuiden, sloeg ze links af en volgde ze de oude provinciale weg terug naar het noorden, parallel aan de E4. Ze reed boven langs de plaats van het ongeval en zag dat er twee personenauto's gestopt waren. Het wrak, dat geplet onder de vrachtwagen geplakt zat, stond in lichterlaaie. Een man probeerde met een kleine brandblusser het vuur te doven.

Ze gaf gas en was vrij snel in Hedeby. Ze reed in een lage versnelling over de brug, parkeerde voor het gastenverblijf en liep terug naar het huis van Martin Vanger.

Mikael worstelde nog steeds met de handboeien. Zijn handen waren zo gevoelloos geworden dat hij geen grip kon krijgen op de sleutel. Lisbeth maakte de handboeien los en hield hem vast terwijl het bloed in zijn handen weer begon te stromen.

'Martin?' vroeg Mikael met een hese stem.

'Dood. Hij reed met 150 kilometer per uur recht op een vracht-wagen af, een paar kilometer in zuidelijke richting op de E4.'

Mikael keek haar aan. Ze was maar een paar minuten weg geweest.

'We moeten ... de politie bellen,' raspte Mikael. Hij moest plotse-ling hevig hoesten.

'Waarom?' vroeg Lisbeth Salander.

Tien minuten lang kon Mikael niet opstaan. Hij zat naakt op de vloer, tegen een muur geleund. Hij masseerde zijn hals en tilde de fles water met lompe vingers op. Lisbeth wachtte geduldig tot het gevoel weer in zijn lichaam begon terug te keren. Ze gebruikte de tijd om na te denken.

'Kleed je aan.'

Ze gebruikte Mikaels stukgeknipte T-shirt om de vingerafdruk-ken op de handboeien, het mes en de golfclub af te nemen. De pet-fles nam ze mee.

'Wat doe je?'

'Kleed je aan. Het wordt al licht buiten. Schiet op.'

Mikael ging op zijn wankele benen staan en slaagde erin zijn onderbroek en spijkerbroek aan te trekken. Hij stapte in zijn sneakers. Lisbeth stopte zijn sokken in de zak van haar jack en hield hem tegen.

'Wat heb je precies aangeraakt in de kelder?'

Mikael keek om zich heen. Hij probeerde het zich te herinneren. Uiteindelijk zei hij dat hij niets anders had aangeraakt dan de deur en de sleutels. Lisbeth vond de sleutels in Martin Vangers colbert, dat ze over de stoel hing.

Ze veegde zorgvuldig de handgreep van de deur en de schakelaar af, en deed het licht uit. Ze leidde Mikael de keldertrap op en vroeg hem in de passage te wachten terwijl ze de golfclub weer op zijn plaats zette. Toen ze terugkwam, had ze een donker T-shirt bij zich dat van Martin Vanger was geweest.

'Trek dat aan. Ik wil niet dat iemand je vannacht met een naakt bovenlijf ziet rondrennen.'

Mikael zag in dat hij zich in een shocktoestand bevond. Lisbeth had de leiding genomen en hij gehoorzaamde haar bevelen willoos. Ze leidde hem Martin Vangers huis uit. Ze hield haar arm voortdurend om hem heen. Zo gauw ze in Mikaels huis waren, zei ze: 'Als iemand ons gezien heeft en vraagt wat we vannacht buiten gedaan hebben, dan hebben we een nachtwandeling naar de landtong gemaakt en hebben we daar gevreeën.'

'Lisbeth, ik kan niet ...'

'Ga douchen. Nu.'

Ze hielp hem zijn kleren uit te trekken en stuurde hem naar de badkamer. Vervolgens zette ze koffie en smeerde ze snel zes dikke boterhammen met kaas, leverpastei en zure augurk. Ze zat aan de keukentafel na te denken toen Mikael de kamer binnenstrompelde. Ze bekeek de bloeduitstortingen en schaafwonden die op zijn lichaam zichtbaar waren. De strop had zo strak gezeten dat hij een donkerrode striem om zijn hele nek en hals had, en het mes had een bloedige kras in het vel aan de linkerkant van zijn keel gemaakt.

'Kom,' zei ze. 'Ga in bed liggen.'

Ze haalde pleisters en dekte de wond af met een kompres. Daarna schonk ze koffie in en reikte ze hem een boterham aan.

'Ik heb geen trek,' zei Mikael.

'Eet,' beval Lisbeth Salander en ze nam een stevige hap van een boterham met kaas.

Mikael deed zijn ogen even dicht. Daarna ging hij overeind zitten en nam hij een hap. Zijn keel deed zo'n pijn dat hij nauwelijks kon slikken.

Lisbeth trok haar leren jack uit en haalde een potje tijgerbalsem uit haar toilettas.

'Laat de koffie maar even afkoelen. Ga op je buik liggen.'

Ze masseerde vijf minuten lang zijn rug en smeerde hem daarna in met de balsem. Vervolgens keerde ze hem om en gaf hem aan de voorkant dezelfde behandeling.

'Je zult wel een tijdje onder de blauwe plekken zitten.'

'Lisbeth, we moeten de politie bellen.'

'Nee,' antwoordde ze met zo'n felle stem, dat Mikael verbaasd zijn ogen opendeed en haar aankeek. 'Als je de politie belt, ben ik weg. Ik wil niets met ze te maken hebben. Martin Vanger is dood. Hij is omgekomen bij een auto-ongeval. Hij zat alleen in de auto. Er zijn getuigen. Laat de politie of iemand anders die verdomde martelkamer maar ontdekken. Jij en ik zijn net zo onwetend van het bestaan ervan als alle anderen in het dorp.'

'Waarom?'

Ze negeerde hem en masseerde zijn schrijnende dijen.

'Lisbeth, we kunnen toch niet ...'

'Als je blijft zeuren, sleep ik je terug naar die kerker van Martin en keten ik je weer vast.'

Terwijl ze sprak, viel Mikael plotseling in slaap, net of hij flauwgevallen was.

25
ZATERDAG 12 JULI – MAANDAG 14 JULI

Mikael werd om vijf uur met een schok wakker en krabde aan zijn hals om de strop weg te trekken. Lisbeth liep zijn kamer binnen, pakte zijn handen beet en kalmeerde hem. Hij deed zijn ogen open en keek haar nietsziend aan.

'Ik wist niet dat je aan golfen deed,' mompelde hij en hij deed zijn ogen weer dicht. Ze bleef een paar minuten bij hem tot ze er zeker van was dat hij weer sliep. Terwijl Mikael sliep, was Lisbeth teruggekeerd naar Martin Vangers kelder om de plaats van het misdrijf te onderzoeken. Behalve de martelwerktuigen had ze een grote verzameling bladen met hardcore pornografie gevonden en een grote hoeveelheid polaroidfoto's, ingeplakt in albums.

Er was geen dagboek geweest. Daarentegen had ze twee A4-mappen gevonden met pasfoto's en handgeschreven aantekeningen over vrouwen. Ze had de mappen meegenomen in een nylontas, samen met Martin Vangers Dell-laptop, die ze op het haltafeltje op de bovenverdieping gevonden had. Toen Mikael weer sliep, ging Lisbeth verder met het onderzoeken van Martin Vangers computer en mappen. Het was na zessen 's ochtends toen ze de pc uitdeed. Ze stak een sigaret op en beet nadenkend op haar onderlip.

Samen met Mikael Blomkvist had ze de jacht geopend op – wat ze dachten – een seriemoordenaar uit het verleden. Ze hadden iets heel anders gevonden. Ze kon zich amper een voorstelling maken van de verschrikkingen die zich in Martin Vangers kelder moesten hebben afgespeeld, te midden van de goed georganiseerde idylle.

Ze probeerde het te begrijpen.

Martin Vanger had vrouwen gedood sinds de jaren zestig, de

laatste vijftien jaar met een frequentie van ongeveer een of twee slachtoffers per jaar. Het doden was zo discreet en goed georganiseerd geweest, dat niemand ook maar had ingezien dat er een seriemoordenaar actief was. Hoe was dat mogelijk?

De mappen gaven gedeeltelijk antwoord op die vraag.

Zijn slachtoffers waren anonieme vrouwen, vaak allochtone jonge vrouwen die pas kort in Zweden waren en die geen vrienden en sociale contacten hadden. Er waren ook prostituees en verslaafde vrouwen bij, of vrouwen met andere sociale problemen.

Uit haar eigen studie op het gebied van de psychologie van seksueel sadisme had Lisbeth Salander geleerd dat dat soort moordenaars graag souvenirs verzamelen van hun slachtoffers. Dergelijke souvenirs zijn een soort herinnering die de moordenaar kan gebruiken om een gedeelte van het genot dat hij beleefd heeft opnieuw te ervaren. Martin Vanger had deze eigenaardigheid ontwikkeld door een soort stervensboek bij te houden. Hij had zijn slachtoffers zorgvuldig gecatalogiseerd en een cijfer gegeven. Hij had hun lijden becommentarieerd en beschreven. Hij had zijn moorden gedocumenteerd met videofilms en foto's.

Het geweld en het doden waren het doel, maar Lisbeth trok de conclusie dat de feitelijke jacht Martin Vangers voornaamste interesse was. In zijn laptop had hij een database aangelegd met een bestand van honderden vrouwen. Medewerksters binnen het Vanger-concern, serveersters bij restaurants waar hij weleens kwam, receptionistes van hotels, personeel bij de centrale sociale verzekeringsinstantie, secretaresses van zakenrelaties en vele andere vrouwen. Het leek alsof Martin Vanger vrijwel alle vrouwen met wie hij in contact kwam registreerde en in kaart bracht.

Martin Vanger had slechts een fractie van deze vrouwen vermoord, maar alle vrouwen in zijn buurt waren potentiële slachtoffers, die hij bijschreef en screende. Het in kaart brengen had het karakter van een uit de hand gelopen hobby, waar hij ontzettend veel tijd aan moest hebben besteed.

Is ze getrouwd of alleenstaand? Heeft ze kinderen en familie? Waar werkt ze? Waar woont ze? In wat voor auto rijdt ze? Wat heeft ze voor opleiding? Haarkleur? Huidkleur? Lichaamsvorm?

Lisbeth trok de conclusie dat het verzamelen van persoonsgegevens van potentiële slachtoffers een belangrijk onderdeel van

Martin Vangers seksuele fantasieën moest zijn geweest. Hij was in eerste instantie een stalker en in tweede instantie een moordenaar.

Toen Lisbeth alles gelezen had, ontdekte ze een envelopje in een van de mappen. Ze peuterde er twee beduimelde en verbleekte polaroidfoto's uit. Op de eerste foto zat een donkerharig meisje aan een tafel. Het meisje droeg een bruine broek en had een naakt bovenlijf met kleine, puntige borsten. Ze had haar gezicht van de camera afgewend en wilde haar arm net optillen als bescherming, ongeveer alsof de fotograaf haar plotseling had verrast door zijn camera omhoog te houden. Op de tweede foto was haar onderlijf ook naakt. Ze lag op haar buik op een bed met een blauwe sprei. Haar gezicht was nog steeds van de camera afgewend.

Lisbeth stopte de envelop met foto's in de zak van haar jack. Daarna droeg ze de mappen naar het ijzeren fornuis en maakte ze vuur met een lucifer. Toen ze klaar was met stoken, roerde ze in de as. Het stroomde buiten nog steeds van de regen toen ze een korte wandeling maakte en Martin Vangers laptop discreet in het water onder de brug dumpte.

Toen Dirch Frode 's ochtends om halfacht de deur openrukte, zat Lisbeth aan de keukentafel een sigaret te roken en koffie te drinken. Frodes gezicht was asgrauw en hij zag eruit alsof hij op brute wijze uit zijn slaap was gewekt.

'Waar is Mikael?' vroeg hij.

'Die slaapt nog.'

Dirch Frode nam plaats op een keukenstoel. Lisbeth schonk koffie in en schoof een kop naar hem toe.

'Martin ... Ik heb net gehoord dat Martin zich vannacht heeft doodgereden.'

'Triest,' zei Lisbeth Salander, terwijl ze een slok koffie nam.

Dirch Frode keek op. Eerst staarde hij haar niet-begrijpend aan. Toen verwijdden zijn ogen zich.

'Wat ...?'

'Een botsing. Erg vervelend.'

'Weet je wat er gebeurd is?'

'Hij is recht op een vrachtwagen af gereden. Hij heeft zelfmoord gepleegd. De pers, de stress en een wankelend financieel imperium zijn hem te veel geworden. Dat zullen de krantenkoppen tenminste wel uitschreeuwen, denk ik zo.'

Dirch Frode zag eruit alsof hij een toeval zou krijgen. Hij stond snel op, liep naar de slaapkamer en deed de deur open.

'Laat hem slapen,' zei Lisbeth op scherpe toon.

Frode keek naar de slapende figuur. Hij zag de blauwe plekken op Mikaels gezicht en de bloeduitstortingen op zijn bovenlijf. Toen zag hij de vlammende streep waar de strop gezeten had. Lisbeth raakte zijn arm aan en trok de deur dicht. Frode liep achteruit en liet zich langzaam op de keukenbank zakken.

Lisbeth Salander vertelde wat er die nacht gebeurd was. Ze beschreef uitvoerig hoe Martin Vangers martelkamer eruit had gezien en hoe ze Mikael had aangetroffen in een strop, met de algemeen directeur van het Vanger-concern voor zich. Ze vertelde wat ze de dag ervoor in het archief van het concern had gevonden en hoe ze Martins vader aan minstens zeven vrouwenmoorden had gekoppeld.

Dirch Frode onderbrak haar geen enkele keer. Toen ze klaar was met haar verhaal, bleef hij minutenlang zwijgend zitten voordat hij heftig uitademde en langzaam zijn hoofd schudde.

'Wat moeten we nu?'

'Dat is niet mijn probleem,' zei Lisbeth met uitdrukkingsloze stem.

'Maar ...'

'Zoals ik het zie, heb ik nooit een voet in Hedestad gezet.'

'Ik begrijp het niet.'

'Ik wil onder geen beding in een politierapport voorkomen. Ik besta in deze context niet. Als mijn naam in verband met deze geschiedenis genoemd wordt, zal ik ontkennen dat ik hier geweest ben en zal ik geen enkele vraag beantwoorden.'

Dirch Frode keek haar onderzoekend aan.

'Ik begrijp het niet.'

'Dat hoeft ook niet.'

'Maar wat moet ik dán?'

'Dat moet jij weten, als je Mikael en mij hier maar buiten laat.'

Dirch Frode was lijkbleek.

'Je moet het zo zien: het enige wat je weet, is dat Martin Vanger is omgekomen bij een verkeersongeval. Je hebt er geen weet van dat hij ook een gestoorde moordenaar is en je hebt nooit gehoord van de kamer die er in zijn kelder is.'

Ze legde de sleutel tussen hen in op de tafel neer.

'Je hebt de tijd totdat iemand Martins kelder gaat uitruimen en de ruimte ontdekt. Dat duurt misschien wel even.'

'We moeten hiermee naar de politie gaan.'

'Wij niet. Jij kunt naar de politie gaan als je dat wilt. Dat is jouw beslissing.'

'Dit kan niet in de doofpot worden gestopt.'

'Ik stel ook niet voor dat het in de doofpot wordt gestopt, als je Mikael en mij er maar buiten laat. Als je de ruimte ontdekt, trek je je eigen conclusies en beslis je zelf aan wie je het wilt vertellen.'

'Als wat je zegt waar is, dan betekent dat dat Martin vrouwen gekidnapt en vermoord heeft ... Er moeten talloze families zijn die wanhopig zijn omdat ze niet weten waar hun kind is. We kunnen niet zomaar ...'

'Dat is waar. Maar er is één probleem. De lichamen zijn verdwenen. Misschien vind je paspoorten of andere legitimatiebewijzen in een doos. Mogelijk kunnen sommige slachtoffers van de videofilms geïdentificeerd worden. Maar je hoeft vandaag geen beslissing te nemen. Denk erover na.'

Dirch Frode zag er paniekerig uit.

'Godallemachtig. Dit wordt de doodklap voor het concern. Hoeveel gezinnen zullen er niet werkloos worden als uitkomt dat Martin ...'

Frode wiegde heen en weer. Hij stond voor een moreel dilemma.

'Dat is één aspect. Ik neem aan dat Isabella Vanger de erfgenaam is van haar zoon. Ik denk niet dat het goed is als zij als eerste over Martins hobby geïnformeerd wordt.'

'Ik moet gaan kijken.'

'Ik vind dat je daar vandaag niet heen moet gaan,' zei Lisbeth scherp. 'Je hebt een heleboel aan je hoofd. Je moet Henrik op de hoogte stellen, en je moet het bestuur bijeenroepen voor een extra vergadering en doen wat jullie gedaan zouden hebben als jullie algemeen directeur onder normale omstandigheden omgekomen was.'

Dirch Frode dacht over haar woorden na. Zijn hart bonkte. Hij was de oude advocaat en de problemenoplosser die een plan klaar behoorde te hebben om elke hindernis te overbruggen, maar hij voelde zich niet tot handelen in staat. Hij zag plotseling in dat hij instructies zat aan te nemen van een jong meisje. Op de een of andere manier had zij de controle over de situatie overgenomen en kwam ze met de richtlijnen die hij zelf niet kon formuleren.

'En Harriët ...?'

'Mikael en ik zijn nog niet klaar. Maar je kunt tegen Henrik Vanger zeggen dat ik denk dat we dit zullen oplossen.'

Martin Vangers onverwachte overlijden was het belangrijkste radionieuws toen Mikael om negen uur wakker werd. Er werd niets anders over de gebeurtenissen van die nacht gezegd, dan dat de industrieel op onverklaarbare wijze en met hoge snelheid op de verkeerde weghelft was beland.

Hij had alleen in de auto gezeten. De lokale radio had een langere uitzending, die werd gekenmerkt door ongerustheid over de toekomst van het Vanger-concern en welke economische consequenties het sterfgeval voor het bedrijf zou hebben.

Een snel in elkaar gezet bericht van het Zweedse persbureau had als titel EEN DORP IN SHOCK en vatte de acute problemen van het Vanger-concern samen. Het kon niemand ontgaan dat alleen al in Hedestad meer dan 3.000 van de 21.000 inwoners werkzaam waren bij het Vanger-concern of op de een of andere manier volledig afhankelijk waren van de welvaart van het bedrijf. De algemeen directeur van het Vanger-concern was dood en de vorige algemeen directeur was een bejaarde die ernstig ziek was na een hartaanval. Een natuurlijke erfgenaam ontbrak. En dit alles in een tijd die werd beschouwd als de meest kritieke in de geschiedenis van het concern.

Mikael Blomkvist had naar het politiebureau in Hedestad kunnen gaan en kunnen uitleggen wat er die nacht was gebeurd, maar Lisbeth Salander had al een proces op gang gebracht. Omdat hij niet onmiddellijk de politie gebeld had, werd het met het uur moeilijker om dat te doen. Hij bracht de ochtend zwijgend door op de keukenbank, vanwaar hij naar de regen en de donkere wolken buiten keek. Rond tienen kwam er nog een hevige onweersbui, maar tegen lunchtijd hield het op met regenen en ging de wind een beet-je liggen. Hij liep naar buiten, droogde de tuinmeubels af en ging met een kop koffie in de tuin zitten. Hij droeg een overhemd met een opstaande kraag.

De dood van Martin legde natuurlijk een schaduw over het dagelijks leven in Hedeby. Er stopten auto's voor Isabella's huis, de clan verzamelde zich. Er werden condoleances overgebracht. Lisbeth bekeek de stoet zonder gevoelens. Mikael deed er het zwijgen toe.

'Hoe gaat het?' vroeg ze uiteindelijk.

Mikael dacht een tijdje over het antwoord na.

'Ik denk dat ik me nog steeds in een shock bevind,' zei hij. 'Ik was hulpeloos. Ik was er urenlang van overtuigd dat ik zou sterven. Ik voelde doodsangst en kon niets doen.'

Hij strekte zijn hand uit en legde hem op haar knie.

'Bedankt,' zei hij. 'Als jij niet gekomen was, had hij me vermoord.'

Lisbeth keek hem met een scheef lachje aan.

'Maar ... ik kan niet begrijpen hoe je zo idioot kon zijn om het in je eentje tegen hem op te nemen. Ik lag daar beneden op de vloer te bidden dat je de foto zou zien en een en een bij elkaar op zou tellen.'

'Als ik op de politie gewacht had, had je het niet overleefd. Ik kon die klootzak je toch niet laten vermoorden?'

'Waarom wil je niet met de politie praten?'

'Ik praat niet met overheidsinstanties.'

'Waarom niet?'

'Dat is mijn zaak. Maar in jouw geval denk ik niet dat het goed is voor je carrière als je bekend komt te staan als de journalist die werd uitgekleed door Martin Vanger, de notoire seriemoordenaar. Als je "Kalle Blomkvist" niks vindt, kun je je nieuwe epitheta voorstellen.'

Mikael keek haar onderzoekend aan en liet het onderwerp los.

'We hebben een probleem,' zei Lisbeth.

Mikael knikte. 'Wat is er met Harriët gebeurd?'

Lisbeth legde de twee polaroidfoto's voor hem op tafel neer.

Ze verklaarde waar ze ze gevonden had. Mikael bestudeerde de foto's een tijdje intensief voordat hij opkeek.

'Ze kan het zijn,' zei hij. 'Ik kan daar geen antwoord op geven, maar de lichaamsbouw en het haar doen denken aan alle foto's die ik van haar gezien heb.'

Mikael en Lisbeth zaten een uur in de tuin de details in kaart te brengen. Ze ontdekten dat ze allebei voor zich Martin Vanger hadden geïdentificeerd als de ontbrekende schakel.

Lisbeth had de foto nooit gezien die Mikael op de keukentafel had achtergelaten. Ze had de conclusie getrokken dat Mikael iets stoms had gedaan nadat ze de foto's van de bewakingscamera's had bestudeerd. Ze was via de strandpromenade naar het huis van Martin Vanger gelopen en had door alle ramen gekeken zonder een levende ziel te ontdekken. Ze had voorzichtig aan alle deuren en ramen van de benedenverdieping gevoeld. Uiteindelijk was ze naar een open balkondeur op de bovenverdieping geklommen. Dat had lang geduurd en ze had zich uiterst voorzichtig bewogen toen ze kamer voor kamer in het huis had afgezocht. Uiteindelijk had ze de trap naar de kelder gevonden. Martin was slordig geweest; de deur naar zijn martelkamer stond op een kier en ze had de situatie goed in zich op kunnen nemen.

Mikael vroeg hoeveel ze gehoord had van wat Martin had gezegd.

'Niet veel. Ik kwam toen hij je aan het uithoren was over wat er met Harriët was gebeurd, vlak voordat hij je in die strop hing. Ik ben een minuutje weg geweest toen ik naar boven ging om een wapen te zoeken. Die golfclubs kwam ik in een kast tegen.'

'Martin Vanger had geen idee wat er met Harriët was gebeurd,' zei Mikael.

'Geloof je hem?'

'Ja,' zei Mikael zonder aarzelen. 'Martin Vanger was gestoorder dan een geschifte bunzing ... hoe ik ook aan die vergelijking kom ... maar hij erkende alle misdaden die hij begaan had. Hij sprak vrijuit. Ik geloof dat hij indruk op me wilde maken. Maar als het om Harriët ging, was hij net zo wanhopig als Henrik Vanger om te weten te komen wat er eigenlijk gebeurd is.'

'Dus ... waar leidt ons dat heen?'

'We weten dat Gottfried Vanger verantwoordelijk is voor de eerste serie moorden, die tussen 1949 en 1965.'

'Oké. En hij heeft het Martin Vanger geleerd.'

'Hoezo, een disfunctioneel gezin?' zei Mikael. 'Martin had eigenlijk geen kans.'

Lisbeth Salander keek Mikael met een wonderlijke blik aan.

'Wat Martin mij verteld heeft, zij het onsamenhangend, was dat zijn vader het hem geleerd heeft toen hij in de puberteit kwam. Hij was aanwezig bij de moord op Lea in Uddevalla in 1962. Toen was hij veertien. Hij was ook aanwezig bij de moord op Sara in 1964. Die keer was hij zelf actief. Hij was zestien jaar.'

'En?'

'Hij zei dat hij niet homoseksueel was en nooit een andere man had aangeraakt, met uitzondering van zijn vader. Dat doet mij geloven dat ... Tja, de enige conclusie die ik kan trekken is dat zijn vader hem verkrachtte. Die seksuele intimidaties moeten langere tijd hebben plaatsgevonden. Hij werd zogezegd opgevoed door zijn vader.'

'Gelul,' zei Lisbeth Salander.

Haar stem was plotseling zo hard als graniet. Mikael keek haar verbluft aan. Haar blik was standvastig. Er was geen spoortje van compassie.

'Martin had precies dezelfde kans als alle anderen om terug te slaan. Hij heeft zelf zijn keuzes gemaakt. Hij moordde en verkrachtte, omdat hij dat fijn vond.'

'Oké, ik spreek je niet tegen. Maar Martin was een onderdanige jongen, die werd getekend door zijn vader, net zoals Gottfried werd getekend door zijn vader, de nazi.'

'Aha, maar dan veronderstel je dat Martin geen eigen wil had en dat mensen worden waar ze voor worden opgevoed.'

Mikael lachte voorzichtig. 'Is dat een teer punt?'

Lisbeth Salanders ogen vlamden plotseling op van ingehouden woede.

Mikael ging snel verder. 'Ik beweer niet dat mensen alleen maar worden getekend door hun opvoeding, maar ik geloof dat de opvoeding een grote rol speelt. Gottfrieds vader heeft Gottfried jarenlang in elkaar getimmerd. Dat laat zijn sporen na.'

'Gelul,' herhaalde Lisbeth. 'Gottfried is niet het enige kind dat mishandeld is. Dat geeft hem geen vrijbrief om vrouwen te vermoorden. Daar heeft hij zelf voor gekozen. En dat geldt voor Martin precies hetzelfde.'

Mikael stak een hand op.

'Laten we geen ruzie maken.'

'Ik maak geen ruzie. Ik vind het alleen pathetisch dat klootzakken altijd iemand anders moeten hebben aan wie ze de schuld kunnen geven.'

'Oké. Ze hebben een persoonlijke verantwoordelijkheid. We hebben het er nog wel over. Het punt is dat Gottfried stierf toen Martin zeventien was en dat Martin niemand had die hem de weg kon wijzen. Hij probeerde in de voetsporen van zijn vader te treden. In februari 1966 in Uppsala.'

Mikael strekte zich uit naar een van Lisbeths sigaretten.

'Ik wil niet eens speculeren over welke impulsen Gottfried probeerde te bevredigen en hoe hij zelf interpreteerde wat hij deed. Er was een soort Bijbels taalgebruik waar een psychiater eventueel wijs uit zou kunnen worden, maar dat gaat over bestraffing en reiniging in de een of andere zin. Welke dat dan ook is. Hij was een seriemoordenaar.'

Hij dacht even na voor hij verderging.

'Gottfried wilde vrouwen vermoorden en omkleedde zijn handelingen met een soort pseudoreligieuze redenering. Maar Martin deed niet eens of hij een excuus had. Hij was georganiseerd en moordde systematisch. Bovendien had hij geld om aan zijn hobby te besteden. En hij was doortrapter dan zijn vader. Elke keer dat Gottfried een lijk achterliet, betekende dat een politieonderzoek en het risico dat iemand hem op het spoor zou komen, of althans de verschillende moorden met elkaar in verband zou brengen.'

'Martin Vanger heeft zijn huis laten bouwen in de jaren zeventig,' zei Lisbeth nadenkend.

'Ik geloof dat Henrik zei dat dat in 1978 was. Vermoedelijk heeft hij een soort bunker besteld voor belangrijke archieven of iets dergelijks. Hij kreeg een geluiddichte ruimte zonder ramen en met een stalen deur.'

'Hij heeft die kamer al vijfentwintig jaar.'

Ze zwegen even terwijl Mikael nadacht over welke gruwelijkheden zich gedurende een kwart eeuw op het idyllische Hedeby-eiland moesten hebben afgespeeld. Lisbeth hoefde daar niet over na te denken, ze had de verzameling videofilms gezien. Ze zag dat Mikael onbewust aan zijn hals voelde.

'Gottfried haatte vrouwen en leerde zijn zoon vrouwen te haten, terwijl hij hem tegelijkertijd verkrachtte. Maar er is ook een bepaalde ondertoon ... Ik denk dat Gottfried erover fantaseerde dat zijn kinderen zijn, op zijn zachtst gezegd, perverse blik op de wereld zouden delen. Toen ik naar Harriët vroeg, zijn eigen zus, zei Martin: "We hebben geprobeerd met haar te praten. Maar ze was alleen maar een gewone kut. Ze was van plan het aan Henrik te vertellen."'

Lisbeth knikte. 'Ik heb hem gehoord. Dat was ongeveer toen ik in de kelder kwam. En dat betekent dat we weten waar haar mysterieuze gesprek met Henrik over gegaan zou zijn.'

Mikael fronste zijn voorhoofd.

'Niet helemaal.' Hij dacht even na. 'Denk aan de chronologie. We weten niet wanneer Gottfried zijn zoon voor het eerst verkrachtte, maar hij nam Martin mee toen hij Lea Persson in Uddevalla in 1962 vermoordde. Hij is verdronken in 1965. Daarvóór hadden Martin en hij geprobeerd met Harriët te praten. Wat geeft dat ons voor leidraad?'

'Gottfried verkrachtte niet alleen Martin. Hij misbruikte Harriët óók.'

Mikael knikte. 'Gottfried was de leraar. Martin was de leerling. Harriët was hun ... tja, wat? Speeltje?'

'Gottfried leerde Martin zijn zus te neuken.' Lisbeth wees op de polaroidfoto's. 'Het is onmogelijk om haar houding te bepalen aan de hand van deze twee foto's omdat je haar gezicht niet ziet, maar ze probeert zich voor de camera te verbergen.'

'Zeg dat het begon toen ze veertien was, in 1964. Ze verdedigde zich ... "ze kon het niet accepteren", zo drukte Martin het uit. Ze dreigde het te vertellen. Martin had in dit verband vermoedelijk niet veel te zeggen, hij had zich maar aan te passen aan zijn vader, maar Gottfried en hij hadden een soort ... pact gesloten en probeerden Harriët ook in te wijden.'

Lisbeth knikte. 'In jouw aantekeningen heb je genoteerd dat Henrik Vanger Harriët in de winter van 1964 naar zijn huis had laten verhuizen.'

'Henrik zag dat er iets fout zat in dat gezin. Hij dacht dat de ruzies en de wrijvingen tussen Gottfried en Isabella de oorzaak waren, en hij nam haar onder zijn hoede, zodat ze zich in alle rust op haar studie zou kunnen concentreren.'

'Een streep door de rekening van Gottfried en Martin. Ze konden haar niet zo makkelijk meer te pakken krijgen en haar leven controleren. Maar af en toe ... Waar vonden die verkrachtingen plaats?'

'Vermoedelijk in het huis van Gottfried. Ik ben er bijna zeker van dat die foto's daar zijn gemaakt. Dat is makkelijk te controleren. Het huis heeft een perfecte ligging, geïsoleerd en ver van het dorp af. Toen heeft Gottfried zich nog één keer volgegoten en is hij gewoon verdronken.'

Lisbeth knikte nadenkend. 'Harriëts vader had seks met haar of probeerde seks met haar te hebben, maar vermoedelijk wijdde hij haar niet in de moorden in.'

Dat was een zwak punt, zag Mikael in. Harriët had de namen van Gottfrieds slachtoffers genoteerd en ze aan Bijbelcitaten gekoppeld, maar haar interesse voor Bijbelkennis was pas het laatste jaar ontstaan, toen Gottfried al dood was. Hij dacht een tijdje na en probeerde een logische verklaring te vinden.

'Op een dag ontdekte Harriët dat Gottfried niet alleen een incestpleger was, maar ook een gestoorde seriemoordenaar,' zei hij.

'We weten niet wanneer ze de moorden ontdekte. Dat kan zijn geweest vlak voordat Gottfried verdronk. Het kan ook zijn geweest nadat hij verdronken was, misschien hield hij een dagboek bij of had hij krantenartikelen over de moorden bewaard. Ze moet door iets op het spoor zijn gebracht.'

'Maar dat was niet wat ze aan Henrik dreigde te vertellen,' vulde Mikael in.

'Het ging om Martin,' zei Lisbeth. 'Haar vader was dood, maar Martin bleef aan haar frunniken.'

'Precies.' Mikael knikte.

'Maar het duurde een paar jaar voordat ze het zwijgen kon doorbreken.'

'Wat zou jij doen als je er plotseling achter kwam dat je vader een seriemoordenaar was die je broer neukte?'

'De klootzak doodslaan,' zei Lisbeth met zo'n nuchtere stem dat Mikael vermoedde dat ze het meende. Hij zag plotseling haar gezicht voor zich toen ze in de aanval ging tegen Martin Vanger. Hij lachte een vreugdeloos lachje.

'Oké, maar Harriët zat anders in elkaar. Gottfried stierf in 1965, voordat ze iets had kunnen doen. Dat is ook logisch. Toen Gottfried stierf, stuurde Isabella Martin naar Uppsala. Hij was misschien thuis met kerst of in de vakanties, maar in het jaar daarna zag hij Harriët niet zo vaak. Er ontstond enige afstand.'

'En ze begon de Bijbel te bestuderen.'

'En in het licht van wat we nu weten, hoeft dat niet om religieuze redenen te zijn geweest. Ze wilde misschien gewoon begrijpen waar haar vader zich mee bezig had gehouden. Ze piekerde erover tot de Dag van het Kind in 1966. Dan ziet ze opeens haar broer op de Järnvägsgatan en weet ze dat hij terug is. We weten niet of ze elkaar gesproken hebben en of hij iets gezegd heeft. Maar hoe dan ook, Harriët kreeg de impuls om linea recta naar huis te gaan om met Henrik te praten.'

'En daarna is ze verdwenen.'

Toen ze de reeks gebeurtenissen hadden doorgenomen, was het niet moeilijk om te begrijpen hoe de rest van de puzzel eruit moest hebben gezien. Mikael en Lisbeth pakten hun spullen. Voordat ze vertrokken, belde Mikael Dirch Frode en verklaarde hij dat Lisbeth en hij een tijdje weg moesten, maar dat hij Henrik Vanger absoluut wilde zien voor hij vertrok.

Mikael wilde weten wat Frode aan Henrik had verteld. De advocaat klonk zo geforceerd dat Mikael zich zorgen om hem maakte. Na een tijdje verklaarde Frode dat hij alleen maar verteld had dat Martin bij een auto-ongeluk om het leven was gekomen.

Toen Mikael voor het ziekenhuis van Hedestad parkeerde donderde het weer en hing de lucht vol zware regenwolken. Hij haastte zich over de parkeerplaats terwijl het zachtjes begon te regenen.

Henrik Vanger was gekleed in een ochtendjas en zat in zijn kamer aan een tafeltje bij het raam. Het was duidelijk dat de ziekte zijn sporen had achtergelaten, maar de oude man had weer kleur op zijn gezicht en leek in elk geval aan de beterende hand te zijn. Ze schudden elkaar de hand. Mikael vroeg de verpleegkundige om hen een paar minuten alleen te laten.

'Ik heb je lang niet gezien,' zei Henrik Vanger.

Mikael knikte. 'Expres. Jouw familie wil niet dat ik hier kom, maar vandaag zijn ze allemaal bij Isabella.'

'Arme Martin,' zei Henrik.

'Henrik. Je hebt mij de opdracht gegeven de waarheid boven water te krijgen over wat er met Harriët is gebeurd. Had je verwacht dat de waarheid pijnloos zou zijn?'

De oude keek hem aan. Toen sperde hij zijn ogen open.

'Martin?'

'Hij is een deel van het verhaal.'

Henrik Vanger sloot zijn ogen.

'Nu heb ik een vraag aan jou.'

'Wat dan?'

'Wil je nog steeds weten wat er gebeurd is? Ook als dat pijn doet en ook als de waarheid erger is dan je gedacht had?'

Henrik Vanger keek Mikael lang aan. Toen knikte hij.

'Ik wil het weten. Dat was het doel van jouw opdracht.'

'Goed. Ik denk dat ik weet wat er met Harriët gebeurd is. Maar er ontbreekt nog een stukje van de puzzel voordat ik klaar ben.'

'Vertel.'

'Nee. Vandaag niet. Wat ik wil, is dat je nu probeert te rusten. De dokter zegt dat de crisis voorbij is en dat je bezig bent te herstellen.'

'Behandel me niet als een kind.'

'Ik ben er nog niet zeker van. Op dit moment is het alleen maar een gok. Ik ga nu op zoek naar het laatste puzzelstukje. De volgende keer dat je me ziet, zal ik het hele verhaal vertellen. Dat kan even duren. Maar ik wil dat je weet dat ik terugkom en dat je de waarheid te horen krijgt.'

Lisbeth trok een hoes over haar motorfiets, liet hem aan de schaduwzijde van het huisje staan en ging naast Mikael in zijn geleende auto zitten. Het onweer was in alle hevigheid teruggekeerd en even ten zuiden van Gävle begon het zo hard te regenen dat Mikael amper de weg kon zien. Hij nam het zekere voor het onzekere en reed naar een benzinepomp. Ze dronken koffie terwijl ze wachtten tot het noodweer zou afnemen.

Pas tegen zeven uur 's avonds waren ze in Stockholm. Mikael gaf Lisbeth de code van zijn portiekdeur en zette haar af bij het Centraal Station. Het voelde vreemd aan om na lange tijd weer in zijn flat te zijn.

Hij stofte af en stofzuigde terwijl Lisbeth een bezoekje bracht aan

Plague in Sundbyberg. Ze klopte tegen middernacht bij Mikael aan en besteedde tien minuten aan een zorgvuldige inspectie van alle hoeken en gaten van het appartement. Daarna stond ze een hele tijd voor het raam naar het uitzicht op het verkeersplein Slussen te kijken.

Het slaapgedeelte was afgeschermd door een rij vrijstaande garderobekasten en boekenkasten van IKEA. Ze kleedden zich uit en sliepen een paar uur.

Rond twaalven de volgende dag landden ze op Gatwick in Londen. Ze werden verwelkomd door regen. Mikael had een kamer gereserveerd in Hotel James aan Hyde Park, een uitstekend hotel vergeleken met alle bouwvallen in Bayswater waar hij bij eerdere bezoeken aan Londen altijd beland was. De nota kwam voor rekening van Dirch Frode.

Om vijf uur 's middags stonden ze in de bar toen een man van in de dertig op hen afkwam. Hij was bijna kaal, had een blonde baard en was gekleed in een te groot colbert, een spijkerbroek en bootschoenen.

'*Wasp*?' vroeg hij.

'*Trinity*?' vroeg ze. Ze knikten naar elkaar. Hij vroeg niet hoe Mikael heette.

Trinity's partner stelde zich voor als Bob *the Dog*. Hij stond in een oude Volkswagen-bestelbus om de hoek te wachten. Ze gingen door de schuifdeur naar binnen en namen plaats op klapstoelen die aan de wand vastzaten. Terwijl Bob door het Londense verkeer navigeerde, spraken *Wasp* en *Trinity* met elkaar.

'*Plague* zei dat het om een *crash-bang job* ging.'

'Afluisteren van de telefoon en controleren van e-mailverkeer in een computer. Dat kan heel snel gaan of een paar dagen duren, afhankelijk van hoeveel druk hij uitoefent.' Lisbeth stak haar duim omhoog naar Mikael. 'Redden jullie dat?'

'Hoe komt een hond aan vlooien?' antwoordde *Trinity*.

Anita Vanger woonde in een klein rijtjeshuis in het keurige voorstadje St. Albans, ruim een uur rijden naar het noorden. Vanuit de bestelbus zagen ze haar tegen zevenen 's avonds thuiskomen en de deur openmaken. Ze wachtten tot ze gedoucht had, wat gegeten had en voor de tv zat voordat Mikael aanbelde.

Een bijna identieke kopie van Cecilia Vanger deed open, haar gezicht in een beleefd vraagteken.

'Dag, Anita. Mijn naam is Mikael Blomkvist. Henrik Vanger heeft me gevraagd je op te zoeken. Ik neem aan dat je het nieuws over Martin gehoord hebt?'

Haar gezicht veranderde van verbazing in waakzaamheid. Zo gauw ze zijn naam hoorde, wist ze precies wie Mikael Blomkvist was. Ze had contact gehad met Cecilia Vanger, die vermoedelijk een zekere irritatie ten aanzien van Mikael tot uitdrukking had gebracht. Maar Henrik Vangers naam betekende dat ze de deur open moest doen. Ze bood Mikael aan om in de woonkamer plaats te nemen. Hij keek om zich heen. Anita Vangers huis was smaakvol ingericht door iemand die geld en aanzien had, maar die zich daar niet op voor liet staan. Hij merkte een gesigneerde ets op van de beroemde Zweedse schilder Anders Zorn boven een open haard die was omgebouwd tot gashaard.

'Sorry dat ik je zo onverwacht lastigval, maar ik was in Londen en heb vandaag geprobeerd je te bellen.'

'Ik begrijp het. Waar gaat het om?' Haar stem klonk defensief.

'Ben je van plan naar de begrafenis te gaan?'

'Nee, Martin en ik waren niet erg close en bovendien kan ik niet weg.'

Mikael knikte. Anita Vanger was al dertig jaar zo veel mogelijk uit Hedestad weggebleven. Sinds haar vader weer naar het Hedeby-eiland was verhuisd, had ze daar amper een voet gezet.

'Ik wil weten wat er met Harriët Vanger gebeurd is. Het is tijd voor de waarheid.'

'Harriët? Ik begrijp niet wat je bedoelt.'

Mikael glimlachte om haar gespeelde verbazing.

'Jij was Harriëts beste vriendin in de familie. Ze heeft haar verschrikkelijke verhaal aan jou toevertrouwd.'

'Je bent niet goed wijs,' zei Anita Vanger.

'Daar heb je vermoedelijk gelijk in,' zei Mikael met rustige stem. 'Anita, jij was die dag in de kamer van Harriët. Ik heb er een foto van. Over een paar dagen breng ik rapport uit aan Henrik en dan moet hij maar uitmaken hoe hij verder wil gaan. Waarom vertel je me niet wat er gebeurd is?'

Anita Vanger stond op.

'Verlaat mijn huis onmiddellijk.'

Mikael stond op.

'Oké, maar vroeg of laat moet je met me praten.'

'Ik heb je niets te zeggen.'

'Martin is dood,' zei Mikael nadrukkelijk. 'Je hebt Martin nooit gemogen. Ik denk dat je niet alleen naar Londen bent verhuisd om je vader niet meer te hoeven zien, maar ook om Martin niet meer onder ogen te hoeven komen. Dat betekent dat jij het óók wist, en de enige die je dat verteld kan hebben, is Harriët. De vraag is alleen wat je met die kennis gedaan hebt.'

Anita Vanger smeet de deur voor Mikaels neus dicht.

Lisbeth Salander glimlachte tevreden tegen Mikael terwijl ze hem van de microfoon bevrijdde die onder zijn overhemd zat.

'Ze greep binnen dertig seconden nadat ze de deur had dichtgedaan naar de telefoon,' zei Lisbeth.

'Het landennummer is Australië,' rapporteerde *Trinity* en hij legde de koptelefoon op het werktafeltje in de bestelbus. 'Ik moet nog even uitzoeken welke *area code* het is.' Hij zette zijn laptop aan.

'Oké, ze heeft het volgende nummer gebeld, dat naar een telefoon gaat in een plaats die Tennant Creek heet, ten noorden van Alice Springs in het Northern Territory. Wil je het gesprek horen?'

Mikael knikte. 'Hoe laat is het momenteel in Australië?'

'Ongeveer vijf uur 's morgens.' *Trinity* startte de digitale recorder en schakelde een luidspreker in. Mikael kon de telefoon acht keer horen overgaan voordat er iemand opnam. Het gesprek werd gevoerd in het Engels.

'Hallo. Met mij.'

'Uhm, ik ben wel een ochtendmens, maar ...'

'Ik wilde je gisteren bellen ... Martin is dood. Hij heeft zich eergisteren te pletter gereden.'

Stilte. Daarna iets wat klonk als een kuchje, maar dat ook kon worden geïnterpreteerd als 'Mooi'.

'Maar er is een probleem. Een vervelende journalist, die Henrik in dienst heeft genomen, stond net bij mij voor de deur. Hij stelt vragen over wat er in 1966 gebeurd is. Hij weet iets.'

Weer stilte. Daarna een gebiedende stem.

'Anita. Je moet nu ophangen. We moeten een tijdje geen contact hebben.'

'Maar ...'

'Schrijf een brief. Vertel wat er gebeurd is.' Daarna werd het gesprek verbroken.

'Slimme meid,' zei Lisbeth Salander met bewondering in haar stem.

Tegen elf uur 's avonds waren ze terug in het hotel. De receptie hielp hen bij het reserveren van stoelen op de eerst mogelijke vlucht naar Australië. Na een tijdje hadden ze plaatsen in een toestel dat pas de volgende avond om 19.05 uur zou vertrekken met bestemming Canberra, New South Wales.

Toen alle details waren afgehandeld kleedden ze zich uit en ploften ze in bed.

Het was Lisbeth Salanders eerste bezoek aan Londen en Mikael en zij slenterden die ochtend over Tottenham Court Road en door Soho. Ze dronken een koffie verkeerd in Old Compton Street. Tegen drieën keerden ze terug naar het hotel om hun bagage te halen. Terwijl Mikael de rekening betaalde zette Lisbeth haar mobiele telefoon aan en ontdekte ze dat ze een sms'je had ontvangen.

'Dragan Armanskij wil dat ik hem bel.'

Ze mocht een telefoon bij de receptie gebruiken en belde haar chef. Mikael stond een stukje bij haar vandaan en zag opeens hoe Lisbeth zich met een verstarde uitdrukking op haar gezicht naar hem toe keerde. Hij was onmiddellijk bij haar.

'Wat?'

'Mijn moeder is dood. Ik moet naar huis.'

Lisbeth keek zo vertwijfeld dat Mikael zijn armen om haar heen sloeg. Ze duwde hem van zich af.

Ze namen een kop koffie in de bar van het hotel. Toen Mikael zei dat hij de tickets naar Australië zou annuleren en met haar mee zou gaan naar Stockholm, schudde ze haar hoofd.

'Nee,' zei ze kort. 'We kunnen er nu niet mee kappen. Maar je moet alléén naar Australië.'

Ze gingen voor het hotel uit elkaar en namen elk een bus naar een ander vliegveld.

26
DINSDAG 15 JULI – DONDERDAG 17 JULI

Mikael vloog met een binnenlandse vlucht van Canberra naar Alice Springs, dat was zijn enige alternatief toen hij 's middags laat aankwam. Daarna kon hij kiezen uit een vliegtuig charteren of een auto huren voor het afleggen van de resterende 400 kilometer naar het noorden. Hij koos voor het laatste.

Een onbekend persoon met het Bijbelse pseudoniem *Joshua*, die deel uitmaakte van *Plagues* of mogelijk *Trinity's* mysterieuze internationale netwerk, had een envelop achtergelaten die bij de informatiebalie op het vliegveld van Canberra op hem lag te wachten.

Het telefoonnummer dat Anita gebeld had, leidde naar iets wat Cochran Farm werd genoemd. Een korte notitie maakte hem wat wijzer. Het was een schapenboerderij.

Een samenvatting die van internet was gehaald, gaf details over de Australische schapenindustrie. Australië heeft 18 miljoen inwoners, 53.000 daarvan zijn schapenboeren, die samen ongeveer 120 miljoen schapen hebben. Alleen de export van wol levert jaarlijks al een omzet op van 3,5 miljard dollar. Daar komt nog de opbrengst van de export van 700 miljoen ton schapenvlees en schapenvellen voor de kledingindustrie bij. De vlees- en wolproductie is een van de belangrijkste sectoren van het land.

Cochran Farm, in 1891 opgericht door ene Jeremy Cochran, was de vijfde landbouwonderneming van Australië, met circa 60.000 merinosschapen, waarvan de wol als zeer mooi wordt beschouwd. Behalve schapen hield het bedrijf tevens koeien, varkens en kippen.

Mikael constateerde dat Cochran Farm een grote onderneming

was met een imponerende jaaromzet, gebaseerd op de export naar onder andere de VS, Japan, China en Europa.

De biografieën die waren bijgevoegd, waren nóg fascinerender.

In 1972 had ene Spencer Cochran Cochran Farm geërfd van ene Raymond Cochran. Spencer Cochran had zijn opleiding genoten in Oxford, Engeland. Hij was in 1994 overleden en de farm werd sindsdien gerund door zijn weduwe. Zij stond op een foto met een lage resolutie, die van de website van Cochran Farm was gedownload, en die een blonde, kortgeknipte vrouw toonde die met haar gezicht half afgewend een schaap stond te aaien. Volgens Joshua was het stel in 1971 in Italië getrouwd.

Haar naam was Anita Cochran.

Mikael overnachtte in een uitgedroogd gehucht met de hoopvolle naam Wannado. In de plaatselijke pub at hij gebraden schapenvlees, wat hij met drie pinten wegspoelde, vergezeld door lokale grootheden die hem *mate* noemden en een grappig accent hadden. Hij voelde zich alsof hij op de filmset van *Crocodile Dundee* was beland.

Voordat hij ging slapen, belde hij Erika Berger in New York.

'Het spijt me, Ricky, maar ik heb het zo druk gehad dat ik geen tijd heb gehad om te bellen.'

'Wat gebeurt er in godsnaam allemaal in Hedestad,' viel ze uit. 'Christer heeft gebeld en verteld dat Martin Vanger bij een autoongeluk om het leven is gekomen.'

'Dat is een lang verhaal.'

'En waarom neem je je telefoon niet op. Ik heb je de laatste dagen als een gek gebeld.'

'Die doet het hier niet.'

'Waar zit je dan?'

'Momenteel ongeveer 200 kilometer ten noorden van Alice Springs. In Australië, dus.'

Mikael slaagde er maar zelden in om Erika te verrassen. Maar deze keer was ze wel tien seconden stil.

'Wat doe jij in Australië? Als ik vragen mag?'

'Ik ben bezig die opdracht af te ronden. Ik ben over een paar dagen weer in Zweden. Ik belde alleen maar om te vertellen dat die klus voor Henrik Vanger bijna geklaard is.'

'Je bedoelt toch niet dat je hebt uitgevonden wat er met Harriët gebeurd is?'

'Het lijkt er wel op.'

De volgende dag arriveerde hij tegen twaalven bij Cochran Farm en kreeg daar te horen dat Anita Cochran zich in een productie-district bevond bij een plaats die Makawaka heette, en die nog eens 120 kilometer verder naar het westen lag.

Het was inmiddels vier uur 's middags geworden toen Mikael daar via een oneindig aantal *backroads* was aangekomen. Hij stop-te bij een hek waar een groep schapenboeren zich rond de motor-kap van een jeep verzameld had om koffie te drinken. Mikael stapte uit, stelde zich voor en verklaarde dat hij op zoek was naar Anita Cochran. Het gezelschap keek naar een gespierde man van een jaar of dertig, die blijkbaar de beslissingen nam. Hij had een naakt bovenlijf en was bruinverbrand, behalve waar zijn T-shirt gezeten had. Op zijn hoofd zat een cowboyhoed.

'*Well mate*, de bazin bevindt zich zo'n 10 kilometer die kant op,' zei hij met zijn duim wijzend.

Hij keek sceptisch naar Mikaels auto en voegde eraan toe dat het geen goed idee was om verder te gaan met dat Japanse speelgoed-autootje. Uiteindelijk zei de bruinverbrande atleet dat hij toch die kant op moest en dat Mikael met hem mee kon rijden in de jeep, wat geen overbodige luxe was op het onbegaanbare terrein. Mikael nam het aanbod aan en pakte zijn computertas.

De man stelde zich voor als Jeff en vertelde dat hij *Studs Manager at the Station* was. Mikael vroeg om een vertaling. Jeff keek hem schuin aan en constateerde dat Mikael niet uit de streek kwam. Hij legde uit dat een *Studs Manager* net zoiets was als het Hoofd Kassa bij een bank, hoewel hij geen geld maar schapen beheerde, en dat *Station* het Australische woord voor ranch was.

Ze praatten verder terwijl Jeff goedmoedig de jeep met 20 kilo-meter per uur door een ravijn loodste en een hoek van 20 graden maakte. Mikael dankte zijn gelukkige gesternte dat hij het niet met zijn huurauto had geprobeerd. Hij vroeg wat er zich beneden in het ravijn bevond en kreeg te horen dat daar graasgrond voor zevenhonderd schapen was.

'Ik heb begrepen dat Cochran Farm een van de grotere ranches is.'

'Wij zijn een van de grootste van Australië,' antwoordde Jeff met een zekere trots in zijn stem. 'We hebben ongeveer negenduizend schapen hier in het Makawaka-district, maar we hebben *stations* in New South Wales en in Western Australia. In totaal hebben we meer dan drieënzestigduizend schapen.'

Ze kwamen vanuit het ravijn op een heuvelachtig maar minder onherbergzaam terrein. Mikael hoorde plotseling schoten. Hij zag schapenkadavers, grote vuren en een twaalftal schapenboeren. Ze leken allemaal een jachtgeweer in hun hand te hebben. Er werden blijkbaar schapen geslacht.

Onwillekeurig associeerde Mikael het tafereel met Bijbelse offer- lammeren.

Toen zag hij een vrouw in een spijkerbroek en een rood-wit geruit hemd en met kort blond haar. Jeff parkeerde een paar meter bij haar vandaan.

'*Hi, boss. We got a tourist,*' zei hij.

Mikael klom uit de jeep en keek haar aan. Ze keek met vragende ogen terug.

'Dag, Harriët. Dat is lang geleden,' zei Mikael in het Zweeds.

Geen van de mannen die voor Anita Cochran werkten, begreep wat hij zei, maar ze konden haar reactie van haar gezicht aflezen. Ze deed een stap naar achteren en keek verschrikt. Anita Cochrans mannen hadden een beschermende houding tegenover hun baas. Ze stopten met grijnzen en strekten zich uit, bereid om in te grij- pen tegen deze eigenaardige vreemdeling, die de boss blijkbaar ongerief bezorgde. Jeffs vriendelijkheid was plotseling verdwenen toen hij een stap dichter naar Mikael toe zette.

Mikael werd zich ervan bewust dat hij zich in een ontoegankelijk gebied bevond aan de andere kant van de aardbol, omringd door een stel bezwete schapenboeren met hagelgeweren in hun handen. Eén woord van Anita Cochran en ze zouden hem in stukken kun- nen scheuren.

Toen was het ogenblik voorbij. Harriët Vanger zwaaide afwerend met haar hand en de mannen deden een stap achteruit. Ze liep naar Mikael toe en keek hem aan. Ze was bezweet en haar gezicht was vuil. Mikael merkte op dat haar blonde haar een donkere uitgroei had. Ze was ouder en magerder in haar gezicht, maar had zich precies ontwikkeld tot de mooie vrouw die de communiefoto had beloofd.

'Hebben wij elkaar eerder gezien?' vroeg Harriët Vanger.

'Ja. Mijn naam is Mikael Blomkvist. Jij hebt op mij gepast in de zomer dat ik drie jaar oud was. Jij was twaalf of dertien.'

Het duurde een paar seconden voordat haar blik opklaarde en Mikael zag dat ze zich hem plotseling herinnerde. Ze keek verbijsterd.

'Wat wil je?'

'Harriët, ik ben geen vijand. Ik ben niet hier om je pijn te doen. Maar we moeten praten.'

Ze wendde zich tot Jeff en zei dat hij het over moest nemen, en gebaarde naar Mikael om mee te gaan. Ze wandelden ongeveer 200 meter naar een groep witte canvastenten bij wat bomen. Ze wees op een tentstoel naast een wankel tafeltje, goot water in een wasbak en spoelde haar gezicht af. Daarna droogde ze zich af, ging de tent in en trok een ander shirt aan. Ze haalde twee biertjes uit een koeltas en ging tegenover Mikael zitten.

'Oké. Steek maar van wal.'

'Waarom schieten jullie die schapen dood?'

'Er heerst een epidemie. De meeste van deze schapen zijn vermoedelijk volstrekt gezond, maar we kunnen niet riskeren dat het zich verspreidt. We zullen deze week meer dan zeshonderd schapen moeten afmaken. Dus ik ben niet in een goed humeur.'

Mikael knikte.

'Je broer heeft zich een paar dagen geleden doodgereden.'

'Ik heb het gehoord.'

'Van Anita Vanger, toen ze je belde.'

Ze keek hem een hele tijd onderzoekend aan. Toen knikte ze. Ze zag in dat het zinloos was om vanzelfsprekendheden te ontkennen.

'Hoe heb je mij gevonden?'

'We hebben Anita's telefoon afgetapt.' Mikael vond ook dat er geen redenen waren om te liegen. 'Ik heb je broer een paar minuten voordat hij stierf nog gezien.'

Harriët Vanger fronste haar wenkbrauwen. Ze keken elkaar aan. Vervolgens trok hij de idiote sjaal die hij om had weg, vouwde hij zijn kraag omlaag en toonde hij de streep van de strop. Het was rood ontstoken en hij zou vermoedelijk een blijvende herinnering aan Martin Vanger houden.

'Je broer had mij in een strop gehangen toen mijn partner opdook en hem alle kanten van de kelder heeft laten zien.'

Er vonkte iets in Harriëts ogen.

'Ik denk dat het het beste is als je het hele verhaal vanaf het begin vertelt.'

Dat duurde meer dan een uur. Mikael vertelde eerst wie hij was en wat hij deed. Hij vertelde hoe hij de opdracht van Henrik Vanger had gekregen en waarom het hem goed uitkwam in Hedeby te gaan wonen. Hij vatte samen hoe het politieonderzoek was vastgelopen en hij vertelde dat Henrik al die jaren privéonderzoek had gedaan, ervan overtuigd dat iemand van de familie Harriët had vermoord. Hij startte zijn computer en verklaarde hoe hij de foto's van de Järnvägsgatan gevonden had en hoe Lisbeth en hij een seriemoordenaar op het spoor waren gekomen, die twee personen bleek te zijn.

Terwijl hij sprak, viel de schemering. Voor de mannen eindigde de werkdag, er werden vuren ontstoken en in potten en pannen begon het te pruttelen. Mikael noteerde dat Jeff in de buurt van de boss bleef en Mikael in de gaten hield. De kok serveerde Harriët en Mikael eten. Ze maakten allebei nog een biertje open. Toen Mikael klaar was met zijn verhaal, zat Harriët er een tijdje zwijgend bij.

'Godallemachtig,' zei ze.

'Je hebt de moord in Uppsala gemist.'

'Daar heb ik niet eens naar gekeken. Ik was zo blij dat mijn vader dood was en dat het geweld voorbij was. Het is nooit bij me opgekomen dat Martin ...' Ze zweeg. 'Ik ben blij dat hij dood is.'

'Dat kan ik begrijpen.'

'Maar jouw verhaal verklaart niet hoe jullie begrepen hadden dat ik nog in leven was.'

'Toen we hadden uitgevonden wat er gebeurd was, was het niet zo moeilijk om de rest uit te vissen. Om te kunnen verdwijnen, moest je hulp hebben gehad. Anita Vanger was jouw vertrouwelinge, de enige die in aanmerking kon komen. Jullie waren vriendinnen geworden en ze had de zomer met jou doorgebracht. Jullie hadden in het huis van Gottfried gelogeerd. Als er iemand was die jij in vertrouwen had genomen, dan was zij het wel ... En ze had net haar rijbewijs.'

Harriët Vanger keek hem met een neutraal gezicht aan.

'En wat ga je doen nu je weet dat ik leef?'

'Ik ga het aan Henrik vertellen. Hij verdient het om het te weten.'

'En dan? Je bent journalist.'

'Harriët, ik ben niet van plan je te ontmaskeren. Ik heb in deze zaak al zoveel ambtsovertredingen begaan dat de Vereniging van Journalisten mij vermoedelijk zou royeren als ze die kenden.' Hij probeerde grappig te zijn. 'Eén meer of minder maakt nu ook niet meer uit en ik wil mijn oude oppas niet ergeren.'

Ze kon het niet op prijs stellen.

'Hoeveel mensen kennen de waarheid?'

'Dat jij leeft? Momenteel alleen jij en ik, Anita en mijn partner Lisbeth. Dirch Frode kent ongeveer twee derde van het verhaal, maar hij denkt nog steeds dat jij in de jaren zestig bent overleden.'

Harriët Vanger leek even na te denken. Ze keek het donker in. Mikael kreeg weer het onbehaaglijke gevoel dat hij zich in een gevaarlijke situatie bevond en herinnerde zich dat Harriët Vanger een hagelgeweer tegen het tentdoek had staan, een halve meter bij haar vandaan. Toen schudde hij het van zich af en stopte hij met fantaseren. Hij ging over op een ander gespreksonderwerp.

'Maar hoe ben je schapenhouder in Australië geworden? Ik heb al begrepen dat Anita Vanger je van het Hedeby-eiland heeft gesmokkeld, vermoedelijk in de bagageruimte van haar auto toen de brug de dag na het ongeluk weer openging.'

'Ik lag gewoon op de grond voor de achterbank met een deken over me heen. Maar er was niemand die kwam kijken. Ik ben naar Anita gegaan toen ze naar het eiland kwam en heb verteld dat ik moest vluchten. Je had gelijk dat ik haar in vertrouwen had genomen. Ze heeft me geholpen en is al die jaren een loyale vriendin gebleven.'

'Hoe ben je in Australië beland?'

'Eerst heb ik een paar weken in Anita's studentenkamer in Stockholm gelogeerd voordat ik Zweden verliet. Anita had eigen geld, dat ze me vrijgevig leende. Ik kreeg ook haar paspoort. We leken ontzettend veel op elkaar en alles wat ik hoefde te doen was mijn haar blond verven. Ik heb vier jaar in een klooster in Italië gewoond. Ik was geen non, maar er zijn kloosters waar je voordelig een kamer kunt huren, waar je met rust wordt gelaten en waar je kunt nadenken. Toen ontmoette ik Spencer Cochran. Hij was een paar jaar ouder dan ik, was net klaar met zijn examen in Engeland en reisde op de bonnefooi door Europa. Ik werd verliefd. Hij ook. Zo simpel was dat. "Anita" Vanger is in 1971 met hem getrouwd. Ik heb nooit spijt gehad. Hij was een geweldige man. Helaas is hij acht jaar geleden overleden en was ik opeens eigenaar van de farm.'

'Maar dat paspoort ... Iemand moet toch hebben ontdekt dat er twee Anita Vangers waren?'

'Nee, waarom? Een Zweedse die Anita Vanger heet en getrouwd is met Spencer Cochran. Of ze nu in Londen of in Australië woont maakt helemaal niet uit. In Londen is ze Spencer Cochrans exvrouw. In Australië is ze gewoon zijn vrouw. De databestanden van Canberra en Londen worden niet naast elkaar gelegd. Bovendien kreeg ik al snel een Australisch paspoort op de naam Cochran. Het arrangement werkt uitstekend. Het enige wat lastig zou zijn geweest, was als Anita zelf had willen trouwen. Mijn huwelijk staat geregistreerd in het Zweedse bevolkingsregister.'

'En dat heeft ze nooit gewild?'

'Ze beweert dat ze nooit iemand gevonden heeft. Maar ik weet dat ze het voor mij niet doet. Ze is een echte vriendin.'

'Wat deed ze in jouw kamer?'

'Ik was die dag niet erg rationeel. Ik was bang voor Martin, maar zolang hij in Uppsala was, kon ik het probleem van me afschuiven. En toen stond hij daar gewoon op straat in Hedestad en zag ik in dat ik nooit in mijn leven meer veilig zou kunnen zijn. Ik wist niet of ik het nu aan Henrik moest vertellen of moest vluchten. Toen Henrik geen tijd had, liep ik rusteloos in het dorp rond. Ik begrijp natuurlijk wel dat dat ongeluk voor hen alles overschaduwde, maar voor mij niet. Ik had mijn eigen problemen en was me amper bewust van het ongeluk. Alles was zo onwerkelijk. Toen kwam ik Anita tegen, die in een klein gastenverblijf op het terrein van Gerda en Alexander logeerde. Op dat moment heb ik een beslissing genomen en haar gevraagd me te helpen. Ik ben de hele tijd bij haar gebleven en durfde niet eens naar buiten te gaan. Maar er was één ding dat ik mee wilde nemen ... Ik had alles wat er gebeurd was opgeschreven in een dagboek en ik moest wat kleren hebben. Anita heeft dat voor mij gehaald.'

'Ik neem aan dat ze de verleiding niet kon weerstaan om het raam open te doen om naar de plaats des onheils te kijken.' Mikael dacht even na. 'Wat ik niet begrijp, is dat je niet naar Henrik bent gegaan, precies zoals je van plan was.'

'Wat denk je?'

'Ik weet het niet. Ik ben ervan overtuigd dat Henrik je geholpen zou hebben. Martin zou onmiddellijk onschadelijk zijn gemaakt en Henrik zou jou natuurlijk niet voor schut hebben gezet. Hij zou het geheel discreet hebben afgehandeld met een of andere vorm van therapie of behandeling.'

'Je hebt niet begrepen wat er gebeurd is.'

Tot die tijd had Mikael alleen Gottfrieds seksuele misbruik van Martin genoemd, maar had hij de rol van Harriët onbesproken gelaten.

'Gottfried vergreep zich aan Martin,' zei Mikael voorzichtig. 'En ik denk dat hij zich ook aan jou vergreep.'

Harriët Vanger vertrok geen spier. Toen haalde ze diep adem en begroef ze haar gezicht in haar handen. Het duurde slechts drie seconden voor Jeff bij haar was en vroeg of alles *all right* was. Harriët Vanger keek hem aan en schonk hem een zwak glimlachje. Vervolgens verraste ze Mikael door op te staan en haar Studs Manager te omhelzen en hem een kus op zijn wang te geven. Ze keerde zich om naar Mikael, met haar arm om de schouder van Jeff geslagen.

'Jeff, dit is Mikael, een oude ... vriend van vroeger. Hij komt met problemen en slecht nieuws, maar we zullen de boodschapper er niet de schuld van geven. Mikael, dit is Jeff Cochran. Mijn oudste zoon. Ik heb nog een zoon en een dochter.'

Mikael knikte. Jeff was in de dertig; Harriët Vanger moest vrij snel zwanger zijn geworden nadat ze met Spencer Cochran was getrouwd. Hij stond op en stak zijn hand uit naar Jeff, en zei dat het hem speet dat hij zijn moeder overstuur had gemaakt, maar dat dat helaas noodzakelijk was. Harriët wisselde enkele woorden met Jeff en stuurde hem toen weg. Ze ging weer bij Mikael zitten en leek een beslissing te nemen.

'Geen leugens meer. Ik neem aan dat het over is. Op de een of andere manier heb ik sinds 1966 op deze dag gewacht. Jarenlang was het mijn grote angst dat iemand zoals jij naar me toe zou komen en mijn naam zou noemen. En weet je – het maakt me opeens niet meer uit. Mijn misdrijf is verjaard. En het kan me geen moer schelen wat mensen van me vinden.'

'Misdrijf?' vroeg Mikael.

Ze keek hem sommerend aan, maar hij begreep nog steeds niet waar ze het over had.

'Ik was zestien jaar. Ik was bang. Ik schaamde me. Ik was wanhopig en ik was alleen. De enigen die de waarheid wisten, waren Anita en Martin. Ik had Anita verteld over de seksuele intimidaties, maar ik had niet kunnen vertellen dat mijn vader ook een gestoorde vrouwenmoordenaar was. Dat heeft Anita nooit geweten. Ik heb haar daarentegen verteld over een misdrijf dat ik zelf had gepleegd en dat zo vreselijk was dat ik het, toen puntje bij paaltje kwam, niet aan Henrik durfde te vertellen. Ik vroeg aan God me te vergeven en heb me jarenlang verstopt in een klooster.'

'Harriët, jouw vader was een verkrachter en een moordenaar. Daar had jij geen schuld aan.'

'Dat weet ik. Mijn vader heeft mij een jaar lang misbruikt. Ik heb alles gedaan om te voorkomen dat ... Maar hij was mijn vader en ik kon niet plotseling zeggen dat ik niets meer met hem te maken wilde hebben zonder uit te leggen waarom. Dus ik lachte, speelde een spelletje en probeerde te doen alsof alles in orde was. Ik zorgde ervoor dat er anderen in de buurt waren als ik hem zag. Mijn moeder wist natuurlijk wat hij deed, maar dat kon haar niet schelen.'

'Isabella wist ervan?' riep Mikael ontsteld uit.

Harriët Vangers stem kreeg een nieuwe hardheid.

'Natuurlijk wist ze ervan. Er was niets in ons gezin wat Isabella niet wist. Maar ze deed altijd alsof er niets aan de hand was als er iets onaangenaams was of iets wat haar in een kwaad daglicht stelde. Mijn vader zou me in de woonkamer voor haar ogen hebben kunnen verkrachten zonder dat ze het gezien zou hebben. Ze was niet in staat te erkennen dat er in mijn of haar leven iets fout was.'

'Ik heb haar ontmoet. Ze is een echte tang.'

'Dat is ze haar hele leven geweest. Ik heb vaak lopen piekeren over de relatie tussen mijn ouders. Ik heb begrepen dat ze na mijn geboorte maar zelden seks met elkaar hadden. Mijn vader had vrouwen bij de vleet, maar op de een of andere wonderlijke manier was hij bang voor Isabella. Hij onttrok zich aan haar, maar hij kon niet scheiden.'

'Er wordt niet gescheiden binnen de familie Vanger.'

Voor het eerst lachte ze.

'Nee, dat klopt. Maar feit is dat ik het gewoon niet kon vertellen. Dan zou de hele wereld het weten. Mijn klasgenoten, iedereen in de familie ...'

Mikael legde een hand op de hare. 'Harriët, het spijt me enorm.'

'Ik was veertien toen hij me voor het eerst verkrachtte. En in het jaar daarna nam hij me telkens mee naar zijn huis. Martin was er meerdere keren bij. Hij dwong Martin en mij om dingen met hem te doen. En hij hield mijn armen vast terwijl Martin ... in mij moest klaarkomen. En toen mijn vader stierf, stond Martin klaar om zijn rol over te nemen. Hij verwachtte dat ik zijn minnares zou worden en hij vond het vanzelfsprekend dat ik me zou onderwerpen. En in die tijd had ik geen keuze meer. Ik moest wel doen wat Martin zei. Ik was van de ene kwelgeest af, maar viel direct daarna in de klauwen van de volgende. Alles wat ik kon doen was ervoor zorgen dat ik nooit alleen met hem was.'

'Henrik zou ...'

'Je begrijpt het nog steeds niet.'

Ze begon harder te praten. Mikael zag enkelen van de manschappen in de tenten ernaast naar hen kijken. Ze dempte haar stem weer en boog zich naar hem toe.

'Alles ligt op tafel. Jij mag de rest uitrekenen.'

Ze stond op en haalde nog twee biertjes. Toen ze terugkwam zei Mikael één woord tegen haar.

'Gottfried?'

Ze knikte.

'Op 7 augustus 1965 had mijn vader me gedwongen naar zijn huis te komen. Henrik was op reis. Mijn vader zoop en probeerde zich aan me te vergrijpen. Hij kreeg hem niet eens omhoog en had bijna een delirium tremens. Hij was altijd ... grof en gewelddadig tegen me als we alleen waren, maar deze keer ging hij te ver. Hij urineerde over me heen. Vervolgens vertelde hij me wat hij met me zou willen doen. Die avond vertelde hij over de vrouwen die hij vermoord had. Hij schepte erover op. Hij citeerde de Bijbel. Dat ging urenlang zo door. Ik begreep niet de helft van wat hij zei, maar ik begreep wel dat hij volledig gestoord moest zijn.'

Ze nam een slok bier.

'Ergens tegen middernacht kreeg hij een uitbarsting. Hij werd volkomen waanzinnig. We waren op de slaapzolder. Hij legde een T-shirt om mijn nek en trok dat zo hard als hij kon aan. Het werd zwart voor mijn ogen. Ik twijfel er niet aan of hij probeerde me echt te vermoorden, en voor het eerst die nacht slaagde hij erin de verkrachting te voltooien.'

Harriët Vanger keek Mikael aan. Haar ogen stonden smekend.

'Maar hij was zo dronken dat ik me wist los te rukken. Ik sprong van de zolder op de grond en ben in paniek gevlucht. Ik was naakt en rende zonder na te denken naar buiten, en kwam bij de steiger bij het water. Hij kwam achter me aan wankelen.'

Mikael wenste opeens dat ze niet verder zou vertellen.

'Ik was sterk genoeg om een dronkenlap in het water te duwen. Ik gebruikte een roeispaan om hem onder water te houden tot hij niet meer spartelde. Dat duurde maar een paar seconden.'

De stilte was plotseling oorverdovend toen ze pauzeerde.

'En toen ik opkeek, stond Martin daar. Hij keek verschrikt, maar grijnsde ook. Ik weet niet hoe lang hij buiten het huisje ons had staan bespioneren. Vanaf dat moment was ik overgeleverd aan zijn wil. Hij kwam naar me toe, pakte me bij mijn haar, en leidde me het huis in, terug naar de zolder, naar het bed van Gottfried. Hij bond me vast en verkrachtte me terwijl mijn vader nog in het water bij de steiger dreef, en ik kon niet eens weerstand bieden.'

Mikael sloot zijn ogen. Hij schaamde zich plotseling en wenste dat hij Harriët Vanger met rust gelaten had. Maar haar stem had nieuwe kracht gekregen.

'Vanaf die dag was ik in zijn macht. Ik deed wat hij zei. Ik was verlamd en dat ik niet gek ben geworden, komt doordat Isabella vond dat Martin na mijn vaders tragische overlijden een andere omgeving nodig had, en hem naar Uppsala stuurde. Dat was natuurlijk omdat ze wist wat hij met mij deed, en dat was haar manier om het probleem op te lossen. Je kunt je wel voorstellen dat Martin teleurgesteld was.'

Mikael knikte.

'Het jaar daarna was hij alleen maar thuis in de kerstvakantie, en slaagde ik erin uit zijn buurt te blijven. Ik ben tussen kerst en oud en nieuw met Henrik meegegaan naar Kopenhagen. En toen het zomervakantie werd, was Anita er. Ik nam haar in vertrouwen en ze is de hele tijd bij me gebleven en heeft ervoor gezorgd dat hij niet bij me in de buurt kwam.'

'Je zag hem op de Järnvägsgatan.'

Ze knikte.

'Ik had gehoord dat hij niet naar de familiebijeenkomst zou komen en in Uppsala zou blijven. Maar hij had zijn plannen blijkbaar gewijzigd en stond me opeens aan de andere kant van de straat aan te staren. Hij glimlachte naar me. Het voelde als een boze droom. Ik had mijn vader vermoord en ik begreep dat ik nooit van mijn broer af zou komen. Tot die tijd had ik met het plan rondgelopen zelfmoord te plegen. Ik koos ervoor te vluchten.'

Ze keek Mikael met een haast geamuseerde blik aan.

'Het is een prettig gevoel om de waarheid te vertellen. Nu weet je het. Wat ben je van plan met die kennis te doen?'

27
ZATERDAG 26 JULI – MAANDAG 28 JULI

Mikael pikte Lisbeth Salander 's morgens om tien uur op voor haar portiek aan de Lundagatan en reed haar naar het crematorium van de Noordelijke Begraafplaats. Hij hield haar gezelschap tijdens de plechtigheid. Lisbeth en Mikael waren lang de enige aanwezigen, samen met de dominee, maar op een gegeven moment sloop Dragan Armanskij ook binnen. Hij knikte kort naar Mikael, ging achter Lisbeth staan en legde voorzichtig een hand op haar schouder. Ze knikte zonder naar hem te kijken, alsof ze wist wie er achter haar was komen staan. Daarna negeerde ze zowel hem als Mikael.

Lisbeth had niets over haar moeder verteld, maar de dominee had blijkbaar met iemand gesproken in het verpleeghuis waar ze overleden was en Mikael begreep dat de doodsoorzaak een hersenbloeding was geweest. Lisbeth zei geen woord tijdens de ceremonie. De dominee raakte twee keer van haar à propos toen ze zich direct tot Lisbeth wendde, die haar recht in de ogen keek zonder antwoord te geven. Toen alles voorbij was, keerde Lisbeth zich om en vertrok, zonder ook maar te bedanken of gedag te zeggen. Mikael en Dragan haalden allebei diep adem en keken elkaar aan. Ze hadden geen idee van wat er zich in haar hoofd afspeelde.

'Ze is er slecht aan toe,' zei Dragan.

'Dat heb ik begrepen,' antwoordde Mikael. 'Goed dat je gekomen bent.'

'Daar ben ik nog niet zo zeker van.'

Armanskij fixeerde Mikael met zijn blik.

'Gaan jullie naar het noorden? Let een beetje op haar.'

Mikael beloofde dat te doen. Ze gingen voor de kerk uit elkaar.

Lisbeth zat al in de auto te wachten.

Ze moest wel mee naar Hedestad om haar motorfiets op te halen en de apparatuur die ze van Milton Security had geleend. Pas toen ze voorbij Uppsala waren, verbrak ze de stilte en vroeg ze hoe de reis naar Australië was geweest. Mikael was de vorige avond laat op Arlanda geland en had maar een paar uur geslapen. Tijdens de rit deed hij verslag van Harriët Vangers verhaal. Lisbeth Salander zat een halfuur zonder wat te zeggen.

'Bitch,' zei ze.

'Wie?'

'Die trut van een Harriët Vanger. Als ze in 1966 iets gedaan had, had Martin Vanger niet zevenendertig jaar lang kunnen doorgaan met moorden en verkrachten.'

'Harriët wist van de moorden van haar vader, maar ze had er geen idee van dat Martin er ook bij betrokken was geweest. Ze ontvluchtte een broer die haar verkrachtte, die dreigde te onthullen dat zij haar vader verdronken had als ze niet deed wat hij zei.'

'Bullshit.'

Daarna zwegen ze tot aan Hedestad. Lisbeth was in een zeer slecht humeur. Mikael was laat voor zijn afspraak en zette haar af bij de afslag naar het eiland en vroeg of ze er nog zou zijn als hij terugkwam.

'Blijf je slapen?' vroeg ze.

'Dat neem ik aan.'

'Wil je dat ik er nog ben als je terugkomt?'

Hij stapte uit, liep om de auto heen en sloeg zijn armen om haar heen. Ze duwde hem van zich af, bijna gewelddadig. Mikael deed een stap naar achteren.

'Lisbeth, ik ben je vriend.'

Ze keek hem uitdrukkingsloos aan.

'Wil je dat ik blijf zodat je vanavond iemand hebt om mee te neuken?'

Mikael keek haar langdurig aan. Toen keerde hij zich om, ging in de auto zitten en startte de motor. Hij draaide het raampje omlaag. Haar vijandigheid was onmiskenbaar.

'Ik wil je vriend zijn,' zei hij. 'Als je wat anders denkt, hoef je er niet meer te zijn als ik thuiskom.'

Henrik Vanger was op en helemaal aangekleed toen Dirch Frode Mikael naar de ziekenzaal vergezelde. Mikael vroeg Henrik onmiddellijk hoe hij zich voelde.

'Ze zijn van plan me morgen naar Martins begrafenis te laten gaan.'

'Hoeveel heeft Dirch je verteld?'

Henrik Vanger keek naar de grond.

'Hij heeft verteld wat Martin en Gottfried hebben gedaan. Ik heb begrepen dat het veel erger is dan ik had kunnen bevroeden.'

'Ik weet wat er met Harriët gebeurd is.'

'Hoe is ze gestorven?'

'Harriët is niet gestorven. Ze leeft nog steeds. Als jij ermee instemt, wil ze je heel graag ontmoeten.'

Zowel Henrik Vanger als Dirch Frode staarden Mikael aan alsof hun wereld zojuist op zijn kop was gezet.

'Het duurde even om haar ervan te overtuigen hiernaartoe te komen, maar ze leeft, het gaat goed met haar en ze is hier in Hedestad. Ze is vanmorgen hierheen gekomen en kan over een uur hier zijn. Althans, als je haar wil zien.'

Mikael moest nogmaals het verhaal van het begin tot het eind vertellen. Henrik Vanger luisterde met een concentratie alsof hij een moderne bergrede hoorde. Een paar keer stelde hij een vraag of verzocht hij Mikael iets te herhalen. Dirch Frode zei geen woord.

Toen Mikael klaar was met het verhaal, zweeg de oude man. Hoewel de artsen verzekerd hadden dat Henrik Vanger zich hersteld had van zijn hartaanval, had Mikael het moment waarop hij het verhaal zou gaan vertellen gevreesd – hij was bang geweest dat het te veel zou worden voor de oude baas. Maar Henrik toonde geen enkel teken van bewogenheid, behalve dat zijn stem mogelijk wat dik was toen hij de stilte doorbrak.

'Arme Harriët. Was ze maar naar mij toe gekomen.'

Mikael keek op zijn horloge. Het was vijf voor vier.

'Wil je haar ontmoeten? Ze is nog steeds bang dat je haar zult verstoten nu je weet wat ze gedaan heeft.'

'En die bloemen?' vroeg Henrik.

'Dat heb ik haar in het vliegtuig op weg naar huis gevraagd. Er was één persoon in de familie die ze liefhad, en dat was jij. Zij was uiteraard degene die de bloemen stuurde. Ze zei dat ze hoopte dat je op die manier zou begrijpen dat ze in leven was en dat het goed met haar ging, zonder naar voren te hoeven treden. Maar omdat haar enige informatiekanaal Anita was, die nooit in Hedestad kwam en die naar het buitenland was vertrokken zo gauw ze klaar was met haar studie, was Harriëts kennis van wat er hier gebeurde beperkt. Ze heeft nooit ingezien hoe ontzettend jij eronder leed en dat jij dacht dat haar moordenaar jou op die manier belachelijk maakte.'

'Ik neem aan dat Anita die bloemen postte.'

'Ze werkte bij een luchtvaartmaatschappij en vloog over de hele wereld. Ze postte ze waar ze zich op dat moment bevond.'

'Maar hoe wist je dat Anita haar geholpen had?'

'Door die foto waarop ze voor het raam in Harriëts kamer zichtbaar is.'

'Maar ze kon betrokken zijn geweest bij ... Ze had ook de moordenaar kunnen zijn. Hoe begreep je dat Harriët in leven was?'

Mikael keek Henrik Vanger langdurig aan. Toen glimlachte hij voor de eerste keer sinds hij in Hedestad was teruggekeerd.

'Anita was betrokken bij Harriëts verdwijning, maar ze kon haar niet vermoord hebben.'

'Hoe kon je daar zo zeker van zijn?'

'Omdat dit niet een of andere puzzeldetective is, zo'n detective waarbij het zwaartepunt is verlegd naar het in de intrige ingebouwde raadsel. Als Anita Harriët vermoord had, zou je haar lichaam al lang geleden gevonden hebben. De enig logische conclusie was dus dat ze haar geholpen had met vluchten en zich verbergen. Wil je haar ontmoeten?'

'Natuurlijk wil ik Harriët zien.'

Mikael haalde Harriët op bij de liften in de entreehal. Hij herkende haar eerst niet; sinds ze de dag ervoor op het vliegveld uit elkaar waren gegaan, had ze haar donkere haarkleur weer aangenomen. Ze was gekleed in een zwarte broek, een witte blouse en een elegant grijs colbert. Ze zag er stralend uit en Mikael boog zich voorover en gaf haar een bemoedigende kus op haar wang.

Henrik stond op uit zijn stoel toen Mikael de deur voor Harriët Vanger opendeed. Ze haalde diep adem.

'Dag Henrik,' zei ze.

De oude man inspecteerde haar van top tot teen. Vervolgens liep Harriët naar hem toe en kuste hem op zijn wang. Mikael knikte naar Dirch Frode, deed de deur dicht en liet hen alleen.

Lisbeth Salander was er niet meer toen Mikael naar het eiland terugkeerde. De videoapparatuur en haar motorfiets waren verdwenen, evenals haar tas met kleren en de toiletartikelen in de badkamer. Het voelde leeg aan.

Mikael liep een somber rondje door zijn huis. Het deed plotseling vreemd en onwerkelijk aan. Hij keek naar de stapels papieren in de werkkamer. Die zou hij in dozen stoppen en naar Henrik Vanger terugbrengen, maar hij kon zich er niet toe zetten om ermee te beginnen. Hij liep naar de Konsum en kocht brood, melk, kaas en avondeten. Toen hij terugkwam, zette hij koffie, ging hij in de tuin zitten en las hij de avondkranten zonder ergens aan te denken.

Tegen halfzes reed er een taxi over de brug. Die kwam drie minuten later terug. Mikael ving een glimp op van Isabella Vanger op de achterbank.

Rond zeven uur – hij was weggedommeld in de tuinstoel – maakte Dirch Frode hem wakker.

'Hoe gaat het met Henrik en Harriët?' vroeg Mikael.

'Dit trieste verhaal heeft zijn aardige kanten,' antwoordde Dirch Frode met een beheerst lachje. 'Isabella kwam plotseling Henriks kamer binnenstormen. Ze had ontdekt dat jij terug was en ging helemaal door het lint. Ze schreeuwde dat het nu afgelopen moest zijn met dat waanzinnige gezeur over Harriët, en zei dat jij degene was die haar zoon door al dat gegraaf in het verleden de dood ingejaagd had.'

'Tja, daar zou ze weleens gelijk in kunnen hebben.'

'Ze beval Henrik jou te ontslaan en ervoor te zorgen dat je zou verdwijnen en dat hij zou stoppen met het zoeken naar spoken.'

'Oeps.'

'Ze had geen aandacht besteed aan de vrouw die in de kamer met Henrik zat te praten. Ze dacht zeker dat het iemand van het personeel was. Ik zal nooit het moment vergeten waarop Harriët opstond, Isabella aankeek en "Dag, mama" zei.'

'Wat gebeurde er?'

'We moesten er een arts bij halen om Isabella weer bij te brengen. Op dit moment ontkent ze dat het de echte Harriët is en beweert ze dat Harriët een bedrieger is die door jou in de arm is genomen.'

Dirch Frode was op weg naar Cecilia en Alexander om hun het nieuws mee te delen dat Harriët uit de dood was opgestaan. Hij haastte zich verder en liet Mikael weer alleen.

Lisbeth Salander stopte bij een benzinepomp even ten noorden van Uppsala om te tanken. Ze had verbeten gereden en staarde stuurs voor zich uit. Ze betaalde snel en ging weer op haar motor zitten. Ze startte en reed naar de uitrit, waar ze besluiteloos bleef staan.

Ze voelde zich nog steeds lusteloos. Ze was woedend geweest toen ze uit Hedeby wegging, maar haar woede was tijdens de rit langzaam weggeëbd. Ze wist niet zeker waarom ze zo boos op Mikael Blomkvist was, en of ze wel boos op hém was.

Ze dacht aan Martin Vanger en die trut van een Harriët Vanger en die klootzak van een Dirch Frode en die hele verdomde familie Vanger die in Hedestad haar eigen imperium zat te besturen en elkaar het leven zuur maakte. Ze hadden haar hulp nodig gehad. Normaliter zouden ze haar niet eens gegroet hebben, en haar al helemaal geen geheimen hebben toevertrouwd.

Stelletje klootzakken.

Ze haalde diep adem en dacht aan haar moeder, die ze dezelfde ochtend gecremeerd had. Het zou nooit meer goed komen. Haar moeders dood hield in dat de wond nooit zou genezen, omdat Lisbeth nooit meer antwoord zou kunnen krijgen op de vragen die ze had willen stellen.

Ze dacht aan Dragan Armanskij, die tijdens de plechtigheid achter haar had gestaan. Ze had iets tegen hem moeten zeggen. Ze had hem ten minste een bevestiging moeten geven dat ze wist dat hij er was. Maar als ze dat deed, zou hij dat zien als reden om haar leven te gaan organiseren. Als ze hem een vinger gaf, zou hij haar hele hand pakken. En hij zou het nooit begrijpen.

Ze dacht aan die eikel van een advocaat Nils Bjurman, die haar curator was en die voor het moment onschadelijk gemaakt was en deed wat hem werd gezegd.

Ze voelde een onverzoenlijke haat en klemde haar tanden op elkaar.

En ze dacht aan Mikael Blomkvist en vroeg zich af wat hij zou zeggen als hij erachter kwam dat ze onder toezicht stond en dat haar leven één grote puinhoop was.

Ze zag in dat ze eigenlijk niet kwaad op hem was. Hij was alleen degene geweest op wie ze haar woede had gekoeld toen ze het liefst van alles iemand had willen vermoorden. Boos op hem worden was zinloos.

Ze voelde zich opmerkelijk ambivalent ten aanzien van hem.

Hij stak zijn neus in andermans zaken, óók in haar privéleven en ... Maar ze had het ook prettig gevonden om met hem samen te werken. Dat alleen al was een opmerkelijk gevoel – met iemand sámenwerken. Dat was ze niet gewend, maar het was vrij pijnloos verlopen. Hij zeurde niet. Hij probeerde haar niet te vertellen hoe ze haar leven moest leven.

Zij was degene die hem had verleid, niet andersom.

En dat was bovendien bevredigend geweest.

Dus waarom voelde ze zich alsof ze hem in zijn gezicht wilde trappen?

Ze zuchtte, sloeg ongelukkig haar blik op en keek een vrachtwagen na die langsraasde over de E4.

Mikael zat nog steeds in de tuin toen hij tegen achten 's avonds het geknetter van de motorfiets hoorde en hij Lisbeth Salander over de brug zag rijden. Ze parkeerde haar motor en zette haar helm af. Ze liep naar het tuintafeltje en voelde aan de koffiepot, die koud en leeg was. Mikael keek haar verbaasd aan. Ze pakte de koffiepot en liep naar de keuken. Toen ze terugkwam, had ze haar motorpak uitgedaan en een spijkerbroek aangetrokken en een T-shirt met de tekst I CAN BE A REGULAR BITCH. JUST TRY ME.

'Ik dacht dat je vertrokken was,' zei Mikael.

'Ik ben bij Uppsala weer omgekeerd.'

'Een lekker ritje.'

'Ik heb er een zere reet van.'

'Waarom ben je omgekeerd?'

Ze gaf geen antwoord. Mikael drong niet aan en wachtte af terwijl ze koffiedronken. Na tien minuten doorbrak ze de stilte.

'Ik vind het fijn om in jouw gezelschap te zijn,' moest ze onwillig toegeven.

Dat waren woorden die ze nooit eerder in haar mond had genomen.

'Het was ... interessant om met je samen te werken in deze zaak.'

'Ik vond het ook prettig om met jou samen te werken,' zei Mikael.

'Hm.'

'Feit is dat ik nog nooit heb samengewerkt met zo'n verdomd goede researcher. Goed, ik weet dat je een hacker bent en in louche kringen verkeert waar je blijkbaar de telefoonhoorn kunt oppakken en binnen vierentwintig uur een illegale telefoontap in Londen kunt organiseren, maar het levert ook resultaat op.'

Ze keek hem aan, voor het eerst sinds ze aan tafel was komen zitten. Hij kende zoveel van haar geheimen. Hoe kwam dat?

'Tja, dat is zo. Ik kan goed omgaan met computers. Ik heb nooit moeite gehad met het lezen van een tekst en ik begrijp exact wat er staat.'

'Dat is je fotografische geheugen,' zei hij rustig.

'Dat neem ik aan. Ik begrijp gewoon hoe dingen werken. Niet alleen computers en telefoonnetwerken, maar ook de motor in mijn Kawasaki, tv's, stofzuigers, chemische processen en astrofysische formules. Ik ben gestoord. Een freak.'

Mikael fronste zijn wenkbrauwen. Hij zweeg een hele tijd.

Syndroom van Asperger, dacht hij. *Of zoiets. Het talent om patronen te zien en abstracte redeneringen te begrijpen waar anderen alleen maar geruis waarnemen.*

Lisbeth keek omlaag.

'De meeste mensen zouden heel wat overhebben voor zo'n gave.'

'Ik wil er niet over praten.'

'Oké, dan houden we erover op. Waarom ben je teruggekomen?'

'Ik weet het niet. Dat was misschien een vergissing.'

Hij keek haar onderzoekend aan.

'Lisbeth, kun jij het woord "vriendschap" voor mij definiëren?'

'Dat je iemand aardig vindt.'

'Ja, maar waardoor komt het dat je iemand aardig vindt?'

Ze haalde haar schouders op.

'Vriendschap, volgens mijn definitie, is gebaseerd op twee dingen,' zei hij plotseling. 'Respect en vertrouwen. Beide factoren moeten aanwezig zijn. En het moet van twee kanten komen. Je kunt respect voor iemand hebben, maar als je geen vertrouwen in diegene hebt, dan gaat de vriendschap kapot.'

Ze zweeg nog steeds.

'Ik heb begrepen dat je niet met mij over jezelf wilt praten, maar je zult een keer moeten beslissen of je vertrouwen in me hebt of niet. Ik wil dat we vrienden zijn, maar dat kan ik niet in mijn eentje.'

'Ik vind het lekker om met je te vrijen.'

'Seks heeft niets met vriendschap te maken. Natuurlijk kunnen vrienden met elkaar vrijen, maar Lisbeth, als ik moet kiezen tussen seks en vriendschap, wat jou betreft, dan weet ik wel wat ik kies.'

'Dat begrijp ik niet. Wil je seks met mij of niet?'

Mikael beet op zijn lip. Uiteindelijk zuchtte hij.

'Je moet geen seks hebben met mensen met wie je samenwerkt,' morde hij. 'Dat leidt alleen maar tot problemen.'

'Heb ik iets gemist of heb ik het bij het verkeerde eind dat Erika Berger en jij neuken zo gauw jullie de kans krijgen? Ze is bovendien getrouwd.'

Mikael zei niets.

'Erika en ik ... hebben een geschiedenis die is begonnen lang voordat we gingen samenwerken. Dat ze getrouwd is, gaat jou niet aan.'

'Aha, opeens ben jij degene die niet over zichzelf wil praten. Was vriendschap geen kwestie van vertrouwen?'

'Jawel, maar wat ik bedoel is dat ik niet over een vriendin wil spreken achter haar rug om. Dan zou ik haar vertrouwen beschamen. Ik zou ook niet achter jouw rug om met Erika over jou praten.'

Lisbeth Salander dacht over zijn woorden na. Het was een ingewikkeld gesprek geworden. Ze hield niet van ingewikkelde gesprekken.

'Ik vind het lekker om met je te vrijen,' zei ze nogmaals.

'En ik met jou ... maar ik ben wel oud genoeg om je vader te kunnen zijn.'

'Het kan me geen reet schelen hoe oud je bent.'

'Je kunt ons leeftijdsverschil niet over het hoofd zien. Het is geen goed uitgangspunt voor een duurzame relatie.'

'Wie had het over duurzaam?' zei Lisbeth. 'We hebben net een zaak afgerond waarin mannen met een zieke kijk op seksualiteit een vooraanstaande rol speelden. Als ik het voor het zeggen zou hebben, zouden zulke mannen uitgeroeid worden, allemaal.'

'Je komt in elk geval niet met een compromis.'

'Nee,' zei ze en ze lachte haar scheve niet-lachje. 'Maar jij bent anders.'

Ze stond op.

'Nu ga ik douchen en daarna ben ik van plan om naakt in je bed te gaan liggen. Als jij meent dat je te oud bent, moet je maar op de stretcher gaan liggen.'

Mikael keek haar na. Welke hang-ups Lisbeth Salander ook had, gêne hoorde daar in elk geval niet bij. Hij slaagde er altijd in alle discussies met haar te verliezen. Na een tijdje pakte hij de koffie-kopjes op en liep hij naar de slaapkamer.

Ze stonden om tien uur op, gingen samen douchen en ontbeten in de tuin. Tegen elven belde Dirch Frode en hij zei dat de begrafenis om twee uur 's middags zou plaatsvinden. Hij vroeg of ze van plan waren te komen.

'Ik dacht het niet,' zei Mikael.

Dirch Frode vroeg of hij rond zes uur mocht langskomen voor een gesprek. Mikael zei dat dat prima was.

Hij besteedde een paar uur aan het sorteren van papieren in de verhuisdozen en bracht deze vervolgens naar Henriks werkka-mer. Uiteindelijk had hij alleen nog zijn eigen schrijfblokken en de twee mappen over de zaak-Hans-Erik Wennerström, die hij al een halfjaar niet ingekeken had. Hij zuchtte en stopte ze in zijn koffer.

Dirch Frode was verlaat en kwam pas na achten. Hij droeg nog steeds zijn donkere pak en zag er afgepeigerd uit toen hij op de keukenbank plaatsnam en dankbaar een kop koffie aannam, die Lisbeth serveerde. Ze ging aan de bijtafel zitten en hield zich bezig met haar computer, terwijl Mikael vroeg hoe de wederopstanding van Harriët door de familie ontvangen was.

'Je kunt zeggen dat het het overlijden van Martin heeft over-stemd. Inmiddels hebben de media ook lucht van haar gekregen.'

'En hoe verklaren jullie de situatie?'

'Harriët heeft met een journalist van *Hedestads-Kuriren* gesproken. Haar verhaal is dat ze is weggelopen omdat ze het niet goed
kon vinden met haar familie, maar dat ze zich blijkbaar goed heeft
gered in de wereld en dat ze een onderneming leidt met een even
grote omzet als het Vanger-concern.'

Mikael floot.

'Ik begreep wel dat er geld in Australische schapen zat, maar ik
wist niet dat de ranch zó goed liep.'

'De ranch loopt uitstekend, maar dat is niet de enige bron van
inkomsten. Het Cochran-concern houdt zich tevens bezig met
mijnbouw, opalen, fabricage, transport, elektronica en nog veel
meer.'

'Toe maar, en wat gaat er nu gebeuren?'

'Dat weet ik eerlijk gezegd niet. Er zijn de hele dag allerlei mensen gearriveerd en de familie is voor het eerst sinds jaren weer bijeen. Zowel van de kant van Fredrik Vanger als van die van Johan
Vanger, en er zijn er ook een heleboel van de jongere generatie op
komen dagen, die van in de twintig en iets ouder. Er zijn vanavond
zo'n veertig Vangers in Hedestad. De helft zit in het ziekenhuis
Henrik te vermoeien en de andere helft zit in Stora Hotellet met
Harriët te praten.'

'Harriët is de grote sensatie. Hoeveel mensen weten van dat met
Martin?'

'Tot nu toe alleen Henrik, Harriët en ik. We hebben een lang
gesprek gehad onder zes ogen. Dat met Martin en ... zijn perversies
overschaduwt het meeste voor ons nu. Het heeft een grote crisis
voor het concern teweeggebracht.'

'Dat begrijp ik.'

'Er is geen natuurlijke erfgenaam, maar Harriët blijft de komende tijd in Hedestad. We moeten onder andere uitzoeken wat van
wie is en hoe de nalatenschap verdeeld moet worden en dergelijke.
Zij heeft immers ook een erfdeel dat heel groot zou zijn geweest als
ze hier de hele tijd was geweest. Het is een nachtmerrie.'

Mikael moest lachen. Dirch Frode niet.

'Isabella is ingestort. Ze ligt in het ziekenhuis. Harriët weigert
haar te bezoeken.'

'Daar kan ik in komen.'

'Daarentegen komt Anita over uit Londen. Er wordt volgende

week een familieraad georganiseerd. Het is de eerste keer in vijfentwintig jaar dat zij eraan meedoet.'

'Wie wordt de nieuwe algemeen directeur?'

'Birger aast op die post, maar hij komt absoluut niet in aanmerking. Wat er nu gebeurt, is dat Henrik vanuit zijn ziekbed tijdelijk aantreedt als algemeen directeur, totdat we iemand van buitenaf aannemen, of iemand binnen de familie ...'

Hij maakte zijn zin niet af. Mikael fronste plotseling zijn wenkbrauwen.

'Harriët? Dat meen je toch niet?'

'Waarom niet? We hebben het over een buitengewoon competente en gerespecteerde zakenvrouw.'

'Ze heeft een bedrijf in Australië dat ze moet runnen.'

'Ja, maar haar zoon, Jeff Cochran, neemt de zaken waar tijdens haar afwezigheid.'

'Hij is Studs Manager op een schapenfarm. Als ik het goed begrepen heb, ziet hij erop toe dat de juiste schapen met elkaar paren.'

'Hij heeft ook een graad in de economie behaald aan de Universiteit van Oxford en een studie rechten afgerond in Melbourne.'

Mikael dacht aan de bezwete, gespierde man met het naakte bovenlijf die hem door het ravijn gereden had en probeerde hem zich voor te stellen in een krijtstreeppak. Waarom niet?

'Dit is niet een-twee-drie opgelost,' zei Dirch Frode. 'Maar ze zou een perfecte directeur zijn. Met de juiste ondersteuning zou ze het concern weer in de lift kunnen helpen.'

'Ze beschikt niet over de juiste kennis ...'

'Dat is waar. Harriët kan natuurlijk niet na vele decennia opeens van buiten binnenkomen en het concern tot in detail gaan besturen. Maar het Vanger-concern is internationaal en we zouden een Amerikaanse algemeen directeur hierheen kunnen halen die geen woord Zweeds spreekt ... dat is business.'

'Vroeg of laat moeten jullie het probleem met wat er zich in die ruimte in Martins kelder bevindt toch bij de hoorns vatten.'

'Ik weet het. Maar we kunnen niets zeggen zonder Harriët te schande te maken ... Ik ben blij dat ik niet degene ben die daarover een beslissing moet nemen.'

'Maar jezus, Dirch, jullie kunnen toch niet stilhouden dat Martin een seriemoordenaar was!'

Dirch Frode zweeg en zat onrustig op zijn stoel te draaien. Mikael kreeg plotseling een vieze smaak in zijn mond.

'Mikael, ik bevind me in een ... zeer netelige positie.'

'Vertel.'

'Ik heb een mededeling van Henrik. Die is zeer eenvoudig. Hij bedankt je voor het werk dat je hebt gedaan en zegt dat hij het contract als nagekomen beschouwt. Dat betekent dat hij jou vrijwaart van overige verplichtingen en dat je niet meer hier in Hedestad hoeft te wonen en te werken, et cetera. Je kunt dus met onmiddellijke ingang teruggaan naar Stockholm en je daar met andere zaken gaan bezighouden.'

'Wil hij dat ik van het toneel verdwijn?'

'Absoluut niet. Hij wil dat je hem komt opzoeken voor een gesprek over de toekomst. Hij zegt dat hij hoopt dat zijn verplichtingen in het bestuur van *Millennium* zonder beperkingen kunnen doorgaan. Maar ...'

Dirch Frode keek zo mogelijk nog ongemakkelijker.

'Maar hij wil niet langer dat ik een kroniek over de familie Vanger schrijf.'

Dirch Frode knikte. Hij haalde een notitieblok tevoorschijn, dat hij opensloeg en naar Mikael toe schoof.

'Hij heeft je deze brief geschreven.'

Beste Mikael,

Ik heb alle respect voor jouw integriteit en ben niet van plan je te beledigen door je te gaan zeggen wat je wel en niet mag schrijven. Je mag alles schrijven en publiceren wat je wilt en ik zal geen enkele druk op je uitoefenen.

Ons contract is van kracht, als jij het wilt handhaven. Je beschikt over voldoende materiaal om de kroniek over de familie Vanger te voltooien. Mikael, ik heb nog nooit in mijn leven iemand ergens om gesmeekt. Ik ben altijd van mening geweest dat een mens zijn moraal en zijn overtuiging moet volgen. Maar op dit moment heb ik geen keus.

Ik vraag je, als vriend en als mede-eigenaar van Millennium, *om de waarheid over Gottfried en Martin niet te onthullen. Ik weet dat dat verkeerd is, maar ik zie geen uitweg uit deze duistere toestand. Ik moet kiezen tussen twee kwaden en er zijn alleen maar verliezers.*

Ik vraag je om niets te schrijven wat Harriët nog verder kan schaden. Je hebt zelf ervaren wat het is doelwit te zijn van een smaadcampagne in de media. Die campagne tegen jou was van vrij geringe proporties, je kunt je wel voorstellen wat het voor Harriët zou betekenen als de waarheid naar boven zou komen. Ze heeft veertig jaar geleden en hoeft niet verder te lijden door de daden die haar broer en haar vader hebben begaan. En ik vraag je om te bedenken wat dit verhaal voor consequenties zou hebben voor de duizenden medewerkers van het concern. Dit zou Harriët breken en ons verwoesten.
Henrik

'Henrik zegt ook dat als je een vergoeding eist voor derving van inkomsten, wat het geval is als je afziet van publicatie van het verhaal, hij openstaat voor discussie. Je kunt elke financiële eis stellen die je maar wilt.'

'Henrik Vanger probeert mij om te kopen. Zeg hem maar dat ik zou willen dat ik nooit met jullie in zee was gegaan.'

'Deze situatie is net zo pijnlijk voor Henrik als voor jou. Hij mag je erg graag en beschouwt je als zijn vriend.'

'Henrik Vanger is een geslepen rotzak,' zei Mikael. Hij was opeens woedend. 'Hij wil de hele zaak in de doofpot stoppen. Hij doet een beroep op mijn gevoelens en hij weet dat ik hem ook graag mag. En wat hij zegt, houdt in de praktijk in dat ik mijn handen vrij heb om te publiceren wat ik wil, maar als ik dat doe, zal hij zijn houding ten aanzien van *Millennium* moeten herzien.'

'Alles is anders geworden sinds Harriët op het toneel is verschenen.'

'En nu onderzoekt Henrik welk prijskaartje er aan mij hangt. Ik ben niet van plan om Harriët te schande te maken, maar iémand moet iets zeggen over de vrouwen die in Martins kelder beland zijn. Dirch, we weten niet eens hoeveel vrouwen hij afgeslacht heeft. Wie neemt het voor hen op?'

Lisbeth Salander keek plotseling op van haar computer. Haar stem was angstaanjagend zacht toen ze zich tot Dirch Frode wendde.

'Is er niemand binnen het concern van plan om mij om te kopen?'

Frode keek verschrikt op. Hij was er weer in geslaagd haar bestaan te negeren.

'Als Martin Vanger op dit moment zou hebben geleefd, zou ik hem te schande hebben gemaakt,' vervolgde ze. 'Welke overeenkomst Mikael ook met jullie gehad had, ik zou elk detail over Martin naar de eerste de beste avondkrant hebben gestuurd. En als ik gekund had, had ik hem in zijn eigen martelkamer op tafel vastgespannen en naalden door zijn zak gestoken. Maar hij is dood.'

Ze richtte zich tot Mikael.

'Ik ben content met deze oplossing. Niets wat we doen kan de schade repareren die Martin Vanger zijn slachtoffers heeft toegebracht. Er is daarentegen een interessante situatie ontstaan. Jij bevindt je in de positie dat je onschuldige vrouwen schade kunt blijven toebrengen, zeker die Harriët, die je in de auto hiernaartoe zo hebt zitten ophemelen. Dus mijn vraag aan jou is, wat het ergst is: dat Martin Vanger haar in het huisje van Gottfried verkrachtte of dat jij dat op de voorpagina's doet? Daar heb je een keurig dilemma. Misschien kan de ethische commissie van de Vereniging van Journalisten daar richtlijnen voor geven.'

Ze laste een pauze in. Mikael kon Lisbeth Salander opeens niet aankijken. Hij staarde naar de tafel.

'Maar ík ben geen journalist,' zei ze uiteindelijk.

'Wat wil je hebben?' vroeg Dirch Frode.

'Martin heeft zijn slachtoffers op video vastgelegd. Ik wil dat jullie proberen zo veel mogelijk slachtoffers te identificeren en ervoor zorgen dat hun families een passende compensatie krijgen. En verder wil ik dat het Vanger-concern jaarlijks, en voor onbepaalde tijd, een donatie van 2 miljoen kronen doet aan de ROKS, de landelijke organisatie van opvanghuizen voor vrouwen en meisjes in Zweden.'

Dirch Frode dacht een minuut over het prijskaartje na. Toen knikte hij.

'Kun jij daarmee leven, Mikael?' vroeg Lisbeth.

Mikael voelde zich plotseling wanhopig. Zijn hele werkzame leven had hij zich gewijd aan het onthullen van zaken die anderen probeerden te verbergen en zijn moraal verbood hem medeplichtig te zijn aan het in de doofpot stoppen van de afschuwelijke misdaden die in Martin Vangers kelder waren begaan. Het was zijn taak juist te onthullen wat hij wist. Hij was degene die zijn collega's bekritiseerde omdat ze de waarheid niet vertelden. Toch zat hij hier de meest macabere cover-up te bespreken waar hij ooit van gehoord had.

Hij zweeg geruime tijd. Toen knikte ook hij.

'Mooi.' Dirch Frode wendde zich tot Mikael. 'Voor wat betreft Henriks aanbod over financiële compensatie ...'

'Dat kan hij in zijn reet stoppen,' zei Mikael. 'Dirch, ik wil dat je nu weggaat. Ik begrijp jouw situatie, maar ik ben op dit moment zo kwaad op Henrik, Harriët en jou dat het niet goed is voor onze verstandhouding als je blijft.'

Dirch Frode bleef aan de keukentafel zitten en deed geen pogingen om op te staan.

'Ik kan nog niet gaan,' zei Dirch Frode. 'Ik ben nog niet klaar. Ik heb je nog iets te zeggen wat je niet leuk zult vinden. Henrik staat erop dat ik het je vanavond vertel. Je kunt hem morgen in het ziekenhuis gaan villen, als je wilt.'

Mikael hief langzaam zijn hoofd op en keek hem aan.

'Dit is het moeilijkste wat ik in mijn hele leven heb gedaan,' zei Dirch Frode. 'Maar ik denk dat we de situatie nu alleen nog kunnen redden door volstrekt eerlijk te zijn en alle kaarten op tafel te leggen.'

'Wat dan?'

'Toen Henrik je met kerst overhaalde om de klus aan te nemen, dachten wij geen van beiden dat het ergens toe zou leiden. Het was precies zoals hij zei – hij wilde een laatste poging doen. Hij had jouw situatie zorgvuldig geanalyseerd, vooral met behulp van het rapport dat juffrouw Salander had opgesteld. Hij speelde in op jouw isolatie, bood een goed salaris en gebruikte het juiste lokaas.'

'Wennerström,' zei Mikael.

Frode knikte.

'Was het bluf?'

'Nee.'

Lisbeth Salander fronste geïnteresseerd een wenkbrauw.

'Henrik zal alles doen wat hij beloofd heeft,' zei Dirch Frode.

'Hij geeft een interview en gaat in het openbaar frontaal in de aanval tegen Wennerström. Je kunt alle details later krijgen, maar in grove lijnen is het zo dat toen Hans-Erik Wennerström verbonden was aan de financiële afdeling van het Vanger-concern hij vele miljoenen heeft gebruikt voor valutaspeculaties. Dit was ver voordat speculeren met valuta een echt fenomeen werd. Hij deed dit zonder bevoegdheid en zonder toestemming van de concernleiding. De zaken gingen slecht en hij zat plotseling met een verlies van 7 miljoen kronen, dat hij probeerde te dekken, deels door met de boekhouding te knoeien, deels door nog meer te speculeren. Hij werd betrapt en is ontslagen.'

'Was er sprake van eigen gewin?'

'Ja, hij heeft zich ongeveer een half miljoen kronen toegeëigend, wat ironisch genoeg het fundament is geworden van de Wennerstroem Group. We hebben dit alles gedocumenteerd. Je mag de informatie gebruiken zoals je wilt en Henrik zal de beweringen in het openbaar ondersteunen. Maar ...'

'Maar de informatie is waardeloos,' zei Mikael en hij sloeg met zijn vlakke hand op tafel.

Dirch Frode knikte.

'Het is meer dan dertig jaar geleden gebeurd en het is een afgesloten hoofdstuk,' zei Mikael.

'Je krijgt een bevestiging van het feit dat Wennerström een oplichter is.'

'Het zal Wennerström irriteren als het naar buiten komt, maar het schaadt hem niet meer dan een schot uit een blaaspijpje. Hij zal zijn schouders ophalen en de kaarten schudden door een persbericht uit te doen gaan dat Henrik Vanger een oude sok is die een zaak van hem wil overnemen en vervolgens zal hij beweren dat hij in opdracht van Henrik heeft gehandeld. Ook al kan hij zijn onschuld niet bewijzen, hij kan voldoende rookgordijnen leggen om de hele geschiedenis met een schouderophalen af te doen.'

Dirch Frode keek zeer ongelukkig.

'Jullie hebben me besodemieterd,' zei Mikael uiteindelijk.

'Mikael ... dat was niet onze bedoeling.'

'Mijn eigen fout. Ik greep naar een strohalm en had moeten inzien dat het zoiets moest zijn.' Hij lachte plotseling kort. 'Henrik is een oude haai. Hij verkocht een product en zei wat ik wilde horen.'

Mikael stond op en liep naar het aanrecht. Hij keerde zich om naar Frode en vatte zijn gevoelens in één woord samen.

'Verdwijn.'

'Mikael ... het spijt me dat ...'
'Dirch. Ga weg.'

Lisbeth Salander wist niet of ze naar Mikael toe moest gaan of dat ze hem met rust moest laten. Hij loste het probleem zelf op door zonder iets te zeggen zijn jack te pakken en de buitendeur achter zich dicht te smijten.

Meer dan een uur liep ze door de keuken te ijsberen. Ze voelde zich ongemakkelijk en ruimde de tafel af, iets wat ze anders altijd aan Mikael overliet. Af en toe liep ze naar het raam en keek ze of ze hem zag. Uiteindelijk was ze zo ongerust dat ze haar leren jack aantrok en naar buiten ging om hem te zoeken.

Ze liep eerst naar de jachthaven, waar in de huisjes nog steeds licht brandde, maar daar was geen spoor van Mikael te zien. Ze volgde het pad langs het water, waar ze weleens een avondwandeling maakten. Martin Vangers huis was donker en gaf al een onbewoonde indruk. Ze ging naar de landtong, waar Mikael en zij vaak op de stenen gezeten hadden en liep vervolgens terug naar huis. Hij was nog niet terug.

Lisbeth liep omhoog naar de kerk. Ook geen Mikael. Ze stond een tijdje besluiteloos zich af te vragen wat ze moest doen. Toen ging ze terug naar haar motorfiets, haalde een zaklamp uit de zadeltas en liep nogmaals de weg langs het water. Het kostte behoorlijk wat tijd om vooruit te komen op de half overwoekerde weg, en nog meer om het pad te vinden naar het huis van Gottfried. Het huis dook plotseling achter een paar bomen op uit het donker toen ze er bijna was. Mikael zat niet op de veranda en de deur was op slot.

Ze was alweer op de terugweg richting het dorp toen ze zich bedacht en de landtong helemaal afliep. Plotseling zag ze Mikaels silhouet in het donker op de steiger, waar Harriët Vanger haar vader verdronken had. Ze slaakte een zucht van verlichting.

Hij hoorde haar toen ze de steiger op liep en keerde zich om. Ze ging zonder wat te zeggen naast hem zitten. Uiteindelijk doorbrak hij de stilte.

'Sorry. Maar ik moest even alleen zijn.'
'Ik weet het.'
Ze stak twee sigaretten op en gaf hem er een van. Mikael keek

naar haar. Lisbeth Salander was de meest asociale persoon die hij ooit ontmoet had. Elke poging van zijn kant om over iets persoonlijks te praten werd genegeerd en ze had ook nooit enige vorm van sympathie in ontvangst genomen. Ze had zijn leven gered en nu was ze hem midden in de nacht komen zoeken in het niets. Hij legde een arm om haar heen.

'Nu weet ik welk prijskaartje er aan me hangt. We hebben die vrouwen en meisjes in de steek gelaten,' zei hij. 'Ze zullen het hele verhaal in de doofpot stoppen. Alles wat in Martins kelder te vinden was, zal verdwijnen.'

Lisbeth zei niets.

'Erika had gelijk,' zei hij. 'Het was nuttiger geweest als ik naar Spanje was gegaan, een maand lang het liefdesleven van de Spaanse vrouwen onderzocht had en vervolgens met Wennerström aan de slag was gegaan. Nu heb ik maanden verloren.'

'Als jij naar Spanje was vertrokken, was Martin Vanger nog steeds bezig geweest in zijn kelder.'

Stilte. Ze zaten daar een hele tijd voordat hij opstond en voorstelde dat ze naar huis zouden gaan.

Mikael sliep eerder dan Lisbeth. Ze lag wakker en luisterde naar zijn ademhaling. Na een tijdje ging ze naar de keuken, zette koffie en rookte in het donker op de keukenbank de ene sigaret na de andere, terwijl ze diep nadacht. Dat Vanger en Frode Mikael zouden besodemieteren had ze als vanzelfsprekend aangenomen. Dat lag in hun natuur. Maar dat was Mikaels probleem en niet het hare. Toch? Uiteindelijk nam ze een beslissing. Ze maakte haar sigaret uit en ging naar de slaapkamer, deed het bedlampje aan en schudde Mikael heen en weer tot hij wakker was. Het was halfdrie 's nachts.

'Wat is er?'

'Ik moet je wat vragen. Ga rechtop zitten.'

Mikael kwam overeind en keek haar slaapdronken aan.

'Toen je werd aangeklaagd, waarom heb je je toen niet verdedigd?'

Mikael schudde zijn hoofd en keek haar aan. Hij zag hoe laat het was.

'Dat is een lang verhaal, Lisbeth.'

'Vertel maar, ik heb de tijd.'

Hij zweeg geruime tijd en overwoog wat hij moest zeggen. Uiteindelijk besloot hij de waarheid te vertellen.

'Ik had geen poot om op te staan. De inhoud van het artikel was onjuist.'

'Toen ik jouw computer kraakte en jouw mailcorrespondentie met Erika Berger las, waren er voldoende verwijzingen naar de Wennerström-affaire, maar jullie bespraken voortdurend praktische details over de rechtszaak en niets over wat er eigenlijk gebeurd was. Vertel eens wat er misging.'

'Lisbeth, ik kan het echte verhaal niet vertellen. Ik ben gewoon besodemieterd. Erika en ik zijn het er volstrekt over eens dat het onze geloofwaardigheid nog verder zou schaden als we zouden proberen te vertellen wat er daadwerkelijk gebeurd is.'

'Luister eens, Kalle Blomkvist, gistermiddag heb je nog een preek gehouden over vriendschap en vertrouwen en dergelijke. Ik ben niet van plan de zaak op internet te zetten.'

Mikael protesteerde een paar keer. Hij herinnerde Lisbeth eraan dat het midden in de nacht was en beweerde dat hij niet in staat was om aan de zaak te denken. Ze bleef gewoon zitten tot hij toegaf. Hij ging naar het toilet, hield zijn gezicht even onder de kraan en zette koffie. Toen kwam hij terug naar bed en vertelde hij hoe zijn oude schoolvriend Robert Lindberg twee jaar daarvoor in een gele Mälar-30 in de passantenhaven van Arholma zijn nieuwsgierigheid had gewekt.

'Je bedoelt dat je vriend heeft gelogen?'

'Nee, helemaal niet. Hij heeft exact verteld wat hij wist en ik heb elk woord kunnen verifiëren in het document van de accountantscontrole van de SIB. Ik ben zelfs naar Polen geweest om die schuur te fotograferen waarin het grote Minos-concern gehuisvest was geweest. En ik heb diverse personen geïnterviewd die bij het bedrijf gewerkt hadden. Ze zeiden allemaal hetzelfde.'

'Ik begrijp het niet.'

Mikael zuchtte. Het duurde even voor hij zijn verhaal hervatte.

'Ik had een ontzettend goed verhaal. Ik had Wennerström zelf er nog niet mee geconfronteerd, maar het verhaal was waterdicht en als ik het op dat moment gepubliceerd had, had ik hem echt door elkaar geschud. Er was vermoedelijk geen aanklacht gekomen wegens oplichting want de zaak was al door de accountant goedgekeurd, maar ik zou zijn aanzien hebben beschadigd.'

'Wat is er misgegaan?'

'Tijdens mijn onderzoek had iemand er lucht van gekregen waar ik mee bezig was en werd Wennerström zich bewust van mijn bestaan. En plotseling gebeurden er een heleboel vreemde dingen. Eerst werd ik bedreigd. Anonieme telefoontjes van prepaidtelefoons die niet te traceren waren. Erika werd ook bedreigd. De bekende formuleringen: "schei ermee uit anders spijkeren we je borsten aan een staldeur" en dergelijke. Ze raakte uiteraard ontzettend geïrriteerd.'

Hij pakte een sigaret van Lisbeth.

'Toen gebeurde er iets zeer onaangenaams. Op een avond laat toen ik de redactie verliet, werd ik overvallen door twee mannen die op me afkwamen en gewoon een paar rake klappen uitdeelden. Ik was totaal onvoorbereid. Ik werd tegen de grond geslagen, had een tand door mijn lip, en zo. Ik kon ze niet identificeren, maar de ene zag eruit als een oude biker.'

'Oké.'

'Nu had al die aandacht uiteraard alleen maar het effect dat Erika woest werd en ik obstinaat. We hebben de veiligheid bij *Millennium* verbeterd. Maar het probleem was dat de pesterijen niet in verhouding stonden tot de inhoud van het verhaal. We konden niet begrijpen waarom dit allemaal gebeurde.'

'Maar het verhaal dat je uiteindelijk publiceerde, was heel anders.'

'Inderdaad. Plotseling was er een doorbraak. We kregen een bron, een zekere *Deep Throat* uit de kringen van Wennerström. Die bron was letterlijk doodsbang en we mochten hem alleen maar ontmoeten in anonieme hotelkamers. Hij vertelde dat het geld van de Minos-affaire gebruikt was voor wapentransacties in de oorlog in Joegoslavië. Wennerström had zaken gedaan met Ustasa, de Kroatische nazi's. En dat was nog niet alles, hij kon ons kopieën van schriftelijke documenten geven als bewijs.'

'En jullie geloofden hem?'

'Hij kwam kundig over. Hij gaf ons ook voldoende informatie om ons naar nóg een bron te leiden, die het verhaal kon bevestigen. We kregen zelfs een foto waarop te zien was hoe een van Wennerströms naaste medewerkers de koper de hand schudde. Het was geweldig gedetailleerd materiaal en alles leek bevestigd te kunnen worden. We hebben het gepubliceerd.'

'En het was fake.'

'Het was fake, van begin tot eind,' bevestigde Mikael. 'De documenten waren professionele vervalsingen. Wennerströms advocaat kon zelfs bewijzen dat de foto van Wennerströms ondergeschikte een trucagefoto was van twee foto's die in PhotoShop waren bewerkt.'

'Fascinerend,' zei Lisbeth Salander nuchter. Ze knikte bij zichzelf.

'Ja, hè? Naderhand was het gemakkelijk om te zien hoe we gemanipuleerd waren. Ons originele verhaal zou Wennerström schade hebben toegebracht. Nu verdronk dat in een falsificatie; de ergste mijn waar ik ooit van gehoord heb. We publiceerden een verhaal waarvan Wennerström punt voor punt zijn onschuld kon bewijzen. En het was verdomd professioneel aangepakt.'

'Jullie konden je niet terugtrekken en de waarheid vertellen. Jullie hadden geen enkel bewijs dat Wennerström die vervalsing op touw had gezet?'

'Erger nog. Als we hadden geprobeerd de waarheid te vertellen en onnozel genoeg waren geweest om Wennerström ervan te beschuldigen dat hij erachter zat, zou niemand ons domweg hebben geloofd. Het zou eruit hebben gezien als een wanhopige poging om een onschuldige industrieel de schuld te geven. We zouden overkomen als een stelletje complete idioten die overal een complot achter vermoedden.'

'Ik begrijp het.'

'Wennerström was dubbel gedekt. Als die vervalsingen bekend zouden zijn geworden, zou hij hebben kunnen beweren dat een van zijn vijanden hem te schande wilde maken. En bij *Millennium* zouden we nogmaals alle geloofwaardigheid verloren hebben omdat we opnieuw ergens op in waren gegaan, wat onjuist bleek te zijn.'

'Dus je koos ervoor je niet te verdedigen en een gevangenisstraf uit te zitten.'

'Ik had die straf verdiend,' zei Mikael met bitterheid in zijn stem.

'Ik heb me schuldig gemaakt aan smaad. Nu weet je het. Mag ik nu gaan slapen?'

Mikael deed het licht uit en sloot zijn ogen. Lisbeth kwam naast hem liggen. Ze zweeg een tijdje.
'Wennerström is een gangster.'
'Ik weet het.'
'Nee, ik bedoel, ik wéét dat hij een gangster is. Hij werkt met iedereen samen, van de Russische maffia tot Colombiaanse drugs-kartels.'
'Hoe bedoel je?'
'Toen ik Frode mijn rapport overhandigde, gaf hij mij nóg een opdracht. Hij vroeg me uit te zoeken wat er eigenlijk gebeurde in die rechtszaak. Ik was daar net mee begonnen toen hij Armanskij belde en de zaak annuleerde.'
'Zo.'
'Ik denk dat ze dat onderzoek hebben afgeblazen zo gauw jij Henrik Vangers opdracht geaccepteerd had. Toen was het niet meer van belang.'
'En?'
'Tja, ik houd er niet van dingen niet af te ronden. Ik had in het voorjaar een paar weken vrij ... toen Armanskij geen werk voor me had, en toen ben ik voor de lol in Wennerström gaan graven.'
Mikael ging rechtop zitten, deed het licht aan en keek Lisbeth Salander aan. Hij keek in haar grote ogen. Ze keek zeer schuldbe-wust.
'Ben je iets te weten gekomen?'
'Ik heb zijn hele harddisk in mijn computer. Als je wilt, kun je oneindig veel bewijzen krijgen dat hij een heuse gangster is.'

28
DINSDAG 29 JULI – VRIJDAG 24 OKTOBER

Mikael Blomkvist had zich drie dagen over Lisbeths computer-prints gebogen – dozen vol papier. Het probleem was dat de details voortdurend wijzigden. Een optiedeal in Londen. Een valutadeal in Parijs door een vertegenwoordiger. Een brievenbusfirma in Gibraltar. Een plotselinge verdubbeling op een rekening bij de Chase Manhattan Bank in New York.

En dan die verbluffend vele vraagtekens: een handelsmaatschappij met 200.000 kronen op een slapende rekening die vijf jaar daarvoor in Santiago, Chili geregistreerd was – één van bijna dertig gelijksoortige ondernemingen in twaalf verschillende landen – en geen enkele aanduiding over het soort zaken waar men zich mee bezighield. Bedrijven in ruste? In afwachting van wat? Façades voor andere activiteiten? De computer gaf geen antwoord op zaken die Wennerström in zijn hoofd had en die misschien voor hem vanzelfsprekend waren en daardoor nooit in een elektronisch document geformuleerd werden.

Lisbeth Salander was ervan overtuigd dat het merendeel van dergelijke vragen nooit beantwoord zou kunnen worden. Ze konden de boodschap zien, maar zonder sleutel zouden ze de betekenis niet kunnen interpreteren. Het imperium van Wennerström was als een ui waarbij schil na schil moest worden afgepeld; een labyrint van bedrijven die elkaar bezaten. Ondernemingen, rekeningen, fondsen, waardepapieren. Ze constateerden dat niemand, zelfs Wennerström niet, het totale overzicht kon hebben. Wennerströms imperium leidde een eigen leven.

Er bestond een patroon, of althans de aanduiding van een

patroon. Een labyrint van bedrijven die elkaars eigendom waren. Het imperium van Wennerström was geschat op het absurde bedrag van 100 tot 400 miljard kronen. Afhankelijk van wie je het vroeg en hoe je telde.

'Maar als bedrijven elkaars bedrijfsmiddelen bezitten, wat wordt dan de waarde van de ondernemingen?'

Toen Lisbeth dat vroeg, keek Mikael Blomkvist haar met een getergde gezichtsuitdrukking aan.

'Dat is voor ingewijden,' antwoordde hij en hij ging verder met het sorteren van banktegoeden.

Ze hadden het Hedeby-eiland vroeg in de ochtend verlaten, hals-overkop, nadat Lisbeth Salander de bom had afgeworpen die nu al Mikael Blomkvists tijd in beslag nam. Ze waren direct naar Lis-beths flat gegaan en hadden twee dagen achter haar computer gezeten, terwijl zij hem door Wennerströms universum had geleid. Hij had veel vragen. Een daarvan kwam voort uit pure nieuwsgie-righeid.

'Lisbeth, hoe kun jij zijn computer zo goed als overnemen?'

'Dat is een kleine uitvinding die mijn collega *Plague* heeft gedaan. Wennerström werkt op een IBM-laptop, zowel thuis als op kantoor. Dat betekent dat alle informatie op één harde schijf staat. Hij heeft thuis breedband. *Plague* heeft een soort manchet ontwikkeld die je om de breedbandkabel doet en die ik voor hem aan het uittesten ben; alles wat Wennerström ziet, wordt door die manchet geregistreerd, die de informatie weer doorstuurt naar een server.'

'Heeft hij geen firewall?'

Lisbeth glimlachte.

'Jawel, hij heeft wel een firewall. Maar het punt is dat die man-chet ook als een soort firewall fungeert. Het duurt wel een tijdje om een computer op die manier te hacken. Zeg dat Wennerström een mailtje krijgt; dat gaat eerst naar de manchet van *Plague* en kan door ons worden gelezen voordat het überhaupt Wennerströms firewall passeert. Maar het listige is dat het mailtje herschreven wordt en dat er een broncode van een paar byte wordt toegevoegd. Dat wordt elke keer herhaald wanneer hij iets naar zijn computer downloadt. Foto's zijn nog beter. Hij surft ontzettend veel op internet. Elke keer dat hij een pornofoto downloadt of een nieuwe website opent, voegen we een paar rijen met broncodes toe. Na een tijdje, een paar uur of een paar dagen, afhankelijk van de frequentie waarmee hij zijn computer gebruikt, downloadt Wennerström een heel programma van ongeveer drie megabyte, waarbij elk stukje aan het volgende stukje wordt geplakt.'

'En dan?'

'Wanneer de laatste stukjes op hun plaats zijn gevallen, wordt het programma met zijn internetprogramma geïntegreerd. Hij ervaart dat alsof zijn computer blijft hangen en moet opnieuw opstarten. Tijdens dat opnieuw opstarten wordt geheel nieuwe software geïnstalleerd. Hij gebruikt Microsoft Explorer. De volgende keer dat hij Explorer opstart, start hij eigenlijk een heel ander programma op, dat onzichtbaar in zijn desktop zit en eruitziet en werkt als Explorer, maar dat ook een heleboel andere dingen doet. Ten eerste neemt het de controle over zijn firewall over en zorgt het ervoor dat alles lijkt te werken. Vervolgens begint het de computer te scannen en verstuurt het, elke keer als Wennerström tijdens het surfen met de muis klikt, stukjes informatie. Na een tijdje, weer afhankelijk van hoeveel hij surft, hebben we een complete spiegel van de inhoud van zijn harddisk ergens op een server staan. Daarmee is het tijd voor de HT.'

'HT?'

'Sorry, *Plague* noemt het de HT. De Hostile Take-over.'

'Aha.'

'Wat er dan gebeurt is geniaal. Wanneer de structuur klaar is, heeft Wennerström twee complete harddisks, één op zijn eigen computer en één op onze server. De volgende keer dat hij zijn computer opstart, start hij eigenlijk de gespiegelde computer op. Hij werkt niet meer op zijn eigen computer, maar op onze server. Zijn computer wordt iets langzamer, maar dat is nauwelijks merkbaar. En als ik verbonden ben met de server kan ik zijn computer zonder merkbare vertraging aftappen. Elke keer dat Wennerström op een toets drukt, kan ik dat in mijn computer zien.'

'Ik neem aan dat jouw kennis ook een hacker is.'

'Hij heeft dat afluisteren in Londen geregeld. Hij is enigszins sociaal gehandicapt en ziet nooit iemand, maar op het net is hij een legende.'

'Oké,' zei Mikael, terwijl hij gelaten naar haar glimlachte. 'Vraag nummer twee: waarom heb je niet eerder iets over Wennerström gezegd?'

'Je hebt nooit eerder wat gevraagd.'

'En als ik het nooit gevraagd had, stel dat ik je nooit ontmoet had, dan had jij hier met die kennis over het feit dat Wennerström een gangster is gezeten, terwijl *Millennium* ondertussen failliet ging.'

'Er was niemand die mij gevraagd had Wennerström te ontmaskeren,' antwoordde Lisbeth met betweterige stem.

'Maar áls?'

'Ik heb het nu toch verteld,' antwoordde ze defensief.

Mikael liet het onderwerp varen.

Mikael was volledig in beslag genomen door wat er in Wennerströms computer te vinden was. Lisbeth had de inhoud van Wennerströms harddisk – ruim vijf gigabyte – op een tiental cd's gebrand en voelde zich alsof ze min of meer bij Mikael ingetrokken was. Ze wachtte geduldig en beantwoordde de vragen die hij onophoudelijk stelde.

'Ik begrijp niet hoe hij zo dom kan zijn dat hij al het materiaal over zijn vuile was op een harddisk bewaart,' zei Mikael. 'Als dat ooit bij de politie terechtkomt ...'

'Mensen zijn niet rationeel. Ik denk dat hij gewoon niet gelooft dat de politie ooit zijn computer in beslag zou nemen.'

'Verheven boven elke verdenking. Ik ben het met je eens dat hij een arrogante klootzak is, maar hij moet toch veiligheidsconsultants om zich heen hebben die hem vertellen hoe hij met zijn computer om moet gaan. Er zit materiaal in die computer dat teruggaat tot 1993!'

'Die computer is vrij nieuw. Hij is een jaar oud, maar Wennerström lijkt alle oude correspondentie en dergelijke te hebben overgezet naar zijn harddisk in plaats van het op cd's te branden. Maar hij gebruikt in elk geval coderingsprogramma's.'

'Die totaal waardeloos zijn als jij in zijn computer zit en zijn passwords kunt lezen zo gauw hij die invoert.'

Toen ze vier dagen in Stockholm terug waren, belde Christer Malm plotseling om drie uur 's nachts op Mikaels mobiel.

'Henry Cortez was vanavond met een vriendin in de kroeg.'

'O,' antwoordde Mikael slaapdronken.

'Op weg naar huis belandde hij in de kroeg van het Centraal Station.'

'Dat is geen goede tent om iemand te versieren.'

'Luister. Janne Dahlman heeft vakantie. Henry zag hem opeens aan een tafeltje zitten in gezelschap van een andere man.'

'En?'

'Henry herkende Jannes gezelschap. Krister Söder.'

'Ik heb het idee dat ik die naam ken, maar ...'

'Hij werkt bij *Finansmagasinet Monopol*, dat eigendom is van de Wennerstroem Group,' vervolgde Malm.

Mikael ging rechtop in bed zitten.

'Ben je er nog?'

'Ja, zeker. Dat hoeft niets te betekenen. Söder is een gewone journalist en kan een oude bekende van Dahlman zijn.'

'Oké, ik ben paranoïde. Drie maanden geleden heeft *Millennium* een reportage van een freelancer gekocht. De week voordat we die zouden publiceren, kwam Söder met een haast identieke ontboezeming. Het was dezelfde story. Het ging over een fabrikant van mobiele telefoons die een rapport had verduisterd over het feit dat ze een foutieve component gebruiken die kortsluiting kan veroorzaken.'

'Ik hoor wat je zegt. Maar zulke dingen gebeuren. Heb je Erika gesproken?'

'Nee, die is nog steeds op vakantie en komt pas volgende week terug.'

'Doe niets. Ik bel je later,' zei Mikael en hij brak het gesprek af.

'Problemen?' vroeg Lisbeth Salander.

'*Millennium*,' zei Mikael. 'Ik moet even naar kantoor. Heb je zin om mee te gaan?'

De redactie was om vier uur 's ochtends verlaten. Het kostte Lisbeth Salander ongeveer drie minuten om het password van Janne Dahlmans computer te kraken en nog twee minuten om de inhoud te kopiëren naar Mikaels iBook.

Het merendeel van Janne Dahlmans mailverkeer zat echter in zijn eigen laptop, waar ze geen toegang toe hadden. Maar door zijn pc die altijd aanstond bij *Millennium* kon Lisbeth Salander uitvissen dat Dahlman behalve zijn eigen millennium.se-adres ook een hotmailadres op internet had. Het duurde zes minuten voordat ze het password daarvan gekraakt had en zijn correspondentie van het laatste jaar gedownload had. Vijf minuten later had Mikael het bewijs dat Janne Dahlman informatie over de situatie bij *Millennium* gelekt had en dat hij de redacteur van *Finansmagasinet Monopol* op de hoogte hield van elke reportage die Erika Berger voor de verschillende nummers had gepland. De spionage was al minstens sinds vorig najaar aan de gang.

Ze zetten de computers uit, gingen terug naar Mikaels flat en sliepen een paar uur. De volgende ochtend tegen tienen belde Mikael Christer Malm.

'Ik heb bewijs dat Dahlman voor Wennerström werkt.'

'Ik wist het wel. Oké, ik ontsla die klootzak vandaag nog.'

'Doe dat niet. Doe absoluut niets.'

'Niets?'

'Christer, vertrouw op mij. Hoe lang heeft Dahlman vakantie?'

'Hij begint maandag weer.'

'Hoeveel mensen zijn er vandaag op de redactie?'

'Tja, het is halfleeg.'

'Kun je om twee uur een vergadering beleggen. Zeg niet waar het over gaat. Ik kom die kant op.'

Er zaten zes personen vóór Mikael aan de vergadertafel. Christer Malm zag er moe uit. Henry Cortez keek verliefd op de manier waarop alleen vierentwintigjarigen kunnen kijken. Monika Nilsson keek verwachtingsvol. Christer Malm had niet gezegd waar de vergadering over zou gaan, maar ze was er lang genoeg bij om te weten dat er iets ongewoons aan de hand was, en ze ergerde zich eraan dat ze buiten *the information loop* was gehouden. De enige die er zoals anders uitzag, was parttimer Ingela Oskarsson, die zich twee dagen in de week bezighield met de administratie, het abonneebestand en dergelijke, en die er niet meer echt ontspannen had uitgezien sinds ze twee jaar daarvoor moeder was geworden. De andere parttimer was freelancejournaliste Lottie Karim, die eenzelfde contract had als Henry Cortez en die net weer was begonnen na haar vakantie. Christer was er ook in geslaagd Sonny Magnusson te mobiliseren, die nog vakantie had.

Mikael begroette iedereen en verontschuldigde zich voor het feit dat hij het laatste halfjaar afwezig was geweest.

'Wat we vandaag gaan bespreken, hebben Christer en ik nog niet met Erika kunnen afstemmen, maar ik kan jullie verzekeren dat ik in dit geval ook voor haar spreek. Vandaag nemen we een beslissing over de toekomst van *Millennium*.'

Hij pauzeerde even en liet de woorden tot hen doordringen. Er was niemand die vragen stelde.

'Het laatste jaar is zwaar geweest. Het verbaast me dat niemand van jullie op andere gedachten gekomen is en elders een baan heeft gezocht. Ik moet ervan uitgaan dat jullie óf helemaal gestoord zijn óf exceptioneel loyaal en het leuk vinden om juist bij dit blad te werken. Ik ben daarom van plan een paar kaarten op tafel te leggen en vraag jullie om een laatste bijdrage.'

'Laatste bijdrage,' zei Monika Nilsson. 'Dat klinkt alsof je van plan bent met het blad te stoppen.'

'Exact,' antwoordde Mikael. 'Na haar vakantie roept Erika ons bij elkaar voor een sombere redactievergadering met het bericht dat *Millennium* met kerst wordt opgeheven en dat jullie allemaal ontslagen zijn.'

Nu verspreidde er zich een zekere onrust onder de aanwezigen. Zelfs Christer Malm dacht even dat Mikael het meende. Toen zagen ze allemaal zijn tevreden lachje.

'Wat jullie dit najaar gaan doen, is een dubbelspel spelen. Het is namelijk zo dat onze gewaardeerde redactiesecretaris Janne Dahlman bijklust als informant van Hans-Erik Wennerström. De vijand is om die reden voortdurend op de hoogte van wat er zich hier op de redactie afspeelt en dat verklaart voor een groot deel de tegenslagen waar we het laatste jaar mee te maken hebben gehad. Zeker jij, Sonny, toen een aantal adverteerders dat positief leek zich plotseling terugtrok.'

'Als ik het verdomme niet dacht,' zei Monika Nilsson.

Janne Dahlman was nooit erg populair geweest op de redactie en de onthulling was blijkbaar voor niemand een schok. Mikael onderbrak het geroezemoes dat ontstond.

'De reden dat ik jullie dit vertel, is dat ik jullie volkomen vertrouw. Ik werk al jaren met jullie samen en weet dat jullie neuzen dezelfde kant op staan. Daarom weet ik ook dat jullie het spelletje komend najaar zullen meespelen. Het is buitengewoon essentieel dat Wennerström gaat geloven dat *Millennium* bezig is in te storten. Het wordt jullie taak hem dat te laten aannemen.'

'Hoe staan we er eigenlijk voor?' vroeg Henry Cortez.

'De zaak is als volgt. Ik weet dat het voor jullie allemaal moeilijk is en we zijn er nog niet. *Millennium* zou volgens elk gezond verstand bezig zijn zijn eigen graf te delven. Maar ik geef jullie mijn woord dat dat niet het geval is. *Millennium* is vandaag de dag sterker dan een jaar geleden. Wanneer deze bijeenkomst ten einde is, zal ik weer voor ruim twee maanden verdwijnen. Eind oktober ben ik terug. Dan gaan we Hans-Erik Wennerström vleugellam maken.'

'Hoe dan?' vroeg Cortez.

'Sorry. Dat ga ik jullie niet vertellen. Ik ga een nieuw verhaal over Wennerström schrijven. Deze keer zullen we het op de juiste manier doen. Daarna gaan we ons opmaken voor een kerstfeest hier. Ik stel me een in zijn geheel gebraden Wennerström voor als voorgerecht en diverse critici als nagerecht.'

Plotseling was de stemming opgewekt. Mikael vroeg zich af hoe hij zich gevoeld zou hebben als hij aan de vergadertafel gezeten had en naar zichzelf had zitten luisteren. Argwanend? Ja, vermoedelijk wel. Maar blijkbaar had hij nog voldoende vertrouwenskapitaal bij de kleine schare medewerkers van *Millennium*. Hij stak zijn hand weer op.

'Om hierin te slagen is het belangrijk dat Wennerström denkt dat *Millennium* ten onder gaat. Ik wil niet dat hij een tegencampagne verzint of op het laatste moment bewijs onder tafel veegt. Daarom zullen we om te beginnen een draaiboek samenstellen voor hoe jullie dit najaar te werk moeten gaan. Ten eerste is het belangrijk dat niets van wat wij vandaag bespreken op papier komt te staan, per e-mail besproken wordt of met iemand buiten deze ruimte. We weten niet in welke mate Dahlman in onze computers neust en ik heb ontdekt dat het doodeenvoudig is om de e-mail van de medewerkers te lezen. Dus, we doen dit mondeling. Als jullie dit de komende weken willen ventileren, kunnen jullie je tot Christer richten en elkaar bij hem thuis ontmoeten. Uiterst discreet.'

Mikael schreef *geen e-mail* op een whiteboard.

'Ten tweede moeten jullie ruzie krijgen. Ik wil dat jullie telkens op mij gaan zitten vitten zo gauw Janne Dahlman in de buurt is. Overdrijf het niet. Laat gewoon jullie natuurlijke, bitcherige ego's tot uiting komen. Christer, ik wil dat jij en Erika een ernstig schisma hebben. Gebruik je fantasie en wees geheimzinnig over de oorzaak, maar laat het eruitzien alsof het magazine op instorten staat en dat iedereen ruzie met elkaar heeft.'

Hij schreef *bitching* op het whiteboard.

'Ten derde: als Erika terugkomt moet jij, Christer, haar informeren over wat er gaande is. Haar taak is erop toe te zien dat Janne Dahlman denkt dat onze overeenkomst met het Vanger-concern, die ons momenteel drijvende houdt, naar de bliksem is gegaan doordat Henrik Vanger ernstig ziek is en Martin Vanger zich te pletter heeft gereden.'

Hij schreef het woord *desinformatie* op.

'Maar de overeenkomst is dus solide?' vroeg Monika Nilsson.

'Neem dat maar van mij aan,' zei Mikael grimmig. 'Het Vanger-concern zal heel ver gaan om ervoor te zorgen dat *Millennium* overleeft. Over een paar weken, laten we zeggen eind augustus, zal Erika een vergadering bijeenroepen en jullie de wacht aanzeggen. Het is belangrijk dat jullie allemaal begrijpen dat het fake is en dat Janne Dahlman de enige is die hier zal verdwijnen. Maar speel het spel voortdurend mee. Praat erover dat jullie bezig zijn een nieuwe baan te zoeken en dat *Millennium* geen goede referentie is op je cv. Enzovoorts.'

'En jij denkt dat dat spelletje *Millennium* zal redden?' vroeg Sonny Magnusson.

'Ik weet dat dat het geval is. Sonny, ik wil dat jij een vervalst maandrapport opstelt dat aantoont dat de advertentiemarkt de laatste maanden is ingezakt en dat het aantal abonnees nu ook afneemt.'

'Het klinkt wel aardig,' zei Monika. 'Moeten we het intern op de redactie houden of moeten we het ook laten uitlekken naar andere media?'

'Houd het intern op de redactie. Als het verhaal ergens anders opduikt, weten we wie het geplaatst heeft. Als iemand het ons over een paar maanden vraagt, moeten we gewoon kunnen antwoorden: wat nou, je hebt naar ongegronde geruchten geluisterd, het is nooit actueel geweest om *Millennium* op te heffen. Het beste wat ons kan overkomen is dat Dahlman ermee naar buiten treedt en andere media tipt. Dan staat hij achteraf voor joker. Als jullie Dahlman een of meer tips kunnen geven voor een geloofwaardig, maar volstrekt idioot verhaal, is dat prima.'

Ze besteedden twee uur aan het bedenken van een scenario en het verdelen van de rollen.

Na de bijeenkomst gingen Mikael en Christer Malm koffiedrinken bij Java aan de Hornsgatan, vlak bij de galeries en de artistieke zaakjes.

'Christer, het is essentieel dat je Erika al op het vliegveld oppikt en haar inwijdt in het geheel. Je moet haar ervan overtuigen dat ze dit spelletje mee moet spelen. Als ik haar goed ken, wil ze Dahlman onmiddellijk aanpakken, dat mag niet gebeuren. Ik wil niet dat Wennerström er ook maar enigszins lucht van krijgt en bewijsmateriaal achterover kan drukken.'

'Oké.'

'En zorg ervoor dat Erika van haar e-mail afblijft tot ze het coderingsprogramma PGP geïnstalleerd heeft en geleerd heeft ermee om te gaan. Door Dahlman kan Wennerström met grote waarschijnlijkheid alles lezen wat we elkaar mailen. Ik wil dat ook jij en alle anderen op de redactie PGP installeren. Doe alsof dat vanzelfsprekend is. Ik geef je de naam van een dataconsultant met wie je contact kunt opnemen en die het netwerk en alle computers op de redactie zal nakijken. Laat hem de software installeren alsof dat een doodgewone service is.'

'Ik zal mijn best doen, Mikael ... Maar waar ben je mee bezig?'

'Wennerström. Ik ben van plan hem aan een staldeur vast te spijkeren.'

'Hoe?'

'Sorry. Voorlopig is dat mijn geheim. Laat ik het zo zeggen dat ik over materiaal beschik dat onze vorige onthulling eruit zal laten zien als gezinsamusement.'

Christer Malm keek opgelaten.

'Ik heb je altijd vertrouwd, Mikael. Betekent dit dat je mij niet vertrouwt?'

Mikael lachte.

'Nee. Maar ik ben op dit moment bezig met tamelijk ernstige criminele activiteiten, die me twee jaar gevangenisstraf kunnen opleveren. De vormen van mijn research zijn zogezegd wat twijfelachtig ... Ik werk met ongeveer dezelfde fraaie methodes als Wennerström. Ik wil niet dat jij of Erika of iemand anders bij *Millennium* daar op de een of andere manier bij betrokken raakt.'

'Je hebt talent om me ongerust te maken.'

'Maak je geen zorgen. En zeg maar tegen Erika dat het verhaal groots zal worden. Reusachtig.'

'Erika zal willen weten waar je mee bezig bent ...'

Mikael dacht even na. Toen glimlachte hij.

'Zeg maar dat ze mij afgelopen voorjaar, toen ze achter mijn rug om een contract met Henrik Vanger had afgesloten, duidelijk gemaakt heeft dat ik maar een gewone freelancer ben die niet meer in het bestuur zit en die geen enkele invloed op het beleid van *Millennium* heeft. Dat moet betekenen dat ik ook niet de verplichting heb haar te informeren. Maar ik beloof dat als ze zich goed gedraagt, ik haar als eerste inzage in het verhaal zal geven.'

Christer Malm barstte plotseling in lachen uit.

'Ze zal woest worden,' constateerde hij opgewekt.

Mikael zag in dat hij niet helemaal eerlijk was geweest tegen Christer Malm. Hij ontweek Erika bewust. Het zou logisch zijn geweest om onmiddellijk contact met haar op te nemen en haar in te wijden in de informatie die hij had. Maar hij wilde niet met haar praten. Hij had tientallen keren met zijn mobiel in zijn hand gestaan en haar nummer opgeroepen. Telkens had hij zich bedacht.

Hij wist wat het probleem was. Hij kon haar niet recht in de ogen kijken.

De cover-up waaraan hij in Hedestad had meegewerkt was journalistiek gezien onvergeeflijk. Hij had geen idee hoe hij dat aan haar moest uitleggen zonder te liegen, en als er iets was wat hij nooit van plan was, dan was dat liegen tegen Erika Berger.

En bovendien was hij niet in staat daarmee om te gaan als hij tegelijkertijd de aanval op Wennerström in zou zetten. Daarom schoof hij de ontmoeting voor zich uit, zette hij zijn mobieltje uit en zag hij ervan af met haar te praten. Hij wist dat dit maar een tijdelijk uitstel was.

Onmiddellijk na de redactievergadering verhuisde Mikael naar zijn vakantiehuisje in Sandhamn op het eiland Sandö, waar hij al meer dan een jaar niet geweest was. Zijn bagage bestond onder andere uit twee dozen uitgeprint materiaal en de cd's waarvan Lisbeth Salander hem voorzien had. Hij sloeg eten in, sloot zichzelf op, deed zijn iBook open en begon te schrijven. Hij maakte elke dag een korte wandeling, kocht kranten en deed boodschappen. Er waren nog steeds veel zeilboten in de passantenhaven en jongelui die de boot van hun vader hadden geleend, zaten zich zoals gebruikelijk in de Duikersbar te bezatten. Mikael merkte zijn omgeving nauwelijks op. Hij zat over het algemeen, vanaf het moment dat hij zijn ogen opendeed tot het moment dat hij door uitputting 's avonds instortte, achter zijn computer.

Gecodeerde e-mail van:
hoofdredacteur erika.berger@millennium.se
Aan: verantwoordelijk uitgever met verlof
mikael.blomkvist@millennium.se:

Mikael, ik moet weten wat er aan de hand is – godallemachtig, ik kom terug van vakantie in een totale chaos. Het nieuws over Janne Dahlman en dat dubbelspel dat je verzonnen hebt. Martin Vanger dood. Harriët Vanger leeft. Wat gebeurt er in Hedeby? Waar ben je? Is er een story? Waarom neem je je mobiel niet op?
E.
PS Ik heb de hint die Christer zo genotvol heeft overgebracht begrepen. Daar zul je spijt van krijgen. Ben je echt boos op me?

Van: mikael.blomkvist@millennium.se
Aan: erika.berger@millennium.se:

Hé Ricky! Nee, ik ben absoluut niet boos. Het spijt me dat ik je niet op de hoogte heb kunnen houden, maar de laatste

maanden is mijn leven net een achtbaan. Ik zal alles vertellen als we elkaar zien, maar niet per e-mail. Momenteel ben ik in Sandhamn. Er is een verhaal, maar dat gaat niet over Harriët Vanger. Ik zit hier de komende tijd nog wel. Daarna is het voorbij. Vertrouw me.
Liefs,
M.

Van: erika.berger@millennium.se
Aan: mikael.blomkvist@millennium.se:

Sandhamn? Ik kom onmiddellijk naar je toe.

Van: mikael.blomkvist@millennium.se
Aan: erika.berger@millennium.se:

Nu niet. Wacht een paar weken, of ten minste tot ik de tekst een beetje op orde heb. Bovendien verwacht ik ander bezoek.

Van: erika.berger@millennium.se
Aan: mikael.blomkvist@millennium.se:

Dan blijf ik natuurlijk weg. Maar ik moet weten wat er gebeurt. Henrik Vanger is weer directeur en neemt niet op als ik bel. Als het contract met Vanger verbroken is, moet ik daarvan op de hoogte worden gebracht. Ik weet nu niet wat ik moet doen. Ik moet weten of het magazine het zal overleven of niet.
Ricky
PS Wie is ze?

Van: mikael.blomkvist@millennium.se
Aan: erika.berger@millennium.se:

Ten eerste: je kunt er zeker van zijn dat Henrik zich niet terugtrekt. Maar hij heeft een zware hartaanval gehad en werkt elke dag maar een poosje, en ik denk dat de chaos na Martins dood en Harriëts wederopstanding al zijn krachten vergt.

Ten tweede: *Millennium* zal het overleven. Ik werk aan de belangrijkste reportage van ons leven en als we die publiceren zullen we Wennerström voorgoed tot zinken brengen.

Ten derde: mijn leven staat momenteel op zijn kop, maar jij en ik en *Millennium* – daar is niets aan veranderd. Vertrouw me.

Liefs,

Mikael.

PS Ik zal jullie aan elkaar voorstellen zodra de gelegenheid zich voordoet. Ze zal je hoofdbrekens bezorgen.

Toen Lisbeth Salander in Sandhamn arriveerde, ontmoette ze een ongeschoren en hologige Mikael Blomkvist, die haar kort omhelsde en vroeg koffie te zetten en even te wachten, terwijl hij iets in de tekst afmaakte.

Lisbeth keek om zich heen en constateerde bijna meteen dat het haar beviel. Het huis stond op een steiger, met het water 2 meter van de deur. Het was slechts 6 bij 5 meter, maar zo hoog dat er boven aan een wenteltrap een slaapzolder was. Ze kon rechtop staan – Mikael moest een paar centimeter bukken. Ze inspecteerde het bed en constateerde dat het breed genoeg was voor hen beiden.

Vlak naast de buitendeur zat een groot raam met uitzicht op het water. Daar stond Mikaels keukentafel, die ook dienstdeed als bureau. Aan de muur bij het bureau hing een plank met een cd-speler en een grote verzameling cd's van Elvis Presley vermengd met hardrock, wat niet Lisbeths eerste muziekkeus was.

In een hoek stond een kachel van speksteen met een glazen deur. Verder bestond het meubilair uit een grote, vaste garderobe- en linnenkast en een aanrecht dat ook dienstdeed als wasgelegenheid, achter een douchegordijn. Bij het aanrecht was een klein raam aan de zijkant. Onder de wenteltrap had hij een aparte ruimte voor een droogcloset gebouwd. Het hele huisje was ingericht als de kajuit van een boot, met overal handige vakken.

In haar persoonsonderzoek naar Mikael Blomkvist had Lisbeth vastgesteld dat hij het huisje zelf gerenoveerd en de inrichting zelf gemaakt had – een conclusie die ze trok uit het commentaar van een kennis die hem na een bezoek aan Sandhamn een mailtje had gestuurd, en die onder de indruk was geweest van Mikaels handigheid. Alles was schoon, pretentieloos en eenvoudig, bijna spartaans. Ze begreep waarom hij zo op zijn huisje in Sandhamn gesteld was.

Na twee uur slaagde ze erin Mikael zodanig af te leiden dat hij gefrustreerd zijn computer afsloot, zich schoor en haar meenam op een rondleiding door Sandhamn. Het was regenachtig weer, het waaide stevig en ze belandden al snel in de herberg. Mikael vertelde wat hij geschreven had en Lisbeth gaf hem een cd met updates van Wennerströms computer.

Vervolgens trok ze hem mee naar huis, naar zolder en slaagde ze erin zijn kleren uit te trekken en hem nog verder af te leiden. Ze werd die nacht laat wakker doordat ze alleen in bed lag. Ze keek vanaf de zolder omlaag en zag hem voorovergebogen over zijn computer zitten. Ze lag een hele tijd met haar hoofd in haar handen naar hem te kijken. Hij leek gelukkig, en zelf voelde ze zich plotseling ook erg tevreden met haar bestaan.

Lisbeth bleef maar vijf dagen voordat ze naar Stockholm terugging voor een klus waar Dragan Armanskij wanhopig over gebeld had. Ze besteedde er elf werkdagen aan, maakte een rapport en vertrok weer naar Sandhamn. De stapel papier met uitgeprinte pagina's naast Mikaels iBook was gegroeid.

Deze keer bleef ze vier weken. Ze ontwikkelden een routine. Ze stonden om acht uur op, ontbeten, en waren een uurtje samen. Daarna ging Mikael intensief aan het werk tot laat in de middag. Dan maakten ze een wandeling en spraken ze met elkaar. Lisbeth bracht het grootste gedeelte van de dagen door in bed, waar ze boeken las of via Mikaels ADSL-modem op het net surfte. Ze probeerde Mikael overdag niet te storen. Ze aten vrij laat en pas daarna nam Lisbeth het initiatief en dwong ze hem naar de slaapzolder, waar ze ervoor zorgde dat hij haar alle mogelijke aandacht gaf.

Lisbeth ervoer dit alsof het de eerste vakantie van haar leven was.

Gecodeerde e-mail van: erika.berger@millennium.se
Aan: mikael.blomkvist@millennium.se:

Hoi M. Het is nu officieel. Janne Dahlman heeft ontslag genomen en begint over drie weken bij *Monopol*. Ik ben je ter wille geweest en heb niets gezegd, en iedereen speelt het spelletje mee.

E.

PS Iedereen lijkt er lol in te hebben. Henry en Lottie hadden een paar dagen geleden ruzie, waarbij ze elkaar van alles naar het hoofd smeten. Ze steken zo ontzettend de draak met Dahlman dat ik niet snap dat hij niet inziet dat het nep is.

Van: mikael.blomkvist@millennium.se
Aan: erika.berger@millennium.se:

Wens hem veel succes en laat hem gaan. Maar verstop het tafelzilver. Liefs,
M.

Van: erika.berger@millennium.se
Aan: mikael.blomkvist@millennium.se:

Ik zit twee weken voor verschijnen zonder redactiesecretaris en mijn onderzoeksjournalist zit in Sandhamn en weigert met me te praten. Micke, ik smeek het je. Kun je me helpen?
Erika

Van: mikael.blomkvist@millennium.se
Aan: erika.berger@millennium.se:

Probeer het nog een paar weken vol te houden, dan zijn we er. En de planning voor het decembernummer zal heel anders zijn dan we tot nu toe gewend zijn. Mijn tekst zal circa veertig pagina's in beslag nemen.
M.

Van: erika.berger@millennium.se
Aan: mikael.blomkvist@millennium.se:

Veertig pagina's!!! Ben je wel goed bij je hoofd?

Van: mikael.blomkvist@millennium.se
Aan: erika.berger@millennium.se:

Het wordt een themanummer. Ik heb nog drie weken nodig. Kun je het volgende doen: (1) registreer een onderneming met de naam *Millennium*, (2) regel een ISBN, (3) vraag Christer om een mooi logo voor onze nieuwe uitgeverij te ontwerpen en (4) zoek een goede drukker die snel en voordelig pockets kan drukken. En trouwens, we hebben kapitaal nodig om ons eerste boek te drukken.
Kus,
Mikael

Van: erika.berger@millennium.se
Aan: mikael.blomkvist@millennium.se:

Themanummer. Uitgever. Geld. *Yes master*. Nog meer wensen? Naaktdansen op het plein bij Slussen?
E.
PS Ik vermoed dat je weet wat je doet. Maar wat doe ik met Dahlman?

Van: mikael.blomkvist@millennium.se
Aan: erika.berger@millennium.se:

Doe niets met Dahlman. Laat hem gaan. *Monopol* zal geen lang leven meer beschoren zijn. Gebruik meer materiaal van freelancers voor dit nummer. En neem verdorie een nieuwe redactiesecretaris.
M.
PS Ik wil je graag zien dansen bij Slussen. Idem.

Van: erika.berger@millennium.se
Aan: mikael.blomkvist@millennium.se:

Bij Slussen – *in your dreams*. Maar we hebben altijd samen mensen aangenomen.
Ricky

Van: mikael.blomkvist@millennium.se
Aan: erika.berger@millennium.se:

En we zijn het er altijd over eens geweest wie we zouden aannemen. Dat zal deze keer ook het geval zijn, wie je ook kiest. We zullen Wennerström aan de schandpaal nagelen. Dat is het hele verhaal. Laat me de zaak in alle rust afronden.
M.

Begin oktober las Lisbeth Salander een kort bericht op de internetversie van *Hedestads-Kuriren*. Ze maakte Mikael erop attent. Isabella Vanger was na een kort ziekbed overleden. Ze werd betreurd door haar onlangs herrezen dochter Harriët Vanger.

Gecodeerde e-mail van: erika.berger@millennium.se
Aan: mikael.blomkvist@millennium.se:

Hoi Mikael.
Harriët Vanger heeft mij vandaag op de redactie bezocht. Ze belde vijf minuten voordat ze kwam en ik was totaal onvoorbereid. Een mooie vrouw in elegante kleding en met een koele blik.
Ze kwam om mee te delen dat zij Martin Vanger vervangt als Henriks stand-by in het bestuur. Ze was beleefd en vriendelijk, en verzekerde me dat het Vanger-concern niet van plan is uit de overeenkomst te stappen en dat de familie juist volledig achter Henriks verplichtingen ten aanzien van het blad staat. Ze vroeg me om een rondleiding over de redactie en wilde weten hoe ik de situatie ervoer.
Ik zei het zoals het was. Dat het aanvoelt alsof ik geen vaste grond onder mijn voeten heb, dat jij mij verboden hebt je in Sandhamn op te zoeken en dat ik niet weet waar je mee bezig bent, behalve dat ik denk dat je Wennerström aan de schandpaal gaat nagelen. (Ik nam aan dat ik dat kon vertellen, ze zit ondanks alles in ons bestuur.) Ze fronste een wenkbrauw en glimlachte, en vroeg of ik eraan twijfelde dat je daarin zou slagen. Wat zeg je in zo'n geval? Ik zei dat ik

veel rustiger zou zijn als ik wist wat er aan de hand was. Ach, natuurlijk vertrouw ik je. Maar je drijft me tot waanzin. Ik vroeg of zij wist waar je mee bezig was. Ze ontkende dat, maar beweerde dat ze de indruk had dat jij opmerkelijk doortastend was en innovatief dacht. (Haar woorden.)

Ik zei ook dat ik begrepen had dat er iets dramatisch in Hedestad had plaatsgevonden en dat ik gek werd van nieuwsgierigheid naar dat verhaal over haar. Ik voelde me kortom een idioot. Ze antwoordde met een wedervraag en vroeg of jij me echt niets verteld had. Ze zei dat ze begrepen had dat jij en ik een speciale relatie hadden en dat je het zeker zou vertellen als je daar tijd voor had. Toen vroeg ze of ze mij kon vertrouwen. Wat moest ik antwoorden? Ze zit in het bestuur van *Millennium* en jij hebt mij achtergelaten zonder mij enig inzicht in jouw plannen te geven. Toen zei ze iets vreemds. Ze vroeg me haar en jou niet te hard te veroordelen. Ze beweerde dat ze jou dank verschuldigd was en dat ze heel graag zou willen dat zij en ik ook vrienden konden zijn. Toen beloofde ze me het verhaal bij gelegenheid te vertellen als jij dat niet zou kunnen. Ze heeft me een halfuur geleden ontredderd achtergelaten. Ik geloof dat ik haar wel mag, maar ik weet niet of ik haar kan vertrouwen.
Erika.
PS Ik mis je. Ik heb het gevoel dat er in Hedestad iets akeligs is gebeurd. Christer zegt dat je een vreemd litteken – van wurging? – op je hals hebt!

Van: mikael.blomkvist@millennium.se
Aan: erika.berger@millennium.se:

Hé Ricky. Dat verhaal over Harriët is zó miserabel ellendig dat je je het niet eens kunt voorstellen. Het is prima als ze het zelf aan je vertelt. Ik weet niet hoe ik je het zou moeten zeggen.
In afwachting daarvan kan ik je verzekeren dat je Harriët Vanger kunt vertrouwen. Ze sprak de waarheid toen ze zei dat ze mij dank verschuldigd is, en geloof me, ze zal nooit iets doen om *Millennium* te beschadigen. Sluit vriendschap

met haar als je haar aardig vindt en zo niet, dan niet. Maar
ze verdient respect. Ze is een vrouw met zware bagage en
ik vind haar bijzonder sympathiek.
M.

De dag daarna kreeg Mikael nog een mailtje.

Van: harriet.vanger@vangerindustries.com
Aan: mikael.blomkvist@millennium.se:

Hallo Mikael. Ik probeer al wekenlang een gaatje te vinden
om contact met je op te nemen, maar het lijkt alsof de
weken te weinig uren hebben. Je bent zo snel uit Hedeby
verdwenen, dat ik je nooit fatsoenlijk gedag heb kunnen
zeggen.
Sinds ik in Zweden terug ben, wordt de tijd afgewisseld
door overweldigende indrukken en hard werken. Het Vanger-concern bevindt zich in een chaos en samen met Henrik
ben ik hard bezig orde op zaken te stellen. Gisteren was ik
bij *Millennium*; ik word Henriks vertegenwoordiger in het
bestuur. Henrik heeft uitvoerig verteld over jouw situatie en
die van het magazine.
Ik hoop dat je accepteert dat ik op die manier in beeld kom.
Als je mij (of iemand anders van de familie) niet in het
bestuur wilt hebben, kan ik dat begrijpen, maar ik verzeker
je dat ik er alles aan zal doen om *Millennium* bij te staan. Ik
sta diep bij jou in het krijt en ik garandeer je dat ik in dit verband altijd de beste bedoelingen zal hebben. Ik heb je
vriendin Erika Berger ontmoet. Ik weet niet precies wat ze
van me vond en ik was verbaasd dat je haar niet had verteld
wat er gebeurd was.
Ik wil erg graag bevriend met je zijn. Als je überhaupt in de
toekomst met iemand van de familie Vanger te maken wilt
hebben. Hartelijke groeten, Harriët
PS Ik begreep van Erika dat je van plan bent weer in de aanval te gaan tegen Wennerström. Dirch Frode heeft verteld
hoe Henrik je bedrogen heeft. Wat moet ik zeggen? Het spijt
me. Als er iets is wat ik kan doen, laat het me weten.

Van: mikael.blomkvist@millennium.se
Aan: harriet.vanger@vangerindustries.com:

Hallo Harriët. Ik ben halsoverkop uit Hedeby vertrokken en
ben nu bezig met waar ik me dit jaar eigenlijk mee bezig had
moeten houden. Je krijgt de informatie tijdig voordat de
tekst gedrukt wordt, maar ik denk dat ik durf te beweren dat
de problemen van het laatste jaar spoedig voorbij zullen
zijn.
Ik hoop dat Erika en jij vrienden worden en ik heb er uiteraard geen problemen mee dat je in het bestuur van *Millennium* verschijnt. Ik zal Erika vertellen wat er gebeurd is.
Maar op dit moment heb ik geen puf en geen tijd, en wil ik
eerst wat afstand nemen.
We houden contact.
Groeten,
Mikael

Lisbeth had weinig aandacht voor Mikaels geschrijf. Ze keek op
van haar boek toen Mikael iets zei wat ze eerst niet begreep.
'Sorry. Ik sprak tegen mezelf. Ik zei dat dat wel heel grof was.'
'Wat was grof?'
'Wennerström had iets met een tweeëntwintigjarige serveerster,
die hij zwanger maakte. Heb je zijn correspondentie met zijn advocaat niet gelezen?'
'Maar, Mikael, je hebt daar tien jaar correspondentie, e-mails,
contracten, reisbescheiden en god mag weten wat nog meer op die
harddisk. Ik ben nou ook weer niet zo gefascineerd door Wennerström dat ik zes gigabyte nonsens in me op ga nemen. Ik heb
een fractie gelezen, voornamelijk om mijn nieuwsgierigheid te
bevredigen, en heb geconstateerd dat hij een gangster is.'
'Oké. Hij heeft haar in 1997 zwanger gemaakt. Toen ze compensatie wilde, regelde zijn advocaat iemand om haar over te halen
abortus te plegen. Ik neem aan dat het de bedoeling was haar een
som geld aan te bieden, maar ze was niet geïnteresseerd. Toen hebben ze het als volgt aangepakt. Die handlanger heeft haar toen zo
lang in een badkuip onder water gehouden tot ze ermee instemde
Wennerström met rust te laten. En dat schrijft die achterlijke advo-

caat van Wennerström in een mailtje, weliswaar gecodeerd, maar toch ... Ik geef niet veel voor het intelligentieniveau van die gasten.'

'En die vrouw?'

'Ze heeft abortus gepleegd. Wennerström was tevreden.'

Lisbeth zei tien minuten lang niets. Ze had plotseling een duistere blik in haar ogen gekregen.

'Nóg een man die vrouwen haat,' mompelde ze uiteindelijk. Mikael hoorde haar niet.

Ze leende de cd's en bracht de dagen daarop door met het zorgvuldig lezen van Wennerströms e-mails en andere documenten. Terwijl Mikael doorwerkte, lag Lisbeth op de slaapzolder met haar PowerBook op schoot na te denken over Wennerströms opmerkelijke imperium.

Er was een eigenaardige gedachte bij haar opgekomen, die ze niet zomaar los kon laten. Ze vroeg zich met name af waarom ze daar niet eerder op was gekomen.

Eind oktober printte Mikael een pagina uit en sloot hij zijn computer al om elf uur 's ochtends af. Zonder iets te zeggen klom hij naar de slaapzolder en gaf hij Lisbeth een aanzienlijke stapel papier. Daarna viel hij in slaap. 's Avonds maakte ze hem wakker en kwam met opmerkingen over de tekst.

's Nachts even na tweeën maakte Mikael een laatste back-up van zijn tekst.

De volgende dag sloot hij de luiken van het zomerhuisje en deed hij de deur op slot. Lisbeths vakantie was ten einde. Ze reisden samen terug naar Stockholm.

Voordat ze in Stockholm waren, moest Mikael Lisbeth een gevoelige vraag stellen. Hij begon erover toen ze op de veerboot koffie dronken uit papieren bekertjes.

'We moeten afspreken wat ik aan Erika ga vertellen. Ze zal dit weigeren te publiceren als ik niet kan uitleggen hoe ik aan het materiaal ben gekomen.'

Erika Berger. Mikaels minnares gedurende vele jaren en de hoofdredacteur van *Millennium*. Lisbeth had haar nooit ontmoet en wist ook niet zeker of ze dat wel wilde. Erika voelde als een ondefinieerbare storing in haar bestaan.

'Wat weet ze van mij?'

'Niets.' Hij zuchtte. 'Feit is dat ik Erika al sinds de zomer ontweken heb. Ik heb niet kunnen vertellen wat er in Hedestad gebeurd is, omdat ik me zo ongelofelijk schaam. Ze was er ontzettend gefrustreerd over dat ik zo weinig informatie gaf. Ze weet natuurlijk dat ik in Sandhamn heb gezeten en die tekst heb geschreven, maar ze weet niet wat erin staat.'

'Hm.'

'Over een paar uur krijgt ze het manuscript. Dan komt ze met een derdegraadsverhoor. De vraag is wat ik tegen haar zal zeggen.'

'Wat wil je zeggen?'

'Ik wil de waarheid vertellen.'

Er verscheen een rimpel tussen Lisbeths wenkbrauwen.

'Lisbeth, Erika en ik maken bijna altijd ruzie. Dat is gewoon een onderdeel van ons jargon. Maar we vertrouwen elkaar onvoorwaardelijk. Ze is absoluut betrouwbaar. Jij bent een bron. Ze zou liever sterven dan je ontmaskeren.'

'Aan hoeveel anderen moet je dit nog meer vertellen?'

'Absoluut aan niemand. Het gaat met Erika en mij mee ons graf in. Maar ik zal jouw geheim niet aan haar onthullen als je nee zegt. Ik ben alleen niet van plan om tegen Erika te liegen en een bron te verzinnen die niet bestaat.'

Lisbeth dacht na tot ze aanmeerden voor het Grand Hotel. *Consequentieanalyse.* Uiteindelijk gaf ze Mikael met tegenzin toestemming om haar aan Erika voor te stellen. Hij zette zijn mobiel aan en belde haar.

Erika Berger kreeg het telefoontje van Mikael tijdens een lunchbespreking met Malin Eriksson, die ze van plan was aan te nemen als redactiesecretaris. Malin was negenentwintig jaar en had al vijf jaar tijdelijke baantjes. Ze had nooit een vaste baan gehad en had de moed opgegeven er ooit nog een te krijgen. Ze hadden niet met de functie geadverteerd. Erika was over Malin Eriksson getipt door een oude bekende bij een weekblad. Ze had Malin gebeld op dezelfde dag dat haar laatste aanstelling eindigde en had gevraagd of ze geïnteresseerd was om bij *Millennium* te solliciteren.

'Het betreft een tijdelijke aanstelling voor drie maanden,' zei

Erika. 'Maar als het goed gaat, kan het een vast contract worden.'

'Ik heb gehoord dat *Millennium* binnenkort opgeheven zal worden.'

Erika Berger glimlachte.

'Je moet niet alles geloven wat ze zeggen.'

'Die Dahlman die ik moet vervangen ...' Malin Eriksson aarzelde. 'Hij gaat naar een blad dat eigendom is van Hans-Erik Wennerström ...'

Erika knikte. 'Het is geen geheim in de branche dat we een conflict met Wennerström hebben. Hij heeft het niet zo op met mensen die bij *Millennium* werken.'

'Dus als ik die baan aanneem, kom ik ook in die categorie terecht?'

'Met grote waarschijnlijkheid wel, ja.'

'Maar Dahlman heeft een baan gekregen bij dat financiële magazine.'

'Je zou kunnen zeggen dat dat Wennerströms manier is om te betalen voor diverse diensten die Dahlman hem bewezen heeft. Ben je nog steeds geïnteresseerd?'

Malin Eriksson dacht even na. Toen knikte ze.

'Wanneer wil je dat ik ga beginnen?'

Op dat moment belde Mikael Blomkvist en onderbrak hij het sollicitatiegesprek.

Erika gebruikte haar eigen sleutels om de deur van Mikaels flat open te maken. Het was voor het eerst sinds zijn korte bezoek aan de redactie met midzomer dat ze hem in levenden lijve zag. Ze liep de woonkamer binnen en trof een anorectisch mager meisje op de bank aan, gekleed in een versleten leren jack en met haar voeten op de salontafel. Ze dacht eerst dat het meisje een jaar of vijftien was, maar dat was voordat ze haar in de ogen had gekeken. Ze stond nog steeds naar de openbaring te kijken toen Mikael binnenkwam met een kan koffie en iets lekkers erbij.

Mikael en Erika namen elkaar onderzoekend op.

'Sorry dat ik zo onmogelijk ben geweest,' zei Mikael.

Erika hield haar hoofd scheef. Er was iets veranderd bij Mikael. Hij zag er uitgemergeld uit, magerder dan ze zich kon herinneren. Zijn ogen stonden beschaamd en even ontweek hij haar blik. Ze gluurde naar zijn hals. Daar zat een verbleekte, maar duidelijk zichtbare rand.

'Ik heb je ontweken. Het is een ontzettend lang verhaal en ik ben niet trots op mijn rol daarin. Maar dat komt later wel ... Nu wil ik je eerst voorstellen aan deze jongedame. Erika, dit is Lisbeth Salander. Lisbeth, Erika Berger, hoofdredacteur van *Millennium* en mijn beste vriendin.'

Lisbeth bekeek Erika's elegante kleding en het zelfverzekerde optreden, en had al na tien seconden besloten dat Erika Berger waarschijnlijk niet háár beste vriendin zou worden.

De ontmoeting duurde vijf uur. Erika moest twee keer bellen om andere afspraken af te zeggen. Ze besteedde een uur aan het lezen van delen van het manuscript voor het boek, dat Mikael haar ter hand had gesteld. Ze had duizenden vragen, maar zag in dat het weken zou duren voordat ze die beantwoord zou krijgen. Het belangrijkste was nu het manuscript, dat ze uiteindelijk terzijde legde. Als ook maar een fractie van deze beweringen waar was, was er een geheel nieuwe situatie ontstaan.

Erika keek Mikael aan. Ze had er nooit aan getwijfeld dat hij een eerlijk mens was, maar even voelde ze zich duizelig en vroeg ze zich af of de Wennerström-affaire hem gebroken had – of hij het hele verhaal niet verzonnen had. Op dat moment zette Mikael twee dozen met uitgeprint bronmateriaal neer. Erika verbleekte. Natuurlijk wilde ze weten hoe hij aan het materiaal gekomen was.

Het duurde een hele tijd voordat hij haar ervan kon overtuigen dat dat vreemde meisje, dat nog geen woord gezegd had, onbeperkt toegang had tot Hans-Erik Wennerströms computer. Niet alleen tot die van hem – ze had ook in de meeste computers van zijn advocaten en naaste medewerkers gekeken.

Erika's spontane reactie was dat ze het materiaal niet konden gebruiken omdat het verkregen was door het illegaal binnendringen in computersystemen.

Maar dat konden ze natuurlijk wel. Mikael wees erop dat hij geen enkele verplichting had om aan te tonen hoe hij aan het materiaal gekomen was. Ze konden net zo goed een bron hebben gehad met toegang tot Wennerströms computer, die diens hele harddisk op een paar cd's had gebrand.

Uiteindelijk begreep Erika welk wapen ze in handen had. Ze voelde zich uitgeput en had nog steeds vragen, maar wist niet waar ze moest beginnen. Uiteindelijk leunde ze achterover op de bank en spreidde ze haar armen.

'Mikael, wat is er in Hedestad gebeurd?'

Lisbeth Salander keek snel op. Mikael zweeg geruime tijd. Hij antwoordde met een wedervraag.

'In hoeverre kun je het met Harriët Vanger vinden?'

'Goed. Denk ik. Ik heb haar nu twee keer ontmoet. Christer en ik zijn vorige week in Hedestad geweest voor een bestuursvergadering. We hebben ons laveloos gedronken aan wijn.'

'En hoe ging de bestuursvergadering?'

'Ze houdt zich aan haar woord.'

'Ricky, ik weet dat je er gefrustreerd over bent dat ik het uit de weg ben gegaan en dat ik excuses verzonnen heb om het maar niet te hoeven vertellen. Jij en ik hebben nooit geheimen voor elkaar gehad en plotseling is er een halfjaar van mijn leven voorbijgegaan ... waarover ik je niet kan vertellen. Dat kan ik nog niet opbrengen.'

Erika ontmoette Mikaels blik. Ze kende hem van haver tot gort, maar wat ze in zijn ogen las, was iets wat ze nooit eerder gezien had. Hij keek aarzelend. Hij smeekte haar het niet te vragen. Ze deed haar mond open en keek hem hulpeloos aan. Lisbeth Salander volgde hun zwijgende conversatie met een neutrale blik. Ze bemoeide zich niet met het gesprek.

'Was het zo erg?'

'Erger dan dat. Ik heb als een berg tegen dit moment opgezien. Ik beloof het je te vertellen, maar ik heb de gevoelens maandenlang proberen te verdringen terwijl Wennerström mijn interesse opslokte ... Ik ben er nog niet klaar voor. Ik zou het op prijs stellen als Harriët het je in mijn plaats zou vertellen.'

'Wat heb je voor litteken rond je hals?'

'Lisbeth heeft mijn leven daar gered. Als zij er niet geweest was, was ik nu dood.'

Erika zette grote ogen op. Ze keek naar het meisje in het leren jack.

'En nu moet je een overeenkomst met haar sluiten. Zij is onze bron.'

Erika Berger dacht een hele tijd zwijgend na. Toen deed ze iets wat Mikael verblufte, Lisbeth shockeerde en haarzelf bovendien verraste. Terwijl ze aan Mikaels salontafel zat, had ze voortdurend Lisbeth Salanders blik gevoeld. Een zwijgzaam meisje met vijandige vibraties.

Erika stond op, liep om de tafel en sloeg haar armen om Lisbeth Salander heen. Lisbeth verzette zich als een worm die aan een haakje wordt gedaan.

29
ZATERDAG 1 NOVEMBER – DINSDAG 25 NOVEMBER

Lisbeth Salander surfte in Hans-Erik Wennerströms cyberimperium. Ze zat al ruim elf uur gefixeerd achter het beeldscherm. De inval die de laatste week in Sandhamn in een onontgonnen uithoek van haar hersenen gematerialiseerd was, was uitgegroeid tot een manische bezigheid. Al vier weken lang had ze zich in haar flat opgesloten en alle telefoontjes van Dragan Armanskij genegeerd. Ze had elke dag twaalf tot vijftien uur achter het beeldscherm doorgebracht, en de overige tijd dat ze wakker was had ze over een en hetzelfde probleem lopen piekeren.

In de maand die verstreken was, had ze regelmatig contact gehad met Mikael Blomkvist; hij was net zo bezeten en druk bezig met zijn werk op de redactie van *Millennium*. Ze hadden een paar keer per week telefonisch overleg en ze hield hem voortdurend op de hoogte van Wennerströms correspondentie en andere bezigheden.

Voor de honderdste keer nam ze alle details door. Ze was niet bang dat ze iets gemist had, maar ze was er niet zeker van dat ze had begrepen hoe alle complexe verbanden met elkaar samenhingen.

Wennerströms omschreven imperium was een soort log, levend, kloppend organisme dat voortdurend van gedaante veranderde. Het bestond uit opties, obligaties, aandelen, vennootschappen, hypotheekrenten, renten van inkomsten, onderpanden, rekeningen, transfers en duizenden andere bestanddelen. Een fabelachtig groot deel van de bedrijfsmiddelen was ondergebracht in brievenbusfirma's die elkaars eigendom waren.

In de meest fantastische analysen werd de waarde van de Wennerstroem Group door economen geschat op meer dan 900 miljard kronen. Dat was bluf, of althans een schromelijk overdreven cijfer. Maar Wennerström was geen armoedzaaier. Lisbeth Salander schatte de daadwerkelijke waarde van de middelen op 90 tot 100 miljard kronen, wat niet iets was om je voor te schamen. Een serieuze controle van het hele concern zou jaren in beslag nemen. In totaal had Salander bijna drieduizend afzonderlijke rekeningen en banktegoeden over de hele wereld geïdentificeerd. Wennerström hield zich in dusdanige mate met oplichting bezig dat het niet langer crimineel was, het was *business*.

Ergens in het Wennerströmse organisme zat ook een zekere substantie. Drie middelen kwamen telkens weer in de hiërarchie terug. De vaste Zweedse activa waren onaantastbaar en authentiek, ze werden blootgesteld aan officiële screening, jaarrekeningen en accountantscontroles. De Amerikaanse activiteiten waren solide en een bank in New York vormde de basis voor alle vlottende activa. Het probleem bestond uit de activiteiten met brievenbusfirma's in oorden als Gibraltar, Cyprus en Macau. Wennerström was een snoepwinkel voor illegale wapenhandel en het witwassen van geld voor verdachte bedrijven in Colombia en bijzonder onorthodoxe zaken in Rusland.

Eén rekening, op de Kaaimaneilanden, hij had er meerdere, was speciaal; deze werd door Wennerström persoonlijk gecontroleerd, maar stond buiten alle transacties. Van elke transactie die Wennerström deed druppelde een tiende promille voortdurend via brievenbusfirma's naar de Kaaimaneilanden.

Salander werkte in hypnotische toestand. Rekeningen – *klik* – e-mail – *klik* – balansen – *klik*. Ze noteerde de laatste transfers. Ze volgde het spoor van een kleine transactie in Japan naar Singapore en vervolgens via Luxemburg naar de Kaaimaneilanden. Ze begreep hoe het werkte. Ze was net een onderdeel van de impulsen in cyberspace. Kleine veranderingen. De laatste e-mail. Er was slechts één mager mailtje van enigszins perifeer belang. Het was om tien uur 's avonds verstuurd. Het coderingsprogramma PGP, *ratel, ratel, ratel;* degene die zich al in zijn computer bevond en het bericht gewoon kon lezen lachte erom:

Berger maakt zich niet langer druk om advertenties. Heeft ze
het opgegeven of is er iets gaande? Jouw bron op de redactie heeft me verzekerd dat ze bijna bankroet zijn, maar het
lijkt alsof ze net iemand hebben aangenomen. Onderzoek
wat er gebeurt. Blomkvist heeft de laatste weken als een gek
zitten schrijven daar in Sandhamn, maar niemand weet wat
hij schrijft. Hij heeft zich de laatste dagen op de redactie laten
zien. Kun je een *preview* van het volgende nummer regelen.
HEW

Niets dramatisch. Laat hem maar piekeren. *Het is toch al te laat,
klootzak.*

Om halfzes 's ochtends logde ze uit, zette ze de computer uit en
zocht ze een nieuw pakje sigaretten. Ze had die nacht vier, nee, vijf
blikjes Coca-Cola leeggedronken, ze haalde een zesde en ging op
de bank zitten. Ze droeg alleen een slipje en een verwassen camou-
flagekleurig reclameshirt voor het *Soldier of Fortune Magazine*, met
de tekst KILL THEM ALL AND LET GOD SORT THEM OUT. Ze merkte dat
ze het koud had en strekte zich uit naar een deken, die ze om zich
heen wikkelde.

Ze voelde zich high, alsof ze een foutieve en vermoedelijk illegale substantie binnen had gekregen. Ze richtte haar blik op een
straatlantaarn voor het raam en zat volkomen stil terwijl haar hersenen op volle toeren draaiden. Mama – *klik* – haar zus – *klik* –
Mimmi – *klik* – Holger Palmgren. Evil Fingers. En Armanskij. Haar
werk. Harriët Vanger. *Klik.* Martin Vanger. *Klik.* De golfclub. *Klik.*
Advocaat Nils Bjurman. *Klik.* Elk verdomd detail dat ze niet kon
vergeten, zelfs niet als ze haar best ervoor deed.

Ze vroeg zich af of Bjurman zich ooit nog zou ontkleden voor
een vrouw, en hoe hij in dat geval de tatoeage op zijn buik zou verklaren. En hoe hij zou vermijden om zijn kleren uit te doen de volgende keer dat hij bij de dokter kwam.

En Mikael Blomkvist. *Klik.*

Ze beoordeelde hem als een goed mens, eventueel met een af en
toe wat al te duidelijk aanwezig 'de beste van de klas-complex'. En
helaas ontzettend naïef in bepaalde elementaire morele aangelegenheden. Hij had een inschikkelijk en vergevingsgezind karakter
dat verklaringen en psychologische excuses voor het doen en laten

van mensen zocht, en hij zou nooit begrijpen dat de roofdieren op de wereld slechts één taal verstonden. Ze voelde bijna een ongemakkelijk beschermersinstinct als ze aan hem dacht.

Ze kon zich niet herinneren wanneer ze in slaap gevallen was, maar ze werd een paar uur later, om negen uur, wakker met een stijve nek en met haar hoofd schuin tegen de muur achter de bank geleund. Ze wankelde naar haar slaapkamer en sliep weer in.

Dit was ongetwijfeld de belangrijkste reportage van hun leven. Erika Berger was voor de eerste keer in anderhalf jaar gelukkig op een manier waarop alleen een redacteur met een superscoop in de oven gelukkig kan zijn. Samen met Mikael legde ze de laatste hand aan de tekst toen Lisbeth Salander op zijn mobiel belde.

'Ik ben vergeten te zeggen dat Wennerström ongerust wordt na al dat geschrijf van jou van de laatste tijd. Hij heeft een *preview* van het volgende nummer besteld.'

'Hoe weet jij ... ach, laat maar. Heb je info hoe hij dat denkt aan te pakken?'

'Nee. Alleen een logische gok.'

Mikael dacht een paar seconden na. 'De drukker!' riep hij.

Erika fronste haar wenkbrauwen.

'Als het lek niet op de redactie zit, zijn er weinig andere mogelijkheden. Voor zover een van zijn informanten niet van plan is jullie met een nachtelijk bezoek te vereren.'

Mikael wendde zich tot Erika: 'Reserveer een andere drukker voor dit nummer. Nu meteen. En bel Dragan Armanskij, ik wil hier de komende weken 's nachts bewaking.' En tegen Lisbeth zei hij: 'Bedankt, Sally.'

'Wat is het waard?'

'Hoe bedoel je?'

'Wat is die tip waard?'

'Wat wil je hebben?'

'Dat wil ik bespreken bij een kop koffie. Nu.'

Ze ontmoetten elkaar bij de Koffiebar aan de Hornsgatan. Salander keek zó serieus toen Mikael op de kruk naast haar ging zitten, dat hij een steek van ongerustheid voelde. Ze ging zoals gewoonlijk recht op de man af.

'Ik wil geld lenen.'

Mikael lachte een van zijn onschuldigste lachjes en tastte naar zijn portefeuille.

'Natuurlijk. Hoeveel?'

'120.000 kronen.'

'Oeps.' Hij stopte zijn portefeuille terug. 'Zoveel geld heb ik niet bij me.'

'Ik maak geen grapje. Ik wil 120.000 kronen lenen voor, zeg, zes weken. Ik heb een kans om een investering te doen, maar ik kan bij niemand aankloppen. Je hebt momenteel ongeveer 140.000 kronen op je rekening staan. Je krijgt het geld terug.'

Mikael gaf geen commentaar op het feit dat Lisbeth Salander het bankgeheim had gekraakt en had uitgezocht hoeveel geld hij op zijn rekening had. Hij deed aan internetbankieren en het antwoord was duidelijk.

'Je hoeft geen geld van mij te lenen,' antwoordde hij. 'We hebben het nog niet over jouw aandeel gehad, maar dat dekt meer dan voldoende het bedrag dat je wilt lenen.'

'Aandeel?'

'Sally, ik heb een waanzinnig groot honorarium te incasseren van Henrik Vanger en we gaan met de jaarwisseling afrekenen. Zonder jou zou ik dood zijn en zou *Millennium* ten onder zijn gegaan. Ik ben van plan dat honorarium met je te delen. Fiftyfifty.'

Lisbeth Salander keek hem onderzoekend aan. Er was een frons op haar voorhoofd verschenen. Mikael was gewend geraakt aan haar zwijgzame pauzes. Uiteindelijk schudde ze haar hoofd.

'Ik wil jouw geld niet.'

'Maar ...'

'Ik wil geen kroon van je hebben.' Ze lachte plotseling haar scheve lachje. 'Behalve in de vorm van cadeautjes op mijn verjaardag.'

'Ik bedenk net dat ik niet weet wanneer je jarig bent.'

'Jij bent de journalist. Zoek dat maar uit.'

'Serieus, Salander, ik meen het echt om dat geld te delen.'

'Ik ben ook serieus. Ik wil jouw geld niet. Ik wil 120.000 lenen en heb dat bedrag morgen nodig.'

Mikael Blomkvist zei niets. *Ze vraagt niet eens hoe groot haar aandeel is.* 'Sally, ik ga graag vandaag met je naar de bank om je het bedrag te lenen waar je om vraagt. Maar met de jaarwisseling praten we opnieuw over jouw aandeel.' Hij hief zijn hand op. 'Wanneer ben je trouwens jarig?'

'Op 30 april,' antwoordde ze.

Om halfacht 's avonds landde ze in Zürich en nam een taxi naar toeristenhotel Matterhorn. Ze had een kamer besproken onder de naam Irene Nesser en identificeerde zich met een Noors paspoort op die naam. Irene Nesser had schouderlang blond haar. Ze had de pruik in Stockholm gekocht en had 10.000 kronen van de lening van Mikael Blomkvist gebruikt voor de aanschaf van twee paspoorten via een van de obscure contactpersonen binnen *Plagues* internationale netwerk.

Ze ging onmiddellijk naar haar kamer, deed de deur op slot en kleedde zich uit. Ze ging op bed liggen en keek omhoog naar het plafond van de kamer, die 1.600 kronen per nacht kostte. Ze voelde zich leeg. Ze had al de helft van het bedrag dat ze van Mikael Blomkvist had geleend gebruikt, en hoewel ze elke kroon van haar eigen spaargeld erbij had gelegd, was haar budget zeer beperkt. Ze dacht niet verder na en viel bijna onmiddellijk in slaap.

's Morgens even na vijven werd ze wakker. Het eerste wat ze deed was douchen en ze besteedde veel tijd aan het maskeren van de tatoeages op haar hals. Ze gebruikte een dikke laag huidkleurige crème en poeder over de naden. Het tweede punt op haar checklist was haar reservering bij een schoonheidssalon in de foyer van een aanzienlijk duurder hotel om halfzeven die ochtend. Ze kocht daar nog een blonde pruik, deze keer met een halflang pagekapsel, daarna kreeg ze een manicure, met losse rode nagels over haar afgekloven stompjes, valse wenkbrauwen, meer poeder, rouge en uiteindelijk lippenstift en andere rotzooi. Kosten: ruim 8.000 kronen.

Ze betaalde met een creditcard op naam van Monica Sholes en toonde een Engels paspoort op die naam, dat haar identiteit kon bevestigen.

De volgende stop was Camille's House of Fashion 150 meter verderop. Na een uur kwam ze naar buiten in zwarte laarzen, een zwarte panty, een zandkleurige rok met een bijpassende blouse, een taillelang jack en een alpinopet. Alles was dure merkkleding. Ze had een verkoopster de keuze laten maken. Ze had ook een exclusieve leren aktetas gekocht en een kleine Samsonite-koffer. De kroon op het werk waren discrete oorbellen en een eenvoudige gouden ketting om haar hals. De creditcard was gedebiteerd met nog eens 44.000 kronen.

Voor het eerst in haar leven had Lisbeth Salander bovendien een buste die haar, als ze zichzelf in de spiegel op de deur bekeek, naar adem deed happen. De borsten waren net zo vals als Monica Sholes identiteit. Ze waren gemaakt van latex en gekocht in een winkel in Kopenhagen waar travestieten hun inkopen deden.

Ze was klaar voor de aanval.

Even na negenen liep ze twee huizenblokken verder naar het deftige Hotel Zimmertal, waar ze een kamer had geboekt onder de naam Monica Sholes. Ze gaf ongeveer 100 kronen fooi aan een jongen die haar nieuwe koffer, waar haar weekendtas in zat, naar boven droeg. De suite was klein en kostte slechts 22.000 kronen per dag. Ze had voor één nacht geboekt. Toen ze weer alleen was, keek ze om zich heen. Vanuit het raam had ze een schitterend uitzicht over de Zürichsee, wat haar niet in het minst interesseerde. Ze bekeek zichzelf daarentegen wel vijf minuten in een spiegel. Ze zag een volkomen vreemd mens. Monica Sholes met de grote borsten en het blonde pagekapsel had meer make-up op dan wat Lisbeth Salander in een maand gebruikte. Het zag er ... anders uit.

Om halftien kon ze eindelijk ontbijten. Haar ontbijt bestond uit twee koppen koffie en een bagel met jam in de hotelbar. Kosten: 210 kronen. *Are these people nuts?*

Even voor tien uur zette Monica Sholes haar koffiekopje neer, klapte ze haar mobiele telefoon open en toetste ze een nummer naar een modemverbinding op Hawaii. Na drie keer overgaan hoorde ze een verbindingstoon. Het modem werkte. Monica Sholes antwoordde door een zescijferige code op haar mobieltje in te toetsen en sms'te een bericht dat de instructie bevatte voor het starten van een programma dat Lisbeth Salander speciaal voor dit doel geschreven had.

In Honolulu werd het programma tot leven gewekt op een anonieme website op een server die formeel op de universiteit stond. Het programma was simpel. Het had alleen de functie om instructies te sturen om een ander programma in een andere server te starten; in dit geval een gewone, commerciële site die internet-diensten aanbood in Nederland. Dat programma had op zijn beurt als taak om de gespiegelde harddisk van Hans-Erik Wennerström op te zoeken, en het commando over te nemen over het program-ma dat de inhoud van zijn ruim drieduizend bankrekeningen overal ter wereld liet zien.

Er was maar één rekening die van belang was. Lisbeth Salander had genoteerd dat Wennerström die rekening een paar keer per week bekeek. Als hij zijn computer startte en naar die file zou gaan, zou alles er normaal uitzien. Het programma toonde kleine veran-deringen die te verwachten waren en die ze berekend had naar aan-leiding van de manier waarop de rekening de voorgaande zes maanden gewoonlijk veranderd was. Als Wennerström de komen-de 48 uur dat programma opstartte en order gaf dat er geld betaald of van de rekening afgehaald moest worden, zou het programma gedienstig rapporteren dat dat gebeurd was. In werkelijkheid zou de verandering alleen hebben plaatsgevonden op de gespiegelde harddisk in Nederland.

Monica Sholes zette haar mobiele telefoon uit op het moment dat ze vier korte signalen hoorde, die bevestigden dat het pro-gramma gestart was.

Ze verliet Hotel Zimmertal en wandelde naar de Bank Hauser General, schuin aan de overkant van de straat, waar ze om tien uur een afspraak had met een directeur Wagner. Ze arriveerde drie minuten voor de afgesproken tijd en gebruikte de wachttijd om voor de bewakingscamera te poseren, die een foto van haar nam toen ze doorliep naar de afdeling met vertrouwelijke spreekka-mers.

'Ik heb hulp nodig bij een aantal transacties,' zei Monica Sholes in onberispelijk Oxford-Engels. Toen ze haar aktetas opendeed, liet ze een reclamepen vallen, die aantoonde dat ze in Hotel Zimmer-tal logeerde, en die directeur Wagner beleefd voor haar opraapte. Ze vuurde een schelms lachje op hem af en schreef het rekening-nummer op het blok op de tafel voor zich.

Directeur Wagner wierp een blik op zijn cliënte en categoriseer-de haar als de verwende dochter van de een of andere hotemetoot.

'Het gaat om een aantal coderekeningen bij de Bank of Kroenenfeld op de Kaaimaneilanden. Automatische overboekingen met seriecodes.'

'*Fräulein* Sholes, u hebt natuurlijk alle codes bij de hand?' vroeg hij.

'*Aber natürlich*,' antwoordde ze met zo'n sterk accent dat het duidelijk was dat ze alleen een slecht schoolduits in haar bagage had.

Ze begon zestiencijferige nummerseries op te dreunen, zonder ook maar één keer op een papier te hoeven kijken. Directeur Wagner zag in dat het een vermoeiende ochtend zou worden, maar tegen vier procent van de transfers was hij bereid zijn lunch op te offeren.

Het nam meer tijd in beslag dan ze gepland had. Pas even na het middaguur, iets achter op schema, verliet Monica Sholes de Bank Hauser General en wandelde ze terug naar Hotel Zimmertal. Ze liet zich zien in de receptie voordat ze naar haar kamer ging en de kleren uittrok die ze gekocht had. Ze liet de latexborsten zitten maar verving het pagekapsel door Irene Nessers schouderlange blonde haar. Ze kleedde zich wat gemakkelijker: laarzen met extra hoge hakken, een zwarte pantalon, een eenvoudige trui en een keurig zwart leren jack van Malungsboden in Stockholm. Ze bekeek zichzelf in de spiegel. Ze zag er beslist niet onverzorgd uit, maar was ook geen rijke erfgename meer. Voordat Irene Nesser de kamer verliet, koos ze een aantal van de obligaties uit, die ze in een dunne map stopte.

Om vijf over een, vijf minuten te laat, ging ze de Bank Dorffmann binnen, die ongeveer 70 meter van de Bank Hauser General lag. Irene Nesser had van tevoren een afspraak gemaakt met een directeur Hasselmann. Ze verontschuldigde zich voor haar late aankomst. Ze sprak onberispelijk Duits met een Noors accent.

'Geen probleem, *Fräulein*,' antwoordde directeur Hasselmann. 'Waarmee kan ik u van dienst zijn?'

'Ik wil een rekening openen. Ik heb een aantal obligaties die ik wil verkopen.'

Irene Nesser legde de map voor zich op tafel neer.

Directeur Hasselmann keek de inhoud door, eerst vluchtig, daarna langzamer. Hij trok een wenkbrauw op en glimlachte beleefd.

Ze opende in totaal vijf nummerrekeningen met internettoegang op naam van een buitengewoon anonieme brievenbusfirma in Gibraltar, die een plaatselijke makelaar voor 50.000 kronen van het geld dat ze van Mikael Blomkvist geleend had, voor haar had opgericht. Ze zette vijftig obligaties om in geld, dat ze op de rekeningen zette. Elke obligatie had een waarde van een miljoen kronen.

Haar missie bij de Bank Dorffmann liep uit, zodat ze nog verder achter op schema raakte. Ze had geen kans om haar laatste zaken af te handelen voordat de banken dichtgingen. Daarom keerde Irene Nesser terug naar Hotel Matterhorn, waar ze een uur doorbracht met zich te laten zien en haar aanwezigheid te manifesteren. Maar ze had hoofdpijn en vertrok tijdig. Ze haalde iets tegen de hoofdpijn bij de receptie, bestelde de wekdienst om acht uur de volgende ochtend en trok zich terug op haar kamer.

Het was bijna vijf uur en alle banken in Europa waren gesloten. Daarentegen waren de banken op het Amerikaanse continent net open. Ze startte haar PowerBook en logde via haar mobiele telefoon in op internet. In een uur tijd maakte ze alle bedragen over die ze eerder die dag op haar nieuwe nummerrekeningen bij de Bank Dorffmann had gezet.

Het geld werd verdeeld in kleine porties en werd gebruikt voor het betalen van facturen van een groot aantal fictieve ondernemingen over de hele wereld. Toen ze klaar was, was het geld gek genoeg weer terug bij de Bank of Kroenenfeld op de Kaaimaneilanden, maar stond het nu op een geheel andere rekening dan de rekeningen waar het eerder die dag vanaf was gekomen.

Irene Nesser was van mening dat deze eerste portie nu gegarandeerd was en bijna onmogelijk op te sporen was. Ze deed één betaling van die rekening; ze zette ruim een miljoen kronen op een rekening die gekoppeld was aan een creditcard die ze in haar portefeuille had. De rekening stond op naam van een anoniem bedrijf genaamd Wasp Enterprises, dat geregistreerd was in Gibraltar.

Een paar minuten later verliet een meisje met een blond pagekapsel Hotel Matterhorn via een zij-ingang van de hotelbar. Monica Sholes wandelde naar Hotel Zimmertal, knikte beleefd naar de receptioniste en nam de lift naar haar kamer.

Daarna nam ze de tijd om Monica Sholes' gevechtstenue aan te trekken, haar make-up bij te werken en een extra laag huidcrème over de tatoeage te smeren, voordat ze naar het restaurant van het hotel ging en zich te goed deed aan een ontzettend lekker visdiner. Ze bestelde een fles wijn van een merk waar ze nog nooit van gehoord had, maar die 1.200 kronen kostte, dronk ongeveer een glas en liet de rest nonchalant in de fles achter voordat ze zich naar de hotelbar verplaatste. Ze gaf ruim 500 kronen fooi, waardoor ze de aandacht trok van het personeel.

Ze liet zich drie uur lang versieren door een dronken Italiaanse jongeman met een adellijke naam die ze onmiddellijk weer vergeten was. Ze deelden twee flessen champagne, waarvan zij ongeveer één glas consumeerde.

Tegen elven boog haar beschonken cavalier zich voorover en kneep hij haar ongegeneerd in haar borsten. Tevreden verplaatste ze zijn hand naar de tafel. Hij leek niet te hebben gemerkt dat hij in zacht latex had geknepen. Ze waren af en toe vrij luidruchtig en wekten een zekere wrevel bij de andere gasten. Toen Monica Sholes even voor middernacht merkte dat een bewaker hen voortdurend in de gaten hield, hielp ze haar Italiaanse vriend naar zijn kamer.

Toen hij even naar de badkamer ging, schonk ze voor hen beiden een glas rode wijn in. Ze deed een opgevouwen papiertje open en kruidde het ene glas met een verpulverde tablet Rohypnol. Binnen een minuut nadat ze met hem geproost had, stortte hij als een ellendig hoopje op het bed in elkaar. Ze maakte zijn das los, trok zijn schoenen uit en legde een dekbed over hem heen. Voordat ze de kamer verliet waste en droogde ze in de badkamer de glazen af.

De volgende ochtend ontbeet Monica Sholes om zes uur op haar kamer. Ze gaf een royale fooi en checkte voor zevenen bij Hotel Zimmertal uit. Voordat ze de kamer verliet, besteedde ze vijf minuten aan het verwijderen van vingerafdrukken van deurknoppen, kasten, het toilet, de telefoonhoorn en andere voorwerpen in de kamer die ze had aangeraakt.

Irene Nesser checkte om halfnegen uit bij Hotel Matterhorn, niet lang nadat ze gewekt was. Ze nam een taxi en stopte haar tassen in een kluis op het station. Daarna bracht ze de komende uren door met het bezoeken van negen particuliere banken waar ze gedeeltes van de obligaties van de Kaaimaneilanden in porties verdeelde. Om drie uur 's middags had ze ongeveer tien procent van de obligaties in geld omgezet, dat ze op een dertigtal nummerrekeningen had gezet. Het restant van de obligaties bundelde ze en liet ze rusten in een kluis.

Irene Nesser zou vaker naar Zürich moeten, maar dat had geen haast.

's Middags om halfvijf nam Irene Nesser een taxi naar het vliegveld, waar ze in het damestoilet Monica Sholes' paspoort en creditcard in kleine stukjes knipte, die ze door de wc spoelde. Ze gooide de schaar in een prullenbak. Na 11 september 2001 was het niet praktisch om de aandacht te trekken met scherpe voorwerpen in je bagage.

Irene Nesser nam vlucht GD890 met Lufthansa naar Oslo, en nam de luchthavenbus naar Oslo-Centraal waar ze naar het toilet ging en haar kleren opnieuw sorteerde. Ze stopte alle spullen van Monica Sholes – het pagekapsel en de merkkleding – in drie plastic tassen die ze in verschillende vuilnisbakken en prullenbakken op het station dumpte. De lege Samsonite-koffer zette ze in een onafgesloten bagagekluis. De gouden ketting en de oorbellen waren designerspullen en konden worden opgespoord; die verdwenen in een afvoerputje.

Na enige aarzeling besloot Irene Nesser de valse latexborsten te houden.

Daarna kwam ze in tijdnood en werkte ze snel een diner naar binnen in de vorm van een hamburger bij McDonald's, terwijl ze de inhoud van de exclusieve leren aktetas overdeed in haar weekendtas. Toen ze vertrok, liet ze de lege aktetas onder tafel achter. Ze kocht een koffie verkeerd *to go* bij een kiosk en rende naar de nachttrein naar Stockholm. Ze haalde hem op het nippertje, de deuren zouden net sluiten. Ze had een eigen slaapcoupé gereserveerd.

Toen ze de coupédeur vergrendeld had, voelde ze dat haar adrenalinegehalte voor het eerst sinds twee etmalen naar het normale niveau terugzakte. Ze deed het raampje van de coupé open en trotseerde het rookverbod door een sigaret op te steken, en dronk met kleine slokjes van haar koffie terwijl de trein het station van Oslo uit reed.

In haar hoofd nam ze haar checklist door om er zeker van te zijn dat ze geen detail over het hoofd had gezien. Na een tijdje trok ze haar wenkbrauwen op en voelde ze in de zakken van haar jack. Ze haalde de reclamepen van Hotel Zimmertal tevoorschijn en bekeek deze een minuut nadenkend voordat ze hem door de spleet van het coupéraam stak.

Na vijftien minuten kroop ze in bed en viel ze bijna onmiddellijk in slaap.

EPILOOG:
ACCOUNTANTSVERKLARING

DONDERDAG 27 NOVEMBER – DINSDAG 30 DECEMBER

Het themanummer van *Millennium* over Hans-Erik Wennerström omvatte maar liefst 46 pagina's van het magazine en ontplofte de laatste week van november als een tijdbom. De hoofdtekst was ondertekend door Mikael Blomkvist en Erika Berger. De eerste uren wisten de media niet hoe ze met de primeur om moesten gaan; een dergelijke tekst het jaar ervoor had ertoe geleid dat Mikael Blomkvist was veroordeeld tot een gevangenisstraf wegens smaad en kennelijk ontslagen was bij het tijdschrift *Millennium*. Zijn geloofwaardigheid werd daardoor als vrij gering beschouwd. Nu kwam hetzelfde blad met een verhaal van dezelfde journalist, dat aanzienlijk boudere beweringen inhield dan de tekst waarvoor hij veroordeeld was. De inhoud was gedeeltelijk zo absurd dat deze alle verstand te boven ging. Media-Zweden wachtte argwanend af.

Maar 's avonds reageerde 'Zij van TV4' als eerste op de berichtgeving met een elf minuten lange samenvatting van de hoogtepunten in Blomkvists aanklacht. Erika Berger had een paar dagen daarvoor met haar geluncht en had haar een exclusieve preview gegeven.

De ongezouten profilering van TV4 declasseerde het landelijke nieuws, dat er pas in de uitzending van negen uur aandacht aan besteedde. Toen verstuurde ook het persbureau een eerste bericht met de voorzichtige kop VEROORDEELDE JOURNALIST KLAAGT FINANCIEEL EXPERT AAN VOOR ZWARE CRIMINALITEIT. De tekst was een korte *rewrite* van het tv-item, maar het feit dat het persbureau het onderwerp sowieso opnam, veroorzaakte een koortsachtige activiteit bij de conservatieve ochtendkrant en bij een twaalftal provinciale dagbladen om er nog voorpaginanieuws van te kunnen maken voordat de persen gingen rollen. Tot dan toe hadden de kranten half en half besloten de beweringen van *Millennium* te negeren.

De liberale ochtendkrant had de primeur van *Millennium* becommentarieerd in de vorm van een hoofdartikel, dat eerder die middag door de hoofdredacteur persoonlijk geschreven was. De hoofdredacteur was daarna naar een diner vertrokken toen het TV4-nieuws begon, en de koortsachtige belpogingen van de redactiesecretaris dat 'er wat in kon zitten, in Blomkvists beweringen,' had hij afgedaan met de nadien klassieke woorden 'nonsens – dat zouden onze financieel verslaggevers dan lang geleden al gevonden hebben'. Dientengevolge was het hoofdartikel van de liberale hoofdredacteur de enige mediastem in het land die de beweringen van *Millennium* volledig verwierp. Het hoofdartikel bevatte woorden als *stalking, criminele paparazzi-journalistiek* en eisen ten aanzien van *maatregelen bij insinuerende beweringen over eerzame burgers*. Het was echter de enige bijdrage die de hoofdredacteur leverde aan het daaropvolgende debat.

Die nacht was de redactie van *Millennium* volledig bezet. Volgens plan zouden alleen Erika Berger en de pas aangenomen redactiesecretaris Malin Eriksson blijven om eventuele telefoontjes aan te nemen. Maar om tien uur 's avonds zaten alle medewerkers er nog, en hadden ze bovendien gezelschap gekregen van niet minder dan vier vroegere medewerkers en een zestal vaste freelancers. Tegen middernacht trok Christer Malm een fles champagne open. Dat was toen een oude bekende een preview stuurde van de ene avondkrant, die zestien pagina's aan de Wennerström-affaire besteedde onder de kop DE FINANCIËLE MAFFIA. Toen de avondkranten de volgende dag verschenen, begon er een mediahype die maar zelden eerder vertoond was.

Redactiesecretaris Malin Eriksson trok de conclusie dat ze het naar haar zin zou krijgen bij *Millennium*.

De week daarna trilden alle beursgenoteerde Zweedse bedrijven op hun grondvesten toen de FIOD-ECD een onderzoek naar de zaak instelde. Ook officieren van justitie werden ingeschakeld en er brak een paniekerige verkoopactiviteit uit. Twee dagen na de onthulling was de Wennerström-affaire een zaak van de regering geworden, waardoor de minister van Economische Zaken gedwongen werd zich uit te spreken.

De drijfjacht hield niet in dat de media de beweringen van *Millennium* zonder kritische vragen aannamen, daarvoor waren de ontboezemingen te grof. Maar in tegenstelling tot de eerste Wennerström-affaire kon *Millennium* deze keer zeer overtuigend bewijsmateriaal presenteren: Wennerströms eigen e-mail en kopieën van de inhoud van zijn eigen computer, die balansen bevatte van geheime banktegoeden op de Kaaimaneilanden en twee dozijn andere landen, geheime overeenkomsten en andere stommiteiten, die een voorzichtiger gangster absoluut niet op een harde schijf had laten staan. Het was vrij snel duidelijk dat als de beweringen van *Millennium* tot aan het gerechtshof standhielden – en dat de zaak daar vroeg of laat zou belanden, daar was iedereen het over eens – dan was dat na de Kreuger-crash van 1932 de grootste zeepbel die in de Zweedse financiële wereld gebarsten was. De Wennerström-affaire deed de hele warboel bij Gotabanken en de oplichtingspraktijken bij investeringsmaatschappij Trustor verbleken. Dit was bedriegerij op zo'n grote schaal dat niemand zelfs maar durfde te speculeren hoeveel afzonderlijke wetsovertredingen er begaan waren.

Voor het eerst in de Zweedse financiële verslaggeving werden woorden gebruikt als 'systematische criminaliteit,' 'maffia' en 'gangsterpraktijken'. Wennerström en zijn naaste kring van jonge beursmakelaars, mede-eigenaren en in Armani-pakken gestoken advocaten werden geportretteerd als een willekeurige liga van bankrovers of drugsdealers.

Tijdens de mediahype van de eerste dagen was Mikael Blomkvist onzichtbaar. Hij beantwoordde geen e-mail en was telefonisch niet bereikbaar. Alle redactionele commentaren werden gegeven door Erika Berger, die spon als een kat wanneer ze werd geïnterviewd door landelijke Zweedse media en belangrijke plaatselijke kranten, en later ook door een groeiend aantal buitenlandse media. Elke keer als ze de vraag kreeg hoe *Millennium* in het bezit was gekomen van deze zeer persoonlijke, interne documentatie antwoordde ze met een cryptisch lachje, dat al snel werd omgezet in een rookgordijn: 'We kunnen onze bron natuurlijk niet onthullen.'

Wanneer ze vragen kreeg waarom de onthullingen over Wennerström van het jaar daarvoor zo'n fiasco waren geworden, werd ze nóg cryptischer. Ze loog nooit, maar vertelde misschien niet altijd de hele waarheid. Off the record, wanneer ze geen microfoon onder haar neus had, liet ze zich een paar raadselachtige schimpscheuten ontvallen, die, wanneer de puzzel gelegd was, leidden tot overhaaste conclusies. Daarmee werd een gerucht geboren dat al spoedig legendarische proporties aannam en dat beweerde dat Mikael Blomkvist voor de rechtbank geen verdediging had aangevoerd en zich vrijwillig tot de gevangenis en boetes had laten veroordelen omdat zijn documentatie er anders onherroepelijk toe zou hebben geleid dat zijn bron zou zijn geïdentificeerd. Hij werd vergeleken met helden uit de Amerikaanse mediawereld, die liever naar de gevangenis gaan dan dat ze hun bron prijsgeven, en werd in dusdanig infaam vleiende bewoordingen beschreven als held dat hij zich een beetje geneerde. Maar het was nu niet het moment om het misverstand recht te zetten.

Over één ding was iedereen het eens: de persoon die deze documentatie vrijgegeven had, moest iemand zijn in Wennerströms meest vertrouwde, naaste omgeving. Daarmee werd een langdradige discussie ingeleid over wie de Deep Throat was – medewerkers met mogelijke oorzaken voor ontevredenheid, advocaten en zelfs Wennerströms aan cocaïne verslaafde dochter en andere familieleden werden geportretteerd als mogelijke kandidaten. Mikael Blomkvist en Erika Berger zeiden niets. Ze gaven nooit commentaar op dat onderwerp.

Erika glimlachte tevreden en wist dat ze gewonnen hadden toen de ene avondkrant op de derde dag van de klopjacht opende met de kop DE REVANCHE VAN MILLENNIUM. De tekst was een innemend portret van het tijdschrift en diens medewerkers, en was bovendien geïllustreerd met een zeer voordelige foto van Erika Berger. Ze werd de koningin van de onderzoeksjournalistiek genoemd. Zoiets betekende punten op de ranglijst van de cultuurbijlagen en er werd al gesproken over de Grote Journalistenprijs.

Vijf dagen nadat *Millennium* het inleidende salvo had afgevuurd, werd Mikael Blomkvists boek *De bankier van de maffia* over de boekhandels verspreid. Het boek was geschreven tijdens de koortsachtige weken in Sandhamn, in september en oktober, en was in alle haast en onder grote geheimzinnigdoenerij gedrukt bij Hallvigs Reklam in het plaatsje Morgongåva. Het was het eerste boek dat bij een geheel nieuwe uitgeverij met het eigen logo van *Millennium* verscheen. Het was cryptisch opgedragen *Aan Sally, die me de voordelen van de golfsport heeft laten zien.*

Het was een pil van 615 pagina's in pocketformaat. De kleine oplage van tweeduizend exemplaren garandeerde bijna dat dat een verlies zou opleveren, maar de oplage was na een paar dagen al uitverkocht en Erika Berger bestelde snel nog eens tienduizend exemplaren.

De recensenten constateerden dat Mikael Blomkvist deze keer zijn kruit niet had gespaard als het ging om het publiceren van uitvoerige bronverwijzingen. In deze waarneming hadden ze volkomen gelijk. Twee derde van het boek bestond uit bijlagen die directe afschriften waren van de documentatie uit Wennerströms computer. Op het moment dat het boek gepubliceerd werd, plaatste *Millennium* teksten uit Wennerströms computer in pdf-formaat op haar website, die konden worden gedownload. Als bronmateriaal. Iedereen die daar ook maar enige belangstelling voor had kon het bronmateriaal zelf bekijken.

Mikael Blomkvists eigenaardige afwezigheid was onderdeel van de mediastrategie die Erika en hij in elkaar hadden gezet. Elke krant van het land was naar hem op zoek. Pas toen het boek gelanceerd werd, trad Mikael op in een exclusief interview met 'Zij van TV4', dat daarmee voor de tweede keer de publieke omroep versloeg. Er was echter geen sprake van een vriendschappelijk arrangement en de vragen waren allesbehalve kruiperig.

Toen Mikael later de video-opname van zijn optreden bekeek, was hij met name content met één bepaalde passage. Het interview had plaatsgevonden tijdens een directe uitzending op het moment dat de Stockholmse beurs zich in een vrije val bevond en de jonge honden binnen het financiële wereldje dreigden uit diverse ramen te springen. Hem was gevraagd welke verantwoordelijkheid *Millennium* had voor het feit dat de Zweedse economie nu bezig was in te storten.

'De bewering dat de Zweedse economie bezig is in te storten, is nonsens,' had Mikael bliksemsnel geantwoord.

'Zij van TV4' had perplex gekeken. Het antwoord had niet het patroon gevolgd dat ze verwacht had en ze had plotseling moeten improviseren. Mikael kreeg de vervolgvraag waar hij op gehoopt had: 'We ervaren op dit moment de grootste, afzonderlijke instorting in de geschiedenis van de Zweedse beurs, meen je dat dat nonsens is?'

'Je moet twee dingen uit elkaar houden, de Zweedse economie en de Zweedse beurshandel. De Zweedse economie is de optelsom van alle goederen en diensten die elke dag in dit land worden geproduceerd. Telefoons van Ericsson, auto's van Volvo, kippen van Scan en transporten van Kiruna tot Skövde. Dat is de Zweedse economie en die is vandaag de dag net zo sterk of zwak als een week geleden.'

Hij laste een kunstmatige pauze in en nam een slokje water.

'De beurs is iets heel anders. Daar heb je geen economie en geen productie van goederen en diensten. Daar heb je alleen fantasieën en daar wordt van uur tot uur besloten dat dat en dat bedrijf nu zoveel miljard meer of minder waard is. Dat heeft geen snars met de werkelijkheid of met de Zweedse economie van doen.'

'Dus je bedoelt dat het niets uitmaakt dat de beurs als een kaartenhuis in elkaar stort?'

'Nee, dat maakt geen bal uit,' had Mikael met zo'n vermoeide en gelaten stem geantwoord, dat hij overkwam als een orakel. De repliek zou het komende jaar diverse malen worden geciteerd. Hij vervolgde: 'Het betekent alleen dat een heleboel grote speculanten nu bezig zijn hun aandelenportefeuilles over te brengen van Zweedse bedrijven naar Duitse. Een kordate reporter zou die financiële jongens eens moeten identificeren en moeten afschilderen als landverraders. Zij zijn degenen die de Zweedse economie systematisch en mogelijk bewust om zeep helpen om de winstbelangen van hun cliënten te bevredigen.'

Toen maakte 'Zij van TV4' de fout om nu nét de vraag te stellen die Mikael wilde horen.

'Dus, je bedoelt dat de media geen verantwoordelijkheid dragen?'

'Jawel, de media hebben in zeer hoge mate een verantwoordelijkheid. Een groot aantal financieel verslaggevers heeft zeker twintig jaar lang verzuimd om Hans-Erik Wennerström in de gaten te houden. Ze hebben hem juist geholpen met het opbouwen van zijn prestige door onbezonnen idoolportretten te publiceren. Als ze hun werk de laatste twintig jaar zouden hebben gedaan, zouden we ons niet in de situatie bevinden waarin we nu zitten.'

Het optreden betekende een ommekeer. Erika Berger was er achteraf van overtuigd dat Media-Zweden pas op het moment dat Mikael op tv rustig en kalm zijn beweringen zat te verdedigen, inzag dat het verhaal werkelijk standhield en dat de fantastische beweringen van het blad waar waren, hoewel *Millennium* al een week lang voorpaginanieuws was. Zijn houding had het verhaal de juiste wending gegeven.

Na het interview gleed de Wennerström-affaire ongemerkt van de financiële redacties over naar de bureaus van de misdaadverslaggevers. Dat markeerde een vernieuwend denken bij de krantenredacties. Vroeger hadden gewone misdaadverslaggevers zelden of nooit over financieel-economische criminaliteit geschreven, behalve wanneer het ging over de Russische maffia of over Joegoslavische sigarettensmokkelaars. Van misdaadverslaggevers werd niet verwacht dat ze complexe aangelegenheden op de beurs gingen uitzoeken. Een avondkrant nam Mikael Blomkvists zelfs letterlijk en vulde twee dubbele pagina's met portretten van de belangrijkste Zweedse effectenmakelaars, die net bezig waren met het kopen van Duitse waardepapieren. De krant kopte met ZE VERKOPEN HUN LAND. Alle makelaars werd aangeboden om de beweringen te becommentariëren. Ze bedankten allemaal. Maar de handel in aandelen verminderde die dag opvallend en een paar makelaars die als progressieve patriotten te boek wilden komen te staan, begonnen tegen de stroom in te gaan. Mikael Blomkvist lachte zich rot.

De druk werd zo groot dat serieuze mannen in donkere pakken met een bedenkelijke frons op hun voorhoofd rondliepen en de belangrijkste regel doorbraken van het exclusieve gezelschap dat de intieme kring van financieel-Zweden vormde: ze lieten zich uit over een collega. Plotseling zaten gepensioneerde Volvo-chefs, industriëlen en bankdirecteuren op tv vragen te beantwoorden om de schadelijke gevolgen te beperken. Ze zagen allemaal de ernst van de situatie in en het was zaak om zich snel te distantiëren van de Wennerstroem Group en eventuele aandelen zo gauw mogelijk van de hand te doen. Wennerström (constateerden ze haast als één stem) was ondanks alles toch geen echte industrieel en was nooit echt geaccepteerd in 'de club'. Iemand herinnerde eraan dat hij feitelijk een simpele arbeiderszoon uit Norrland was, wiens successen hem wellicht naar het hoofd gestegen waren. Een ander beschreef zijn optreden als 'een persoonlijke tragedie'. Weer anderen ontdekten dat ze al jaren hun twijfels over Wennerström hadden – hij was te opschepperig en had een andere manier van doen.

In de weken die daarop volgden – naarmate de documentatie van *Millennium* onder de loep werd genomen en de puzzelstukjes op hun plaats vielen – werd Wennerströms imperium van obscure onderneminkjes gekoppeld aan het hart van de internationale maffia, dat van alles omvatte, van illegale wapenhandel en het witwassen van geld voor de Zuid-Amerikaanse drugshandel tot prostitutie in New York en zelfs indirect kindersekshandel in Mexico. Een Wennerström-onderneming die op Cyprus geregistreerd was, wekte veel beroering toen bleek dat deze had geprobeerd opgewerkt uranium te kopen op de zwarte markt in de Oekraïne. Overal leek wel een van de obscure brievenbusfirma's uit Wennerströms onuitputtelijke voorraad in enig louche verband op te duiken.

Erika Berger constateerde dat het boek over Wennerström het beste was wat Mikael ooit geschreven had. De inhoud was stilistisch gezien ongelijkmatig en het taalgebruik was af en toe zelfs slecht – er was geen tijd meer geweest om de boel nog eens goed door te lezen – maar Mikael nam geen blad voor de mond, en het hele boek was doorspekt met een dusdanige woede, dat de lezer dat met geen mogelijkheid kon ontgaan.

Bij toeval kwam Mikael Blomkvist zijn antagonist tegen, de voormalige financieel verslaggever William Borg. Ze liepen elkaar tegen het lijf bij de buitendeur van restaurant Kvarnen, toen Mikael, Erika Berger en Christer Malm de avond van 13 december vrij hadden genomen om met de overige medewerkers van het magazine uit te gaan en zich op kosten van de zaak laveloos te drinken. Borg was in gezelschap van een uitermate dronken meisje van Lisbeth Salanders leeftijd.

Mikael bleef stokstijf staan. William Borg had altijd zijn slechtste kanten in hem naar boven gehaald en hij moest zichzelf dwingen niet iets verkeerds te zeggen of te doen. Borg en hij stonden doodstil tegenover elkaar en maten elkaar met hun blik.

Mikaels afschuw van Borg was zo overduidelijk dat Erika zijn machogedrag had doorbroken door terug te lopen, Mikael bij zijn arm te pakken en hem mee te sleuren naar de bar.

Mikael besloot Lisbeth Salander bij gelegenheid eens te vragen om een van haar delicate persoonsonderzoeken los te laten op Borg. Gewoon voor de vorm.

Tijdens de hele mediastorm was de hoofdpersoon van het drama, financieel expert Hans-Erik Wennerström, voornamelijk onzichtbaar. Op de dag dat het artikel in *Millennium* verscheen, had hij de tekst becommentarieerd tijdens een persconferentie over iets heel anders en die al lang gepland stond. Wennerström verklaarde dat de beschuldigingen ongegrond waren en dat de documentatie waarnaar verwezen werd, vals was. Hij herinnerde eraan dat dezelfde reporter een jaar eerder was veroordeeld wegens smaad.

Daarna gaven alleen Wennerströms advocaten nog antwoord op vragen van de media. Twee dagen nadat Mikael Blomkvists boek verschenen was, begon het hardnekkige gerucht de ronde te doen dat Wennerström het land had verlaten. De avondkranten gebruikten in hun koppen het woord 'gevlucht'. Toen de FIOD-ECD twee weken lang officieel contact met Wennerström probeerde te zoeken, constateerde men dat hij niet in het land was. Medio december bevestigde de politie dat Wennerström gezocht werd en twee dagen voor oudjaar ging er via internationale politieorganisaties een formeel opsporingsbericht uit. Dezelfde dag werd een van Wennerströms naaste adviseurs op het vliegveld Arlanda opgepakt, toen hij probeerde aan boord te gaan van een vliegtuig naar Londen.

Een paar weken later rapporteerde een Zweedse toerist dat hij Hans-Erik Wennerström in een auto had zien stappen in Bridgetown, de hoofdstad van Barbados, een van de Bovenwindse Eilanden in het Caribische gebied. Als bewijs van zijn bewering stuurde de toerist een foto mee die van vrij grote afstand een blanke man met een zonnebril, een openhangend wit overhemd en een lichte broek toonde. De man kon niet met zekerheid worden geïdentificeerd, maar de avondkranten stuurden verslaggevers, die Wennerström vruchteloos op de Caribische eilanden probeerden op te sporen. Het was de eerste in een lange reeks *sightings* van de vluchtende miljardair.

Na zes maanden werd de jacht van de politie afgebroken, toen Hans-Erik Wennerström dood werd aangetroffen in een appartement in Marbella, Spanje, waar hij woonde onder de naam Victor Fleming. Hij was van dichtbij met drie kogels door zijn hoofd geschoten. De Spaanse politie ging er bij haar onderzoek van uit dat hij een inbreker had betrapt.

Wennerströms dood kwam voor Lisbeth Salander niet als een verrassing. Ze vermoedde om gegronde redenen dat zijn verscheiden te maken had met het feit dat hij niet langer kon beschikken over het geld op een bepaalde bank op de Kaaimaneilanden, dat hij nodig zou hebben gehad om bepaalde Colombiaanse schulden af te betalen.

Als iemand de moeite had genomen om Lisbeth Salander om hulp te vragen bij het opsporen van Wennerström, had ze bijna dagelijks exact kunnen vertellen waar hij zich bevond. Ze had via internet zijn wanhopige vlucht door een tiental landen gevolgd en een toenemende paniek gezien in zijn e-mails zo gauw hij met zijn laptop ergens had ingelogd. Maar zelfs Mikael Blomkvist geloofde niet dat de vluchtende ex-miljardair zo stom kon zijn dat hij dezelfde computer meesleepte die zo grondig doorgelicht was.

Na een halfjaar had Lisbeth er genoeg van gekregen om Wennerström te volgen. De vraag die resteerde was hoe ver haar eigen betrokkenheid ging. Wennerström was zeer zeker een grote smeerlap, maar hij was niet haar persoonlijke vijand en ze had er zelf geen belang bij om in te grijpen. Ze kon Mikael Blomkvist tippen, maar die zou vermoedelijk alleen een verhaal publiceren. Ze kon de politie tippen, maar de waarschijnlijkheid dat Wennerström vooraf gewaarschuwd zou worden en hem weer zou smeren, was relatief groot. Bovendien sprak ze uit principe niet met de politie.

Maar er waren andere schulden die niet waren betaald. Ze dacht aan de zwangere tweeëntwintigjarige serveerster die in een badkuip met haar hoofd onder water was gehouden.

Vier dagen voordat Wennerström dood gevonden werd, had ze een beslissing genomen. Ze had haar mobiele telefoon opengeklapt en een advocaat in Miami, Florida, gebeld, die een van de personen leek waar Wennerström zich het meest voor schuilhield. Ze had met een secretaresse gesproken en haar gevraagd een cryptische mededeling over te brengen. De naam Wennerström en een adres in Marbella. Dat was alles.

Ze deed de tv halverwege de dramatische reportage over het overlijden van Wennerström uit. Ze zette haar koffiezetapparaat aan en maakte een boterham klaar met leverpastei en plakjes augurk.

Erika Berger en Christer Malm hielden zich bezig met de jaarlijkse kerstbeslommeringen terwijl Mikael vanuit Erika's fauteuil met een glas warme *glögg* toekeek. Alle medewerkers en diverse vaste freelancers kregen een kerstcadeau – dit jaar een schoudertas met het logo van *Millennium*. Nadat ze de cadeaus hadden ingepakt gingen ze zitten om de meer dan tweehonderd kerstkaarten aan drukkerijen, fotografen en mediacollega's te schrijven en te frankeren.

Mikael probeerde de verleiding te weerstaan, maar uiteindelijk kon hij zich niet inhouden. Hij pakte de allerlaatste kerstkaart en schreef: *Prettige kerstdagen en een gelukkig nieuwjaar. Bedankt voor je fantastische inzet in het afgelopen jaar.*

Hij ondertekende met zijn naam en adresseerde de kaart aan Janne Dahlman, c/o de redactie van *Finansmagasinet Monopol*.

Toen Mikael 's avonds thuiskwam had hij zelf een afhaalbericht voor een pakje ontvangen. Hij haalde zijn kerstpakket de volgende ochtend op en maakte het open toen hij op de redactie kwam. Het pakket bevatte een muggenstift en een kwartfles brandewijn van Reimersholm. Mikael maakte het kaartje open en las de tekst: *Als je niets anders te doen hebt, ik leg met midzomer aan bij Arholma.* Het was ondertekend door zijn vroegere schoolvriend Robert Lindberg.

Normaal gesproken was de redactie van *Millennium* altijd van de week voor kerst tot na de jaarwisseling gesloten. Dit jaar was dat ietwat anders; de druk op de kleine redactie was kolossaal geweest en er belden nog dagelijks journalisten vanuit alle hoeken van de wereld. Twee dagen voor kerst las Mikael Blomkvist bij toeval een artikel in de *Financial Times*, dat de huidige stand van zaken samenvatte voor de internationale bankcommissie die in alle haast was opgericht om het imperium van Wennerström te onderzoeken. Het artikel vermeldde dat de commissie werkte volgens de hypothese dat Wennerström vermoedelijk op het laatste moment een soort waarschuwing had gekregen ten aanzien van de ophanden zijnde onthulling.

Zijn ene rekening bij de Bank of Kroenenfeld op de Kaaimaneilanden, waar 260 miljoen Amerikaanse dollar – circa 2 miljard Zweedse kronen – op had gestaan, was namelijk de dag voor de publicatie van *Millennium* leeggehaald.

Het geld had op een coderekening gestaan waarover alleen Wennerström persoonlijk kon beschikken. Hij had zich niet eens bij de bank hoeven te vervoegen, het was voldoende als hij de seriecodes noemde om het geld naar elke bank ter wereld te kunnen overboeken. Het geld was overgeboekt naar Zwitserland, waar een assistente het bedrag had omgezet in obligaties. Alle seriecodes waren juist geweest.

Europol was met een internationaal opsporingsbevel van de onbekende vrouw gekomen, die een gestolen Engelse pas had gebruikt op naam van Monica Sholes, en die naar zeggen een luxeleventje had geleid in een van de duurste hotels van Zürich. Een relatief scherpe foto van een bewakingscamera portretteerde een vrouw die klein van stuk was, met een blond pagekapsel, een brede mond, een flinke voorgevel, exclusieve merkkleding en gouden sieraden.

Mikael bestudeerde de foto, eerst vluchtig en daarna met een gezichtsuitdrukking die steeds meer achterdocht verried. Na enkele seconden tastte hij in zijn bureaulade naar een vergrootglas en probeerde hij de details in de gezichtstrekken in het raster van de krant te onderscheiden.

Uiteindelijk legde hij de krant terzijde en zat hij minutenlang sprakeloos. Toen begon hij zo hysterisch te lachen dat Christer Malm zijn hoofd om de hoek van de deur stak en vroeg wat er gaande was. Mikael maakte een afwerend gebaar met zijn hand.

Op de ochtend van 24 december reisde Mikael af naar Årsta en zocht hij zijn ex-vrouw en hun dochter Pernilla op; ze wisselden kerstcadeaus uit. Pernilla kreeg de computer die ze gevraagd had en die Mikael en Monica samen hadden gekocht. Mikael kreeg van Monica een stropdas en van zijn dochter een detective van Åke Edwardson. In tegenstelling tot vorig jaar waren ze vrolijk over de mediadramatiek die zich rond *Millennium* had afgespeeld.

Ze lunchten samen. Mikael keek Pernilla van opzij aan. Hij had zijn dochter sinds haar plotselinge bezoek in Hedestad niet meer gezien. Hij bedacht opeens dat hij haar gedweep met die christelijke sekte in Skellefteå nooit met haar moeder besproken had. En hij kon ook niet vertellen dat de Bijbelkennis van zijn dochter hem uiteindelijk op het juiste spoor had gezet in de verdwijning van Harriët Vanger. Hij had sindsdien niet met zijn dochter gesproken en zijn slechte geweten speelde hem even parten.

Hij was geen goede vader.

Hij kuste zijn dochter na de lunch, nam afscheid, ontmoette Lisbeth Salander bij Slussen en vertrok met haar naar Sandhamn. Ze hadden elkaar amper gezien sinds de *Millennium*-bom gebarsten was. Ze kwamen die avond laat aan en bleven tot na de kerst.

Mikael was zoals altijd onderhoudend gezelschap, maar Lisbeth Salander had het onbehaaglijke gevoel dat hij haar met een zeer vreemde blik aankeek toen ze haar lening met een cheque van 120.000 kronen terugbetaalde. Maar hij zei niets.

Ze maakten een wandeling naar Trovill en terug, wat Lisbeth zonde van de tijd vond, gebruikten het kerstdiner bij de herberg en trokken zich terug in Mikaels huisje, waar ze het haardvuur aanstaken in de speksteren kachel, een cd van Elvis opzetten en zich wijdden aan pretentieloze seks. Toen Lisbeth zich weer bewust werd van alles om haar heen, probeerde ze vat te krijgen op haar eigen gevoelens.

Ze had geen enkel probleem met Mikael als minnaar. Ze hadden veel plezier in bed. Het was een onmiskenbaar lichamelijk samenzijn. En hij probeerde haar nooit te dresseren.

Haar probleem was dat ze haar gevoelens voor Mikael niet kon interpreteren. Het was sinds ver voor haar puberteit niet meer voorgekomen dat ze zich zó had blootgegeven en zó close met iemand was geweest als met Mikael Blomkvist. Hij had gewoon een niet-aflatend vermogen om door haar verdedigingsmechanismen heen te dringen en hij probeerde haar telkens te verleiden om over persoonlijke dingen en intieme gevoelens te praten. Ook al was ze snugger genoeg om de meeste vragen te negeren, ze vertelde over zichzelf op een manier zoals ze tegenover anderen nooit, zelfs niet onder bedreiging met de dood, zou hebben gedaan. Dat beangstigde haar en gaf haar het gevoel dat ze naakt was en over-geleverd aan zijn goeddunken.

Tegelijkertijd – als ze naar de slapende persoon naast zich keek en naar zijn gesnurk luisterde – voelde ze dat ze nog nooit eerder in haar leven zo onvoorwaardelijk op een ander mens had ver-trouwd. Ze wist absoluut zeker dat Mikael Blomkvist zijn kennis over haar nooit zou benutten om haar te schaden. Dat lag niet in zijn aard.

Het enige waar ze nooit over spraken, was hun relatie tot elkaar. Zij durfde niet en Mikael begon er nooit over.

Op de ochtend van tweede kerstdag kwam ze tot een ontstellend inzicht. Hoe dat gekomen was, begreep ze niet, en ook niet hoe ze ermee om moest gaan. Ze was voor het eerst in haar vijfentwintig-jarige leventje verliefd.

Dat hij bijna twee keer zo oud was als zij maakte haar niet uit. Evenmin dat hij momenteel een van Zwedens meest besproken personen was, die zelfs op de omslag van *Newsweek* had gestaan – dat was alleen maar soap. Maar Mikael Blomkvist was geen eroti-sche fantasie of dagdroom. Het moest stoppen, het kon zo niet doorgaan. Wat moest hij met haar? Ze was mogelijk een tijdverdrijf in afwachting van iemand wier leven niet zo'n chaos was.

Opeens begreep ze dat liefde dat moment is waarop je hart plot-seling wil openbarsten.

Toen Mikael laat in de ochtend wakker werd, had ze koffie gemaakt en brood klaargezet. Hij ging bij haar aan tafel zitten en merkte direct dat er iets in haar houding veranderd was – ze was wat gereserveerder. Toen hij haar vroeg of er iets was, keek ze neu-traal en niet-begrijpend.

Op 27 december nam Mikael Blomkvist de trein naar Hedestad. Hij droeg warme kleding en echte winterschoenen toen Dirch Frode hem op het station ophaalde en hem discreet feliciteerde met zijn mediasuccessen. Het was voor het eerst sinds augustus dat hij Hedestad bezocht en het was haast op de dag af een jaar gele-den dat hij daar voor het eerst was aangekomen. Ze schudden elkaar de hand en spraken beleefd met elkaar, maar er was tussen hen ook veel wat onbesproken was en Mikael voelde zich onge-makkelijk.

Alles was voorbereid en de zakelijke transactie bij Dirch Frode nam slechts een paar minuten in beslag. Frode had aangeboden het geld comfortabel op een rekening in het buitenland te storten, maar Mikael had erop gestaan dat het als gewoon honorarium, wit, aan zijn bedrijf zou worden overgemaakt.

'Ik kan me geen andere vorm van vergoeding permitteren,' had hij kortaf geantwoord toen Frode hem ernaar had gevraagd.

Het bezoek was niet alleen van financiële aard. Er lagen nog kleren, boeken en een heleboel persoonlijke spullen van Mikael in het huisje sinds Lisbeth en hij Hedeby halsoverkop verlaten hadden.

Henrik Vanger was nog steeds broos na zijn hartaanval, maar hij was weer thuis na een verblijf in het verpleeghuis van Hedestad. Hij had permanent gezelschap van een ingehuurde privéverpleegster, die hem niet toestond lange wandelingen te maken, trappen te lopen en dingen te bespreken waarvan hij overstuur kon raken. En net nu was hij geveld door een milde verkoudheid, waardoor hem bedrust was voorgeschreven.

'Ze is bovendien duur,' klaagde Henrik Vanger.

Mikael Blomkvist was weinig onder de indruk en meende dat de oude man daar geld genoeg voor had als je bedacht hoeveel belastinggeld hij tijdens zijn leven vermoedelijk verdonkeremaand had. Henrik Vanger keek hem chagrijnig aan en begon toen te lachen.

'Jij bent elke kroon waard geweest. Ik wist het wel!'

'Eerlijk gezegd had ik nooit gedacht dat ik het raadsel zou kunnen oplossen.'

'Ik ben niet van plan om je te bedanken,' zei Henrik Vanger.

'Dat had ik ook niet verwacht,' antwoordde Mikael.

'Je hebt ruimschoots betaald gekregen.'

'Je hoort mij niet klagen,' antwoordde Mikael.

'Je hebt eén klus voor me uitgevoerd en je salaris moet dank genoeg zijn.'

'Ik ben alleen maar hier om te zeggen dat ik de klus als afgerond beschouw.'

Henrik Vanger tuitte zijn lippen. 'Je hebt de klus niet helemaal afgerond,' zei hij.

'Ik weet het.'

'Je hebt de kroniek over de familie Vanger waarover we in het begin afspraken hadden gemaakt niet geschreven.'

'Ik weet het. Die zal ik, zoals we later overeen zijn gekomen, ook niet schrijven.'

Ze zwegen een tijdje en dachten na over de eigenlijke contract-breuk. Daarna vervolgde Mikael: 'Ik kán dat verhaal ook niet schrijven. Ik kan niet over de familie Vanger schrijven en dan de meest cruciale gebeurtenissen van de laatste decennia, over Harriët en haar vader en broer, en over de moorden, bewust weglaten. Hoe zou ik een hoofdstuk over Martins tijd als algemeen directeur kunnen schrijven terwijl ik moet doen alsof ik niet weet wat er in die kelder van hem heeft plaatsgevonden? Maar ik kan dat verhaal ook niet schrijven zonder het leven van Harriët nogmaals kapot te maken.'

'Ik begrijp je dilemma en ik ben dankbaar voor de keuze die je hebt gemaakt.'

'Ik zie dus zoals afgesproken van dat verhaal af.'

Henrik Vanger knikte.

'Gefeliciteerd,' zei Mikael. 'Je bent erin geslaagd om me om te kopen. Ik zal alle aantekeningen en bandopnames met gesprekken met jou vernietigen.'

'Ik vind niet dat je bent omgekocht,' zei Henrik Vanger.

'Dat gevoel heb ik wel. En dan is het vermoedelijk ook zo.'

'Je kon kiezen tussen je werk als journalist en je werk als mede-mens. Ik ben er vrij zeker van dat ik jouw zwijgen niet had kunnen afkopen en dat je de rol van journalist gekozen had en ons te schande had gemaakt als Harriët erbij betrokken was geweest of als je mij een klootzak gevonden had.'

Mikael zei niets. Henrik keek hem aan.

'We hebben Cecilia ook in het gebeuren ingewijd. Dirch Frode en ik zullen er straks niet meer zijn en Harriët zal, naast Anita, steun nodig hebben van nóg een persoon in de familie. Cecilia gaat actief deel uitmaken van het bestuur. Zij en Harriët zullen het concern in de toekomst gaan leiden.'

'Hoe heeft ze het opgenomen?'

'Ze was natuurlijk geschokt. Ze is een tijdje naar het buitenland gegaan. Even was ik bang dat ze niet terug zou keren.'

'Maar dat is wel gebeurd.'

'Martin was een van de weinige mensen in de familie met wie Cecilia het altijd goed heeft kunnen vinden. Het was moeilijk voor haar om de waarheid over hem te accepteren. Cecilia weet nu ook wat jij voor de familie hebt gedaan.'

Mikael haalde zijn schouders op.

'Bedankt, Mikael,' zei Henrik Vanger.

Mikael haalde zijn schouders nogmaals op.

'Bovendien zou ik geen trek hebben om dat verhaal te schrijven,' zei hij. 'De familie Vanger zit me tot híér!'

Ze zwegen allebei een tijdje na deze uitspraak, totdat Mikael een ander onderwerp aansneed.

'Hoe voelt het om na vijfentwintig jaar weer directeur te zijn?'

'Het is tijdelijk, maar ... ik zou willen dat ik jonger was. Nu werk ik maar drie uur per dag. Alle vergaderingen vinden in deze kamer plaats en Dirch Frode is weer in functie als mijn rechterhand voor het geval er iemand tegenstribbelt.'

'Jullie zijn krasse knarren. Het duurde een hele tijd voordat ik doorhad dat Frode niet alleen een bescheiden economisch adviseur was maar ook iemand die problemen voor je oplost.'

'Exact. Maar alle beslissingen worden genomen in overleg met Harriët en zij is degene die het draafwerk op kantoor doet.'

'Hoe is het met haar?' vroeg Mikael.

'Ze heeft de aandelen van haar broer en haar moeder geërfd. Samen bezitten we nu ruim drieëndertig procent van het concern.'

'Is dat voldoende?'

'Ik weet het niet. Birger stribbelt tegen en probeert haar plannen te dwarsbomen. Alexander heeft plotseling ingezien dat hij de kans heeft om belangrijk te worden en heeft zich gelieerd met Birger. Mijn broer Harald heeft kanker en heeft niet lang meer te leven. Hij heeft de enige resterende grote aandelenpost van zeven procent en die zullen zijn kinderen erven. Cecilia en Anita zullen zich liëren aan Harriët.'

'Dan bezitten jullie meer dan veertig procent.'

'Zo'n kartel stemmen is er binnen de familie nog niet eerder geweest. Voldoende één- en tweeprocentaandeelhouders zullen hetzelfde stemmen als wij. Harriët volgt mij in februari op als algemeen directeur.'

'Ze zal niet gelukkig worden.'

'Nee, maar het is noodzakelijk. We moeten nieuwe partners binnenhalen en nieuw bloed. We hebben ook de mogelijkheid om met haar eigen concern in Australië samen te werken. Er liggen kansen.'

'Waar is Harriët momenteel?'

'Je hebt pech. Ze is in Londen. Maar ze wil je graag zien.'

'Ik zie haar op de bestuursvergadering in januari als ze jou vervangt.'

'Ik weet het.'

'Zeg haar maar dat ik nooit met iemand zal bespreken wat er in de jaren zestig gebeurd is, behalve met Erika Berger.'

'Ik weet het en Harriët weet het ook. Je bent een moreel mens.'

'Maar zeg haar ook dat alles wat ze vanaf nu doet in het magazine kan komen als ze niet oppast. Het Vanger-concern ontkomt niet aan mediabewaking.'

'Ik zal haar waarschuwen.'

Mikael verliet Henrik Vanger toen de oude man een beetje begon in te dutten. Hij stopte zijn eigendommen in twee koffers. Toen hij voor de laatste keer de deur van het gastenverblijf achter zich dichttrok, aarzelde hij even, maar vervolgens liep hij naar Cecilia Vanger en belde aan. Ze was niet thuis. Hij pakte zijn agenda, scheurde er een blaadje uit en schreef er een paar woorden op. *Het spijt me. Ik wens je het allerbeste.* Hij stopte het papiertje samen met zijn visitekaartje in haar brievenbus. Martin Vangers huis was leeg. Er brandde elektrische kerstverlichting voor het keukenraam.

Hij nam de avondtrein terug naar Stockholm.

De dagen tussen kerst en oud en nieuw sloot Lisbeth Salander de buitenwereld buiten. Ze nam de telefoon niet op en zette haar computer niet aan. Twee dagen lang was ze bezig met het wassen van kleren, poetsen en opruimen in haar flat. Pizzadozen en kranten van een jaar oud werden bij elkaar gebonden en verdwenen in de papierbak. In totaal werkte ze zes zwarte vuilniszakken en zo'n twintig papieren tassen met kranten weg. Het was alsof ze besloten had een nieuw leven te beginnen. Ze was van plan een ander appartement te kopen – als ze iets geschikts vond – maar tot die tijd zou haar oude huis blinkender schoon worden dan het ooit geweest was.

Daarna zat ze als verlamd te piekeren. Ze had nooit eerder in haar leven zo'n verlangen gevoeld. Ze wilde dat Mikael Blomkvist bij haar aan zou bellen en ... wat dan? Haar op zou tillen en haar gepassioneerd in zijn armen naar de slaapkamer zou dragen en de kleren van haar lijf zou rukken? Nee, eigenlijk verlangde ze alleen maar naar zijn gezelschap. Ze wilde hem horen zeggen dat hij om haar gaf om wie ze was. Dat ze speciaal was in zijn wereld en in zijn leven. Ze wilde dat hij haar een gebaar van liefde zou geven, niet alleen van vriendschap en kameraadschap. *Ik ben bezig gek te worden*, dacht ze.

Ze twijfelde aan zichzelf. Mikael Blomkvist leefde in een wereld die bevolkt werd door mensen met respectabele beroepen, die een geordend leven leidden en die echt volwassen waren. Zijn kennissen waren belangrijk, kwamen op tv en er werd over hen geschreven. *Wat moet hij met mij?* Lisbeth Salanders grootste angst, zo groot en zwart dat hij fobische proporties aannam, was dat mensen zouden lachen om haar gevoelens. En plotseling leek haar volledige, met veel pijn en moeite opgebouwde gevoel van eigenwaarde te zijn ingestort.

Toen nam ze een beslissing. Het kostte haar uren om de moed te verzamelen die nodig was, maar ze móést hem gewoon zien en vertellen over haar gevoelens.

De rest was ondraaglijk.

Ze had een excuus nodig om bij hem aan te bellen. Ze had hem nog geen kerstcadeau gegeven, ze wist wat ze zou kopen. In een winkeltje met allemaal oude rommel had ze een serie plaatijzeren reclameborden gezien uit de jaren vijftig met figuren in geperst reliëf. Een van die borden had Elvis Presley voorgesteld, met zijn gitaar op zijn heup en een tekstballon met de tekst *Heartbreak Hotel*. Ze had geen enkel gevoel voor inrichting, maar zelfs zij zag in dat het bord perfect in het huisje in Sandhamn zou passen. Het kostte 780 kronen en ze dong uit principe af tot 700. Het werd voor haar ingepakt en ze nam het onder haar arm en wandelde in de richting van zijn woning aan de Bellmansgatan.

Op de Hornsgatan wierp ze toevallig een blik naar binnen bij de Koffiebar en plotseling zag ze Mikael naar buiten komen met Erika Berger in zijn kielzog. Hij zei iets en Erika lachte. Ze legde haar arm om zijn middel en kuste hem op zijn wang. Ze verdwenen langs de Brännkyrkagatan in de richting van de Bellmansgatan. Hun lichaamstaal was niet mis te verstaan – het was duidelijk wat ze van plan waren.

De pijn was zo direct voelbaar en zo vreselijk dat Lisbeth midden op de stoep bleef staan, niet in staat zich te bewegen. Een deel van haar wilde hen achterna rennen. Ze wilde de scherpe rand van het plaatijzer gebruiken om Erika Bergers hoofd doormidden te splijten. Ze deed niets, terwijl de gedachten door haar hoofd raasden. *Consequentieanalyse.* Uiteindelijk kalmeerde ze.

'Salander, je bent een grote idioot,' zei ze hardop tegen zichzelf.

Ze keerde zich om en liep terug naar haar schone appartement. Toen ze Zinkensdamm passeerde, begon het te sneeuwen. Ze dumpte Elvis in een vuilcontainer.